ROBERT W

WER LÜG

GOLDMANN
Lesen erleben

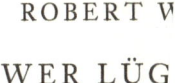

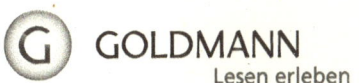

ROBERT WILSON

WER LÜGEN SÄT

THRILLER

DEUTSCH VON
KRISTIAN LUTZE

GOLDMANN

Das Originalausgabe erscheint unter dem Titel »Hear no lies«.

Sollte diese Publikation Links auf Webseiten Dritter enthalten, so übernehmen wir für deren Inhalte keine Haftung, da wir uns diese nicht zu eigen machen, sondern lediglich auf deren Stand zum Zeitpunkt der Erstveröffentlichung verweisen.

Dieses Buch ist auch als E-Book erhältlich.

Verlagsgruppe Random House FSC® N001967

1. Auflage
Taschenbuchausgabe August 2018
Copyright © der Originalausgabe 2016 by Robert A. Wilson Limited
Copyright © der deutschsprachigen Ausgabe 2017
by Wilhelm Goldmann Verlag, München,
in der Verlagsgruppe Random House GmbH,
Neumarkter Str. 28, 81673 München
Redaktion: Alexander Groß
Umschlaggestaltung: UNO Werbeagentur, München
Umschlagmotiv: FinePic®, München
TH · Herstellung: kw
Satz: Buch-Werkstatt GmbH, Bad Aibling
Druck und Bindung: GGP Media GmbH, Pößneck
Printed in Germany
ISBN: 978-3-442-48763-9
www.goldmann-verlag.de

Besuchen Sie den Goldmann Verlag im Netz

KAPITEL EINS

24. April 2014, 13.25 Uhr
Auf der Straße von der Universität São Paulo nach Jardim Rizzo,
Brasilien

Sabrina Melo war auf ihrer Vespa im Sonnenschein zwischen zwei Schauern auf dem Heimweg zu ihrem Apartment in Jardim Rizzo und genoss die neue Freiheit von der sicherheitsfixierten Welt ihres reichen Vaters. Von dem Motorroller wusste er nichts. Sonst hätte es Riesenärger gegeben.

Fröhlich fuhr sie Schlangenlinien unter den tropfenden Bäumen, die die Straße zu ihrem neuen Zuhause säumten. Sie hatte sich immer eine Vespa gewünscht, seit sie als kleines Mädchen mit ihrer Mutter den Film *Ein Herz und eine Krone* gesehen hatte, in dem Audrey Hepburn und Gregory Peck auf einem solchen Motorroller Fußgänger erschreckten und auf der Flucht vor Polizisten durch Straßenmärkte und Cafés und vorbei an der Spanischen Treppe sausten.

Wegen des Regens musste sie auf einen Teil von Hepburns modischen Freiheiten verzichten und ein durchsichtiges Plastikcape sowie einen himmelblauen Helm tragen. Deshalb bemerkte sie auch den Chevrolet Corsa Sedan nicht, der ihr langsam folgte.

Plötzlich rannte vor ihr ein Mädchen, das sie aus ihrem Philosophieseminar kannte, zwischen den Bäumen auf die Straße, winkte und gestikulierte. Sabrina bremste, und das Hinterrad rutschte leicht weg. Sie stellte einen Fuß auf den Boden.

»Was ist los, Larissa?«, fragte sie.

»Meine Freundin Marta«, sagte Larissa, vergrub das Gesicht

in den Händen und zeigte ins Gebüsch. »Sie haben sie da reingezerrt. Sie verprügeln sie. Ich glaube, sie wollen sie vergewaltigen. Sie haben mir die Handtasche weggenommen. Kannst du die Polizei anrufen?«

Sabrinas erster Gedanke war, dass Larissa keine gute Schauspielerin war.

Ihr zweiter Gedanke: Wenn sie ihre Freundin und ihre Handtasche hatten, warum hatten sie dann nicht auch Larissa ins Gebüsch gezerrt?

Für einen dritten Gedanken blieb ihr keine Zeit mehr, weil zwei Männer aus dem Wagen gestiegen waren und sie von hinten packten. Larissa riss die Vespa unter ihr weg. Der Wagen rollte an ihnen vorbei, und der Kofferraum klappte auf. Einer der Männer drückte Sabrinas Arme an ihren Körper, zog ihr die Beine weg und warf sie so hart in den Kofferraum, dass ihr die Luft wegblieb. Sie zogen ihr das Cape aus, zerrten die Umhängetasche von ihrer Schulter, fesselten ihr die Hände mit Handschellen hinter dem Rücken und die Knöchel an eine Seite des Kofferraums. Dann zogen sie ihr den Helm vom Kopf, verschlossen ihren Mund mit Klebeband, drückten den Helm wieder auf ihren Kopf und klappten das Visier zu. Sie sah nur weiße, gefletschte Zähne in einem verzerrten Gesicht, kräftige Schultern und dahinter den weiten blauen Himmel, bis sich die Klappe des Kofferraums dazwischenschob und sie in stickiger Dunkelheit zurückließ.

Der Wagen fuhr an, wendete mit blockierenden Reifen und raste zurück Richtung Hauptstraße.

Der Adrenalinschub, der in Sabrinas Adern pulsierte, ließ ihre Arme kalt werden. Die Innenseite ihrer Schenkel brannte, weil sie sich vor Angst in die Hose gemacht hatte. Man hatte sie so gefesselt, dass sie nicht einmal gegen die Kofferraumklappe schlagen oder treten konnte. In der Hitze und unter dem Helm mit heruntergeklapptem Visier wurde der Sauerstoff knapp, und sie musste sich mit aller Kraft zusammenreißen, um nicht zu hyperventilieren. Mit geschlossenen Augen konzentrierte sie sich auf ihre Atmung.

Von den unvorhersehbaren Bewegungen des Wagens, der im dichten Verkehr immer wieder bremste und hin und her schaukelte, wurde ihr schlecht. Schweiß sammelte sich um ihre Augen. Sie blinzelte dagegen an und blickte der Realität ins Auge – sie war entführt worden. Sie sah ihren Vater an seinem Schreibtisch sitzen und von seiner größten Angst erzählen und erinnerte sich an ihre blasierte Antwort: »Am besten taucht man in der Masse unter, *papai*, und ragt nicht heraus.«

Sie fuhren sehr lange, mehr als vier Stunden, lange genug, um vieles von ihrem Leben in jüngerer Zeit Revue passieren zu lassen. Ihre ersten sechs Wochen an der Universität von São Paulo waren eine Offenbarung gewesen. Sie mischte sich unter Menschen aus aller Welt und genoss es, nur eine in einer Masse junger Studenten zu sein, in der Mensa zu essen und die neuesten angesagten Clubs zu besuchen. Sie wurde nicht mehr jeden Tag von Sicherheitsleuten in einem gepanzerten Mercedes zur Schule gefahren und anschließend wieder in ihr von mit Stacheldraht und Elektrozäunen gekrönten Mauern geschütztes Zuhause gebracht, in dessen Garten bewaffnete Wachleute patrouillierten, sodass es jedes Mal einer militärischen Prozedur glich, das Haus zu verlassen und wieder zu betreten. Das Reisfleisch mit Bohnen in der Mensa war ihr lieber als die sternenwürdigen Mahlzeiten, die der Koch ihres Vaters ihr servierte, und sosehr sie die Typen mochte, die sie beschützten, war es doch eine Erleichterung, ohne bewaffnete Aufpasser auszugehen.

Sie hatte versucht, vernünftig mit ihrem Vater zu reden. Sie führten lange Diskussionen über die Verteilung von Reichtum, Korruption und die Gewalt, die jenseits der von Kameras überwachten und verstärkten Mauern in einer krass ungerechten Welt zwangsläufig immer wieder ausbrach.

Bisweilen hatten sie erbittert gestritten und sich gegenseitig angeschrien, bis Türen geknallt wurden und Sabrina weinend auf ihrem Bett lag, während ihr Vater vor der Tür stand und flehte: »Ich liebe dich, *querida*. Bitte verzeih mir.« Am Ende hatte sie aufgegeben. Es war ihnen offenbar bestimmt, sich auf immer zu streiten.

Was sie indes nicht aufgegeben hatte, war der Kampf für ihre eigenen Rechte. Sie würde nicht unter der Obhut von bewaffneten Leibwächtern zur Universität gehen. Keine Helikopterflüge zu Seminaren. Kein Handlanger vor dem Vorlesungssaal. Sie wollte ein normales Studentenleben oder zumindest so normal, wie man es als Tochter eines Senators und eines der führenden Bankiers Brasiliens führen konnte.

Es hatte Kompromisse gegeben. Er wollte, dass sie in einer eleganten Wohngegend gegenüber der Universität mit Blick auf den Parque Villa-Lobos wohnte. Sie hatte sich geweigert, und sie hatten sich auf ein Apartment im zehnten Stock eines Wohnblocks in einer Mittelklassegegend im Süden der Universität geeinigt, mit bewaffneten Sicherheitsmännern in der Lobby, aber nicht auf jeder Etage. Sie hatte zugelassen, dass er eine Alarmanlage und eine Stahltür mit Holzfurnier und Sicherheitsschloss einbauen ließ, bei einem Panikraum jedoch die Grenze gezogen.

Der Wagen holperte von dem Asphalt auf eine Schotterstraße, die sie in die Realität zurückriss. Das beruhigende gleichmäßige Dröhnen wich dem Geprassel aufgewirbelter Steinchen und dem Holpern durch Pfützen und Löcher, bis der Wagen bockte wie ein Rind beim Rodeo, weil der Weg sich endgültig verlor. Wahrscheinlich brachte man sie in eine Favela am Stadtrand.

Der Wagen hielt. Türen wurden zugeschlagen. Durch den verschwitzten Schaumstoff des Helms drangen undeutlich Männerstimmen an ihr Ohr. Der Kofferraum wurde aufgeklappt. Sie sah nichts. Der Himmel war dunkel. Es war Abend. Die Männer hatten Taschenlampen.

»Halt die Augen geschlossen.«

Sie kniff sie fest zu, gehorsam wie ein Kind. Sie rissen ihr den Helm vom Kopf und setzten ihr eine Brille auf. Sie öffnete die

Augen, doch die Gläser waren verklebt. Die Fesseln an ihren Füßen wurden gelöst, und sie wurde in ein Laken gewickelt und aus dem Kofferraum gehoben. Drei Männer trugen sie waagrecht zwischen sich. Sie hatten es nicht eilig. Eine Stimme vor ihnen rief, dass die Leute zurück in ihre Häuser gehen sollten. Sie spürte, dass sie sich in einem engen Durchgang befanden. Der Abwassergestank war so durchdringend, dass sie ihn trotz des Lakens um ihren Kopf riechen konnte.

Die Männer blieben kurz stehen, zwängten sich durch eine enge Öffnung und trugen sie eine Treppe hinunter. Eine quietschende Metalltür wurde geöffnet. Sabrina wurde auf eine Matratze geworfen, und das Laken, in das sie gewickelt war, wurde weggerissen.

»Sie hat sich vollgepisst.«

»Zieh ihr den Slip aus. Den schicken wir ihrem *papai*. Damit er weiß, dass wir sie haben.«

Hände griffen nach ihr. Wimmernd vor Angst strampelte sie mit den Beinen, sodass ihr Rock bis zur Hüfte hochrutschte. Mit dem rechten Fuß erwischte sie einen der Männer mit voller Wucht. Er stöhnte, und danach behandelten sie sie noch gröber. Sie packten ihre Füße und verdrehten die Knöchel, bis sie schrie, während einer ihren Slip über ihre langen Beine streifte. Als sie sie losließen, drehte sie sich auf den Bauch, und einer der Männer gab ihr einen heftigen Klaps auf den nackten Hintern. Sie jaulte trotz des Klebebands über ihrem Mund auf. Die Demütigung ließ ihr Tränen in die Augen schießen.

»Kein Mucks mehr, kapiert?«

Sie wurde allein gelassen in dem Gestank von ranzigem Palmöl und dem stechenden Geruch ihrer eigenen Angst. Die Männer zogen sich in einen Raum über ihrem zurück, wo ein Mann hustete. Sie sprachen ein paar Minuten miteinander und gingen wieder. Ein Fernseher wurde eingeschaltet, und laute Stimmen erhoben sich, eine Telenovela. In der Ferne bellte ein Hund. Eine Frau schrie und verstummte abrupt.

Der hustende Mann redete, gab Anweisungen. Flip-Flops klatschten auf den Boden und kamen nach unten in ihren Raum. Es waren zwei Männer, dem Akzent nach zu urteilen aus dem Norden.

»Scheiße, hast du den Handabdruck auf ihrem Arsch gesehen?«, fragte der eine lachend, als er ihre Plastikhandschellen durchschnitt. »Davon könnte man einen Fingerabdruck nehmen.«

Sabrina zog ihren Rock über die Schenkel.

»Nimm die Brille ab. Lass dich ansehen.«

Sie blickte auf zu zwei mageren Jungen in Shorts: Einer war ein Mischling mit einem hervorstehenden Bauchnabel, der andere hatte hellere Haut; eine seiner Brustwarzen war unter dem Narbengewebe einer üblen Verbrennung verschwunden. Sie trugen Sturmhauben, sodass man nur den Mund und die Augen sehen konnte. Sie waren jung, etwa in ihrem Alter. Bauchnabel-Boy murmelte vor sich hin. Brandnarben-Boy hatte eine Pistole, mit der er offensichtlich gern herumfuchtelte. Er beugte sich vor und riss das Klebeband von ihrem Mund.

»Sie ist hübsch«, sagte Bauchnabel-Boy, schob eine Hand in seine Shorts, packte seinen Schwanz, trat von einem Fuß auf den anderen und wippte im Rhythmus mit dem Kopf.

Brandnarben-Boy kniete sich auf die Matratze, fasste ihr Kinn und drehte ihren Kopf von links nach rechts. »Hübsche Ohren auch«, sagte er, drückte ihre Lippen zu einem Schmollmund zusammen und küsste sie.

Sie zuckte zurück und spuckte, sah ihm in die Augen und wünschte, sie hätte es nicht getan. Es war niemand zu Hause. Schwarze Pupillen unter schweren Augenlidern starrten zurück. Drogenbenebelt.

»Du wirst schon noch lernen«, sagte er und strich mit dem Lauf der Pistole über ihre Lippen, »nett zu sein.« Er schob den Lauf in ihren Mund, wo er gegen ihre Zähne stieß. Er drückte fester, bis sie den Mund weiter öffnete, und spannte die Waffe.

»Wenn du mich nicht nett küsst, dann küsst du die Pistole, und die hat eine sehr harte Zunge. Hörst du, was ich sage?«

Blinzelnd signalisierte sie ihre Zustimmung. Er zog den Lauf langsam wieder heraus, zielte auf die Matratze und drückte ab. Sie zuckte zusammen, sank zur Seite, benommen von dem Knall. Bauchnabel-Boy hüpfte hysterisch lachend von einem Fuß auf den anderen, steckte die Finger erst ins rechte, dann ins linke Ohr und erklärte seinem Kumpel, er sei ein Motherfucker.

Sabrina betrachtete die beiden und verspürte eine stechende Furcht. Wilde Jungs, aufgeputscht mit Gott weiß was. Ihr Kinn zitterte. Ihr Hals bebte. Sie biss die Zähne zusammen.

Brandnarben-Boy streckte die Hand aus. Bauchnabel-Boy legte ein Messer hinein.

»Und welches ist dein Lieblingsohr?«, fragte er.

»Darüber habe ich noch nie nachgedacht«, erwiderte Sabrina. Die Antwort kam über ihre Lippen, bevor sie in ihrem noch immer von dem Schuss dröhnenden Kopf das Grauen begriff, das hinter der Frage lauerte.

»Denk schon mal drüber nach«, sagte er und hielt das Messer hoch. »Eins wirst du auf jeden Fall verlieren ... vielleicht auch zwei, wenn dein *papai* nicht mit dem Geld rüberkommt. Also würde ich vorschlagen, dass du dein weniger liebstes Ohr als Erstes opferst.«

»Ich habe kein weniger liebstes Ohr«, sagte Sabrina.

»Nicht?«, fragte Bauchnabel-Boy erstaunt, und sein Kopf wippte nach vorn. »Die Letzte, die wir hatten, wusste es sofort, als hätte sie jahrelang darüber nachgedacht.«

»Vielleicht war eins ihrer Ohren offensichtlich hässlicher«, erwiderte Sabrina.

»Stimmt«, sagte Bauchnabel-Boy und kratzte sich das Gesicht unter seiner Sturmhaube. »Die war wie eine Hündin, die an einer Mango lutscht.«

»Möchtest du meine Meinung hören, *a minha gatinha*?«, fragte Brandnarben-Boy.

»Warum sollte ich *deine* Meinung hören wollen?«

»Wir sind die Chirurgen. Wenn du nett bist, schneiden wir dein rechtes Ohr ab. Wenn nicht, schneiden wir sie beide ab ... jetzt sofort ... auch wenn wir das zweite nicht brauchen.«

»Also gut«, erwiderte Sabrina. »Sag es mir.«

Er kniete sich wieder hin, packte ihr Kinn und betrachtete ihre Ohren eingehend wie ein Künstler für ein Porträt. Er strich über die Ohrläppchen mit dem kleinen goldenen Stecker. Mit rauen Fingern drückte er erneut ihre Lippen zusammen, setzte an, sie zu küssen, leckte jedoch stattdessen ihr Gesicht ab. Diesmal zuckte sie nicht zusammen.

»Es ist knapp, aber das rechte ist hübscher«, sagte er. »Ich nehme das linke zuerst, okay?«

»Ihr habt doch noch gar kein Geld von meinem Vater gefordert«, wandte Sabrina ein.

»Hey, sieh mal, er muss begreifen, dass wir es ernst meinen«, sagte Bauchnabel-Boy und kratzte sich am Hals. »Wenn er denkt, wir spielen nur Spielchen ...«

»Die Typen mit dem Geld denken, sie hätten alle Macht, weißt du. Das ist nur eine klitzekleine Lektion«, sagte Brandnarben-Boy. »Wir auf den Straßen sehen die Dreckskerle in ihren Helikoptern, und wir springen und springen und springen ...«

Und er sprang, als wollte er einen kleinen Vogel oder Schmetterling fangen. Bauchnabel-Boy fing wieder an, wie irre zu kichern.

»Und dann springen wir ein Stückchen höher«, sagte er, ließ seine geschlossene Hand sinken und spähte hinein, bevor er beide Arme ausbreitete, »und erwischen dich.«

Es klopfte an der Decke. Der Huster befahl sie zu sich. Brandnarben-Boy nahm ein Stück Plastikschnur und fesselte Sabrinas Handgelenke.

»Wir kommen mit einer Videokamera zurück, also sieh zu, dass du hübsch für uns bist, okay?«, sagte er und schob ihr mit den Zehen einen Plastikeimer hin. »Den kannst du benutzen, wenn du mal pissen oder kacken musst.«

Sie gingen.

Sabrina ließ sich gegen die Wand sinken und ertastete das Loch, das die Kugel in die Matratze geschlagen hatte. Sie bohrte den Finger hinein, zog das verbeulte Metallstück heraus und drückte es so fest, dass es einen Abdruck auf ihrer Handfläche hinterließ. Der Schmerz hielt die Tränen in Schach und beruhigte ihre brodelnden Eingeweide. Sie ließ den Blick durch den fensterlosen Raum schweifen, vier Wände aus unverputztem Backstein, der Mörtel in den Fugen dick wie Mayonnaise auf einem überladenen Sandwich. Von der Decke aus Betonstreben und weiterem roten Backstein baumelte eine einzelne nackte Glühbirne. Von einer Steckdose führte ein Kabel unter einer aus Metallresten zusammengenieteten Tür hindurch nach draußen, die in New York Ausstellungsstück in einer Galerie hätte sein können. Sabrina stand auf und stellte überrascht fest, dass sie nicht abgeschlossen war, stieß sie mit einem Fuß auf und blickte die steilen Treppen hinauf, eine zu der Tür zur Straße, die andere zu dem Raum über ihr. Diesen Typen war alles egal. Jeder Fluchtversuch war sowieso aussichtslos. Diese Kerle waren die Bosse der Favela, und die Angst der Bewohner roch stechender als die Abwässer, die über die Straßen flossen.

KAPITEL ZWEI

*24. April 2014, 20.00 Uhr
Favela, São Paulo, Brasilien*

Weißt du noch, was wir gesagt hatten, welches Ohr wir abschneiden wollten?«, fragte Brandnarben-Boy, sein Gesicht vor Sabrinas, die tränen- und schweißüberströmt den Kopf schüttelte. Schnodder strömte aus beiden Nasenlöchern, und ihre Brust bebte unter Schluchzern.

»Nicht, bitte nicht.«

Sie waren zurück – Brandnarben-Boy mit seinem Horrorgerede und sein Freund, der, offenbar zu irgendetwas wild entschlossen, murmelnd von einem Fuß auf den anderen tretend mit seiner Kamera hinter seinem Freund stand.

»Links oder rechts«, sagte Brandnarben-Boy und schnippte gegen ihre Ohren, »rechts oder links?«

Sabrina kniff die Augen zu und presste die Tränen heraus. »ICH WILL SIE BEIDE BEHALTEN«, platzte sie unkontrolliert los.

»*Calma, minha gatinha, calma*«, sagte Brandnarben-Boy und ging in die Hocke. »Jetzt weißt du, wo du bist.«

»Wo denn?«, fragte sie verwirrt und zitternd.

»Nicht in deiner perfekten Welt«, sagte Brandnarben-Boy und schnippte noch einmal hart gegen ihr Ohr. »In *unserer* Welt.«

»Also, ich bin ganz auf eurer Seite«, versuchte sie ihn von Mensch zu Mensch zu erreichen. »Es ist schrecklich, dass Millionen Menschen in Armut leben, während ein paar Tausend mehr haben, als sie für fünfzig Leben brauchen würden.«

»*Lindo maravilhoso!* Zu wissen, dass du in deinem schicken Haus hinter den hohen Mauern und elektrischen Zäunen für uns weinst, während wir in der Favela bis zum Hals in der Scheiße sitzen, macht mich so glücklich.«

»Ich habe nicht darum gebeten, reich zu sein.«

»Willst du arm sein wie wir? Willst du so leben? Wir sind ursprünglich aus dem Norden, und da haben sie gesagt, dass sie investieren und Jobs für uns schaffen wollen. Aber das Geld ist nie angekommen. Das Geld wandert immer zurück in die Taschen der Typen, die wissen, wo es herkommt. Das Geld *sieht* den Norden nicht einmal. Deshalb sind wir hierhergekommen, um Geld zu finden. Um es uns zu nehmen, das ist alles. Wir machen bloß das, was ihr auch macht.«

»Was *ich* mache?«

Sein Gesicht kratzend und unablässig vor sich hin murmelnd, versuchte Bauchnabel-Boy, die Kamera auf ein Stativ zu montieren. Brandnarben-Boy stieß ihn beiseite. Er war flink und clever. Er drehte den Sucher in ihre Richtung.

»Sag was Interessantes«, forderte er sie auf. »Ich will sehen, ob das Ding funktioniert.«

»Es gibt überall Korruption, nicht nur im Norden. Ich meine, man muss sich nur die Weltmeisterschaft ansehen. Ich kann nicht glauben, was für Unsummen für ein paar Fußballspiele verschwendet werden …«

»Nein, nein, *gostosa*, du sollst uns nicht zu Tode langweilen«, sagte Brandnarben-Boy. »Wir *mögen* Fußball. Wenn du so weiterredest, lass ich dich von meinem Freund hier ficken, dann hat dein *papai* eine nette Wichsvorlage. Das ist eine Entführung. Du musst Angst haben.«

Brandnarben-Boy hob die Waffe, richtete sie auf Sabrina und spannte sie. Bauchnabel-Boy hielt sich die Ohren zu und bleckte die Zähne. Schockiert von der Obszönität der letzten Bemerkung starrte Sabrina zitternd und mit Tränen in den Augen auf den Lauf der Pistole.

»Und jetzt sag was Interessantes.«

»Mir ... mir fällt nichts Interessantes ein.«

Brandnarben-Boy schwenkte die Waffe und drückte ab. Die Kugel schlug neben Sabrinas Kopf in die Wand ein. Roter Backsteinstaub rieselte auf ihre feuchte Wange.

»Es tut mir leid, *papai*. Es tut mir so leid. Ich hätte auf dich hören sollen. Diese Typen werden mich umbringen. Sie sind verrückt. Gib ihnen, was immer sie verlangen. Gib es ihnen, oder sie werden mich umbringen.«

»Okay, schon besser, aber weißt du, ich glaube dir immer noch nicht. Es fühlt sich an, als würdest du schauspielern. Du denkst, wenn du das Richtige für mich sagst, kommst du hier raus. Was ich sehen will, ist *echte* Angst.«

Es klopfte von oben. Der Mann hustete. Dann klopfte es noch einmal. Bauchnabel-Boy ging zur Tür. Brandnarben-Boy befahl ihm zu bleiben, als wäre er ein Hund. Er drohte Sabrina mit dem Finger, machte eine wegwerfende Handbewegung und ging.

Nervös beäugte Sabrina Bauchnabel-Boy, vor dem sie mehr Angst hatte als vor dem anderen, weil er offensichtlich der Durchgeknalltere der beiden war. Er betrachtete sie, kratzte sich unter der Sturmhaube im Gesicht, murmelte vor sich hin und massierte die Vorderseite seiner ausgebeulten Shorts. Sie schluckte schwer.

»Willst du sehen?«, fragte er.

Sie schüttelte nur den Kopf, weil ihre Stimme versagte. Ihre Hände waren immer noch hinter dem Rücken gefesselt, sie trug keinen Slip, und ihr Rock war zu kurz. Sie setzte sich auf ihre Fersen und presste die Knie zusammen. Das Dröhnen in ihren Ohren klang wie der gruselige Soundtrack zu einem Horrorfilm. Er zog seinen Penis heraus. Er war riesig und angeschwollen. Er starrte lüstern aus seiner Sturmhaube, und seine Pupillen blitzten entzückt. Er war offensichtlich stolz auf seine Männlichkeit, die er in ihre Richtung schwenkte. Sie versuchte, eine ausdruckslose Miene aufzusetzen, um ihn weder zu erregen noch zu verärgern. Als er murmelnd einen Schritt auf sie zu machte, wandte sie den Blick ab, starrte ins Nichts und betete stumm. Sie schloss die Augen. Etwas Heißes presste gegen ihre Wange und ihre Lippen, drückte sie auseinander so wie Brandnarben-Boy zuvor mit dem Lauf der Waffe.

Die Flip-Flops kamen wieder die Treppe herunter. Bauchnabel-Boy machte zwei Schritte zurück und zog seine Shorts hoch. Brandnarben-Boy trat ein, sah die Erleichterung in ihrem Gesicht, ging zur Kamera, spulte die Aufnahme zurück und betrachtete die Eskapaden seines Kollegen. Dann herrschte er Bauchnabel-Boy laut an, der plötzlich wie ein schüchterner kleiner Junge wirkte. Brandnarben-Boy richtete die Pistole auf ihn, ließ ihn in einer Ecke niederkauern und drückte den Lauf der Waffe gegen seinen Kopf. Bauchnabel-Boy flehte wimmernd. Brandnarben-Boy ließ die Pistole unvermittelt sinken und schlug ihm mit dem Knauf zweimal auf den Kopf.

Mit heruntergeklapptem Kiefer beobachtete Sabrina die Szene. Es war ihr unbegreiflich, wie diese Leute miteinander auskamen. Brandnarben-Boy zog sie von der Matratze hoch, fasste ihr Kinn, wischte ihre Tränen mit dem Daumen ab und verschmierte dabei den Backsteinstaub. Verwirrt von seiner unerwarteten Zärtlichkeit blickte sie zur Decke und atmete tief durch.

»Ich brauche Wasser«, appellierte sie instinktiv an seine Hilfsbereitschaft.

Brandnarben-Boy gab eine Anweisung. Das Gesicht blutverschmiert von einer Platzwunde an der Stirn erhob sich Bauchnabel-Boy in seiner Ecke wie eine überdimensionierte Kakerlake und schlich hinaus.

»Er ist nicht ganz richtig da oben«, sagte Brandnarben-Boy und tippte sich an den Kopf.

»Was murmelt er die ganze Zeit?«

»*Kill Whitey all night long*«, sagte Brandnarben-Boy. »Er weiß nicht, was es bedeutet, er hat es bloß irgendwo aufgeschnappt.«

»Was ist mit ihm passiert?«

»Sein Vater hat zu viel getrunken und ihm wie blöde auf den Kopf geschlagen. Seine Mutter war krank und ist gestorben, oder ihr Mann hat sie umgebracht, ich weiß nicht. Dann wurde sein Vater in einem Streit erschossen. Jetzt nimmt er zu viele Drogen«, sagte Brandnarben-Boy. »Wie wir alle. Wenn du sehen würdest, was wir tun müssen, würdest du das auch machen.«

»Was müsst ihr denn tun?«

»Was man uns verdammt noch mal befiehlt«, erwiderte er wütend, und ihre Blicke trafen sich.

Sie hatte auf ein Zeichen von Menschlichkeit in seinen Pupillen gehofft, an dem sie sich festhalten konnte, aber da war nach wie vor nichts, nur glänzende schwarze Löcher. Sie begriff, dass er um sein Überleben kämpfte und alles tun würde, um sich an die Klippe zu klammern, und das machte ihr noch mehr Angst vor ihm.

Bauchnabel-Boy kam mit einer Flasche Wasser und einer Rolle Küchenpapier zurück. Der hustende Mann drehte die Seifenoper lauter. Brandnarben-Boy löste ihre Fesseln nicht, sondern hielt ihr die Flasche an die Lippen. Sie hatte ihn fragen wollen, wie er so schwer verletzt worden war, aber der Moment war vorbei. Bauchnabel-Boy blickte auf sie herab, als wäre sie für seine Demütigung verantwortlich. Er grinste nicht mehr. Sie wusste nicht, was in seinem Kopf vor sich ging, doch sie hörte, was er murmelte.

Brandnarben-Boy schraubte die Flasche wieder zu und stellte sie auf die Matratze. Er zog Sabrina auf die Knie und ließ sie in die Kamera blicken. Ihr Haar hing in Strähnen um ihr rot verschmiertes Gesicht. Er ging zurück zur Kamera und korrigierte Sabrinas Position.

»Du sollst nicht mich anschauen, sondern in die Kamera blicken. Nur dass es keine Kamera ist. Es ist dein *papai*. Du wirst ihn aus tiefstem Herzen anflehen, dass er das Geld bezahlen soll, dann kommst du hier raus. Hast du verstanden?«

Sabrina fing an zu weinen. Sie weinte, wie sie noch nie in ihrem Leben geweint hatte. An ihren Tränen war nichts Künstliches. Ihre Gefühle waren noch heftiger und unmittelbarer als die Trauer beim Tod ihrer Mutter. Es war ein kompletter Zusammenbruch, ausgelöst durch eine alles überwältigende Angst. Sie blickte an sich herab, ihre Schultern bebten, während sie versuchte, die Worte über die Lippen zu bringen. Sie kamen als ein schrilles, monotones Jammern heraus.

»*Papai, papai*, bitte, bitte hilf mir. Es tut mir so leid. Hilf mir einfach ... bitte ... Ich bin ... die werden mich umbringen. Ich hatte noch nie solche Angst. Und ich vermisse dich. Ich liebe dich. Bezahl einfach das Geld. Was immer sie verlangen. Bitte. Es tut mir so leid. Bi-i-i-tte.«

Sie blickte auf und sah durch ihre Tränen verschwommen, dass Brandnarben-Boy Bauchnabel-Boy etwas reichte, bevor jener vortrat, ihren Kopf packte und ihr Gesicht in seinen Schritt drückte, wo der Gestank seiner animalischen Ausdünstungen am intensivsten war. Er zupfte mit Zeigefinger und Daumen an ihrem Ohr, und dann spürte sie eine stechende, federleichte Berührung an der Ohrmuschel und seinen Daumen auf ihrer Wange, während er schnitt und warme Flüssigkeit über ihren Hals strömte.

Er versetzte ihr einen Tritt, verächtlicher als er ein Tier behandeln würde, und sie wurde gegen die Wand geschleudert.

Sie schrie, nicht vor Schmerz, sondern vor Entsetzen darüber, was er getan hatte.

Die Zunge zwischen gelblichen, abgebrochenen Zähnen herausgestreckt, drehte Bauchnabel-Boy sich zu der Kamera um, hielt das abgetrennte Ohr hoch und wackelte damit, als würde er einem Verhungernden einen unerreichbaren Happen vor die Nase halten.

Brandnarben-Boy schaltete die Kamera ab, nahm das Messer und schnitt Sabrinas Handschellen durch. Er riss ein Stück Küchenpapier ab, wickelte das Ohr darin ein und steckte es in die Tasche. Dann packte er die Kamera zusammen, gab sie Bauchnabel-Boy und schickte ihn nach oben.

Sabrina drückte etwas von dem Küchenpapier an die Wunde. Ihr Mund stand offen, doch kein Laut drang heraus. Blut war auf ihr T-Shirt und den Bund ihres Rocks getropft. Sie blickte auf. Brandnarben-Boy stand da und ließ die Waffe an seinem Zeigefinger kreisen wie ein Revolverheld.

»Du musst ihn irgendwie sauer gemacht haben«, meinte er. »Ich hab ihm gesagt, er soll zum Beweis deiner Identität nur das Läppchen mit dem Ohrring abschneiden.«

»Warum habt ihr das getan?«, fragte sie zitternd, schluchzend und würgend. »Ihr hattet doch noch gar kein Geld von meinem Vater verlangt.«

»Ich tue bloß, was man mir befiehlt. Die sagen mir, wenn du das machst, sitzen diese Leute gerade und denken klar«, erklärte Brandnarben-Boy. »Jetzt glaubt dein *papai* bestimmt nicht mehr, dass wir nur Spaß machen. Wenn das endlose Gerede erst mal losgeht, denkt er vielleicht: ›Klar, wir können auch ewig über diesen Scheiß reden.‹ Jetzt weiß er, dass er handeln muss ... ganz *bestimmt*.«

»Aber wie *konntet* ihr das tun? Ich verstehe das nicht. Ihr habt mein Ohr abgeschnitten, als wäre ich irgendein ... nein, nein, das würdet ihr nicht mal einem Hund antun. Warum auch?«

»Wir sind anders«, sagte Brandnarben-Boy.

KAPITEL DREI

24. April 2014, 17.30 Uhr
Büro der LOST Foundation, Jacob's Well Mews, London W1

Nach einem heftigen Regenschauer lag die Gasse in Dunkelheit. Boxer stand am Fenster seines Büros, wendete eine alte Betamax-Kassette in den Händen und dachte, dass die Düsternis des späten Nachmittags seiner Stimmung nicht mehr ganz entsprach. Er blickte auf die Straße hinunter, als eine blonde Frau zu ihm hochschaute und das Gebäude der LOST Foundation betrat. Er starrte auf die Privathäuser mit den verriegelten und mit weißen Sicherheitsrollläden geschützten Fenstern auf der anderen Straßenseite und dachte, dass in seinem Leben nach drei Monaten der Trauer irgendetwas passieren musste. Keine andere Frau. Dafür war er noch nicht bereit. Es war eher ein Gefühl, als wäre er zu lange unter Wasser gewesen und müsste nun wieder auftauchen.

Er drehte sich um, als er ein leises Klopfen an der Tür hörte.

»Du hast mir nicht erzählt, dass du einen Termin hast«, sagte Amy.

»Habe ich das?«, fragte Boxer, ging zurück zu seinem Schreibtisch und legte die Kassette in eine Schublade.

»Ich wollte nach einem weiteren spannenden Tag gerade nach Hause gehen.«

»Niemand hält dich auf.«

»Sie sagt, sie hätte dich letzte Woche angerufen und vereinbart, heute ins Büro zu kommen. Ihr Name ist Eiriol Lewis.«

»Eiriol Lewis?«, wiederholte er, und der ungewöhnliche

Name half seiner Erinnerung auf die Sprünge. »Tut mir leid, ich habe vergessen, es im Kalender einzutragen.«

»Hast du eine Ahnung, worum es geht?«, fragte Amy. »Vielleicht sollte ich dabei sein.«

»Warum nicht?«, erwiderte er und trat an den Besprechungstisch.

Amy ging wieder hinaus und bat Eiriol Lewis herein, die eine kleine Holzkiste bei sich trug. Das Gesicht und der dürre Körper der Frau wirkten irgendwie zerschlagen. Eine Jeans hing von ihren knochigen Hüften, und unter ihrem Mantel ragten mitleiderregend spitze Schultern hervor, doch gleichzeitig strahlte sie eine gewisse Zähigkeit aus. In ihrem blassen, von schneeweißem krausen Haar gerahmten Gesicht konnte man in ihren hohen Wangenknochen unter großen eisblauen Augen Spuren ehemaliger Schönheit erkennen. Amy führte sie zum Tisch. Eiriol stellte die Kiste auf den Boden und gab Boxer die Hand. Amy goss Wasser in Gläser, legte ihr Notizbuch auf den Tisch und setzte sich.

»Wer ist sie?«, fragte Eiriol Lewis, als sie erkannte, dass Amy sich zu ihnen gesellte.

»Meine Tochter ... Amy«, sagte Boxer. »Sie gehört zum Team.«

Amy streckte die Hand aus, die Eiriol ängstlich schüttelte.

»Was macht sie hier?«, fragte Eiriol und faltete ihre knochigen Hände. Manikürte Nägel mit schwarzem Gel-Lack konnten nicht verbergen, dass sie körperliche Arbeit verrichtete.

»Sie hilft mir, Vermisste zu finden«, sagte Boxer. »Wenn wir eine junge Person suchen, müssen wir uns oft in Kneipen, Clubs und Bars umhören, und das macht besser jemand, der in einer solchen Umgebung nicht auffällt.«

»Die Person, die ich suche, ist älter als ich, und ich bin einundvierzig.«

»Wie viel älter?«, fragte Amy und spielte mit ihrem Stift.

»Sie wollen sich doch keine Notizen machen, oder?«

»Nein, sie macht sich keine Notizen«, sagte Boxer. »Wir sind hier, um zuzuhören. Vielleicht schreibt Amy sich zwischendurch etwas auf, um Sie später danach zu fragen, damit Sie in Ihrem Erzählfluss nicht unterbrochen werden, und wie ich Ihnen bereits am Telefon erklärt habe, zeichnen wir die gesamte Unterhaltung auf. Das müssen wir aus juristischen Gründen.«

»Eiriol ist ein ungewöhnlicher Name«, sagte Amy. »Was bedeutet er?«

»Es ist Walisisch für ›verschneit‹«, antwortete sie und berührte ihr krauses weißes Haar. »Nicht besonders originell, ich weiß. Ich bin im Januar geboren. Es hat geschneit. Und das Haar war natürlich ein weiterer Grund.«

»Man hört gar keinen Akzent mehr.«

»Ich lebe seit meinem sechzehnten Lebensjahr in London«, sagte Eiriol. »Ich bin 1989 hergekommen.«

»Und wen suchen Sie?«, fragte Boxer.

»Ich suche meine Schwester, Anwen. Sie ist im Sommer 1979 spurlos verschwunden. Ich war damals sechs Jahre alt. Sie war zwanzig und studierte im zweiten Jahr Kunst an der Slade School. Sie hat mich angerufen und gesagt, sie würde zu unserem jährlichen Familienurlaub an der Küste von Pembrokeshire nach Hause kommen. Meine Eltern haben sie bei der Polizei als vermisst gemeldet. Wir haben nie wieder etwas von ihr gehört.«

»Und was hat die Polizei zum Zeitpunkt ihres Verschwindens ermittelt?«

»Rein gar nichts. Da hat mein Dad noch mehr rausbekommen«, sagte Eiriol. »Er war Lehrer. Er hat die ganzen Sommerferien damit zugebracht, sie aufzuspüren. Er ist zu ihrer Studentenbude irgendwo in der Holloway Road in London gefahren, wo er erfahren hat, dass sie das Haus, in dem sie zusammen mit ein paar anderen Studenten wohnte, mit der Absicht verlassen hatte, auf der A40 nach Wales zu trampen. Das berichtete er der Met, der Polizei von Thames Valley, Gloucestershire und Gwent. Nichts. Er ist zu den verschiedenen Punkten entlang der A40 gefahren, wo sich Tramper versammeln, und hat Anwens Foto herumgezeigt. Danach hat er es in der Gegenrichtung versucht, weil er dachte, dass er vielleicht jemanden treffen würde, der sie auf dem Weg aus London gesehen hatte und nun in die Stadt zurückkehrte. Nichts. Er hat Anwens Foto unter den regelmäßigen Trampern verteilt, ihnen seinen Namen, seine Adresse und Telefonnummer gegeben und sie gebeten, sich weiter umzuhören und Bescheid zu sagen, falls sie etwas erfuhren. Er hat sie bei jeder nur denkbaren Wohlfahrtsorganisation gemeldet, die irgendwas mit vermissten Personen zu tun hatte. Dann hatte er einen schweren Herzinfarkt, an dem er gestorben ist.«

Eine Böe wehte durch die Gasse. Eiriol stand nervös auf, zog ihre Jeans über die Hüften und setzte sich wieder.

»Ein plötzlicher Tod ist furchtbar«, sagte Boxer. »Für alle Hinterbliebenen.«

»Hat Ihre Mutter die Suche nicht fortgesetzt?«, fragte Amy.

»Meine Mutter ist an dem Verlust zerbrochen«, sagte Eiriol, »komplett zerbrochen. Anwen war ihr Liebling. Ich war ein Irrtum. Als dann Daddy so plötzlich gestorben ist, hat sie das über die Schwelle von der Depression zum Selbstmord getrieben. Sie hat eine Überdosis Schlaftabletten und Schmerzmittel genommen.«

»Wie alt waren Sie da?«, fragte Boxer.

»Als meine Mum gestorben ist? Acht.«

»Und wer hat sich um Sie gekümmert?«

Eiriol beugte sich vor und trank einen Schluck Wasser. »Ich bin zu Dads Bruder in Pontypool gekommen. Er war Bergarbeiter. Und, na ja, bis zum Bergarbeiterstreik 1984 war es okay. Dann ist alles auseinandergebrochen. Er hatte kein Einkommen und zwei eigene Kinder zu versorgen, also kam ich in Pflege … wenn man es so nennen kann.«

»Und was dann? Sie sind nach London abgehauen, als Sie sechzehn waren?«

Sie nickte, als ob sich hinter diesem kurzen Satz eine lange Geschichte verbergen würde, die sie ihm hätte erzählen können, wenn er zwei Leben lang Zeit übrig gehabt hätte.

»Hatten Sie damals vor, Anwen zu suchen?«, fragte Amy.

»Nein. Nach acht Jahren ohne jedes Zeichen von ihr ging es nur darum, aus dem Waisenhaus wegzukommen und in London unterzutauchen. Nicht dass mich irgendjemand gesucht hätte.«

»Was glauben Sie, was mit Ihrer Schwester geschehen ist?«, fragte Boxer.

»Ich glaube, jemand hat sie ermordet.«

»Sie wissen, dass LOST eine wohltätige Organisation ist, die sich dem Ziel verschrieben hat, vermisste Personen *lebendig* zu finden.«

»Ich weiß«, sagte Eiriol. »Sie haben mich gefragt, was meiner Meinung nach mit Anwen geschehen ist. Aber ich weiß es nicht mit Sicherheit. Sie könnte ebenso gut … nein, nein, sie ist tot. Da bin ich mir ziemlich sicher.«

»Und was glauben Sie, wie wir Ihnen helfen können?«, fragte Boxer.

»Ich weiß, es macht nicht den Eindruck, aber ich habe mein Leben im Lauf der Jahre in den Griff bekommen. Die erste Zeit in London war übel. Ohne Geld ist es schwer, das habe ich am eigenen Leib erfahren. Drogen und«, sie blickte Amy an, »was man machen muss, um sie zu bekommen. Wie viele Obdachlose bin ich bei Crisis gelandet, und die haben mich vom Rand des Abgrunds zurückgeholt, mir eine Unterkunft besorgt, eine Lehre als Klempnergesellin vermittelt, und so bin ich Heizungsmonteurin geworden. Ich hab eine Sozialwohnung in Holloway bekommen, bin zu City & Guilds gegangen und habe mich zur Heizungsingenieurin weiterqualifiziert.«

Amy blickte auf und zog die Brauen hoch.

»Beeindruckend«, sagte Boxer, fasziniert von ihrer Willenskraft. »Aber was führt Sie hierher?«

»Diese Kiste«, erklärte sie und tippte darauf. »Vor ein paar Jahren habe ich es geschafft, Kontakt zu meinen Cousinen aufzunehmen, den Zwillingstöchtern vom Bruder meines Vaters, die jetzt verheiratet in Wales leben. Die in Cardiff ist bei einem

Umzug auf ein paar alte Sachen gestoßen, die sie aus dem Haus ihrer Eltern geräumt hatte. Dabei ist ihr aufgefallen, dass diese Kiste nichts mit ihrem Vater zu tun hatte. Sie war voll mit Notizbüchern meines Vaters und Fotos von Anwen. Also hat sie mir die Kiste geschickt, und letztes Jahr im November habe ich es endlich geschafft, sie durchzusehen.«

»Wie meinen Sie das?«, fragte Boxer, der diese Frau und ihre Art, ihr Unglück zu bewältigen, mochte.

»Vor ein paar Jahren bekam ich starke Depressionen. Genau wie meine Mum. Ich wollte nicht denselben Weg gehen wie sie, aber auch keine Antidepressiva nehmen. Also habe ich eine Therapie angefangen und aus eigener Tasche bezahlt. Es war das erste Mal, dass ich überhaupt über Anwens Verschwinden und alles gesprochen habe. Ich kann Ihnen sagen, es war verdammt traumatisch. Ich konnte es nicht glauben. Als ob es gestern passiert wäre. Manchmal habe ich in der Sitzung bloß eine Stunde lang geweint, mein Geld bezahlt und bin wieder gegangen. Die Sache mit Anwen ... also, sie war nicht bloß meine Schwester.« Eiriol packte die Tischkante, blinzelte heftig gegen die Tränen an, die ihr in die Augen geschossen waren, und atmete tief durch. »Anwen hat sich um mich gekümmert, seit ich klein war, bis sie ausgezogen ist, um Kunst zu studieren. Meine Mum war dazu nicht imstande. Also hat Anwen die Mutterrolle übernommen. Als sie nach London gezogen ist, ist für mich eine Welt zusammengebrochen. Sie können sich nicht vorstellen, wie sehr ich mich darauf gefreut habe, dass sie nach Hause kommt. Und sie dann zu verlieren ... es war, als hätte ich meine Mutter verloren, und ich bin in der Erinnerung nie dorthin zurückgekehrt, habe nie darüber gesprochen. Dad war auf seiner verzweifelten Suche. Mein Mum lag bei zugezogenen Vorhängen im Bett. Ich musste ganz allein mit dem Verlust zurechtkommen, und ich wusste nicht, wie. Ich habe es einfach irgendwo in meinem Unterbewusstsein vergraben, zusammen mit Dads Tod, dem Selbstmord meiner Mutter und allem anderen, was passiert ist. Aber wenn man das macht, holt es einen irgendwann wieder ein, und genau das ist geschehen ...«

»War die Kontaktaufnahme mit Ihren Verwandten Teil Ihrer Therapie?«, fragte Boxer.

»Mein Therapeut meinte, das wäre eine gute Idee, und er hatte recht. Trotz aller Unterschiede verstehe ich mich gut mit meinen Cousinen. Sie waren sehr hilfsbereit. Dann haben sie mir die Kiste geschickt, und es war wie eine Prüfung. Ein paar Monate lang habe ich mich nicht getraut, mir den Inhalt anzusehen. Mein Therapeut hat mir geraten, mir Zeit zu lassen. Und das habe ich getan ... bis zum letzten November. Dann bin ich ein ganzes Wochenende lang alles durchgegangen. Ich habe die Notizbücher gelesen, in denen mein Dad seine Gespräche und Gedanken festgehalten hat. Ich habe die Fotos von Anwen betrachtet, all ihre Zeichnungen, die Visitenkarten, die er hatte drucken lassen, um sie zu verteilen. Ich habe das Album mit Fotos von Pubs, Hotels, Hamburgerbuden, Rastplätzen und Tankstellen entlang der Strecke durchgeblättert. Er hat Naturwissenschaften unterrichtet und war es gewohnt, akkurat zu arbeiten, Listen zu führen, Experimente zu dokumentieren und so weiter. Für ihn war es eine Therapie. Es hat ihm geholfen, damit klarzukommen.«

»Wie war Ihre Beziehung zu Ihrem Vater?«, fragte Amy.

Eiriol zuckte die Achseln. »Wir waren uns sehr ähnlich. Wir hatten den logischen Verstand. Anwen war der musisch-künstlerische Typ. Sie konnte eigenwillige Verknüpfungen herstellen. Von ihr war er fasziniert. Ich war einfach nur da. Es gab kein Mysterium. Die meisten Zeichnungen in der Kiste waren Porträts von ihm. Ich hatte mitbekommen, wie Anwen sie angefertigt hatte, aber keine Ahnung, wo sie gelandet waren, bis auf die eine, die er hatte rahmen lassen. Sie waren alle da drin.« Sie öffnete die Kiste. »Und da war noch das«, sagte sie und hielt einen Brief hoch. »Er war ungeöffnet. Das Datum auf dem Poststempel ist der Todestag meines Vaters. Ich weiß nicht, warum er ungeöffnet geblieben ist, ich weiß nur, dass meine Mum völlig neben sich war. Es gibt tausend Möglichkeiten, was passiert sein könnte. Es war offensichtlich ein persönlicher Brief, nicht von einer Bank oder einem Versorgungsunternehmen, also hat irgendwer ihn wahrscheinlich einfach in die Kiste gesteckt.«

»Wie lange nach dem Verschwinden Ihrer Schwester ist Ihr Vater gestorben?«

»Etwas mehr als eineinhalb Jahre«, sagte Eiriol. »Und meine Mum hat nicht viel länger durchgehalten. Sie ist im September 1981 gestorben. Ich kam zurück von einer Klassenfahrt, ging hoch in ihr Schlafzimmer, und sie war schon kalt.«

Schweigen. Amy sah ihren Vater an, der gebannt zugehört hatte.

»Was stand in dem Brief?«, fragte er.

»Er war von einem Mann namens Tom Dyer. Er entschuldigte sich dafür, sich nicht früher gemeldet zu haben, weil er ein Jahr in Australien gewesen sei. Aus Oxford kommend hatte er in einer Jet-Tankstelle an der A40 ein Flugblatt gesehen und Anwen erkannt. Er sagte, sie hätten am Samstag, den 11. August 1979, um die Mittagszeit gemeinsam an dem Kreisverkehr in Wolvercote gestanden. Er war nach seinem Examen noch an der Oxford University geblieben und nun auf dem Heimweg zu seinen Eltern in Cheltenham. Anwen erzählte ihm, dass sie von einem Paar aus Clapham, das einen alten Freund in North Oxford besuchte, mitgenommen worden war. Jedenfalls verstanden die beiden sich gut und beschlossen, gemeinsam weiterzutrampen. Dann hielt ein zweisitziger grüner Sportwagen für Anwen. Die Gelegenheit war zu günstig, um sie abzulehnen. Er erinnerte sich, dass sie auf dem Beifahrersitz gekniet und ihm zum Abschied zugewinkt hatte, als der Wagen davonbrauste. Das war alles. Der Einzige, der sie gesehen hatte, und mein Vater hat ihn um einen Tag verpasst.«

»Kann ich den Brief lesen?«, fragte Boxer.

Amy sah ihn mit einem festen Blick an, der ihm bedeutete, dass er eine Grenze überschritt. Dieser Fall kam für sie nicht in

Frage. Sie suchten ausschließlich nach Lebenden, nicht nach Toten. Als Eiriol ihm den Brief gab, schüttelte Amy leicht den Kopf. Boxer ignorierte sie und las den Brief. Der Himmel verdunkelte sich, wie aus dem Nichts kam ein böiger Wind auf, und ein schwerer Schauer prasselte auf die Gasse nieder.

»Sind Sie einem der Hinweise in dem Brief nachgegangen, oder haben Sie mit der Polizei darüber gesprochen?«, fragte Boxer.

»Ich hatte nie eine besonders gute Beziehung zur Polizei«, sagte Eiriol. »Wenn ich eine Polizeiwache betrete, passiert irgendwas in meinem Kopf. Ich werde laut und unhöflich, ein Relikt aus meiner frühen Zeit in London, als ich versucht habe, mit nichts zu überleben, und öfter mal wegen Ladendiebstahl und dergleichen festgenommen wurde.«

»Bei der Thames Valley Police gibt es eine Einheit für die Revision von Ermittlungen bei Kapitalverbrechen«, sagte Amy. »Hätten Sie etwas dagegen, wenn wir in Ihrem Namen mit den Leuten sprechen?«

»Ich glaube nicht, dass das zum jetzigen Zeitpunkt der richtige Ansatz wäre«, ging Boxer rasch dazwischen.

Amy beugte sich vor und starrte ihn mit ihren hellgrünen Augen wütend an. Er warf ihr einen warnenden Blick zu. Perplex lehnte sie sich auf ihrem Stuhl zurück, während er sich an Eiriol wandte.

»Wie haben Sie von der LOST Foundation erfahren?«, fragte er.

»Ihr Name stand im Januar im *Evening Standard*. Als diese Milliardärskinder entführt worden waren und Sie sie unversehrt befreit haben. In dem Artikel wurde erwähnt, dass Sie eine wohltätige Organisation für die Suche nach vermissten Personen betreiben. Als ich beschlossen habe, etwas wegen Anwen zu unternehmen, ist mir Ihr Name wieder eingefallen, ich habe Sie im Internet gefunden, und hier bin ich.«

»Sie wissen, dass es nicht leicht ist, fünfunddreißig Jahre zurückzugehen. Kein einziger der damals ermittelnden Beamten wird noch im Dienst sein.«

»Ich weiß. Ich muss das bloß für meinen Seelenfrieden tun. Damit ich mir sagen kann, dass ich es versucht habe.«

»Können Sie uns die Kiste überlassen?«, fragte Boxer. »Wir kopieren alles und schicken sie Ihnen zurück.«

»Was ist mit Bezahlung? Auf Ihrer Website stand, dass es kostenlos ist, aber Sie brauchen doch Geld für Ihre Auslagen.«

»Wir sind auf die Spenden zufriedener Klienten angewiesen.«

»Wie wäre es dann mit einer Art Vorabspende«, sagte Eiriol, zog einen weißen Umschlag aus der Tasche und schob ihn Boxer über den Tisch zu.

»Jetzt noch nicht«, erwiderte Boxer und schob ihn zurück. »Erst wenn wir fertig sind.«

Eiriol zuckte mit den Schultern. Boxer stand auf, verabschiedete sich von ihr und schickte sie mit Amy hinaus, damit die ihre Kontaktdaten aufnehmen konnte. Er öffnete die Kiste und las gerade noch einmal den Brief von Tom Dyer, als Amy zurückkam.

»Was hatte das denn zu bedeuten?«, fragte sie. »Hast du gerade aus einer Laune heraus beschlossen, sämtliche Grundsätze der LOST Foundation umzustoßen? Machen wir jetzt auch in Toten?«

»Nein«, sagte Boxer und biss sich auf die Unterlippe, während er mit seinen Gedanken rang. »Es war bloß die Neugier, die mit mir durchgegangen ist.«

»Was gibt es da neugierig zu sein?«, fragte Amy. »Vor fünfunddreißig Jahren stirbt eine Tramperin. Ende der Geschichte ...«

»Es ist das Datum«, sagte Boxer. »Anwen ist drei Tage vor dem Tag verschwunden, an dem mein Vater verschwunden ist.«

»*Ja*, Dad, aber nicht am *selben* Tag, oder?«, fragte Amy. »Sie waren nicht im selben Teil des Landes. Dein Vater ist drei Tage *später* aus seinem Haus in London verschwunden.«

»Mein Vater war an dem Tag, an dem Anwen getrampt ist, in seinem Ferienhaus in Eastleach in den Cotswolds, direkt an der A40.«

»Na und?«, fragte Amy mittlerweile genervt. »Hatte er einen zweisitzigen grünen Sportwagen?«

»Nein«, sagte Boxer, »aber John Devereux, der Geschäftspartner meiner Mutter. Einen sehr auffälligen grünen Sportwagen. Und John wurde am frühen Montagmorgen, dem 13. August 1979, von der Putzfrau in seinem Haus in Bibury gefunden, wo er am späten Samstagabend, dem 11. August, ermordet worden war. Mein Vater war am selben Abend in seinem nur zehn Kilometer entfernten Ferienhaus, weshalb die Polizei ihn am 13. August anrief und ihm erklärte, dass man ihn am kommenden Tag befragen wolle. Dies war ihrer Vermutung nach der Grund, warum er am 14. August verschwunden ist und nie wieder gesehen wurde.«

KAPITEL VIER

24. April 2014, 19.20 Uhr
Boxers Wohnung, Belsize Park, London NW3

Boxer fuhr nach Hause, legte sich aufs Bett und dachte darüber nach, wie es sein konnte, dass Eiriol Lewis vor seiner Tür gelandet war. Er wusste, dass er sie hätte wegschicken sollen, doch irgendetwas an ihr hatte sein Innerstes berührt, hatte das trübe Wasser aufgewühlt und ihn zum Licht jenseits der schwankenden Oberfläche aufblicken lassen. Nachdem sie gegangen war, hatte er einen Freund in einer Produktionsfirma in Soho angerufen und einen Termin ausgemacht, um sich die alte Betamax-Kassette anzusehen, die er in den Händen gewendet hatte, als er Eiriol in der Gasse entdeckt hatte.

Seinem Gespür für die Synchronizität von Ereignissen war es auch nicht entgangen, dass sie Heizungsingenieurin war. Erst drei Monate zuvor hatte ein anderer Heizungsingenieur die Videokassette unter den Bodendielen eines Zimmers in seiner Wohnung entdeckt. Der Raum war früher, als die Familie noch das ganze Haus bewohnt hatte, das Arbeitszimmer seines Vaters gewesen. Das Päckchen war in der Handschrift seines Vaters an ihn adressiert. Darin befand sich ein Brief aus dem Mai 1979, drei Monate bevor sein Vater für immer verschwunden war.

Der Brief versprach ihm, dass er auf der Kassette die Antworten auf Fragen finden würde, die ihn fast ein Leben lang verfolgt hatten: Hatte sein Vater John Devereux getötet? Warum war er weggelaufen? Lebte sein Vater noch? Und wenn ja, warum hatte er nie versucht, Kontakt mit seinem Sohn aufzunehmen?

Eine dieser Fragen schien durch das Auftauchen eines Mannes beantwortet worden zu sein, der sich Conrad Jensen nannte. Er war der Kopf hinter der Entführung von sechs Milliardärskindern im Januar in London gewesen. Boxer war in die Suche nach den Geiseln verwickelt worden und hatte Jensen und die Kinder in einer entlegenen Region des Atlasgebirges aufgespürt, wo es zu einer gewaltsamen Auseinandersetzung gekommen war. Kurz bevor Conrad Jensen auf einem Crossbike in der eiskalten Nacht verschwunden war, hatte er Boxer zu dessen Verblüffung geraten, unter den Bodendielen des ehemaligen Arbeitszimmers nachzusehen, wo er eine Videokassette finden würde.

Das hatte Boxer in tiefes Grübeln gestürzt: War Conrad Jensen sein Vater, oder hatte er nur eine entscheidende Information benutzt, um ihn auf seine Seite zu ziehen?

Der Brief hatte ihn außerdem gewarnt, dass er, wenn er ein glücklicher Mann sei, besser daran täte, sich den Inhalt der Kassette nicht anzusehen, weil die Geschichte, die sie erzählte, zerstörerisch sei.

Boxer war bestimmt nicht der glückliche Mann, der er zu Beginn des Jahres gewesen war, nachdem er mit Isabel die Liebe seines Lebens verloren hatte, die mit ihrem gemeinsamen Kind schwanger gewesen war.

Das Kind, sein Sohn Jamie, hatte überlebt, und weil Boxer geglaubt hatte, sich nicht um ihn kümmern zu können, hatte er eine Adoption durch Isabels Tochter Alyshia arrangiert. Nun fragte er sich, ob das richtig gewesen war. Der Junge gab ihm Hoffnung, doch ihn zu sehen tat auch weh, und mittlerweile bereute er es, nicht die Verantwortung für ihn übernommen zu haben. Er hatte den Verdacht, dass es mit seiner eigenen Verzweiflung und Wut darüber zu tun hatte, von seinem Vater verlassen worden zu sein.

Es gab also einen Hoffnungsschimmer, doch er war alles andere als glücklich. Genau genommen steckte er noch in den Tiefen der Trauer fest, in der Schwebe an einem trüben und schlammigen Ort, wo es eigenartig schwerfiel, in Kontakt zu den eigenen

Gefühlen zu kommen. Er fühlte sich immer mehr wie ein uralter Hecht mit atavistischem Überlebensinstinkt am Grund eines Teichs. Vielleicht fiel ihm hin und wieder ein silbernes Blitzen ins Auge, doch wenn er danach schnappte, musste er jedes Mal feststellen, dass es scharf und unerträglich schmerzhaft war. Er zuckte zurück vor den Augenblicken, in denen die Realität des Verlustes von Isabel unkontrolliert auf ihn einstürzte, bis er schluchzend am Boden lag. Wenn er hinterher mühsam gefasst wieder aufstand und sich umblickte, fragte er sich manchmal, wo er gerade gewesen war.

Er hatte nicht gearbeitet. In einem fragilen emotionalen Zustand sollte man keinen Job als Kidnapping-Consultant annehmen. Er hatte angefangen, regelmäßig ins Büro der LOST Foundation zu kommen, um seinem Leben eine Struktur zu geben. Er war sich bewusst, dass er außerdem in der Nähe seiner Tochter sein wollte, ohne ihr das Gefühl zu geben, dass sie sich zu sehr um ihn kümmern musste, weshalb er in letzter Zeit wieder unregelmäßiger erschienen war.

Nun hatte er beschlossen, den Stier bei den Hörnern zu packen. Er war sich nicht sicher, ob es der Blick aus Eiriols blauen Augen gewesen war, der den Entschluss ausgelöst hatte, aber als sie gegangen war, hatte er einen Energieschub gespürt, der ihn wieder ins Leben zurückgestoßen hatte. Er hatte erkannt, dass er die Kassette, wenn er es nicht über sich brachte, sie zu zerstören, irgendwann ansehen musste, deshalb würde er morgen die Produktionsfirma seines Freundes in Soho aufsuchen.

Was nicht bedeutete, dass er es durchziehen musste.

Er schüttelte den Kopf über sein endloses Zaudern.

Er trank Whisky, während er Pasta kochte und etwas Pesto hinzufügte. Dann öffnete er eine Flasche Rioja und aß und trank, ohne zu denken. Ein Freund rief an und lud ihn ein, am späteren Abend an einer Pokerpartie teilzunehmen. Er nahm an.

Die Karten lagen von Anfang gut für ihn, und um ein Uhr morgens war er mit sieben Riesen im Plus. Dann passierte etwas in seinem Kopf. Nicht direkt Trauer oder Erinnerungen an Isabel oder der Gedanke an ihre Abwesenheit. In einer Minute handelte er noch vollkommen kontrolliert und in der nächsten dann plötzlich nicht mehr. Es war ihm mit einem Mal scheißegal, was um ihn herum geschah. Die Wachheit der anderen Spieler, die mit den Fingern über den Rand ihrer Chips strichen und mit zuckenden Blicken auf Ticks und verräterische Zeichen ihrer Mitspieler lauerten, die Aufregung, wenn die Karten aufgedeckt wurden, die elektrische Spannung um den Tisch … alles war von Sinnlosigkeit durchzogen.

»Was willst du machen, Charlie?«, fragte der Mann neben ihm.

Boxer setzte, ohne nachzudenken, und hatte, ehe er sich's versah, die sieben Riesen und zwei weitere wieder verloren. Er stand vom Tisch auf und lief im Nieselregen durch die dunklen Straßen nach Hause.

Erst als er sich ein T-Shirt und die Schlafanzughose anzog und sich in der Dunkelheit aufs Bett legte, begriff er den Ursprung seines Unglücks. Er drehte sich zur Seite und schlief ein, das Gesicht ins Kissen gedrückt.

Eineinhalb Stunden später wachte er mit trockenem Mund und pelziger Zunge auf. Er ging ins Bad, trank Wasser aus dem Hahn und hielt inne, als er aus dem Wohnzimmer ein Geräusch hörte. Er verließ das Bad und lauschte. Nichts. Seine einzige Waffe war unter den Bodendielen in der Küche versteckt, acht Meter entfernt. Er ließ den Blick durch den Raum schweifen und machte auf einem der Sessel die vagen Umrisse einer Gestalt aus. Er schaltete das Licht an.

Es dauerte einen Moment, bis er sie erkannte: Louise Rylance war ganz in Schwarz gekleidet, hatte die Beine übereinandergeschlagen und die Finger auf den Armlehnen des Sessels gespreizt. Ihr blondes Haar war verschwunden, stattdessen trug sie jetzt einen dunklen Pagenschnitt. Sie hatte abgenommen. Ihre Wangenknochen wirkten markanter, ihre Gliedmaßen länger. Sie sah ihn mit ihren hellgrauen Augen fest an.

Louise war als Geheimdienstoffizierin der britischen Armee im Irak gewesen, bevor sie und ihr Mann von Conrad Jensen engagiert wurden, eine der Entführungen der sechs Milliardärskinder in London Anfang des Jahres durchzuführen. Ihr Mann war bei dem Einsatz ums Leben gekommen, und als Boxer Louise zum letzten Mal gesehen hatte, wollte sie gerade untertauchen und eine neue Identität annehmen. Sie war seine einzige Verbindung zu Conrad Jensen; seit ihrem Anruf am 18. April, dem Tag, an dem sein neugeborener Sohn das Krankenhaus verlassen durfte, hatte er nichts mehr von ihr gehört.

»Ich mag es nicht, wenn Leute in meine Wohnung einbrechen ... vor allem nicht, wenn ich zu Hause bin«, sagte Boxer eisig.

»Dann musst du vorsichtiger sein«, erwiderte sie. »Ich bezweifle, dass ich die Erste bin.«

»Das heißt?«

»Leute interessieren sich für dich«, erklärte Louise.

»Tun sie das?«

»In den ersten paar Monaten ... bis weit in den März hinein bist du überwacht worden.«

»Von wem?«

»Vom MI5«, sagte Louise. »Hast du einen trinkbaren Kaffee?«

Boxer ging in die Küche, legte zwei Pads in die Maschine und machte zwei doppelte Espresso.

»Der britische Geheimdienst konnte sich meine Verbindung mit Conrad Jensen nicht erklären«, sagte Boxer, gab ihr den Kaffee und bedachte sie mit einem langen festen Blick, den sie unbeeindruckt erwiderte.

»Du hast ihnen also nichts von deiner Beziehung zu ihm erzählt?«, fragte Louise.

»Ich habe ihnen alles erzählt außer einer Kleinigkeit.«

»Dass er dein Vater ist?«

»Das weiß ich nicht mit Sicherheit.«

»Wirklich? Aber nun hast du gefunden, wonach zu suchen er dir aufgetragen hat ...«

»Wenn du die Kassette meinst, die hatte ich schon vorher gefunden«, sagte Boxer. »Ich hatte Handwerker in der Wohnung, die die Bodendielen entfernt haben.«

»Hast du sie dir schon angesehen?«

»Noch nicht«, antwortete Boxer.

Louise nippte an ihrem Kaffee, blickte sich im Wohnzimmer um und registrierte jede Einzelheit: das Gemälde eines italienischen Geschäftsmanns aus dem 16. Jahrhundert, die Fotos von Amy, das Bücherregal mit einer großen Abteilung Elmore Leonard und Anthony Beevor, eine seltsame Karikatur von einem Riesen in einem Loch, der von kleinen Menschen gefüttert wird, zwei Teppiche auf dem Boden, ein afghanischer, ein pakistanischer. Ihr Blick schwenkte zurück zu ihm. »Warum nicht?«

»Ich war in Trauer, und der Kassette lag eine deutliche Warnung bezüglich meiner geistigen Gesundheit bei.«

»Das mit Isabel tut mir leid«, sagte Louise. »Ich habe gehört, dass es sehr plötzlich passiert ist. Und das Baby ... Jamie? Wie geht es ihm?«

»Gut«, antwortete Boxer. »Du warst auch in Trauer. Um deinen Mann. Mein Beileid zu *deinem* Verlust.«

»Das hast du auch schon unmittelbar danach gesagt«, erwiderte Louise. »Was mich überrascht hat.«

»Daran kann ich mich nicht erinnern«, sagte Boxer. »Wie ist das Leben seitdem?«

»Schwer, viel schwerer, als ich erwartet habe.«

»Es nicht leicht, abgeschnitten von seiner Vergangenheit zu leben«, sagte Boxer. »Wer bist du übrigens jetzt?«

»Laura King. Irgendwie enttäuschend nach Louise Rylance. Ich mochte den Namen, und ich vermisse es, blond zu sein«, erklärte sie und berührte ihr schwarzes Haar mit ihren lackierten Nägeln. »Du hast eben gesagt, ›noch nicht‹. Heißt das, du *wirst* dir die Kassette ansehen?«

»Will Conrad das?«

»Das hat er nicht gesagt. Er wollte bloß wissen, ob du sie angeschaut hast und ob es irgendwelche Folgen hatte.«

»Hast du Conrad persönlich gesehen?«

»Nein.«

»Wie hat er Kontakt zu dir aufgenommen?«

»Ein altmodischer toter Briefkasten in Hampstead Heath«, sagte Louise. »Es war vorher verabredet, dass ich ihm Bescheid gebe, wenn ich vorbeikommen würde. Seine Antwort hat eine Woche gedauert.«

»Steht ihr in regelmäßigem Kontakt miteinander?«

»Wir kommunizieren, wenn es notwendig ist.«

»Conrad hat gemeint, du würdest dich melden, wenn es etwas für mich zu tun gebe«, sagte Boxer, setzte sich auf die Lehne des Sofas und stellte seinen Kaffee auf dem Tisch ab.

»Ich glaube, vorher will er wissen, ob du auf unserer Seite bist«, sagte Louise.

»Und wie deutest du unser bisheriges Gespräch?«, fragte er.

»Du klingst skeptisch.«

»Ich kann nicht behaupten, dass die CIA mir nach dem Showdown in Marokko in irgendeiner Form geholfen hat.«

»Vielleicht, um dich zu schützen.«

»Ich habe nach wie vor nur Conrads Wort, dass die CIA gegen eine rechtsextreme Fraktion in den eigenen Reihen kämpft.«

»Sein Wort wird durch deine Beziehung zu ihm untermauert. Er ist dein Vater.«

»In den letzten fünfunddreißig Jahren war er kein besonders toller Vater für mich«, entgegnete Boxer wütend, stützte die Hände auf die Lehnen ihres Sessels und hielt sein Gesicht dicht vor ihres. »Und schon vor unserer ersten Begegnung, die praktisch gleich wieder vorbei war, hat er mich manipuliert, damit ich seine Schlachten für ihn schlage.«

»Nicht direkt *seine* Schlachten.«

»Du weißt, was ich meine. Er hat mich nicht engagiert. Er hat mich in seinen Dunstkreis gelockt. Geradlinig geht anders.

In meiner Branche mögen wir Klarheit und Ehrlichkeit, sonst kommen Menschen zu Tode«, sagte Boxer und stieß sich wieder von ihrem Sessel ab. Er ging durchs Zimmer und blieb hinter dem Sofa stehen.

»Welche Branche meinst du?«, fragte Louise mit einem spöttischen Lächeln. »Die Kidnapping-Consultant-Branche oder das Geschäft der extremen Vergeltung?«

»Letzteres hat sich aus Ersterem entwickelt.«

»Bist du dir da sicher?«

»Bei unserer letzten Begegnung hast du etwas ziemlich Vernichtendes zu mir gesagt.«

»Was denn? Ich kann mich nicht erinnern.«

»Du warst die Erste, die mich einen Psychopathen genannt hat.«

»Und noch lebt?«, fragte Louise und zog die Augenbrauen hoch.

Sie lachten.

»Ich habe in meiner Zeit im Irak eine Menge beschädigter Persönlichkeiten gesehen«, sagte sie. »Ich erkenne die Symptome: unter anderem die Fähigkeit, mit einem Lidschlag von menschlich auf mörderisch und wieder zurück zu schalten. Das könnte ich unter dem Stress von Straßenkämpfen bei knapp fünfzig Grad in Falludscha noch verstehen, aber mit unbewaffneten Gefangenen an einem grauen Nachmittag in Catford ist es nicht normal.«

»Ich wusste nicht, ob ihr für die Entführung meiner Tochter verantwortlich wart …«

»Mach dir nichts vor«, sagte Louise und warf ihm einen zornigen Blick zu. »Ich war dabei. Du warst bereit, uns einfach so umzubringen. Ich weiß nicht, was mit dir passiert ist, aber irgendwo unterwegs muss es einen psychischen Sprung über einen dunklen Abgrund gegeben haben.«

»Was *machst* du hier, Louise?«, fragte Boxer verärgert. »In der einen Minute rekrutierst du mich, in der nächsten stellst du gnadenlose Forderungen. Conrad hat gesagt, du würdest Informationen für mich haben. Aber alles, was ich als Antwort auf meine Fragen kriege, sind noch mehr Fragen.«

Er ging in die Küche und machte sich noch einen Kaffee.

»Und was ist mit dieser rechtsgerichteten Verschwörung innerhalb der CIA?«, fragte er, als er wieder zurückkam. »Glaubst *du* daran?«

»Ich war als Geheimdienstoffizier im Irak. In Bagdad. Ich habe gesehen, was vor sich ging.«

»Du meinst die Manipulation von geheimdienstlichen Informationen, um uns in den Krieg hineinzuziehen.«

»Nein, ich meine das Geld.«

»Das Geld?«, fragte Boxer. »Jeder weiß, dass es immer reichlich Geld für einen Krieg gibt und nie genug für ein Krankenhaus.«

»Ich war in der Grünen Zone, als die C-130-Transportflugzeuge die zwölf Milliarden Dollar in bar auf Paletten gebracht haben«, sagte Louise. »Ich habe gesehen, wie das Geld verteilt wurde – die Schmiergelder, Provisionen und Gratifikationen, die in Sporttaschen gepackt und auf Pick-up-Trucks durch Bagdad transportiert wurden. Und mir wurde klar, worum es in diesem Krieg ging. Nicht um Massenvernichtungswaffen, nicht um den Schutz Israels oder die Befreiung des Irak von einem Diktator, nicht um die Sicherung US-amerikanischer Ölinteressen oder die Förderung der Demokratie in der arabischen Welt, es ging um nichts von dem, was unsere Regierungen als Kriegsgrund angeführt haben.«

»Worum ging es dann?«

»Ein paar skrupellose Leute hatten das große Bedürfnis, einen Haufen Geld zu machen«, sagte Louise. »Und ich habe mit eigenen Augen gesehen, dass es bestimmte CIA-Agenten gab, die es ermöglicht haben, und alle hatten sehr enge Beziehungen zu einem privaten Sicherheitsunternehmen namens Achorlight oder zur Kinderman Corporation oder zu beiden. Und wie du weißt, gibt es in beiden Unternehmen gewisse Personen mit rechtsextremen Ansichten.«

»Ihr müsst die perfekten Rekruten für Conrad gewesen sein.«

»Conrad war der *Einzige*, der uns überhaupt noch einen Job gegeben hat«, erwiderte Louise. »Wir stehen auf einer schwarzen Liste.«

»Wessen schwarzer Liste?«

»Ich weiß nicht genau. Wir haben nur rausgefunden, dass jeder, der an Geschäftsbeziehungen zum US-Militär interessiert war, niemanden anstellen oder engagieren durfte, der auf dieser Liste stand.«

»Warum standet ihr darauf?«

»Man hatte uns Attribute wie ›korrupt‹, ›moralisch verdächtig‹ und ›mental labil‹ angeheftet, was interessant war, weil es eine Menge übler Irrer gab, die nicht auf dieser Liste auftauchten und später für wahllose Tötungen, Waffenschmuggel, Kunstraub und dergleichen verantwortlich waren.«

»Was glaubst du, womit ihr die Leute verärgert habt, die die Liste erstellt haben?«

»Wir haben unseren Vorgesetzten regelmäßig Bericht über Geld- und Warenlieferungen erstattet, die die Grüne Zone verlassen haben. Wir haben Namen genannt.«

»Waren darunter auch Personen, die Conrad neutralisieren will?«

»Nein, aber für ihn ergab sich daraus eine nachverfolgbare Hierarchie.«

»Wie hat er euch davon überzeugt, dass seine Aktionen legitime und von der CIA sanktionierte Maßnahmen sind?«

»Nun, wir haben keine Privataudienz beim Direktor der CIA bekommen, der so ziemlich der Einzige ist, der Aktionen wie die, von denen Conrad gesprochen hat, sanktionieren könnte«, sagte Louise. »Conrad war genau im Bilde über die schwarze Liste und darüber, wer sie erstellt hat. Er hatte sie gesehen. Er hat selbst Subunternehmer engagiert, also musste er sie kennen. Viele seiner Informationen passten mit unseren zusammen.«

»Was ist mit der politischen Dimension von Conrads Aktionen? Die linke Idee von der Umverteilung des Reichtums?«

»Er attackiert die rechtsextreme religiöse Basis einer Gruppe namens American Republic of Christians, die sich in der CIA eingenistet hat, um mehr Einfluss auf Regierungsebene zu bekommen. Conrad weiß genau, mit welchen sozialistischen Ideen er sie in Rage bringen kann.«

»Glaubt er an Gleichheit, oder ist es für ihn bloß ein Werkzeug, um seine Gegner zu ärgern?«

»Oh nein, er glaubt unbedingt daran. Er begreift, wie der aktuelle Zustand von Ungleichheit herbeigeführt wurde. Er glaubt, dass wir am äußersten Ende des Pendelausschlags sind.«

»Was für ein Pendelschlag?«

»Der ökonomische, der uns von Hochkonjunktur zu Krise und erneutem Aufschwung führt, aber diesmal mit einem Unterschied.«

»Geht es um das berüchtigte eine Prozent?«, fragte Boxer.

»Es geht um eine Elite innerhalb dieses einen Prozents, die entschlossen ist zu verhindern, dass das Pendel wieder in die andere Richtung schwingt. Sie haben eine globale Strategie entwickelt, um sicherzugehen, dass die Reichen immer reicher werden, die Mittelklasse verschwindet und die Armen in den Boden gerammt werden.«

»Bevor sie das schaffen, geht eher der Kapitalismus unter.«

»Da könntest du recht haben«, sagte Louise. »Und sie werden darauf vorbereitet sein.«

Boxer seufzte erschöpft und stand auf. »Hör mal, ich bin müde. Ich habe beim Pokern Geld verloren. Ich gehe jetzt wieder ins Bett. Sag mir, warum du gekommen bist, und dann lass uns gute Nacht sagen.«

»Conrad schickt mich.«

»Um mich auszuhorchen? Um in Erfahrung zu bringen,

ob ich mir das Video angesehen habe? Um mich zu rekrutieren?«

»Um zu sehen, ob du bereit bist.«

»Und wie lautet die Antwort?«

»Ich glaube schon.«

»Bereit wofür?«

»Morgen wird man dir einen Job anbieten. Conrad denkt, dass du ihn annehmen solltest.«

»Was für einen Job denn?«

»Na, der andere Job, den du machst«, sagte Louise lächelnd. »Als Kidnapping-Consultant.«

»Woher weiß er das?«

»Er operiert auf einem anderen Informationslevel als wir.«

KAPITEL FÜNF

25. April 2014, 11.50 Uhr
Open Gate Post Production Studios, Bateman Street, Soho,
London W1

»Kommst du allein zurecht?«
»Es ist besser so«, sagte Boxer. »Wer weiß, was ich entdecke.«
»Wenn du die Kassette beim ersten Mal ohne Pause durchlaufen lässt, kann ich dir hinterher eine DVD-Kopie davon mitgeben.«

Boxers bester Freund aus seiner Zeit bei den Staffords verließ die Kabine. Er war im ersten Golfkrieg Funker gewesen und arbeitete jetzt als Toningenieur für ein Post-Production-Studio in Soho. Boxer lehnte sich zurück und drückte auf den roten Knopf, der anzeigte, dass die Kabine besetzt war. Er nahm die Betamax-Kassette aus ihrer Verpackung und strich mit dem Daumen über den abblätternden alten Aufkleber mit dem Dex-Box-Logo. Dex-Box war die Werbefilmproduktionsfirma, die seine Mutter in den 1960ern zusammen mit ihrem Partner, dem Regisseur John Devereux, gegründet hatte.

Auf dem Umschlag standen die Worte »Gefunden Mai 1979«, darin lag der Brief seines Vaters, David Tate, geschrieben, wenige Monate bevor er in den Tagen nach der Ermordung von John Devereux im August 1979 verschwunden war.

Boxer beugte sich vor, um die Kassette in das Abspielgerät zu schieben, lehnte sich jedoch wieder zurück, weil ihm immer noch zu viel durch den Kopf ging.

Aber nun war er hier. Es gab kein Zurück.

Er legte die Kassette ein, die mit einer Reihe von Dex-Box-Demos begann, alte Werbefilme, wie Esme sie Werbeagenturen vorgeführt hatte, wenn sie um Aufträge warb. Es folgte ein Stück weißes Rauschen, bis man die Nahaufnahme von etwas sah, das sich als ein Handtuch entpuppte, das um den Körper einer Frau mit langem blonden Haar gewickelt war, die die Kamera eingeschaltet hatte und sich nun umwandte und durch ein leeres Zimmer auf einen Balkon ging.

Bei der Originalkassette liefen am unteren Bildrand Datum und Zeit mit. Die Aufnahme begann am 12. Mai 1979 um 15.34 Uhr. Die Kamera stand fest in einer Ecke und war auf ein Doppelbett gerichtet, auf das durch eine Balkontür helles Sonnenlicht fiel. Auf dem Balkon unterhielten sich zwei Personen. Der Ton war zu undeutlich, um zu verstehen, was sie sagten, doch er erkannte, dass es ein Mann und eine Frau waren, die jetzt lachten. Ein Schatten fiel auf das Bett, als die Frau vom Balkon ins Zimmer trat. Sie löste das Handtuch um ihren Körper mit einer Hand, während sie die andere hinter sich gestreckt hielt, als würde sie jemanden an einer Leine hereinführen.

Wegen des grellen Sonnenlichts lag ihr Gesicht im Schatten. Der Mann tauchte auf, ebenfalls nackt. Sie führte ihn an seinem erigierten Penis. Er strich sein langes dunkles Haar aus dem Gesicht und drehte sich um. Aus dem ausführlichen Studium der Polizeiakte seines Vaters erkannte Boxer ihn sofort als John Devereux, den ermordeten Geschäftspartner seiner Mutter. Die Frau kniete auf dem Bett, und ihr langes blondes Haar fiel ihr ins Gesicht, als sie sich bäuchlings auf die Matratze warf. Sie streckte eine Hand zwischen ihren Beinen hindurch und versuchte, Devereux' Schwanz zu packen, während er ihn neckend außer ihrer Reichweite hielt. Sie lachten.

»Herrgott noch mal, jetzt fick mich einfach«, sagte die Frau, und ihre Stimme durchbohrte Boxer wie kalter Stahl.

Er wich so ruckartig von dem Bildschirm zurück, dass er gegen die Wand der Kabine prallte, während die Frau auf dem Bildschirm sich, frustriert, hingehalten zu werden, umdrehte und auf die Bettkante setzte. Ihr Haar fiel in ihren Rücken, und Boxer sah seine Mutter als eine Frau von Ende dreißig.

Entsetzt blickte er sich in der Kabine um, als suche er die Erlaubnis, weiterzugucken zu dürfen. Er packte die Lehnen des Stuhls und erschauderte angesichts des ultimativen Tabus. Ein Kind sollte nie zusehen müssen, wie sein Vater oder seine Mutter Sex haben, schon gar nicht mit einem fremden Partner.

Das Schlimmste daran war, dass er zum Hinschauen gezwungen war. Die Kassette war eine Botschaft seines Vaters. Um ihren Sinn zu verstehen, musste er sie bis zum Ende ansehen.

Nach ein paar Minuten wich sein nervöses Zappeln einer Art Taubheit. Während die Begegnung auf dem Bildschirm ihren Lauf nahm, hörte er auf, die Teilnehmer als Menschen zu betrachten, die er kannte, und begriff, dass es nicht schnell vorbei sein würde. Er beobachtete zwei Menschen, die völlig aufeinander abfuhren. Sie waren einfallsreich und kannten den Körper des anderen, seine Bedürfnisse und Grenzen sehr genau. Was er sah, waren zwei langjährige Sexualpartner, deren Begehren füreinander nie erloschen war.

Fragen schossen unbeantwortet durch seinen Kopf, während sich die Szene endlos entfaltete. Es dauerte mehr als dreißig Minuten, bis sie fertig waren und erschöpft auf den zerwühlten Laken lagen. Nach ein paar Minuten drehte sich Devereux zur Seite. Esme blickte blinzelnd zur Decke und vergewisserte sich mehrfach, dass er eingeschlafen war. Als er schließlich zu schnarchen begann, schlüpfte sie aus dem Bett und schaltete die Kamera aus. Es folgte erneut weißes Rauschen.

Boxer starrte wie gebannt auf den krisseligen Bildschirm. Er ließ die Kassette bis zum Ende durchlaufen, um sicherzugehen, dass nicht noch etwas kam. Er versuchte zu begreifen, was ihm an die Hand gegeben worden war: das Einzige, was in der Ermittlung gegen seinen Vater gefehlt hatte – ein Motiv. Als die Polizei Devereux' Leiche entdeckt hatte, steckte die Mordwaffe (ein Küchenmesser) noch in seiner Brust. Auf dem Griff hatte man keine Fingerabdrücke gefunden. Die einzigen nicht identifizierten Fingerabdrücke im ganzen Haus waren an einem Sektglas im Schlafzimmer gefunden worden, auf dem Nachttisch gegenüber der Seite, auf der Devereux schlief. Die Polizei hatte eine Liste von Personen erstellt, die den Toten gekannt hatten, wussten, wo er wohnte, und zu der Zeit in der Gegend gewesen waren. Bis auf Boxers Vater waren alle als Verdächtige ausgeschlossen worden. Die Fingerabdrücke auf dem Glas stammten vermutlich von einer Frau, die nicht aktenkundig war. Sie stimmten auch nicht mit den Abdrücken irgendeiner der Personen überein, die im Laufe der Ermittlung vernommen worden waren. Und man hatte nie ein plausibles Motiv gefunden.

Er starrte blinzelnd zu Boden und runzelte die Stirn, als er sich an die Aufnahme der Vernehmung seiner Mutter durch den Detective erinnerte, der die Untersuchung damals geleitet hatte. Dieser Detective war immer wieder auf die Tatsache zurückgekommen, dass Esme vor ihrer Heirat mit David Tate eine Affäre mit John Devereux gehabt hatte. Und Esme hatte das jedes Mal bestätigt, jedoch ebenso entschieden erklärt, dass diese Affäre seit 1970 beendet sei. Darauf hatte sie felsenfest beharrt, und bei dieser Geschichte war sie geblieben.

Der Detective war so entschlossen gewesen, ein Motiv zu finden, indem er eine sexuelle Beziehung zwischen Boxers Mutter und dem Regisseur nachwies, dass er feste und freie Mitarbeiter des Teams befragt hatte, mit dem Dex-Box die 1970er hindurch produziert hatte. Entweder hielten diese Männer und Frauen sich treu an die Regel »Was auf dem Set passiert, bleibt auf dem Set«, oder es war so, wie Esme behauptete. Andererseits war sein Vater ebenfalls in der Firma tätig und auf Sets gewesen, wo er andere feste Mitarbeiter der Crew getroffen hatte. Er hatte für Dex-Box die Bücher geführt, und nachdem er selbst in die Filmfinanzierung eingestiegen war, hatte Boxers Mutter ihrem Mann

Büroräume zur Verfügung gestellt. In seiner unmittelbaren Nähe war sie garantiert besonders vorsichtig gewesen. Esme war nicht der Mensch, der es riskierte, dass zwei Welten sich miteinander vermischten, und sie wusste, dass Filmcrews zum Klatsch neigen. Sie hätte es bestimmt nicht zugelassen, dass ihr Panzer als Produzentin angekratzt wurde.

Für sie und Devereux wäre es ohnehin ein Leichtes gewesen, ihre Affäre fortzuführen, ohne dass jemand etwas davon mitbekam. Sie waren ständig gemeinsam auf Reisen – zu Vorbereitungstreffen für Produktionen, Präsentationen bei potenziellen ausländischen Auftraggebern und auf Locationsuche. Bei Filmaufnahmen, umgeben von zahlreichen Leuten, hätten sie dieses Risiko nicht eingehen müssen.

Die Kassette endete. Boxer nahm sie aus dem Abspielgerät, wog sie in seiner Hand und fand sie schwer von noch mehr unbeantworteten Fragen. Nach der Armee war er nur deshalb zur Mordkommission der Metropolitan Police gegangen, weil er die Akte seines Vaters in die Finger bekommen wollte, um dessen Unschuld zu beweisen. Aber anstatt die erwünschten Antworten zu finden, war er mit noch mehr Fragen zurückgeblieben und hatte deshalb wieder bei der Met aufgehört, verwirrt und überrascht, dass er immer noch einen kleinen Rest von Leugnung hatte aufbringen können, solange es kein klares Motiv gab. Und jetzt?

Warum hatte sein Vater ihm diese Kassette hinterlassen? Welche Absicht könnte er damit verfolgt haben? Ja, es war der Beweis für die ehebrecherische Beziehung, die Boxers Mutter wahrscheinlich während der gesamten Ehe seiner Eltern mit Devereux geführt hatte. Reichte das aus, um einen Mann zum Mörder werden zu lassen? Nun ja, Männer hatten schon für sehr viel weniger getötet.

Boxer versuchte sich zu erinnern, welche Gefühle er als Siebenjähriger gegenüber der Beziehung seiner Eltern gehabt hatte, doch sein Gedächtnis war nicht verlässlich genug. Waren sie verliebt ineinander gewesen? Das Einzige, woran er sich mit einiger Sicherheit erinnerte, war seine Beziehung zu seinem Vater. Das war Liebe gewesen – eine kraftvolle, unzerbrechliche Liebe. Bis zu dem Tag, an dem sein Vater verschwunden war, hatte es nichts Kompliziertes in ihrem Leben gegeben, nur seine genial einfache, bedingungslose Liebe. Die Beziehung zu seiner Mutter hatte weitere fünfunddreißig Jahre Zeit gehabt, sich zu verkomplizieren, während die zu seinem Vater von der Zeit unangetastet erhalten geblieben war.

Warum also hatte sein Vater der Liebe seines Sohnes den Rücken gekehrt? Im Laufe der Jahre, nachdem er von der Schule weggelaufen, zur Armee, der Met und schließlich dem privaten Sicherheitsunternehmen Global Risk Management gegangen war, hatte Boxer andere Beziehungen aufgebaut, die ihm geholfen hatten, dieses Gefühl der Zurückweisung zu verdrängen. Erst als er GRM verlassen hatte, um Mercy bei ihrem Alltag mit der schwierigen halbwüchsigen Amy zu helfen, entdeckte er, wie tief die ursprüngliche Verletzung gewesen war. Jedes Mal wenn etwas schieflief, was mit der aufsässigen Amy häufig passierte, tat sich ein schwarzes Loch in ihm auf.

Er atmete tief ein. Erstaunlich, wie schnell der Verstand außer Kontrolle geriet. Er musste mit jemandem reden, der ihn aus diesen Gedanken herausreißen konnte. Jemand mit Klarsicht. Nicht Mercy. Das hier war zu sensibel für Mercy.

Es klopfte an der Tür. Boxer drückte auf den grünen Knopf, und sein Freund schaute herein.

»Alles in Ordnung, Charlie?«

»Mehr oder weniger.«

»Du siehst ein wenig ... perplex aus. Ist das das richtige Wort?«

Himmel, jetzt konnte man es ihm schon vom Gesicht ablesen.

»Es ist ein bisschen komplizierter, als ich dachte«, sagte er.

»Ich brauche jetzt die Kabine, wenn das okay ist.«

»Sie gehört dir.«

Sie gaben sich die Hand. Mit der Kassette und einer Kopie auf DVD trat Boxer auf die Old Compton Street. Vor Camisa's, dem italienischen Lebensmittelladen, stiegen ihm Düfte in die Nase, die ihn kurz von der anderen großen Frage ablenkten, über die er seit Betrachten des Films nachdachte: Warum hatte Esme diese Aufnahme von ihren sexuellen Abenteuern mit John Devereux gemacht?

KAPITEL SECHS

25. April 2014, 13.25 Uhr
Old Compton Street, London W1

Ich habe Tom Dyer über LinkedIn aufgespürt«, riss Amy Boxer aus seinen Grübeleien. »Er leitet seine eigene Produktionsfirma für Fernsehfilme. Er erinnert sich an Anwen und würde sehr gern mit dir sprechen, verlässt jedoch morgen früh das Land und fragt, ob du heute Nachmittag in seinem Büro vorbeikommen kannst.«

»Wo ist seine Firma?«

»Wardour Street.«

»Das trifft sich gut«, sagte Boxer und notierte die Telefonnummer. Mit Dyers Produktionsassistenten verabredete er, nach dem Mittagessen in dessen Büro vorbeizukommen. Er aß eine Schale Laska im Tuk Tuk und ging dann um die Ecke auf einen Kaffee ins TAP in der Wardour Street, wo er wartete.

Er starrte aus dem Fenster, während die Bilder des Videos weiter flackernd vor seinem inneren Auge abliefen, bis er sich förmlich wand. Aber in ihnen lag keine Antwort. Er würde mit seiner Mutter sprechen müssen. Er drückte Esmes Nummer, verlor den Mut und brach den Anruf vor dem zweiten Klingeln wieder ab. Es war noch zu früh. Er brauchte Zeit, alles in Ruhe zu durchdenken. Er brauchte eine Strategie.

Sein Handy klingelte.

Esme.

Er nahm den Anruf entgegen.

»Ja«, sagte sie.

»Ja was?«

»*Du* hast *mich* angerufen.«

»Ich hab mich verwählt. Ich habe aus Versehen auf Mum statt auf Mercy getippt.«

»Oh«, sagte sie gekränkt. »Ich habe dich schon eine Weile nicht mehr gesehen.«

»Nein.«

»Klingt, als ob das kein Zufall gewesen wäre.«

»Doch, doch, unbedingt.«

»Na dann.«

»Na dann was?«

»Dann muss ich mich wohl einfach gedulden.«

»Was machst du heute Abend?«, fragte er, von plötzlicher Verwegenheit gepackt.

»Nichts. Meine Bridgepartie ist gerade abgesagt worden«, antwortete sie.

»Du spielst immer noch Bridge?«

»Natürlich, hier in Hampstead geht es um hohe Einsätze«, sagte sie. »Letzte Woche habe ich neunundzwanzig Pence verloren.«

»Also gut. Wie wär's mit einer Runde Canasta?«

»Möchtest du auch etwas essen, ein Glas Wein trinken?«

»Ich will dir keine Umstände machen.«

»Du kennst mich doch«, sagte sie. »Ein Kühlschrank voller Nahrungsmittel und eine Küche ausgestattet mit allem Heston-Blumenthal-Schnickschnack für erlesenes Essen.«

»Letztes Mal haben wir uns eine Pizza bestellt«, erwiderte er, wohl wissend, dass ihr Kühlschrank nichts außer Alkohol enthielt.

»Und diesmal kriegst du Spaghetti alla carbonara«, sagte sie. »Wenn ich eins bin, dann konsequent.«

Er lachte, beendete das Gespräch und nippte an seinem Kaffee. Ihre Stimme zu hören war irritierend gewesen. Natürlich klang sie älter als in dem Video, dessen explizite Bilder seinen

Verstand noch immer kontaminierten. Er betrachtete die Leute auf der Straße, Dutzende gingen in den zwanzig Minuten an dem Fenster vorbei. Jeder hatte ein Leben, jeder wusste Sachen über andere, so wie sie Sachen über ihn wussten – all die ungesagten Worte, all die unaussprechlichen Bilder.

Tom Dyers Büro lag im obersten Stock eines gläsernen Gebäudes aus den 1930ern, das innen nach den Ansprüchen des 21. Jahrhunderts modernisiert worden war. Man führte Boxer in ein Konferenzzimmer und bot ihm etwas zu trinken an, was er ablehnte. Er setzte sich auf einen weißen Lederstuhl an einem hellen Kieferntisch mit grauem Panoramablick auf die Dächer zwischen der Berwick Street und der Rückseite von Hamleys in der Regent Street. Tom Dyer kam herein. Er sah jünger aus als siebenundfünfzig. Er hatte volles, lockiges graues Haar und blaue Augen hinter einer Brille mit Titanfassung. Er trug ein dunkelblaues Hemd, graue Jeans und grüne Wildlederschuhe. Sie gaben sich die Hand.

»Das ist ein seltsamer Ruf aus der Vergangenheit«, sagte Dyer.

»Meine Tochter hat gesagt, dass Sie sich sofort an Anwen Lewis erinnert haben.«

»Sie hat einen starken Eindruck auf mich gemacht. Wir haben kaum zwanzig Minuten zusammen verbracht, bevor sie mitgenommen wurde, aber die sind lange hier drinnen geblieben«, erklärte er und tippte sich an den Kopf. »Ich habe nach meiner Rückkehr aus Australien sogar noch mal versucht, sie an der Slade School zu besuchen, aber sie war verschwunden, und niemand schien zu wissen, was mit ihr geschehen war.«

»Sie haben ihrem Vater einen Brief geschrieben«, sagte Boxer und gab Dyer die Kopie.

Er überflog ihn nickend.

»Erinnern Sie sich an die Marke oder das Modell des Sportwagens?«

»Damals wusste ich nicht, was für ein Wagen es war«, sagte Dyer. »Aber vor etwa zwanzig Jahren habe ich mir selbst so ein

Modell gekauft und ein paar Jahre später wieder verkauft. Es war ein Mercedes 450 SL.«

»Welche Farbe?«

»Es war ein sonderbarer Farbton. Ich würde sagen, der Wagen war grün, aber nicht dieses dunkelgrüne British Racing Green. Eher ein helles Metallicgrün mit einem wirklich abgedrehten Namen, Sea Foam Green oder so ähnlich, glaube ich. Mit so einem Namen würde man heute nicht mehr durchkommen ... und mit der Farbe auch nicht.«

»Erinnern Sie sich an Details zu dem Fahrer des Wagens?«

»Er hatte lange dunkle Haare. Ich würde sagen, er war Anfang vierzig. Er sah ziemlich cool aus. Er trug eine Designersonnenbrille mit roter Fassung.«

»Haben Sie mit ihm gesprochen?«

»Klar. Ich habe gefragt, ob er uns mitnehmen könnte. Er hat gesagt, er würde Anwen mitnehmen, aber für mich wäre auf der Rückbank kein Platz, weil der wenige Raum von einem Gemälde eingenommen wurde. Als ich meinte, ich könnte mich einfach danebenquetschen, sagte er, es wäre ein Julian Schnabel, den er gerade für einen Haufen Geld gekauft hätte, weshalb er es nicht riskieren wollte, das Bild zu zerstören.«

Boxer hielt ein Foto von John Devereux auf seinem iPhone hoch.

»Ist das der Mann, mit dem Sie an dem Tag gesprochen haben?«

»Es ist lange her«, sagte Dyer, scrollte das Bild nach unten und entdeckte den Namen. »Mein Gott, ist das John Devereux?«

»Kannten Sie ihn?«

»Nein. Aber bevor ich zu einer Filmproduktionsfirma gegangen bin, habe ich ein paar Jahre in der Werbung gearbeitet, und damals haben die Leute immer noch von ihm gesprochen. Er war berühmt, nicht wegen seiner genialen Hundefutterspots, sondern weil er ermordet worden war. Das war damals eine Riesensache in der Branche. Offenbar gab es kein Motiv, obwohl die

Leute meinten, es wäre sein Buchhalter gewesen, doch es wurde nie jemand überführt.«

»Wussten Sie, dass er am Abend des Tages ermordet wurde, an dem Sie ihn mit Anwen haben wegfahren sehen?«, fragte Boxer, erschüttert von dem Wort »Buchhalter« und weil Dyer darüber sprach, als sei es eine allgemein bekannte Tatsache gewesen.

»Nein. Ich habe erst etwa eineinhalb Jahre später in der Werbung angefangen. Ich habe keinen Zusammenhang gesehen«, sagte Dyer. »Wissen Sie, was mit Anwen geschehen ist?«

»Ihre Schwester, die diejenige ist, die sie nach all den Jahren suchen lässt, glaubt, dass sie tot ist«, sagte Boxer. »Ich auch. Ich weiß nur nicht genau, wie und warum sie zu Tode gekommen ist.«

»Sie glauben, sie wurde von derselben Person ermordet, die auch John Devereux getötet hat?«

Nur wegen seiner jahrelangen Erfahrung als Kidnapping-Consultant und Pokerspieler schaffte es Boxer, stillzusitzen und nicht preiszugeben, was ihm durch den Kopf schoss. Dabei stellte er fest, dass das stärkste Gefühl, das er zu unterdrücken versuchte, Scham war. Dyers Frage hatte seine Gedanken in eine unerklärliche Verwirrung gestürzt, aus der er nicht herausfand.

»Ich kenne die Polizeiakten zu dem Fall«, erklärte er. »Auf einem Sektglas neben dem Bett hat man Fingerabdrücke gefunden, von denen man annahm, dass sie von einer Frau stammten, deren Identität man jedoch nie ermitteln konnte. Nachdem Sie nun bezeugen können, dass Anwen zu Devereux in den Wagen gestiegen ist, wäre es auf jeden Fall denkbar, dass er sie mit zu dem Haus genommen hat. Devereux war Kunstsammler. Er hatte ein Gemälde auf dem Rücksitz. Anwen war an der Slade School. Sie hatten gemeinsame Interessen. Aber es gibt wohl keine Möglichkeit, das zu beweisen.«

»Es muss doch noch andere Spuren gegeben haben. Ich meine, Anwen hatte eine spektakuläre Mähne lockiger, fast weißblonder Haare. Wenn sie sich für einen längeren Zeitraum in dem Haus aufgehalten hat, hat sie bestimmt ein Haar verloren, insbesondere wenn sie im Bett war.«

Dyers Worte trafen Boxer wie der Hieb eines Beils in die Brust. Was machte er hier? Ja, natürlich, das Haar. Er hatte es vergessen, oder? Nein. Man hatte angenommen, dass die zweite Person, die sich in dem Haus aufgehalten hatte, eine Frau war, weil man in dem Bett ein Haar gefunden hatte. Er hatte dieses Wissen in einem entlegenen Winkel seines Verstandes abgelegt. Er sah die Strähne in einer Plastiktüte vor sich. Bis vor einem Moment aus seiner Erinnerung gelöscht. Nur dass nichts, was man einmal gesehen hat, jemals gelöscht wird.

»Kann ich Ihnen ein Glas Wasser holen?«, fragte Dyer besorgt.

»Danke«, sagte Boxer mitgenommen.

Dyer ging zur Tür und rief seiner Assistentin etwas zu, die einen Plastikbecher mit Wasser aus einem Spender füllte und ihn Boxer brachte.

»Alles in Ordnung?«, fragte Dyer. »Sie scheinen recht aufgewühlt von der Möglichkeit …«

»Nicht von der Möglichkeit«, sagte Boxer kopfschüttelnd, »sondern von der Tatsache, dass es mir entfallen war … das Haar.«

»Passiert einem ständig, wenn man die fünfzig erst mal überschritten hat.«

»Ich bin zweiundvierzig und dachte bisher, dass mein Gedächtnis einigermaßen verlässlich funktioniert«, sagte Boxer. »Das erfordert schon mein Job.«

»Ist es Ihr Job, Vermisste zu suchen?«

»Nein, ich bin Kidnapping-Consultant«, sagte Boxer. »Vermisste zu suchen ist ein …«

Schweigen. Schweiß stand auf seiner Stirn. Er hatte das Gefühl, am Rand eines Abgrunds zu stehen, einen Schritt vor einem tiefen Fall in die Dunkelheit.

»Ist was?«, fragte Dyer.

»Eine Art Wiedergutmachung.«

»Wiedergutmachung wofür?«

»Nein, nicht Wiedergutmachung«, sagte Boxer, doch der Freud'sche Versprecher war bereits über seine Lippen gekommen. »Eine Art, etwas besser zu machen, einen Unterschied zu bewirken. Mein Vater ist verschwunden, als ich noch klein war. Ich habe die Stiftung gegründet, um Menschen zu helfen, die einen ähnlichen Verlust erlitten haben.«

»Es gibt nichts Schlimmeres«, sagte Dyer. »Bei einem Todesfall hat man zumindest Gewissheit. Wenn jemand verschwindet, hängt das eigene Leben permanent in der Schwebe.«

»Danke, dass Sie sich für mich Zeit genommen haben«, sagte Boxer. »Sie waren mir eine große Hilfe.«

»Da bin ich mir nicht sicher«, erwiderte Dyer und sah Boxer an, als ob der in der Dunkelheit zu verschwinden drohte. »Ich habe das Gefühl, mehr Fragen aufgeworfen als beantwortet zu haben.«

»Sie haben die Identität der anderen Person in Devereux' Haus bestätigt. Es muss noch zweifelsfrei bewiesen werden, doch wenn man weiß, was man sucht, ist es leichter.«

»Und Sie haben ihre Schwester. Mit deren DNA sollte man einen Vergleich durchführen können.«

Auf dem Weg zur Tür konzentrierte sich Boxer darauf, einen Fuß vor den anderen zu setzen. Dyer folgte ihm. Sie gaben sich die Hand.

»Das ist ein interessanter Job, den Sie da haben«, sagte Dyer. »Ich würde mich irgendwann gerne mal mit Ihnen darüber unterhalten. Kidnapping-Consultant, ich meine, darin könnte eine Story liegen ... ein Drama.«

»Eins dürfen Sie bei einem Kidnapping-Consultant nicht vergessen«, erwiderte Boxer, »nämlich, dass es unser Job ist sicherzugehen, dass es *kein* Drama gibt. Wir versuchen bei einer Entführung alles so zu handhaben, dass jedes Drama im Keim erstickt wird.«

Dyer nickte leicht nervös, und selbst Boxer war erstaunt über die Heftigkeit in seiner Stimme. Er verabschiedete sich und stieg in einen Fahrstuhl voller Leute auf dem Weg in den Feierabend. Unten stolperte er förmlich auf die Straße, wo er die warme, drückende Luft einsaugte, der es an dem notwendigen Sauerstoff zu mangeln schien.

Boxer war auf dem Weg in ein Pub, als ihn der Anruf erreichte. Er brauchte dringend einen Drink, etwas, um seine Gedanken zu beruhigen, damit er die Dinge wieder klar und ohne den Mahlstrom von Gefühlen betrachten konnte, der sein Denken infizierte.

»Hallo Charlie, hier ist Roger Fallon.«

»Roger Fallon?«, fragte Boxer, während er hektisch in seiner Erinnerung kramte.

»GRM ... deine alte Firma?«, fragte Fallon. »Ich war dein Einsatzleiter ...«

»Roger? Mein Gott, tut mir leid. Ich war mit den Gedanken völlig woanders.«

»Das habe ich gemerkt«, sagte Fallon. »Wie ist das Leben zu dir? Tut mir leid, dass wir uns seit der Beerdigung nicht mehr gesehen haben.«

Einen Moment wusste Boxer nicht, wovon Fallon redete, bis ihm das rettende Bild des Global-Risk-Management-Teams vor Augen trat, das bei Isabels Beerdigung in einer der vorderen Kirchbänke gesessen hatte.

»Du warst bestimmt sehr beschäftigt«, sagte Boxer. »Wie das so ist bei GRM. Man kriegt nie eine Pause, was? Du solltest dich auch selbstständig machen und dir zwischendurch Zeit nehmen, dich wieder zu sammeln ... und alles zu vergessen.«

Sie lachten. Die Spannung löste sich. GRM war das einzige private Sicherheitsunternehmen in London, das mehrere fest angestellte Kidnapping-Consultants beschäftigte, die etwa siebzig Prozent der Lösegeldverhandlungen weltweit führten.

Roger Fallon war einer der meistbeschäftigten Männer Londons.

»Ich weiß, das hört sich vielleicht ein bisschen merkwürdig an, aber ich habe einen Job für dich.«

»*So* beschäftigt bist du?«

»Ich meine, jemand hat namentlich nach dir als Consultant für einen Job gefragt.«

»Wer? Wo?«

»Es ist wie üblich streng vertraulich, Charlie; ich kann also erst mit dir darüber sprechen, wenn du zugesagt hast«, antwortete Fallon. »Es würde bedeuten, heute Abend von Heathrow nach Südamerika zu fliegen.«

Boxer erinnerte sich daran, wie Louise in seinem Wohnzimmer gesessen und ihm geraten hatte anzunehmen, wenn ihm ein Job angeboten wurde. Conrad hatte es gewusst. Was hatte das zu bedeuten?

»Ich habe vollstes Verständnis dafür, wenn du noch nicht bereit bist für diese Art Job«, fuhr Fallon fort, der es nicht gewohnt war, dass sein Gegenüber zögerte. »Wir wissen beide, was er selbst erfahrenen Consultants abverlangt, ganz zu schweigen von jemandem, der in jüngster Zeit so viel durchgemacht hat wie du. Ich wurde lediglich gebeten, dich zu fragen, aber mach dir keinen Kopf, wenn du noch nicht so weit bist. Ich bin sicher, wir finden einen anderen Kidnapping-Consultant, der einspringen würde.«

»Du meinst, in eurer festen Belegschaft steht niemand zur Verfügung?«, fragte Boxer und erkannte, dass das Angebot die Antwort für sein Problem war. Er konnte in seiner »Familienangelegenheit« ein wenig Zeit gewinnen. Warum die Konfrontation mit Esme überstürzen? Besser, wenn er vorher alles in Ruhe durchdachte. Und was Eiriol Lewis betraf, das war Wahnsinn. Amy hatte recht. Die LOST Foundation war nicht zuständig für die Suche nach Toten. Aber schon als er den Gedanken formulierte, wusste er, was er tat. Er rannte in Deckung. Wieder einmal.

»Wir hatten eine kleine Personalkrise wegen zwei komplizierten Entführungen in Venezuela und einem fest angestellten Consultant, der nach einem langwierigen und hochemotionalen Job krankgeschrieben ist. Wir müssen uns also in jedem Fall nach Hilfe von außen umsehen, egal wie du dich entscheidest.«

Manchmal war das Leben einfach zu viel und sich zu verstecken der einzige Ausweg. Er brauchte eine Zuflucht. Nein, brauchte er nicht. Er hatte eine Zuflucht. Was er brauchte, war die Wahrheit. Tatsächlich? Ja. Das war es, was er wollte. Er wollte die Kontrolle zurückgewinnen. Aber nicht heute. Nicht diese Woche. Sollte die Wahrheit sich ihre Zeit nehmen. Man musste sie nicht unbedingt aufspüren. Jedenfalls nicht jetzt, und außerdem wollte er wissen, was für ein Interesse Conrad Jensen daran hatte, dass er diesen Job übernahm.

»Ich mache es«, sagte Boxer. »Ich bin reisebereit, wann ihr wollt. Ich kann in eineinhalb Stunden mit gepacktem Koffer in Heathrow sein.«

»Keine Hektik. Der Flug geht um 22.30 Uhr. Ich treffe dich mit der Akte um acht im Terminal drei. Du fliegst erster Klasse nach São Paulo. Der Klient ist Iago Melo, ein brasilianischer Multimillionär und Politiker. Seine Tochter Sabrina wurde am frühen Donnerstagnachmittag entführt.«

Das Bedürfnis nach einem Drink war verflogen. Eine Last war von seinen Schultern genommen und durch eine neue Aufregung ersetzt worden. Boxer machte auf dem Absatz kehrt und rief auf dem Weg zur U-Bahn-Station Leicester Square Esme an.

»Typisch«, sagte sie. »Nachdem ich gerade einkaufen war.«

»Ich dachte, du wolltest dir keine Umstände machen.«

»Selbst Spaghetti alla carbonara machen Umstände«, erwiderte sie.

»Ich kann es mir nicht leisten, Jobs von Auftraggebern wie GRM abzulehnen«, log er. Sie legte auf.

Danach sprach er mit Amy.

»Bist du schon bereit für so was?«, fragte sie. »Ich meine, ist es nicht vielleicht noch zu früh?«

»Irgendwann muss ich wieder in den Sattel steigen.«

»Ich weiß, aber du hast mir erzählt, wie diese Jobs sind. Du begibst dich in eine hochemotionale Situation, nachdem du selbst gerade eine durchgemacht hast.«

»Vielleicht ist es genau das, was ich brauche. Mit dem Leiden anderer Menschen kann man viel leichter umgehen als mit dem eigenen. Und außerdem ist Trauer ein Prozess. Das Gehirn hat eine Art, ihn so zu steuern, dass man nicht permanent von Gefühlen überwältigt wird«, sagte Boxer.

»Ich habe dich schon von Gefühlen überwältigt gesehen.«

»Aber nicht dauernd, und die Attacken werden seltener.«

»Du hast dich sowieso bereits entschieden«, erkannte sie. »Was soll ich Eiriol sagen?«

»Sag ihr, dass wir ihren Fall zurückstellen müssen.«

»Aber du hast mit Tom Dyer gesprochen?«

»Ja, habe ich.«

»Und?«

»Er hat mich davon überzeugt, dass Anwen in John Devereux' Wagen mitgenommen wurde. Das einzige Problem ist ...«

Schweigen.

»Was, Dad?«

»Wir müssen es beweisen.«

»Was müssen wir beweisen?«, fragte Amy, und er konnte sich vorstellen, wie sie am anderen Ende der Leitung die Augen verdrehte.

»Dass sie zum Zeitpunkt des Mordes in John Devereux' Haus war.«

»Und wie?«

»Du musst Eiriol um eine Haarprobe für einen DNA-Test bitten«, sagte Boxer. »Kannst du dich darum kümmern, während ich weg bin? Ich schicke dir einen Kontaktnamen und die Nummer eines Labors.«

»Ist das nicht eine Polizeiangelegenheit?«

»Am Ende womöglich schon«, antwortete Boxer. »Wir müssen die Polizei davon überzeugen, das Haar freizugeben, das sie in den Akten hat, es untersuchen zu lassen und die DNA mit Eiriols zu vergleichen.«

»Wir hätten uns nie darauf einlassen dürfen«, sagte Amy trotzig.

Boxer beendete das Gespräch. Er war vor einem chinesischen Restaurant am Newport Place stehen geblieben, in dessen Fenster eine Auslage mit gerösteten Enten hing. Als er die steifen, pflaumenfarbenen Vögel betrachtete, bemerkte er zwei Männer, die sich von links und rechts an ihn drängten.

»Wir möchten, dass Sie mit uns in den Wagen hinter uns steigen, okay?«, sagte einer der Typen in akzentfreiem Englisch. Er hatte olivfarbene Haut und den dunklen Teint eines Südeuropäers oder Arabers.

»Vielleicht, wenn Sie mir sagen, worum es geht.«

»Conrad Jensen hat uns von dem Job in São Paulo erzählt, den Sie übernehmen.«

»Und was interessiert Sie das?«

»Wir haben ein paar nützliche Hintergrundinformationen für Sie.«

»Warum haben Sie das nicht gleich gesagt?«

Sie lachten, klopften ihm auf die Schulter und führten ihn zu einem Mercedes mit getönten Scheiben, der sofort anfuhr. Sie baten ihn, eine Kapuze überzuziehen. Während der etwa fünfundvierzig Minuten langen Fahrt herrschte Schweigen.

Schließlich hielt der Wagen, und man hörte das Geräusch eines elektrischen Tors. Boxer wurde aus der Garage durch eine Küche in ein Wohnzimmer geführt und auf einen Stuhl gedrückt, bevor man ihm die Kapuze abnahm. In dem Raum roch es nach abgestandenem Zigarettenqualm. Die beiden Männer, die ihn begleitet hatten, verließen das Zimmer. In einem Sessel gegenüber von Boxer saß ein kleiner Mann mit dunkler Haut und schütterem, kurz geschorenem schwarzen Haar. Er zog eine Zigarette aus einer roten Hollywood-Schachtel und bot Boxer ebenfalls eine an. Boxer lehnte ab, doch die Marke bestätigte ihm, dass er es mit Brasilianern zu tun hatte. Der Mann zündete seine Zigarette an und blies den Rauch träge durch die Nasenlöcher aus, während er Boxer musterte.

»Bitte verzeihen Sie die Heimlichtuerei und die Art, wie ich an Sie herantreten musste, aber wir befinden uns in einer äußerst schwierigen Position«, sagte er. »Mein Name ist Roberto Gonçalves. Mein Bruder Julião wurde vor sechs Monaten in São Paulo entführt. Er war Architekt bei einer von Iago Melos Firmen, IM Construcções. Mein Bruder ist sehr intelligent, er macht seine Arbeit mit großer Hingabe, und er liebt seine Frau und seine drei kleinen Jungen. Aber Julião ist auch mein Bruder, und wir waren wie schon unser Vater bis zu seiner Ermordung in den 1960ern immer gute Sozialisten. Ich bin der Führer einer politischen Partei in Brasilien, die sich *Poder ao Povo* nennt. Die Macht dem Volk. Wir haben es uns zum Ziel gesetzt, dem brasilianischen Volk das wahre Wesen der Leute vor Augen zu führen, die es vorgeblich regieren.«

»Wieso leben Sie hier in London?«, fragte Boxer und sah sich in dem Wohnzimmer um.

»Zur selben Zeit, als mein Bruder entführt wurde, hat man uns aus unseren Büros in São Paulo gedrängt, zwei unserer Mitglieder wurden getötet, und ich erhielt eine Reihe von Morddrohungen.«

»Sie müssen irgendjemanden verärgert haben.«

»In Brasilien braut sich gerade ein Skandal um die nationale Ölgesellschaft Petrobras zusammen. Es wurde entdeckt, dass Petrobras-Manager für die Vergabe großer Bauprojekte Schmiergelder kassiert haben. In die Bestechung waren die oberste Führungsebene der Firma und natürlich auch Politiker verwickelt. Wie Sie vielleicht wissen, war unsere amtierende Präsidentin früher Vorstandsvorsitzende von Petrobras. Die Verbindungen sind geradezu zwangsläufig.«

»Und Ihr Bruder hat Ihnen mit Informationen geholfen?«

»Genau. Aber Melo ist kein Idiot. Er hat schnell erkannt, dass er einen Maulwurf in einem seiner Unternehmen hatte. Wir haben beschlossen, dass es besser wäre, Julião rauszuholen. Wir können nur vermuten, dass er Spuren hinterlassen hat, denn nur wenige Wochen später wurde er entführt.«

»Und was hat die Bande verlangt?«, fragte Boxer.

»Fünf Millionen Dollar«, sagte Gonçalves. »Mein Bruder hat nicht annähernd so viel Geld, und da er gerade bei Melo aufgehört hatte, bestand auch keine Entführungsversicherung mehr. Das Maximum, was die Familie hätte aufbringen können, waren zweihunderttausend.«

»Haben Sie die Polizei eingeschaltet?«

»Selbstverständlich. Weil Entführungen in São Paulo ein großes Problem sind, gibt es eine eigene Einheit namens *Divisão Anti-Sequestro*. Sie haben mit der Bande verhandelt, die jedes Mal einen Finger meines Bruders geschickt hat, wenn sie mit ihrer Lösegeldforderung runtergegangen ist. Wir waren bei einer Million, als die Entführer plötzlich verstummten. Wir haben nie wieder von ihnen gehört.«

»War Ihr Bruder in einem guten gesundheitlichen Zustand?«, fragte Boxer. »Entführungen sind oft extrem belastende Erfahrungen, vor allem wenn Finger abgeschnitten wurden … Wunden entzünden sich, Menschen erleiden Herzinfarkte.«

»Er war sehr fit. Er hat Handball gespielt, weshalb die Entführer sich einen Spaß daraus gemacht haben, uns Finger beider Hände zu schicken. Bei IM Construcções wurde er einmal im Jahr medizinisch durchgecheckt, und man hat ihm jedes Mal perfekte Gesundheit attestiert.«

»Vielleicht hat er versucht zu fliehen und wurde getötet.«

»Seine Leiche ist nicht gefunden worden. Und alle von Melos Angestellten haben ein Training für das Verhalten im Entführungsfall durchlaufen«, erklärte Gonçalves. »Man hat uns sogar mit ihm sprechen lassen. Er wirkte immer ruhig, auch nach den Amputationen. Er hätte nichts Unvernünftiges gemacht.«

»Dann ergibt das Ganze keinen Sinn«, sagte Boxer. »Warum sollten die Entführer die Kommunikation abbrechen? Ihr Ziel ist es, Geld zu bekommen, und normalerweise müssten sie das so schnell wie möglich über die Bühne bringen wollen, zumal wenn sie begriffen haben, dass es keine Riesensummen zu holen gibt. Und Sie haben vor mehr als fünf Monaten zum letzten Mal von ihnen gehört …«

»Melo ist ein rachsüchtiger Mann«, sagte Gonçalves. »Das Geld ist ihm egal. Was ihn getroffen hat, ist der Verrat, also fügt er Juliãos Frau und seinen Kindern das denkbar Schlimmste zu. Er quält sie mit Schweigen. Es ist seine Art, Julião zu bestrafen … und uns.«

»Ist Iago Melo so ein Mensch?«

»Sie müssen meinem Wort nicht glauben«, sagte Gonçalves und legte seine Hand auf die Brust. »Sie werden es selbst sehen.«

»Und was wollen Sie von mir?«

»Dass Sie uns mit Insiderinformationen versorgen«, sagte Gonçalves. »In Ihrer Funktion als Kidnapping-Consultant werden Sie ungehinderten Zugang zu Melo haben …«

»Wieso sollte ich das für Sie tun?«, fragte Boxer verärgert. »Erstens geht mich das Ganze nichts an. Zweitens habe ich einen Job zu erledigen, nämlich seine Tochter zurückzubringen … es sei denn, Sie haben etwas damit zu tun, dann … wären *Sie* die Verbrecher.«

»Conrad Jensen.«

»Ich arbeite nicht für ihn.«

»Er hat uns erzählt, dass es in Ihrem Wesen liegt, für die Seite des Guten zu handeln.«

»Und genau das werde ich tun, indem ich Senhor Melos Tochter rette.«

»Wir bitten Sie nur, Augen und Ohren offen zu halten, und wenn Sie irgendetwas über meinen Bruder mitkriegen, lassen

Sie es mich wissen«, sagte Gonçalves, beugte sich vor und gab Boxer einen Zettel mit seinen Kontaktdaten. »Meine Familie wird zum Zeitpunkt Ihrer Ankunft in São Paulo eine Erklärung abgeben. Vielleicht hilft es ... die Anspannung in Senhor Melos Lager zu lösen.«

Boxer blickte auf den Zettel, faltete ihn und steckte ihn in seine Brieftasche. Er hatte bereits entschieden, dass er nichts mit Roberto Gonçalves zu tun haben wollte, doch es hatte keinen Sinn, diese Leute zu verärgern.

»Kann mich irgendjemand nach Hause bringen?«, fragte er. »Ich muss packen.«

Gonçalves rief seine *companheiros* herein. Sie zogen ihm die Kapuze wieder über den Kopf, klebten sie am Hals fest und führten ihn zurück in die Garage. Es war eine lange Fahrt. Offenbar herrschte dichter Verkehr. Sie setzten ihn ab, befahlen ihm, die Kapuze noch anzubehalten, und fuhren davon. Nach ein paar Sekunden riss Boxer sich die Haube vom Kopf. Er stand in einer leeren dunklen Straße, nur ein paar Schritte von seiner Wohnung entfernt.

Zu Hause klappte er einen Handgepäckkoffer auf und begann zu packen. Er überlegte, seinen Freund Simon Deacon beim MI6 anzurufen, um ihn nach *Poder ao Povo* zu fragen, entschied sich jedoch dagegen. Seit dem Zwischenfall mit Jensen im Atlasgebirge hatte man Deacon benutzt, um Boxers Widerstand zu brechen und ihm einen nachvollziehbaren Grund für seine Anwesenheit dort zu entlocken. Die Erkenntnis, dass ihm seine üblichen Kommunikationskanäle nicht mehr zur Verfügung standen, verstärkte Boxers Gefühl von Isolation. Gegenüber Roger Fallon, dem Einsatzleiter bei GRM, wollte er das Thema nicht ansprechen, da man es als »kompromittierend« betrachten und ihn von dem Job abziehen könnte. Er musste die Sache einfach in sich hineinfressen, auch wenn er solche Komplikationen hasste, insbesondere noch bevor er seinen Job überhaupt angetreten hatte.

Er fuhr mit der U-Bahn nach Paddington und nahm den Heathrow Express zum Flughafen. Als der Zug die dicht bebauten Randbezirke Londons verließ, empfand er eine spürbare Erleichterung. Fallon erwartete ihn an dem Treffpunkt im Terminal drei. Er gab ihm eine Akte, das Ticket und Geld.

»Lies das während des Fluges. Falls du Fragen hast, melde dich, wenn du angekommen bist und einen ersten Eindruck von der Situation gewonnen hast.«

Boxer ging durch die Sicherheitsschleuse und begab sich in die Lounge. Ein paar Stunden später saß er in einer eigenen Kabine in einem Airbus A380, der endlos über die Startbahn donnerte, bevor er schließlich abhob, eine scharfe Kurve flog und Kurs Richtung São Paulo nahm. Boxer blickte auf die kleiner werdenden Lichter der Metropole. Es war, als ließe er Trauer und belastende Gedanken hinter sich, und ihm wurde bewusst, dass er zum ersten Mal seit Monaten zufrieden war.

Er las die Akte, bis ein Abendessen und Wein serviert wurden, und sank ein paar Stunden später in tiefen Schlaf. Irgendwann schreckte er in der schwach beleuchteten Kabine hoch, überwältigt von schrecklichen Träumen und einer Leere, die ihn daran erinnerten, dass jede Zuflucht nur vorübergehend war.

KAPITEL SIEBEN

26. April 2014, 5.30 Uhr
São Paulo, Brasilien

»Wohin bringen Sie mich?«, fragte Boxer. Er saß auf der Rückbank eines klimatisierten, gepanzerten Mercedes, der sich auf dem Weg vom internationalen Flughafen Guarulhos, São Paulo, durch den dichten Verkehr Richtung Innenstadt quälte. Nach zwei lauten Donnerschlägen fiel jetzt prasselnder Regen, sodass man durch die Windschutzscheibe kaum das vorausfahrende Fahrzeug ausmachen konnte. Auf der Straße stand Wasser.

»Wir fahren zu Senhor Melos zweitem Haus in einem Viertel namens Jardim Europa, sehr schick«, sagte der Fahrer.

»Ich dachte, wir fahren zu seinem Büro in Brooklin Novo?«

»Da wollten wir Sie noch mit dem Helikopter abholen. Dann haben wir gehört, dass ein Gewitter aufzieht, und haben beschlossen, Sie mit dem Wagen abzuholen. Senhor Melo hat mir gesagt, dass ich Sie in sein Haus Nummer zwei bringen soll. Dort wohnt niemand. Niemand weiß davon. Vielleicht lauern vor seinem Haus Nummer eins Journalisten. Wenn sie vermuten, dass jemand aus der Familie entführt wurde, ist es immer schlimm. Sobald es in den Nachrichten kommt, steigt die Lösegeldforderung.«

Boxer lehnte sich zurück. Dies war sein erster Besuch in São Paulo nach der Katastrophe mit Bruno Dias' Tochter, die von ihren Entführern brutal vergewaltigt und geschlagen worden war, während er gerade die sechshunderttausend Dollar Lösegeld in einem verlassenen Farmhaus am Stadtrand ablieferte. Bianca hatte überlebt, sich aber nie wieder erholt. Das Geld war verloren. Zwei Mitglieder der Bande wurden rasch gefasst und starben später in Haft. Der Dritte wurde einige Zeit später in Lissabon entdeckt, und Bruno Dias hatte Boxer gebeten, sich um die Sache zu kümmern. Und das hatte Boxer getan. Es war sein zweiter Job als Selbstständiger gewesen. Er versuchte, nicht an die alte Geschichte und die Parallelen zu seiner aktuellen Situation zu denken: Die schöne Tochter eines reichen Mannes wurde von einer Bande gefangen gehalten, die zehn Millionen US-Dollar verlangte.

Der Fahrer drehte das Radio lauter und hörte zu.

»Verstehen Sie brasilianisches Portugiesisch?«, fragte er.

»Es reicht, um durchzukommen. Mein Spanisch ist besser.«

»In dem Bericht geht es um eine Entführung, die vor sechs Monaten passiert ist. Die Bande hat ein Lösegeld von fünf Millionen Dollar für die Freilassung des Geschäftsmanns Julião Gonçalves verlangt. In den ersten beiden Wochen gab es eine Menge Verhandlungen, sie haben der Familie vier Finger des Mannes geschickt. Und dann ... Schweigen. Nichts. Niemand weiß, was geschehen ist. Jetzt heißt es, die Familie will eine Bestattung ohne Leiche abhalten. Sie haben alle Hoffnung aufgegeben. So ist das in Brasilien heutzutage.«

Die Fahrt bis zu dem Haus dauerte eindreiviertel Stunden, was selbst für São Paulo lang war. Der Fahrer hatte ihre Ankunft telefonisch angekündigt; als sie um die Ecke bogen, rannten sechs bewaffnete Männer von dem Grundstück und bezogen mit angelegtem Gewehr Posten auf beiden Seiten der Straße. Einer blies drei Mal in eine Trillerpfeife, worauf sich das Haupttor öffnete. Der Mercedes fuhr an einer Überwachungsstation voller Monitore vorbei. Sobald der Fahrer vor der Garage gehalten hatte, schloss sich das Tor langsam wieder. Gleichzeitig kamen vier der Wachleute von der Straße durch eine Seitentür zurück auf das Grundstück, während die beiden anderen durch das Haupttor schlüpften und in Habachtstellung blieben, bis das Tor endgültig geschlossen war.

Bewaffnete Sicherheitsleute in wasserdichten Capes, alle mit Ohrhörer, patrouillierten an der Innenseite der Mauer, die eine Krone aus Stacheldraht und elektrischem Draht hatte und von leistungsstarken Scheinwerfern angestrahlt wurde, die unter dem Dachvorsprung des Hauses montiert waren. Kameras überwachten die Straßen jenseits der Mauer. Der Fahrer nahm Boxers Boardcase aus dem Kofferraum und führte ihn ins Haus, wo sie von einem weiteren kräftig gebauten Mann in einem hellgrünen Polohemd von Ralph Lauren empfangen wurden, das über seinem massigen Oberkörper spannte. Er hatte ein Headset aufgesetzt, eine Hand lag auf der Glock 42 in seinem Holster. Er stellte sich als Henrique vor, Leiter der Security. Alle schienen in höchster Alarmbereitschaft; sogar das Hausmädchen, das ihm ein Fys-Mineralwasser brachte, hielt das Tablett mit zitternden Händen, sodass die Eiswürfel in dem Glas klirrten.

Der Fahrer brachte den Koffer in ein Schlafzimmer im ersten Stock und gab Boxer eine Führung durch das Haus. Von außen hatte es unscheinbar gewirkt, dabei war es riesig, auch wenn es sich unbewohnt anfühlte. Im ersten Stock, der durch eine Treppe auf beiden Seiten des Hauses erreichbar war, gab es sechs Schlafzimmer und vier Bäder, im Erdgeschoss vier Empfangsräume ohne Teppiche und Bilder an den Wänden, nur im Esszimmer standen ein Tisch und Stühle. In der großen Küche, die zur Garage führte, war ein professionell aussehender Koch bei der Arbeit. Im Keller gab es einen Swimmingpool, einen Fitnessraum, ein Kino und einen Panikraum, der offenbar mit Vorräten für ein halbes Jahr ausgestattet war. Der Fahrer demonstrierte Boxer die Alarmanlage und zeigte ihm den schnellsten Weg von seinem Schlafzimmer zu dem verriegelbaren Schutzraum. Zuletzt blieben sie vor einer geschlossenen Tür im Erdgeschoss stehen. Der Fahrer klopfte und wartete. Ein grünes Licht zeigte an, dass das Schloss geöffnet worden war. Der Fahrer steckte den Kopf durch die Tür, sagte ein paar Worte und bat Boxer herein.

An einem Schreibtisch saß ein Mann, den Boxer aus der GRM-Akte als Senhor Iago Melo erkannte, Eigentümer und CEO der Banco do Rio da Prata, dessen neunzehnjährige Tochter Sabrina entführt worden war. Sie gaben sich die Hand. Boxer registrierte das topmoderne Aufnahmegerät auf dem Schreibtisch. Melo trug eine Lesebrille an einem Band um den Hals. Er wies Boxer auf einen Stuhl vor einem elektrischen Kamin und nahm neben ihm Platz. Er sprach sehr gut Englisch mit amerikanischem Akzent. Er war knapp siebzig Jahre alt mit grauem Haar, das bis über den Kragen reichte. Er hatte braune Augen mit einem hell bernsteinfarbenen Fleck um die Pupillen, dazu lange Wimpern, die seinen Raubtierblick auf widersprüchlich sanfte, romantische Weise rahmten. Unter seiner langen Hakennase und um den schmallippigen Mund trug er ein sorgfältig gestutztes weißes Kinnbärtchen. Seine Zähne waren außergewöhnlich weiß, offensichtlich das Werk eines sehr teuren amerikanischen Kieferorthopäden. Melo war leicht korpulent, was er mit einem weiten, altweißen Seidenhemd mit kurzen Ärmeln zu kaschieren versuchte, über dessen oberstem Knopf ein Büschel graues Brusthaar hervorquoll. Er trug eine maßgeschneiderte schwarze Hose, die locker und weit um seine dünnen Beine fiel, dazu schwarze Slipper und keine Socken.

»Ich nehme an, Sie haben nicht wieder von den Entführern gehört?«, fragte Boxer.

»Nein, nur der Anruf vom 24. um sechs Uhr abends, in dem zehn Millionen Dollar Lösegeld verlangt wurden, und dann am Vormittag des 25. wie angekündigt ein Umschlag mit ihrer urindurchtränkten Unterwäsche. Das Hausmädchen hat bestätigt, dass es Sabrinas ist.«

»Wusste sie, ob Sabrina sie gestern getragen hat?«

»Nein, stimmt, das konnte sie nicht wissen«, sagte Melo. »Sabrina lebt seit Antritt ihres Studiums allein in einem Apartment in Jardim Rizzo.«

»Wie wurde die Unterwäsche zugestellt?«

»In einem an mich adressierten Umschlag, der um neun Uhr morgens während eines Gewitters am Empfang der Bank abgegeben wurde«, antwortete Melo, rutschte auf seinem Stuhl hin und her und wischte sich besorgt übers Gesicht. »Wichtig ist die Botschaft, die darin liegt. Sie sagen mir, dass sie keine Angst haben, sich auf mein Terrain zu begeben, und meine Tochter sexuell attackieren werden, wenn ich das Geld nicht aufbringe.«

»Hat irgendjemand gesehen, wer die Unterwäsche abgegeben hat?«, fragte Boxer. »Der Empfangsbereich ist doch bestimmt kameraüberwacht.«

»Der Umschlag wurde zu einer sehr geschäftigen Zeit hinterlegt. Es hat geregnet, im Empfangsbereich hielten sich zahlreiche Menschen auf, die gerade zur Arbeit kamen.«

»Wurde versucht, auf den Aufnahmen der Sicherheitskameras die Person zu identifizieren, die das Paket abgegeben hat?«

»Freunde von mir bei der ABIN arbeiten zurzeit daran, bisher leider erfolglos.«

»Bei der ABIN?«

»Bei der *Agência Brasileira de Inteligência*. Unserer CIA. Der Direktor ist ein Freund von mir. Sie haben auch die Aufnahmegeräte installiert und einen Dolmetscher für Sie zur Verfügung gestellt.«

»Überaus nützlich, solche Bedingungen zur Verfügung zu haben«, erwiderte Boxer. »Soweit ich weiß, sind Sie sowohl Senator als auch Geschäftsmann. Die Leute, die Ihre Tochter entführt haben, wissen bestimmt, dass Sie politische und finanzielle Unterstützung genießen, was bedeutet, dass die Entführer entweder extrem kompetent oder sehr dumm sind. Es ist ungewöhnlich, dass eine Bande unaufgefordert einen Lebensbeweis liefert. Das ist normalerweise Teil des Verhandlungsprozesses. Würden Sie mir etwas über Ihre Beziehung zu Ihrer Tochter erzählen? Sie ist neunzehn und lebt nicht mehr zu Hause. Stehen Sie sich nahe?«

»Nicht mehr so nahe wie früher«, sagte Melo ausdruckslos.

»Das heißt nicht, dass ich sie nicht liebe, aber so ist es. Wir haben uns entzweit ... politisch. Ich unterstützte die eher konservative Partei der brasilianischen Sozialdemokratie, und Sabrina ist, nun ja, sagen wir einfach, sie ist links. Wir stehen vor einer Wahl. Sie hat entschieden, dass ihr ihre privilegierte Existenz nicht mehr gefällt, sie möchte ein ›echteres Leben‹ führen, deshalb wohnt sie in Jardim Rizzo und nicht zu Hause. Ich wollte ihr etwas in Altos Pinheiros mieten. Aber Sie wissen ja, wie das mit jungen Leuten und ihren Ideen ist. Jardim Rizzo ist keine Favela. Es ist ein bürgerliches Viertel. Die meisten Menschen würden für eine Mietwohnung wie ihre töten, aber für Sabrina ist es das Wichtigste, dass es nicht so ist wie hier ...« Melo wies auf den Luxus um sich herum.

»Soweit ich weiß, ist Sabrinas Mutter vor drei Jahren gestorben, und sie hat keine Geschwister. Hat sie irgendeine andere enge Beziehung?«

»Sie hat einen Freund.«

»Haben Sie mit ihm gesprochen?«

»Ich nicht, aber ich bin sicher, mein Ermittler Victor Pinto.«

»Sie lassen sich von Ihren Freunden beim Geheimdienst helfen, aber was ist mit der Polizei?«, fragte Boxer.

»Bei der Polizei werde ich immer nervös. Die *Divisão Anti-Sequestro*, das Entführungsdezernat von São Paulo, ist in Relation zur Bevölkerung und dem Ausmaß des Problems massiv unterbesetzt«, sagte Melo. »Deshalb hat Victor Pinto eine Gruppe von Ermittlern zusammengestellt, bestehend aus Expolizisten, Soldaten von Spezialeinheiten und gut vernetzten Sozialarbeitern, die die Favelas kennen. Er hat früher selbst bei der DAS gearbeitet, also tauschen sie ihre Informationen aus. Entscheidend ist, dass ich bei ihm weiß, dass er sich auf Sabrina konzentriert und nicht noch um weitere achtzig Entführungsfälle in den Akten der DAS kümmert.«

»Gut, dann weiß er bestimmt auch, dass eine derartige Entführung akribischer Vorbereitung bedarf. Die Entführer haben die

Bewegungen Ihrer Tochter wahrscheinlich seit Wochen, wenn nicht seit Monaten ausgekundschaftet. Vielleicht haben sie Kontakt zu ihren Freunden aufgenommen ... womöglich sogar zu ihrem Freund oder irgendeinem anderen Insider«, sagte Boxer. »Die Entführungsbanden in São Paulo operieren bekanntermaßen in kleinen Zellen wie Terroristen. Eine Gruppe übernimmt das Auskundschaften, eine zweite ist für die eigentliche Entführung zuständig, eine dritte bewacht die Geisel, sodass die anderen Zellen geschützt sind, wenn jemand gefasst wird. Normalerweise gibt es einen Boss, der die Verhandlungen führt. Hat die Person, die die Lösegeldforderung gestellt hat, mit Ihnen gesprochen?«

»Ja, er hatte Sabrinas Handy, deshalb habe ich den Anruf angenommen. Er hat nur sehr wenig gesagt. Bloß dass sie entführt worden sei und unversehrt freigelassen würde, wenn ich zehn Millionen Dollar zahle. Ein Lebensbeweis würde am Morgen in meinem Büro eintreffen. Er sprach gepflegtes brasilianisches Portugiesisch. Ich meine, er klang gebildet und wirkte überhaupt nicht nervös.«

»Haben Ihre Freunde von der ABIN mit Ihnen die Möglichkeit erörtert, die eingehenden Anrufe zurückzuverfolgen?«

»Ja, sie arbeiten mit meinem Mobilfunkbetreiber zusammen, und wenn es weitere Anrufe gibt, schickt er mir die GPS-Koordinaten. Ich habe auf dem Dach des Gebäudes der Banco do Ria da Prata rund um die Uhr ein Sondereinsatzkommando mit Hubschrauber auf Abruf bereitstehen. Bei einem weiteren Anrufe wird es automatisch alarmiert.«

»Schön zu hören, dass Sie gut vorbereitet sind, Senhor Melo«, sagte Boxer. »Aber was den Einsatz des Sondereinsatzkommandos betrifft, müssen wir vorsichtig sein. Die Entführer wissen bestimmt auch, dass Sie über die Mittel verfügen, Helikopter einzusetzen, und ich bin sicher, dass man damit drohen wird, Sabrina etwas anzutun, falls Sie in der Hinsicht aktiv werden. Wenn wir das Sonderkommando in Marsch setzen, müssen wir sicher sein, dass es funktioniert.«

Melo kramte an seinem Schreibtisch herum, als würde ihn diese Warnung nichts angehen.

Boxer versuchte einen anderen Ansatz – das Krisenmanagementkomitee. »Gibt es jemanden, dem Sie genug vertrauen, um ihn in Ihrem Namen mit den Entführern verhandeln zu lassen, vorzugsweise jemanden, der keine emotionale Bindung zu Sabrina hat?«

»Niemand wird mit den Entführern sprechen außer mir«, sagte Melo und bohrte einen Finger in seine Brust.

»Sie wissen, dass Sie das in eine sehr schwierige Lage versetzt?«, fragte Boxer. »Im Idealfall sollten wir ruhig bleiben und die Verhandlungen auf eine Weise führen, die den Eindruck vermittelt, dass wir die absolute Kontrolle haben. Wir wollen möglichst wenig Lösegeld zahlen und gleichzeitig die bestmögliche Ausgangslage erreichen, Ihre Tochter unversehrt zu finden. Vielleicht wird man Ihre Tochter zwingen, mit Ihnen zu sprechen. Sie könnte sehr verängstigt sein. Vielleicht wird man ihr wehtun, um ihr Angst zu machen. Sie wären einer Menge Druck ausgesetzt.«

»Niemand wird mit den Entführern sprechen außer mir«, wiederholte Melo und schlug mit der Faust auf den Schreibtisch. »Niemand darf erfahren, dass sie entführt wurde. Nicht einmal mein Anwalt. Dies ist keine Stadt, in der man Menschen seine Probleme oder Schwächen zeigen sollte. Sonst rücken sie vor, um einen zu erledigen.«

»Was habt ihr jetzt vor?«, fragte Sabrina und zuckte vor seiner Berührung zurück. Sie hielt das Küchenpapier, das er ihr gegeben hatte, noch immer an ihr Ohr gepresst, obwohl es von dem getrockneten Blut inzwischen von selbst klebte.

»Die Wunde säubern«, sagte Brandnarben-Boy und stellte eine Plastiktüte mit Wasser, Verbandszeug und einem Antiseptikum ab.

»Weißt du, was du tust?«

»Ich habe es schon ein paarmal gemacht. Finger und Ohren«, sagte Brandnarben-Boy.

»Vielleicht solltet ihr mich in ein sauberes Zimmer mit einer sauberen Matratze verlegen, anstatt mich in diesem Drecksloch festzuhalten.«

»So leben wir«, sagte Brandnarben-Boy und grinste sie an. »Wenn du nett zu mir bist, werden sich deine Umstände vielleicht verbessern.«

»Was bedeutet, nett zu dir zu sein?«, fragte Sabrina. »Was es für deinen Freund bedeutet, weiß ich schon.«

»Ich hab ihm erklärt, dass es falsch war. Du hast gesehen, was ich mit ihm gemacht habe.«

»Er hat mich nicht vergewaltigt, aber er hat mir ein Ohr abgeschnitten, ich meine … vielen Dank.«

»Weißt du, warum ich ihn so streng bestraft habe?«

»Wegen deiner moralischer Prinzipien?«, fragte sie, doch ihre Ironie huschte an ihm vorbei wie ein geprügelter Hund.

»Ich habe es ihm erklärt. Erst schneiden wir das linke Ohr ab. Dann, wenn das Geld nicht kommt, schneiden wir das rechte Ohr ab. Wenn das Geld dann immer noch nicht kommt, darf er dich ficken. So ist das Verfahren. Und man hält sich daran. Wenn nicht, und der Boss kriegt es mit … sind wir alle tot.«

Seine Worte ließen sie erstarren. Jede Spur von Leben wich aus ihrem Gesicht. Gegen die aufkeimende Verzweiflung wiegte sie den Oberkörper vor und zurück und suchte in seinen Augen nach einem Hinweis, dass er den harten Mann nur spielte, konnte jedoch nichts Menschliches darin entdecken. Ihre Gedanken wanderten zurück zu der leeren Treppe und der Tür zur Straße. Der Weg hinaus. Sie sah sich die Stufen hinaufhasten, die Tür aufreißen und rennen, rennen, rennen.

Er schnitt ihre Plastikhandschellen durch, und sie legte sich auf die Matratze. Behutsam löste er das Küchenpapier von der Wunde, als könnte er es nicht ertragen, ihr wehzutun.

»Ohren bluten immer stark«, sagte er. »Wenn ich zu fest ziehe, fängt es wieder an.«

Er drückte einen Papierbausch in ihren Hörkanal, tunkte weiteres Küchenpapier in Wasser, wischte das getrocknete Blut an ihrem Hals und ihrer Wange ab, arbeitete vorsichtig um die Wunde herum und zupfte Fetzen verkrusteten Papiers ab, bis nur noch die Knorpelreste ihres Ohrs und getrocknetes oder geronnenes Blut übrig waren.

»Wie schlimm ist es?«, fragte Sabrina.

»Du musst dir keine Sorgen machen. Dein *papai* hat jede Menge Geld. Ich kann dir den Namen des besten Schönheitschirurgen in São Paulo nennen. Er schnitzt dir aus deinen Rippen neue Ohren. Sie sehen genauso aus. Der einzige Unterschied ist, dass sie hart sind und nicht biegsam wie normale Ohren«, sagte er und schnippte gegen ihr gesundes Ohr.

»Woher weißt du das alles?«

»Manchmal kommen meine Geiseln im Fernsehen. Es gefällt mir, von ihnen zu hören.«

»Warum?«

Er zuckte die Achseln, und sie erkannte, dass er letztendlich doch bloß ein großer Junge war.

»Du hörst deine Heldentaten gern in den Nachrichten.«

»Halt die Klappe«, sagte er. »Das wird jetzt wehtun.«

Sie verzog das Gesicht, als er die Stelle um ihr Ohr mit Alkohol säuberte und ein antibiotisches Trockenspray daraufsprühte. Er legte mehrere Lagen Mull und einen Wattebausch auf die Wunde und fixierte sie mit Tape, das er einmal um ihren Kopf wickelte.

»Trink das«, forderte er sie auf und gab ihr eine Flasche mit einer trüben Flüssigkeit.

»Was ist das?«

»Rehydrierungssalze. Du hast Blut verloren«, sagte er. »Nimm auch das Antibiotikum. Denn es wäre nicht hilfreich, wenn die Wunde sich entzündet, weißt du. Wir bringen dich nicht ins

Krankenhaus. Wir sagen deinem *papai* einfach, dass wir dich sterben lassen. Vielleicht zahlt er dann schneller.«

Brandnarben-Boy packte die Medikamente und das Verbandszeug wieder ein und kontrollierte den Toiletteneimer.

»Was ist mit deiner Brust passiert?«, fragte Sabrina.

»Ein Dealer hat mich mit einem Flammenwerfer gefoltert. Ich habe für den Typen von oben ein Team von Straßenhändlern geführt. Eine andere Gang wollte, dass wir aufhören, Drogen zu verkaufen, also haben sie mich geschnappt und mir das angetan«, sagte er achselzuckend. »So ist das im Krieg.«

»Wie bist du entkommen?«

»Er hat mich gesucht«, sagte er und wandte den Blick zur Decke, als der Mann oben wieder anfing zu husten. »Eine große Schießerei mit sieben Toten. Das war das Ende von dem Krieg. Mir hat es genützt. Das hier ist wie ein Orden für Soldaten im Krieg. In der Favela kommt mir keiner blöd, weil es alle wissen.«

»Und was ist mit ihm oben? Er hustet die ganze Zeit.«

»Du stellst zu viele Fragen«, sagte er.

»Du bist der Einzige, mit dem ich reden kann. Außer deinem hustenden Freund passiert hier nichts … bis auf die Seifenopern.«

»Er ist nicht mein Freund. Er ist mein Bestimmer, das ist alles«, sagte Brandnarben-Boy. »Er ist krank. Er hustet schon seit Jahren. Man nennt ihn *O Tossinho*. Niemand weiß, weshalb er hustet. Er dachte, es wäre Krebs, aber dann müsste er längst tot sein. Vor Jahren hat er in den Minen gearbeitet. Er denkt, dass er vielleicht etwas eingeatmet hat, das ihn langsam umbringt.«

»Dein Bestimmer? Was soll das heißen? Hast du keine Eltern? Ist er dein Vormund?«

Brandnarben-Boy lachte, aber dann wich jedes Leben aus den Teilen seines Gesichts, die sie durch die Sturmhaube sehen konnte. Er blickte auf sie herab. Gnadenlos. Ihr drehte sich der Magen um. Nichts, was sie je im Fernsehen oder Kino gesehen hatte, war auch nur annähernd so grauenhaft gewesen wie die Stimmungsschwankungen dieses Jungen. Sie wusste, wenn der Befehl kam, sie zu töten, würde jedes Flehen um Gnade auf entschlossene Leere stoßen. Es gab keinen Weg hinein und für ihn keinen Weg heraus. Er hatte schon vor langer Zeit alle Brücken abgebrochen.

»Ich tue, was man mir sagt. Ich habe einen Typen ersetzt, der das nicht gemacht tat, einen Typen, der seine Befehle nicht befolgen konnte. Ich bin noch hier, und niemand nimmt meinen Platz ein. Ich habe alles getan, was man von mir verlangt«, sagte Brandnarben-Boy. »Also keine weiteren Fragen. Du willst es nicht wissen.«

Es klopfte von oben. Brandnarben-Boy nahm die Plastiktüte und den Toiletteneimer. Er blickte zur Decke, als würde er darüber nachdenken, was er gesagt hatte.

»Vergiss alles, was ich dir über ihn erzählt habe. Wenn er erfährt, dass ich geredet habe ... sind wir beide tot«, sagte er schließlich. »Und verlass diesen Raum nicht. Ich schließe die Tür nicht ab, aber wenn du den Raum verlässt, werde ich dir wehtun. Da draußen hast du eh keine Chance. Dort ist es noch gefährlicher für dich. Eine Drogenbande könnte dich schnappen und tagelang vergewaltigen.«

»Bringst du mir frische Unterwäsche?«

Sie lauschte, wie er die Treppe hinaufging, und folgte seinen Schritten durch das Zimmer über ihr. Dann stürzte sie zur Tür, riss sie auf und blickte die Stufen hinauf, die aus dem gleichen Backstein waren wie die Wände. Ihr Herz pochte wie wild. Aber die letzte Begegnung hatte den Ausschlag gegeben. Sie würde fliehen. Auf allen vieren erklomm sie die Stufen bis zu der Tür, die auf die Straße führte. Als sie den oberen Treppenabsatz erreicht hatte, tauchte Brandnarben-Boy aus dem Dunkel auf. Sie rannte zu der Tür und zerrte an der Klinke. Brandnarben-Boy schlug ihr mit der Pistole ins Gesicht. Das Visier an dem Lauf riss Sabrinas Wange auf, und sie taumelte nach hinten. Er packte sie an den Haaren und schleifte sie die Treppe hinunter, stieß sie in den Raum, zog die Matratze heran und fesselte ihre beiden Handgelenke an einen Ring in der Wand, sodass sie auf dem Betonboden knien musste.

Sie weinte, ihre Knie waren aufgeschürft, Blut tropfte von ihrer aufgeplatzten Wange auf ihr T-Shirt.

»Ich habe dich gewarnt, aber du hast nicht zugehört«, sagte er. »Jetzt wirst du bestraft, und ich vertraue dir nicht mehr. Wir sind fertig.«

»Bitte, bitte. Es tut mir leid. Ich bin bloß in Panik geraten. Du machst mir solche Angst. Ich weiß nicht, wer du bist. In einem Moment sorgst du für mich, im nächsten siehst du aus, als könntest du mich einfach so umbringen.«

Er kniete sich hinter sie, drängte seinen Körper an ihren und legte seine Hände auf ihre Schultern. Er beugte sich noch weiter vor, und sie spürte die Berührung seiner Lippen an ihrem Ohr, seinen heißen Atem. Sie starrte intensiv auf die rote Backsteinmauer, auf die Fugen zwischen den Steinen, auf das Loch, das die Kugel geschlagen hatte und hinter dem nur weitere Dunkelheit klaffte. *Was jetzt?*, dachte sie.

»Erzähl mir etwas, was nur du und dein Vater wissen können«, sagte Brandnarben-Boy. »Einen Lebensbeweis.«

Sie ließ die Stirn an die Wand sinken. Tränen strömten über ihr angeschwollenes Gesicht, das Salz brannte in der offenen Wunde.

»Meine Mutter hat mich immer ›Perdita‹ genannt«, sagte sie.

KAPITEL ACHT

26. April 2014, 10.00 Uhr
Melos Haus, Jardim Europa, São Paulo, Brasilien

Ich habe gesehen, was Anfang des Jahres mit dem ganzen Geld in London passiert ist«, sagte Melo. »Soweit ich weiß, haben Sie bei der Aufklärung dieser Entführungen eine entscheidende Rolle gespielt.«

»Ich hatte professionell am Rande damit zu tun.«

»Meine Quelle hat mir erzählt, dass Sie die Geiseln gefunden und ihre Freilassung ausgehandelt haben.«

»Ich habe sie gefunden, und sie wurden in meine Obhut entlassen. Das stimmt«, sagte Boxer. »Aber ich war in dem Fall nicht als Kidnapping-Consultant tätig.«

»Sie sind äußerst bescheiden«, sagte Melo.

»Nein, ich möchte Ihnen lediglich erklären, dass es eine sehr komplizierte Entführung war. Die schwierigste, mit der ich je zu tun hatte.«

»Die Bilder aus London haben Nachahmer inspiriert. Beim Anblick von alldem Geld haben die Banden von São Paulo Rosinen im Kopf bekommen. Früher gab es ›Blitzentführungen‹, bei denen gut gekleidete Menschen verfolgt, als Geiseln genommen und gezwungen wurden, an einem Bankautomaten ihr Tageslimit in bar abzuheben. Als die Banken striktere Sicherheitsmaßnahmen eingeführt haben, sodass Überfälle immer gefährlicher wurden, entwickelten sich daraus komplett durchgeplante Entführungen. Die Geiseln wurden länger festgehalten, die Familien mussten zehn- oder zwanzigtausend Dollar zahlen, und das reichte für die Freilassung der Geiseln. Dann wechselte die Mode erneut, und die Banden fingen an, sich auf die Mütter von Fußballern zu konzentrieren. Angesichts der Prominenz von Leuten wie Robinho im Fernsehen explodierten die Lösegelder auf bis zu fünfundsiebzig- oder hunderttausend. Aber seit der Entführung dieser Milliardärskinder haben die Banden sich richtig organisiert. Sie sind darauf eingestellt, Geiseln sehr viel länger festzuhalten. Und damit meine ich Monate. Sie können sie von Favela zu Favela bewegen, und sie fordern fünf oder zehn Millionen. Außerdem haben sie keine Skrupel, ihre Opfer zu verstümmeln oder zu töten. Die Versicherungsprämien sind durch die Decke geschossen, und wir müssen internationale Fachleute wie Sie hinzuziehen.«

»Ich habe das von Julião Gonçalves gehört.«

»Was haben Sie gehört?«, fragte Melo scharf, beinahe aggressiv.

»Nur das, was mir der Fahrer von den Nachrichten im Radio erzählt hat«, antwortete Boxer. »Über die Beerdigung.«

»Oh ja. Sehr traurig. Er hat früher für mich gearbeitet, wissen Sie«, sagte Melo. »Seltsam. Er hat die Firma verlassen, und *dann* hat man ihn entführt und Millionen verlangt. Es ergibt überhaupt keinen Sinn.«

Sie warteten auf Victor Pinto, der Bericht über seine Ermittlungen in Sabrinas Umfeld erstatten wollte. Die Bande hatte sich noch immer nicht zurückgemeldet. Boxer war in dem leeren Esszimmer ein Essen serviert worden. Er hatte sich gefragt, warum Senhor Melo ihn engagiert hatte, obwohl er offensichtlich alle nötige Expertise zur Hand hatte, und warum das mit einem Tag Verzögerung geschehen war. Wenn Melo den Anruf der Kidnapper am Abend des 24. entgegengenommen hatte, müsste GRM noch am selben Abend von der Entführung erfahren haben. Boxer war jedoch erst vierundzwanzig Stunden später kontaktiert worden.

»Was denken Sie über diese Bande in London … und darüber,

dass sie das Geld ... einfach so in die Luft geblasen hat?«, fragte Melo. »Das verstehen wir hier in Brasilien nicht.«

»Es war ein politisches Statement ...«

»Zur Ungleichheit ... das sagen die Medien auch. Aber das glaube ich nicht.«

»Es ging mehr um Macht oder darum, diesen Milliardären das Gefühl von Machtlosigkeit zu vermitteln, das alle anderen täglich erfahren«, erklärte Boxer.

»Für mich«, sagte Melo und legte die Hand auf die Brust, »hat es nur gezeigt, wie gierig alle Menschen sind. Alle wollen es, aber keiner ist bereit, dafür zu arbeiten.«

»Das Geld findet immer seinen Weg zurück zu denen, die es schätzen.«

»Meine Tochter wird Sie mögen«, sagte Melo und sah Boxer über den Rand seiner Brille hinweg an.

Über der Tür leuchtete ein rotes Licht auf. Melo warf einen Blick auf den Wandmonitor und drückte auf die Fernbedienung. Victor Pinto kam mit einem von Melos Wachleuten, der eine Plastikkiste trug, sowie dem Übersetzer herein. Melo gab ihm die Hand und stellte Boxer vor. Der Wachmann stellte die Kiste ab, die voller Papiere und Computerkomponenten war. Melo checkte erneut seine E-Mails. Nichts. Sie setzten sich, während der Wachmann das Zimmer verließ.

»Sie haben mir nicht erzählt, dass Sabrina einen Motorroller hat«, sagte Pinto.

»Meines Wissens hat sie auch keinen.«

»Ihr Freund hat uns erzählt, dass sie mit einer brandneuen himmelblauen Vespa von ihrer Wohnung zur Universität fährt. Er hat ein Foto von ihr auf dem Roller«, sagte Pinto und hielt ihnen sein Handy hin.

»Ist das zu glauben? Ein so intelligentes Mädchen. Wie konnte sie so dumm sein?«, sagte Melo frustriert. »Einen Fahrer hat sie abgelehnt. Ich habe ihr gesagt, sie soll ein Funktaxi rufen. Und was macht sie? Wenigstens trägt sie einen Helm.

Heutzutage lassen sich die jungen Leute ja gar nichts mehr sagen ...«

»Was ist mit ihrem Freund?«, fragte Boxer.

»Ein guter Mittelschichtsjunge offenbar«, antwortete Melo. »Politisch links, aber was will man machen?«

»Soweit wir das bis jetzt ermitteln konnten, ist er außer Verdacht«, erklärte Pinto. »Ich habe ihn eine halbe Stunde lang befragt. Er hat mir erzählt, was er in den vergangenen vierundzwanzig Stunden gemacht und wann er Sabrina zum letzten Mal gesehen hat, nämlich zum Mittagessen in der Mensa. Ich habe mit seinen Eltern gesprochen. Er hat sich in keiner Weise auffällig verhalten. Wir haben auch Sabrinas Mitstudentinnen unter die Lupe genommen. Ein Mädchen namens Larissa Flores hat in ihrem Philosophieseminar gefehlt. Wir haben sie überprüft, und ihre Eltern haben sie als vermisst gemeldet. Sie ist gestern Abend nicht nach Hause gekommen und auch nicht bei ihrem Job in der Küche eines Restaurants namens Consulado Mineiro erschienen. Ich habe mit einem ihrer Kollegen dort gesprochen, der gesagt hat, dass sie sich in letzter Zeit immer mal wieder von der Arbeit verdrückt hätte. Nur zehn Minuten hier und zehn Minuten da, aber es ärgert die Leute, wenn sich alle den Arsch abarbeiten. Es ist ein kleines Lokal, aber sehr, sehr gut besucht. Ihre Kollegen vermuten, dass es um einen Mann ging. Sie bekam eine SMS, und im nächsten Moment war sie durch den Hinterausgang auf die Straße verschwunden.«

»Hat irgendjemand diesen Typen gesehen?«

»Das ermitteln wir noch. Wir befragen Leute in Pinheiros, dem Viertel, in dem das Restaurant liegt, nicht allzu weit weg von der Uni«, sagte Pinto. »Für ihre Kommilitoninnen haben wir uns interessiert, weil wir bei der Rekonstruktion der Route von der Uni zu Sabrinas Wohnkomplex einen Zeugen getroffen haben, der ein Mädchen beobachtet hat, das gestern Nachmittag eine neu aussehende, himmelblaue Vespa bergab geschoben hat, ohne Helm.«

»Sie müssen das Mädchen finden«, sagte Melo.

»Oder den Typen, mit dem sie hinter dem Restaurant gesprochen hat«, fügte Boxer hinzu.

»Haben Ihre Freunde von der DAS irgendwas gehört?«, fragte Melo.

»Sie vermuten, dass es eine neue Gang sein könnte. In den üblichen Netzwerken gibt es keine Aktivitäten, und von den Informanten in den Favelas kommt auch keine Rückmeldung«, sagte Pinto. »Aber wie Sie wissen, verändert die Branche sich schnell, und neue Gangs bleiben nicht lange neu. Irgendwann schnappt irgendjemand irgendwo etwas auf.«

Ein Ping-Ton vermeldete den Eingang einer neuen E-Mail. Melo hob einen Finger und ging zu seinem Schreibtisch. Pinto musterte seinen professionellen Kollegen voller Argwohn. Dabei war Boxer durchaus angetan von dessen Auftritt: mit der Vespa zu beginnen und dem Mädchen zu enden, das sie geschoben hatte. Nicht viel für vierzig Stunden Arbeit, aber Pinto hatte das Beste daraus gemacht. Melo las die Mail, öffnete den Anhang, sah sich den Film an und schüttelte den Kopf.

»Schauen Sie«, sagte er.

Sie stellten sich hinter ihn, als er ihnen die Aufnahme der Überwachungskameras zeigte, in der eine Gestalt mit einem Cape und dunklem Regenhut am Empfang wortlos ein Paket abgab. Das Ganze dauerte nur wenige Sekunden. Die Gestalt hielt den Kopf gesenkt, sodass ihr Profil in dem Gedränge der Menschen, die im Empfangsbereich auf das Ende des Gewitters warteten, kein einziges Mal klar zu erkennen war.

»Das kam gerade von meinen Freunden bei der ABIN«, sagte Melo und lehnte sich zurück. »Identifikation ist unmöglich.«

»Was ist in der Plastikkiste?«, fragte Boxer.

»Das sind Papiere und Computerkomponenten aus Sabrinas Wohnung. Ich habe den Laptop noch vor Ort von einem meiner Computerexperten überprüfen lassen, und er hat Tagebücher gefunden, die allerdings passwortgeschützt sind. Er würde gern mit Senhor Melos Hilfe versuchen, darauf zuzugreifen.«

Wieder ertönte das akustische Signal für den Eingang einer E-Mail. Sie hatte den Betreff »Sabrina« und einen Anhang. Ohne nachzudenken, öffnete Melo sie, scrollte zu dem Anhang, lud ihn herunter, öffnete ihn und sah ein Standbild seiner aufgelösten Tochter. Er packte die Tischkante, als der Film sich automatisch abspulte. Er dauerte keine zwanzig Sekunden und endete mit dem von einer Sturmhaube bedeckten Gesicht eines Jungen und einer Großaufnahme des abgetrennten Ohrs. Er berührte es mit der Zungenspitze, bevor er aus dem Bild trat, sodass man Sabrina sah, die, mit Handschellen gefesselt, nach rechts sackte, während ein dunkelroter Strom über ihren Hals, ihre Schulter und ihre linke Brust floss.

Die beiden anderen Männer traten einen Schritt zurück, als Melo sich zwischen seinen Beinen übergab. Schwer atmend, stöhnend und nach Luft ringend ließ er seinen Kopf auf die Tischplatte sinken und ballte die Fäuste. Das Licht über der Tür leuchtete auf. Pinto drückte auf den Knopf auf dem Schreibtisch, und der Riese in dem grünen Ralph-Lauren-Polohemd verkündete, dass ein kleiner Junge ein Päckchen abgeliefert hatte, das er jetzt in einem durchsichtigen Beweisbeutel hochhielt.

»Er sagt, ein Typ hätte ihm zehn *reais* gezahlt, damit er es abliefert.«

»Lassen Sie den Jungen nicht gehen«, befahl Pinto, nahm das Paket entgegen und forderte den Mann auf, das Hausmädchen zu schicken, damit es das Erbrochene aufwischte. Pinto streifte ein Paar Latexhandschuhe über, öffnete den Beweisbeutel, zog den wattierten Umschlag heraus, schlitzte ihn mit einem Brieföffner auf und entnahm ihm ein gefaltetes Stück Küchenrolle, das er aufwickelte. Es enthielt Sabrinas Ohr mit dem goldenen Stecker im Ohrläppchen. Er schüttelte den Kopf. »Diese Typen sind knallhart«, sagte er.

Melo lehnte sich zurück und stützte sich auf die Armlehnen des Stuhls. Er warf den Kopf in den Nacken und brüllte gegen den Schmerz an. »Lassen Sie mich allein«, knurrte er dann und stand auf.

Alle gingen zur Tür, als das Hausmädchen gerade hereinkommen wollte. Pinto nahm die Plastikkiste.

»Sie bleiben, Mr Boxer«, sagte Melo. »Lassen Sie das Hausmädchen rein. Alle anderen sollen gehen.«

Melo trat an das große Schiebefenster mit Blick in den ummauerten, von Palmen gesäumten und bewaffneten Männern bewachten Garten. Der Himmel war nach dem Gewitter noch immer dunkel. In der bedrückenden Düsternis schien Melo nach einer Antwort zu suchen. Schließlich straffte er die Schultern. Das Hausmädchen säuberte den Fußboden und verließ das Zimmer.

»So steht es um unsere Zivilisation«, sagte Melo, und Boxer ahnte, dass ihm ein Vortrag bevorstand. »Wir glauben, wir wären weit gekommen, weil es mittlerweile Menschen gibt, die dem Verständnis unserer Existenz und der Beschaffenheit des Universums sehr nahe gekommen sind, der Frage, ob es einen Gott gibt oder ob alles Zufall ist. Aber am anderen Ende der Skala gibt es Menschen von so geringer Intelligenz, die so verloren und gebrochen sind, dass sie einem wehrlosen Mädchen ein Ohr abschneiden für … was? Geld? Hier geht es nicht um Geld. So was macht man nicht bloß für Geld. Man macht es, weil man so voller Groll und Neid ist, dass man sich nur noch durch Gewalt ausdrücken kann.« Er hämmerte so heftig gegen die Fensterscheibe, dass die Wachen draußen herumfuhren und in Schussposition in die Hocke gingen, bis sie ihren Boss erkannten hinter der Scheibe, gerahmt von einer Silhouette goldenen Lichts.

Während der Rede musste Boxer die ganze Zeit an Melos Reaktion auf die Erwähnung von Julião Gonçalves denken. So war das bei Entführungen: Die Intensität der Gefühle war derart groß, dass es unmöglich war, etwas zu verbergen; alles, was Schmerz bereiten konnte, kam unweigerlich an die Oberfläche.

»Die Entführer könnten jetzt jederzeit anrufen«, sagte Boxer. »Sie haben bereits zehn Millionen verlangt und wollen nach dem, was sie Sabrina gerade angetan haben, bestimmt möglichst schnell loslegen. Wir müssen eine Strategie für die Verhandlungen entwickeln.«

»Bald wird es überall in der entwickelten Welt so sein«, sagte Melo, hob die Hand und wischte über das Glas. »Die Menschen glauben es nicht, aber so wird es kommen. Die Superreichen werden in Hubschraubern von Gebäude zu Gebäude fliegen, um die immer zahlreicher werdenden wütenden, verarmten Massen zu meiden.«

»Senhor Melo«, sagte Boxer ruhig und bestimmt. »Sie sind außer sich vor Schmerz. Das verstehe ich. Für einen Vater ist es entsetzlich, sich so etwas anzusehen, aber wenn Sie mit diesen Leuten verhandeln wollen, müssen Sie es vergessen. Wenn Sie dazu nicht imstande sind, sollten Sie jemanden benennen, der in Ihrem Namen verhandeln kann, und wir müssen schnell handeln. Die Entführer spielen ein brutales psychologisches Spiel. Im Laufe der nächsten Stunde wird ein Anruf eingehen. Diese Leute wissen, dass Sie inzwischen den Filmclip gesehen und das Päckchen erhalten haben. Dies ist ihre beste Chance, Ihnen das Maximum für Sabrinas Freilassung zu entlocken.«

Ganz langsam wandte Melo sich von seinem Spiegelbild in der Scheibe ab. Seine Miene drückte alles Mögliche aus, aber es war nicht der Gesichtsausdruck eines verzweifelten Vaters. Melo wirkte ganz ruhig, doch seine Augen starrten durchdringend und mörderisch wie die eines Falken, der seine Beute erspäht hat.

»Sie kommen nicht in meine Position, wenn Sie nicht einen Kern aus geschärftem Stahl haben, Mr Boxer«, sagte er. »Ich werde nicht nur mit diesen Leuten reden. Ich werde es genießen. Ich werde mich mit ihnen anfreunden. Ich werde sie umarmen, an meinen Tisch einladen, um das Brot mit mir zu brechen ... Und dann werde ich sie alle umbringen lassen.«

KAPITEL NEUN

26. April 2014, 10.40 Uhr
Melos Haus, Jardim Europa, São Paulo, Brasilien

»Julião Gonçalves ...«, sagte Roger Fallon immer wieder, während er die Information in die GRM-Suchmaschine eingab, als ob der Name für ihn durch Wiederholung an Bedeutung gewinnen könnte.

Boxer hatte seinen ersten Bericht erstattet, und Fallon hatte sein Entsetzen darüber geäußert, dass es kein Krisenmanagementkomitee gab. Die Dynamik von lediglich zwei Männern unter dem intensiven Druck einer Lösegeldverhandlung gefiel ihm nicht. Dabei hatte Boxer Melos letzten mörderischen Ausbruch gar nicht erwähnt, sondern versucht, Fallons Befürchtungen zu besänftigen, indem er auf Victor Pinto und die ABIN als weitere Druckventile hinwies. Weil Melo so heftig auf den Namen reagiert hatte, erwähnte Boxer zuletzt noch Julião Gonçalves in der Hoffnung, dass Fallon von London aus weiter nachbohren konnte.

»Der Name ist bei keinem der Vorgespräche erwähnt worden, die wir vor Übernahme des Auftrags geführt haben«, sagte Fallon und wechselte von der Firmensuchmaschine ins World Wide Web. »Aber ja, ich sehe es jetzt, Exangestellter, der Ende letzten Jahres entführt wurde, kein erkennbarer Grund für den Abbruch der Verhandlungen. Glaubst du, es geht um einen Handel: Sabrina für Julião?«

»Ich weiß nicht, wie das funktionieren sollte«, sagte Boxer. »Die Entführer können Melo nicht zwingen, Gonçalves freizulassen, weil seine mögliche Verantwortung dadurch viel zu offensichtlich würde. Aber der Name könnte in den Verhandlungen unausgesprochen eine Rolle spielen, ohne dass eine Seite ihre verbrecherischen Taten eingesteht. Ich denke, ich sollte alles Verfügbare über Gonçalves und seine Familie wissen, seine Beziehung zu Melo, seine politische Haltung, eben alles.«

»Ich kümmere mich darum.«

Kurz danach beendeten sie das Gespräch. Ins Leere starrend grübelte Boxer über die sich abzeichnenden Komplikationen. Irgendwo in alldem hatte auch noch Conrad Jensen seine Finger im Spiel. Wie hatte er von dem Auftrag wissen können, noch bevor er einer geworden war? Er hatte bereits bewiesen, dass er zu einer komplexen mehrfachen Entführung mitten in London fähig war. Im Vergleich dazu waren die Leute in São Paulo geradezu primitiv vorgegangen. Dem Mädchen ein Ohr abzuschneiden und ihrem Vater den blutigen Knorpel zuzustellen, noch bevor die Verhandlungen überhaupt begonnen hatten, war rachsüchtig gewesen, so als wäre das Geld nur ein Teil des Preises, der zu bezahlen sein würde.

Sabrinas Akte mit ihrem Foto auf dem Umschlag lag neben seinem Handy mit dem Bild von Amy auf dem Schreibtisch. Die beiden Mädchen waren fast gleich alt. Boxer wusste, was er empfinden würde, wenn jemand seine Tochter auf diese Weise verstümmelt hätte. Reine Wut. Und bei diesem Gedanken trat ihm seltsamerweise ein Bild von Anwen vor Augen, das weiße Haar wie ein Lichtkranz um ihren Kopf und in ihrem Gesicht ein Ausdruck von so reiner Unschuld, dass sich sein Magen zusammenzog. Erst ein Klopfen an der Tür vertrieb ihr Bild aus seinen Gedanken.

Der schwergewichtige Leibwächter mit dem Faible für bunte Polohemden von Ralph Lauren führte ihn zum Büro. Melo drückte ihm die Tür auf, hob zum Gruß seine Espressotasse und sprach dann weiter auf Deutsch in sein Handy, eine Sprache, die Boxer nicht beherrschte, was Melo durch das Studium von Boxers GRM-Profil vermutlich bekannt war. Boxer lauschte und verstand praktisch nichts. Das einzige Wort, das er mitbekam, war *raus*.

Melo beendete das Gespräch, goss sich Kaffee nach und fing sofort an zu prahlen, dass die Bohnen täglich von seiner eigenen Plantage geliefert und nach seinen Anweisungen geröstet wurden. Er nahm Platz und setzte beinahe munter an, sich für die ungeheuerliche Bemerkung zu entschuldigen, alle Entführer umbringen zu wollen. Er habe sich von seinen Gefühlen überwältigen lassen. Boxer nutzte die Gelegenheit, darauf zu drängen, weitere Personen hinzuzuziehen, um den Druck von Melo zu nehmen. Aber der Brasilianer wollte nichts davon hören. Boxer sah auf die Uhr. Fünfundvierzig Minuten seit der letzten Nachricht.

»Die Kidnapper werden versuchen, die Dringlichkeit zu betonen und Sie gleichzeitig schwitzen zu lassen.«

Ein Ping vermeldete den Eingang einer Nachricht auf Melos Handy. Er übersetzte Boxer die SMS von Sabrinas Mobiltelefon. »Das ist das letzte Mal, dass wir dieses Handy benutzen. Wir werden Sie in ein paar Minuten von einem anderen Telefon anrufen und den Codenamen ›Perdita‹ angeben. So hat Ihre Frau Sabrina genannt, als sie klein war.«

Melo checkte seine Mails. Die ABIN hatte die GPS-Koordinaten einer Shoppingmall in der Avenida Brigadeiro Faria Lima geschickt. Boxer erklärte Melo, dass es sich nicht lohnen würde, für ein solches Ziel das Helikopter-Sondereinsatzkommando zu aktivieren.

»Womöglich ist das nicht deren erste Entführung, oder sie haben zumindest ein paar Sachen über das Verfahren gelernt und wissen, dass Telefongesellschaften Anrufe orten können«, sagte er zu Melo. »Vergessen Sie nicht, einen Lebensbeweis zu verlangen, bevor wir zu weiteren Verhandlungen bereit sind. Das ist der Zweck dieses ersten Anrufs.«

Melo antwortete nicht. Er starrte auf das Telefon. Trotz laufender Klimaanlage stand ihm der Schweiß auf der Stirn.

Das Telefon klingelte wieder.

»Perdita«, sagte die Stimme. »Wie geht es Ihnen, Senhor Melo?«

»Nicht sehr gut, nachdem ich Ihr Päckchen erhalten habe. Das war brutal, meiner Tochter ohne jede Verhandlung etwas Derartiges anzutun.«

»Wir verstehen Sie sehr gut. Ihre Skrupellosigkeit ist legendär.«

»So muss man sein, um in dieser Welt zu überleben«, erwiderte Melo. »Aber ich gebe den Menschen immer eine Chance.«

»Wir geben Ihnen auch eine Chance«, sagte die Stimme, »doch es war auch notwendig, deutlich zu machen, wie ernst wir es meinen.«

»Ich nehme Sie ernst. Darüber müssen Sie sich keine Sorgen machen«, erklärte Melo. »Aber Sie müssen auch meine Lage verstehen. Wenn mir jemand als Eröffnungsgambit ein Ohr meiner Tochter schickt, fürchte ich natürlich um ihr Leben.«

»Ich glaube, Sie haben mich nicht richtig verstanden«, sagte die Stimme. »Wir haben eine Forderung gestellt und sie mit einem Beweis unserer Ernsthaftigkeit unterstrichen. Das war kein ›Eröffnungsgambit‹. Wir haben unsere Bereitschaft demonstriert, mit Ihnen Geschäfte zu machen, aber es muss zu unseren Bedingungen geschehen.«

»Was ich nach dieser Demonstration von Gewaltbereitschaft brauche, ist ein Lebensbeweis. Der ist unabdingbar.«

»Sie lebt, und es geht ihr sehr gut. Sie ist ordentlich behandelt worden. Die Wunde wurde mit einem Antiseptikum gereinigt. Sabrina wurde rehydriert und hat ein Antibiotikum bekommen. Wir haben sie gebeten, uns etwas zu verraten, was nur Sie wissen können. Sie hat uns den Namen Perdita genannt.«

»Das beweist aber nicht, dass sie noch lebt«, sagte Melo. »Alles, was ich gesehen habe, ist ein kurzer Film mit einem Beweis für ihre Verstümmelung. Den Namen ›Perdita‹ hätte sie Ihnen irgendwann nennen können.«

»Vielleicht wollen Sie einen Film von der Entfernung des anderen Ohrs sehen. Dann wüssten Sie, dass wir es doppelt ernst meinen und dass Ihre Tochter noch lebt.«

»Mit ihr zu sprechen wäre ...«

»Unmöglich«, sagte sie Stimme. »Stellen Sie mir eine Frage, die nur sie beantworten kann. Ich melde mich in einer Minute mit der Antwort zurück.«

Boxer nickte und wies auf eine der Fragen, die er vorbereitet hatte.

»Wie lauteten die letzten Worte ihrer Mutter an Sabrina?«

»Sehr gut, Senhor Melo. Ich weiß, was Sie machen, aber das wird mit uns nicht funktionieren.«

»Warum nicht?«, fragte Melo. »Was ist mit Ihnen passiert, dass Sie das Leben eines jungen Mädchens zerstören und von der Tatsache ungerührt sein können, dass es die eigene Mutter verloren hat?«

Die Verbindung wurde beendet.

»Das war gut«, sagte Boxer. »Vielleicht lag es an der Übersetzung, aber es klang ein wenig förmlich. Ich weiß, dass es letztendlich um eine geschäftliche Transaktion geht, aber selbst in einer Verhandlung wie dieser versucht man, eine Beziehung aufzubauen, bei der es nicht nur um einen Vertragsabschluss geht. Sie versuchen, sich gegenseitig einzureden, Sie seien befreundet, obwohl Sie ihn mit jeder Faser Ihres Körpers hassen. In Ihrer letzten Bemerkung haben Sie ihm Ihre Verachtung gezeigt, deshalb hat er aufgelegt. Sie haben ihn unmenschlich genannt.«

»Und was schlagen Sie vor?«, fragte Melo, ohne die Verbitterung in seiner Stimme zu unterdrücken.

»Entspannen Sie sich«, sagte Boxer. »Sie wollen etwas von ihm, er will etwas von Ihnen. Der Unterschied liegt allein in dem Wert. Eigentlich sollte man einen emotionalen und einen finanziellen Wert nicht vergleichen, aber genau darauf müssen Sie sich einlassen. Geld für Ihre Tochter.«

»Glauben Sie, das ist alles?«

»Für den Augenblick müssen wir mit den Parametern arbeiten, die er festgelegt hat. Er hat zehn Millionen Dollar für die Freilassung Ihrer Tochter verlangt. Sie kennen die Regeln einer Verhandlung: Obwohl Sie sich zehn Millionen Dollar wahrscheinlich leisten können und das Geld in keiner Weise einen Gegenwert dafür darstellt, was Ihre Tochter Ihnen bedeutet, müssen Sie das Spiel mitspielen. Ich spreche zwar die ganze Zeit von einer geschäftlichen Transaktion, aber es gibt auch dramatische Unterschiede. Wenn Sie der Zehn-Millionen-Forderung sofort zustimmen, macht Sie das verwundbar für eine Erhöhung, weil Sie dem Kidnapper gezeigt haben, wie viel Sabrina Ihnen emotional wert ist. Also wollen wir ihm demonstrieren, dass wir alles tun, um seine Bedürfnisse zu befriedigen, während wir gleichzeitig seine Erwartungen herunterschrauben. Sie müssen eine Beziehung aufbauen, um den Prozess in die Länge zu ziehen. Das wird erstens seine Entschlossenheit unterminieren, während unser Team zweitens die größtmögliche Chance bekommt, Sabrinas Aufenthaltsort zu ermitteln. All das müssen Sie sich bewusst machen. Es ist die Motivation für das, was Sie tun sollen, nämlich, mit jedem Telefonat ein wenig mehr das Vertrauen des Entführers zu gewinnen.«

»Wie?«, fragte Melo. »Was soll ich machen? Mit ihm über Fußball plaudern, während er das Leben meiner Tochter in der Hand hält?«

»Nein, im Gegenteil, Sie sollen *alles andere* als oberflächlich sein. Es ist sehr wichtig, dass Sie ihm Ihr wahres Ich zeigen. Glaubwürdigkeit ist entscheidend. Sie wollen, dass er anbeißt, und das schaffen Sie nicht, wenn Sie nur so tun als ob. Die Leute langweilen sich schnell, wenn sie einen für unaufrichtig halten. Das ist der Stoff für Cocktailpartys. Wir müssen einen Weg hineinfinden. Vielleicht finden wir ihn nicht sofort, aber irgendwann schaffen wir es.«

Das Telefon klingelte. Melo zuckte zusammen und nippte an seinem Mineralwasser, bevor er abnahm.

»Die letzten Worte ihrer Mutter: ›Versprich mir, dass du ein gutes Leben haben, hart arbeiten und alles tun wirst, um anderen zu helfen, dass du dich um deinen Vater kümmerst und dass du vor allem glücklich wirst.‹«

»Ja«, bestätigte Melo. »Das hat sie gesagt.«

»Ich habe nicht geweint«, sagte die Stimme. »Falls Sie das gehofft hatten.«

»Wahrscheinlich hat *sie* geweint«, entgegnete Melo. »Sie konnten sie nur entführen, weil sie die Worte ihrer Mutter beherzigt hat. Sie wollte glücklich sein, und in einer bewachten Wohnanlage zu leben ist nicht ihre Vorstellung von Glück. Sie wollte Ärztin werden, doch ihre Noten waren nicht gut genug. Sie hat in Vorbereitung auf ihr Medizinstudium in Krankenhäusern auf dem Land gearbeitet, aber sie hatte kein Glück. Jetzt studiert sie an der Universität und sucht einen anderen Weg, wie sie die letzten Worte ihrer Mutter befolgen und Menschen helfen kann.«

»Sie hilft uns.«

»Inwiefern? Was haben Sie mit dem Lösegeld vor?«

»Wir werden es investieren.«

»In was?«, fragte Melo.

»In Drogen. Wir bereiten uns auf die Weltmeisterschaft vor. Es werden eine Million Touristen erwartet. Die Konkurrenz wird hart.«

»Das ist ein gefährliches Business, wenn man keine Erfahrung hat.«

»Wie kommen Sie darauf, dass wir keine Erfahrung haben?«, fragte die Stimme.

»Wenn Sie in dem Business wären, würde Sie nicht eine derartige Summe von außen benötigen, um sich auf die Weltmeisterschaft vorzubereiten. Sie säßen schon in den Startlöchern«, sagte Melo. »Sie klingen gebildet und wortgewandt, weshalb ich glaube, dass Sie nicht aus den Favelas stammen. Wenn das der Fall ist, könnten Sie sich auf ein äußerst riskantes Abenteuer einlassen.«

»Danke für den Ratschlag«, sagte die Stimme. »Und nun lassen Sie uns über das Geld und seine Übergabe reden.«

Boxer kritzelte etwas auf eine Tafel, die er Melo hinhielt.

»Ich verstehe, dass Sie es eilig haben, aber eine derartige Summe zu organisieren dauert seine Zeit.«

»Sie besitzen eine Bank.«

»Ich bin Vorstandsvorsitzender, aber das gibt mir nicht die Erlaubnis, Geld aus den Tresoren zu nehmen«, sagte Melo. »Außerdem sind für diese Eventualität Sicherheitssysteme eingerichtet worden. Sie haben wahrscheinlich von Tiger-Kidnappings gehört, bei denen ein Bankangestellter als Geisel genommen und genötigt wird, für die Bande ein Verbrechen zu begehen. So wurde etwa die Frau eines Zweigstellenleiters entführt, um ihn zu zwingen, Geld aus seiner Bank zu holen. Seitdem ist es einem Angestellten der Bank, unabhängig von seiner Position, unmöglich, ohne Zustimmung der Filiale und der Zentrale Geld zu entnehmen.«

»Sie könnten ein Darlehen aufnehmen.«

»Die gleichen Bestimmungen gelten für Direktorenkredite in Höhe von mehr als fünfzigtausend Dollar. Als Vorstandsvorsitzender müsste ich eine Vorstandssitzung einberufen und erklären, wofür ich das Darlehen brauche.«

»Wenn ich Ihnen Sabrinas anderes Ohr schicke, würde das vielleicht helfen, die Regeln ein wenig großzügiger auszulegen«, sagte die Stimme, unvermittelt wieder aggressiv. »Vielleicht ist das die einzige Sprache, die Sie verstehen.«

Boxer wies auf die vorgeschriebene Erwiderung auf der Tafel.

»Das würde mich nur weiter quälen und die Gesundheit meiner Tochter gefährden«, sagte Melo, »aber es würde nichts an dem für die Bank und sämtliche Filialen vorgeschriebenen Verfahren ändern. Es würde allerdings die Polizei und die *Divisão Anti-Sequestro* auf den Plan rufen, denn der Vorstand würde sich gezwungen sehen, sie zu alarmieren.«

»Würde er das, Senhor Melo? Das werden wir ja sehen«, sagte die Stimme. »Schwitzen Sie schön, Senhor Melo. Sorgen Sie dafür, dass Sie reichlich frische Hemden parat haben.«

Melo ließ sich auf seinen Stuhl zurücksinken, hatte jedoch keine Zeit, sich zu entspannen, weil ein weiterer Anruf auf dem Festnetztelefon einging. Er nahm ab, schickte den Dolmetscher weg und fing an, Deutsch zu reden. Es war ein kurzes Telefonat, und Melo wirkte zufrieden mit dem Ergebnis.

Boxer staunte über die Zähigkeit des Mannes. Er schaffte es offenbar, die Lage seiner Tochter zu verdrängen und sich ganz um die anstehende Aufgabe zu kümmern. Trotzdem sorgte sich Boxer nach wie vor, was es mit Melo machen würde, falls seiner Tochter weitere Gewalt angedroht oder zugefügt wurde oder die Entführer ihre andere Trumpfkarte ausspielten: die Tatsache, dass sie alle Zeit der Welt hatten. Würden dann Risse in Melos Fassade sichtbar werden? Boxer glaubte es nicht. Melo verfügte über jede Menge oberflächlichen Charme, doch der war nur die Patina für eine stählerne Härte, die dafür sorgte, dass sein Urteilsvermögen nicht von Gefühlen getrübt wurde.

Dem Profil, das GRM Boxer zur Lektüre gegeben hatte, hatte er entnommen, dass sich der brasilianische Unternehmer sein Vermögen hart erarbeitet hatte. Als eines von sieben Kindern hatte er kaum eine schulische Ausbildung genossen. Sein erstes Geld hatte er mit dem Verkauf von T-Shirts in den Favelas verdient. Ein paar Jahre später hatte er eine Firma gegründet, die die T-Shirts und mit der Zeit auch andere Kleidungsstücke selbst produzierte. Diese Fabrik hatte er verkauft, um in den Bereichen Transport, Holzhandel und Eisenerze zu investieren. Zur Gründung der entsprechenden Unternehmen hatte er landesweit politische Verbindungen knüpfen müssen. Nachdem diese etabliert waren, hatte er sich aus dem beschwerlichen Transportgewerbe sowie dem Holzhandel zurückgezogen und war wieder nach São Paulo gegangen. Er hatte seine Bergbauunternehmen verkauft, als die Aktien für Kupfer- und Eisenerze auf einem Höchststand waren, sich als Bauunternehmer etabliert und die Bank aufgebaut, die zum Synonym für seinen Namen geworden war: die Banco do Rio da Prata. Mittlerweile verfügte er über eine phänomenale Verhandlungsgabe, weitreichende Beziehungen in alle Regierungsministerien, detailliertes Wissen über Menschen aller Klassen und einen unerschütterlichen Glauben an sich selbst.

Durch diesen ersten Anruf und seine Nachbereitung lernte Boxer Melo besser kennen, und die beiden Männer begannen, eine persönliche Beziehung aufzubauen. Melo gab mehr von sich persönlich preis, als er es selbst engsten Mitarbeitern gegenüber je getan hatte, und entspannte zusehends. Er fragte Boxer nach dessen Zeit in der Armee, bei der Polizei und schließlich als Kidnapping-Consultant und wurde mit einer Offenheit und Ehrlichkeit belohnt, die er in der Geschäftswelt, wo alle immer nur ihre Stärken betonten und ihre Schwächen verbargen, selten erlebt hatte. Boxer ging noch weiter und sprach auch über sein Privatleben, seine Beziehung zu Mercy und zu seiner Tochter Amy, über Isabels Tod und die Frühgeburt ihres Sohnes Jamie. Sogar von seiner Mutter erzählte er. Aber nicht von seinem Vater.

»In einer Lösegeldverhandlung wird alles bloßgelegt«, begründete Boxer seine Offenheit. »Es ist die ultimative Psychoanalyse. Man sieht sich selbst, so nackt und verwundbar wie sonst nie.«

»Und was glauben Sie, wo ich so verwundbar bin wie sonst nie?«

»Sie denken vielleicht, Sie waren so nackt und verwundbar bei Ihren riskantesten Unternehmungen oder Geschäftsverhandlungen mit Leuten, die kein Problem gehabt hätten, Sie umzubringen«, sagte Boxer. »Aber in Wahrheit ist es die Liebe, die einen am verletzlichsten macht.«

Melo kniff ein Auge zusammen, als würde er Boxer anvisieren.

»Es geht nicht mehr nur um Sie«, erklärte Boxer. »*Sie* können alles Mögliche verkraften. Aber wenn irgendjemand Sabrina etwas antut, während Sie unversehrt hier sitzen, ist das psychisch zutiefst verstörend, und Sie werden merken, dass es Ihnen schwerfällt, sich selbst zu verzeihen.«

»Aber was kann ich tun? Was hätte ich tun können? Diese

Leute haben ihr grundlos Schmerz zugefügt. Wenn sie bis nach meinem ersten Angebot damit gewartet hätten, *dann* würde ich mich schuldig fühlen.«

»Das meine ich ja gerade«, erwiderte Boxer. »Emotionale Verbindungen korrespondieren nicht immer mit rationalen Gedanken. Sie empfinden Schmerz, obwohl Sie unschuldig sind.«

»Sie haben recht«, sagte Melo. »Sabrina ist in letzter Zeit auf Distanz zu mir gegangen. Sie war nicht glücklich über die Nähe, die sich in den drei Jahren seit dem Tod ihrer Mutter zwischen uns entwickelt hatte. Damals brauchte sie mich, aber jetzt möchte sie ihr eigenes Leben, was nur natürlich ist. Ich glaube, ich habe mit ihr über Dinge gesprochen, die nicht ihre Sache hätten sein sollen. Ich habe ihre Mutter vermisst und Sabrina vielleicht ein bisschen zu sehr wie eine Partnerin und nicht wie eine Tochter behandelt.«

»Also hatten Sie schon vor der Entführung Schuldgefühle?«

Stille bis auf den kühlen Atem der Klimaanlage.

»Es gibt eine Reihe von Dingen an diesem Fall, die mich beunruhigen«, sagte Boxer. »Wie Sie wissen, bin ich aus den erwähnten Gründen nicht glücklich darüber, dass Sie die Verhandlungsführung übernehmen. Sabrina ist Ihre einzige Tochter … das ist doch richtig, oder? Sie haben nicht noch irgendwo in Brasilien Kinder aus Ihrer Zeit in der Erzindustrie und im Holzhandel?«

Melo starrte Boxer an. Sein Blick hatte nichts Oberflächliches. Wie beim Häuten einer Zwiebel wurde alles entblößt, um das Vertrauen freizulegen, das zwischen ihnen wesentlich war. Das hatte Boxer gemeint, als er gesagt hatte, dass es beim Umgang mit dem Entführer vor allem auf Glaubwürdigkeit ankam. Sobald sich Argwohn in die Verhandlung einschlich, würde diese nach und nach kollabieren.

»Sie sind der Einzige, der das weiß«, sagte Melo. »Die peinliche Wahrheit ist, dass ich eine sehr geringe Spermienzahl habe. Ich war vier Mal verheiratet. Von meinen ersten drei Frauen habe ich mich scheiden lassen, weil sie mir keine Kinder gebären konnten. Ich habe mich geweigert anzuerkennen, dass das Problem bei mir lag, selbst als diese Frauen mit anderen Männern Kinder bekamen. Erst meine letzte Frau konnte mich überreden, mich testen zu lassen. Sabrina wurde mit einer In-vitro-Fertilisation gezeugt.«

»Glauben Sie, die Entführer kennen Sie?«, fragte Boxer. »Und ich meine nicht als Senator oder Bankdirektor. Ich meine von viel früher; jemand, der einen alten Groll hegt. Ist es möglich, dass eins Ihrer Geschwister Sie hasst?«

»Ich bin allen meinen Geschwistern gegenüber großzügig gewesen. Sie kennen und lieben Sabrina. Ich kann mir nicht vorstellen, dass einer von ihnen ihr in irgendeiner Weise Leid zufügen wollte.«

»Dann lassen Sie uns den Radius weiter stecken und Ihre Geschäftspartner betrachten. Fällt Ihnen jemand ein, der Sie hassen könnte? Haben Sie jemals versucht, einen Ihrer geschäftlichen Widersacher zu ruinieren?«

»Warum fragen Sie?«

»Die ganze Geschichte wirkt auf mich extrem persönlich. Das Kind eines Menschen zu entführen und ihm ohne jeden Austausch über die Lösegeldforderung etwas so Verheerendes anzutun kommt mir ungewöhnlich brutal vor.«

»Wir sind in Südamerika«, sagte Melo. »Wir haben die blutigste und grausamste Geschichte aller Kontinente. Meine Freunde bei der ABIN erzählen mir, dass der Ursprung für diesen modernen Trend von Entführungen in der Politik der 1960er und 1970er und im Umgang mit den sogenannten Verschwundenen liegt. Nun kommt zu der Geschichte noch die Ungleichheit hinzu. Jemand muss mich nicht notwendigerweise kennen, um mich zu hassen. Ich bin Repräsentant einer Klasse, gegen die die meisten Brasilianer eine natürliche Antipathie hegen. Wenn dazu noch der Barbarismus eines kriminellen Verstandes kommt, ist alles möglich.«

»Holzhandel und Bergbau sind notorisch kontroverse Wirtschaftszweige. Das Leben von Menschen wird zerstört, ihnen wird Land genommen, von der Zerstörung der Natur und dem Beitrag zum globalen Klimawandel ganz zu schweigen«, sagte Boxer. »Da können sich die Feinde rasch häufen.«

»Das ist lange her. Ich bin vor mehr als zehn Jahren aus der Branche ausgestiegen.«

»Was ist mit Korruption?«

»Was soll damit sein?«, entgegnete Melo. »Wir haben in Brasilien kein Monopol auf Korruption, es gibt sie auf der ganzen Welt. Wenn meine Tochter glaubt, dass nur Rechte korrupt sind, steht ihr eine unangenehme Überraschung bevor. Es wird alles ans Licht kommen.«

»Was wird ans Licht kommen?«, fragte Boxer, was ihm einen bohrenden Blick von Melo einbrachte, sodass er sich genötigt fühlte hinzuzufügen: »Nichts verlässt diesen Raum.«

»Praktisch alle Auftragnehmer der staatlichen Ölgesellschaft Petrobras haben Zahlungen an Direktoren der Firma geleistet, und dieses Geld hat seinen Weg zu den Mitgliedern der Mehrheitspartei im Kongress und ihren Verbündeten gefunden«, sagte Melo. »Die Verhaftung einiger prominenter Leute steht unmittelbar bevor, und das wird im Wahljahr eine Menge Druck auf unsere links stehende Präsidentin erzeugen, die die Vorstandsvorsitzende von Petrobras war, als diese Schmiergeldzahlungen passiert sind.«

»Haben Sie diese Enthüllungen in irgendeiner Form unterstützt?«

»Selbstverständlich«, sagte Melo. »Es ist zu meinem politischen Vorteil. Ich will, dass die Rechte gewinnt.«

»Um was für Summen geht es bei diesem Korruptionsskandal?«

»An die zehn Milliarden ... Dollar.«

»Und Sie glauben nicht, dass das ein Thema bei dieser Entführung sein könnte?«

KAPITEL ZEHN

26. April 2014, 13.00 Uhr
Favela, São Paulo, Brasilien

»Findest du es schwer, dich zu entspannen?«, fragte Brandnarben-Boy, der hinter ihr stand, seine Lippen an ihrem Ohr, sein Schwanz gegen ihren Po gepresst, selbstzufrieden.

Von irgendwo in der Favela untermalte leise Musik den endlosen dramatischen Dialog der Telenovela aus dem Fernsehen im Stockwerk über ihr. Sabrina strengte sich an, die Worte zu verstehen, um sich von ihren Schmerzen und Brandnarben-Boys Atem in ihrem Ohr abzulenken.

Sie hatte die Stirn an die Wand gelegt, konnte sich jedoch nicht entspannen; ihre Knie schmerzten, und ihre Schenkel zitterten vor Anstrengung, sich aufrecht zu halten. Sie hatte versucht, sich hinzulegen, doch der Ring, an den sie gefesselt war, war zu hoch an der Wand montiert, sodass die Dehnung ihrer Schulter unerträglich schmerzhaft war. Also musste sie knien, die Hände wie zum Gebet leicht über den Kopf erhoben. Lactat brannte in ihren Schultern, im Nacken und den zitternden Schenkeln.

»Ich kann nicht ... ich kann nicht ...«, sagte sie. »Bitte lass mich runter. Ich verspreche ...«

»Was versprichst du?«

»Ich verspreche, dass ich in diesem Raum bleiben werde. Ich mache alles, was du verlangst.«

Er schnitt ihre Handschellen durch, und sie sank zur Seite. Er legte ihr die Matratze hin, rollte sie darauf und schob sie mit dem Fuß an die Wand. Seine Gestalt verschwamm hinter ihren Tränen der Dankbarkeit.

»Ich habe dir Unterwäsche mitgebracht«, sagte er und ließ einen Slip auf ihren Bauch fallen.

Sie zog ihn unbeholfen im Liegen an, weil sie zu erschöpft war, sich zu erheben. Dann lag sie da und wartete darauf, dass der Schmerz nachließ. Brandnarben-Boy ging vor ihr in die Hocke.

»Guckt er wirklich Seifenopern?«, fragte sie.

»Sein Kopf ist mit anderen Sachen beschäftigt. Er kriegt kein Wort mit.«

»Warum schaltet er sie dann nicht ab?«

»Er mag das Licht und die Geräusche im Zimmer. So fühlt er sich heimischer. Wie es war, als seine Frau noch lebte. Sie hat immer Telenovelas geguckt, bis sie eingeschlafen ist. Deswegen guckt er sie auch. Er mag keine Seifenopern. Er vermisst seine Frau nur schrecklich. Sie ist Ende letzten Jahres gestorben.«

»Wie?«

»Sie ist auf dem Heimweg vom Einkaufen in ein Kreuzfeuer geraten. Hat eine Kugel in die Brust abbekommen.«

Sabrina fühlte sich wieder kräftig genug, um sich, an die Wand gelehnt, aufzurichten.

»Mittlerweile müsst ihr mit meinem Vater gesprochen haben.«

»Hör zu, *gostosa*, wir werden bloß bezahlt, um auf dich aufzupassen. Ich weiß gar nichts. Und er auch nicht«, sagte Brandnarben-Boy und blickte nach oben. »Du wurdest uns mit der Anweisung geliefert, dir ein Ohr abzuschneiden. Jemand hat es abgeholt. Wir wissen nicht, wer sie sind. Wir treffen uns außerhalb der Favela und überreichen das Paket. Sie geben uns Sachen, um die Wunde zu säubern, Verbandszeug, das Antibiotikum. Das ist alles.«

»Ihr wisst nichts über das Lösegeld?«

»Wir wissen nicht, wie du entführt wurdest, wo du vorher warst, wie lange das her ist und um wie viel Geld es geht. Wir kriegen unsere Befehle: Passt einfach auf sie auf und tut, was man euch sagt.«

»Weißt du überhaupt, wer ich bin?«
»Nein. Interessiert mich auch nicht. Ich mache bloß meinen Job.«
»Aber du weißt bestimmt, dass ich wertvoll bin, bei alldem Aufwand, den die Leute um mich machen.«
»Was ist deine Frage?«
»Es interessiert mich, warum ihr diese Befehle befolgt, wenn ihr die Entführung genauso gut selbst managen könntet. Ich meine, ihr habt die wertvollste Ware, nämlich mich«, sagte Sabrina. »Wie viel bezahlt man euch dafür, dass ihr auf mich aufpasst?«
»Es ist gutes Geld. Vielleicht bis zu fünftausend Dollar.«
»Das klingt nicht besonders viel.«
»Wir gehen kein Risiko ein«, sagte Brandnarben-Boy. »Vielleicht kriegen die Leute, die dich entführt haben, viel mehr, weil sie den gefährlichen Teil machen. Den unberechenbaren.«
»Hast du so was schon mal gemacht?«
»Nicht so, langfristig, meine ich. Ich habe Blitzentführungen gemacht, wo wir uns einen Typen in einem schicken Anzug schnappen und ihn zwingen, mit seiner Bankkarte den Höchstbetrag abzuheben. Ihn noch ein bisschen verprügeln und dann gehen lassen«, sagte Brandnarben-Boy. »Ich mag es, wenn sie sich vor Angst in die Hose scheißen, alles machen, was man von ihnen verlangt, und die ganze Zeit um Gnade betteln.«
»Was verdient man mit so einer Entführung?«
»Ein paar Tausend.«
»Ich bin sehr viel mehr wert als ein paar Tausend.«
»Wie viel denn?«
»Schwer zu sagen«, antwortete Sabrina, die schneller als erwartet in unbekanntes Gelände geraten war. »Vielleicht bis zu fünfundsiebzigtausend.«
»Das haben sie für Robinhos Mama gezahlt«, sagte Brandnarben-Boy. »Was ist dein *papai* von Beruf?«
»Geschäftsmann.«
»Ja, das sagen sie alle. Aber was macht er? Ist er in einer Posi-

tion, Geld von der Regierung zu kassieren? Denn das sind die Leute, die in diesem Land wirklich Geld verdienen.«

»Er leitet eine Bank.«

Brandnarben-Boy kam näher und zielte mit der Pistole zwischen ihre Brüste. »Du weißt, wozu du mich aufforderst?«, fragte er und spannte die Waffe.

»Ich fordere dich zu gar nichts auf«, sagte Sabrina. »Ich frage mich bloß, was ihr hier macht ... Drecksarbeit für ein Taschengeld.«

»Wir erledigen einen Job für Leute, die du nicht sauer machen willst. Wenn die Leute, für die wir arbeiten, wütend werden, sterben alle, und ich meine alle – alle, die wir je gekannt haben, sterben. Und keiner stirbt angenehm«, sagte er und zeigte auf seine Brust. »Dem Letzten, von dem ich weiß, dass er diesen Leuten blöd gekommen ist, haben sie die Zunge rausgeschnitten und ihn dann an ein Kreuz geschlagen, das sie in der Favela ausgestellt haben, damit alle es sehen konnten.«

»Gut ... jetzt verstehe ich.«

»Ja, sie sind Experten darin, einem klarzumachen, dass man besser gar nicht erst anfängt, selber zu denken«, sagte er und stand auf.

»Für wie viel würdest du denn anfangen, selber zu denken?«

»Ich weiß nicht.«

»Warum nicht?«

»Es ist nicht mein Job, selber zu denken.«

»Warum fragst du nicht *O Tossinho?*«

»Ich hab dir gesagt, du sollst den Namen vergessen. Als ob du ihn nie in deinem ganzen verdammten Leben gehört hättest.«

»Ich hab vergessen, dass ich ihn vergessen sollte.«

»Für eine reiche Tussi hast du echt Mumm«, sagte Brandnarben-Boy, stand auf und wandte sich zum Gehen. »Ich hatte hier drin schon Typen, die sich mit beiden Ohren noch dran bereits in die Hose geschissen haben, wenn ich ihre Stirn mit der Pistole gekitzelt habe.«

»Hast du je einen dir nahestehenden Menschen verloren?«

Brandnarben-Boy starrte sie an, ohne etwas zu sagen.

»Ich meine, tatsächlich sterben sehen?«

Er schüttelte den Kopf, seine Augen waren wieder pechschwarz.

»Sie geben dir etwas von ihrem Mut ab. Sie lassen dich wissen, wenn sie es schaffen, kannst du es auch.«

»Davon weiß ich nichts.«

»Warum nicht?«

»Weil ich keinen Menschen habe, der mir nahesteht.«

»Du musst mir was sagen.«

»Was denn?«

»Warum willst du weiterleben?«

»Irgendwas muss man ja machen, nehm ich an.«

»Das ist alles?«

»Schon irgendwie«, sagte Brandnarben-Boy. »Wenn man einen Toten sieht, liegt er einfach bloß da. Er ist weg. Hat sich abgemeldet. Macht gar nichts mehr.«

»Was glaubst du, was mit ihm passiert?«

»Jemand kommt und verscharrt ihn in der Erde.«

»Das passiert mit seinem Körper, aber was geschieht mit *ihm*?«

»Wovon redest du?«, fragte er gereizt.

»Du hast gesagt, er wäre weg, hätte sich abgemeldet. Also wohin ist er gegangen?«

Schweigen.

»Wenn man einen Toten sieht, weiß man, dass er nicht schläft, oder?«, fragte Sabrina. »Wenn jemand schläft, weiß man, dass er noch da ist. Aber ein Toter ist weg. Also, was glaubst du, wohin er gegangen ist?«

»Du meinst so wie Himmel oder Hölle oder irgend so ein Scheiß?«

»Ich frage dich bloß, was du glaubst, wohin Menschen gehen, wenn sie ihren Körper verlassen«, sagte Sabrina. »Oder glaubst du, dass sie die ganze Zeit um uns herumschweben?«

Mit einer flinken Bewegung kniete er wieder auf dem Boden und hielt ihr die immer noch gespannte Waffe an die Stirn. »Willst du mich verrückt machen oder was?«

Sie sah ihn über den Lauf der Waffe an, ihr Blick traf seinen, und sie wusste, dass er sie nie umbringen würde, wenn er nicht den Befehl dazu erhielt.

»Als meine Mutter gestorben ist, war sie in einem Moment noch da und im nächsten weg, und obwohl ihr Körper noch da war, wusste ich, dass sie den Raum verlassen hatte. Ich glaube nicht an Gott, weil sie es auch nicht getan hat. Also habe ich mich gefragt, wohin sie gegangen ist, weil die Wissenschaft uns lehrt, dass alles irgendwohin gehen muss. Dinge verschwinden nicht einfach. Sie werden verwandelt.«

»In Geister oder so? Das glauben die Indianer am Amazonas.«

»Das meinte ich, als ich gefragt habe: Schweben sie um uns herum?«

Er nahm die Waffe weg, die einen runden roten Abdruck auf ihrer Stirn hinterließ. Sie hatte keine Angst mehr vor ihm. Das wusste er auch, und es gefiel ihm nicht. Er glaubte, einen Fehler gemacht zu haben. Er war wütend, ohne zu wissen, warum.

»Weißt du, was ich glaube?«, sagte sie, als sie die unvermittelte Distanz zwischen ihnen spürte. »Ich glaube, wir gehen in ein anderes Leben. Eins, das parallel zu dem läuft, das wir führen, und dorthin nehmen wir unser wahres Ich mit, nicht was wir uns einbilden zu sein oder gerne wären. Erst wenn wir sterben, erkennen wir, wer wir wirklich sind.«

»Halt die Klappe«, sagte er. »Du redest Mist. Du weißt auch nicht mehr als ich, und ich weiß nur, was in *diesem* Leben ist, nur das, was ich vor Augen habe.«

»Und das bin ich«, erwiderte Sabrina. »Aber du kennst meinen wahren Wert nicht.«

Dreimaliges Klopfen an der Decke rief Brandnarben-Boy nach oben.

»Frag ihn«, sagte sie, »ob er es weiß.«

Als er weg war, ließ sie den Kopf auf die Knie sinken. Sie hatte keine Ahnung, ob sie mit dieser Strategie das Richtige tat. Sie wusste nur, dass sie ihre Angst überwunden hatte und in Brandnarben-Boys Kopf eingedrungen war.

Er blieb sehr lange dort oben. Sie konnte nicht hören, was besprochen wurde, aber seine Füße tappten direkt über ihrem Kopf über den Boden, vielleicht brachte er dem hustenden Mann irgendwelche Sachen. Sie legte sich hin und versuchte zu schlafen, aber nachdem sie das Thema selbst aufgebracht hatte, konnte sie jetzt nur noch an ihre Mutter und deren letzte Tage im Krankenhaus denken. Und fühlte sich mit einem Mal schrecklich allein. Sie vermisste ihre Mutter täglich, und sie vermisste sie sogar noch mehr, seit sie sich von ihrem Vater und dem Leben distanziert hatte, das man als Superreicher führte. Als ihre Mutter noch gelebt hatte, hatte sie wenigstens einen Menschen auf der Welt gehabt, der ihr immer die Wahrheit gesagt hatte. Ihr Vater erklärte ihr zwar ständig, wie wundervoll sie war, doch ihm ging das Urteilsvermögen ihrer Mutter ab.

Das Gesicht des Mädchens aus ihrem Philosophieseminar, das sie auf ihrer Vespa angehalten hatte, trat ihr vor Augen. Sabrina hatte vorher nie etwas im Gesicht dieses Mädchens gesehen, nichts, was sie gewarnt hätte. Aber das war die ewige Angst, wenn man wohlhabend geboren war. Wie eine schöne Frau, die von allen geliebt wird, sich jedoch nie sicher ist, wer es ernst meint. Deswegen hatte Sabrina auch alle Insignien des Reichtums abstreifen wollen, bevor sie ihr Studium begann, damit die Menschen sie als die sahen, die sie war, und nicht nur die Milliarden ihres Vaters. Es hatte nicht funktioniert.

Sie fiel in einen tiefen, deliriumartigen Schlaf voller wilder Träume von Hämmern, Nägeln und Außerirdischen mit toten Augen. Das Öffnen der Tür riss sie zurück in die Wirklichkeit. Das Deckenlicht war aus, wahrscheinlich ein Stromausfall. Mehrere Personen betraten den Raum, wie bei einer Prozession in Vorbereitung auf ein religiöses Opfer. Einer hatte eine Laterne mit flackernder Kerze in der Hand. Die beiden Jungen trugen ihre Sturmhauben und standen an Kopf und Fuß der Matratze. Bauchnabel-Boy hielt eine Decke. Zwischen ihnen stand ein in Schwarz gekleideter Mann mit einem braunen Sack über dem Kopf, der sie an einen Horrorfilm erinnerte. Er trug weiße Baumwollhandschuhe. Kein Zentimeter seiner Haut war sichtbar. Als er husten musste, hob er die Faust dorthin, wo sein Mund hätte sein müssen. In der anderen Hand hielt er einen Holzstock, der ihm bis zur Schulter reichte.

Bauchnabel-Boy zog eine Kamera und ein Stativ unter der Decke hervor, das er aufbaute. Dabei zwinkerte er sie grinsend an.

»Wir haben einen neuen Befehl erhalten«, sagte Brandnarben-Boy.

Die Furcht war zurück in dem Raum und kreischte an den Wänden entlang wie eine Metallharke, die über die Backsteine gezogen würde. Sabrinas Hals schnürte sich zu; all die Gelassenheit, die sie Brandnarben-Boy gegenüber aufgebaut hatte, war verflogen. Ihre Hände begannen zu zittern, sie wich in die Ecke zurück, zog die Knie an und presste die Schenkel zusammen.

»Diesmal sollen wir dir die Wahl lassen«, sagte Brandnarben-Boy und ließ die Worte im flackernden Licht hängen.

»Was für eine Wahl?«, fragte sie, als ihr klar wurde, dass er nicht weitersprechen würde.

»Wir schneiden auch das andere Ohr ab, oder er darf dich ficken.«

Sabrina begann stumm zu weinen. Sie riss den Mund auf, ein Speichelfaden spannte sich zwischen ihren Lippen, und Tränen strömten über ihre blutverschmierten Wangen.

»Was soll es sein? Wenn du nichts sagst, treffen wir die Wahl für dich. Was er will, weißt du ja, oder nicht?«, fragte Brandnarben-Boy und wies mit dem Kopf auf Bauchnabel-Boy.

Dann trat er hinter die Kamera und richtete sie aus.

KAPITEL ELF

26. April 2014, 13.10 Uhr
Melos Haus, Jardim Europa, São Paulo, Brasilien

»Wann haben Sie Sabrina zum letzten Mal gesehen?«, fragte Boxer.
»Wir waren am späten Vormittag zusammen in einem Seminar und anschließend in der Mensa beim Mittagessen. Dann hat sie beschlossen, nach Hause zu fahren, um sich hinzulegen. Wir wollten uns abends wieder treffen und zu einem Konzert auf dem Campus gehen.«

Boxer befragte Leonardo Rulfo, Sabrinas Freund, der in einem Nachtclub in der Nähe der Universität aufgespürt und zu Melos Haus gebracht worden war. Victor Pintos Computerexperte hatte in Kooperation mit Melo das Passwort zu Sabrinas Tagebüchern geknackt. Einige relevante Passagen waren für Boxer übersetzt worden, worauf dieser entschieden hatte, dass man Sabrinas Freund genauer unter die Lupe nehmen sollte. Als Rulfo das Haus betrat, war sein Gesicht fotografiert und an Victor Pinto geschickt worden, der herauszufinden versuchte, was mit Larissa Flores geschehen war, dem Mädchen, das zuletzt mit Sabrinas Vespa gesehen worden war. Rulfo war ins Büro gebracht worden, wo er Melo gegenüber seine Sorge über Sabrinas Wohlbefinden bekundet hatte, bevor man ihn zu dem Gespräch mit Boxer ins Esszimmer führte.

Es waren nicht bloß die Passagen aus dem Tagebuch, die Boxers Interesse geweckt hatten. Die ganze Art, wie die Entführung sich entwickelte, und das letzte Gespräch Melos mit dem Verhandlungsführer der Bande hatten Boxers Argwohn gegen die Leute in Sabrinas Umfeld geweckt.

Der Dolmetscher war überflüssig, weil der Junge exzellent Englisch sprach. Er sah sehr gut aus, hatte dunkelbraunes Haar, das er länger trug, als es Mode war, erstaunliche blaugrüne Augen mit langen Wimpern, volle sinnliche Lippen und sehr glatte Haut ohne die Spur eines Bartschattens. Sein Gesicht war von einer fast femininen Weichheit, und er war schlank und nicht auffällig kräftig. Boxer konnte sich vorstellen, dass junge Mädchen sich von seiner Schönheit angezogen fühlten, ohne seine Männlichkeit bedrohlich zu finden.

Boxer vergewisserte sich, dass Rulfo seit der kurzen Befragung durch Victor Pinto unmittelbar nach der Entführung mit niemandem gesprochen hatte.

»Schildern Sie mir noch einmal Ihre letzten Augenblicke mit Sabrina«, sagte Boxer. »Was hatte sie an?«

»Ein weißes T-Shirt mit sehr kurzen Ärmeln, praktisch gar keine Ärmel. Sie trug einen kurzen khakifarbenen Rock und hellblaue Nike-Turnschuhe, die verglichen mit ihren anderen Klamotten neu aussahen. Ihr Haar war offen. Wir sind zu dem überdachten Abstellplatz vor der Mensa gegangen, wo sie ihre Vespa geparkt hatte. In einer der Satteltaschen hatte sie ein durchsichtiges Cape, das sie überzog, weil es geregnet hatte und immer noch leicht nieselte.«

»Was hatte sie bei sich?«

»Ein paar Bücher, ein iPad und ihren Helm«, sagte Rulfo. »Sie hat die Bücher und das iPad in der Satteltasche verstaut, ihren Helm aufgesetzt und ist auf die Vespa gestiegen.«

»Haben Sie sich geküsst?«

»Ja, bevor sie den Helm aufgesetzt hat.«

»Und nun erzählen Sie mir das Ganze noch mal«, forderte Boxer ihn auf.

Rulfo schilderte alles erneut. Boxer fragte, was sie gegessen und getrunken hatten. Hatten sie nach dem Essen einen Kaffee getrunken? Er brachte Rulfo dazu, immer mehr Details hinzuzufügen, und ging dann zurück zu dem gemeinsam besuchten Seminar. Rulfo war mittlerweile ein wenig gelangweilt, unruhig und leicht verärgert.

Das war der Zeitpunkt, zu dem Boxer das Foto von Larissa Flores aus der Tasche zog, das Pinto an Melo gemailt hatte. Er gab es Rulfo und beobachtete ihn genau.

Der Junge blickte stirnrunzelnd auf. »Das ist Larissa, ein Mädchen aus unserem Philosophieseminar.«

»Kennen Sie sie?«

»Klar. Wir haben uns in der Einführungswoche für Studienanfänger kennengelernt. Am Ende haben wir mit geschminkten Gesichtern Autofahrer in Verkehrsstaus um Geld für Bier angebettelt. Sie studiert auch Philosophie. Das Seminar hat nur fünfzehn Teilnehmer, also war ich ein paarmal zur Gruppenarbeit mit ihr eingeteilt.«

»Wie gut kennen Sie sie?«, fragte Boxer. »Haben Sie sie schon einmal zu Hause besucht?«

»Sicher.«

»Das heißt, Sie kennen auch ihre Eltern?«

»Ihre Mutter. Ihr Vater war immer bei der Arbeit.«

»Wann war das?«

»Zu Beginn des Semesters, bevor ich Sabrina getroffen habe. Larissa und ich haben eine Weile zusammen abgehangen.«

»Waren Sie ein Paar?«

»Es war mehr so, dass wir uns gut verstanden haben. Wir haben einen ähnlichen Hintergrund. Ihre Eltern sind aus Minas Gerais, genau wie meine.«

»Fand Larissa Sie attraktiv?«

Rulfo zuckte die Achseln.

»Haben Sie sich weiter mit ihr getroffen, nachdem Sie mit Sabrina zusammengekommen waren?«

»Klar. In den Seminaren und an der Uni.«

»Aber Sie haben sie nicht mehr besucht oder sich außerhalb der Uni privat getroffen?«

»Warum stellen Sie mir so viele Fragen über Larissa?«

»Wir glauben, dass sie die letzte Person war, die Sabrina vor ihrer Entführung gesehen hat.«

»Sie meinen, nachdem Sabrina auf ihrer Vespa von der Uni losgefahren ist?«

Boxer nickte.

»Haben Sie Larissa noch mal gesehen, nachdem Sie sich von Sabrina verabschiedet hatten?«

»Nein.«

»Haben Sie sie angerufen oder ihr eine SMS geschickt?«

»Nein.«

»Wussten Sie, dass Larissa einen Job in einem Restaurant in der Nähe ihrer Wohnung hatte?«

»Ja, sie hat in der Küche von Consulado Mineiro gearbeitet. Die Besitzer stammen aus Minas Gerais und haben sich auf die regionale Küche der Provinz spezialisiert. Sie sind Freunde von Larissas Eltern. So hat sie sich ein bisschen Taschengeld dazuverdient.«

»Haben *Sie* auch einen Job?«

»Ich habe gekellnert und als Barkeeper gearbeitet, aber im Augenblick mache ich nichts.«

»Mögen Sie Geld?«, fragte Boxer. »Wollen Sie nach dem Examen einen guten Job bekommen? Ist das der Plan?«

»Sicher«, antwortete Rulfo achselzuckend. »In Brasilien herrscht bekanntlich ein Mangel an Managern. Wenn ich gute Noten bekomme, ist mir ein Job praktisch garantiert. Also arbeite ich hart. Mein Vater hat meinen Englischunterricht bezahlt, damit ich optimale Chancen habe. Ich überlege, nach dem Abschluss einen Master in Business Administration zu machen.«

»Und wo wollen Sie Ihren MBA machen?«

»In den Staaten. Wenn, dann auf jeden Fall dort. Es ist das beste Land.«

»Dafür brauchen Sie Geld. Ein MBA in den USA ist nicht gerade billig.«

»Deswegen muss ich einen Job bei einer der Topfirmen von

São Paulo ergattern, die mir dann das Studium in den USA und den MBA finanzierte«, erklärte Rulfo. »Worauf wollen Sie eigentlich hinaus, Mr Boxer?«

»Ich versuche, Ihre Situation abzuklären, das ist alles. Ich muss Sie verstehen, muss wissen, was für ein Mensch Sie sind, denn reiche Mädchen sind verletzlich gegenüber allen möglichen Leuten mit ... Ideen.«

»Ich liebe Sabrina.«

»Liebt sie Sie auch?«

»Ich weiß es nicht ... wir sind uns nahe, aber sie hat die Worte nie gesagt.«

»Aber Sie umgekehrt zu ihr schon?«

»Ja.«

»Wie hat sie reagiert?«

»Vorsichtig.«

»Haben Sie ihr gesagt, warum Sie sie lieben?«

»Ja, sie hat mich gefragt. Das meinte ich mit vorsichtig.«

»Und was haben Sie gesagt?«

»Dass ich sie nicht nur schön und klug, sondern auch sehr stark finde.«

»Wie kommen Sie darauf?«

»Wegen der Art, wie sie über den Tod ihrer Mutter und ihren Schmerz gesprochen hat. Und wie sie damit umgegangen ist«, sagte Rulfo. »Und sie hat ihrem Vater die Stirn geboten. Er ist eine dominante Persönlichkeit mit komplett anderen politischen Ansichten als ihren.«

»Hatten Sie schon Sex mit ihr?«

»Nein, sie wollte warten. Sie ist noch Jungfrau.«

»Wann haben Sie herausgefunden, wer Sabrina ist?«

»Sie meinen, die Tochter von Iago Melo, dem Vorstandsvorsitzenden der Banco do Rio da Prata?«

Boxer zog die Augenbrauen hoch und nickte.

Schweigen. Rulfo sah sich wie auf der Suche nach einer Eingebung im Zimmer um. »Ich schätze, das war ein paar Wochen, nachdem wir uns kennengelernt haben. Ich kann mich nicht genau erinnern. Ich glaube, wir sind zu ihrer Wohnung gefahren, und ich habe gesehen, dass sie allein in einer Vierzimmerwohnung in einem brandneuen Komplex in Jardim Rizzo wohnte, mit Swimmingpool und Fitnessraum, was für eine Studentin ziemlich ungewöhnlich ist. Also habe ich sie gefragt, und sie hat mir gesagt, wer ihr Vater ist.«

»Hat Sie das beeindruckt?«

»Klar. Wenn man in einer Stadt wie São Paulo lebt und jemand einem erzählt, dass sein Vater einer der mächtigsten Männer im Land ist, dann ist man unwillkürlich beeindruckt.«

»Glauben Sie, dass war einer der Gründe, warum Sie sich in sie verliebt haben?«

»Hören Sie, ich weiß, was Sie da tun ...«

»Ich weiß auch, was ich tue«, sagte Boxer. »Ich möchte Ihnen etwas zeigen.« Er tippte auf der Computertastatur und drehte den Bildschirm dann zu Rulfo. »Das ist mit Sabrina geschehen, während Sie sich in dem Nachtclub amüsiert haben.«

Der kurze Clip, wie Sabrina ihr Ohr abgeschnitten wurde, lief über den Bildschirm, während Boxer in die angrenzende Küche ging und das Päckchen mit dem Ohr holte. Er gab es Rulfo, der es wie benommen öffnete und dann entsetzt auf den Boden warf. Boxer hob das Ohr auf, verstaute es wieder im Kühlschrank und kehrte zu Rulfo zurück, der mit aufgerissenen Augen hyperventilierte, offensichtlich unter Schock.

»Jetzt verstehen Sie, warum ich Ihnen diese Fragen stellen muss.«

Rulfo atmete tief durch und lehnte sich auf seinem Stuhl zurück. Sein Gesicht war aschfahl. Boxer goss ihm ein Glas Wasser ein und schob es zu ihm hinüber.

»Nun werde ich Ihnen *die* Frage stellen, und ich möchte, dass Sie die Wahrheit sagen, damit wir so schnell wie möglich Hilfe für Sabrina organisieren können«, sagte Boxer. »Hatten Sie etwas mit Sabrinas Entführung zu tun?«

Rulfo runzelte die Stirn, einen Ausdruck heftigen Leugnens im Gesicht.

»Bevor Sie diese Frage beantworten, sollten Sie sich bewusst machen, dass Senhor Iago Melo die Suche nach seiner entführten Tochter mit allen ihm zur Verfügung stehenden finanziellen Mitteln vorantreibt, und wenn Sie etwas damit zu tun hatten, werden wir es herausfinden. Und ich meine nicht bloß die Polizei, sondern auch die beste private Ermittlungsagentur in São Paulo sowie den brasilianischen Geheimdienst«, sagte Boxer. »Sie haben gerade etwas Abstoßendes gesehen. Der Schaden, den man dem Mädchen zugefügt hat, wird sie sowohl körperlich als auch seelisch für den Rest ihres Lebens begleiten. Diese Leute sind skrupellos. Ihr Ohr wurde abgeschnitten, noch bevor Senhor Melo Gelegenheit hatte, ein Lösegeld für ihre Freilassung zu bezahlen. Wenn Sie uns also helfen können, fangen Sie besser sofort damit an.«

»Ich weiß nicht, wie Sie glauben können, ich könnte irgendetwas mit einer derartigen Tat zu tun haben«, empörte Rulfo sich beeindruckend. »Haben Sie mir nicht zugehört? Ich *liebe* sie.«

»Deshalb waren Sie sechsunddreißig Stunden nach Sabrinas Verschwinden auch in einem Club.«

»Sie wissen nicht, wie das ist. Ich kann nicht schlafen. Ich weiß nicht, was ich mit mir anfangen soll. Ich bin verrückt nach ihr.«

»Das mag sein, aber Sabrina hatte offenbar ihre Zweifel, und Sie haben bereits eine Beziehung mit Larissa zugegeben, die beobachtet wurde, wie sie eine neue Vespa vom Tatort der Entführung weggeschoben hat, die vermutlich Sabrina gehörte«, sagte Boxer. »Larissa Flores ist mittlerweile verschwunden. Wir versuchen, sie zu finden …«

»Wissen Sie, was ich denke?«, sagte Rulfo. »Ich denke, ich sollte einen Anwalt zu diesem Gespräch hinzuziehen. Ich meine, ich bin aus freien Stücken hierhergekommen, um zu helfen. Deswegen bin ich gekommen. Um zu helfen. Und bisher bin ich nur beschuldigt worden.«

»Sie haben ein starkes Motiv, Sie kennen das Opfer eng persönlich, Sie kennen eine Mitbeteiligte der Entführung. Sie müssen mir nur die Wahrheit über Ihre Beziehung zu Sabrina sagen und ob Sie an der Vorbereitung ihrer Entführung beteiligt waren oder nicht. Ich habe nach wie vor kein klares Dementi gehört.«

»Ich würde Sabrina nie im Leben etwas antun. Ich bin nicht an ihrer Entführung beteiligt gewesen. Ich meine … ich weiß nicht, für wen Sie mich halten, eine Art studentischer Teilzeitgangster? Ich bin bloß ein junger Typ, der sich den Arsch abarbeitet, um sein Examen zu machen und einen gut bezahlten Job zu bekommen. Ich habe mich in ein Mädchen verliebt. Zufällig ist sie die Tochter eines reichen Mannes. Das wusste ich nicht, als ich sie kennengelernt habe.«

»Wissen Sie, dass wir auf Sabrinas Laptop Tagebücher gefunden haben?«

Rulfo schüttelte blinzelnd den Kopf.

»Das ist ein Eintrag von Anfang März, ein paar Wochen nachdem Sie sie kennengelernt haben, und sie schreibt: ›Leonardo weiß, wer ich bin. Ich habe die Chronik im Browser seines Laptops gesehen, den er mir in der Bibliothek überlassen hat, und ich habe entdeckt, dass er sich Seiten mit Artikeln über meinen Vater angeguckt hat.‹ Was sagen Sie dazu, Leonardo?«

Schweigen.

Es klopfte. Der Dolmetscher legte weitere übersetzte Auszüge der Tagebücher auf den Tisch und verließ das Zimmer wortlos wieder. Boxer nahm sie an sich und betrachtete Rulfo. Wie unerfahren er darin war, etwas zu verbergen, verglichen mit Melo oder auch Boxer selbst.

»Wie lief die Beziehung mit Sabrina noch gleich … aus Ihrer Sicht? Sie haben erklärt, dass Sie sie lieben. Rein interessehalber, haben Sie das je zu einem anderen Mädchen gesagt?«

»Nein«, antwortete Rulfo, packte die Tischkante mit beiden Händen und kippelte auf den Hinterbeinen seines Stuhls.

»Hier ist noch ein Zitat aus ihrem Tagebuch. Der Eintrag ist von Mitte April: ›Ich vertraue Leonardo nicht mehr. Erst war er nicht ehrlich zu mir, was meinen Vater betrifft, als er behauptet hat, nicht zu wissen, wer *papai* ist. Damals habe ich mir nichts dabei gedacht, weil ich verrückt nach ihm war. Er ist so schön. Aber jetzt sagt er, dass er mich liebt. Und nicht nur ein oder zwei Mal. Dauernd. Auch wenn ich seine Liebesbekundung nicht erwidere. Ich blicke in seine schönen Augen und sehe niemanden, den ich kenne. Vielmehr wird er mir mit jeder Begegnung fremder. Seltsam ist nur, dass ich es interessant finde. Ich verstehe nicht, was er macht. Vielleicht sollte ich im nächsten Semester ein Seminar in Psychologie belegen.‹ Wie hört sich das für Sie an, Leonardo?«

Rulfo starrte auf den Tisch und dachte hart nach.

»Wussten Sie, dass sie sich von Ihnen trennen wollte?«

Rulfo zuckte mit den Schultern.

»Waren Sie wütend darüber?«

Er schüttelte den Kopf.

»Sie sind ein gutaussehender Junge. Ich wette, eine Menge Mädchen laufen Ihnen nach, und Sie haben die freie Auswahl«, sagte Boxer und beugte sich vor, um Rulfos Gesicht näher zu betrachten. »Nur Sabrina hat erkannt, aus welchem Holz Sie wirklich geschnitzt sind – dass hinter der schönen Fassade nichts ist. Das sind Sie nicht gewohnt, oder, Leonardo?«

»Ich muss nicht mit Ihnen reden«, sagte Rulfo, dessen Augen hinter den langen Wimpern kalt geworden waren.

Es klopfte. Melo bat Boxer in den Flur, wo er leise mit ihm sprach, während Rulfo die beiden durch den Türrahmen betrachtete. Melo blickte über Boxers Schulter auf den Jungen, der am Ende des Tisches saß, bevor er aus dem Bildrahmen trat. Boxer schloss die Tür und kehrte zum Tisch zurück.

»Kennen Sie das Restaurant, in dem Larissa arbeitet?«, fragte Boxer. »Ach nein, richtig. Sie treffen Larissa ja nicht mehr außerhalb der Uni. Stimmt doch, oder?«

Rulfo nickte.

»Von Larissas Kollegen in der Nachtschicht hatten wir bereits erfahren, dass sie sich mit einem Typen getroffen hat«, sagte Boxer. »Sie wissen wahrscheinlich nicht, dass es von morgens bis über die Mittagszeit eine zweite Schicht gibt, und während wir uns hier unterhalten haben, hat Senhor Melos Privatermittler Ihr Foto herumgezeigt. Sie wurden als der Typ identifiziert, mit dem sich Larissa getroffen hat. Können Sie das erklären?«

Rulfo richtete sich gerader auf, legte beide Hände flach auf den Tisch und durchbohrte die polierte Platte mit seinem Blick.

»Der Ermittler hat auch mit Larissas Eltern gesprochen, und weil die sie verzweifelt finden wollen, haben sie ihm Larissas Computer überlassen. Der Mann hat zwar keinen E-Mail-Verkehr zwischen Ihnen beiden entdeckt, dafür aber einen Film, der Sie und Larissa beim Sex zeigt. Die Datei trägt ein Datum aus der vergangenen Woche.«

Rulfo rührte sich nicht.

»Vielleicht sollten Sie uns sagen, wo wir Larissa finden können«, sagte Boxer. »Ihre Eltern machen sich wirklich Sorgen.«

»Ich muss nicht mit Ihnen reden«, erwiderte Rulfo, stand auf und machte Anstalten, den Raum zu verlassen.

»Sie gehen nirgendwohin, Leonardo«, sagte Boxer.

KAPITEL ZWÖLF

26. April 2014, 13.10 Uhr
Favela, São Paulo, Brasilien

»Was soll es sein?«, fragte Brandnarben-Boy. »Das andere Ohr oder deine Unschuld?«
Sabrina saß da, umklammerte ihre Beine und weinte, das Gesicht zwischen den Knien vergraben.
»Sieh mich an«, sagte Brandnarben-Boy. »SIEH MICH AN.«
Er packte eine Strähne ihres Haars und zwang sie, im flackernden Licht zu dem Furcht einflößenden Trio aufzublicken. Die Köpfe der beiden Jungen mit den toten Augen unter den Sturmhauben und der Sack über dem Kopf von *O Tossinho* schwebten über ihr.
»Zeig es ihr«, sagte Brandnarben-Boy.
Bauchnabel-Boy drehte sein Profil in ihre Richtung, um stolz und kichernd seine absurd ausgebeulten Shorts zu präsentieren. Sie hatte fast mehr Angst, von seinem Wahnsinn geschändet zu werden als durch sein überdimensioniertes Glied.
»Entweder das«, sagte Brandnarben-Boy, »oder das.«
Er machte einen Schritt nach vorn, legte das Messer an ihr Ohr und drückte die Klinge an ihre Ohrmuschel. Als sie zitterte, hinterließ die Spitze eine feine Blutspur.
»Wartet, wartet, wartet«, sagte der hustende Mann mit tiefer, dramatischer Stimme und schwenkte seine weiß behandschuhten Hände in der Grabesdüsternis. »Es gibt noch eine andere Möglichkeit.«
Als hätten sie es vorher einstudiert, rückte Bauchnabel-Boy

seine Shorts zurecht, und Brandnarben-Boy trat einen Schritt zurück und klappte die Klinge ein. Verwirrt über die Inszenierung, furchtsam, die Bedingungen einer möglichen Begnadigung zu erfahren, blickte Sabrina von Gesicht zu Gesicht. Sie kratzte sich, weil ein Blutstropfen an ihrem Hals hinabbrann und ihre Haut kitzelte. Obwohl ihr Mund offen stand, bekam sie kaum Luft.

Bauchnabel-Boy trat unvermittelt auf sie zu und bog ihr die Arme hinter den Rücken. Brandnarben-Boy fesselte erst ihre Füße und danach ihre Hände mit Plastikhandschellen. Sie drückten ihr die Schutzbrille auf die Augen, klebten ihr den Mund mit Klebeband zu, rollten sie in die Decke ein und trugen sie die Treppe hinauf.

Als sie auf die Straße kamen, drang der Gestank der Abwässer sogar durch den muffeligen Geruch der Decke. Sie hörte, wie ein Kofferraum geöffnet wurde. Sie wurde hineingeworfen, die Haube wieder zugeklappt. Türen wurden geöffnet und zugeschlagen. Dann fuhr der Wagen los.

Die Fahrt aus der Favela war holprig, doch als sie die planierte Straße erreicht hatten, wurde es besser. Eine Stunde lang fuhren sie streckenweise auf Asphalt und auch etliche Kilometer auf einer Autobahn, bis sie das Rauschen der Stadt hinter sich gelassen hatten.

Nach etwa eineinhalb Stunden hielt der Wagen. Die Türen wurden geöffnet, der Kofferraum klickte auf, und sie wurde herausgehoben. Die beiden Jungen trugen sie und lachten über irgendetwas, was zuvor gesagt worden war. Sie betraten ein Haus und rollten sie aus ihrer Decke auf einen Lehmboden. Durch eine Lücke in der zugeklebten Schutzbrille erkannte sie, dass es Tag war. Jemand schloss die Tür, man nahm ihr die Schutzbrille ab, das Klebeband wurde von ihrem Mund gerissen. Sie befand sich in einem dunklen Raum; nur durch Ritzen im Holz der geschlossenen Läden und der Tür sowie durch die Spalten an den Angeln fielen schmale Lichtstreifen. Sabrina war völlig desorientiert, unsicher, wie viele Personen sich im Raum befanden und ob es morgens, mittags oder abends war.

»Du kennst die Handynummer deines Vaters«, sagte *O Tossinho*, noch immer mit Stock und dem Sack über dem Kopf, und hielt ihr ein billiges Mobiltelefon hin. »Ruf ihn an und sag ihm, was wir mit dir machen wollen. Du musst ihn anflehen ... hast du mich verstanden ... mit allem, was du hast, *anflehen*, dass er uns hunderttausend Dollar zahlen soll. Hast du mich gehört?«

Brandnarben-Boy beugte sich vor, schnitt ihre Plastikhandschellen durch und verpasste ihr einen heftigen Schlag ins Gesicht, sodass ihr Kopf gegen die abblätternde Lehmwand schlug.

»Hast du ihn gehört?«, fragte er.

»Ja, ich habe Sie gehört.«

»Du musst deinem Vater begreiflich machen, dass er uns die Zahlung garantiert, sonst verlierst du das andere Ohr oder wirst vergewaltigt.«

»Und was dann?«, fragte sie verwirrt. »Dann lassen Sie mich laufen?«

Alle lachten.

»Oh, nein, nein, nein, nein, nein. Für einen derartigen Betrag lassen wir dich nicht frei. Es bedeutet nur, dass wir die Strafe nicht vollstrecken werden, so wie man es uns befohlen hat. Mehr nicht.«

Sabrina blinzelte ihn an und konnte nicht glauben, wie komplett ihre eigene Strategie nach hinten losgegangen war.

»Und noch etwas. Am wichtigsten für uns alle, dich eingeschlossen, ist es, dass dein Vater auf gar keinen Fall mit der Polizei darüber sprechen darf und auch nicht mit dem Mann, mit dem er verhandelt«, sagte er. »Wenn er der Polizei etwas sagt, bist du tot. Wenn er es dem Mann erzählt, mit dem er verhandelt ... sind wir alle tot.«

»Bist du bereit?«, fragte *O Tossinho*.

»Wohin soll er das Geld liefern?«, wich sie ihrer eigentlichen Frage selbst aus.

»Darüber musst du dir keine Sorgen machen. Erklär ihm einfach den Deal. Sag ihm, wir melden uns bei ihm und sagen ihm, wohin er das Geld bringen soll. Und du musst schnell machen. Wirklich schnell. Die verfügen über die technischen Möglichkeiten, jedes Handy zu orten. Also sag ihm: keine Polizei und keine Hubschrauber.«

Brandnarben-Boy gab ihr das billige Prepaidhandy. Sie tippte die Nummer ein und wartete. Alle Blicke waren auf sie gerichtet. Die animalische Gier im Raum war jetzt mit Händen zu greifen.

»*Ola papai*«, sagte sie und fing an zu weinen. »Ich bin's. Es tut mir leid. Es tut mir so leid.«

Einen Moment lang war ihr Vater perplex über den unerwarteten Anruf und konnte bei all den Gefühlen, die in seiner Brust aufstiegen, nur mühsam antworten.

»Du musst dich nicht entschuldigen«, erwiderte er. »Dir muss nichts leidtun.«

Brandnarben-Boy stand über ihr, richtete die Waffe mit beiden Händen auf ihren Kopf und spannte sie. »Sag es ihm«, befahl er. »Mach schnell.«

»Hör zu, ich muss mich beeilen, ich werde von irgendwelchen Typen in einer Favela festgehalten.«

Brandnarben-Boy schlug ihr mit der flachen Hand ins Gesicht. »Frag ihn nur nach dem Geld.«

»Sie haben den Befehl bekommen, mein anderes Ohr abzuschneiden oder ... mich zu vergewaltigen. Sie sagen, wenn du ihnen hunderttausend Dollar zahlst, machen sie es nicht«, erklärte Sabrina. »Es tut mir so leid, *papai*. Du musst das für mich machen. Ich ertrage das nicht. Ich halte das alles nicht mehr aus. Sie haben schon eins meiner Ohren abgeschnitten, deshalb weiß ich, dass sie es ernst meinen, und wenn du ihnen das Geld nicht zahlst, dann werden sie es machen ... und ... ich hab solche Angst. Während ich jetzt mit dir spreche ... ist eine Pistole auf meinen Kopf gerichtet.«

»Beruhige dich, *querida*, beruhige dich. Mach dir keine Sorgen. Lass mich mit dem Typen sprechen, der dir befohlen hat, mich anzurufen.«

Sabrina blickte flehend zu O *Tossinho* auf und hielt ihm das Handy hin, doch der Sack wandte sich von rechts nach links und wieder zurück.

»Er will nicht mit dir sprechen. Er will bloß, dass du garantierst, das Geld zu bezahlen, und wenn du das machst, versprechen sie, mir nichts zu tun. Er wird dich wieder anrufen, um dir zu erklären, wohin du das Geld bringen sollst.«

»Also gut, sag ihm, dass ich das Geld zahlen werde. Frag ihn, wann er mich wegen weiterer Anweisungen anrufen wird.«

Sabrina gab die Frage weiter. O *Tossinho* hielt seine zehn weiß behandschuhten Finger hoch, ballte die Fäuste und wiederholte das Ganze zwei Mal.

»Dreißig Minuten?«, sagte sie unsicher.

»Abgemacht«, erwiderte Melo.

Sabrina nickte dem scheinbar körperlos im dunklen Raum schwebenden Sack zu.

»Sag ihm das andere«, forderte Brandnarben-Boy sie auf. »Das wirklich Wichtige.«

»Da ist noch was, *papai*«, sagte Sabrina. »Du darfst der Bande, mit der du verhandelst, nichts von diesem Deal erzählen. Sie dürfen es nicht erfahren. Wenn du es ihnen sagst, wird das schreckliche Konsequenzen für mich haben … für uns alle. Diese Leute machen das, um mich vor weiterem Schaden zu schützen.«

»Das ist schon in Ordnung, keine Sorge. Ich werde mit niemandem darüber sprechen«, sagte Melo.

Brandnarben-Boy, der sich neben sie gehockt hatte und mithörte, gab ihr einen Stoß in die Rippen und ließ einen Finger in der Luft kreisen.

»Und keine Polizei und keine Hubschrauber.«

Brandnarben-Boy riss ihr das Mobiltelefon aus der Hand und

schaltete es aus. Er stand auf, legte den Lauf der Pistole unter ihr Kinn und zwang sie aufzublicken.

»Gut gemacht«, sagte er. »Macht doch einen Unterschied, wenn du nicht nur so tust als ob. Und jetzt müssen wir hier verschwinden.«

Das Telefonat wurde viel schneller beendet, als Boxer es sich gewünscht hätte. Eine E-Mail von der ABIN mit den GPS-Koordinaten des georteten Handys ging ein. Melo rief das Sondereinsatzkommando an. Der Helikopter hatte gerade mit vier bewaffneten Männern an Bord abgehoben.

»Das ist keine gute Idee«, sagte Boxer. »Ihre Tochter hat Sie ausdrücklich aufgefordert, nicht ...«

Melo hob die Hand, gab per Telefon Anweisung, mit Bedacht vorzugehen, da die Geisel wahrscheinlich vor Ort sei, und beendete das Gespräch.

Boxer lehnte sich zurück, fassungslos darüber, wie Melo die Kontrolle der Situation an sich gerissen hatte. »Damit setzen Sie Ihre Tochter einem furchtbaren Risiko aus. Wir wissen nichts über diese Entführer. Es ist bloß die Zelle, die sie bewacht. Sie könnten sehr viel schreckhafter sein als der Unterhändler, mit dem wir gesprochen haben. Was, wenn sie den Hubschrauber hören, in Panik geraten und sie erschießen? Dann haben Sie alles verloren.«

»Es ist ein kalkuliertes Risiko«, sagte Melo. »Sie werden sie nicht erschießen, denn sonst wird die andere Gang sie aufspüren und zur Strecke bringen.«

Der Helikopter stieg vom Gebäude der Banco do Rio da Prata auf und schwebte durch die Wolkenkratzerlandschaft der Innenstadt, die in dem feuchten Dunst verschwommen wirkte. Er passierte die Citibank Hall und flog südlich über den riesigen Guarapiranga-Stausee, dessen sichtbare, schlammig rote Ufer die Geschichte von jahrelangem Regenmangel erzählten. Der Pilot steuerte nach Westen über die nackten Backsteinbauten und Wellblechdächer der rauen Randbezirke von São Paulo, wo die Stadt langsam in Farmland überging. Mit einer Geschwindigkeit von hundert Knoten pro Stunde flogen sie über die südliche achtspurige Umgehungsstraße und weiter über Wälder, Hügel und Flecken von Farmland.

Vom Eingang der GPS-Koordinaten bis zu ihrer Ankunft am sechzig Kilometer entfernten Zielort waren dreiundzwanzig Minuten vergangen.

Sie kamen im Sinkflug über die Baumkronen und stiegen genau über der Stelle auf, von wo der Anruf gekommen war. Zwei Mitglieder des Einsatzkommandos hatten die Schiebetüren auf beiden Seiten der Kabine geöffnet und suchten, einen Fuß auf der Landekufe, das Gelände ab, Felder, unterbrochen von Baumgruppen, in denen Häuser standen, die überwiegend verfallen und unbewohnt aussahen. Der Pilot kreiste über jedem Gebäude, während die Männer auf den Kufen Ausschau nach einem Zeichen von Leben hielten.

Über dem dritten Haus zeigte einer der Männer nach unten und hob dann den Daumen. Der Pilot landete auf einem Stück Weideland. Die vier Männer des Einsatzkommandos rannten, IMBEL-MD97-Sturmgewehre im Anschlag, bis zur Deckung der Bäume und rückten dann auf das verdächtige Bauernhaus vor, das vollständig verrammelt war. Der Einsatzleiter wies auf ein Vorhängeschloss an der Haustür und befahl zweien seiner Männer, um das Haus zu gehen, während der dritte den Reifenspuren auf dem Lehmpfad in den Wald folgen sollte.

Die Fenster in der Seite des Hauses waren nicht verglast, sondern nur durch geschlossene Läden gesichert. Einer der Männer nahm die tragbare Ramme aus dem Rucksack seines Kollegen, und mit zwei raschen Bewegungen stemmten sie die Läden auf und stiegen mit gezückter Waffe durchs Fenster ein. Kurz darauf meldeten sie, dass das Haus sicher war, und stiegen nach einer kurzen Inspektion aller Räumlichkeiten durch das Fenster wieder nach draußen.

Die drei Männer untersuchten die Fußabdrücke, die zur Haustür führten, und die Reifenspuren im Schlamm. Sie waren frisch. Im Haus hatten sie ebenfalls Spuren entdeckt: Der Schlamm der Abdrücke war noch nicht getrocknet, sie stammten von mindestens drei, vielleicht vier Personen, die sich in dem Raum aufgehalten hatten.

Der Soldat, der den Reifenspuren auf dem Lehmpfad gefolgt war, kam zurück und berichtete, dass der Weg sich in etwa einem Kilometer Entfernung gabelte und die Reifenspuren in nordöstliche Richtung führten. Alle rannten zurück zum Hubschrauber und schwebten Sekunden später wieder über dem Bauernhaus, während der Leiter des Einsatzkommandos den Piloten anwies, dem Weg zu folgen, was sich als gar nicht so leicht erwies. Immer wieder führten Zufahrten zu kleinen Gehöften, und sie mussten mehrmals umkehren, nachdem sie einem falschen Abzweig gefolgt waren.

Achtunddreißig Minuten nach dem Start in Brooklin Novo entdeckten sie einen Wagen, der in hoher Geschwindigkeit über die planierte Straße in Richtung der Autopista Régis Bittencourt fuhr. Es war der einzige Pkw, den sie gesehen hatten. Alle anderen motorisierten Fahrzeuge waren Pick-up-Trucks oder Lkws gewesen.

Der Pilot flog auf den sechsspurigen Highway zu und suchte einen Platz zum Landen. Auf der Schnellstraße selbst herrschte zu dichter Verkehr, doch schließlich entdeckte er eine kleine Erhebung, die nicht von Strom- und Telefonleitungen überspannt war. Die Männer sprangen aus dem Hubschrauber und rannten zu der Stelle, wo der Pkw auf den Highway auffahren musste.

Der Wagen hätte um ein Haar einen Mann des Einsatzkommandos überrollt, der mit erhobener Hand an der Kreuzung stand und sich im letzten Moment in den Straßengraben werfen konnte, während seine Kollegen auf die Vorderreifen des Fahrzeugs schossen, um es zum Stehen zu bringen. Trotz des Verkehrs, der weiter über den nahen Highway donnerte, senkte sich eine unheimliche Stille über die Szene, die wegen eines am Straßenrand liegenden, aufgeblähten verendeten Wasserschweins bereits nach Tod stank.

In dem Wagen saßen vier Männer. Die beiden auf den Vordersitzen trugen dunkle T-Shirts und waren älter, Mitte vierzig, die beiden auf der Rückbank hatten weiße Unterhemden an und waren viel jünger, Teenager. Keiner von ihnen wirkte im Geringsten verängstigt, und sie machten keinerlei Anstalten, das Fahrzeug zu verlassen.

Der Motor des acht Jahre alten weißen Toyota Corolla, dessen Karosserie vorne beinahe den Boden berührte, lief weiter. Der Leiter des Einsatzkommandos bedeutete dem Fahrer, ihn auszuschalten, und forderte ihn auf, die Hände so zu halten, dass sie zu sehen waren. Der Fahrer öffnete die Tür und streckte als Erstes die Hände heraus. Man befahl ihm, sich mit dem Gesicht zum Wagen und hinter dem Kopf verschränkten Händen hinzustellen. Der gleiche Befehl erging auch an seine Mitfahrer, beginnend mit dem Jungen hinten auf der Fahrerseite.

»Wenn einer von euch Scheiße baut, werden alle erschossen.«

Das Einsatzkommando verteilte sich um den Wagen, hinter jeder Tür ein Mann mit der Waffe im Anschlag, sodass Projektile im Falle einer Schießerei einen möglichen Passagier im Kofferraum nicht gefährden würden.

Der Fahrer, unrasiert, der Rücken seines T-Shirts schweißnass, drehte sich über die Schulter um. In seinem Blick lag ein Ausdruck, der jenseits aller Sorge darüber war, was möglicherweise geschehen könnte. Er klopfte zweimal auf das Wagendach, griff in seinen Hosenbund, während die Hintertüren aufflogen, riss eine Pistole heraus und eröffnete das Feuer. Aus allen Türen wurde geschossen. Der Leiter des Sonderkommandos wurde zweimal oberhalb der Brust in seine kugelsichere Weste getroffen und zu Boden geworfen. Er erwiderte das Feuer mit einer Salve aus seiner halbautomatischen Waffe, genau wie seine Kollegen. Die Fenster in den vier Türen sowie die Windschutzscheibe zersplitterten, die Karosserie wurde durchlöchert, und das Heck des Wagens sackte auf geplatzten Reifen ab. Die vier Männer stürzten zu Boden, aber das Feuergefecht ging noch eine Weile weiter, während der Verkehr auf dem Highway ungerührt weiter vorbeidonnerte.

Der Leiter des Einsatzkommandos war als Einziger getroffen worden. Auf einen Ellbogen gestützt auf dem Boden liegend, gab er Befehl, den Zustand der vier Männer zu kontrollieren. Nur der ältere Typ auf dem Beifahrersitz hatte überlebt; die Augen aufgerissen und mit Blutbläschen auf den Lippen hielt er noch weitere fünfzehn Sekunden durch.

Zwei Männer gingen zum Heck des Wagens. Einer hielt die Waffe im Anschlag, während der andere die Kofferraumklappe öffnete. Dann sahen sie ihren Einsatzleiter an, verwirrt über ihren Fund.

KAPITEL DREIZEHN

26. April 2014, 14.40 Uhr
Melos Haus, Jardim Europa, São Paulo, Brasilien

Da draußen werden sie nichts finden«, sagte Melo, der die GPS-Koordinaten, die die ABIN ihm geschickt hatte, bei Google Maps eingegeben hatte. »Möglicherweise können sie nicht mal landen.«

»Rufen Sie sie zurück«, sagte Boxer. »Wenn Sie glauben, dass sie auf dem Gelände nur geringe Chancen haben, lohnt es das Risiko nicht … das Geräusch des Hubschraubers könnte die Entführer verschrecken.«

»Ich regle das«, sagte Melo, nahm sein Handy mit in eine Ecke des Zimmers und sprach leise und schnell auf Portugiesisch. Dabei vergewisserte er sich mit einem Seitenblick, dass Boxer nicht lauschte. Als er zum Schreibtisch zurückkehrte, folgte ihm Boxer.

»Irgendetwas, das ich wissen sollte?«, fragte er.

»Ich habe dem Sondereinsatzkommando gesagt, sie sollen auf Abstand bleiben, so wie Sie es empfohlen haben«, erklärte Melo.

»Dieses neue Spiel«, sagte Boxer, »muss eine unabhängige Aktion der Zelle sein, die Sabrina gefangen hält. Für so etwas hätten sie niemals die Erlaubnis des Verhandlungsführers bekommen, aber zumindest wissen wir jetzt, dass wir mit den Leuten reden, die Sabrina tatsächlich in ihrer Gewalt haben. Ich möchte den Mitschnitt Ihres Gesprächs mit Sabrina an Victor und seine Freunde bei der DAS schicken, um zu sehen, ob sie die Stimme des Kidnappers kennen, der gesprochen hat. Schicken Sie es auch an die ABIN. Die werden einen kriminalistischen Akustiker haben, der in der Lage sein sollte, Geräusche herauszufiltern, die uns Hinweise auf die anderen im Raum anwesenden Personen oder sogar ihren Aufenthaltsort geben könnten.«

Während Melo die Anrufe erledigte und die E-Mails samt Anhang verschickte, lief Boxer im Raum auf und ab.

»Wir haben noch Zeit, bevor die Leute, die Sabrina gefangen halten, sich zurückmelden. Also gehen wir zunächst einmal davon aus, dass der Unterhändler als Erster anruft. Erzählen wir ihm, dass eine seiner Zellen den Aufstand probt?«, fragte Boxer.

»Was wären die möglichen Folgen?«

»Ich bin nicht sicher, ob er uns überhaupt glauben würde.«

»Wenn nicht, könnten wir ihm einfach den Mitschnitt des Telefongesprächs vorspielen.«

»Und was würden Sie dann an seiner Stelle machen?«, fragte Melo. »Ich würde diese Schurkenzelle finden und alle umbringen.«

»Ich würde die Zelle auf jeden Fall auflösen und die Geisel wieder unter meine Kontrolle bringen«, sagte Boxer. »Dadurch würde eine instabile Situation entstehen, die Sabrina in Gefahr bringen könnte. Wenn der Verhandlungsführer sie wieder in seine Gewalt bekommt, wäre die Chance, bei der Geldübergabe ihren Aufenthaltsort in Erfahrung zu bringen, dahin.«

»Also erzählen wir es dem Verhandlungsführer nicht.«

»Jedenfalls nicht sofort«, sagte Boxer, »vielleicht können wir die Information später zu unserem Vorteil benutzen.«

»Können wir nur auf der Grundlage dieses letzten Anrufs überhaupt sicher sein, dass der Verhandlungsführer die Bestrafung angeordnet hat?«, fragte Melo.

»Die Tatsache, dass diese Leute skrupellos genug waren, ihr ein Ohr abzuschneiden, bevor man Ihnen überhaupt Gelegenheit zum Verhandeln gegeben hat, bedeutet, dass sie bestenfalls rachsüchtig und schlimmstenfalls unberechenbar sind.«

»Sie glauben, rachsüchtig ist besser als unberechenbar?«

»Nicht für Sabrina, aber für uns ist es leichter, die Flugbahn eines Menschen vorauszuberechnen, der rachsüchtig ist«, sagte Boxer. »Bei ›unberechenbar‹ tappen wir ständig im Dunkeln. Andererseits lohnt es sich, die möglichen Gründe für diese Unberechenbarkeit näher zu betrachten. Liegt es an ihrer Unerfahrenheit? Seine Reaktion, als Sie sein Know-how im Drogengeschäft angezweifelt haben, war interessant.«

»Die haben keine Chance, binnen sechs Wochen da einzusteigen«, sagte Melo. »Man muss bei brutaler Konkurrenz durch bereits bestehende Banden die Ware, Sicherheitsmaßnahmen und den Vertrieb organisieren.«

»Deswegen würde ich auch gern auf Sabrinas Freund zurückkommen. Einige Elemente dieser Entführung wirken amateurhaft und wie angelesen, statt routiniert und erfahren. Die Brutalität, Sabrinas Ohr abzuschneiden, riecht nach Großspurigkeit, nach dem Motto: Wir zeigen dem Kerl, wie skrupellos wir sein können. Es wirkt nicht wie der Einsatz einer wirkungsvollen Schocktaktik als Teil eines Prozesses, um Ihnen so viel Geld wie möglich abzuknöpfen.«

»Sie glauben, Leonardo könnte *dafür* verantwortlich sein?«, fragte Melo.

»Ich weiß es nicht. Vielleicht hat er die Entführung an eine dritte Partei verkauft, die sie dann durchgeführt hat«, sagte Boxer. »Er hatte Zugang zu dem Opfer, kannte die verwundbaren Punkte von Sabrinas täglicher Routine und wusste, wie zahlungsfähig Sie sind, doch er steht Sabrina zu nahe, ist zu offensichtlich verdächtig und hat keine Erfahrung. Wenn er an der Sache beteiligt ist, hat er sie entweder mit einem Freund geplant, der die Entführung leitet, oder er hat sie an Dritte weitergegeben.«

»Wie wär's, wenn wir Leonardo Rulfo ein wenig unter Druck setzen? Vielleicht können wir in Erfahrung bringen, wer diese dritte Partei ist«, sagte Melo mit schlaffen Gesichtszügen und einem Blick, der stählern wurde, als sich Unbarmherzigkeit darin festsetzte. »Wenn wir ihm die Identität des Verhandlungsführers entlockt haben, können wir alle unsere Ressourcen bündeln, um die Leute zu finden, die Sabrina festhalten.«

»Das ist auf jeden Fall eine Strategie für Leonardo«, sagte Boxer und sah auf seine Uhr, »aber wir haben nur noch zwanzig Minuten, bevor die Schurkenzelle sich bei uns meldet, um die Details für die Geldübergabe durchzugeben, also müssen wir auch dafür eine Strategie entwickeln.«

»Wie sicher sind Sie, dass es sich um eine Aktion handelt, die die Schurkenzelle ausgeheckt hat, um ein bisschen Geld nebenbei zu verdienen?«

»Entsprachen Ihre Angaben über die Probleme, Geld von Ihrer Bank zu beschaffen, der Wahrheit?«

»Ja, und das ist auch alles öffentlich bekannt. Wenn der Verhandlungsführer so gut recherchieren kann, sollte er alles im Internet finden«, sagte Melo. »Sie glauben doch nicht, dass ich ihn zu weiterer Gewalt gegen Sabrina provoziert habe?«

»Er möchte, dass Sie das denken. Er lässt sie schwitzen. In dem letzten Gespräch waren Sie nicht obstruktiv, Sie haben lediglich die Tatsachen dargelegt, nämlich dass es unmöglich ist, eine große Summe aus der Bank zu entnehmen. Jetzt stellt er wahrscheinlich fest, dass Sie die Wahrheit gesagt haben, und arbeitet an einem neuen Plan. Dabei wird es offensichtlich um Ihre persönlichen Finanzmittel und Vermögenswerte gehen«, sagte Boxer. »Womöglich haben Sie seine Erwartungen auch schon gedämpft.«

»Sie glauben also nicht, dass er aufgelegt und die Bestrafung angeordnet hat, und anschließend hat die Bande, die Sabrina gefangen hält, ihren Vorschlag gemacht?«

»Ich halte es für unwahrscheinlich, dass er zum jetzigen Zeitpunkt eine weitere Bestrafung angeordnet hat. Ich glaube, das ist eine Abzocke, die die Leute ausgeheckt haben, die Sabrina bewachen«, antwortete Boxer. »Überlegen Sie mal. Es ist vier Stunden her, dass der Verhandlungsführer das Telefonat mit Ihnen abgebrochen hat. Der Anruf von Sabrina kam vor ein paar Minuten. Wenn der Verhandlungsführer eine weitere Bestrafung angeordnet hätte, wäre uns der Beweis inzwischen zugestellt worden. Können Sie einhunderttausend Dollar besorgen?«

»Ich habe sofortigen Zugriff auf zweihundertfünfzigtausend in bar. So ziemlich alles andere ist in Vermögenswerten oder Firmenaktien fest angelegt, die ich verkaufen müsste, wofür ich jeweils einen Vorstandsbeschluss bräuchte. Natürlich ist alles möglich, aber das dauert seine Zeit.«

»Im Moment brauchen wir nur die hunderttausend Dollar für die Bande, die Sabrina bewacht.«

»Ich will nicht, dass man versucht, dem Geld nach der Übergabe zu folgen«, sagte Melo. »Das könnte komplett nach hinten losgehen. Wenn die Wind davon bekommen, dass wir uns auf ihre Fährte gesetzt haben, lassen sie Sabrina womöglich umbringen.«

Melos Telefon klingelte. Beide blickten auf den Apparat.

»Entweder sind Sabrinas Bewacher zu früh dran, oder der Verhandlungsführer ruft zurück«, sagte Boxer und setzte Kopfhörer auf, während Melo dem Dolmetscher ein Zeichen gab.

»Perdita«, nannte die Stimme den vereinbarten Codenamen. »Wir haben Sie überprüft, Senhor Melo, und ich bin froh zu sehen, dass Sie mir die Wahrheit gesagt haben. Das beschert uns leider ein überaus kompliziertes Problem.«

»Und das wäre?«

»Jetzt müssen Sie die zehn Millionen Dollar aus Ihren privaten Rücklagen und Vermögenswerten aufbringen, die allen Angaben zufolge beträchtlich sind.«

»Wer sagt das?«

»Auf der Forbes-Liste der reichsten Brasilianer rangieren Sie mit einem Vermögen von siebenhundertzwölf Millionen Dollar auf Platz hundertvier.«

»Aber diese Liste macht keinen Unterschied zwischen Privat- und Unternehmensvermögen, und fast mein gesamtes Geld ist in Aktien der Bank und anderer Firmen angelegt. Ich sitze nicht auf einem Riesenhaufen Bargeld. Ich bekomme ein Gehalt, mit dem ich meine Kosten decken kann.«

»Das ist ein guter Ausgangspunkt«, sagte der Verhandlungsführer. »Auf wie viel Bargeld haben Sie direkt Zugriff?«

»Heute? Sofort? Ich könnte fünfundsiebzigtausend Dollar aufbringen.«

»Glauben Sie, dass wir das akzeptieren werden?«

»Was sind Sie denn *bereit* zu akzeptieren?«

»Das plus die anderen neun Millionen neunhundertfünfundzwanzigtausend Dollar, Senhor Melo.«

»Wie geduldig können Sie sein?«

»Wir haben überhaupt keine Geduld.«

»Dann müssen wir eine Formel finden. Sie sagen mir, wie lange Sie bereit sind zu warten, und ich sage Ihnen, wie viel ich in der Zeit aufbringen kann.«

»Sie vergessen eine entscheidende Tatsache, Senhor Melo.«

»Welche denn?«

»Sie haben keine Kontrolle über den Verhandlungsprozess«, sagte die Stimme. »Sie haben ja bereits gesehen, wozu wir bereit sind.«

»Und ich habe reagiert, indem ich Ihnen die Wahrheit über die Grenzen meiner Macht in der Bank erzählt habe. Nun erkläre ich Ihnen, wie viel Geld ich sofort besorgen kann und wie viel ich …«

»Das Haus, in dem Sie sich zurzeit aufhalten … wie viel ist das wert?«

»Drei Millionen Dollar.«

»Und Ihr anderes Haus?«

»Sechs Millionen Dollar.«

»Nehmen Sie ein Bankdarlehen auf – mit den Immobilien als Sicherheit.«

»Ich habe sie mit einem Hypothekenkredit der Bank gekauft, für den ich praktisch keine Zinsen zahle«, sagte Melo. »Kapitalgewinn kann ich also nur durch den Verkauf der Häuser erzielen, was Monate dauern und vielleicht auch nicht den regulären Marktpreis erbringen würde, wenn bekannt wird, dass Iago Melo seine beiden Hauptwohnsitze verkauft.«

»Sie zwingen mich zur Gewalt.«

»Weil ich Ihnen die Wahrheit sage?«

»Weil Sie ein Mann mit einem geschätzten Vermögen von siebenhundert Millionen sind, der offenbar keinerlei Bargeldreserven hat.«

»So arbeite ich nun mal. Ich lasse mein Geld nicht untätig irgendwo rumliegen.«

»Was ist mit Offshore-Fonds für Ihre korrupten Deals aus Ihrer Zeit in der Erz- und Holzindustrie?«

»Ich glaube, Sie haben das Wesen von Korruption falsch verstanden. Ich war derjenige mit den Bergbau- und Holzunternehmen, also musste *ich* die lokalen Politiker bezahlen, um zu kriegen, was ich wollte. Nicht umgekehrt.«

»Und was ist mit der SUDAM, dem Fonds für die Entwicklung von Amazonien? All die Typen, die Phantomfirmen gegründet und sich von der Regierung haben subventionieren lassen? Bei dem Betrug waren Sie doch bestimmt dabei?«

»Ich habe Geld von der SUDAM bekommen, aber für legitime Firmen. Das kann man alles nachlesen: die Namen der Firmen und die erhaltenen Beträge. Überprüfen Sie es im Internet«, sagte Melo. »Es gab Korruption bei der SUDAM, das stimmt, einige Politiker haben eine Menge Geld veruntreut und sind dafür vor Gericht gestellt worden, aber das war nicht mein Spiel. Dafür hatte ich keine Zeit. Ich musste ein Unternehmen leiten.«

»Was ist mit Schmiergeldfonds?«

»Was soll damit sein?«, fragte Melo zurück. »Ich habe vielen Leuten in der Vergangenheit Gefälligkeiten erwiesen. Ich habe sehr gute politische Beziehungen. Ich brauchte keinen Schmiergeldfonds, um die Bank zu gründen.«

»Vielleicht gibt es in Ihrer Bank keinen Schmiergeldfonds, aber wir wissen, dass Sie so etwas für Ihre Baufirmen haben.«

»Das wissen Sie? Woher wissen Sie von diesen Schmiergeldfonds?«

Schweigen, als würde der Verhandlungsführer überlegen, wie er das Gespräch in eine andere Richtung lenken konnte.

»Wir haben unsere Quellen.«

Sowohl Boxer als auch Melo lauschten jetzt intensiv, Melo wegen der Möglichkeit, dass ein Insider aus seinem Umfeld mit der Gang zusammenarbeitete, Boxer, weil er glaubte, dass ihnen das einen Hinweis auf die Identität der Entführer geben könnte. Er zuckte mit den Schultern und schrieb auf die Tafel: »Fragen Sie ihn, wer sein Informant ist.«

»Sie haben recht«, sagte Melo. »Es gibt einen Schmiergeldfonds, aber wie Sie wahrscheinlich wissen, sind wir zurzeit an keinerlei Bauvorhaben beteiligt, und ich habe nicht nachgesehen, doch wahrscheinlich enthält er nur zwanzig- oder dreißigtausend *reais*. Außerdem muss ich eine Sitzung der sechs Vorstandsmitglieder einberufen, damit sie die Zahlung genehmigen. Einer von ihnen ist in den Staaten, ein zweiter macht Ferien in Europa.«

»Und ein weiterer wird vermisst«, sagte die Stimme.

»Vermisst?«, fragte Melo.

»Julião Gonçalves.«

»Er hat das Unternehmen vor einigen Monaten verlassen«, sagte Melo. »Lange vor seiner Entführung.«

»Ich glaube, Sie müssen ein weiteres Mal daran erinnert werden, wie ernst wir es meinen«, drohte die Stimme unvermittelt. »Vielleicht ist ein weiteres kleines Filmchen vonnöten. Eins von Ihrer reizenden Tochter, die unseres Wissens noch Jungfrau ist. Bewahrt sich auf für Mr Right.«

»Ich habe nie gesagt, dass ich Ihnen kein Geld bezahlen will. Ich war vollkommen ehrlich zu Ihnen. Ich habe Geld für Sie, aber es sind keine zehn Millionen. Sie sagen, Sie wollen das Geld in den Drogenhandel für die Weltmeisterschaft investieren, die in achtundvierzig Tagen beginnt. Natürlich müssen Sie sich organisieren, was bedeutet, dass Sie schnell Bargeld brauchen. Ich habe Ihnen gesagt, dass ich Ihnen heute fünfundsiebzigtausend Dollar besorgen kann …«

»Sie LÜGEN«, brüllte die Stimme so laut, dass Melo das Mobiltelefon ein Stück von seinem Ohr weghalten musste.

»Überprüfen Sie es«, sagte Melo, dem der Schweiß übers ganze Gesicht strömte. Wo sein Hemd den Körper berührte, hatten sich große dunkle Flecken gebildet.

»Sie LÜGEN«, brüllte die Stimme noch einmal. »Sie sind Senator Iago Melo von der Banco do Rio da Prata und erwarten von mir, dass ich glaube, Sie könnten nur fünfundsiebzigtausend Dollar auftreiben ...«

»In bar, heute, ja. Im Laufe der nächsten Woche müsste ich mehr besorgen können«, erklärte Melo. »Sie haben mir noch nichts dazu gesagt, in welcher Stückelung Sie das Geld gerne hätten, ob Sie bereit wären, auch brasilianische *reais* zu akzeptieren ...«

»Sie sind siebenhundert Millionen Dollar schwer ...«

»Laut Forbes-Liste, die nicht immer ganz akkurat ist«, sagte Melo. »Aber Sie müssen doch mittlerweile kapiert haben, dass ich nicht auf einem Lagerhaus voller Bargeld sitze. Es ist investiert. Es steckt in Immobilien. Einige dieser Immobilien sind gar nicht in São Paulo, nicht mal in Brasilien.«

»Ersparen Sie mir Ihre Belehrungen, Senhor Melo.«

»Ich will Sie nicht belehren. Ich erkläre Ihnen nur, wie die Lage ist. Ich beziehe ein Gehalt von zwanzigtausend *reais* für meine privaten Ausgaben. Alles andere – meine Fahrten innerhalb der Stadt oder Reisen ins Ausland, meine persönliche Security – bezahlt die Bank ...«

»Ich will nichts mehr davon hören, wie schwierig Ihr Leben ist.«

»Sie beharren darauf, dass ich lüge, aber alles, was ich Ihnen gesagt habe, ist wahr«, erwiderte Melo. »Ich gebe nicht viel Geld aus. Ich bin über siebzig Jahre alt. Wenn mir jemand eine Million Dollar geben würde, würde ich nicht darauf sitzen bleiben. Ich würde sie investieren. Deshalb habe ich zwar Geld, aber es braucht seine Zeit, es flüssig zu machen.«

»Dann müssen Sie überlegen, wie Sie das hinkriegen.«

»Und *Sie* müssen mir sagen, welcher Zeitrahmen mir zur Verfügung steht.«

»Nein«, sagte die Stimme. »Nein, nein, nein. Ich glaube, Sie brauchen einen kleinen Denkanstoß. Einen weiteren Schock für Ihr System. Das ist die einzige Sprache, die Sie verstehen, Senhor Melo. Warten Sie. Lehnen Sie sich hübsch bequem zurück und warten Sie.«

»Aber Sie haben mir bereits einen Schock versetzt, und das hat die Realität der Situation auch nicht geändert.«

Die Verbindung wurde unterbrochen.

Melo ließ das Handy fallen, sank nach vorn und legte seine Ellbogen auf den Schreibtisch. Er sah direkt durch Boxer hindurch. Dann stand er auf, als wäre ihm in diesem Moment eine geniale Idee gekommen, ging eilig ins Bad, spritze sich Wasser ins Gesicht, riss sich das verschwitzte Hemd vom Leib und zog ein identisches frisches an, das er aus einem Regal zog und zuknöpfte, als er ins Arbeitszimmer zurückkam.

Sein Telefon klingelte, und er stürzte sich darauf. Der Leiter des Einsatzkommandos erstattete Bericht. Melo stellte die Übersetzung auf laut.

Der Mann schilderte, wie sie den Wagen gestoppt, die vier Männer erschossen und den Kofferraum geöffnet hatten.

»Und was haben Sie gefunden?«

»Die Leiche eines Mannes Mitte vierzig. Er hat übel gestunken, und ihm fehlten drei Finger an beiden Händen, die heftig entzündet und schwarz vor Wundbrand waren, der bis zu den Schultern reichte. Er ist vor Kurzem mit einem Kopfschuss getötet worden. Seine Leiche war noch warm. Wir haben keinerlei Ausweispapiere gefunden. Wir haben einen Notarzt und die Polizei angefordert und ihnen die Leiche übergeben. Nach Einschätzung des Notarztes wurde er in den vergangenen zwei Stunden erschossen. Ich habe ein Foto gemacht und an die DAS geschickt. Dort hat man ihn als Julião Gonçalves identifiziert, den Geschäftsmann, der Ende letzten Jahres entführt wurde.«

KAPITEL VIERZEHN

26. April 2014, 14.40 Uhr
Farmhaus südwestlich von São Paulo, Brasilien

Brandnarben-Boy klatschte die Schutzbrille wieder auf Sabrinas Gesicht, fesselte sie mit Handschellen und klebte ihr den Mund zu. Sie rollten sie in die Decke und trugen sie rennend zum Wagen. Sie fuhren schnell, verwegen schnell, über rutschige, schlammige Pisten. Der Wagen schlingerte wild, kippte halb auf die Seite und drehte sich sogar einmal um die eigene Achse. Auf dem Rückweg nahmen sie eine andere Strecke, und es dauerte zwei schweißtreibende Stunden, bis sie zurück in der Favela waren und Sabrina wieder ohne Schutzbrille, Handschellen und Knebel auf der Matratze in dem Keller saß.

Ihr Kopf rollte halb unkontrolliert hin und her. Der Stromausfall dauerte an. In dem fensterlosen Raum brannte nur eine flackernde Kerze. Die drei Männer blickten auf sie herab. In dem Halbdunkel konnte sie sie kaum erkennen. Brandnarben-Boy kniete sich neben sie, leuchtete ihr mit einer Taschenlampe ins Gesicht und begutachtete sie. Als er sie berührte, zuckte sie zusammen, und sie konnte auch seinen Blick nicht halten. Je weiter sie in ihn hineinschaute, desto weniger menschlich wurde er. Allmählich glaubte sie, dass diesen Jungen nicht mehr zu helfen war: das Gehirn von Drogen verbrutzelt, die Seele von beiläufiger Brutalität deformiert, die Armut und die Gewalt, die sie erlitten und ausgeübt hatten.

Sie blickte zu Bauchnabel-Boy, der sie ohne ein Fünkchen Mitgefühl aus matten schwarzen Augen betrachtete. Sie erkannte, dass er enttäuscht war. Und wenn sie eins mit Bestimmtheit wusste, dann, dass sie nicht mit ihm allein in dem Raum bleiben wollte.

Brandnarben-Boy bestätigte, dass es ihr gut ging und sie lediglich Wasser brauchte. Er schaltete die Taschenlampe aus.

»Haben Sie mit meinem Vater gesprochen?«, fragte sie keuchend und fuhr sich mit klebriger Zunge über ihre ausgetrockneten Lippen.

Niemand antwortete. Die beiden Sturmhauben und der Sack blickten auf sie herab.

»Haben Sie nicht gesagt, dass Sie in dreißig Minuten anrufen wollten, um ihm zu sagen, wohin er das Geld bringen soll?«, fragte sie.

»Er hat uns einen Hubschrauber hinterhergeschickt«, sagte Brandnarben-Boy.

»Was soll das heißen?«

»Wir haben den Anruf gemacht. Sie haben ihn geortet und einen Helikopter losgeschickt, um uns zu schnappen«, erklärte Brandnarben-Boy. »Dein *papai* sagt das eine und tut etwas anderes.«

»Das verstehe ich nicht«, sagte Sabrina, dehydriert und verwirrt.

»Wir dachten, wir hätten eine Abmachung, um dir die Bestrafung zu ersparen, und er schickt Leute los, die uns umbringen sollen. Findest du das fair? Du hast ihm erklärt: ›Keine Hubschrauber.‹«

Sie wusste nicht, was sie sagen sollte. Sie wischte sich den Schweiß unter den Augen ab, dann kamen ihr die Tränen, und sie hatte Mühe zu schlucken.

O Tossinho hob seine weiß behandschuhte Faust zu der Stelle, wo unter dem Sack sein Mund sein musste, und ein keuchender, bellender Husten erfüllte den Raum. Er war die ganze Zeit eigenartig still und höflich gewesen, und als er sich zum Gehen wandte, wirkten sein Gang und der Stab irgendwie altehrwürdig, so als wäre er kürzlich von einem Berg herabgestiegen, um Botschaften zu verkünden, die ihm höhere Mächte offenbart hatten. Sabrina erinnerte sich, dass er während des ganzen Telefonats nicht gehustet hatte, und sie dachte, dass er in der Verbrecherwelt wahrscheinlich für seine Lungenkrankheit bekannt war. Sie wollte an seine Menschlichkeit appellieren, bevor er verschwand. Als wäre er das letzte Relikt der Zivilisation in ihrer neuen dystopischen Welt.

»Das mit Ihrer Frau tut mir leid«, sagte Sabrina, und die Worte waren über ihre Lippen, bevor sie Zeit hatte, die Folgen zu bedenken.

O Tossinho blieb wie angewurzelt stehen. Der Sack wandte sich langsam in ihre Richtung wie der Kopf eines Raubtiers, das eine Beute gewittert hat.

»Woher weißt du das?«

»Ich habe gefragt, warum Sie die Telenovelas so laut laufen lassen, und sie haben mir erzählt, dass es Sie an Ihre Frau erinnert, die erschossen wurde, und da wollte ich Ihnen nur mein Mitgefühl für Ihren Verlust ausdrücken«, sprudelte Sabrina in einem unaufhaltsamen Strom los. »Ich habe meine Mutter verloren. Sie ist an Krebs gestorben. Und ich vermisse sie jeden Tag …«

»HALT DEN MUND«, brüllte *O Tossinho*. »Halt den Mund, halt den Mund, halt den Mund.«

Schweigen. Die beiden Jungen waren erstarrt. Man hörte nur das leise Rasseln von *O Tossinhos* Lunge.

»Es ist mir egal, was du denkst. Dein Mitgefühl ist mir egal«, sagte er. »Es ist mir egal, dass du meine Trauer *teilst*. Du bedeutest mir *gar nichts*. Du bist ein Stück *Fleisch*. Ich kann dich schlagen, ficken, in Stücke schneiden und den Hunden der Favela zum Fraß vorwerfen. Du bist völlig unwichtig. Nicht mal das Versprechen von Geld bedeutet mir so viel. Du kannst dir mein Leben gar nicht vorstellen. Nicht mal diese Jungs, die jeden Tag ihres Lebens herumzappeln müssen wie Frösche in Scheiße, haben eine Ahnung, woher ich komme. Also *minha gatinha rica*, ich *brauche* dein Mitleid nicht. Ich brauche *gar nichts* von dir. Ich will nur, dass du verdammt noch mal deine Klappe hältst.«

Er drehte sich um und schlug Bauchnabel-Boy mit dem Stab auf den Kopf. Der Junge nahm die Laterne und führte ihn aus dem Raum. Sabrina und Brandnarben-Boy lauschten dem Tick-Tack seines Stocks, als er die Treppe hinauf- und oben durchs Zimmer ging.

Brandnarben-Boy schaltete seine Taschenlampe wieder ein. »Du denkst immer noch, du wärst in deiner Welt«, murmelte er. »Ich hab dir doch gesagt: Das ist *unsere* Welt, ein vollkommen anderer Ort. Du glaubst, du lebst in São Paulo, weil du ein schickes Haus in einer vornehmen Gegend in der Innenstadt hast. Aber das tust du nicht. Die meisten leben wie wir in der Scheiße oder in irgendeinem beschissenen überfüllten Wohnblock. Du glaubst, weil du deine Mutter verloren hast, würdest du das Gleiche empfinden wie irgendein ausgebrannter, fertiger Typ, der gesehen hatte, wie seine Frau wegen eines blöden Streits abgeknallt wurde. Das tust du nicht. Du lebst im Himmel. Wir leben in der Hölle. Und ihr müsst dafür sorgen, dass das so bleibt, sonst kommen wir eines Tages raus und jagen euch.«

Er fletschte die Zähne, machte einen Satz auf sie zu und versetzte ihr mit der offenen Hand und ausgestreckten Nägeln einen Schlag. Sie zuckte zusammen und stieß einen Schrei aus, der eher als ein gepresstes Wimmern herauskam, doch seine Nägel waren abgebrochen und abgekaut, sodass sie keine Spur hinterließen.

Brandnarben-Boy lief vor ihr auf und ab. Bauchnabel-Boy kam mit einer Flasche Wasser herunter, warf sie auf die Matratze und ging wortlos wieder. Brandnarben-Boy forderte sie auf zu trinken, während er mit in einer Hand baumelnden Waffe in ihrer Zelle hin und her tigerte. In der Dunkelheit fühlte sich die schwüle, feuchte Luft fast an, als könnte man sie mit Händen greifen. Ein weiteres Gewitter braute sich zusammen. Auf

Sabrinas Netzhaut waren die Umrisse der Kamera auf dem Stativ eingebrannt, das immer noch zwischen ihr und dem Jungen stand. Auf ihrer Stirn bildeten sich Schweißperlen.

Sie lauschte, wie seine Flip-Flops beim Laufen gegen seine Fersen flappten, doch ihr fiel nichts zu sagen ein. Die Unterschiede waren offengelegt. All ihr vorheriges Bemühen war vergeblich gewesen. Sie hatten keine gemeinsame Basis. Auf ihre enthusiastische, jugendliche Art hatte sie geglaubt, zu ihm vordringen, ihn an sich binden und ihn zu ihrem Beschützer machen zu können. Aber er hatte alles, was sie ihm erzählt hatte, gegen sie benutzt. Nach dem letzten Ausbruch von *O Tossinho* wusste sie mit Gewissheit, dass sie für keinen von ihnen ein Mensch war, nicht einmal eine Ware, sondern bloß ein blödes Tier in einem Käfig, über das sie sich beugen und es bewusstlos prügeln konnten, wenn ihnen danach war.

»Das mit seiner Frau hättest du nicht sagen sollen«, erklärte Brandnarben-Boy plötzlich, blieb abrupt stehen, schaltete die Taschenlampe ein und leuchtete ihr damit ins Gesicht.

»Wieso nicht?«

»Er versucht, sie zu vergessen«, sagte er. »Sie war das einzig Gute, was ihm im Leben passiert ist, und jetzt ist sie weg. Weißt du, wie sie gestorben ist?«

»Du hast gesagt, sie wäre in ein Kreuzfeuer geraten«, antwortete Sabrina.

»Weißt du, wer das *Primeiro Comando da Capital* ist?«

»Nicht genau.«

»Sie herrschen über die Favelas. Aus dem Gefängnis. Sie kontrollieren alle kriminellen Aktivitäten. Sie setzen die Dealerteams in den Favelas ein. Sie kontrollieren die Drogen, wie weit sie verschnitten werden, Preise, Vertrieb ... alles. *O Tossinho* herrscht über die Favela, in der wir jetzt sind. Er hatte eine Abmachung mit dem PCC, dass sie ihre Drogen hier verkaufen durften, wofür er einen kleinen Prozentsatz kassiert hat. Dann hat ein Typ frisch aus dem Knast das Drogengeschäft übernommen und *O Tossinho* erklärt, dass dessen Anteil kleiner werden würde. *O Tossinho* fand, dass sein Anteil schon sehr klein war. Sie haben sich gestritten, der Typ hat seine Waffe gezogen und die Frau erschossen.«

»Absichtlich?«

»Er hat sie oben in der Küche gesehen, wollte *O Tossinho* seine Macht zeigen und *peng!*«, sagte Brandnarben-Boy, und die Taschenlampe zuckte wie eine Pistole von einem Rückstoß.

»Es war kein Unfall.«

»Das hab ich dir erzählt, weil es schonender ist«, sagte Brandnarben-Boy. »Deswegen darfst du darüber auch niemals mit *O Tossinho* sprechen. Das PCC hat seinen Mann aus der Favela abgezogen, aber er wurde nicht bestraft. Er ist der Bruder von einem der Bosse. Man hat ihn nach Porto Velho in der Nähe der bolivianischen Grenze versetzt, wo die Drogen geschmuggelt werden. Aber *O Tossinho* ist immer noch sehr wütend. Das PCC versucht, es wiedergutzumachen, indem sie ihm Geiseln zur Bewachung geben und ihm ein bisschen Geld zahlen. Aber das bedeutet ihm nichts. Innerlich ist er selbst getötet worden.«

Die Taschenlampe ging aus. Brandnarben-Boy blieb stehen und ging in die Hocke.

Aus keinem für sie begreiflichen Grund kam ihr Leonardo Rulfo in den Sinn, und sie dachte, dass sie ihm hätte sagen sollen, dass es vorbei war. Er musste es gewusst haben. Sie hatte sich bereits von ihm zurückgezogen. Von dem Moment an, als er herausgefunden hatte, wer sie war, hatte er sich verändert. Als wäre man mit jemandem auf einer Party, der einem ständig über die Schulter blickt, nicht auf andere Mädchen, sondern auf eine sich bietende Chance. Bei dem Essen in der Mensa hätte sie es ihm sagen sollen, doch dann hatte er sie zu dem Konzert eingeladen, und sie hatte gedacht, es wäre zu schmerzhaft, und sich von ihm küssen lassen.

»Ich kann dich denken hören«, sagte Brandnarben-Boy. »Ist besser, wenn man das lässt, wenn du weißt, was ich meine.«

Die Frage, die sie schon vor Stunden hatte stellen wollen, obwohl sie die Antwort nicht wissen wollte, glühte immer noch in ihrem Hinterkopf. Nachdem ihr Vater einen Hubschrauber losgeschickt hatte, hatten sich die möglichen Konsequenzen für sie potenziert. Adrenalin strömte durch ihre Adern.

Sie stellte die Frage. »Wenn man euch befiehlt, mir ein Ohr abzuschneiden oder mich zu vergewaltigen, wollen sie doch sicher einen Beweis sehen … wie beim letzten Mal«, sagte Sabrina. »Wie wollt ihr den präsentieren?«

»Wie gesagt, *a minha gatinha*, besser, du denkst nicht zu viel, sonst regst du dich bloß auf.«

»Julião Gonçalves?«, fragte Boxer. »Der Name taucht immer wieder auf.«

»Er war Architekt in einer meiner Baufirmen. Er hat gekündigt und wurde ein paar Monate später entführt. Die Entführer haben Verhandlungen aufgenommen und dann unvermittelt abgebrochen. Jetzt findet man ihn. Es ist … es ist bizarr.«

»Warum hat ihn jemand entführt, *nachdem* er bei Ihrer Firma gekündigt hat, also nicht mehr versichert war und kein Gehalt mehr bezog?«

»Diese Leute sind nicht besonders helle«, sagte Melo. »Das haben sie wohl erst hinterher herausgefunden, in den Verhandlungen mit der Familie.«

»Warum hat man ihn die ganze Zeit gefangen gehalten, wenn er wertlos war? So was ist mühsam und teuer, und dem Mangel an Pflege nach zu urteilen haben sie ihre Investition ja auch nicht besonders gut geschützt. Warum haben sie ihn nicht laufen lassen oder, wenn sie Angst hatten, dass er sie identifizieren könnte, einfach umgebracht? Das ergibt alles überhaupt keinen Sinn.«

Melo sagte nichts. Er erwiderte Boxers Blick mit leicht verächtlicher Miene, als hätte er einen üblen Geruch im Raum wahrgenommen, der seinen Anstoß erregte. Boxer hatte dezidiert den Eindruck, dass Melo Antworten auf diese Fragen wusste, und begann zu verstehen, warum der Brasilianer kein Krisenmanagementkomitee gewollt hatte. Er hielt die Zügel immer selbst in der Hand.

»Zeit, sich bei Leonardo an die Arbeit zu machen«, meinte Boxer, als er merkte, dass er diese Schlacht nicht gewinnen konnte. Er brauchte eine eigene Strategie.

»Ich glaube, das überlasse ich Ihnen«, sagte Melo. »Ich möchte ihn nicht zu einem blutigen Brei prügeln. Der Junge …«

»Es ist sowieso besser, wenn ich allein mit ihm rede«, erklärte Boxer.

»Machen Sie sich keine allzu großen Sorgen wegen unserer Methoden, Charlie«, sagte Melo und sah ihn mit verschleiertem Blick an. »Nichts, was hier drinnen passiert, dringt außerhalb dieser Mauern.«

»Unsere Methoden?«

»Sie werden sehen, dass ich ihn … für Sie habe vorbereiten lassen«, sagte Melo. »Es ist eine Methode, die von den portugiesischen Kolonisatoren angewandt wurde und die wir bis heute benutzen. Sie hinterlässt keine Spuren, doch sie hilft Menschen, die Dinge mit neuer Klarheit zu sehen.«

»Ich glaube nicht, dass das notwendig sein wird«, entgegnete Boxer. »Er ist nur ein Bürgersöhnchen. Ich bin sicher, wir werden kaum noch auf viel Widerstand stoßen, nachdem wir ihn ein paar Stunden haben schmoren lassen.«

»Zählen Sie nicht darauf«, sagte Melo. »Ich verstehe diese Leute besser als Sie.«

»Der Einzelverbindungsnachweis seines Handys belegt, dass er Larissa jeden Tag angerufen hat, mehrmals am Tag und, was am wichtigsten ist, unmittelbar nachdem Sabrina laut *seiner* Aussage auf ihrer Vespa vom Campus losgefahren ist«, sagte Boxer. »Ich hoffe, er hat genug Angst, um ohne allzu viel Druck zu reden.«

»Sie werden ja sehen.«

Auf dem Weg durch eine Waschküche in die Garage versuchte Boxer, den Finger darauf zu legen, was ihn so an Melo störte. Er glaubte, dass es irgendetwas mit der Situation zu tun hatte, die er in London zurückgelassen hatte. Er hatte jedenfalls bestimmt nicht die emotionale Reaktion angetroffen, die er bei einem älteren Vater erwartet hätte, dessen einzige Tochter entführt und brutal verstümmelt worden war. Das Ganze fühlte sich an, als ob große Mühe darauf verwendet wurde, irgendetwas zu verheimlichen. Und aus irgendeinem Grund kam ihm Eiriol Lewis in den Sinn, ohne dass er wusste, warum. Der Gedanke ließ ihn im Flur zur Küche innehalten. Was suchte Eiriol? Nicht ihre Schwester. Das wusste er.

Sie suchte die Wahrheit.

Das war es. Das fand er so faszinierend an ihr. Den Mut und die Kraft, die sie mit ihrem ausgemergelten Körper aufgebracht hatte, um herauszufinden, was geschehen war. War sie deswegen vor seiner Tür aufgetaucht? Er vermutete, dass sie gelogen hatte, als sie erklärt hatte, wie sie auf ihn gestoßen war. Er glaubte, dass sie von jemandem dazu angestiftet worden war. Und obwohl das überhaupt keinen Sinn ergab, dachte er, dieser Jemand könnte Conrad Jensen sein.

In der Waschküche schloss ihm ein Wärter die Tür zur Garage auf. Drinnen war es stockfinster und feuchtheiß, und ein Gestank von Angst hing in der Luft. Alles, was Boxer hörte, war das Stöhnen und Keuchen eines Menschen unter chronischen Schmerzen. Der Wärter steckte den Kopf durch die Tür und schaltete das Licht ein; drei Neonleuchten, die sich in Abständen von einem Meter über die gesamte Länge der Decke erstreckten, flammten auf. In der Doppelgarage gab es keine Fahrzeuge, sondern nur einen Stuhl in der Mitte, zwei dunkle Flecken und einen Haufen Kleidung auf dem Boden. Von der Decke hing horizontal an zwei Ketten ein dicker Holzpfahl. Daran war Leonardo Rulfo splitternackt an den Kniekehlen aufgehängt, die Handgelenke an die Knöchel gefesselt, kopfüber, als würde er einen Salto rückwärts schlagen. Der Druck auf seine Knie, Handgelenke und Schultern musste entsetzlich sein. Einer der dunklen Flecken auf dem Boden stammte von dem Schweiß, der aus seinem klatschnassen Haar auf den Boden tropfte.

Boxer war schockiert, ihn in diesem Zustand zu sehen. Der Wärter erklärte, dass die Technik, die als *pau de arara*, Papageienschaukel, bekannt war, ursprünglich von den Portugiesen zur Bestrafung von Sklaven benutzt worden war.

»Wird bis heute angewandt«, sagte er. »Sie können in jedes Gefängnis in Brasilien gehen und werden jemanden an der Papageienschaukel finden.«

»Binden Sie ihn los«, befahl Boxer in seinem rudimentären Portugiesisch.

Sie hakten den Pfahl aus den Ketten aus und ließen ihn unter Rulfos Schmerzensschreien vorsichtig zu Boden. Der Wärter zog den Pfahl weg und schnitt die Plastikhandschellen durch, die die Hände des Jungen an seine Knöchel fesselten. Rulfo streckte sich auf dem Garagenboden aus und weinte vor Erleichterung. Seine Schmerzen waren so unerträglich gewesen, dass er die ganze Zeit hatte schreien wollen, wenn das den Druck auf seine Gelenke nicht noch verstärkt hätte. So war er auf ein animalisches Grunzen reduziert gewesen.

Der Wärter brachte den Pfahl weg und kam mit einem Plastikknüppel zurück, an dessen Ende zwei Elektroden vorstanden. »Ein Viehtreiber. Für den Fall, dass er bockig wird«, sagte er mit einem verschwörerischen Nicken und schloss die Tür hinter sich.

»Jetzt wissen Sie, was Sie erwartet«, sagte Boxer. »Ich hatte nichts damit zu tun. Iago Melo macht, was er will. Nichts und niemand kann ihn aufhalten.«

Rulfo grunzte und nickte, den Kopf auf dem Zementboden.

»Wenn Sie jemals aus dieser Garage rauskommen wollen, fangen Sie besser an zu reden.«

Rulfos Gesicht war abgehärmt vor Schmerz. Er sah zwanzig

Jahre älter aus als der glattgesichtige, großspurige Junge, der vor ein paar Stunden hergebracht worden war.

»Wo ist Larissa?«, fragte Boxer. »Fangen wir damit an.«

»Ich weiß es nicht.«

»In der Anrufliste Ihres Handys haben wir entdeckt, dass Sie sie angerufen haben, kurz nachdem Sabrina an der Mensa losgefahren war. Später wurde Larissa mit Sabrinas Vespa gesehen«, sagte Boxer. »Es sieht so aus, als hätten Sie sie benachrichtigt, dass Sabrina den Campus verlassen hat, und Larissa hat sie auf dem Weg zu ihrer Wohnung irgendwie aufgehalten, damit sie entführt werden konnte. War es so?«

»Wenn Sie wollen, dass ich das sage, dann war es so«, antwortete Rulfo keuchend.

»Ich will die Wahrheit, nichts als die Wahrheit. Es ist Ihre einzige Chance, aus dieser Garage rauszukommen, und die einzige Chance, Sabrina lebend zu finden«, erklärte Boxer. »Sagen Sie mir, warum Sie Larissa angerufen haben, direkt nachdem Sie sich vor der Mensa von Sabrina verabschiedet hatten.«

Rulfo schwieg.

»Ich möchte den nicht benutzen«, sagte Boxer und schwenkte den Viehtreiber vor Rulfos Nase, »aber ich werde es tun, denn Sabrina wird permanent bedroht ... mit dem Abschneiden ihres zweiten Ohrs oder einer Vergewaltigung. Ich werde nicht zulassen, dass man ihr das antut.«

Weiter kein Wort von Rulfo.

»Melo sagt, er kennt ›Leute‹ wie Sie. Was meint er damit?«

Diesmal grunzte Rulfo nicht vor Schmerz, sondern amüsiert.

»Was ist so komisch?«

»Einen Scheiß kennt er.«

»Und was heißt das?«

»Er hat nicht den leisesten Schimmer, mit wem er es zu tun hat.«

»Dann sagen Sie's mir.«

Rulfo schüttelte den Kopf, als würde Boxer etwas Unmögliches von ihm verlangen.

»Wenn Sie nicht mit mir reden, gehe ich zurück zu Senhor Melo und erkläre ihm, dass ich nichts aus Ihnen rausbekommen habe«, sagte Boxer. »Wissen Sie, was das heißt?«

Rulfo schloss die Augen und klappte sie wieder auf, als würde er die Welt völlig neu sehen.

»Sie werden wieder für ein paar Stunden an der Papageienschaukel hängen, Leonardo, und danach werde nicht ich es sein, der Sie besucht«, sagte Boxer. »Wissen Sie, warum Senhor Melo nicht mit mir hier ist? Er hatte Angst, er würde Sie zu einem blutigen Brei prügeln.«

»Ja«, sagte Rulfo, »das klingt mehr wie der Iago Melo, den ich kenne.«

»Wie meinen Sie das? Sie kennen ihn?«, fragte Boxer verwirrt.

»Er ist berühmt.«

»Er ist reich und deswegen auch berühmt, nehme ich an.«

»Kennen Sie seine Geschichte? Wie er zu Iago Melo geworden ist?«

»Ich weiß, wie er sein Geld gemacht hat, wenn Sie das meinen. Ich habe sein Profil gelesen, seine Herkunft aus einer Favela, die Gründung einer Kleiderfabrik, dann der Einstieg in Öl, Bergbau und Holzhandel. Er ist Senator geworden. Er besitzt eine Bank.«

»Das ist die offizielle Geschichte, aber nicht die wahre.«

»Dann erzählen Sie mir die ›wahre‹ Geschichte«, sagte Boxer und beugte sich interessiert vor.

»Er war Offizier bei der Armee, Hauptmann João Figueiro. Sein Vater war ebenfalls beim Militär. Er war nie auch nur in der Nähe einer Favela, außer für Filmaufnahmen vor seiner Wahl zum Senator. Er musste seine Vergangenheit retuschieren, weil sie hässlich ist. Er war in der *Delegacia de Ordem Social.* Die haben Ende der Sechziger Gegner des Regimes gejagt. Er hat nicht selbst aktiv Menschen gefoltert oder ›verschwinden‹ lassen, aber seine Einheit hat die Leute zum Verhör abgeliefert.«

»Und woher wissen Sie das?«

»Aus Akten der Nationalen Wahrheitskommission«, sagte

Rulfo. »Wir haben Fotos eines Offiziers aus den späten 1960ern mit Aufnahmen von Iago Melo aus den 1980ern verglichen.«

»Okay, Leonardo, jetzt verstehe ich. Sie haben während der Militärdiktatur jemanden verloren?«

»Mein Großvater war einer der Vermissten, die nie gefunden wurden. Zwei Onkel meines Vaters sind verschwunden und wurden später mit Folterspuren tot aufgefunden. Alle in Minas Gerais, aber das ist nicht der Grund für meine Beteiligung ...«

»Beteiligung bei was?«

Rulfo drehte sich auf den Rücken und stöhnte dabei vor Schmerz. Er atmete dagegen an und schüttelte den Kopf.

»Als ich Ihnen gezeigt habe, was man Sabrina angetan hat, und Ihnen ihr Ohr in die Hand gedrückt habe, waren Sie entsetzt, oder nicht?«, sagte Boxer.

Rulfo kniff die Augen zu, kniff sich in die Nase und nickte.

»Iago Melo für seine Taten in der Vergangenheit anzugreifen ist eine Sache, aber seine Tochter zu entführen und zu verstümmeln ist absolut inakzeptabel«, sagte Boxer. »Was immer das Ziel dieser Sache sein mag, ein unschuldiges Mädchen zu entstellen kann es nicht sein. Also sagen Sie mir, wer dahintersteckt. Lassen Sie uns Sabrina zurückholen, bevor weiterer Schaden angerichtet wird.«

Rulfo fing an zu weinen.

Boxer verpasste ihm eine Ohrfeige. »Reißen Sie sich zusammen«, sagte er. »Ihnen hat man kein Ohr abgeschnitten. Niemand droht, Sie zu vergewaltigen. Also bringen wir es zu Ende.«

»Ich bin reingelegt worden«, sagte Rulfo. »Ich habe mich einer Bewegung namens *Poder ao Povo* angeschlossen, die Macht dem Volk. Das ist eine linke politische Bewegung, die für die Beseitigung der Ungleichheit in Brasilien kämpft. Bei einem der Treffen habe ich Larissa kennengelernt, und wir haben uns gut verstanden. Larissa und ich sind zu einer großen Versammlung gegangen, einer Kundgebung in einem unbenutzten Lagerhaus am Stadtrand von São Paulo. Es kam heraus, dass wir dasselbe

Seminar wie Iago Melos Tochter besuchen, und wir wurden sofort dem Anführer vorgestellt. Er beauftragte mich, ihr nahezukommen, mich in sie zu verlieben. Es war wie ein Rausch. Ich fühlte mich wie ein Geheimagent auf einer unmöglichen Mission. Sie gaben mir das Gefühl, wichtig zu sein. Je näher ich Sabrina kam, desto mehr behandelten sie mich wie jemand Bedeutenden. Sie wollten, dass ich auch Senhor Melo kennenlerne und ihnen meine Eindrücke von ihm schildere, aber das war komplizierter. Sabrina verstand sich nicht besonders mit ihrem Vater, sodass ich ihn nur zweimal getroffen habe. Einmal ist er in Sabrinas Wohnung aufgetaucht, und einmal hat Sabrina mich zu einem Abendessen eingeladen.«

»Okay. Ich brauche zum jetzigen Zeitpunkt nicht die ganze Geschichte«, sagte Boxer, »sondern vor allem den Namen des Anführers der Gruppe, Informationen zu seinem Aufenthaltsort und alles, was Sie mir über die Entführung selbst berichten können.«

Rulfo blickte zu Boxer auf, seine Miene von Angst gezeichnet.

»Ich erzähle Ihnen, was ich weiß, aber überlassen Sie mich nicht Melo«, sagte Rulfo.

»Sie haben einen Menschen entführt«, erwiderte Boxer. »Das ist ein psychisch zutiefst zerstörerisches Verbrechen, und dafür kommen Sie ins Gefängnis.«

»Einverstanden. Überlassen Sie mich bloß nicht ihm«, sagte Rulfo. »Wenn man diese Leute herausfordert, wenn man ihnen ihre Macht nimmt oder es nur versucht, lassen sie einen leiden.«

»Ich werde tun, was ich kann«, sagte Boxer. »Aber Sie haben ihm sein einziges Kind genommen, es terrorisiert, verstümmelt und gedroht, weitere …«

»*Ich* habe das nicht getan, und ich billige dieses Vorgehen auch nicht …«

»Reden Sie.«

»Der Typ, den ich getroffen habe, heißt Rui da Silva Rodrigues, aber ich weiß nicht, wo er wohnt, kenne auch sonst keine

Adresse von ihm, weil er von Iago Melo aus seinen Räumlichkeiten in São Paulo vertrieben wurde. *Poder ao Povo* ist eine komplizierte Untergrundorganisation. Es gibt einen zweiten Anführer, der aus dem Ausland operiert, zwischen São Paulo, Lissabon und London pendelt und eine mächtige Gruppe von Exilbrasilianern leitet.«

»In London?«

»Ja. Ich habe gehört, dass sie das Geld für die Entführung aufgebracht haben.«

»Irgendwelche Namen?«

»Nein«, sagte Rulfo. »Die Treffen mit Rodrigues fanden jedes Mal an einem anderen Ort statt, meistens in großen Einkaufszentren. Er war sehr geheimnistuerisch. Ich kann keinen Kontakt mit ihm aufnehmen, und er ruft mich von wechselnden Prepaidhandys an.«

»Was ist mit Larissa? Kennt sie ihn besser?«

»Das würde mich wundern.«

»Und wer war da noch? Es muss doch einen Weg geben, zu ihm vorzudringen«, sagte Boxer. »Er benutzt eine Gang in einer Favela, die Sabrina bewacht, während er über ihre Freilassung verhandelt. Was wissen Sie darüber?«

»Er muss Beziehungen zu einer Verbrecherbande haben. Anders geht das nicht. Soweit ich weiß, setzt er eine Untergruppe des *Primeiro Comando da Capital* ein. Das PCC ist die größte Gang in São Paulo, aber mit alldem hatte ich nicht mal von Weitem zu tun.«

Boxer bat den Wärter, ihm eine Aufnahme eines der Anrufe des Verhandlungsführers zu bringen, die er Rulfo vorspielte. Anschließend fragte er den Jungen, ob er die Stimme erkannt hatte.

»Es ist nicht Rui.«

»Er hat uns erzählt, er wolle das Lösegeld benutzen, um in das Drogengeschäft während der Weltmeisterschaft einzusteigen.«

»Ich weiß nicht«, sagte Rulfo. »Das ist wahrscheinlich Tarnung.«

»Wofür?«

»Damit Melo nicht weiß, dass es *Poder ao Povo* ist.«

»Und wer ist dieser Rui? Was für einen Hintergrund hat er? Wie alt ist er? Können Sie ihn beschreiben?«

»So wie er redet, würde ich sagen, er stammt aus der Arbeiterklasse. Keine Ausbildung, zumindest keine akademische, aber er weiß, wie man Menschen begeistert. Er ist Mitte dreißig, etwa einen Meter achtzig groß, kräftig gebaut, so als hätte er körperlich gearbeitet, und er ist ein *pardo*.«

»Was ist ein *pardo*?«

»Ein Mischling, wobei schwer zu sagen ist, aus welchen Rassen genau. Er hat schwarzes Blut und vielleicht auch indianisches. Wahrscheinlich einen weißen Elternteil und einen gemischtrassigen.«

»Augenfarbe ... irgendwelche auffälligen Kennzeichen, Narben ...?«

»Er hat eine tiefe Narbe am rechten Unterarm, eine sichtbare Vertiefung, wovon weiß ich nicht. Braune Augen, schwarzes Haar, kurz geschnitten. Er war immer gut gekleidet, immer ein weißes Hemd und schwarze Hose, nie Jeans, neue Nike-Schuhe, Cuba-Libre-Kappe.«

»Was für ein Spiel spielt er? Ist er politisch, oder tut er nur so? Ist er ein Krimineller? Was ist mit Larissa? Glauben Sie, Rodrigues hatte etwas mit ihr?«

»Ich weiß es nicht.«

»Was ist mit Ihnen?«

»Ich mochte sie, wir hatten Sex, das war's.«

»Weil Sabrina Sie nicht rangelassen hat?«

»Deshalb auch.«

»Haben Sie sich wirklich in Sabrina verliebt, oder war das alles nur vorgespielt?«

»Ich habe mich in sie verliebt, aber Rodrigues hat mich gewarnt, mich nicht zu sehr darauf einzulassen. Es sei Teil des politischen Kampfes und deshalb wichtig, Distanz zu wahren. Das

Problem war nur, sie hat gemerkt, dass ich mich zurückgezogen habe.«

»Sabrina unterstützt die Linke. Ihr Vater billigt ihre Ansichten nicht.«

»Melo billigt gar nichts, was nicht rechtsextrem ist. Sabrina hatte das Herz auf jeden Fall am richtigen Fleck.«

»Ich weiß nicht, wie Sie sie so ans Messer liefern konnten.«

»Weil Rodrigues nie irgendwas davon gesagt hat, dass ihr ein Ohr abgeschnitten werden sollte. Bei ihm klang es so, als würde er ihren Vater für *Poder ao Povo* bezahlen lassen, damit sie die Revolution starten können.«

»Ich komme wieder«, sagte Boxer.

Er ging in Melos Büro und berichtete, was er von Rulfo erfahren hatte, wobei er die Information über Melos militärische Vergangenheit wegließ.

Melo rief Victor Pinto an, gab ihm die Details durch und sagte, er solle mit der DAS sprechen. Er selbst rief die ABIN an, um zu fragen, ob sie je von Rui da Silva Rodrigues gehört hätten und ihn aufspüren könnten. Er legte auf und lehnte sich auf seinem Stuhl zurück. »Das passiert, wenn man Menschen nicht richtig kontrolliert«, sagte er.

»Was meinen Sie mit ›richtig kontrolliert‹?«

»Es ist meine Schuld«, sagte Melo, ohne auf die Frage einzugehen. »Ich hätte Sabrina nie derartige Freiheiten erlauben dürfen. Wir leben in einer Kriegszone, und ich habe mir von ihr einreden lassen, dass sie zurechtkommen würde.«

Boxer beschloss, Melos hässliche Vergangenheit zunächst nicht zur Sprache zu bringen. Erst wollte er mit Fallon sprechen. »Sind Sie diesem Rui da Silva Rodrigues je über den Weg gelaufen?«

»Was meinen Sie mit ›über den Weg gelaufen‹?«

»Haben Sie ihn je getroffen oder Kontakt mit ihm gehabt?«

»Warum fragen Sie?«

»Sie müssen doch von *Poder ao Povo* gehört haben.«

»Wieso?«, fragte Melo stirnrunzelnd. »Es ist bloß eine weitere verrückte linke Organisation. Sie kommen ... und sie gehen.« Er ließ seine Finger flattern.

Boxer entschied, dass er mit der Information über Roberto Gonçalves herausrücken musste, bevor Fallon sich mit dem Ergebnis seiner Recherche zurückmeldete. »Julião Gonçalves hat einen Bruder namens Roberto, der einer der Anführer von *Poder ao Povo* ist. Er lebt in London.«

»Woher wissen Sie das?«, fragte Melo und beugte sich vor.

»Als der Name immer wieder auftauchte, habe ich meinen Einsatzleiter in London gebeten, den Hintergrund zu Julião Gonçalves zu recherchieren.«

»Interessant«, sagte Melo, als ob das alles neu für ihn wäre.

»Meines Wissens war *Poder ao Povo* besonders interessiert am Petrobras-Skandal und wollte diverse Leute stürzen ... Leute wie Sie mit Ihren Baufirmen, Kontakten zu Petrobras und politischen Verbindungen zur Rechten.«

»Das ist das Wesen linker Organisationen. Sie erfinden gern rechte Verschwörungen ...«, sagte Melo.

»Poder ao Povo« wurde aus ihren Büros in São Paulo vertrieben, Mitglieder der Organisation wurden ermordet, und Rodrigues musste in den Untergrund gehen.«

»Mächtige Personen müssen sich von ihren Aktivitäten bedroht gefühlt haben«, sagte Melo.

»Aber sie hatten auch jemanden innerhalb des Systems ... Julião Gonçalves, der sie mit Informationen über eine Ihrer Baufirmen gefüttert hat.«

»Und jetzt wollen Sie mir erzählen, dass ich ihn zwei Wochen nach seiner Kündigung habe entführen lassen.«

»Ich will Ihnen gar nichts erzählen. Ich nenne Ihnen lediglich ein mögliches Motiv für die Entführung Ihrer Tochter«, erwiderte Boxer. »Das Motiv muss ja nicht auf Tatsachen gründen.«

Schweigen. Ein langes Schweigen. Melo drehte sich mit seinem Stuhl um und blickte in den Garten.

»Ich habe neulich den Artikel eines amerikanischen Journalisten gelesen, der einen Vorschlag gemacht hat, wie man die Ungleichheit beenden könnte«, sagte er nach einer Weile und überraschte Boxer mit dem abrupten Themenwechsel. »Er wollte alle private Security verbieten lassen. Die Idee war, dass die Reichen dann nicht mehr geschützt sein würden. Entweder sie würden ihren Reichtum verschenken, oder er würde ihnen von den weniger Glücklichen gewaltsam genommen werden.« Melo nickte, als wäre er in einer wichtigen Angelegenheit gerade zu einem Schluss gekommen. »Wissen Sie, was ich von Ihnen will?«, sagte er und wandte sich wieder Boxer zu. »Ich will, dass Sie Rulfo wegbringen und erschießen wie den Hund, der er ist.«

KAPITEL FÜNFZEHN

26. April 2014, 16.50 Uhr
Favela, São Paulo, Brasilien

Brandnarben-Boy kniete mit der Taschenlampe im Mund über ihr und wechselte den Verband auf ihrem Ohr.
»Fühlst du dich okay?«, fragte er
»Einigermaßen ... unter den Umständen.«
»Ich meine, dir ist nicht heiß?«
»Warum? Sieht es nicht gut aus?«, fragte sie schulterzuckend.
»Nimmst du das Antibiotikum?«, fragte er. »Du spuckst die Tabletten doch nicht aus? Wenn du das machst, kriegst du Wundbrand. Das geht direkt ins Gehirn, und dann bist du tot.«
»Du kennst dich ja gut aus.«
»Ich habe mal fünf Tage lang einen Schönheitschirurgen bewacht. Wir haben ihm ein Ohr abgeschnitten, als seine Familie nicht zahlen wollte. Er hat mir erklärt, wie ich die Wunde säubern muss, damit sie sich nicht entzündet. Man hat einen Knochen im Mittelohr, der den Schall ans Gehirn weiterleitet. Wenn sich das Ohr entzündet, wandert die Entzündung über diesen Knochen ins Gehirn«, sagte er. »Man wird verrückt vor Schmerz, bevor man stirbt.«
»War das der Chirurg, den du mir empfehlen wolltest?«
»Könnte sein«, erwiderte er mit einem Lächeln, das sie verunsicherte.
»Nun, ich bin froh, dass du gut zugehört hast.«
»Am Anfang haben wir ein paar Leute verloren. Das ist mich teuer zu stehen gekommen, wenn du weißt, was ich meine.«

Er hielt inne, als er hörte, wie die Tür zur Straße geöffnet wurde, bevor er antiseptisches Trockenspray auf ihr verstümmeltes Ohr sprühte, es mit Gaze bedeckte und abklebte. Dann sammelte er das Verbandszeug zusammen, stellte es in eine Ecke, streifte die Flip-Flops ab, schlich leise die Treppe hinauf und lauschte. Als er nahende Schritte hörte, rannte er wieder nach unten, schaltete seine Stablampe an, lief mit der gezückten Waffe im Raum auf und ab und machte ein großes Gewese um die Bewachung seiner Gefangenen. Die Tür ging auf, und ein Mann kam herein; die große Taschenlampe, die er in der Hand hielt, leuchtete so grell in Sabrinas Ecke, dass sie den Besucher kaum ausmachen konnte. Er trug Bauchnabel-Boys Sturmhaube, war ansonsten jedoch elegant gekleidet: weißes Hemd, schwarze Hose, blank geputzte Slipper mit Schlammkrusten an den Rändern. Er wies knapp mit dem Daumen zur Tür, und Brandnarben-Boy huschte hinter ihm aus dem Raum.

»Ich werde dir einige Fragen stellen«, sagte der Mann in gepflegtem Portugiesisch. »Wenn du sie zu meiner Zufriedenheit beantwortest, wird dir nichts passieren. Wenn nicht, hetze ich die Jungen auf dich. Hast du mich verstanden?«

»Haben Sie meine Entführung organisiert?«

»Beantworte einfach die Fragen. Du bist ein intelligentes Mädchen, das ist bestimmt ganz leicht für dich«, sagte der Mann. »Es geht um die Zahlungsfähigkeit deines Vaters. Er verhält sich äußerst obstruktiv. Er ist ein sehr wohlhabender Mann, tut aber so, als hätte er praktisch keinen Zugriff auf Bargeld. Ich glaube, er lügt. Was meinst du?«

»Ich bin seine Tochter. Ich habe nichts mit seinen Geschäften zu tun. Ich weiß nichts über sein Geld. Ich weiß nur, dass er sehr achtsam damit ist«, sagte sie. »Er hat mir beigebracht, ebenfalls achtsam zu sein. Er hat mir erzählt, dass er reich geworden ist, indem er auf kleine Summen geachtet hat. Das heißt, er kann sehr großzügig sein, wenn es ihm nutzt. Wenn uns in unserem Strandhaus am Praia de Tabatinga jemand Wichtiges besucht hat, wurde Champagner aufgefahren. Keine Kosten wurden gescheut. Aber wenn man sich ein paar *reais* leiht, um Sonnenöl oder irgendwas zu kaufen, wird er darauf bestehen, dass man sie ihm zurückzahlt.«

»Das heißt, er ist großzügig, wenn es darum geht, seine Macht zu demonstrieren, aber von Natur aus geizig«, sagte der Mann. »Du bist neunzehn Jahre alt, oder? Das heißt, du wurdest 1995 geboren? Da war er schon reich. Hast du je mit ihm über sein Leben gesprochen, bevor er ein reicher Mann geworden ist?«

»Ich weiß, dass er vor meiner Mama schon mal verheiratet war, aber ich habe mit ihm nie über seine Exfrauen gesprochen.«

»Was glaubst du, wie viele Frauen er vor deiner Mutter hatte?«

»Zwei.«

»Das heißt, von Carla weißt du nichts?«

»Nein. Wer ist Carla?«

»Die erste Frau deines Vaters. Er hat sie mit dreiundzwanzig geheiratet. Sie ist unter seltsamen Umständen gestorben.«

»Was soll das heißen?«

»Darauf kommen wir noch«, erwiderte der Mann. »Sag mir, hast du je ein Foto deines Großvaters gesehen? Vom Vater deines Vaters. Er ist vor deiner Geburt gestorben.«

»Ja, sicher.«

»Auch eins von ihm in Uniform?«

»Warum sollte er eine Uniform angehabt haben?«

»Weil man eine tragen muss, wenn man bei der Armee ist.«

»Er war nicht bei der Armee.«

»Genauso wenig wie dein Vater.«

Sabrina runzelte die Stirn, als der Mann ihr einen Schnappschuss ihres Vaters aus seiner Zeit in der Holzindustrie Ende der 1970er gab. Damals war er Mitte dreißig gewesen und posierte auf der Ladefläche eines Lkws auf zwei gewaltigen Samauma-Stämmen.

»Erkennst du ihn auf diesem Bild?«

Sabrina nickte.

»Und was ist hiermit?«, fragte der Mann und reichte ihr das Foto eines Mannes, Ende zwanzig, in einer Uniform der Armee. »Das Bild wurde etwa zehn Jahre vor dem anderen aufgenommen, er sieht sauber und geschniegelt aus, aber man erkennt, dass es derselbe Mann ist.«

Perplex betrachtete Sabrina die beiden Fotos.

»Du hast noch nie von Carla gehört, weil er sie geheiratet hat, als er Leutnant bei der Armee war, und das war ein unangenehmer Abschnitt seiner Vergangenheit.«

»Inwiefern unangenehm?«

»Ende der Sechziger sind in Brasilien schlimme Sachen passiert. Vielleicht nicht so schlimm wie in Argentinien oder Chile, aber trotzdem sind Menschen verschwunden, gefoltert worden und unter dubiosen Umständen zu Tode gekommen.«

»Das weiß ich. Ich habe über das Leben der Präsidentin gelesen.«

»Dein Vater war ein Teil des Apparats. Hast du schon mal was von der *Delegacia de Ordem Social* gehört?«

»Ja, deswegen bin ich zur Linken geworden.«

»Dein Vater war Offizier in dieser Abteilung«, sagte der Mann. »Ein sehr strenger Offizier. Er war befreundet mit einer Gruppe von Vernehmern, die 1970 in einem Folterzentrum in Osasco gearbeitet haben.«

»Warum erzählen Sie mir das alles?«

»Ich tue dir einen Gefallen in der Hoffnung, dass du ihn erwidern wirst.«

»Was für einen Gefallen?«

»Vielleicht verstehst du jetzt, warum dein Vater nach den Jahren in der Armee im Umgang mit Systemgegnern nur Schwarz und Weiß kennt. Man ist entweder für oder gegen ihn. Man ist entweder Kommunist oder hat die Wahrheit erkannt. Es gibt keine Mitte. Wir mussten ihm unmissverständlich klarmachen, dass seine Macht Grenzen hat und er ausnahmsweise einmal gehorchen muss. Deshalb waren wir gezwungen, dir ein Ohr abzuschneiden, damit er begreift, dass er in eine neue Ära eingetreten ist. Er wehrt sich natürlich immer noch dagegen, und deshalb brauche ich deine Hilfe. Damit du mir diese Hilfe gewährst, musst du die Wahrheit über deinen Vater erfahren. Vielleicht hast du manches davon schon geahnt. Soweit ich weiß, war deine Beziehung zu ihm in letzter Zeit nicht besonders gut.«

»Woher wissen Sie das?«, fragte sie schnell.

»Wir haben dich monatelang beobachtet.«

»Aber woher wissen Sie, dass ich mich mit meinem Vater gestritten habe?«, fragte sie. »Das ist privat. Nur Menschen im Haus meines Vaters oder solche, die mir nahestehen, könnten von unserem … Streit wissen.« Sabrina schlang die Arme um die Beine und wiegte den Oberkörper vor und zurück, als ihr die ganze Ungewissheit ihrer Lage bewusst wurde.

»Ich tue dir den Gefallen, dir die Wahrheit über deinen Vater zu offenbaren, damit du, wenn diese Erfahrung erst einmal überstanden ist, für dich entscheiden kannst, ob er jemand ist, dessen Tochter du sein willst.«

»Ich werde immer seine Tochter sein, das ist unabänderlich.«

»Aber du kannst entscheiden, was für eine Beziehung du wirklich zu ihm haben willst.«

»Warum sollte ich Ihnen glauben?«

»Du hast die Fotos gesehen, also weißt du bereits, dass er dir Sachen verheimlicht, einen großen Teil seiner Vergangenheit verschwiegen und dich über seine Biografie belogen hat. Wenn er gezahlt hat und du frei bist, kannst du ihn nach Carla fragen.«

»Wollen Sie damit sagen, dass Carla etwas Schlimmes zugestoßen ist?«

»Ich will sagen, dass sie zur Belastung für ihn wurde. Sie war eine sehr schöne Frau, die die Aufmerksamkeit vieler Männer auf sich zog, und von allen wählte sie deinen Vater, doch sie war kein glücklicher Mensch. Alles, was sie von ihm wollte, waren Kinder, doch die kamen nicht.«

»Was ist mit Carla geschehen?«

»Sie war depressiv. Er brachte sie ins Verhörzentrum in Osasco, wo man sie einer elektronischen Schockbehandlung unterzog. Danach konnte sie nur noch stumpf vor sich hin vegetieren und wurde in eine Irrenanstalt gebracht, wo sie den Rest ihrer Tage verbrachte.«

»Das kann ich nicht glauben.«

»Du meinst, du willst es nicht glauben.«

»Warum haben meine Tanten und Onkel nie etwas davon erzählt?«

»Dein Vater hat dafür gesorgt, dass sie es alle sehr bequem haben.«

»Sie erzählen mir, dass er ein Monster ist.«

»Ich erzähle dir nur, was ich weiß.«

»Und was versprechen Sie sich von der ganzen Aktion?«

»So viel Geld, wie wir kriegen können.«

»Wofür?«

»Deinem Vater haben wir erzählt, dass wir in das Drogengeschäft zur Weltmeisterschaft einsteigen wollen, aber er glaubt uns nicht. Er weiß, dass das unmöglich ist. Wir sind zu spät dran und haben nicht genug Schlagkraft«, sagte der Mann. »Wir wollten ihm nicht erzählen, was wir wirklich vorhaben, denn das könnte er mit all seinen Beziehungen noch verhindern.«

»Und wofür wollen Sie das Geld?«, fragte Sabrina.

»Wir planen die Revolution«, sagte er. »Das reichste eine Prozent hat mehr Einkommen als die ärmsten fünfzig Prozent. Diesen Missstand kann man nur radikal beseitigen, aber dafür brauchen wir Geld. Wir haben zehn Millionen von deinem Vater verlangt.«

»Niemand hat zehn Millionen einfach so rumliegen.«

»Wie viel hat dein Vater denn ... einfach so rumliegen?«

Sie zuckte mit den Schultern. Sie hatte keine Ahnung. »Und wer hat mir das angetan?«, fragte sie und betastete den Verband auf ihrem Ohr.

»Um diese Entführung durchführen zu können, mussten wir

uns mit einer der großen Gangs zusammentun. Deswegen wirst du in einer No-go-Area festgehalten, damit wir keinen Ärger mit der Polizei kriegen und die Nachbarn sich raushalten.«

»Wie sehr vertrauen Sie den Leuten, die mich gefangen halten?«

»Warum fragst du?«

»Sie kennen sie nicht, oder?«

»Sie haben Verbindungen zu der großen Gang, mit der ich zu tun habe. Wenn ich kein Geld kriege, kriegen sie auch kein Geld, was bedeutet, dass die Leute, die dich bewachen, keinen Cent bekommen«, sagte der Mann. »Glaub mir, sie werden nichts tun, wodurch sie sich den Zorn des Mannes zuziehen, mit dem ich rede.«

»Glauben Sie?«

»Die Vergeltung wäre furchtbar«, sagte er, und ihre Blicke trafen sich. Seine Augen waren stechende Punkte in den Öffnungen der Sturmhaube.

Sie schwiegen. Sabrina blickte von der verschmutzten Matratze zu ihm auf. Er war gebildet, das hörte sie an seiner Sprache, und er wirkte intelligent. Aber seit sie die Verstümmelung erlitten hatte, hatte sie eine innere Härte entwickelt, an die sie sich jetzt klammerte.

»Woher weiß ich, dass Sie diesen ... ganzen Mist nicht bloß erfunden haben, weil Sie Informationen von mir wollen?«

»Du hast die Fotos gesehen. Allein diese Aufnahmen beweisen, dass er nicht ganz ehrlich zu dir war. Frag ihn selbst, wenn wir dich freigelassen haben: Wer war Hauptmann João Figueiro? Seine politischen Ansichten kennst du ja schon. Weißt du, wie viel er für den Wahlkampffonds der Rechten gespendet hat?«

»Ich will es nicht wissen.«

»Fast zwei Millionen *reais*, und er kann für die nötigen Stimmen in São Paulo, Paraná, Santa Catarina und Rio Grande do Sul sorgen. Wenn die Rechte an die Macht kommt, hat er ein paar Schulden zu begleichen, und je größer der Petrobras-Skandal wird, desto enger wird die Wahl ausgehen.«

Sabrina starrte auf einen runden rostfarbenen Fleck auf der Matratze und überlegte, ob sie dem Mann glaubte und wie viel sie ihm enthüllen sollte.

»Ich glaube, er bewahrt Geld in dem Haus am Praia de Tabatinga auf«, sagte sie schließlich.

»Wie viel?«

»Ich weiß es nicht. Keine zehn Millionen Dollar. Vielleicht ein paar Hunderttausend.«

»Wo hast du es gesehen, und wie sah es aus? Größenordnung ... Stückelung der Geldscheine. Dollar oder *reais*?«

»Er hat in seinem Schlafzimmer einen Safe unter dem Bett«, sagte sie. »Eines Nachts kurz nach dem Tod meiner Mutter, als ich nicht allein sein wollte, habe ich gesehen, dass in seinem Zimmer noch Licht brannte. Als ich hereinkam, war das Bett zur Seite geschoben, vier Bodenfliesen waren herausgenommen und an die Wand gelehnt. Der Safe war offen, und ich habe Geldbündel gesehen, aber ich ...«

»Welche Farbe hatten die Scheine? Blau oder grün?«

»Grün, also müssen es Dollar gewesen sein. Ich kann mich nur noch bruchstückhaft erinnern.«

»Wie groß ist der Safe?«

»Nicht riesig, vielleicht ein Meter mal ein Meter fünfzig.«

»Enthielt er noch etwas anderes außer Geld?«

»Auf dem Boden waren kleine braune Päckchen verteilt. Ich weiß nicht, was das war«, antwortete sie. »Als mein Vater mich bemerkt hat, ist er nicht direkt wütend geworden, aber er hat mir sehr entschieden erklärt, ich solle wieder in mein Zimmer gehen, weil das nicht für meine Augen bestimmt sei, und vergessen, dass ich es je gesehen hatte.«

»Wie kommen Sie darauf, dass ich Leonardo wegbringen und wie einen Hund erschießen würde?«, fragte Boxer mit ausdrucksloser Miene, ohne Emotion, nicht einmal mit der Andeutung eines Stirnrunzelns.

»Vergessen Sie's. Das hatte nichts zu bedeuten«, sagte Melo. »Ich war wütend.«

»Ein bisschen so wie gestern, als Sie gesagt haben, Sie würden sich mit diesen Leuten anfreunden, das Brot mit ihnen brechen und sie dann alle umbringen lassen?«

»Ich bin impulsiv. Ich bin spontan. Mir kommt irgendwas in den Sinn, und ich sage es. Sie sollten da nicht zu viel hineindeuten.«

Aber warum hatte er das gerade zu ihm gesagt?, fragte sich Boxer.

»Es ist jetzt zwei Stunden her«, sagte Melo, stand hinter seinem Schreibtisch auf und legte die Hände flach auf die Platte, um den Themenwechsel deutlich zu machen. »Was ist verdammt noch mal los?«

»Sie revanchieren sich«, sagte Boxer.

»Wie meinen Sie das?«

»Sie sind in den Busch gefahren, um Sie anzurufen, weil sie wussten, dass sie den Anruf orten können und auch die Mittel haben, Maßnahmen anzuordnen«, sagte Boxer. »Das Sondereinsatzkommando hat sie nicht erwischt, aber die Gang muss den Helikopter gehört haben. Sie haben die Abmachung gebrochen. Die Entführer haben gesagt, keine Polizei, keine Hubschrauber ...«

»Ich kann immer noch nicht glauben, dass man Julião Gonçalves gefunden hat«, sagte Melo kopfschüttelnd in dem Versuch, Boxer von seiner Verantwortlichkeit für den Helikopter abzulenken. »Was glauben Sie, was das zu bedeuten hat? Ist Ihnen so etwas schon mal begegnet?«

»Nein«, sagte Boxer ausdruckslos, suchte nach einem Anzeichen für Aufrichtigkeit bei Melo und fand nichts. »São Paulo ist surreal. Hier könnte so ziemlich alles passieren.«

»Aber warum fährt man mit einem Toten im Kofferraum durch die Gegend?«

»Konzentrieren wir uns lieber auf Sabrinas Entführung.«

Und als hätte es auf die Nennung ihres Namens gewartet, klingelte in diesem Moment das Telefon.

»Behalten Sie immer unsere Strategie im Blick«, sagte Boxer. »Wir wollen versuchen, einen Deal mit den Leuten zu machen, die Sabrina tatsächlich in ihrer Gewalt haben.«

Melo drückte wütend auf das Display.

»Wir hatten eine Abmachung«, sagte die Stimme. »Keine Polizei oder Hubschrauber. Sie haben einen Helikopter losgeschickt. Dafür müssen Sie zahlen. Jetzt wollen wir hundertfünfzigtausend Dollar.«

»Helikopter?«, fragte Melo und zog für Boxer ein überraschtes Gesicht. »Ich habe keinen Helikopter losgeschickt.«

Die erste offene Lüge gegenüber den Entführern. Boxer entging es nicht.

»Lügen Sie uns nicht an, Senhor Melo.«

»Ich lüge nicht. Ich gebe zu, ich habe den Anruf orten lassen, aber als Sie gesagt haben, keine Hubschrauber, habe ich meinen Männern gesagt, sie sollen am Boden bleiben. Ich würde nicht riskieren, dass meiner Tochter ein Leid angetan wird«, sagte Melo. »Lassen Sie mich kurz nachfragen, ob zu der Zeit ein Polizeihubschrauber in der Gegend war. Warten Sie einen Moment.«

Er stellte den Anruf auf Halten und klickte sich durch verschiedene Nachrichtensender. Dann kamen die Koordinaten von der ABIN, und er überprüfte sie auf einer Karte. Der Anruf kam aus dem Distrikt Sapopemba, einem der am dichtesten besiedelten Viertel in ganz São Paulo. Er wies das Einsatzkommando an, nichts zu unternehmen.

»Wenn Sie einen Internetzugang haben, können Sie in den Nachrichten auf R7 sehen, dass ein Hubschrauber auf der Rodovia Régis Bittencourt einen Wagen gestoppt hat. Vier Männer wurden erschossen, und im Kofferraum des Wagens hat man Julião Gonçalves gefunden. Das muss der Einsatz gewesen sein, den Sie gehört haben.«

»Ich habe es gelernt. Was Sie gesehen haben, waren vierzig Jahre Erfahrung in Aktion. Manchmal habe ich um mein Leben, meine Zukunft, um alles verhandelt, und ich bin jedes Mal gut rausgekommen.«

»Erinnern Sie mich daran, nicht mit Ihnen zu pokern.«

»Ich habe gehört, darin seien Sie auch ziemlich gut.«

»Das bedeutet wahrscheinlich, dass Sie Bruno Dias kennen.«

»Das tue ich, aber warum sagen Sie das?«

»Sie haben namentlich nach mir gefragt, als Ihre Versicherung Kontakt zu GRM aufgenommen hat. Ich habe trotz des Ausgangs des Auftrags, den ich für ihn erledigt habe, eine sehr gute Beziehung zu Bruno Dias. Er hat mich weiterempfohlen.«

»Ich habe von seiner Tochter Bianca gehört«, sagte Melo. »Ich habe gehört, dass sie von einer dreiköpfigen Bande entführt wurde. Zwei Männer wurden gefasst und ins Gefängnis geschickt, wo sie nicht lange durchgehalten haben. Das PCC hat wenig Sympathien für Leute, die Frauen angreifen. Angeblich werden sie in einem extra Käfig gehalten, bekommen reduzierte Essensrationen, dürfen sich nicht waschen oder medizinisch behandeln lassen, und hin und wieder wird einer von ihnen getötet, um ein Exempel zu statuieren. Die beiden, die für Biancas Entführung verantwortlich waren, haben keine drei Monate durchgehalten. Ich habe gehört, der dritte Täter konnte entkommen ... und wurde in Lissabon tot aufgefunden.«

Melo saß mit gefalteten Händen auf der Ecke seines Stahlschreibtischs und sah Boxer bohrend an, der den Blick unnachgiebig erwiderte.

»Bruno hat erwähnt, dass Sie ein Pokerspieler sind«, sagte Melo nach einer Weile und ließ den Satz in der Luft hängen.

»Meine Tochter sollte mit mir nach Lissabon kommen, doch sie hat mich versetzt. Sie dachte, ich würde ohnehin bloß die ganze Zeit im Casino hocken und Karten spielen«, sagte Boxer. »Seitdem hält Bruno mich für einen passionierten Pokerspieler.«

»Ich habe gehört, er hat Ihnen Büros in London eingerichtet.«

»Nicht mir, sondern einer wohltätigen Organisation zum Aufspüren von Vermissten namens LOST.«

»Ja, jetzt erinnere ich mich. Die wohltätige Organisation, die sich durch Spenden zufriedener Kunden finanziert«, sagte Melo.

»Wieso haben Sie namentlich nach mir gefragt, obwohl GRM einige der besten Kidnapping-Consultants weltweit unter Vertrag hat?«

»Ich rede immer mit Menschen, bevor ich einen Auftrag vergebe.«

»Und was hat Bruno Dias Ihnen erzählt, das den Ausschlag gegeben hat?«, fragte Boxer. »Wie Sie wissen, hat der Auftrag in einem Desaster für Bianca geendet.«

»Das war nicht Ihre Schuld.«

»Wenn man mit einer Entführung zu tun hat, ist man für alles verantwortlich.«

»Bruno hat mir erzählt, dass Sie einen brillanten Job gemacht und außerdem einen ganz besonderen Service für ihn erledigt haben.«

»Es stand ihm nicht zu, Ihnen das zu erzählen.«

Das Telefon klingelte. Sie verließen den Tresorraum. Melo nahm ab. Boxer skizzierte die Strategie an der Tafel in Melos Blickfeld.

»Perdita«, sagte die Stimme. »Wir haben mit Ihrer Tochter gesprochen ... ihr eine Geschichtsstunde erteilt.«

»Die braucht sie nicht«, erwiderte Melo. »Sie hatte immer gute Noten in Geschichte.«

»Ich meine *Ihre* Geschichte«, sagte die Stimme. »Sie hatte noch nie von Carla gehört.«

Schweigen. Melos Augen weiteten sich, und er presste die Lippen aufeinander. Er blickte auf den Computer, wo die Koordinaten des georteten Handys aufleuchteten. Der Anrufer befand sich in einer Shoppingmall in der Innenstadt.

»Was wissen Sie über Carla?«, fragte Melo.

»Was wir bei einem Blick in die Akten der Nationalen Wahrheitskommission herausgefunden haben«, sagte die Stimme. »Ihre Tochter war sehr empfänglich – so empfänglich, dass sie uns erzählt hat, wo Sie Ihr Geld und Ihre Diamanten aufbewahren.«

»Sie meinen den Fußbodensafe in Tabatinga? Den benutze ich schon seit drei Jahren nicht mehr. Ich bin das Geld losgeworden, habe die Diamanten verkauft. Damals habe ich noch anders gearbeitet.«

»Sie sind das Geld losgeworden?«

»Ich hatte da drin hundertfünfzigtausend Dollar und eine halbe Million *reais*. Davon habe ich mir ein Boot gekauft. Es liegt in Tabatinga. Ich kann Ihnen das Datum auf der Rechnung zeigen«, sagte Melo. »Sie können das Boot haben. Es ist kein schlechtes Boot, aber der Markt ist am Boden. Wenn Brasiliens Wirtschaft eine Flaute hat, sinkt der Wert von Booten. Sie kennen ja die Redensart ›Ein Boot zu besitzen ist, als würde man kalt duschen und Hundert-Dollar-Scheine zerreißen.‹«

»Ich will Ihr Scheißboot nicht«, sagte die Stimme.

Boxer schrieb in Großbuchstaben auf die Tafel: »NICHT SO SELBSTBEWUSST. ZEIGEN SIE MEHR ANGST.«

Melo saß auf der Schreibtischkante, blickte in den Tresorraum, nickte und ließ lächelnd die Beine baumeln. »Was wollen Sie denn?«, fragte er. »Ich kann das Boot verkaufen.«

»Hören Sie auf mit dem Scheißboot«, sagte die Stimme. »Ich gebe Ihnen eine letzte Chance, das verlangte Lösegeld aufzubringen ...«

»Es hat sich nichts geändert. Um die Summe aufzubringen, die Sie verlangen, brauche ich Zeit. Entweder Sie akzeptieren das, oder Sie zeigen Bereitschaft, sich mit weniger zu begnügen. Deutlich weniger.«

»Es hat sich sehr wohl etwas verändert. Ihre Beziehung zu Ihrer Tochter wird nie wieder so sein wie vorher. Sie weiß jetzt, dass Sie der Typ Mann sind, der eine unbequeme Frau wegschaffen und zu einem abgestumpften Wrack machen lässt.«

Melos Beine hörten auf zu baumeln, und Wut verzerrte sein

Gesicht. Boxer packte seine Schultern, sah ihm in die Augen, schüttelte den Kopf und zeigte auf die Tafel, wo er geschrieben hatte: »Sie wissen nicht, wo Sabrina sich zurzeit aufhält.«

»Ich war immer verhandlungsbereit«, sagte Melo mit ruhiger Stimme und mordlustiger Miene. »Ich warte nur darauf, dasselbe von Ihnen zu hören. Bis jetzt haben Sie mir nur gezeigt, wie brutal Sie sein können, indem Sie meine Tochter verstümmelt haben, wie zersetzend Sie sein können, indem Sie Lügen in ihren Kopf pflanzen, und dazu das Fehlen jeglicher Bereitschaft, Geschäfte zu machen.«

»Wir werden zehn Millionen Dollar für die Freilassung Ihrer Tochter akzeptieren.«

»Ich habe Ihnen gesagt, dass ich die nicht habe«, erwiderte Melo müde. »Ich kann Ihnen das Geld besorgen, aber das braucht Zeit. Wenn Sie das nicht akzeptieren können, müssen Sie Ihre Preisforderung senken.«

»Auf was? Fünf Millionen?«

»Nein, das dauert genauso lange wie zehn Millionen«, sagte Melo.

»Was können Sie mir bis heute Abend besorgen?«

»Hunderttausend.«

»Das ist ein Fortschritt gegenüber den fünfundsiebzigtausend, die Sie mir zuerst angeboten haben«, sagte die Stimme. »Es gibt also mehr. Sie können immer mehr auftreiben.«

»Ich kann nur verhandeln, wenn Sie sich den Realitäten stellen.«

Die stumme Frustration am anderen Ende war mit Händen zu greifen. »Fünfhunderttausend«, sagte die Stimme.

»Hundertfünfundzwanzig«, erwiderte Melo und zog die Brauen hoch.

»Hören wir auf, Spielchen miteinander zu spielen. Sagen Sie mir, was Sie zu zahlen bereit sind.«

»Jetzt? Heute Abend? Für ihre Freilassung? Zweihundertfünfzigtausend.«

»Ich akzeptiere vierhunderttausend.«

»Machen wir dreihundertfünfzig draus, und wir haben einen Deal«, sagte Melo.

»Ich melde mich dann mit den Details für die Übergabe«, sagte die Stimme und beendete das Gespräch.

Melo saß da und starrte ungläubig auf das Telefon. »Wer hätte das gedacht?«, sagte er.

»Er hat Ihre Tochter getroffen. Sie haben eine Beziehung entwickelt«, erklärte Boxer. »Er ist menschlicher geworden, was es ihm schwerer macht, ihr oder Ihnen zu drohen.«

»Das heißt, wir haben ein Problem«, sagte Melo und ging durch sein Arbeitszimmer zum Gemälde einer Frau mit schwarzem Pagenschnitt und roten Lippen, die in den Raum starrte. Melo betrachtete sie mit zur Seite geneigtem Kopf.

»Was?«

»Das ist ein Bild von Lasar Segall«, sagte Melo. »Ich habe es gekauft, weil die Frau aussieht wie Carla. Eine schöne Frau, finden Sie nicht?«

Erstaunt über Melos Abschweifung beobachtete Boxer, wie der Brasilianer tief einatmete, als er sich an die Vergangenheit erinnerte.

»Es ging ihr nicht gut«, sagte Melo. »Ich meine, psychisch. Sie war Ende zwanzig, als es anfing. Sie kam einfach nicht mit dem Leben klar, war ständig von Emotionen überwältigt … empfand zu viel, hatte Selbstmordgedanken. Sie hat es mit Medikamenten versucht, aber die waren damals noch ziemlich primitiv und hatten zahlreiche Nebenwirkungen. Irgendwo hatte sie über Elektroschockbehandlungen gelesen, die die Symptome angeblich lindern konnten. In einem der Zentren gab es einen Psychologen, zu dem ich sie gebracht habe. Die Behandlung hat funktioniert. Sie war zum ersten Mal seit Jahren ruhig, aber sie war weg, verschwunden. Zumindest teilweise. Ich konnte ihr in die Augen blicken und spüren, dass sie da war und mir vom Grund eines tiefen Brunnens zuwinkte. Später gab es dann gar kein Wiedererkennen mehr. Ich habe sie in einem Heim untergebracht, in dem man sich um sie gekümmert hat, bis sie mit Anfang dreißig gestorben ist ... an Brustkrebs.«

»Das tut mir leid«, sagte Boxer, der keinen Kratzer in der Aufrichtigkeit des Mannes erkennen konnte, außer dass er nicht erwähnt hatte, um was für Zentren es sich gehandelt hatte. »Warum sollte das in den Dokumenten der Nationalen Wahrheitskommission auftauchen?«

»Jeder, der in diese Zentren gekommen ist ...«

»Was für Zentren?«

»Verhörzentren. In denen regierungsfeindliche Aktivisten festgehalten und befragt wurden.«

»Und *dorthin* haben Sie Ihre Frau gebracht?«

»Die Ärzte waren hochqualifiziert, die besten in Brasilien. Sie hätte nirgendwo anders eine bessere Behandlung bekommen.«

»Und Sie kannten die Leute, die diese Zentren geleitet haben?«

»Vielleicht sollten wir uns auf das anstehende Problem konzentrieren«, sagte Melo mit einer wegwischenden Handbewegung. »Wir haben einen alternativen Deal ... einen besseren Deal. Was wollen wir jetzt machen?«

»Aber Sie haben die Vereinbarung mit den Leuten, die Sabrina gefangen halten, doch schon bestätigt«, sagte Boxer. »Sie haben diese Entscheidung spontan während der Verhandlung getroffen. In Anbetracht der Tatsache, dass diese Leute Sabrina in ihrer Gewalt haben, war es keine schlechte Entscheidung, aber sie umfasst eine Waffenlieferung, was gefährlich ist. Ich schätze, dass sie Sabrina mittlerweile verlegt haben, sodass die führende Gang nicht mehr weiß, wo sie sich aufhält. Es wäre *keine* gute Idee, jetzt die Pferde zu wechseln. Die führende Gang kann Sabrina nicht ohne Weiteres zurückverlangen. Sie müsste sie zunächst finden und dann eine größere Schlacht anzetteln, um sie wieder in ihre Gewalt zu bringen. Für die Sicherheit Ihrer Tochter wäre es besser, die beiden Banden voneinander getrennt zu halten, was bedeutet, dass wir schnell und entschlossen vorgehen müssen. Wir sollten die Waffen und das Geld besorgen, die Übergabe durchziehen und Sabrina nach Hause holen.«

Boxer sah, dass Melo ihm nicht mehr zuhörte, sondern intensiv grübelnd auf den Boden starrte und immer wieder die Faust ballte, während er seine Optionen sortierte.

»Was, wenn wir der ursprünglichen Gang sagen, dass die Leute, die Sabrina gefangen halten, versucht haben, einen Deal mit uns zu machen?«, fragte Melo. »Ich glaube, das PCC könnte ohne größere Schwierigkeiten herausfinden, wo sie sich verstecken. Auf uns wirken die Favelas undurchdringlich, aber für das PCC sind sie bloß ein Netz von Informanten, die sich gerne einschmeicheln würden. Wir könnten denen erzählen, dass wir eine Abmachung getroffen haben, bei der es auch um Waffen ging, mit denen die Bande sich gegen das PCC erheben wollte. Es würde eine Schlacht geben, die das PCC gewinnen würde, weil unsere Waffen noch nicht eingetroffen sind.«

»Das würde Sabrina in einem beträchtlichen Maße gefährden«, sagte Boxer, während er gleichzeitig Melos Fähigkeit bewunderte, die Richtung seines Denkens von einem Moment auf den nächsten zu wechseln. »Ich bin nicht damit einverstanden, aber ich kann es mit dem Einsatzleiter in London besprechen, wenn Sie möchten.«

»Tun Sie das.«

Brandnarben-Boy hatte den Raum verlassen. Mehr als ein Dutzend Männer lungerten herum, rauchten Zigaretten und Joints und tranken Bier. Sie warfen nur gelegentlich Blicke in ihre Richtung – bis auf Bauchnabel-Boy, der auf der anderen Seite des Raumes stand und sie eindringlich anstarrte, selbst als die anderen Männer ihn deswegen aufzogen. Er hatte immer noch die Pistole, deshalb hänselten sie ihn nur verhalten, aus Angst vor ihm und seinem Ruf von Unberechenbarkeit und extremer Brutalität.

Die Tür ging auf. Alle Köpfe wandten sich einem untersetzten Mann in einem grauen T-Shirt zu. Er hatte einen kahl rasierten Schädel und Tätowierungen an beiden Armen und am Hals, jedoch ein glattes Gesicht mit hohen Wangenknochen und hellblauen Augen. Er stand in der Tür, stieß den Unterleib vor und hielt eine Plastiktüte mit weißem Pulver hoch. Jubel und Hochrufe für *O Polacinho* brachen aus. Für den kleinen Pfahl.

»Nur das Beste«, verkündete er. »Rein. Unverschnitten. Direkt vom Nachmittagszug aus Porto Velho.«

Musik wurde eingeschaltet, eine Glasscheibe aufgetrieben, Lines wurden ausgelegt. Sie zogen sich das Kokain in die Nase, johlten und hüpften mit baumelnden Armen auf und ab. Nur Bauchnabel-Boy rührte den Stoff nicht an. Und niemand bot ihm etwas an, als wüssten alle, dass sie damit etwas Traumatischens auslösen könnten.

O Polacinho sah Sabrina mit ihrer zugeklebten Schutzbrille auf dem Boden sitzen. Sie starrte nach oben und wendete den Kopf, als könnte sie durch die Spalten zwischen dem Klebeband irgendetwas sehen. Er ging zu ihr und stieß sie mit seinem Turnschuh an.

»Willst du auch was?«

»Was ist es denn?«

»Kokain. Bolivianisches. Das beste.«

»Ich nehme keine Drogen.«

»Du solltest es mal probieren«, sagte er, hockte sich neben sie und berührte ihr Knie. »Du weißt ja nicht, was du verpasst.«

»Die Leute, die ich kenne, die Kokain nehmen, dachten auf Droge immer, sie wären total interessant, dabei haben sie immer das Gleiche geredet und waren bloß dumm und stinklangweilig.«

»Habt ihr das gehört?«, fragte *O Polacinho*. »Wir reden immer das Gleiche und sind dumm und stinklangweilig.«

Die Männer scharten sich um sie und blickten auf Sabrina in ihrem kurzen Rock und dem schmutzigen T-Shirt herab. Alle keuchten unter dem Kick der Droge, einige machten roboterartige Hip-Hop-Tanzbewegungen, andere hüpften oder rannten auf der Stelle, sodass ihre weiten Unterhemden um ihre dünnen gelben Leiber schlackerten.

»Vielleicht sollten wir ihr zeigen, wie aufregend wir sein können«, sagte einer. »Wenn ihr wisst, was ich meine.«

Alle lachten über seine übertrieben angedeuteten Beckenstöße.

»Hey, du Schlampe, wie wär's mit ein bisschen hiervon«, sagte ein anderer Typ, drängelte sich vor und packte mit einer Hand seine Genitalien.

»Du bist zu mickrig für sie, Bruder ...«

»Ich weiß nicht ... irgendjemand hat gesagt, sie ist noch Jungfrau. Wer war das?«

»*O Queimado*«, rief jemand von hinten. Brandnarben-Boy.

»Wenn *O Queimado* es gesagt hat, ist es wahr.«

»Schon mal eine gesehen, Bruder?«

»Eine Jungfrau? Noch nie. Nein, das stimmt nicht. Auf den Wagen beim Karneval hab ich welche gesehen.«

Alle lachten.

»Wisst ihr, vielleicht überlebt sie die Nacht nicht«, sagte *O Polacinho*. »Denn es wird bestimmt keine stille Nacht. Womöglich wird sie von einer verirrten Kugel getroffen. Und was dann?«

»Sie kann nicht als Jungfrau sterben. Das dürfen wir nicht zulassen. Das ist gegen unsere Regeln.«

Sabrina war am ganzen Körper in Schweiß gebadet, obwohl ihr innerlich eiskalt war. Die Luft ächzte unter zu viel Testosteron, der Geruch durchdringender als Katerpisse. Sie drückte sich an die Wand, riss sich, unfähig, ihre hilflose Verletzlichkeit noch länger zu ertragen, die Schutzbrille vom Gesicht und schleuderte sie auf die drängende Meute.

»Rührt mich nicht an«, zischte sie.

Alle lachten.

»*A gatinha rica* hat Zähne und Krallen.«

»Jetzt können wir dich nicht mehr laufen lassen«, sagte *O Polacinho* mit einer Miene gespielten Bedauerns. »Du hast uns alle gesehen.«

»Und nachdem sie uns jetzt gesehen hat, wen von uns findet sie am süßesten ... als Ersten?«

Weiteres Gelächter. Bierflaschen wurden herumgereicht.

»*Mais neve, O Polacinho. Queremos mais neve!*« Mehr Schnee, wir wollen mehr Schnee.

»Ihr hattet genug Schnee«, sagte *O Polacinho*. »Wenn ihr noch mehr nehmt, fahrt ihr aus der Haut.«

Die Runde wurde wilder. Die Musik wurde aufgedreht. Eine Flasche zerbrach auf dem Boden. Irgendjemand fiel. Zu dem Bier kam Blut. Es hatte einen seltsamen Effekt auf die rasenden Männer, als würde es sie daran erinnern, was ihnen bevorstand.

»Nehmen wir sie!«, erhob sich der Ruf.

»Wer darf zuerst?«

»Ich will nicht nach *Calao*, er hat Filzläuse.«

Sie stürzten sich auf sie, fünf Typen. Sabrina trat nach ihnen aus, doch sie hatten schnell ihre Beine gepackt und sie umgedreht, sodass sie, das Gesicht auf den Boden gepresst, die Augen weit aufgerissen, vor ihnen kniete. Einer der grinsenden Typen kniete sich hinter sie, ließ seine Hose herunter und streifte mit neckenden kleinen Zupfern ihren Slip ab. Das Gejohle wurde lauter.

KAPITEL SIEBZEHN

26. April 2014, 19.30 Uhr
Melos Haus, Jardim Europa, São Paulo, Brasilien

»Mit einem Typen wie Melo und ohne Krisenmanagementkomitee stehst du immer auf verlorenem Posten«, sagte Roger Fallon, der Einsatzleiter von GRM. »Es war von Anfang an klar, dass er die Verhandlung führen würde und du mit seinen Entscheidungen würdest leben müssen.«

»Hast du eine Verbindung zwischen Julião Gonçalves und der politischen Partei *Poder ao Povo* entdeckt?«

»Seinen Bruder Roberto, aber wir wissen nicht, wo er ist.«

»Rulfo hat gesagt, er würde eine Gruppe von Exilbrasilianern in London anführen.«

»Die britische Grenzbehörde hat kein Dokument seiner Einreise.«

»Vielleicht sollten wir das Entführungsdezernat der Met informieren.«

»Wenn er sich nicht in Großbritannien aufhält, können sie auch nicht viel machen.«

»Es wäre hilfreich, wenn sie zumindest herausfinden könnten, wo er wohnt.«

»Was könnte er uns schon erzählen, nachdem Sabrina sich gar nicht mehr in der Gewalt der ursprünglichen Bande befindet? Konzentrieren wir unsere Kräfte auf die reale Situation.«

»Konntest du verifizieren, ob Melo eine Vergangenheit als Hauptmann João Figueiro bei der Armee in Diensten der *Delegacia de Ordem Social* hat?«

»Ein Freund von mir in der brasilianischen Botschaft ist an der Sache dran.«

»Und sie wissen, dass Melos Tochter entführt wurde?«

»Ja, das ist ihnen bekannt.«

»Was ist mit dem Deal, um sie zurückzubekommen? Lösegeld plus Waffen?«

»So weit sind wir noch nicht gekommen«, sagte Fallon. »Was glaubst du, warum Melo nach dem letzten Gespräch mit der ursprünglichen Bande ins Schwanken geraten ist?«

»Wegen des Geldes. Die erste Gang hat ihm ein besseres Angebot gemacht«, sagte Boxer. »Melo ist ein Typ, der bis an den Rand des Abgrunds verhandelt, obwohl er weiß, dass er einen Tresorraum voller Bargeld hat. Irgendwas stimmt bei ihm im Kopf nicht.«

»Was ist mit der Geschichte seiner ersten Frau?«

»Sie hatte keinen Riss, andererseits habe ich auch bei seiner Verhandlung mit den Entführern keinen Riss erkannt. Er hat sich selbst von der Wahrheit seiner eigenen Erzählung überzeugt. Ich meine, wer würde seine Frau zu einer psychiatrischen Behandlung in ein Verhörzentrum bringen … entschuldige, lass uns offen sein, in ein *Folter*zentrum?«

»Wir wissen nicht, was Ende der Sechziger in dem Land los war. Es ist durchaus möglich, dass die besten Psychologen im Auftrag der Regierung in Verhörzentren gearbeitet haben. Die meisten Vernehmungstechniken, die der britische Geheimdienst den Brasilianern beigebracht hat, waren psychologischer Natur. Wir haben sie jedenfalls nicht in der Bedienung von Streckbank und Brandeisen unterrichtet.«

Boxer lehnte sich auf seinem Stuhl zurück und starrte auf den Computer, über den er per Skype telefonierte.

»Kommst du mit der Situation einigermaßen zurecht?«

»Ja. Ich muss ihn ja nicht mögen. Meine Sorge gilt allein Sabrina und ihrer sicheren Rückkehr. Aber ich fange an, mich zu fragen, ob es eine gute Idee ist, sie zu diesem Monster nach Hause zu bringen.«

»Nach dem, was du erzählt hast, hat sie in der Gefangenschaft ein paar erschütternde Wahrheiten erfahren …«

»Mir wäre es lieber gewesen, wenn wir uns weiter an die erste Entführerbande gehalten hätten. Der wortgewandte Typ, der mit dem PCC zusammenarbeitet und sie getroffen hat, ist menschlicher geworden. Diese andere Truppe könnte genauso gut ein Haufen Irrer sein. Ich meine, wahrscheinlich sucht man sich zur Bewachung von Geiseln die Geringsten der Geringen. Schon um die Kosten niedrig zu halten. Und jetzt sieht es so aus, als müssten wir mit denen Geschäfte machen. So wie sie den Anruf aus dem Busch organisiert haben, sind sie außerdem offensichtlich nicht dumm.«

»Die haben Sabrina garantiert verlegt.«

»Und wenn wir der ersten von der PCC unterstützten Gang mitteilen, dass die Bande, die ihre Geisel festhält, sich selbstständig gemacht hat, gibt es ein Blutbad.«

»Wie soll das mit den Waffen ablaufen?«

»Er hat schon mit einem Lieferanten gesprochen«, antwortete Boxer. »Für einen Senator kennt er ein paar ziemlich zwielichtige Typen. Sie haben eine Abmachung aufgesetzt, der Melo nur noch endgültig zustimmen muss. Er macht so was garantiert nicht zum ersten Mal.«

»Wenn er Abholzungen im Regenwald des Amazonas geleitet hat, musste er seine Arbeiter permanent beschützen lassen.«

»Genau. Er hat eine fünfzehnjährige Lehre hinter sich, wie man ein absoluter Dreckskerl ist«, sagte Boxer. »Wie werden die Behörden darauf reagieren, wenn bekannten Kriminellen Waffen in die Hände gegeben werden?«

»Sie sind bestimmt nicht begeistert, aber was das PCC angeht, sind sie mit ihrem Latein am Ende. Privat und inoffiziell könnten die Präsidentin sowie die meisten ihrer Minister sogar ganz froh sein, dass das PCC sich einer Herausforderung stellen muss, die nicht von Regierungsseite ausgeht und deshalb nicht zu einem Stillstand der Finanzmetropole führen wird.«

»Und was ist mit der Forderung, erst die Waffen und dann das Geld zu liefern?«, fragte Boxer. »Ich kann verstehen, dass sie in Vorbereitung eines Angriffs auf das PCC bewaffnet sein wollen. Vielleicht erwarten sie auch einen Ansturm. Dann wäre mir noch unwohler bei dem Gedanken, dass Sabrina mittendrin steckt. Mir wäre es sehr viel lieber, Waffen und Geld zusammen abzuliefern und Sabrina in einer statt in zwei Übergaben zurückzubekommen.«

»Dann besteh darauf. Zwei Übergaben gefallen mir auch nicht«, sagte Fallon. »Das ergibt keinen Sinn. Es ist beinahe so, als wollten sie aufrüsten, bevor sie mit einer höheren Lösegeldforderung zurückkommen.«

Nach ein paar Minuten lockeren Geplauders mit Fallon, der seine Leute fast immer aufzumuntern wusste, beendete Boxer das Gespräch und lehnte sich zurück. In seinem Zimmer war es wie im ganzen Haus still, drinnen die kühle klimatisierte Luft, draußen die drückende Hitze und eine Einsamkeit, wie er sie noch nie bei einem Auslandseinsatz empfunden hatte. Er klickte auf dem Computer ein Foto von Isabel an. Neben ihrem Bild loggte er sich bei Facebook ein, weil dort Alyshia, Isabels Tochter, die Jamie adoptiert hatte, immer die neuesten Fotos ins Netz stellte. Boxer starrte den glucksenden Kleinen an und empfand eine überwältigende Aufwallung von Liebe.

Er stand auf und betrachtete sich im Spiegel, sein Gesicht und seine Augen. In diesem Jahr war zu viel passiert, und er war trotzdem mit leeren Händen zurückgeblieben. Isabel war tot. Jamie war adoptiert worden. Conrad Jensen, der Mann, der sich als sein Vater offenbart hatte, war verschwunden.

Und in diesem Moment kam ihm die Erkenntnis. Als er gerade aufgehört hatte, über Melo nachzudenken, begriff er, was ihn an dem Mann so störte. Jedes Mal wenn er mit ihm zusammen war, wartete er auf die Wahrheit, weil er wusste, dass sie da war, aber Melo war nie ganz aufrichtig zu ihm. Das gleiche Problem hatte er mit Conrad Jensen. Alles an dem Mann ermutigte einen zu glauben – aber am Ende war trotzdem immer noch ein großer Vertrauensvorschuss notwendig. Würde er je erfahren, ob Jensen sein Vater war? Würde er je herausfinden, ob die rechtsextreme Splittergruppe innerhalb der CIA, von der er gesprochen hatte, real oder eine psychotische Wahnvorstellung war?

»Wer bin ich?«, fragte er sich, ein Gedanke, der laut herausgekommen war. »Wer verdammt noch mal *bin* ich?«

Er schlug mit der flachen Hand gegen die Wand und blickte noch einmal auf das Foto von Isabel, die ihn vom Bildschirm anlächelte. Die einzige Frau, die er je geliebt hatte, die einzige, die alles für ihn geworden war. Eine gewaltige Trauer wallte in ihm auf, und er brach zusammen. Es dauerte nicht lange, nur eine Minute, doch für den Großteil dieser Zeit schluchzte er unkontrolliert. Dann war es vorbei, und er kehrte zum Computer zurück, wo er sah, dass Alyshia ein neues Foto von Jamie gepostet hatte. Er klickte auf »Gefällt mir« und schrieb: »Ich vermisse ihn. Gib ihm einen Kuss von mir.« Er loggte sich aus, fuhr den Computer herunter, spritzte sich im Bad ein wenig Wasser ins Gesicht und machte sich auf die Suche nach Melo.

Die Korridore waren still. Weder das grüne noch das rote Licht vor Melos Büro brannten; er war offensichtlich nicht da. Boxer drehte sich um, als er quietschende Turnschuhe auf dem Marmorboden hörte. Es war der bewaffnete Riese, diesmal in einem knallpinken Ralph-Lauren-Polohemd.

»Haben Sie Senhor Melo gesehen?«, fragte ihn Boxer.

Und dann bemerkte er zum ersten Mal bei einer Person in der Villa einen Ausdruck von Misstrauen ihm gegenüber.

»Er kümmert sich um eine Angelegenheit«, sagte der Mann, wischte sich einen Schweißfilm und den Argwohn aus dem Gesicht und zeigte zur Tür.

Draußen parkte ein großer gepanzerter Geländewagen mit offener Heckklappe. Daneben stand Melo mit einigen seiner Sicherheitsleute, die gerade vier Kisten ausgeladen hatten. Mit einem Akkuschrauber öffnete einer von ihnen den Deckel der ersten Kiste. Sie enthielt die AK-47 und die M16. Die Sicherheitsleute inspizierten die Waffen und erklärten sie für einsatzbereit. Die zweite Kiste enthielt die Handfeuerwaffen und die beiden Maschinengewehre, die ebenfalls durchgecheckt wurden. In den beiden anderen Kisten befand sich die Munition zu den Waffen, die auch überprüft wurde, bevor das zweite Garagentor geöffnet wurde, um die vier Kisten hineinzutragen. Melo bat den Fahrer mit ins Haus und forderte Boxer auf, ihnen zu folgen.

Der Fahrer wirkte soldatisch, trug jedoch zivile Kleidung, weißes Hemd und eine schwarze Hose, die in schwarzen Schnürstiefeln steckte. Er hatte braunes pomadisiertes Haar und einen kurzen Schnurrbart, der in der Mitte von einem dicken, qualmenden Zigarrenstummel verdunkelt wurde. In der Hand hielt er eine offenbar schwere braune Papiertüte. Ohne seine forschen Schritte zu verlangsamen, warf er den Zigarrenstummel auf den Boden und drückte ihn mit dem Absatz eines Stiefels aus, bevor er das Haus betrat.

Der Tresor im Büro war wieder geschlossen, die Regale standen wieder an Ort und Stelle. Auf dem Tisch lag ein in Plastikfolie gewickelter Packen Geld. Der Mann, der die Waffen erworben hatte, nahm einen Geldscheinzähler aus der Papiertüte und stellte ihn auf den Schreibtisch.

Melo gab ihm das Geld, mit dem er die Maschine fütterte. Boxer behielt die Summe im Blick, weil er wissen wollte, wie viel es war: 127 800 Dollar. Der Mann wickelte das Geld wieder in die Plastikfolie, klebte sie zu und steckte den Packen Scheine sowie den Geldzähler in die braune Papiertüte. Dann schüttelte er Melos Hand und verließ den Raum.

»Der Einsatzleiter in London ist der Ansicht, dass wir uns um Sabrinas Sicherheit willen weiter an die abtrünnige Bande halten, jedoch versuchen sollten, die Übergabe in einem Durchgang zu erledigen. Geld und Waffen für Sabrina. Wenn man sie erst aufrüstet, stärkt das ihre Verhandlungsposition.«

»Darüber habe ich auch nachgedacht«, erwiderte Melo. »Vielleicht wollen sie sich bewaffnen und Sabrina weiter in ihrer Gewalt behalten, damit das PCC ein Motiv hat, sie zu jagen. Sie wollen einen Kampf provozieren.«

»Umso mehr Grund, gegenüber den Entführern auf ihre Freilassung zu drängen. Eine Schießerei um die Kontrolle über Ihre Tochter wäre extrem gefährlich.«

»Ich bin mir nicht sicher, wie wir sie davon überzeugen sollten.«

»Wir können ihnen nur sagen, dass wir das Geld zuerst übergeben wollen, damit sie es zählen können. Wenn sie sich davon überzeugt haben, dass der Betrag korrekt ist, geben wir ihnen die Waffen im Gegenzug für Sabrina.«

»Sie können allem Möglichen zustimmen ... aber ob es dann auch passiert, ist eine andere Frage«, sagte Melo. »Es ist, als müsste man gegen einen Pokerspieler spielen, von dem man weiß, dass er einen Royal Flush hat.«

Das Summen von Melos Telefon auf dem Schreibtisch unterbrach ihre Unterhaltung – ein Anruf der abtrünnigen Bande.

»Haben Sie die Waffen organisiert?«, fragte die Stimme.

»Die Waffen und das Geld.«

Die ABIN meldete die Koordinaten des Ortes, von dem der Anruf kam: Shopping Leste Aricanduva, die größte Shoppingmall Lateinamerikas.

»Zum jetzigen Zeitpunkt nehmen wir nur die Waffen und die Munition entgegen.«

»Wir würden Ihnen gerne zuerst das Geld geben, und wenn Sie es gezählt haben, die Waffen«, entgegnete Melo. »Sie händigen uns Sabrina aus, wenn wir Ihnen die Waffen geben.«

»Die Waffen sind wichtiger. Wir müssen uns davon überzeugen, dass sie funktionieren.«

»Ich habe sie checken lassen. Sie sind in perfektem Zustand.«

»Haben Sie damit geschossen?«

»Nein.«

»Wir müssen sie testen.«

»Erwarten Sie einen Krieg?«

»Ja. Wir wissen, mit wem wir es zu tun haben.«

»Was ist mit der Sicherheit meiner Tochter?«, fragte Melo. »Ich möchte nicht, dass sie zwischen die Fronten Ihrer Fehde gerät.«

»Wir werden für ihre Sicherheit sorgen.«

»Ich weiß nicht, wie Sie das machen wollen, wenn Sie in einem Krieg kämpfen.«

»Sie wird unter bewaffnetem Schutz stehen«, sagte die Stimme. »Vielleicht haben wir Glück, und das PCC kriegt keinen Wind davon, was wir vorhaben, aber das glaube ich nicht. Doch auch wenn wir den Krieg verlieren, wird Ihre Tochter überleben. Sie werden sie nicht töten, weil sie wertvoll ist.«

»Und wir müssen noch einmal für ihre Freilassung bezahlen.«

»Deswegen nehmen wir das Geld auch erst hinterher an.«

»Was ist hier los? Das klingt für mich irgendwie verkehrt«, sagte Melo frustriert. »Selbst wenn wir Ihnen die Waffen und das Geld geben, lassen Sie meine Tochter erst nach dem Krieg frei?«

»Genau«, sagte die Stimme. »Sie ist der Köder.«

In dem engen Kellerraum fielen krachend zwei Schüsse. Eine Kugel blieb in der nackten Backsteinwand stecken, die zweite prallte von einem Stahlbetonträger und mehreren Mauern ab. Alle Männer hatten sich auf den Boden geworfen. Nur Sabrina hockte weiter mit hochgeschobenem Rock auf den Knien.

In der vom Widerhall des Knalls dröhnenden Stille hörte man Flip-Flops die Treppe herunterkommen. Brandnarben-Boy tauchte in der Tür auf. Bauchnabel-Boy stand auf der anderen Seite des Raums, die Waffe immer noch auf die Männer gerichtet, die, die Hände über dem Kopf, um die zitternde Sabrina auf dem Boden lagen.

»Was verdammt noch mal ist passiert?«, fragte Brandnarben-Boy.

»Keiner bewegt sich«, sagte Bauchnabel-Boy kichernd, berauscht von seiner Macht über die Männer.

Brandnarben-Boy sah Sabrinas körperlichen Zustand, ging zwischen den liegenden Männern zu ihr und zog sie hoch. Er führte sie zur Tür und warf einen Blick auf die mit Pulverresten bedeckte Glasscheibe.

»Sie wollten sie vergewaltigen«, sagte Bauchnabel-Boy. »Alle high auf Koks.«

»Wer hat das Koks mitgebracht?«

»*O Polacinho.*«

»Wer wollte sie vergewaltigen?«

Bauchnabel-Boy zeigte mit der Pistole auf einen der Männer. Brandnarben-Boy trat in ihre Mitte, zerrte den jungen Typen an den Haaren auf die Füße, schleifte ihn zur Tür und befahl ihm, ein Hosenbein hochzukrempeln. Der Junge gehorchte mit zitternden Fingern. Brandnarben-Boy drückte Sabrina die Pistole in die Hände und richtete sie auf das nackte Knie des Jungen.

»*Não, não. O Queimado, faz favor. Não fiz nada. Nada, nada. Foi só uma brincadeira.*«

»Nur ein Spiel?«, fragte Brandnarben-Boy. »Du spielst gern? Wie wär's mit diesem Spielchen?«

Er drückte ab. Ein weiterer Knall in dem beengten Raum. Doch Brandnarben-Boy hatte mit dem Lauf der Waffe im letzten Moment neben das Knie des Jungen gezielt, sodass die Kugel auf den Boden prallte und von dort in die hohle Backsteinmauer einschlug. Alle Leiber zuckten zusammen, die Hände nach wie vor über dem Kopf. Der Junge sank zu Boden, hielt sein Knie und fing an zu weinen. Brandnarben-Boy beugte sich über ihn und schlug ihm mit dem Lauf der Waffe ins Gesicht und auf den Kopf.

»Ich habe dein Knie nur deshalb nicht zertrümmert, weil wir jeden Mann brauchen«, sagte Brandnarben-Boy. »Du fasst sie nicht an, kapiert? Es steht dir nicht zu, sie zu berühren. Sie gehört *O Tossinho*. Nur er gibt die Erlaubnis, sie zu berühren.«

Brandnarben-Boy machte keuchend einen Schritt zurück. Das Gesicht des Jungen war von Platzwunden an der Stirn und der Wange blutüberströmt, sein weißes Unterhemd mit roten Spritzern übersät. Die Hände schlaff im Schoß saß er da und starrte auf die Blutstropfen auf dem Boden.

»Mach dich sauber«, sagte Brandnarben-Boy.

Sabrina übergab sich und rang würgend und unter Tränen nach Luft.

Brandnarben-Boy zog sie auf die Füße und schob sie durch die Tür, zerrte sie die Treppe hinauf und stieß sie in einen anderen Raum, in dem sie *O Tossinhos* rasselnden Atem hörte.

»Was macht sie hier oben?«

»Die Männer sind außer Kontrolle, alle zugekokst«, sagte Brandnarben-Boy. »Sie ist dort unten nicht sicher.«

»Ich will sie nicht hier oben haben. Sonst hört sie, was wir besprechen. Das ist zu gefährlich für uns.«

»Wann bekommen wir die Waffen?«, fragte Brandnarben-Boy. »Wir brauchen die Waffen, um die Jungs an die Arbeit zu schicken, bevor sie durchdrehen.«

»Sie werden in der nächsten Stunde geliefert, aber sag niemandem etwas. Ich will nicht, dass sie irgendwas darüber wissen.«

»Glaubst du, jemand könnte reden?«, fragte Brandnarben-Boy. »Ich dachte, du kennst all die Typen und weißt, dass sie loyal sind.«

»Sie sind loyal, bis sie anfangen, selbst nachzudenken«, sagte *O Tossinho*. »Wenn man sich mit der mächtigsten Gang in São Paulo anlegt, passieren seltsame Dinge in den Köpfen der Leute. Einige Typen wittern einen Vorteil für sich.«

»Sollte ich deswegen ihre Handys einsammeln, als sie reingekommen sind?«

»Dies ist der Moment, an dem wir am verwundbarsten sind. Wenn das PCC uns jetzt attackiert, sind wir erledigt. Wir haben keine Feuerkraft. Selbst wenn sie uns angreifen, nachdem wir die Waffen bekommen haben, hätten wir noch Probleme. Wir müssen ein paar der PCC-Favelas übernehmen, bevor sie sich organisieren können. Dann haben wir eine Basis, Männer und noch mehr Waffen, und sie sind in der Defensive.«

»Du willst einen totalen Krieg?«

»Hast du irgendwas zu verlieren?«

Brandnarben-Boy sah ihn lange an. Seit der Ermordung seiner Frau hatte er *O Tossinho* nicht mehr so lebhaft gesehen. Sabrina fiel auf, dass er nicht mehr hustete.

»Bring sie wieder nach unten«, sagte *O Tossinho*. »Ich muss ein paar Anrufe erledigen.«

KAPITEL ACHTZEHN

26. April 2014, 20.45 Uhr
Melos Haus, Jardim Europa, São Paulo, Brasilien

»Wie soll ich garantieren, dass keine Helikopter fliegen?«, fragte Melo.
»Das ist Ihr Problem«, sagte die Stimme. »Ein Hubschrauber irgendwo, und der Deal ist geplatzt, Ihre Tochter wird getötet.«
»Ich kann nicht für ein paar Stunden den gesamten Luftverkehr über São Paulo unterbinden.«
Die Verhandlungen mit der abtrünnigen Bande über die Übergabe der Waffen gestalteten sich schwierig. Sie verlangten, dass nur eine unbewaffnete Person ohne Mobiltelefon in dem Wagen sitzen dürfe, und zwar ausdrücklich keiner von Melos Leibwächtern. Der Fahrer sollte zu einem verabredeten Ort kommen, um dort ein Telefon abzuholen, über das er zum eigentlichen Ort der Übergabe gelotst werden würde. Keine Peilsender an Fahrzeug oder Fahrer. Keine Polizei, keine Sondereinheiten, keine Hubschrauber.
Boxer sah sich den Wetterbericht an und stellte fest, dass für die kommende Stunde ein Gewitter angekündigt wurde.
»Wie wär's, wenn wir die Übergabe während eines Gewitters durchziehen?«, fragte Melo. »Wäre das okay?«
»Sehen Sie zu, dass Ihr Fahrer auf der Straße ist, bevor es anfängt.«
»Vor der Übergabe der Waffen brauchen wir noch einen Lebensbeweis.«
»Was für einen Lebensbeweis?«

»Der Fahrer will vorher mit Sabrina sprechen.«

»Nein. Sie wird an einem Ort ohne Handynetz festgehalten.«

»Dann wird er eine Frage stellen, die sie beantworten soll. Er spricht allerdings kein Portugiesisch, nur Spanisch.«

»Das ist okay, dann sprechen wir Spanisch.« Die Verbindung wurde unterbrochen.

Boxer runzelte die Stirn. »Haben Sie von mir gesprochen?«

»Sie sind der Einzige, den ich habe.«

»Das steht aber nicht in meiner Auftragsbeschreibung.«

»Im Vertrag steht, dass Sie für den Transport des Lösegelds und die Kontrolle der Übergabe verantwortlich sind.«

»Das bezieht sich auf Bargeld. Nicht auf Waffen.«

»Also wollen Sie dafür ein Extrahonorar?«

»Ich will es überhaupt nicht machen. Ich würde mit Waffen handeln. Wenn ich erwischt werde, wandere ich lebenslänglich in den Knast«, sagte Boxer.

»Nichts wird passieren«, entgegnete Melo. »Dafür werde ich sorgen. Keine Polizei, keine Sondereinheiten, keine Hubschrauber, schon vergessen?«

»Ich führe eine wohltätige Organisation zur Suche nach vermissten Personen.«

»Oh ja, die LOST Foundation. Ich werde etwas spenden. Wie wär's mit fünfzigtausend Pfund?«

Sie gingen zu dem gepanzerten Mercedes ML 250, der bereits mit den vier Holzkisten mit Waffen und Munition beladen worden war. Melo wartete auf den Anruf, der ihnen das vorläufige Ziel nennen würde. Die Wachleute patrouillierten an der von Flutlicht beleuchteten Mauer mit Stacheldrahtkrone und Elektrozaun. Windböen fegten durch den Hof. Blitze zuckten vor den schwarzen Sturmwolken im Osten, während das Gewitter sich vom Meer her landeinwärts schob.

»Sie sollten unbewaffnet sein, aber wir haben eine kleine Pistole unter das Armaturenbrett geklebt. Wenn Sie sie wollen ... ist sie da. Wenn nicht, kann ich sie wieder entfernen lassen.«

Melos Telefon klingelte. Er lauschte, nannte Fabrikat, Modell, Farbe und Autonummer des Wagens und legte auf.

»Er sagt, Sie sollen zur Avenida Cásper Líbero am Rand von Cracolândia kommen ... ein Viertel im Zentrum von São Paulo, das den Cracksüchtigen und dem Crackhandel überlassen ist. Es gibt zwar eine gewisse staatliche Präsenz, aber die Polizisten mischen sich nicht ein, weil sie einen Anteil kassieren. Ich dränge schon seit Jahren darauf, etwas dagegen zu unternehmen.«

»Zeigen Sie es mir auf dem Navi.«

Melo skizzierte die Umrisse des Viertels auf einem Plan der Innenstadt. »Auf der Cásper Líbero sollten es okay für Sie sein, aber alles westlich davon ist gefährlich«, erklärte Melo und umkreiste das Gebiet mit dem Finger. »Jeden Abend versammeln sich dort ein paar Tausend Süchtige, um Drogen zu nehmen. Einige mit Geld, andere ohne. Sie müssen vorsichtig sein. Lassen Sie die Leute nicht zu nah an sich herankommen. Verriegeln Sie die Türen. Und öffnen Sie nur ein Fenster einen Spaltbreit, um das Handy entgegenzunehmen. Die werden Ihnen ein Mobiltelefon geben, sonst nichts«, sagte Melo und streckte die Hand aus. »Viel Glück.«

Boxer gab das Ziel in das Navi ein und fuhr los. Sechs bewaffnete Männer in Splitterschutzwesten reihten sich an dem kleinen Nebentor auf. Der Anführer drückte auf einen roten Knopf zu seiner Rechten, das Tor sprang auf, und die Männer stürmten hinaus. Kurz darauf hörte man drei Mal kurz hintereinander den Ton einer Trillerpfeife. Der Wachmann in dem Kommandoposten am Haupttor drückte auf einen grünen Knopf vor einer Reihe von Monitoren, und das Haupttor glitt auf. Boxer rollte hindurch. Die sechs Männer knieten mit angelegter Waffe und schussbereit zu beiden Seiten der Straße. Als Boxer vorbeigefahren war, zogen sie sich wieder auf das Grundstück zurück, und die Tore schlossen sich.

Auf der Hauptstraße durch Jardim Paulista und vorbei am Hospital Sírio Libanês herrschte dichter, stockender Verkehr.

Motorroller und Motorräder, deren Fahrer in Plastik- und Mülltüten gehüllt waren, schlängelten sich zwischen den Autos hindurch. Die Äste der Bäume bogen sich sturmgepeitscht über dem Graffito einer Frau mit wehenden blonden Haaren, die von farbigen Aliens verfolgt wurde. Fußgänger flüchteten vor dem drohenden Regen, der in ersten fetten Tropfen auf die Windschutzscheibe fiel, als Boxer einer Betonüberführung durch eine Schlucht zwischen zahllosen Wohnblocks folgte. Ein Blitz zuckte, gefolgt von krachendem Donner, der zu einem langen Knistern abebbte. Dann hörte es sich an, als würde jemand mit einem Hammer auf ein Blechdach schlagen.

Es schüttete vom Himmel, als wäre eine riesige Plane gerissen. Binnen Sekunden war die Straße vor ihm nicht mehr auszumachen, das Prasseln der Tropfen auf dem Wagendach übertönte die freundliche irische Stimme des Navis. Boxer fuhr in eine lange, schwach beleuchtete Unterführung. Der Lärm erstarb. Die Scheibenwischer quietschten ächzend über die trockene Scheibe. Auf der anderen Seite lagen alle Wohnblocks im Dunkeln, auch die Straßenlaternen brannten nicht. Stromausfall.

Zehn Minuten später erreichte er die dunkle Avenida Cásper Líbero, wo er gegenüber eines Ladens namens Futurama am Straßenrand parkte und wartete. Von den Böen zu regelrechten Wellen aufgepeitschter Regen fegte über die Straße, die menschenleer wirkte, bis man im Licht der vereinzelten Blitze Gestalten ausmachen konnte, die wie unter einem Stroboskop zuckend rannten und hüpften. Eine Frau in Shorts und Unterhemd stand einem Gespenst gleich mit ausgestreckten Armen auf dem Mittelstreifen, das Gesicht wie in religiöser Ekstase himmelwärts gewandt.

Boxer lehnte sich zurück, beobachtete die Straße und fühlte sich eingeschlossen, klaustrophobisch, allein. Er dachte an seine Tochter Amy. Sie würde an den kommenden Montagmorgen denken und bestimmt bald schlafen gehen. Sie lebte immer noch bei ihrer Mutter. Wer hätte das vor ein paar Jahren gedacht? Er griff nach seinem Handy, um ein Foto aufzurufen, bis ihm einfiel, dass er es in der Villa gelassen hatte, und dachte, dass Mobiltelefone die Vorstellungskraft lähmten.

Er erinnerte sich an einen Griechenlandurlaub mit Isabel, sah sie in einem Dorf namens Kosmas, hoch in den Bergen des Peloponnes, auf einem Platz in der Mitte des Ortes mit Kirche und riesigen Platanen an einem Tisch vor einer Taverne sitzen. Sie hatten einen Bauernsalat mit Feta und dem besten Olivenöl gegessen, das er seit Jahren gekostet hatte. Sie hatten billigen Wein aus einer Karaffe getrunken, sich angesehen und über das Wunder gelacht, dass sie sich in einer Welt von sieben Milliarden Menschen gefunden hatten.

Was machte er hier? War das Wahnsinn? Nur in Südamerika. Es fühlte sich gut an, endlich außerhalb von Melos Reichweite zu sein. Er konnte verstehen, warum Sabrina von dem Mann hatte wegkommen wollen. Wenn er nicht alles kontrollierte, vergiftete er die Atmosphäre mit seinen Manipulationen, indem er entschied, wer Zugang zu welcher Wahrheit bekam. Kein Wunder, dass er sich so vehement geweigert hatte, ein Krisenmanagementkomitee zu benennen.

Und in diesem Moment hatte Boxer eine Erleuchtung, was seine eigene Situation betraf. Man musste die Frage stellen wollen. Und nicht nur das: Man musste auch den Mut haben, der Antwort nachzugehen. Menschen, die die Wahrheit kontrollierten, die sie anderen zu kennen erlaubten, konnte man nicht akzeptieren. Im Licht eines flackernden blassweißen Blitzes löste sich eine Gestalt unter einer Markise auf der anderen Seite und rannte über die Straße. Es klopfte dreimal am Beifahrerfenster. Der Schirm einer Mütze unter der Kapuze stieß gegen das Glas. Boxer öffnete das Fenster einen Spalt, und ein Handy wurde hindurchgeschoben. Die Gestalt wandte sich in eine Richtung und rannte in die andere davon, nasse Shorts klatschten auf nasser Haut, Flip-Flops platschten durch Pfützen.

Boxer überprüfte das Handy und lehnte es gegen den Schaltknüppel. Er legte den Kopf an die Scheibe, und erneut trat ihm Isabel vor Augen, in einem ihrer engen Kaschmirkleider mit einem Gürtel um die schmale Hüfte. Ihr Haar war offen, und an einer Kette um ihren Hals hing ein einzelner Quarzstein über ihrem Ausschnitt, während sie zitternd vor Lachen den Hals reckte.

Das Telefon klingelte. Die Stimme sprach Spanisch.

»Fahren Sie zum Aeroporto Campo de Marte.«

Boxer gab das Ziel in das Navi ein und fuhr los, musste jedoch abbremsen, als ein über die Straße taumelndes Pärchen das Mercedes-Logo erkannte und mit gesenkten Köpfen flehend die Hände ausstreckte. Sie blickten kurz auf, traten einen Schritt zurück und formten ihre Hände zu bettelnden Schalen. Regentropfen rannen über ihre zerfurchten Gesichter. Boxer hielt einen Fünfzig-*reais*-Schein aus dem Fenster. Sie rannten zu dem Wagen und rissen ihm das Geld aus den Fingern, als er anfuhr.

Das Navi führte ihn über den Rio Tietê. In der Nähe des Flughafens erhielt er die Anweisung, weiter nach Norden zum Hospital São Camilo zu fahren. In diesem Teil der Stadt brannten die Lichter, aber der Regen hatte nicht nachgelassen. Der Sturm fegte durch den Park und peitschte die Bananenpalmen. Weitere Anrufe lotsten Boxer an den Nordrand der Stadt, bis sich vor ihm die Dunkelheit eines dichten Waldes erstreckte wie der sichere Tod. Die schlecht beleuchtete Straße verengte sich zwischen primitiven Gebäuden, bis er um eine Ecke bog und fünfzig Meter vor sich fünf bewaffnete Jugendliche auf der Straße stehen sah. Einer von ihnen hielt ein Handy ans Ohr und eine ausgestreckte Waffe in der anderen Hand.

Boxers Telefon klingelte.

»Sehen Sie uns?«

»Sicher.«

»Bevor Sie uns erreichen, biegen Sie rechts auf das Fußballfeld ab. Fahren Sie vorsichtig, es hat geregnet, der Boden ist schlammig.«

Boxer fuhr in die Mitte des Feldes, wo er Anweisung erhielt stehen zu bleiben. Vier Jungen positionierten sich an den Ecken des Wagens. Der Junge mit der Pistole kam an die Tür und forderte Boxer auf, sie zu öffnen. Seine Jacke war offen, und darunter konnte man eine von Brandnarben entstellte Brust erkennen.

»Steigen Sie aus«, sagte Brandnarben-Boy. »Hände aufs Dach.«

Boxer wurde gründlich gefilzt, während zwei der Jungen unter dem Wagen nachsahen und die beiden anderen den Innenraum durchsuchten. Sie fanden die unter dem Armaturenbrett klebende Pistole. Brandnarben-Boy nahm sie, drehte sich zu Boxer um, trat ihm die Beine weg und drückte den Lauf der Waffe an seinen Hinterkopf.

»Wir haben gesagt, keine Waffen.«

»Ich bin nicht bewaffnet. Die Waffe war im Wagen, falls ich in Cracolândia Ärger kriege.«

Den Kopf an die Wagentür gedrückt starrte Boxer auf den schlammigen Boden. Die Waffe wurde gespannt, der Lauf bohrte sich tiefer in seine Kopfhaut, doch dann ließ der Druck nach. Brandnarben-Boy zog Boxer auf die Füße. In seinen Augen war kein Argwohn, kein Hass, nur eine matte, tödliche Schwärze. Er gab die Waffe dem Jungen zurück, der sie gefunden hatte. Der betrachtete die vernickelte Pistole voller Bewunderung. Boxer begriff, dass die Waffe in seinem Hosenbund nur eine Spielzeugpistole war.

»Wir steigen jetzt in den Wagen«, sagte Brandnarben-Boy.

Sie drängten sich hinein, zwei hinten bei den Kisten, zwei auf der Rückbank und Brandnarben-Boy neben Boxer auf dem Beifahrersitz. Boxer fuhr in einem großen Bogen über den Fußballplatz zurück auf die Straße, und Brandnarben-Boy dirigierte ihn durch Gassen mit verfallenen Behausungen aus unverputztem Backstein mit Plastikplanen und Wellblechstücken als Dächern. Vor einem roten Metalltor mit abblätternder Farbe blieben sie stehen. Die zwei Jungen bei den Kisten sprangen herunter und öffneten es. Boxer steuerte den Mercedes auf einen kleinen Hof, auf dem zwei Autowracks in Pfützen standen.

»Bevor Sie die Waffenlieferung entgegennehmen, brauche ich einen Beweis, dass Sabrina noch lebt«, sagte Boxer.

»Sie ist nicht hier. Sie ist woanders. Dort gibt es keinen Empfang.«

»Wir hatten eine Abmachung. Ich könnte Ihnen eine Frage stellen, und Sie würden mir Sabrinas Antwort übermitteln.«

»Und was wollen Sie deswegen machen?«, fragte Brandnarben-Boy, die Augen ob der Aussicht zu töten in schläfriger Gleichgültigkeit auf Halbmast.

»Ohne Lebensbeweis kann ich Ihnen gar nicht mehr trauen. Ich habe Ihnen mein Wort gegeben und Ihnen die Waffen gebracht. Sie haben mir Ihr Wort gegeben, aber nun beweisen Sie mir, dass Sie nicht die Wahrheit sagen. Es macht alles ohne Not komplizierter.«

Brandnarben-Boy musterte ihn mit gerunzelten Brauen. Boxer starrte unbarmherzig zurück. Was er sah, gefiel ihm nicht.

Brandnarben-Boy wandte sich ab, machte einen Anruf, redete ein bis zwei Minuten und wandte sich dann wieder an Boxer. »Ihre Frage?«

»Was ist das Lieblingszitat ihrer Mutter von ihrem südamerikanischen Lieblingsdichter?«

Brandnarben-Boy wiederholte die Frage und wartete, ohne den Blick von Boxer abzuwenden, der dachte, dass der Junge irgendwann brutal bestraft worden war und mittlerweile Routine darin hatte, es der Welt zurückzugeben.

Die Antwort kam. Brandnarben-Boy runzelte die Stirn und bat seinen Gesprächspartner, die Zeile zu wiederholen. Dann hielt er Boxer das Telefon hin.

»Eines Tages, irgendwo, an irgendeinem Ort wirst du dir unweigerlich selber begegnen, und diese, nur diese Stunde kann die glücklichste oder bitterste deines Lebens sein.«

»Was soll das?«, fragte Brandnarben-Boy. »Das macht keinen Sinn.«

»Vielleicht haben Sie ihn noch nicht erreicht?«, sagte Boxer.

»Was?«

»Den Punkt der Selbstoffenbarung.«

»Wovon redet er, Scheiße noch mal?«, sagte er zu den anderen Jungen und gab ihnen ein Zeichen.

Zwei von ihnen entluden die erste Kiste und schraubten den Deckel ab. Sie enthielt die AK-47 und die M16.

»Wo ist die Munition?«

Boxer wies auf eine der kleineren Kisten, die ebenfalls geöffnet wurde.

»Wissen Sie, welche Munition für welche Waffe ist?«

»In der zweiten Kiste ist die Munition für die Maschinengewehre, alles Patronengurte, außerdem ein paar leere Magazine für die Sturmgewehre und der Rest der Munition für die Pistolen«, sagte Boxer. »In der Kiste, die Sie geöffnet haben, ist vor allem die Munition für die Sturmgewehre. Das schwere Zeug ist für die AK-47.«

Sie nahmen zwei Magazine heraus und schoben sie in eine AK-47 und ein M16.

»Zeigen Sie uns, wie man damit schießt«, sagte Brandnarben-Boy.

»Das war nicht Teil der Abmachung«, sagte Boxer.

Schweigen. Brandnarben-Boy musterte ihn von oben bis unten.

»Stellen Sie sich an die Mauer.«

Boxer schüttelte den Kopf.

Brandnarben-Boy lud eine neue Taurus-Pistole und richtete sie auf Boxers Kopf.

»Stellen Sie sich an die Mauer.«

Boxer ging um die Pfützen auf dem Hof bis zu der Mauer. Brandnarben-Boy baute sich in Erschießungskommandoentfernung vor ihm auf, nahm eine der AK-47 und zielte damit auf

Boxer. Dann drückte er ab. Die Waffe war noch gesichert. Der Junge musterte und entsicherte sie, bevor er sie erneut auf Boxer richtete. Im letzten Moment riss er den Lauf nach oben und feuerte drei Sekunden lang in die Luft. Boxer blieb absolut ruhig, während ein Schweißtropfen an seinem Rückgrat herunterrann.

»Probier du mal«, sagte Brandnarben-Boy zu einem der Jungen.

»Ich zeig es ihm«, sagte Boxer.

Boxer gab den Jungen knappe Anweisungen zur Bedienung der Waffen und trat einen Schritt zurück. Sie suchten festen Halt auf dem Boden und ballerten los, alle Waffen im Automatik-Modus. Kugeln schlugen in die Mauer ein. Dreißig Schuss pro Waffe. Die Jungen reckten tanzend die rauchenden Gewehre über ihre Köpfe.

»Das sollten sie vielleicht besser nicht zu oft machen«, sagte Boxer, »sonst geht Ihnen die Munition aus, bevor Ihr Krieg angefangen hat.«

Sie gaben mit jedem der Gewehre und Pistolen einen Schuss ab, während Boxer ihnen einen Crashkurs in Haltung, Laden und Abfeuern des M60 gab. Brandnarben-Boy wollte der Erste sein, der mit dem Maschinengewehr schoss. Bald war die Mauer in dem Hof von Löchern übersät. Besondere Begeisterung lösten die Leuchtspurgeschosse aus, die wie kleine Feuerwerke explodierten.

Brandnarben-Boy kam mit seiner neuen Taurus PT92, an der er offensichtlich Gefallen fand, zu Boxer.

»Lassen Sie das Mädchen frei«, forderte Boxer ihn auf, bevor sein Gegenüber ein Wort sagen konnte. »Sabrina hat mit dem Krieg, den Sie anzetteln wollen, nichts zu tun.«

»Das hat keiner von uns«, erwiderte Brandnarben-Boy. »Es ist einfach der Lauf der Dinge.«

»Wie meinen Sie das?«

»Mein Boss will Rache. Sie haben es ihm ermöglicht. Daran kann man nichts mehr ändern.«

»Lassen Sie das Mädchen frei.«

»Sie wissen, was jetzt geschehen wird?«, fragte Brandnarben-Boy. »Sie werden Senhor Melo anrufen, und wenn er das nächste Mal mit der anderen Gang spricht, wird er ihnen sagen, dass wir das Mädchen haben und Geld für sie verlangen. Erzählen Sie ihnen nichts von den Waffen, nur von dem Geld und dass Sie es uns für die Freilassung des Mädchens übergeben wollen.«

»Wo?«

»Wenn wir so weit sind, erhalten Sie einen weiteren Anruf.«

KAPITEL NEUNZEHN

26. April 2014, 23.00 Uhr
Im Wagen auf der Fahrt zurück ins Zentrum von São Paulo

»Wie ist es gelaufen?«
»Ich habe die Waffen abgeliefert. Ich musste ihnen erklären, wie man sie bedient. Ich glaube nicht, dass sie schon mal etwas mit so viel Durchschlagskraft wie eine AK-47 gesehen hatten, und das M60 hat sie umgehauen. Sie sind alle jung, Teenager oder höchstens Anfang zwanzig.«
»Verrückte Kids. Sie wissen nicht, was sie tun.«
»Der Anführer der Jungen schon«, erwiderte Boxer, »und irgendjemand über ihm auch. Sie sind jung, sie haben nichts zu verlieren, sie sind gewaltbereit und machthungrig. Der Anführer wirkte sehr selbstsicher, furchtlos und respektgebietend, und er hätte kein Problem damit, jemanden umzubringen, wenn ihm danach ist.«
»Das PCC ist eine große Organisation.«
»Das wissen sie. Sie waren ein Teil davon ... am Rand vielleicht, aber irgendwelche Insiderkenntnisse haben sie bestimmt.«
»Sie meinen, im Gegensatz zum Staat wissen sie wenigstens, wo man das PCC findet.«
»Das ist schon mal was. Während wir miteinander sprechen, machen die mobil, und nachdem Sie die Waffen geliefert haben, sollen Sie jetzt auch den Krieg auslösen. Wenn die ursprüngliche Bande das nächste Mal anruft, sollen Sie ihr sagen, dass die abtrünnige Gang uns für ein Lösegeld die Freilassung von Sabrina angeboten hat, natürlich ohne die Waffen zu erwähnen.«

Schweigen.

»Haben Sie die GPS-Koordinaten des Hauses, bei dem ich die Waffen abgeliefert habe?«, fragte Boxer.

»Klar. Es liegt in der Favela do Sapo. Victor ist mit ein paar von seinen Spezialkräfteleuten dorthin unterwegs.«

»Es lohnt einen Versuch, aber ich bezweifle, dass sie irgendwas finden werden«, sagte Boxer. »Konnte er Larissa Flores oder Rui da Silva Rodrigues aufspüren?«

»Larissa hat er gefunden, oder vielmehr hat einer seiner alten Kontakte ihm einen Polizeibericht zugespielt. Sie wurde erwürgt in den Büschen des Parque do Carmo im Osten der Stadt abgelegt. Rui da Silva Rodrigues … ist verschwunden. Seine letzte bekannte Adresse ist schon mehrere Jahre alt.«

»Was ist mit *Poder ao Povo*?«

»Die Organisation existiert noch, hat jedoch kein Büro. Niemand hat sie als eine revolutionäre Bewegung auf dem Radar, über die man sich Sorgen machen müsste. Die ABIN hat eine laufende Akte über Rodrigues, aber mehr auch nicht.«

»Rulfo hat von Versammlungen berichtet, die er besucht hat, also muss es irgendwelche politischen Aktivitäten geben«, sagte Boxer.

»Angeblich will *Poder ao Povo* für die Wahlen Ende des Jahres Kandidaten aufstellen, aber Rui da Silva Rodrigues ist keiner von ihnen und taucht auch in der Parteihierarchie nicht auf.«

»Könnte er ein Berater von *Poder ao Povo* sein und gleichzeitig dem PCC helfen, sich politisch zu organisieren? Ich habe ein wenig über das PCC recherchiert. Sie sind für eine Revolution, und die Leute in den Favelas halten sie für eine Kraft des Guten.«

»Wenn Sie glauben, dass Drogenhandel gut für die von Armut geschlagenen Menschen in den Favelas ist«, erwiderte Melo empört. »Wenn Sie glauben, dass bewaffnete Raubüberfälle, Entführungen, Waffen- und Drogenhandel gut für die brasilianische Gesellschaft sind.«

»Nein, ich glaube das nicht. Aber die Leute in den Favelas. Sie sagen, das PCC hilft bei der medizinischen Versorgung ...«

»Sie helfen den Familien der PCC-Mitglieder. Das sind alles Kriminelle. Neunzig Prozent sitzen oder haben Knasterfahrung. Sie bringen Menschen um. Sie bringen sich gegenseitig um.«

»Es muss doch Regeln geben. Sie haben die potenziell explosive Situation in den überfüllten Gefängnissen unter Kontrolle gebracht, wozu der Staat nicht imstande war. Sie haben mir selbst erzählt, wie sie mit verurteilten Sexualverbrechern umgehen.«

»Glauben Sie deren Propaganda nicht. Sie sind eine Bedrohung für die Leute, die in den Favelas ums Überleben kämpfen, genauso wie für die gesetzestreuen Bürger«, sagte Melo. »Ich bin mir langsam nicht mehr sicher, auf wessen Seite Sie eigentlich stehen.«

»Ich will Ihre Tochter retten«, sagte Boxer. »Das ist mein einziges Interesse. Ich versuche bloß die Realitäten zu verstehen, die den Hintergrund dieser Entführung bilden. Sie haben sich auf eine gefährliche Mission zur Befreiung Ihrer Tochter eingelassen, als Sie eine Gruppe, über die Sie nichts wissen, ermutigt haben, es mit der Feuerkraft des PCC aufzunehmen. Der Junge, der die Waffen entgegengenommen hat, hat mir den Grund für diesen Krieg genannt: Sein Boss will Rache.«

»Da haben Sie es«, erwiderte Melo. »Ein Typ aus den Favelas will Rache. Wofür? Das PCC hat ihn schlecht behandelt. Er hat nichts zu verlieren. Das sagt Ihnen mehr über das PCC, als Sie je im Internet lesen werden.«

»Worauf hoffen Sie?«, fragte Boxer. »Dass eine gewalttätige Bande mit einem ausgebauten Netz von autonomen Zellen und einer Führung, die ihre Macht mit Geld aus kriminellen Unternehmungen absichert, wundersamerweise von einer ihrer Untergruppen übernommen wird? Einer Untergruppe ohne Geld und mit einer begrenzten Zahl an Waffen und Munition, befeuert nur von Rachgier?«

»Wenn sie vernünftig sind, bauen sie ihre Machtbasis allmählich auf. Übernehmen erst die Kontrolle über eine der kleineren Favelas, bevor sie sich mit den Dealerbanden in den größeren Favelas anlegen, wo richtig Geld verdient wird. Im Laufe dieses Prozesses wird sich uns, dem Staat, eine Chance eröffnen.«

»Soll das heißen, Sie wollen die Armee ausrücken lassen?«, fragte Boxer. »Mein Freund Bruno Dias hat mir erzählt, wie unfähig und korrupt die Polizei ist. Zwischen dem PCC und seinem Erzfeind, der Polizei, gibt es alte Rechnungen zu begleichen. Das heißt, auf die Polizei können Sie sich bei der Durchsetzung von Recht und Ordnung nicht verlassen.«

»Wenn es sein muss, werden wir die Armee mobilisieren, ja.«

»Sprechen Sie mit dem Verteidigungsminister oder sonst jemandem, der für die nationale Sicherheit verantwortlich ist?«

»Ich bin ein enger persönlicher Freund des Verteidigungsministers«, antwortete Melo. »Wir haben noch nicht miteinander gesprochen. Ich möchte erst sehen, was passiert. Vielleicht verläuft das Ganze ja auch im Sande. Das PCC könnte die abtrünnige Bande zerschlagen, und dann wären wir wieder am Anfang.«

»Ich mache mir Sorgen, was in all der ... Ungewissheit mit Sabrina geschehen wird«, erklärte Boxer. »Die Bande hat uns gesagt, dass sie sie als Köder benutzen will. Aber was würden Sie anstelle der abtrünnigen Bande machen, wenn Sie vom PCC geschlagen worden wären und nur noch Sabrina übrig hätten?«

Schweigen.

»Wo sind Sie jetzt?«, fragte Melo.

»Im Zentrum. Der Verkehr ist nicht so schlimm; in einer halben Stunde bin ich bei Ihnen.«

Melo legte auf. Boxer rief Fallon an, seinen Einsatzleiter in London, und brachte ihn auf den neuesten Stand der Entwicklungen.

»Gütiger Gott«, stöhnte Fallon. »Der Mann ist völlig außer Kontrolle.«

»Niemand sagt Iago Melo, was er tun oder nicht tun darf«,

erklärte Boxer. »Er weiß es besser ... selbst wenn er es nicht besser weiß.«

»Ist nicht das erste Mal, dass so etwas in Südamerika passiert. Diese reichen Typen denken, man wäre ein ahnungsloses Greenhorn, das die Realitäten nicht begreift.«

»Ich kann *ihn* nicht dazu bringen, die Realitäten zu begreifen.«

»Mein Freund bei der Botschaft hat übrigens gerade bestätigt, dass Iago Melo und Hauptmann João Figueiro ein und dieselbe Person sind. Er hat unter der Diktatur für die *Delegacia de Ordem Social* gearbeitet und ist ein bekannter rechter Senator.«

»Das hat er mir gegenüber praktisch auch zugegeben«, sagte Boxer und kam in einem plötzlichen Gedankensprung auf eine ganz andere Frage: »Hast du herausgefunden, wo sich Roberto Gonçalves zurzeit aufhält?«

»Ich dachte, du konzentrierst dich auf die Ereignisse in Brasilien.«

»Ich habe so ein Gefühl, dass diese Entführung von außerhalb finanziert wurde, und Roberto ist der naheliegende Kandidat.«

»Es ist schon so kompliziert genug, ohne dass wir auch noch diese Spur verfolgen.«

»Die Gonçalves-Geschichte war von Anfang an ein heikles Thema. Melo hat mich die ganze Zeit belogen. Jetzt bekomme ich allmählich einen Hebel, den ich bei ihm ansetzen kann. Mir ist klar geworden, dass ich Sabrina nur retten kann, wenn ich zu dem Versteck gehe, wo sie gefangen gehalten wird. Ich bin mir nicht sicher, dass ihre Sicherheit oberste Priorität für Melo hat.«

»Was zum Teufel ...?«, fragte Fallon zunehmend verwirrt.

»Der Typ ist im Kopf nicht richtig verkabelt. Irgendwas fehlt bei ihm.«

»Was die Idee betrifft, dass du dich zu dem Versteck begibst, wo Sabrina gefangen gehalten wird – wenn wir das kennen würden, würden wir das Sondereinsatzkommando losschicken, um sie rauszuholen.«

»Sie haben mir gesagt, dass sie sie als Köder benutzen wollen; das heißt, wo immer es zu einer massiven Konfrontation zwischen den Banden kommt, wird Sabrina mittendrin stecken.«

»Du gehst da nicht rein, Charlie. So was machen wir nicht. Wir sind GRM, schon vergessen. Du bist als Kidnapping-Consultant engagiert. Das ist dein Job. Du berätst und führst Iago Melo. Durch die Waffenübergabe hast du die Grenzen deiner Funktion schon einmal überschritten. Du wirst dich nicht in Gefahr bringen.«

»Aber Melo lässt sich von niemandem führen, und er ist überzeugt davon, dass seine aggressive Strategie die beste Methode ist, seine Tochter zurückzubekommen. Ich bin für Sabrinas Sicherheit verantwortlich, und wenn das heißt, dass ich in die Favelas gehen muss, um sie da rauszuholen, dann ist das eben so.«

»Nein«, sagte Fallon. »Kommt nicht in Frage. Nicht mit mir als Einsatzleiter.«

»Wenn man das PCC angreifen will, würde man das am besten in ihrem Kernland tun, oder nicht? Kannst du zumindest für mich rausfinden, welche Favela deren Haupteinnahmequelle ist?«

»Versprechen kann ich dir nichts.«

Fallon legte auf. Boxer erreichte Melos Grundstück. Die Wachen kamen heraus und überprüften den Wagen mit einer drahtlosen Kamera, die sie unter dem Fahrzeug entlangrollten, bevor sie ihn hereinließen.

Boxer ging direkt in Melos Büro. »Irgendwelche Anrufe?«, fragte er.

Melo schüttelte den Kopf, während er hinter seinem Schreibtisch weiter mit Argusaugen auf seinen Computer starrte.

»Die erste Bande muss inzwischen gemerkt haben, dass irgendwas schiefgelaufen ist«, sagte Boxer mit einem Blick auf seine Uhr. »Ihr letzter Anruf ist jetzt fünf Stunden her. Sie haben die Bande angerufen, die Sabrina in ihrer Gewalt hat, sie nicht erreicht, jemanden dorthin losgeschickt, wo Sabrina abgeliefert wurde, und sie nicht gefunden. Deshalb werden sie bei ihrem nächsten Anruf versuchen zu bluffen.«

»Die Aktion der abtrünnigen Bande ist eine Geste offener Illoyalität«, sagte Melo. »Ich hätte gedacht, dass die ursprüngliche Bande bereits Maßnahmen ergriffen hat, Sabrina zurückzubekommen.«

»Sind Ihre Leute bei der ABIN die Ersten, die erfahren, wenn ein Krieg in den Favelas ausbricht?«

»Nach dem letzten Zwischenfall 2012, als das PCC São Paulo beinahe einen Monat stillgelegt hat, haben wir neue Methoden entwickelt: Es gibt jetzt ein Büro bei der ABIN, in dem rund um die Uhr ein konstanter Strom von Informationen analysiert wird.«

»Und darauf haben Ihre Leute bei der ABIN Zugriff?«

»Sie sitzen in diesem Büro. Ich habe sie dort untergebracht. Deswegen genieße ich einen persönlichen Service.«

»Haben die schon irgendeinen Plan vorgeschlagen, wie wir Sabrina da rausholen?«

»Wir müssen sehen, wie sich die Dinge entwickeln.«

»Sie werden nicht so ohne Weiteres mit einem Hubschrauber in den Favelas landen können«, sagte Boxer. »Die einzige Möglichkeit wären Spezialkräfte, die sich auf die Dächer abseilen, aber dabei wären sie extrem verwundbar für Beschuss durch die Art Waffen, die Sie gerade in die Hände der Bande geliefert haben.«

»Sie bräuchten Feuerschutz von Truppen am Boden.«

»Haben Sie schon mit dem Verteidigungsminister gesprochen? Man mobilisiert nicht mal so eben Truppen. Es gibt einen offiziellen Dienstweg.«

Melo kaute an seinem Daumennagel.

»Wie wäre es damit?«, sagte Boxer. »Wenn sie anrufen, was sie irgendwann tun müssen, erzählen Sie der ursprünglichen Bande, dass die Bewacherzelle die Entführung übernommen und Sie gezwungen hat, mit ihr zu verhandeln. Sie haben wie angewiesen die Zahlung eines Lösegeldes vereinbart, die Waffen erwähnen Sie nicht. Wir sagen der ersten Bande, wo die Übergabe stattfinden soll, sobald wir es erfahren. Wir bringen sie und die abtrünnige Gang dazu, dass ich das Geld übergeben und die Geisel auslösen kann, bevor die Kämpfe beginnen. Dann können sie es nach Herzenslust untereinander ausfechten. Und der Gewinner kriegt das Lösegeld.«

»Das setzt voraus, dass wir es mit rationalen Verhandlungspartnern zu tun haben«, sagte Melo. »Aber Sie haben mir gerade geschildert, dass Sie die Waffen an eine Bande aufständischer Teenager geliefert haben. Wenn die von erfahrenen Kriminellen, deren letzte Aktion 2012 selbst die Behörden ratlos zurückgelassen hat, unter Druck gesetzt werden, ist der Ausgang völlig ungewiss.«

»Es muss doch Leute geben, die in den Favelas Vertrauen genießen, die richtigen Beziehungen und einen Plan des Geländes im Kopf haben. Sobald wir wissen, wo die Übergabe stattfinden soll, finden wir die richtige Person und sehen dann weiter. Wenn irgendwas schiefläuft, möchte ich zumindest eine Chance haben, Sabrina da rauszuholen.«

Melo stand auf, faltete die Hände im Rücken und blickte in den hell erleuchteten und von bewaffneten Männern bewachten Garten. »Ich habe einen Fehler gemacht«, sagte er mit verändertem Tonfall. »Das sehe ich jetzt ein. Sie haben mich gewarnt, in dem Verhandlungsprozess nicht impulsiv zu handeln, und ich habe nicht auf Sie gehört. Ich habe mich für die falschen Leute entschieden.«

»Es war ein schwieriges Telefonat«, sagte Boxer und hoffte auf einen Sinneswandel Melos, indem er ihm seine Unterstützung versicherte und das eigentliche Problem unerwähnt ließ: die Waffen. »Sie haben sich an die Bande gehalten, die Sabrina bewacht hat. In einer Zwanzig-Millionen-Stadt mit den Leuten zu reden, die Ihre Tochter tatsächlich in ihrer Gewalt haben, ist sehr überzeugend.«

»Ihr Angebot, meine Tochter zu retten und sich dafür wegen meiner Dummheit in Gefahr zu begeben, beschämt mich«, erklärte Melo und drehte sich zu Boxer um.

»Ich habe gerade mit meinem Einsatzleiter in London gesprochen«, sagte Boxer, entsetzt über die offensichtliche Unaufrichtigkeit von Melos Worten. »Er möchte nicht, dass ich mich auch nur in die Nähe begebe, aber mein Credo ist ein anderes. Wenn ich nicht alles versucht habe, um die Geisel zu retten, und ihr etwas zustößt, hätte ich als professioneller Kidnapping-Consultant versagt. Für mich wäre es eine Pflichtverletzung, Sabrina im Stich zu lassen.«

»Sie sind ein überraschend ehrbarer Mann, Charlie.«

»Überraschend?«

Melo nahm an seinem Schreibtisch Platz, schlug die Beine übereinander und strich über seine Hose, wie um endgültig alle Falschheit zwischen ihnen abzustreifen.

»Ich weiß, dass Sie Menschen töten.«

»Nicht einfach jeden, aber Menschen, die böse Dinge tun. Und einen anderen Menschen zu rauben ist das Schlimmste, was man ihm antun kann, ohne ihn zu töten. Das Opfer wird körperlich und sexuell missbraucht, wie der Fall Ihrer Tochter bestätigt. Sie könnten für ihre Freilassung zahlen, und niemand müsste sich einer Anklage wegen Entführung, Körperverletzung, Verstümmelung und Erpressung stellen. Ich glaube, das ist falsch.«

»Ganz meine Meinung. Vielleicht sind wir doch nicht so verschieden.«

»Wir sind *sehr* verschieden.«

Das Telefon klingelte. Boxer griff nach den Kopfhörern. Der Dolmetscher wachte auf. Melo ließ es mehrmals klingeln, bevor er abnahm.

»Perdita«, sagte die Stimme.

»Das war aber eine lange Pause«, sagte Melo, »nachdem wir bereits zu einer Übereinkunft gekommen waren. Hat sich irgendwas geändert?«

»Nein, wir hatten einen Kommunikationszusammenbruch, sonst nichts.«

»Zwischen wem?«

»Zwischen uns und den Leuten, die Ihre Tochter gefangen halten.«

»Und der konnte behoben werden?«

»Wir sind bereit, den Austausch vorzunehmen.«

»Bevor wir fortfahren, muss ich Ihnen eine Frage stellen, damit wir einen Lebensbeweis haben«, sagte Melo. »Meine verstorbene Frau hatte ein Lieblingszitat eines südamerikanischen Dichters. Fragen Sie meine Tochter, wie es lautet?«

Schweigen. Ein langes Schweigen. Melo machte keine Anstalten, es zu brechen.

»Sehen Sie, mein Freund«, sagte er schließlich, »wir wissen, dass Sie nicht länger im Besitz meiner Tochter sind.«

Selten zuvor hatte Boxer solches Entzücken im Gesicht eines Mannes gesehen. Es hatte etwas Perverses, beinahe Sexuelles.

Man hörte wildes Fluchen, bevor der Anrufer die Sprechmuschel zuhielt.

»Beruhigen Sie sich«, sagte Melo. »Beruhigen Sie sich. Ich habe einen Vorschlag.«

Melo musste brüllen, bis der Typ wieder ans Telefon kam.

»Lassen Sie hören«, sagte die Stimme.

»Sehen Sie, ich weiß, dass Sie machtvolle Unterstützung haben«, sagte Melo. »Mächtiger als die Bande, die meine Tochter gefangen hält.«

»Sie haben ja keine Ahnung«, sagte die Stimme eisig.

»Doch. Sie arbeiten mit dem PCC zusammen, richtig?«

»Das sind die einzigen Leute, die eine derartige Operation in São Paulo durchführen können.«

»Das verstehe und respektiere ich«, sagte Melo, »und deshalb mache ich Ihnen einen Vorschlag. Ich war gezwungen, einen Deal mit den Leuten abzuschließen, die Sabrina festhalten. Sie haben meine Frage nach einem Lebensbeweis beantwortet, ich habe also keinen Zweifel daran, dass sie die Kontrolle haben. Sie werden im Laufe der nächsten Stunde anrufen, um mir zu sagen, wohin ich das Geld bringen soll, um im Gegenzug meine Tochter in Empfang zu nehmen. Ich werde Ihnen mitteilen, wo diese Übergabe stattfindet, aber unter einer Bedingung ...«

Melo war in seinem Element.

»Und die wäre?«

»Sie müssen mir erlauben, das Lösegeld zu bezahlen und meine Tochter rauszuholen, bevor Sie sich an der Bande rächen, die sie gefangen hält.«

»Warten Sie«, sagte die Stimme nach längerem Schweigen. »Ich rufe Sie zurück.«

Melo warf das Telefon auf den Schreibtisch. Er war sehr zufrieden mit seiner Arbeit. Er faltete die Hände auf dem Bauch und schloss die Augen. »Ich glaube, das Ganze wird besser ausgehen, als ich mir vorgestellt hatte«, sagte er, bevor er die Augen wieder aufriss und Boxer anstarrte. »Und inwiefern sind wir so *sehr* verschieden?«

KAPITEL ZWANZIG

27. April 2014, 0.25 Uhr
Brasilândia, Vorstadtviertel im Norden von São Paulo, Brasilien

Brandnarben-Boy saß in dem führenden Fahrzeug auf einer leeren, von Pfützen übersäten Straße mitten in Brasilândia. Tore, vergitterte Fenster, Stacheldraht, brandschwarze, mit Graffiti beschmierte Mauern, eine Kriegszone. Er war mit sechs Jungen unterwegs, alle bewaffnet mit ihren neuen Sturmgewehren. Neben ihm saß Bauchnabel-Boy mit einer Taurus im Schoß und einer frisch geschärften Machete zwischen den Knien. Er starrte mit schwarzen Augen, in denen praktisch kein Funken Licht lag, in die Nacht hinaus.

Auf der anderen Straßenseite stand ein zweiter Wagen, in dem *O Polacinho* mit fünf weiteren Jungen wartete, ebenfalls bewaffnet mit Sturmgewehren und Pistolen. Einer hatte zusätzlich eine Machete. Alle waren zugekokst mit dem Stoff aus *O Polacinhos* Beutel und prahlten, wie viele Morde sie begehen würden. *O Polacinho* lachte mit. Er wusste, dass einige die Nacht nicht überleben würden, doch dies war der Moment, in dem sie einen kleinen Abdruck in einem gottverlassenen Leben hinterlassen konnten, das sie nicht vermissen würde.

Die Jungen auf der Rückbank von Brandnarben-Boys Wagen starrten konzentriert auf das Handy auf dem Armaturenbrett. Niemand sagte etwas. Sie wussten, dass ihr Anführer kein Gequatsche mochte. In dem Auto war es heiß und nach dem Gewitter auch schwül. Schweißperlen standen auf ihrer Stirn, als sie vorgebeugt auf die SMS warteten, die den Startschuss geben würde. Das Adrenalin in ihrem Blut ließ sie keuchen. Die Wirkung des Kokses war abgeklungen, doch alle hatten Amphetamine genommen, um hellwach zu bleiben.

Brandnarben-Boy hatte den geplanten Angriff mit ihnen durchgesprochen. Keiner von ihnen hatte je etwas Vergleichbares gemacht. Sie hatten schon Menschen getötet, das war Teil ihrer Initiation in *O Tossinhos* Gang gewesen, und sie hatten ihr Gebiet verteidigt, doch sie hatten nie daran gedacht, eine der großen Banden auf deren Terrain anzugreifen, weil sie wussten, dass sie damit zur Zielscheibe für das mächtigste kriminelle Netzwerk São Paulos werden würden.

Um 0.30 Uhr ging die SMS ein. Brandnarben-Boy gab das Zeichen auszusteigen. Jede der beiden Gruppen rannte die Stufen einer engen, von unverputzten Backsteinhäusern gesäumten *travessa* hinauf. Die Treppe war unbeleuchtet, deshalb tasteten sie sich an den Wänden entlang. Bauchnabel-Boy übernahm die Führung. Oben angekommen blickte er in beide Richtungen, trat ins Freie und schlug mit der Machete auf den Hals eines Wachmanns. Die Klinge schnitt bis zum Knochen. Der Kollege des Wachmanns bemerkte den Angriff und hob seine Waffe, bevor auch er mit einem Machetenhieb von hinten niedergestreckt wurde.

Trap-Musik dröhnte aus dem Haus. Rotes und blaues Licht und der Geruch von Marihuana drangen auf die Straße. Die beiden Gruppen trafen sich an der Eingangstür. Brandnarben-Boy führte sie hinein. In einem Sessel saß ein Schwarzer mit nacktem Oberkörper, der sich gerade einen Joint anzündete. Auf der Lehne lag eine vernickelte Pistole. Er drehte sich um und wollte, den Joint an der Oberlippe, schreien, doch der erste Schuss der Nacht durchschlug seine Kehle. Die anderen Jungen drängten an Brandnarben-Boy vorbei ins Zimmer. Die beiden ersten warfen sich auf den Boden und schossen wild um sich. Die nächsten beiden nahmen, die AK-47 an der Hüfte, das Nebenzimmer unter Feuer. Niemand der Anwesenden überlebte. Die Jungen rannten durchs ganze Haus. Im Obergeschoss stießen Typen ihre Mädchen von sich und suchten panisch nach ihren Waffen. Brandnarben-Boys Jungen erschossen unbarmherzig und unterschiedslos jeden, der ihnen in die Quere kam. Nur zwei Gegner konnten das Feuer erwidern.

In einer schmutzigen Küche mit Gaskochern, zwei Butangasflaschen, einem Zwei-Kilo-Sack Kokain und vier Kartons Backsoda zur Herstellung von Crack fanden die Jungen drei Überlebende des Angriffs. Sie wurden in den Innenhof geführt und auf die Knie gezwungen. Den Lauf einer Waffe am Kopf gaben sie das Versteck des Waffenlagers preis. Einer führte Brandnarben-Boy in einen Keller und öffnete das Vorhängeschloss an einer Tür. Dahinter befanden sich vier AK-47, zwei Granatwerfer sowie zwei Kisten Granaten, Munition für die Sturmgewehre und Kisten mit Pistolenmunition. Der Junge, der um jeden Preis überleben wollte, zeigte Brandnarben-Boy sogar, wie man die RPG-Granatwerfer bediente und wo der Drogenvorrat aufbewahrt wurde.

Danach wurde er zurück zu seinen im Hof knienden Kollegen geführt. Alle wurden aufgefordert aufzustehen. Die Sturmgewehre im Anschlag befahlen Brandnarben-Boys Jungs ihnen, sie sollten aufhören zu zittern wie Schwuchteln. Brandnarben-Boy stellte sie vor die Wahl, sich seinen Truppen anzuschließen oder exekutiert zu werden. Alle entschieden sich für das Leben.

Sie sackten den Beutel Kokain aus der Küche ein und rannten zurück zu ihren Fahrzeugen. Ein weiterer Wagen mit fünf Jungen hatte sich ihnen angeschlossen. Brandnarben-Boy nahm einen der RPG-Granatwerfer und mehrere Granaten mit. Per SMS erhielten sie Anweisung, zwei kleinere Zellen in der Nachbarschaft auszuschalten. Mithilfe ihrer neuen Rekruten verschafften sie sich problemlos Zugang und hatten beide Häuser nach wenigen Minuten gesichert. In dem Waffenarsenal fanden sie auch eine israelische Uzi-Maschinenpistole, die Brandnarben-Boy mitnahm.

Mit einer neuen SMS kam der Befehl, weitere Zellen anzugreifen, mit dem Zusatz: »Tötet alle.« Sie fuhren nach Süden und kamen an einem Haus vorbei, dessen mit Vorhängeschlössern gesichertes Tor von bewaffneten Männern bewacht wurde.

Auf einer Parallelstraße hielten Brandnarben-Boys Jungen einen VW-Bus an und befahlen dem Fahrer und seiner Frau auszusteigen und das Weite zu suchen, ohne sich noch einmal umzuschauen. Brandnarben-Boy saß, die Scheibe heruntergerollt, die Uzi im Anschlag, hinter dem Fahrer, als der VW-Bus auf der Straße mit dem bewachten Haus beschleunigte. Im letzten Moment riss der Fahrer das Lenkrad herum und rammte das Tor, unter dem Feuerschutz einer Salve aus der Uzi, deren Parabellumgeschosse faustgroße Löcher in den Stahl schlugen. Die Wachleute fielen bei der ersten Attacke, und die Front des VW-Busses bohrte sich in das Tor. Kühlwasser tropfte auf den heißen Motorblock. In dem Dampf stürmten sie auf das Gelände, wo sie von einem Kugelhagel empfangen wurden, der sie in Deckung zwang. Heißes Metall zischte durch die Luft; die Windschutzscheibe des VW-Busses war bereits zersplittert, und er steckte zahlreiche weitere Einschläge ein. Die nackte Backsteinmauer im Rücken der Jungen wurde zu Staub pulverisiert, und das Tor klappte von Kugeln gepeitscht hin und her wie von einer unsichtbaren Hand bewegt.

Brandnarben-Boy packte den RPG-Mörser aus und befahl den anderen, das Feuer einzustellen, bis der Feind seine Munition verschossen hatte. Irgendwann senkte sich Stille über die Szenerie. Man hörte nur ein elektronisches Summen und Gejaule aus einem Gettoblaster. Brandnarben-Boy richtete den Granatwerfer auf die Treppe des Hauses und feuerte. Die Explosion löste einen stechenden Schmerz in seinem Kopf aus und warf ihn aus der Hocke auf den Rücken.

Staub verwehte im böigen Wind. Die Vorderfront des Hauses lag in Trümmern. Die Stahlbetonsäulen waren zu Schutthaufen reduziert, aus denen Stahlstangen ragten. In dem Qualm taumelten die Bewohner mit erhobenen Händen zwischen den Resten von zersplittertem Holz und Backstein umher. Vier von ihnen stolperten und krochen auf allen vieren weiter, aus ihren Ohren quoll Blut. Brandnarben-Boys Jungen erledigten sie, ohne eine Miene zu verziehen.

Ein Quietschen, das von einer drohenden Katastrophe kündete, ließ sie innehalten. In einem Schwall von heißem, fauligem Atem und stinkendem Staub krachte das erste Stockwerk ins Erdgeschoss. Auf der Rückseite des Hauses explodierte ein Benzinkanister und schleuderte weiteren Schutt in die Luft. Die Jungen duckten sich, als um sie herum ein heftiger Steinregen niederging.

»*Mãe de Deus*«, sagte Brandnarben-Boy beeindruckt.

Im Gestank von versengtem Backstein und verbranntem Fleisch betraten sie das zerstörte Haus. Bauchnabel-Boy hob ein abgerissenes Bein auf, bewegte das Kniegelenk und warf das Bein kichernd wieder weg. Einer der ihren war in die Brust getroffen worden. Alle scharten sich um ihn und sahen ihm beim Sterben zu. Er flehte um Hilfe, doch sie konnten ihm keine geben. Seine Schultern zuckten über dem Loch in seinem Brustbein, und zwischen ausgetrockneten Lippen und gegen den Schmerz zusammengebissenen Zähnen atmete er Blutblasen aus. Vor seinen Augen wurde es dunkler, und er wurde von Panik gepackt, ballte die Faust, wie um sich ans Leben zu klammern, ohne es festhalten zu können, und glitt davon.

»*Ciaozinho*«, sagte einer der Jungen, als sie gingen.

Brandnarben-Boy verschickte eine SMS und erhielt eine Antwort mit der Anweisung, zum Busbahnhof Terminal da Vila Nova Cachoeirinha aufzubrechen, zwei Busse zu kapern und die Fahrer zu zwingen, zur Rua Mauá in der Nähe des Bahnhofs Julio Prestes zu fahren.

Zwanzig Minuten später standen sie vor zwei Bussen, die mit laufendem Motor unter den blauen Schutzdächern warteten. Einer der Fahrer war eingeschlafen, und sie weckten ihn, indem sie mit einer AK-47 an die Windschutzscheibe klopften. Die Passagiere wurden aufgefordert auszusteigen. Die Kids enterten die Busse mit einem Waffenarsenal, das die Fahrer verstummen ließ. Pneumatische Bremsen zischten, und die Fahrt ging nach Süden Richtung Rio Tietê.

Eine halbe Stunde später waren sie in der Rua Mauá, wo *O Tossinho* sie mit zwanzig weiteren Männern mit Gewehren, Pistolen und Benzinkanistern erwartete. Einer der Busse drehte eine Runde um den Block und fuhr den Bahnhof von der anderen Seite an. Entlang der Gleise regierte das Chaos: Mitten auf der Straße brannten Feuer, Hunderte von Menschen kauften oder verkauften Drogen und rauchten Crack. Auf dem Bürgersteig vor dem Bahnhof parkten drei Polizeiwagen. Die beiden Busse stellten sich auf der Straße zu beiden Seiten der Gleise quer, und die bewaffneten Männer stiegen aus. Die Polizisten bemerkten sie und ließen den Motor an, doch ihre Reifen wurden zerschossen, bevor sie losfahren konnten. Als sie versuchten, zu Fuß zu fliehen, wurden sie durch Schüsse in den Rücken getötet.

Das Geräusch ließ die Cracksüchtigen in alle Richtungen flüchten. Dealer sammelten hektisch telefonierend ihre Ausrüstung ein, während mit Pistolen bewaffnete Komplizen versuchten, den Angriff aufzuhalten, den Sturmgewehren der Angreifer jedoch kaum etwas entgegenzusetzen hatten. Zwanzig Minuten später waren die Straßen menschenleer, und an verschiedenen Kreuzungen in dem als Cracolândia bekannten Gebiet standen insgesamt zwölf Fahrzeuge in Flammen.

O Tossinhos Männer stiegen wieder in die Busse. Einer fuhr Richtung Süden nach Campos Elíseos, der andere an den Gleisen entlang nach Barra Funda, wo keine Polizisten auf der Straße zu sehen waren. Die Männer trieben die Dealer und deren Handlanger im Bahnhof zusammen und erschossen sie. Auf gleiche Weise verfuhren sie auch in Higienópolis, Santa Cecilia und Luz.

Um 3.10 Uhr setzten sich die Busse in südwestlicher Richtung in Bewegung, überquerten den Rio Pinheiros und erreichten Paraisópolis, wo sie in der Rua Rudolf Lutze hielten. Sie entluden Waffen und Munition. Mehr als dreißig Mann verschwanden in der Favela, wo sie die Türen von drei Häusern eintraten, von Stockwerk zu Stockwerk stürmten und alle Anwesenden töteten. *O Tossinho* richtete am Rand der Favela Kontrollposten ein und schickte Kundschafter in die Nachbarviertel, die eine mögliche Mobilisierung melden sollten. Ab sofort kam niemand mehr ohne ausdrückliche Erlaubnis rein oder raus.

Um 4.15 Uhr wurde ein Wagen in die Favela hereingelassen. Er hielt vor dem Haus, das *O Tossinho* gerade übernommen hatte. Ein in eine Decke gewickelter Körper wurde aus dem Kofferraum gehoben und in einen fensterlosen Raum im ersten Stock getragen. Die betäubte Sabrina wurde aus der Decke gerollt und auf eine Matratze auf dem Boden gelegt.

Um 4.25 Uhr traf ein Lkw mit weiteren Waffen und Munition ein, die zu Fuß zu drei gesicherten Häusern in der Favela getragen wurden.

Eine Viertelstunde später machten sich vier Gruppen von jeweils zehn Mann auf den Weg zum Rand der Favela, wo sich vier berühmte zwölfstöckige Wohntürme mit Luxusapartments erhoben. Die Vorhut hatte Leitern dabei, die sie an die Mauer lehnten. Sie warfen Matratzen auf die Stacheldrahtkrone, sprangen in die Gärten und rannten um die Tennisplätze und den Swimmingpool zu den Gebäuden, wo sich die Wachleute versammelten, die die Männer auf ihren Überwachungskameras beobachtet hatten.

Die Wachleute hatten in den Fernsehnachrichten die Zerstörung in der Innenstadt verfolgt, ohne zu ahnen, dass die Welle der Verheerung nun in ihren Garten schwappte. Sie forderten die Männer auf, stehen zu bleiben, und feuerten ein paar Warnschüsse in die Luft, bis sie erkannten, wie viele Angreifer über die Mauer kamen. Unter schwerem Beschuss zogen sie sich ins Gebäude zurück. Vier Wachleute schafften es nicht mehr in den kugelsicheren Schutz der Mauern. Und diejenigen, die es schafften, waren nicht schnell genug, um das gesamte Gebäude abzuriegeln.

Die Banden stürmten die Apartmenttürme und bauten einen RPG-Mörser vor dem Panikraum der Wachleute auf. Ihnen wurde angeboten, das Gebäude zusammen mit den Bewohnern des Hauses zu verlassen, falls sie die Tür öffneten. Andernfalls erwarte sie der Einschlag einer raketengetriebenen Granate.

Die Wachleute kamen heraus, die Hände an den Kopf gelegt. Mit einer bewaffneten Eskorte gingen sie von Stockwerk zu Stockwerk und erklärten den Bewohnern, dass diese ihre Apartments sofort räumen, nichts mitnehmen und die Türen offen stehen lassen sollten. Wer sich weigerte, sah sich durch den Spion seiner Wohnungstür einem Granatwerfer gegenüber. Die Leute kamen mit erhobenen Händen aus ihren Wohnungen und passierten die in T-Shirts, Shorts und Turnschuhen bekleideten bewaffneten Männer, die ihnen den Weg ins Treppenhaus wiesen. Bewohner der oberen Etagen wurden mit Fahrstühlen nach unten gebracht und versammelten sich umringt von bewaffneten Angreifern in der Lobby.

Die beiden gekaperten Busse hielten vor dem elektronischen Tor am Haupteingang der Wohnanlage in der Avenida Giovanni Gronchi. Bewohner und Wachleute wurden an Bord verfrachtet. An der Eingangstür des Gebäudes standen bewaffnete Männer, bei denen alle Bewohner ihre Wertsachen in Plastiktüten werfen mussten. Frauen legten ihren Schmuck ab und trennten sich von iPhones und schicken Handtaschen. Einige wurde sogar aufgefordert, ihre High Heels abzustreifen und barfuß weiterzugehen. Die Männer gaben Brieftaschen, Siegelringe und Luxusuhren ab. Autoschlüssel wurden den Kennzeichen der Wagen zugeordnet. Einige Männer wurden abgeführt und gründlicher gefilzt. Packen von Dollarscheinen wurden in Hosenbünden und Socken gefunden. Die Männer, die versucht hatten, Geld zu verstecken, mussten sich ausziehen und wurden mit Pistolenläufen geschlagen, bevor sie blutend und gedemütigt zu ihren entsetzten Ehefrauen und Kindern in den Bussen geschickt wurden.

Die Fahrer erhielten Anweisung, loszufahren und erst auf der anderen Seite des Rio Pinheiros anzuhalten. Bei der Abfahrt winkten die bewaffneten Gangster den Bewohnern zu, die ungläubig auf die spiralförmig angeordneten Balkone ihrer Luxuswohntürme starrten.

Am Rand der Favela waren bereits Arbeitstrupps mit Vorschlaghämmern zugange, um die Mauern zwischen den Wohnblocks und den unverputzten Backsteinbehausungen der Slums einzureißen. Anschließend kühlten sie sich in dem Pool ab. Andere tauchten auf den Balkonen mit Blick auf ihre alten Häuser auf, lungerten um Tauchbecken herum, zerzausten die Hecken auf den Balkonen, von denen sie auf die glitzernde Stadt starrten. Sie tranken Bier und Caipirinhas, die sie in den Kühlschränken gefunden hatten, und tanzten zu Musik aus teuren Stereoanlagen. Sie duschten, planschten in Whirlpools, legten sich auf dicke Matratzen und edle Laken und sahen auf Riesenbildschirmen fern.

O Tossinho hustete nicht mehr, was Brandnarben-Boy und *O Polacinho* auch kommentierten. Sein ganzes Gebaren war verändert. Er war nicht mehr der gebrochene Mann, sondern wirkte regelrecht heroisch. Er strahlte wieder die einnehmende Präsenz des Strategen aus, der 2012 die scheinbar willkürlichen Attacken auf Staat und Behörden brillant geplant und inszeniert hatte.

Ein alter *companheiro* aus dem Gefängnis, der unter dem Namen Tarzan bekannt war, weil er kräftig war und aus dem zu großen Teilen von tropischem Regenwald bedeckten Staat Amazonas stammte, war mit vierzig weiteren Soldaten eingetroffen. Auch er hatte bei den Unruhen von 2006 und 2012 für das PCC Truppen organisiert und hasste seine ehemaligen Bosse mittlerweile leidenschaftlich, nachdem deren Dealer ihn nach und nach aus den lukrativsten Revieren vertrieben und ihm sogar auf seinem eigenen, wenig ertragreichen Terrain gedroht hatten, ihn abzuknallen, wenn er sich auf der Straße blicken ließe.

Tarzan erklärte den Truppen die Strategie. »Wir werden das PCC dort angreifen, wo es immer unbesiegbar war. Ich bin in sechs Favelas in São Bernardo do Campo eingerückt, und wir haben einen Haufen Waffen und Munition sowie Bargeld und Kokain erbeutet. Jetzt wissen sie, dass es im Norden und im Süden jemand auf sie abgesehen hat, der ihnen richtig wehtut, vor allem weil wir ihre größte Geldmachmaschine in Cracolândia zerstört haben. Damit haben wir eine klare Botschaft geschickt: Kommt und holt uns, sonst kriegen wir euch.«

Niemand sagte ein Wort. All das Morden und Zerstören hatte ihnen ein Gefühl primitiver Überlegenheit gegeben.

»Wir sind nicht zufällig hier«, sagte *O Tossinho*. »Paraisópolis ist wichtig für die Medien. Die Wohntürme, die wir gerade besetzt haben, sind weltbekannt. Damit ziehen wir nicht nur die Aufmerksamkeit lokaler Sender auf uns, wir sind im Fokus von Medienagenturen aus der ganzen Welt. Aber die Übernahme der Wohntürme war nicht nur eine Showeinlage. Durch deren Eroberung haben wir bei einem Angriff einen Riesenvorteil. Wir haben die Höhe, wir haben den Ausblick, und wir haben die Reichweite.«

»Und wir haben *nichts* zu verlieren«, sagte Tarzan.

»Und jetzt rufen wir Senhor Melo an und erklären ihm, dass wir bereit sind, seine Tochter gegen das Geld auszutauschen«, sagte *O Tossinho*. »Die Übergabe wird hier in Paraisópolis stattfinden. Das kann das PCC nicht ignorieren. Es ist eine öffentliche Demonstration der Missachtung ihrer Vorherrschaft, und sie müssen gegen uns kämpfen, um sie zurückzubekommen.«

KAPITEL EINUNDZWANZIG

27. April 2014, 5.45 Uhr
Melos Haus, Jardim Europa, São Paulo, Brasilien

Ist das zu glauben?«, fragte Melo und zappte mit der Fernbedienung von Sender zu Sender, wo Szenen der Zerstörung aus São Paulo über den Bildschirm flimmerten. »BBC, Al Jazeera, CNN.«

»Es ist überall in der Stadt«, sagte Boxer. »Wie haben die sich so schnell organisiert?«

»Es lag in der Luft«, antwortete Melo. »Wir haben hier eine explosivere Situation als jede andere Global City, und sie hatten schon ein paar Probeläufe.« Melo warf einen Blick auf das Display seines klingelnden Handys. »Journalisten«, sagte er und wies den Anrufer ab.

»Wann wollen Sie mit dem Verteidigungsminister sprechen?«

Das Telefon klingelte erneut.

»Jetzt«, sagte er mit einem Blick auf sein Telefon und schaltete den Wi-Fi-Transmitter aus, damit der Dolmetscher das Gespräch nicht mithören konnte. »Wenn Sie mich bitte allein lassen würden?«

Boxer ging in sein Zimmer und rief Fallon an. »Hast du es gesehen?«

»Ich verfolge entsetzt die Nachrichten«, antwortete Fallon. »Ist Melo mit seinem Tagewerk zufrieden?«

»Er blüht förmlich auf«, sagte Boxer. »Die Leute hier sind an ein Maß von Gewalt gewöhnt, das wir unerträglich finden.«

»Jetzt wird die Sache ernst. Die Aufständischen haben mehrere Apartmentgebäude mit Blick auf eine Favela namens Paraisópolis evakuiert. Die Plünderungen haben begonnen.«

»Haben sie sich dort für den großen Showdown mit dem PCC verschanzt?«

»Davon ist nicht die Rede. Niemand weiß etwas Genaues. Alle sind verwirrt. Aber die Medien berichten positiv über die Angriffe auf die PCC-Festungen. In einem Viertel, das übersetzt tatsächlich Elysische Felder heißt, wurden Anwohner interviewt, und die Leute waren begeistert. Einer hat gesagt: ›Sie haben es nicht auf uns abgesehen. Sie wollen bloß die Gangs ausradieren. Das ist das Beste, was seit Jahren passiert ist.‹ Glaubst du, Melo will diesen Krieg weiter schüren?«

»Er spricht gerade mit dem Verteidigungsminister. Sorgen bereiten könnte ihnen höchstens, wer an die Stelle des PCC tritt. Melo hatte auf eine Zersplitterung des PCC gehofft, doch ich glaube, das Maß an Organisation, das die Aufständischen bewiesen haben, hat ihn überrascht. Wir dachten, wir reden mit einer Bande, die sich mit der Bewachung von Geiseln ein paar Dollar verdient, aber es sieht so aus, als wären diese Leute deutlich mächtiger.«

»Neben der Ausstattung, die Melo geliefert hat, verfügen sie inzwischen auch über RPG-Granatwerfer«, sagte Fallon. »Wo zum Teufel haben sie die her?«

»Ich will bloß das Mädchen da rausholen. Sabrina ist für das weitere Geschehen nicht wesentlich. Sie war der Auslöser, aber nachdem die Reaktion nun erfolgt ist, wird sie nicht mehr gebraucht. Sie können um das Lösegeld kämpfen, aber hier geht es um etwas ganz anderes.«

»Worum denn?«

»Um Stolz und Rache. Du kannst dir den Machismo in diesen Gangs ja vorstellen. Respekt ist extrem wichtig. Das PCC hat den Leuten der abtrünnigen Zelle, die Sabrina bewacht hat, keinen Respekt erwiesen. Deshalb haben sie rebelliert, und nun muss das PCC sie vernichten. Denn sonst kann sie in Zukunft jeder mit genug Mumm und Waffen herausfordern. Vielleicht hat das Ganze klein und persönlich angefangen, aber nach dieser Geschichte wird São Paulo anders ticken als vorher.«

»Ich will dich da so schnell wie möglich rausholen.«

»Sobald Sabrina in Sicherheit ist.«

»Ich weiß, was du tun willst, Charlie, doch du hast selbst Kinder. Wenn du in diese Favela gehst, während dort ein Bandenkrieg tobt, kommst du vielleicht nicht heil wieder raus. Du schuldest Sabrina deine professionelle Hilfe, aber nicht dein Leben.«

»Ich gehe da nicht nur rein, weil es mein Job ist, sondern weil ich selbst Vater bin. Sabrina ist genauso alt wie Amy. Sie befindet sich in einer Situation, in der niemand außer mir auf sie aufpasst. Ich habe in dem Beratungsprozess Fehler gemacht. Es ist meine Verantwortung. Ich werde nicht den Rückzug antreten, Roger. Wenn du mir helfen willst, ist das toll. Wenn nicht, verstehe ich das auch.«

Ein Klopfen an der Tür rief ihn zurück in Melos Büro. Boxer erklärte Fallon, dass er Schluss machen müsse.

»Es gefällt mir nicht, wie sich die Sache entwickelt«, sagte Fallon zum Ende des Gesprächs. »Ich möchte, dass du eine Fluchtmöglichkeit hast. Ich werde dafür sorgen, dass am Flughafen Congonhas in der City ein Privatflugzeug abflugbereit auf dich wartet. Wenn irgendwas schiefläuft, steigst du in diesen Flieger und verschwindest dort.«

Sie beendeten das Gespräch. Boxer ging zu Melo, der, die Hände in den Taschen, gedankenversunken um seinen Schreibtisch lief.

»Die Medien zeigen nur einen Teil der Geschichte«, sagte er. »In allen Favelas finden kleine Scharmützel statt – Banden begleichen alte Rechnungen. Hier und da ist die Situation ... übergeschwappt, wenn Sie verstehen, was ich meine; einige ›Zivilisten‹ außerhalb der Favelas sind ins Kreuzfeuer geraten. Die Kämpfe erstrecken sich über ein städtisches Gebiet, das so groß ist, dass die Armee es nicht unter Kontrolle bringen kann, ohne eine Ausgangssperre zu verhängen. Der Minister will keine Truppen und Panzer auf den Straßen, das wäre schlecht für São Paulo, schlecht für Brasilien.«

»Das heißt, Sie lassen es einfach laufen?«

»Wenn Gesetz und Ordnung komplett zusammenbrechen, schicken wir die *Polícia Militar* in die betroffenen Viertel. Solange der Krieg sich auf die Favelas beschränkt, sollen sie es untereinander auskämpfen.«

»Was ist mit den besetzten Wohnblocks?«

»Die machen uns Sorgen. Sie sind offensichtlich sorgfältig ausgewählt worden. Es sind berühmte, auf der ganzen Welt bekannten Gebäude, weil es dort Swimmingpools, Luxusapartments und Sicherheitskameras mit Blick auf das Elend in der Favela Paraisópolis nebenan gibt. Außerdem sind sie von strategischem Wert. Sie beherrschen die umliegenden Viertel.«

»Und Luftschläge wollen Sie vermutlich vermeiden«, sagte Boxer lächelnd.

»Luftschläge!«, rief Melo entsetzt. »Das wäre unser Ende.«

»Unser Ende?«, fragte Boxer. »Wer ist ›wir‹?«

»Die Bewohner von São Paulo«, antwortete Melo, die Hand auf der Brust und taub für die Ironie. »Die *Paulistanos*.«

»Sie sind alle *Paulistanos*, auch die Menschen in den Favelas«, sagte Boxer. »Spricht irgendjemand mit der Führungsebene des PCC im Gefängnis?«

»Ich weiß nicht, ob die Leute schon eingetroffen sind, aber der Gouverneur von São Paulo hat jemanden losgeschickt, der im Hochsicherheitsgefängnis in Venceslau mit Marcola, dem Boss, reden soll«, sagte Melo. »Ich weiß allerdings nicht, ob das funktionieren wird. Diese Leute haben einen tief sitzenden Argwohn gegen den Staat und das System.«

Melos Telefon klingelte. Er blickte auf das Display und nahm das Gespräch an.

»Wir sind jetzt mit Ihrer Tochter in Paraisópolis und bereit, sie gegen das vereinbarte Lösegeld von dreihundertfünfzigtausend Dollar einzutauschen. Derselbe Mann, der die Waffen gebracht hat, soll das Geld in demselben Wagen in die Rua Rudolf Lutze bringen. Wenn er die Straße in Richtung Avenida Giovanni Gronchi hinunterfährt, wird er an einem unserer Kontrollposten in Empfang genommen und zum Ort des Austausches eskortiert werden.«

»Um fortzufahren, brauchen wir einen Lebensbeweis«, sagte Melo.

»Stellen Sie Ihre Frage.«

»Was war das Lieblingsbuch ihrer Mutter?«

»Wir rufen Sie zurück.«

Sie beendeten das Gespräch.

»Ich hätte Sie fragen sollen, ob Sie einverstanden sind«, sagte Melo.

»Sabrina ist meine Verantwortung«, erwiderte Boxer. »Aber wenn ich erst mal in der Favela bin, brauche ich jemanden, der mich von außerhalb über die Ereignisse auf dem Laufenden hält. Dieser Krieg wird weitere Leute anziehen, die ebenfalls mitmischen wollen. Das PCC wird Verstärkung mobilisieren. Ich will nicht, dass ich Sabrina erst rette, um dann auf dem Weg hinaus mit ihr zusammen getötet zu werden.«

»Ich werde jemanden für Sie finden und Sie anrufen«, versprach Melo und sah auf seine Uhr. »In zehn bis fünfzehn Minuten geht die Sonne auf, interessanter Zeitpunkt für einen Austausch. Vielleicht sind die darauf aus, in die Medien zu kommen.«

Melos Telefon klingelte. Er nahm ab, hörte eine Weile zu und legte dann wieder auf.

»Die ABIN hat ihr Informantennetz in den Favelas angezapft und herausgefunden, dass die Typen, die das Ganze inszeniert haben, beide Mitglieder im Hohen Rat des PCC im Gefängnis und die Hauptstrategen für die Angriffe in São Paulo 2006 und 2012 waren. Danach wurden sie an den Rand gedrängt, weil es Marcola, dem Führer des PCC, nicht passte, dass sie so viel Macht über seine Truppen außerhalb des Gefängnisses hatten.

Das PCC hat sie nach und nach kaltgestellt und die Frau des einen und die Freundin des anderen erschießen lassen. Das ist die Rache, von der Sie gesprochen haben.«

»Haben die beiden auch Namen?«

»Nur die, unter denen sie auf der Straße bekannt sind: *O Tossinho* und Tarzan«, sagte Melo. »Ersterer wurde früher *Pantera* genannt, der Panther, weil er überaus gerissen darin war, seine Feinde zu überraschen. Dann ist er krank geworden, hat abgenommen und einen neuen Spitznamen bekommen ... der kleine Huster.«

Melos Telefon klingelte erneut.

»*Com os meus olhos de cão* von Hilda Hilst«, sagte die Stimme. Melo las, was Boxer an die Tafel schrieb.

»Sie müssen *O Tossinho* sein«, sagte er.

Schweigen.

»Oder vielleicht Tarzan?«, fragte Melo.

Nach wie vor nichts.

»Sind Sie noch da?«

»Ich bin hier. Und ich bin *O Tossinho*, aber ich huste nicht mehr.«

»Ich habe gehört, Sie sind ein ehrbarer Mann.«

»Das kann man von den Entführern Ihrer Tochter nicht behaupten.«

»Was erwarten Sie sich von dieser Konfrontation mit dem PCC?«

»Jetzt sind Sie also interessiert?«

»Ich hatte keine Ahnung, dass Sie einen so massiven Aufruhr in der ganzen Stadt verursachen wollten.«

»Was haben Sie erwartet bei all den Waffen, die Sie uns gegeben haben?«

»Wissen Sie, mit wem Sie es im PCC zu tun haben?«

»Ich denke, mittlerweile haben wir Marcolas volle Aufmerksamkeit.«

»Aber vorher ...«

»Das waren Amateure. Sie haben sogar den Kunden zu der Geisel gelassen, anstatt alles schön getrennt zu halten«, sagte *O Tossinho*. »Deswegen veranstalten wir einen solchen Aufruhr in der Stadt. Wir mussten Marcola daran erinnern, dass wir Respekt verdient haben. Dass wir mehr wert sind, als für ein paar Tausend *reais* eine Geisel zu bewachen.«

»Streben Sie eine Übereinkunft mit dem PCC an?«

»Wenn Sie glauben, es würde nach dem, was wir ihnen angetan haben, eine Übereinkunft mit dem PCC geben, kennen Sie sie nicht sehr gut«, sagte er. »Sie haben es uns gegenüber an Respekt mangeln lassen, aber wir haben ihnen offene Geringschätzung gezeigt. Es muss zu einem Kampf kommen.«

»Ich möchte nicht, dass meine Tochter zwischen die Fronten Ihres Krieges gerät.«

»Sie haben uns aufgefordert, diesen Krieg anzuzetteln. Sie haben uns dazu inspiriert«, sagte *O Tossinho* und legte auf.

Schweißperlen standen auf Melos Stirn, als er sich auf seinem Stuhl zurücklehnte.

»Rufen Sie den Minister an«, sagte Boxer. »Sprechen Sie mit Marcola. Treffen Sie eine Abmachung mit ihm.«

Boxer lief im Zimmer auf und ab, während Melo hektisch telefonierte. Das Telefon des Ministers war permanent besetzt. Melo suchte erst vergeblich eine Nummer von irgendjemandem aus dessen unmittelbarer Umgebung und probierte es dann beim Gouverneur von São Paulo, wo er auf das gleiche Problem traf. Er verschickte SMS und E-Mails und versuchte es immer wieder per Telefon. Schließlich fand er die Handynummer des Gefängnisdirektors in Venceslau. Ebenfalls besetzt. Melos Hemd klebte an seinem Körper, Schweiß strömte über sein Gesicht.

Und dann rief die erste Gang an.

»Perdita«, sagte die Stimme. »Was ist los?«

»Wir werden den Leuten, die meine Tochter gefangen halten, das Lösegeld übergeben.«

»In Paraisópolis?«

»Genau.«

»Wann?«

»Je nachdem, wie lange es dauert, dorthin zu fahren. In zwanzig Minuten, einer halben Stunde«, sagte Melo. »Ich möchte, dass Sie mir bestätigen, dass Sie die Übergabe des Lösegeldes für die Freilassung meiner Tochter erlauben werden.«

»Das hatten wir vereinbart.«

»Mittlerweile stellt sich die Situation ein wenig anders dar als erwartet, und ich möchte sicher sein, dass Sie die Zustimmung von Marcola haben, *O Tossinho* die Freilassung meiner Tochter zu erlauben.«

»Wir haben freies Geleit garantiert.«

»Und Marcola weiß von dieser Abmachung und hat seinen Segen gegeben?«

»Klar.«

Melo glaubte ihm kein Wort. »Haben Sie eine Nummer, unter der ich Marcola erreichen kann?«

»Er ruft uns an, wir dürfen seine Nummer nicht wissen.«

»Wann haben Sie mit ihm gesprochen?«

»Ich habe heute Nacht mehrmals mit ihm gesprochen«, sagte die Stimme. »Er hat mich gefragt, wie *O Tossinho* in den Besitz eines solchen Waffenarsenals gekommen ist. Wir haben AK-47 und M16 gesehen. Das ist nicht normal, es sei denn, sie wurden aus der Waffenkammer des PCC ausgegeben.«

»Er hat überall in São Paulo Gangs angegriffen und vermutlich deren Waffenlager geplündert.«

»Und woher hatte er die Waffen, diese Angriffe überhaupt starten zu können?«

»Das müssen Sie *O Tossinho* fragen«, sagte Melo.

»Wenn er das Pech hat, die Schlacht zu überleben.«

Die Verbindung wurde unterbrochen.

Melo versuchte erneut, einen Entscheidungsträger ans Telefon zu bekommen, und hatte wieder kein Glück.

»Das glaube ich einfach nicht«, sagte er.

»Hat man Sie von der Kommunikation ausgeschlossen?«
»Das würden die nicht wagen.«
»Ich sollte aufbrechen«, sagte Boxer.
Melo hob einen in Plastik gehüllten Packen Geldscheine neben seinem Schreibtisch auf und gab ihn Boxer. Sie gingen zum Wagen, wo Boxer die Rua Rudolf Lutze in das Navi eingab. Melo schüttelte ihm die Hand und umarmte ihn. Boxer reagierte nicht.

»Sie setzen für meine Tochter Ihr Leben aufs Spiel«, sagte Melo mit feierlich gesenktem Kopf. »Ich werde Ihnen auf ewig dankbar sein.«

Boxer glaubte ihm nicht. Es waren die richtigen Worte für den Anlass, doch sie klangen unehrlich. Er stieg in den Wagen. Die Wachmänner sicherten die Straße. Das Tor wurde geöffnet.

»Vergessen Sie nicht, mir einen Kontakt außerhalb der Favela zu besorgen«, sagte Boxer, bevor er auf die Straße rollte und davonfuhr.

Es herrschte kaum Verkehr. Die Fernsehbilder hatten die meisten Menschen so erschreckt, dass sie zu Hause geblieben waren. So kam er über die Avenida Cidade Jardim glatt bis zum Fluss durch. Das erste Licht der Morgenröte färbte den Himmel. Es würde ein herrlicher Tag werden. Der Wetterbericht sprach von Höchsttemperaturen bis zu zweiunddreißig Grad. Sattgrüne Bäume tauchten aus dem Zwielicht auf, und Boxer wurde von einer plötzlichen Traurigkeit überwältigt, der Vorahnung, dass in dieser Stadt etwas Furchtbares geschehen würde.

In dem Viertel standen keine brennenden Fahrzeuge auf den Straßen. Alles wirkte normal, bis Boxer auf einer Fußgängerbrücke maskierte Gestalten mit erhobenen Speeren bemerkte. Als seine sechsspurige Autobahn über eine andere hinwegführte und sich vor ihm glitzernde Wohntürme am saphirblauen Himmel erhoben wie Wachposten über die Shoppingmalls von Iguatemi und Vila Lobos, sah er am Horizont zwei Rauchwolken.

Die leeren Straßen wirkten bedrückend. Sonst staute sich um diese Zeit der Verkehr in der morgendlichen Rushhour. Die gemächliche Leere, das üppige Grün und die träge Stille hätten beruhigend wirken sollen, doch es lag eine gespannte Erwartung in der Luft, die sich auch in den Gesichtern der wenigen Leute spiegelte, die sich auf die Straßen hinausgetraut hatten. Sie bewegten sich mit der furchtsamen Unstetigkeit von Menschen, die jeden Moment einen Angriff erwarten. Als wüssten sie, dass sich etwas Wildes, das lange im Wald verborgen gewesen war, in die Stadt gewagt hatte und im Begriff stand zuzuschlagen.

Im Fußraum des Beifahrersitzes lag das Paket mit dem Geld: eine kleine Summe im Austausch gegen die Geisel. Und als im Radio die Favelas aufgelistet wurden, in denen es in der vergangenen Nacht zu gewaltsamen Auseinandersetzungen gekommen war, dachte Boxer unwillkürlich, dass die *Paulistanos* einen viel höheren Preis zahlen würden.

Auf der Avenida Giovanni Gronchi wurden vertriebene Bewohner der Wohntürme interviewt. Sie standen unter Schock oder waren wütend, hatten jedoch offenbar keine Ahnung, dass in der Favela hinter der Gartenmauer ihrer Häuser demnächst eine Schlacht ausgetragen werden würde. Je länger der Nachrichtenblock dauerte, desto deutlicher erkannte Boxer, dass das Ganze als Konflikt innerhalb des PCC verkauft wurde, ohne dem Schauplatz des Krieges Beachtung zu schenken, wo Besitzende und Besitzlose sich tagtäglich gegenüberstanden. Er fragte sich, ob es in den Sendeanstalten Befehl von oben gegeben hatte, die Ungleichheit tunlichst nicht zu erwähnen, um den Zorn der Leute nicht weiter anzufachen.

Melo rief an und nannte ihm den Namen des Kontaktmanns, der ihn über die Ereignisse außerhalb der Favela auf dem Laufenden halten sollte. Er hieß Jorge, arbeitete für die ABIN und würde Boxer eine SMS mit seiner Nummer schicken.

Allmählich veränderte sich die Stadtlandschaft. Die Mittelschichtshäuser mit Gärten und von Bäumen gesäumten Straßen wichen illegalen Behausungen aus unverputztem Backstein und zugemüllten Bürgersteigen. Hier waren auch Leute auf der

Straße, die nicht so gehetzt wirkten wie die Passanten in der Innenstadt. Sie saßen in Gruppen herum, tranken Kaffee, aßen getoastete Brötchen und lachten, während ihre Kinder miteinander balgten, Fußball spielten oder Fahrrad fuhren.

Über den enger werdenden Straßen kreuzten sich Kabel und Leitungen, die Bebauung wurde dichter, der nackte Backstein nur von Betonsäulen sowie Tür- und Fensterstürzen getragen. Bierkästen mit Brahma, Skol und Bohemia standen neben Gastanks und in Plastik eingeschweißten Sodaflaschen in der frühen Morgensonne. Aber es herrschte Leben und keine Angst. Eine Gruppe von jungen Männern in Shorts und Unterhemden saß vor einer Bar, blickte auf einen Fernseher und johlte, als die Kamera über ihre eigene Favela schwenkte.

Hinter dem nächsten Hügel sah Boxer die Übertragungswagen von Brazil TV, Globo, Record und SBT. Außerdem waren noch Kameramänner und Reporter von CNN, Al Jazeera und der BBC in Splitterschutzwesten unterwegs. Als Boxer an einer Kreuzung wartete, klopfte einer der Reporter an sein Fenster.

»Da können Sie nicht durch. Ein Stück weiter vorn haben bewaffnete Jugendliche eine Straßensperre errichtet. Alle werden abgewiesen«, sagte er. »Für wen arbeiten Sie?«

»Freelancer«, sagte Boxer knapp, während auf seinem Handy eine SMS einging.

Sie war von Jorge, der ihm seine Nummer geschickt hatte. Boxer sicherte sie in den Kontakten und fuhr weiter auf die besetzten Wohntürme mit den spiralförmig angeordneten Balkonen zu. Hundert Meter vor sich sah er die angekündigte Straßensperre. Als er näher kam, traten zwei mit am Hals zugeknoteten T-Shirts maskierte Kids mit AK-47 vor die Barrikade. Boxer hielt an.

Schweigen.

Einer der Jungen richtete seine Waffe auf Boxer, der beide Hände vom Steuer nahm und sichtbar erhoben hielt. Der andere ging um den Wagen, kam von hinten und öffnete die Tür. Er hielt die Waffe an Boxers Hinterkopf und befahl ihm auszusteigen, die Beine zu spreizen und die Hände auf die Motorhaube zu legen. Der erste Junge hielt ihm die AK-47 an die Schläfe, während der andere ihn filzte und ihm das Handy abnahm. Dann durchsuchte er den Wagen, entdeckte das Geld und machte einen Anruf.

Sie warteten. Boxer stand in der Hitze, und auf dem Rücken seines Hemdes bildete sich ein dunkler Fleck. Irgendwann klopfte ihm jemand auf die Schulter. Es war derselbe Junge, der in der Nacht zuvor die Waffen entgegengenommen hatte. Er zeigte auf den Fahrersitz und nahm den Jungen das konfiszierte Handy ab. Die Kids räumten die Barrikade zur Seite, während der Junge sich als *O Queimado* vorstellte, Brandnarben-Boy. Als die Straße frei war, wies er geradeaus und blickte auf das Geld zwischen seinen Füßen. So viel hatte er noch nie gesehen.

In der besetzten Zone der Favela war niemand auf der Straße. Brandnarben-Boy erklärte, dass alle evakuiert worden seien.

»Wann geht es los?«, fragte Boxer.

»Wir werden nicht den ersten Schuss abgeben.«

»Wisst ihr, wo euer Feind ist?«

»Sie sind da draußen. Unsere Kundschafter berichten uns.«

Sie bogen von der Hauptstraße durch die Favela ab. Brandnarben-Boy zeigte Boxer, wo er parken sollte. Beim Aussteigen wollte er nach dem Geld greifen, doch Boxer packte seine Hand.

»Erst wenn ich Sabrina gesehen habe.«

»Ich wollte es bloß für Sie tragen.«

»Ich trage es.«

Sie gingen eine Treppe hinauf in einen Raum, in dem zwei Männer saßen, ein dünner, langgliedriger Schwarzer und ein untersetzter Schlägertyp mit buschigem Haar. Brandnarben-Boy gab Boxers Handy dem hageren Schwarzen.

»Willkommen im Paradies«, sagte er. »Ich bin *O Tossinho*.«

KAPITEL ZWEIUNDZWANZIG

27. April 2014, 6.40 Uhr
Favela de Paraisópolis, São Paulo, Brasilien

»Hier ist das Geld«, sagte Boxer und legte das Paket auf einen niedrigen Tisch vor den beiden Männern. »Ich möchte unverzüglich Sabrina sehen und mit ihr von hier verschwinden, sobald Sie sich von der Korrektheit des Betrages überzeugt haben.«

Tarzan rieb sich mit dicken Wurstfingern die unrasierten Wangen und betrachtete das Geld. Er wirkte recht leutselig, verglichen mit der ausgebrannten Präsenz seines *companheiro*, der mit der Fernbedienung den Fernseher auf stumm schaltete.

»Klar können Sie sie sehen und Hallo sagen, aber das ist für den Augenblick alles«, erklärte Tarzan.

»Ich habe das Geld abgeliefert. Unsere Vereinbarung war ...«

»Wir haben Ihnen gesagt, dass wir sie als Köder benutzen«, sagte *O Tossinho*. »Das PCC betrachtet sie als gestohlenen Besitz. Deswegen wollen sie sie wiederhaben.«

»Und was bedeutet das?«

»Sobald das PCC einen Schritt unternommen hat, seinen Besitz zurückzufordern, können Sie sie mitnehmen.«

»Aber dann werden die Kämpfe bereits begonnen haben. Das ist zu gefährlich.«

»Wir schaffen einen Korridor durch das Gelände der Wohntürme auf die Avenida Giovanni Gronchi.«

»Mein Wagen ist hier.«

»Wir werden ihn schon an die richtige Stelle bringen.«

»Das Ganze ist zu riskant. Und als Köder für das PCC brauchen Sie Sabrina auch nicht mehr. Sie haben dessen Führung bereits herausgefordert. Jetzt wollen die einen Krieg. Und wenn sie gewinnen, kriegen sie die 350 000 Dollar als Preis.«

»Das Mädchen *ist* bedeutend. Sie ist gestohlener Besitz. Das Geld bedeutet gar nichts«, sagte Tarzan. »Und wenn Sie jetzt mit Sabrina aufbrechen, wäre es für Sie außerhalb der Favela gefährlicher als hier drinnen.«

In dem nachfolgenden Schweigen summte Tarzans Handy. Er nahm das Gespräch an, ermahnte den Anrufer, ruhig zu bleiben und zu warten, bis die anderen den ersten Schuss abgaben.

»Das PCC geht zum Angriff über«, sagte Tarzan. »Die wissen, dass Sie hier sind, um das Mädchen zu holen, was bedeutet, dass wir mit dem Geld und ihrer Geisel ebenfalls hier sein müssen.«

Noch während er sprach, hörte man ein Geräusch wie ein kollektives Luftholen, in das ein schrilles Pfeifen drang, das alle die Augen aufreißen ließ. Es endete mit einer lauten Detonation, die das Gebäude erschütterte. Die drei Männer duckten sich, warfen sich jedoch nicht auf den Boden.

»Mörser?«, fragte Boxer verblüfft.

Wieder ertönte ein durchdringendes Pfeifen, gefolgt von einer noch gewaltigeren Explosion, als ein Geschoss deutlich näher einschlug. Backsteinstaub lag in der Luft, Putzbrocken lösten sich von der Mauer zwischen den Betonträgern und rieselten zu Boden.

Tarzan stemmte sich von seinem Stuhl hoch, schlurfte, das Handy am Ohr, in Shorts und alten Nike-Schuhen zum Fenster, drückte sich an die Wand und spähte hinaus. »Sie zielen auf Ihren Wagen«, berichtete er und rief Brandnarben-Boy am Fuß der Treppe etwas zu. Der antwortete und verließ das Gebäude.

»Was haben Sie mit dem PCC vereinbart?«, fragte *O Tossinho*.

»Wir haben nie mit Marcola oder jemandem aus seinem direkten Umfeld gesprochen«, antwortete Boxer. »Melo hatte eine Unterhaltung mit der Gang, mit der Sie zu tun hatten. Sie haben Versprechungen gemacht, die Melo nicht geglaubt hat.«

»Nur Marcolas Wort zählt«, sagte Tarzan, doch der Satz ging in einem weiteren schrillen Pfeifen und einer sehr viel lauteren Explosion unter, nicht näher, aber intensiver. Nach einer kurzen Pause erfolgte ein weiterer Einschlag, der den Boden erschütterte.

»Das war Ihr Wagen«, meinte *O Tossinho* lächelnd.

Tarzan sagte etwas ins Telefon. Sie warteten. Der Granatwerferbeschuss schien bis auf Weiteres eingestellt.

»Woher haben die die Mörser?«, fragte Boxer.

»Von der Armee«, sagte Tarzan grinsend.

»Sie haben auch Boden-Luft-Raketen«, sagte *O Tossinho* kichernd. »Bloß die tragbaren mit Infrarotsuchkopf. Kein Grund zur Sorge.«

»Nur für den Fall, dass wir Hubschrauber haben«, sagte Tarzan und lachte schallend.

»Was haben Sie dem Mörserbeschuss entgegenzusetzen?«

»Falls Sie Waffensysteme meinen ... nichts. Wir haben nur Männer, das ist alles«, sagte *O Tossinho*.

»Als Nächstes werden sie die Granatwerfer auf die Wohntürme nebenan richten, und dann ist Ihr Vorteil dahin«, sagte Boxer.

Tarzan sprach wieder in sein Handy. Dann ging er in die Knie und blickte mit einem Fernglas aus dem Fenster. Eine weitere Granate wurde abgefeuert, das Pfeifen klang weiter entfernt. Sie zielten auf die Wohnanlage. Das Geschoss landete auf dem Tennisplatz. Man hörte einen zischenden Einschlag, kurze Stille und dann eine gewaltige Explosion.

»Das war das Ende eines Mörsers«, sagte Tarzan, blickte wieder aus dem Fenster und wartete auf den Vergeltungsschlag.

Die nächste Granate wurde abgefeuert. Während Tarzan noch am Telefon war, gab es eine Explosion auf einem der Balkone etwa auf halber Höhe des ersten Wohnturms. Schutt rieselte zu Boden. Als der Staub sich gelegt hatte und der Qualm verweht war, konnte man sehen, dass ein großes Stück aus der Fassade gerissen worden war.

»Wie lange wird die Armee untätig zusehen?«, fragte Boxer. »Man kann eine solche Immobilie nicht zerstören, ohne dass es eine Reaktion gibt.«

»Vielleicht schicken sie Panzer. Vielleicht nicht«, sagte Tarzan. »Ich würde wetten, dass sie noch warten.«

»CNN, BBC, Al Jazeera sind alle da draußen. Die Bilder gehen mittlerweile um die Welt.«

Tarzan sprach wieder in sein Handy und blickte aus dem Fenster.

Eine weitere Granate wurde abgeschossen, traf dasselbe Gebäude und riss ein großes, qualmendes Loch in dessen Seite. Auf das Geknatter eines Feuergefechts mit kleineren Waffen folgte eine weitere Explosion. Tarzan trat, das Fernglas vor Augen, einen Schritt vom Fenster zurück.

»Das war das Ende des zweiten Mörsers«, sagte er.

Dann telefonierte er weiter. Er sprach mit jemandem im obersten Geschoss eines der Türme, der berichtete, was sich am Boden ereignete. Tarzans Truppen zogen Beschuss auf sich, waren jedoch diszipliniert genug, das Feuer nicht zu erwidern, weil sie ihren Höhenvorteil zur Beobachtung von Bewegung und Truppenbildung des Feindes nutzen wollten, um ihn dann entschlossen auszuschalten. Amateurhaft war lediglich, dass sie sich für ihre Kommunikation auf die Mobilfunknetze verließen.

Rhythmisches Maschinengewehrknattern ließ ihn wieder zum Fenster blicken. »Unsere ersten Schüsse«, sagte Tarzan. »Sie versuchen, in die Favela einzudringen. Ich werde die Operation von einem der Balkone in den Wohntürmen leiten.«

Er rief Brandnarben-Boy zu, dass er den Buchhalter hochschicken sollte. Sie übergaben das Geld einem orientalisch aussehenden Mann Mitte vierzig, der es zum Zählen mitnahm. Tarzan folgte ihm nach unten und verließ das Gebäude.

Maschinengewehre knatterten stoßweise. Die Luft war erfüllt vom Knacken, Spucken und Ploppen kleinkalibriger Waffen, unterbrochen von Granateinschlägen.

»Ist die Straße, über die ich gekommen bin, die Frontlinie?«
»Ja, aber früher oder später werden sie von allen Seiten kommen ... es sei denn, sie sind dumm.«
»Was ist mit einer Belagerung?«
»Nein. Sie wollen ihre Autorität wiederherstellen.«
»Und Sie?«
»Wir werden sie für jeden Millimeter Fortschritt bluten lassen.«
»Weil die Ihre Frau getötet haben?«
»Das war nur eines der vielen Dinge, die das PCC gemacht hat«, sagte *O Tossinho*. »Sie sind die Aristokratie der Favelas. Nichts geschieht ohne ihr Wissen oder ihren Einfluss. Sie kontrollieren die Drogen, die Waffen und alle Angriffe auf die Welt außerhalb.«
»Und Sie haben ihnen geholfen«, sagte Boxer. »Und jetzt? Wollen Sie sie zerstören und ihren Platz einnehmen?«
»Nein, wir wollen bloß die Gewalt mindern, die sie über uns haben«, sagte er. »Sie sind nicht besser als die Reichen, die in ihren Hubschraubern über unsere Köpfe hinwegfliegen. Sie sind *unser* eines Prozent.«
Die Kämpfe draußen wurden intensiver. Es ploppte dreimal kurz hintereinander, als Rauchgranaten gezündet wurden, gefolgt von der durchgehenden Basslinie von Maschinengewehrfeuer, unterbrochen von kurzen Riffs aus Sturmgewehren und Handfeuerwaffen und dem vereinzelten Beckenschlag einer Granate oder dem Zischen und Rumpeln eines RPG. Boxer wurde klar, dass er in absehbarer Zeit nirgendwohin gehen würde.
Qualm hing in der unbewegten Luft. Bewaffnete Kids rannten durch die enge Straße vor dem Haus und drängten sich an anderen vorbei, die blutüberströmte Kämpfer von der Front wegtrugen. *O Tossinho* ging nach unten, um seine Truppen zu dirigieren und Berichte von der Schlacht entgegenzunehmen, die offenbar ausschließlich um die Wohnblöcke herum tobte. Boxer erkannte, dass man ihm die Freiheit gelassen hatte, Sabrina zu suchen.
Das Haus war ein mehrstöckiges Labyrinth aus Raum für

Raum angebauten Zimmern und Treppen. Die meisten Räume waren praktisch leer. Er rief Sabrinas Namen und vernahm aus den Tiefen des Gemäuers eine Antwort.

Er fand sie schließlich in einem niedrigen, stockdusteren, fensterlosen Lagerraum ohne Strom. Mit seiner Stablampe suchte er Kerzen und Streichhölzer. Sie lag auf einer Matratze aus Stroh mit einer Flasche Wasser und einem Stück Brot neben sich. Ihre Hände waren frei, doch ein Knöchel war, von einem Fetzen T-Shirt geschützt, mit einer Metallfessel an einen Ring in der Wand gekettet. Sie war dünner als auf den Fotos und wegen des Schlachtenlärms zappelig vor Angst.

Boxer fasste ihre Hände, erklärte ihr, wer er war, was draußen vor sich ging und was er vorhatte. Im Licht der Stablampe kontrollierte er den Verband auf ihrem verstümmelten Ohr und schnupperte, ob die Wunde entzündet roch. Sie schien sauber. Sabrina weinte an seiner Schulter und klammerte sich an sein Hemd. Er strich ihr über den Hinterkopf, bis sich ihre innere Anspannung löste.

»In den letzten Tagen habe ich komplett in der Luft gehangen«, sagte sie. »Die haben mir kaum was erzählt. Ich bin immer wieder betäubt und von Ort zu Ort verlegt worden. Sie geben mir zu essen und Wasser, das ist alles. Heute habe ich den ganzen Tag noch niemanden gesehen.«

»Wir können erst nach Einbruch der Dunkelheit aufbrechen. Wir werden zu Fuß unterwegs sein, und da draußen herrscht das blanke Chaos. Wer hat den Schlüssel für die Fessel um deinen Knöchel?«

»Wahrscheinlich Brandnarben-Boy ... *O Queimado.*«

»Er wird nicht leicht zu finden sein, aber ich möchte, dass du diese Fessel loswirst, damit wir im Notfall rennen können. Wie kräftig fühlst du dich?«

»Ich habe kaum gegessen, bloß Wasser getrunken.«

»Ich werde mich auf die Suche nach etwas Essbarem machen. Für das, was vor uns liegt, brauchst du Kraft.«

Er ging nach oben, fand eine Küche, in der es Brot, trockene Wurst und Tomaten gab. Während er Sabrina ein Sandwich machte, kam ihm die quälende Zeit von Amys Entführung in London wieder in den Sinn, und er spürte den gleichen unbedingten Willen wie damals, das Mädchen sicher zurückzubringen. Ging er deshalb ein so gewaltiges Risiko ein? Da war auch noch Bianca, Bruno Dias' dauerhaft versehrte Tochter, deretwegen er nach wie vor Schuldgefühle hatte. Nicht zu vergessen er selbst. Das Adrenalin in seinem Blut stieß ihn ins Leben zurück.

Er blickte aus dem Fenster über Wellblechdächer und Würfel aus rotem Backstein. Dahinter konnte man im klaren, hellen Morgenlicht bewaldete Hügel ausmachen, die sich bis zu einer Reihe von Apartmenthäusern auf einer Kuppe erstreckten. Jungen rannten, Waffen über ihre schmächtigen Schultern gehängt, geduckt durch die Gassen, erklommen Mauern und sprangen von Dach zu Dach. Mittlerweile wurde ununterbrochen geschossen. Auf einem höheren Dach kauerten mehrere Kids hinter einer niedrigen Backsteinmauer und feuerten auf die rennenden Jungen. Einer von ihnen wurde am Bein getroffen und vom Dach gerissen wie von einem Vorschlaghammer gefällt.

Zu seiner Linken positionierten sich drei Kids mit einem RPG-Granatwerfer auf einem Dach in der Nähe der Typen, die aus der Deckung der niedrigen Mauer schossen. Als das Feuergefecht kurz abebbte, pfiff Boxer auf den Fingern und wies auf die Gruppe mit dem Granatwerfer, die noch nicht ganz schussbereit war. Die Typen hinter der Mauer drehten sich um und ließen einen viersekündigen Kugelhagel aus ihren automatischen Waffen los, der das Granatwerferteam ausradierte.

Er nahm Sabrinas Sandwich und duckte sich, als eine Salve auf sein Fenster abgefeuert wurde. Projektile schlugen in das Mauerwerk. Boxer rollte sich über den Boden, ärgerlich auf sich selbst, weil er seine Position im Haus verraten hatte.

Sabrina sagte, sie sei nicht hungrig, doch als sie das Sandwich sah, stürzte sie sich begierig darauf und hatte den Mund so voll, dass sie nicht sprechen konnte. Danach lehnte sie sich an die Wand, trank Wasser und döste satt vor sich hin. Ein paar Minuten später war sie eingeschlafen.

Boxer blies die Kerze aus und verließ den Raum. Das Haus war leer. Auch auf der Straße draußen war kein Mensch zu sehen. Aus allen Richtungen hörte man Schusswechsel. Boxer suchte sein Handy, fand es nicht, ging nach unten, streckte vorsichtig den Kopf aus der Tür und überquerte die Straße. Er rannte zu der Stelle, wo er den Wagen abgestellt hatte, und fand nur ein ausgebranntes, qualmendes Wrack.

Ein Stück die Straße hinunter lagen Leichen auf der Straße, Kids, die Körper von Schusswunden zerfetzt, ihre Waffen verschwunden. Er betrat einen Laden, stieg in den ersten Stock, spähte aus einem Fenster auf die Straße und stellte fest, dass die Straßensperre nach wie vor an Ort und Stelle und bemannt war. Gewehrläufe ragten aus Türen, während Spiegel auf der Barrikade jeden zeigten, der sich näherte.

Die Sonne stand jetzt höher am Himmel. Alle Frische war aus dem Morgen herausgeprügelt worden. Stattdessen hingen Schwefelgestank von geplatzten Abwasserrohren und Schlachtenqualm in der schwülen Luft. Die Kämpfe um die Wohntürme wurden heftiger, weil das PCC wusste, dass man mit deren Einnahme die Kontrolle über die Favela zurückerobern würde. Mörser hatten große Teile der Balkone weggerissen. Boxer beobachtete, wie ein weiterer Balkon von einer Granate getroffen wurde und Wasser aus einem Plunge Pool an der Fassade des Gebäudes herunterströmte.

Er durchsuchte das Haus nach Werkzeug, fand Coca-Cola, Wasser und Schokolade. Weiter im Innern wurde offenbar an einem Anbau gearbeitet; unter einer Plastikplane standen eine Wanne mit unbenutztem verhärtetem Zement und eine Schaufel. Boxer entdeckte einen Hammer und einen Meißel und nahm auf dem Weg hinaus auch die Cola und das Wasser mit.

Er ging zurück zu Sabrina und begann mit dem Werkzeug, den Ring aus der Wand zu schlagen. Sabrina rührte sich kurz, schlief jedoch sofort wieder ein.

Nach der hinter ihm liegenden Nacht erschöpfte ihn die Arbeit, und er legte sich ebenfalls auf die Matratze und schlief ein paar Stunden. In der Trägheit der Nachmittagshitze wachte er schweißgebadet auf. Sabrina schlief immer noch fest. Boxer ging wieder nach oben in das Hauptzimmer. Es war immer noch verlassen, genau wie die Straße vor dem Haus; nur in der Ferne hörte man vereinzelte Schüsse. Boxer stieg aufs Dach, von wo aus er die Wohntürme in dem Qualm und Dunst nur mühsam ausmachen konnte. Sie hatten weiteren Schaden genommen, und die Nordseite eines der Türme brannte.

Er ging zurück zu Sabrina, die langsam wieder zu sich kam.

»Wer gewinnt?«, fragte sie.

»Das lässt sich unmöglich sagen«, antwortete Boxer.

»Auf wessen Seite stehen Sie?«

»Auf unserer.«

»Sie sind sehr ruhig«, stellte sie fest.

»Dafür werde ich bezahlt.«

»Sie meinen ... Sie sind nicht wirklich ruhig?«

»Angst ist ermüdend«, erklärte Boxer. »Ich benutze sie, um mich aus schwierigen Situationen zu befreien.«

»Lassen Sie mich nicht allein«, sagte Sabrina. »Versprechen Sie mir das?«

»Ich bin hier, um dich rauszuholen«, erwiderte Boxer. »Aus keinem anderen Grund.«

Sie weinte, jedoch nicht lange. Ein kleiner Gefühlsausbruch. Zum ersten Mal seit Tagen war sie nicht mehr allein.

»Hat mein Vater Sie geschickt?«, fragte sie und wischte sich die Tränen mit ihrem T-Shirt ab.

»Ich würde nicht sagen, dass er mich *geschickt* hat. Im Laufe des Verhandlungsprozesses sind Dinge passiert, für die ich mich verantwortlich gefühlt habe.«

»Sie meinen, mein Vater hat Ihnen nicht zugehört.«

»Das könnte man sagen.«

»Er hat getan, was *er* tun wollte. Ja, nur *er* weiß, wie man es macht. Es hat meine Mutter wahnsinnig gemacht, und dann hat es *mich* wahnsinnig gemacht. Deswegen musste ich von ihm weg. Und wegen seiner Wutausbrüche.«

»Die habe ich ... noch nicht erlebt.«

»Wenn Sie ihm die Stirn bieten, seine Art, Dinge zu regeln, in Frage stellen oder die Erzählung in seinem Kopf stören, geht er mit einer derartigen Wut auf einen los, dass man beim ersten Mal unwillkürlich zurückweicht. Nein, man weicht die ersten zwanzig Male zurück. Erst dann begreift man, dass er so immer seinen Willen bekommen hat, und fängt an, sich zu wehren. Meine Mutter hat mich bis zu ihrem Tod davor beschützt. Dann habe ich es selbst gesehen und erkannt, dass zu Hause auszuziehen meine einzige Chance war.«

»Du hast im Verlauf der Entführung einige Dinge über deinen Vater erfahren. Wird das irgendetwas ändern?«

»Macht er sich deshalb Sorgen? Hat er mit Ihnen darüber gesprochen?«

»Nein, so weit sind wir noch nicht gekommen.«

Boxer meißelte die Betonbrocken weg, die noch an der Fessel klebten, bis nur noch das in das T-Shirt gewickelte Metall übrig war, bevor sie nach oben in das schwüle Hauptzimmer gingen, wo sie schwitzend für den Rest des Nachmittags die Ereignisse im Fernsehen verfolgten.

Als es dämmerte, kamen Brandnarben-Boy und *O Tossinho* erschöpft die Treppe hoch. Sie tranken Wasser und Cola, bevor sie zusammensackten. Beide hatten sich einen weißen Stoffstreifen um den Oberarm gebunden, an dem sie von den feindlichen Truppen zu unterscheiden waren. Sie sahen Sabrina und blickten gleichgültig auf die Fessel an ihrem Fuß.

»Die können Sie ihr jetzt auch genauso gut abnehmen«, sagte Boxer.

Brandnarben-Boy fand den Schlüssel und schloss die Metallfessel auf.

»Wie läuft es da draußen?«, fragte Boxer.

»Sie haben sich gerade von der Grenze des Grundstücks um die Wohntürme zurückgezogen«, sagte *O Tossinho*. »An ein paar Stellen haben sie die Mauer durchbrochen, aber wir haben Maschinengewehre am Boden, deshalb sind sie nicht weit gekommen. Sie haben vergeblich versucht, unsere Abwehrstellung zu überrennen, und dann fürs Erste den Rückzug angetreten.«

»Die Wohntürme haben ordentlich was abgekriegt.«

»Doch wir haben bei dem Bombardement nur zwei Männer verloren«, sagte Brandnarben-Boy müde, aber beinahe irre vor Aufregung. »Ihre Verluste sind riesig. Überall liegen Leichen.«

»Heute Nacht wird es einen großen Vorstoß geben«, sagte *O Tossinho*. »Wir werden Scheinwerfer an den Wohntürmen montieren.«

»Haben Sie noch genug Munition?«

»Wir können noch eine Woche so weitermachen … oder länger.«

»Und wenn Sie eingekesselt werden?«, fragte Boxer. »Die haben die Favela doch inzwischen bestimmt von außen abgeriegelt.«

»Der einzige Weg nach draußen führt durch die Wohnanlage auf die Avenida Giovanni Gronchi und über die Mauer auf der anderen Straßenseite. Dahinter liegen zehn Hektar eingezäuntes Parkgelände, das mehr oder weniger aus Wald besteht. Wenn das nicht militärisch abgeriegelt wird, können wir uns durch diesen Korridor versorgen lassen oder fliehen.«

»Und wenn das Militär alles abriegelt?«, fragte Boxer. »Wird das dann eine berühmte Schlacht bis zum letzten Blutstropfen?«

»Wir zeigen dem PCC, dass das Volk genug hat – in der einzigen Sprache, die sie verstehen.«

»Seit wann sprechen Sie für ›das Volk‹?«

O Tossinho sah auf die Uhr, griff nach der Fernbedienung und stellte den Fernseher lauter. Über den Bildschirm flimmerten von leisem Stimmengewirr unterlegte Aufnahmen von Füßen auf einem gefliesten Boden. Die Kamera schwenkte nach oben, und zwischen den Köpfen der Zuschauer sah man einen Fernsehjournalisten und *O Tossinho* in einem Wohnzimmer sitzen. Im Hintergrund lagen Scherben und Trümmer auf dem Boden, und man hörte Schüsse.

»Der Journalist ist ein Typ, den ich von 2012 kenne. Er hat mich damals interviewt, aber sie wollten das Material nicht senden. Diesmal habe ich ihm ein Exklusivinterview versprochen, wenn er mir garantiert, dass es gesendet wird«, sagte *O Tossinho*. »Sie wollten es bloß nicht live ausstrahlen.«

Der Journalist gab eine lange einführende Erklärung über den Kampf zwischen dem PCC und *O Tossinhos* Männern, die sich, wie er enthüllte, jetzt das CPC nannten – *Comando do Povo da Capital* – das Volkskommando der Kapitale. Er stellte *O Tossinho* als Anführer der Gruppe vor und fragte ihn, worum es in diesem Kampf ginge. Als Antwort erhielt er eine lange Tirade über die Ungleichheit im Allgemeinen, die Ungleichheit zwischen den Superreichen, der Mittelklasse und den Armen und die noch bösartigere Ungleichheit zwischen dem PCC und den Ärmsten der Armen in den Favelas.

Der Journalist wollte eine menschlichere Geschichte und fragte ihn, was genau gestern geschehen sei, das eine so gewaltige offene Feldschlacht im Zentrum von São Paulo ausgelöst habe. Wieder hielt *O Tossinho* eine Schmährede über die Kontrolle des PCC über die Gefängnisse, den Drogenmarkt, die Verfügbarkeit von Feuerwaffen und damit auch über das Maß an Verbrechen und Gewalt, das in der Gesellschaft herrschte.

Auch das war noch nicht persönlich genug, deshalb beugte sich der Journalist vor, um final zuzuschlagen. Er sprach über die Morde an *O Tossinhos* Frau und Tarzans Freundin und die Art, wie die beiden Männer geächtet und in ihrem Lebensunterhalt beschnitten worden waren, und fragte, ob das Ganze bloß ein persönlicher Rachefeldzug sei.

»Ja, es ist wahr, wir haben unter der Gewalt des PCC gelitten«, sagte *O Tossinho*. »Sie haben meine Frau nur umgebracht, um mich zu erniedrigen, um mir zu zeigen, wer die Macht hat. Nach dem Aufstand von 2012 hatte ich viel Respekt gewonnen, und das hat dem PCC nicht gefallen. Meine Strafe war der Verlust meiner Frau. Aber ich bin nicht allein. Ja, es wird immer Arme und Reiche geben, doch müssen die Armen so schlecht behandelt werden? Müssen wir mit der permanenten Bedrohung durch Gewalt leben, sodass es attraktiver scheint, sich in Drogen zu verlieren, statt die Realität zu bewältigen? Müssen wir uns einer Hierarchie unterwerfen, die uns aus dem Gefängnis kontrolliert und verlangt, dass wir morden, entführen, Drogen verkaufen, stehlen und jeden bestrafen, der nicht gehorcht? Ich kämpfe, weil das PCC die Frau getötet hat, die ich geliebt habe, aber deshalb kämpft keiner meiner *companheiros*. Sie kämpfen für ein kleines Stück Freiheit.«

KAPITEL DREIUNDZWANZIG

27. April 2014, 17.40 Uhr
Favela de Paraisópolis, São Paulo, Brasilien

»Macht Sie das zum neuen Nationalhelden?«, fragte Boxer.
»Die meisten Brasilianer kümmern sich mehr um die Miss Bumbum 2014 als um Helden aus den Favelas«, antwortete *O Tossinho*, trat ans Fenster und blickte auf die Straße.

»Das Militär hat nach wie vor nicht reagiert«, sagte Boxer.

»Die wollen, dass wir ihren Krieg für sie kämpfen«, erklärte *O Tossinho*. »Uns ist es egal.«

»Werden Sie mir erlauben, Sabrina hier rauszubringen?«

»Ich halte Sie nicht auf. Aber denken Sie dran, der Feind steht da draußen, nicht hier drinnen.«

»Was raten Sie mir?«

»Wenn Sie glauben, dass wir das PCC abwehren können, bleiben Sie. Wenn Sie glauben, dass wir überrannt werden, warten Sie den Moment des größten Chaos ab und handeln dann.«

»Kann ich mein Mobiltelefon zurückhaben?«

O Tossinho gab es ihm.

»Um die Wohntürme wird die Schlacht am heftigsten toben«, sagte Boxer. »Was passiert in diesem Teil der Favela?«

»Wir sind umzingelt. Wir haben Geschützstellungen auf diversen Häuserdächern und am Boden, mit denen wir verhindern wollen, dass die Verstärkungstruppen sich verbinden und auf die Wohnanlage vorrücken. Nach Einbruch der Dunkelheit wird es für unsere Leute schwieriger werden, die Truppenbewegungen des PCC zu beobachten, und ich werde Kämpfer ab- und in der zentralen Kampfzone zusammenziehen. Sie können entweder mit ihnen gehen oder Ihr Glück auf eigene Faust versuchen. Wenn das PCC schnell vorrückt und nicht jedes einzelne Haus durchsucht, können Sie vielleicht durch deren Linien schlüpfen. Oder Sie glauben, im Chaos der Schlacht eine größere Chance zu haben …«

Die Sonne ging unter. Mit der Dämmerung stieg die Spannung in der Atmosphäre, als ob sich ein Sturm zusammenbrauen würde, obwohl der Himmel klar und der Horizont leer war. *O Tossinho* sah auf die Uhr und herrschte Brandnarben-Boy an, der nach unten rannte und den Leuten auf der Straße Anweisungen zurief. Man hörte rennende Schritte in beide Richtungen. *O Tossinho* blickte aus dem Fenster und rief Tarzan auf seinem Handy an. Von der Geschützstellung auf dem Dach des Hauses wurde das Feuer eröffnet. *O Tossinho* lauschte und beendete das Gespräch.

»Es geht los«, sagte er. »Sie rücken von allen Seiten vor, und Wagen mit weiteren Leuten treffen ein.«

Im selben Moment hörte man den pfeifenden Sinkflug einer Mörsergranate, gefolgt von einer größeren Detonation. Es war mittlerweile fast dunkel, und der Blitz der Explosion war am dunkelblauen Himmel deutlich zu sehen. Einer der Apartmenttürme war unterhalb der Spitze getroffen worden, und noch bevor der verspätete Knall eines weiteren Einschlags sie erreichte, sahen sie erneut Flammen auflodern.

»Wissen Sie, was Sie machen wollen?«, fragte *O Tossinho*.

»Wenn die Granatwerfer haben, will ich jedenfalls nicht da rein«, sagte Boxer. »Wird im Dunkeln nicht leicht für Sie werden, die auszuschalten.«

»Stimmt. Und sie werden die Geschütze bewegen, um es zusätzlich zu erschweren«, sagte *O Tossinho*. »Ich lasse unten an der Treppe einen Kurier warten, der Sie durch die Häuser statt über offene Straßen bis zur Frontlinie führen kann. Es gibt zwei weitere Wege aus diesem Gebäude, einer führt auf die Straße hinter dem Haus, der andere auf das Nachbargrundstück. Viel Glück.«

»Ich brauche eine Waffe«, sagte Boxer.

Ein weiteres Pfeifen, eine Explosion von Licht am Abendhimmel. Von allen Seiten hörte man Schusswechsel, unterlegt vom stetigen Geknatter eines Maschinengewehrs. *O Tossinho* verschwand die Treppe hinunter.

Sabrina saß, den Rücken an der Wand, die Knie umschlungen, auf dem Boden und wiegte sich hin und her.

»Was sollen wir tun?«, fragte sie. »Was sollen wir *tun*?«

Wieder hörte man zwei pfeifende Geschosse, Granaten aus einer anderen Richtung. Der mittlere Apartmentblock bekam zwei Treffer ab. Die nachfolgende Kaskade von Schutt war deutlich vernehmbar. Boxer führte Sabrina nach unten in die Küche, wo er herumkramte, bis er eine Flasche mit Korken gefunden hatte. Er hielt ein Ende über eine Gasflamme des Herdes und beschmierte mit dem Ruß ihre Gesichter und Hände. Er trug Sabrina auf, sich auch die Arme und Beine einzureiben, während er aufs Dach stieg.

Die Anordnung der Favela war chaotisch. Es gab einige gitternetzartig angelegte Hauptstraßen, doch ansonsten war es ein Durcheinander von ungeplanten und unverputzten Backsteinbehausungen jeder Größe, die, durchzogen von verwinkelten Gassen, aneinanderstießen.

Die Sonne war endgültig untergegangen. Nur ein schmaler roter Streifen leuchtete noch am unteren Rand einer gewaltigen indigoblauen Kuppel, an der man einige der helleren Sterne ausmachen konnte. Bald war auch der rote Streifen verschwunden, und eine tiefere Dunkelheit senkte sich herab, während die Schusswechsel intensiver wurden.

Zwei weitere Granaten segelten pfeifend auf die Apartmenttürme zu. Im Blitz der Explosion konnte Boxer das Ausmaß der Zerstörung erkennen. Fast alle der spiralförmig angeordneten Balkone waren von der Fassade gebrochen, und an der Spitze und den Seiten der Gebäude klafften große schwarze Löcher. Er rief Melo an.

»Wo sind Sie?«

»In der Favela. Sabrina ist bei mir. Das PCC hat seine Großoffensive auf die Apartmenttürme gestartet. Die Favela ist umzingelt. Wir müssen es so timen, dass wir in dem Chaos entkommen. Ich bin mir nicht sicher, ob das CPC die Mittel hat, diesem Angriff des PCC standzuhalten.«

»Sie werden sie zerschmettern, und dann werden wir das PCC zerschmettern.«

»Wie meinen Sie das?«

»Die Armee wartet auf ihren Einsatzbefehl«, sagte Melo. »Sie können sie nicht sehen, aber die Einheiten bewegen sich auf ihre Schlachtposition zu. Ich schicke Ihnen einen Helikopter. Ich habe Ihre Position.«

»Nein, kein Hubschrauber. Die haben Boden-Luft-Raketen, und die Befehlskette ist nicht straff genug, um sicher zu sein, dass nicht irgendjemand sie auch benutzt. Wir müssen es zu Fuß schaffen, aber als Erstes brauche ich eine Waffe«, erwiderte Boxer. »Sagen Sie mir, wo genau ich bin.«

Melo erklärte ihm, dass er eine SMS mit den GPS-Koordinaten schicken würde, aber die Vorstellung, dass diese Daten im Äther unterwegs waren, behagte Boxer nicht. Jeder könnte seine Anrufe verfolgen. Also gab Melo die Position mündlich durch, und sie beendeten das Gespräch.

Danach rief Boxer Jorge an, der die Situation außerhalb der Favela im Blick behielt.

»Was geht da draußen vor sich?«

»Alle rücken auf Paraisópolis vor«, sagte Jorge. »Es ist der Wahnsinn hier draußen. Hunderte von Typen, sogar Kinder, mit allen möglichen Waffen ... Messern, Macheten, Speeren, Knüppeln. Das Ganze wird zum Stammeskrieg. Ich bin mir nicht mal sicher, ob sie wissen, für wen sie kämpfen, sie werden einfach vom Zentrum des dramatischen Geschehens angezogen.«

»Hält irgendjemand die Leute davon ab reinzukommen?«

»An allen Zugangspunkten stehen Mitglieder der PCC-Miliz. Es hat auch Kämpfe gegeben, doch es ist schwer zu erkennen, weshalb. Ich weiß wirklich nicht, wie sie feststellen wollen, wer für und wer gegen das PCC ist.«

»Haben die Leute das *Comando do Povo da Capital* schon zur Kenntnis genommen?«

»Absolut. Viele sind überzeugt, dass die Medien nicht die Wahrheit sagen, wenn sie behaupten, das PCC und das CPC würden sich bekämpfen. Sie glauben, es ist eine Offensive der Armee gegen die kriminellen Banden.«

»Haben Sie Truppen oder Panzer gesehen?«

»Nein. Aber wer hat schon Granatwerfer? Wie können sie die Apartmenttürme mit Mörsern beschießen, ohne dass die Armee die Hände im Spiel hat?«

»Ich hab hier keine Armee gesehen, aber womöglich bekommt das PCC Unterstützung durch das Militär ... zumindest bis auf Weiteres.«

»Das bezweifle ich.«

»Die Armee könnte das Ganze als Hebel benutzen, um den Würgegriff zu brechen, in dem das PCC die Favelas, das Gefängnissystem und das organisierte Verbrechen hält«, erklärte Boxer. »Sagen Sie mir Bescheid, wenn es neue Entwicklungen gibt.«

Er beendete das Gespräch, ging nach unten zu Sabrina und versteckte sie in dem Lagerraum, in dem er sie zuerst gefunden hatte. Er räumte alle Beweise ihrer Anwesenheit weg, zog diverse Paletten vor den Eingang, legte Matratzen aus und bereitete ihr einen Platz hinter mehreren Säcken Reis.

»Sie lassen mich doch nicht allein«, sagte sie. »Bitte, lassen Sie mich nicht allein.«

»Ich brauche eine Waffe, und ich kann dich nicht mitnehmen. Bleib einfach hier im Dunkeln. Wenn du Menschen hörst, rühr dich nicht. Ich bin so schnell wie möglich zurück.«

Sie klammerte sich an seinen Arm und grub verzweifelt ihre

Finger in seine Haut. Er strich ihr über den Rücken, löste sich behutsam und bettete sie auf die Matratze.

Boxer ging durch das Haus auf die Straße und erklärte dem von *O Tossinho* zurückgelassenen Kurier, dass er warten sollte. Dann rannte er zu den Barrikaden und durchsuchte die am Ende der Straße liegenden Leichen. Nach der Hitze des Nachmittags rochen sie übel. Ihre Waffen waren alle irreparabel beschädigt oder hatten keine Munition. Offenbar waren sie bereits gefilzt worden. Boxer rannte zurück zum Haus und holte den Kurier ab, damit der ihn zur Frontlinie führte.

Der Junge war barfuß und trug nur Shorts. Er war dunkelhäutig, eine Mischung aus Schwarzem und Indio. Sein Alter ließ sich unmöglich schätzen, doch er war nicht größer als ein Zehnjähriger. Sie kommunizierten in einem Kauderwelsch aus Spanisch und bruchstückhaftem Portugiesisch. Der Kurier zog Boxer von der Hauptstraße. Sie machten sich auf den Weg durch Gassen, kleine Innenhöfe, Fenster, Lager- und Wohnhäuser, über Treppen, Mauerkronen, Dächer und klaffende Spalten hinweg. Dabei wurden die Schusswechsel, das rhythmische Knattern der Maschinengewehre und das furchterregende Pfeifen der Mörsergranaten, die jetzt direkt über ihre Köpfe hinweg in Richtung der Apartmenttürme sausten, immer lauter.

Als sie eine breite Straße erreichten, legte der Junge eine Hand auf Boxers Brust, um ihn aufzuhalten, streckte den Kopf vor, zog ihn wieder zurück und spähte erneut hinaus. Kugeln prallten von dem Türrahmen ab, hinter dem sie standen. Der Junge stieß Boxer zurück ins Haus, und dann folgten sie einer schmalen Gasse, die wieder auf die breite Straße führte. Der Junge streckte erneut den Kopf vor. Nichts. Er wagte es abermals. Nach wie vor nichts. Er trat auf die Straße und rannte zu dem Haus gegenüber. Boxer folgte ihm.

Sie arbeiteten sich weiter von Haus zu Haus vor, bis die Wohntürme sich direkt vor ihnen erhoben. Das Gewehrfeuer war heftig und konstant, nur hin und wieder durchbrochen vom

Zischen und der unmittelbar folgenden Explosion einer raketengetriebenen Granate. Der Junge spähte aus einem Fenster im Obergeschoss eines leeren Hauses. Das Gewehrfeuer unter ihnen konzentrierte sich auf die eingestürzten Mauern um das Gelände der Apartmenttürme. Leichen lagen zum Teil übereinander auf der leeren, mit Schutt übersäten Straße verstreut, in der frische Schlaglöcher von Mörsergeschossen klafften, die ihr Ziel verfehlt hatten.

Die Apartmenttürme waren mit Einschusslöchern übersät, die abgebrochenen Balkone lagen in Schutthaufen zwischen den zerstörten Außenzäunen der Tennisplätze. Im Swimmingpool trieben Leichen. In keinem der Apartments brannte Licht.

Boxer verschaffte sich einen Überblick und bemerkte, dass die Truppen auf seiner Seite der Straße das Feuer eingestellt hatten. Auch das CPC hörte auf zu schießen. In der folgenden Stille konnte man entferntes Gebrüll hören, als stünden sie vor einem Stadion, in dem ein Fußballspiel ausgetragen wurde. Der Kurier sah Boxer an und zuckte die Achseln. Von der Straße wehte der Geruch von Zigarettenqualm und Marihuana nach oben. Boxer trat ans Fenster und hörte Stimmen von unten. Der Kurier legte einen Finger an die Lippen. Kämpfer liefen über die umliegenden Wellblechdächer und kletterten auf das Dach über ihnen.

Boxer und der Kurier zogen sich vom Fenster in einen pechschwarzen Flur zurück. Aus einem Raum im Erdgeschoss fiel Licht. Boxer schlich sich näher heran, nahm den intensiven Marihuanageruch wahr und hörte das Blubbern einer Crackpfeife. In dem Zimmer saßen drei Jungen um eine Kerze, zwei vorgebeugt, um sich einen Joint anzuzünden, während der dritte auf dem Rücken lag und den Rauch, den er aus der Pfeife gesaugt hatte, an die Decke blies. Zwei ihrer Waffen lehnten neben dem mit einer Decke verhängten Fenster; die Waffe des dritten, eine AK-47, befand sich neben dem Kopf des liegenden Jungen an der Wand, nur drei Meter von Boxer und der untersten Treppenstufe entfernt.

Er wandte eine alte Technik an, die er im Irak gelernt hatte – denk einfach nicht drüber nach. Er betrat ruhig den Raum, schnappte sich die Waffe, erschoss zuerst den liegenden Jungen und danach die beiden anderen. Der dritte hatte noch Zeit, eine Pistole zu ziehen, die er jedoch nicht mehr abfeuern konnte, bevor er mit einer blutenden Kopfwunde zur Seite sackte. Von oben rief jemand. Der Kurier tauchte neben Boxer auf und rief etwas Unverständliches zurück.

Boxer hängte sich die beiden AK-47 über die Schultern und wand die Pistole aus der schlaffen Hand des Jungen. Er fand ein paar Ersatzmagazine für beide Waffen, steckte sie ein, nahm die Kerze und verließ den Raum. Wieder rief jemand von oben. Der Kurier antwortete und lauschte. Nichts. Er zuckte die Achseln.

Auf dem oberen Treppenabsatz wies Boxer auf den Weg, über den sie gekommen waren. Der Kurier schüttelte den Kopf und zeigte mit schweißüberströmtem Gesicht zur Decke. Sie gingen die Treppe wieder hinunter, vorbei an dem Raum mit den Jungen bis zu einer Tür am Ende des Flurs. Der Junge legte sein Ohr an das Holz. Nichts. Er drückte vorsichtig die Klinke herunter. Boxer blies die Kerze aus und entsicherte die Pistole. Die Angeln waren nicht geölt. In der Stille der vorübergehenden Feuereinstellung klang das Quietschen absurd laut wie ein Sargdeckel in einem Horrorfilm.

Eine Stimme von drinnen sagte: »Hey *Napão*, auf was hast du geschossen?«

»Meine Füße«, antwortete der Kurier. »Sie haben mich geärgert.«

»Na, dann geh und erschieß sie, aber verpiss dich zurück in dein Loch«, sagte die Stimme lachend. »Deine Sorte wollen wir hier drinnen nicht.«

»*Esta bem*«, erwiderte der Junge, schloss die Tür und schnappte verblüfft über seine eigene Schlagfertigkeit nach Luft.

Sie saßen in der Falle – alle Wege nach draußen waren blockiert.

Im Licht seines Handys ging Boxer zurück ins Innere des Hauses. Er hörte Stimmen, machte das Licht aus und tastete sich an der Wand entlang zum Geruch frischer Nachtluft vor. Er legte sich auf den Boden und zog den Kurier neben sich. Sie warteten. Von draußen hörte man leise murmelnde Stimmen, das Klicken eines Feuerzeugs, das Knistern von Papier und glimmendem Marihuana. Irgendjemand fragte, ob es etwas Stärkeres als Gras gebe, und erhielt zur Antwort, er solle sich verpissen. Aus der Ferne rief jemand etwas auf Portugiesisch, was die Aufmerksamkeit der Männer weckte.

»Was war das?«

»Irgendjemand ruft etwas von den Wohntürmen.«

»Hast du gehört, was er gesagt hat?«

»Halt's Maul und hör zu.«

Wieder ein Rufen aus der Ferne.

»Er nennt uns *companheiros*.«

»Für wen hält er sich, verdammt noch mal?«

»Keine Ahnung. Diese Typen vom CPC ...«

Wieder wurde etwas gerufen, im Dröhnen der Stadt erstaunlich deutlich vernehmbar, doch Boxer verstand es nicht.

»Ich kann ihn nicht hören.«

»Halt deine verdammte Klappe, *Babalu*.«

»Er sagt, sie hätten keinen Streit mit uns. Sie wollen uns nicht töten ...«

»Und warum richten sie dann ihre Waffen auf uns und drücken ab?«

Es folgte ein epischer Schusswechsel, als hätte jede einzelne Waffe in der Favela im selben Moment das Feuer eröffnet. Boxer hörte das heiße Blei durch die Luft zischen, das *Pling*, wenn es in Wellblech einschlug, das Knirschen, wenn es Mauerwerk aufriss.

»*Vamos*«, riefen die Männer, standen auf und verließen den Hof, in dem sie gesessen hatten.

Boxer reckte witternd die Nase, beugte sich vor und spähte aus dem Fenster. Es war beinahe stockfinster. Er hüpfte über die

Fensterbank. Draußen war der Schlachtenlärm desorientierend laut und beängstigend, sodass die Welt um ihn eng wurde und sich auf einen Radius von nicht mehr als ein paar Metern reduzierte. Er kniff die Augen zusammen, ließ den Blick über den Hof schweifen und sah eine Leiter, die an einem Wellblechdach lehnte. Das Pfeifen eines Mörsers kündigte eine weitere Explosion an, und in ihrem Blitz konnte man die Umrisse von auf dem Dach kauernden Männern ausmachen. Einer stand auf der Leiter und drehte sich um.

»Wer bist du?«, fragte er und legte seine Waffe an.

Der Kurier packte Boxers Arm und zerrte ihn durch eine Tür in der Ecke des Hofes, als der Mann auf dem Dach das Feuer eröffnete. Eine Salve von Kugeln riss Löcher in den Boden. Boxer drehte sich um und schoss vage in die Richtung des Schattens. Mit einem Schrei krachte der Mann auf das Wellblechdach. Seine Freunde kletterten von dem Dach herunter und sprangen in den Hof.

Boxer und der Kurier liefen weiter, stießen in einem Wohnzimmer gegen in der Dunkelheit unsichtbare Möbel, kamen in eine Küche, wo klirrend Geschirr zu Bruch ging, als sie gegen einen Tisch prallten, und eilten weiter in einen anderen mit Müll übersäten Innenhof. Im Gebäude gegenüber folgten sie einer Treppe zu einem Außengang, von dem sie das Dach erklommen, auf der anderen Seite über den Rand ins Dunkel rutschten und erst auf einem weiteren Dach und dann mit einem dumpfen Aufprall in einem ungepflasterten Innenhof landeten. In dem unverminderten Schlachtenlärm rannten und rannten sie, ahnungslos, ob sie überhaupt noch verfolgt wurden. Sie stürmten durch eine weitere Tür, Boxer stolperte und fiel. Ein Quieken, ein menschliches Quieken. Boxer richtete sich auf, schaltete die Taschenlampe seines Handys an und hob die Pistole. In dem Raum befanden sich zwei Frauen. Eine war sehr alt, hinfällig und bettlägerig, nur ein verrunzelter grauer Kopf über einem Laken. Die andere war Mitte fünfzig und hatte verängstigt die Arme um ihre Schultern geschlungen. Boxer hörte, wie hinter ihnen zwei Männer polternd ins Haus eindrangen. Er fuhr herum, stolperte durch eine Tür, die krachend gegen die Wand schlug, und taumelte einen Flur mit verputzten Backsteinen entlang, der so eng war, dass er sich Unterarme und Schultern an dem Mauerwerk aufschürfte. Als der Flur einen Knick machte, prallte er mit dem Kopf gegen eine steinerne Kante und hätte sich beinahe selbst ausgeknockt. Er drehte sich benommen um und sah vor sich eine Ladenfassade zur Straße. Alle Vorsicht vergessend sprinteten sie bis zu einer Gasse auf der anderen Seite. Der Lärm der Schlacht wurde leiser.

Keuchend lehnten sie in der Dunkelheit an einer Mauer. Boxer sah nur das Weiße in den Augen des Kuriers. Sie warteten, die Ladenfront gegenüber im Blick. Boxer legte seine Waffe an und zielte. Die beiden Männer kamen aus dem Gebäude gerannt. Boxer streckte sie mit drei Schüssen nieder, was einen Kugelhagel auslöste, bis die zuckenden Körper stilllagen. Als auf der Straße Schritte nahten, packte der Kurier Boxers Arm, und sie liefen weiter.

Beladen mit den Sturmgewehren und der Pistole, Hemd und Chinos klatschnass von der drückenden Feuchtigkeit, hatte Boxer Mühe, mit dem Kurier Schritt zu halten, der Mauern und Dächer erklomm, über dunkle Spalten sprang, Treppen hinaufrannte und durch offene Fenster hechtete, als wäre das Ganze ein Trainingsparcours. Zehn Minuten später erreichten sie die Straße mit dem Haus, in dem Sabrina sich versteckte. Sie stiegen im Haus gegenüber die Treppe hinauf und spähten zur anderen Straßenseite. Boxer lauschte auf die Geschützstellung auf dem Dach, doch es war still. Der Kurier tippte ihm an den Arm und wies mit dem Kopf auf mehrere Männer mit Taschenlampen, die den Raum plünderten, in dem Boxer *O Tossinho* getroffen hatte. Offenbar hatte das PCC diesen Teil der Favela bereits übernommen.

Der Kurier führte ihn nach unten und zurück auf dem Weg, auf dem sie gekommen waren, bis sie auf ein neues System von

Gassen stießen. Von Haus zu Haus gehend erreichten sie ein Stück weiter wieder die Straße. Es war still. In der Gosse lagen Leichen. Kids, denen bei der Flucht vor dem PCC in den Rücken geschossen worden war. Boxer und der Kurier überquerten die Straße und arbeiteten sich aus der anderen Richtung bis zu dem Haus vor.

Boxer öffnete die Tür und trat mit gezückter Pistole und einer AK-47 in der anderen Hand ein. Er hatte keine Ahnung, wie er von diesem Eingang zu dem Raum gelangte, in dem Sabrina sich versteckte, und der Kurier kannte sich im Haus nicht aus. Boxer ging an mehreren Zimmern vorbei, eine Treppe hinauf und einen Flur entlang bis zur Kreuzung von zwei Gängen. Er konnte Stimmen hören, war sich jedoch nicht sicher, ob sie von drinnen oder draußen kamen. Die Schlacht um die Apartmenttürme tobte mit unverminderter Heftigkeit, doch in diesem Teil der Favela waren die Kämpfe zum Stillstand gekommen. Sein Instinkt sagte Boxer, dass sie sich nach wie vor auf einer zu niedrigen Ebene des Hauses befanden, deshalb nahm er die nächste Treppe, die ihn in einen unbekannten Hof führte. Er versuchte, sich zu orientieren. Durch eine andere Tür gelangte er in einen Flur mit einer kurzen Treppe am Ende, immer dicht gefolgt von dem Kurier. Plötzlich erkannte Boxer, wo er war, und tastete sich durch einen weiteren Flur bis zu der Küche, wo er Sabrina das Sandwich gemacht hatte.

Er wollte gerade zu dem Lagerraum gehen, in dem er sie zurückgelassen hatte, als er Stimmen und das Geklirr von Waffen hörte. Der Kurier wies nach unten. Lichtkegel von Taschenlampen schweiften über die nackten Backsteinwände. Boxer wartete. Schritte kamen die Treppe herauf. Boxer und der Kurier zogen sich wieder in die Küche zurück. Boxer entsicherte das Sturmgewehr und wandte sich zur Tür. Ein Lichtstrahl kroch an dem Rahmen nach oben. Schritte nahten. Der Strahl schwebte über der Schwelle, Umrisse eines Körpers gesellten sich zu ihm.

Boxer schoss einmal. Der Körper wurde nach hinten geschleudert, prallte gegen die Wand und fiel nach vorn, sodass die Taschenlampe in die Küche rollte. Ohrenbetäubender Lärm brach aus, als die Freunde des Toten blind in den Flur ballerten. Boxer hob die Taschenlampe auf und schaltete sie aus.

Danach war es bis auf einen hohen Tinnitus in Boxers Kopf wieder vollkommen still.

Kein Licht.

»Kommt da raus«, sagte eine Stimme am Ende des Flurs. »Wenn ihr jetzt rauskommt, werdet ihr nicht getötet.«

Boxer schaltete auf Automatik, ging hinter dem Türrahmen in Deckung, richtete den Lauf des Sturmgewehrs in den Flur und eröffnete ein dreisekündiges Dauerfeuer. Dann rannte er den Flur hinunter, machte die Taschenlampe wieder an und schoss mit der Pistole. Niemand zu sehen. Er gab zwei weitere Schüsse in Richtung des Treppenabsatzes ab, hörte ein Grunzen und sah im Strahl der Taschenlampe einen Toten am Fuß der Treppe liegen. Er sprang, landete auf der Leiche, legte das zweite Sturmgewehr an und feuerte eine Salve in den Gang. Dann warf er sich auf den Boden, rollte sich ab und hielt auf dem Bauch liegend mit einer Hand die Taschenlampe, mit der anderen die schussbereite Pistole.

Niemand.

Er schaltete die Taschenlampe wieder aus, robbte, immer noch dicht gefolgt von dem Kurier, den Gang hinunter bis zu der Kreuzung mit dem Quergang und lauschte. Kein Laut. Er erinnerte sich jetzt an den Weg aus der Küche zum Lagerraum. Er musste den Gang kreuzen und eine weitere Treppe hinuntergehen, dann war er da. Er stand auf. Das Licht einer Taschenlampe flammte auf. Sie war in Fußbodenhöhe auf die Kreuzung der beiden Gänge gerichtet, an der Boxer stand. Er legte sich wieder flach hin und feuerte mit der Pistole mehrmals in den Seitengang, verfehlte jedoch offensichtlich sein Ziel, weil er eine Salve von Schüssen als Antwort erhielt.

Dann herrschte erneut Stille.

Boxer nahm sechs Schritte Anlauf, rannte los, sprang ab und landete auf der anderen Seite des Ganges. Schüsse fielen, aber zu spät.

Boxer drehte sich um und sah, dass der Kurier ebenfalls Anlauf nahm, um seinen Sprung zu imitieren. Mit beiden Händen winkend versuchte er, ihn aufzuhalten, doch der Junge war bereits losgelaufen und sprang ab. Diesmal waren ihre Gegner bereit. Sie hatten die Schritte seiner nackten Füße gehört und eröffneten, als er absprang, das Feuer. Er wurde von zwei Kugeln in Brust und Kopf getroffen, krachte gegen die Wand und fiel zurück auf die Kreuzung. Sie pumpten seinen zuckenden Körper mit Projektilen voll, und Boxer biss kopfschüttelnd die Zähne aufeinander. Er lud die Sturmgewehre mit neuen Magazinen und hängte sich eins davon über die Schulter.

Der Beschuss wurde eingestellt. Die Typen waren offensichtlich von der nervösen Sorte. Boxer ging zurück zu der Kreuzung, richtete den Lauf in den Gang und feuerte. Die Taschenlampe erlosch. Mit dem zweiten Sturmgewehr im Anschlag trat er aus der Deckung und feuerte eine weitere automatische Salve ab. Dann sprintete er, vier Stufen auf einmal nehmend, die Treppe hinunter und weiter den Korridor entlang, vorbei an dem Lagerraum, in dem Sabrina sich versteckte. Er wollte die bewaffneten Männer auf keinen Fall zu ihr führen.

Er rannte eine weitere Treppe hinunter in einen mit Wellblech gedeckten Raum, rammte den Knauf der Waffe gegen das Dach, um die Schützen anzulocken, und huschte dann über den Hof in ein Schlafzimmer mit Flügelfenstern, wo er in Stellung ging und wartete. Er hörte sie kommen, die Furcht in ihren langsamer werdenden Schritten, ihr leises Gemurmel, und dann: warten, warten, warten auf ihre nächste Mutaufwallung.

Als Boxer gerade die Geduld auszugehen drohte, kamen sie geduckt durch die Tür und verteilten sich auf dem Hof. Boxer wartete noch. Sie sahen sich um. Alle hatten Pistolen. Boxer nahm sie unter Automatikfeuer, bis das Magazin leer war und alle vier auf dem Boden lagen. Er lehnte das Gewehr an die Wand, legte die Taschenlampe auf die Fensterbank und trat mit der Pistole in der Hand in den Hof, um die Körper zu inspizieren. Sie waren alle tot.

Die Pistole in seiner Hand fühlte sich leicht an. Das Magazin war leer. Nur noch eine Patrone in der Kammer. Als er die toten Jungen nach einer brauchbaren Waffe durchsuchte, hörte er ein Geräusch und duckte sich instinktiv. Jemand feuerte aus der Tür auf ihn. Die Luft über seinem Kopf schwirrte. Etwas Heißes streifte seine Stirn. Er rollte sich über die auf dem Boden liegenden Körper ab und rannte ins Haus. Blut sickerte über eine Seite seines Gesichts.

Er orientierte sich neu, nahm das verbliebene Gewehr von der Schulter und machte sich auf den Weg, tastete sich vorsichtig von Raum zu Raum. Er war erschöpft. Außerdem hatte er die goldene Regel des Häuserkampfes missachtet: Genug trinken. Vor allem unter diesen Bedingungen. Eine Mattigkeit kroch in seine Arme und Beine.

Er wischte sich den Schweiß aus dem Gesicht, presste ihn aus den Augenwinkeln und wartete. Plötzlich hörte er einen Hund hecheln. Er rief ihren Namen.

»Sabrina.«

Keine Antwort, nur das Hecheln hörte wie abgewürgt auf. Er kramte in seinen Taschen, fand die Stablampe, schaltete sie ein und schwenkte sie, bis der Strahl auf eine Verstrickung von Körpern fiel, ein grinsender Junge, der Sabrina am Hals gepackt hielt und eine Pistole auf ihren Kopf richtete, während ihr Körper einen Schild vor seinem bildete. Sein Kinn lag auf ihrer Schulter, und er flüsterte ihr ins Ohr.

»Versuchen Sie keine Tricks«, übersetzte Sabrina.

Der Junge nickte kichernd.

»Er wird mich erschießen«, sagte Sabrina. »Er mag mich nicht.«

Der Junge würgte sie ab, indem er ihren Hals fester packte.

Wieder sprach er leise in ihr Ohr wie ein Liebhaber, ohne den Blick von Boxer abzuwenden.

»Legen Sie Ihre Waffen vor sich auf den Boden«, sagte sie. »Alle. Keine Tricks. Sonst bringt er mich um.«

Boxer legte die Pistole auf den Boden und die AK-47 daneben. Der Junge flüsterte in Sabrinas Ohr.

»Treten Sie zurück«, sagte sie. »Die Hände an den Kopf.«

KAPITEL VIERUNDZWANZIG

28. April 2014, 1.20 Uhr
Favela de Paraisópolis, São Paulo, Brasilien

»Kennst du den Typen?«, fragte Boxer.
»Er ist der Bewacher, der mir das Ohr abgeschnitten hat«, sagte sie. »Er ist verrückt.«

»*Cala-te*«, sagte Bauchnabel-Boy, flüsterte ihr hektisch ins Ohr, würgte sie mit dem Unterarm und drückte den Lauf der Waffe gegen die rechte Seite ihres Schädels.

Boxer stand da, die Hände ausgestreckt, als wollte er sie zum Kopf führen. Er hatte immer noch die Stablampe in der Hand. Es war das einzige Licht.

»Er will, dass Sie die Hände an den Kopf legen.«
»Was macht er hier? Warum ist er nicht in der Schlacht mit seinen *companheiros*?«

Sie übersetzte die Frage. Er starrte Boxer mit offenem Mund und verzerrtem Gesicht an. In seinem blinzelnden Auge blitzte etwas auf, als gäbe es zwischen ihnen ein Einverständnis unter Männern. Er sprach sanft in ihr Ohr.

»Er sagt: ›Sie gehört mir‹«, erklärte Sabrina und versuchte seinem heißen Atem auszuweichen. »Irgendwie steht er auf mich.«

Er drückte den Unterarm fester gegen ihren Hals, würgte sie und flüsterte erneut.

»Hände an den Kopf.«
»Hat *O Tossinho* ihm den Befehl gegeben?«, fragte Boxer, während er die Hände an den Kopf legte, die Lampe jedoch weiter auf den Jungen richtete.

Sie übersetzte die Frage. Der Junge stieß ein schrilles Kichern aus und redete hektisch, wobei seine Lippen ihr Ohr und ihre Wange berührten.

»Er sagt, *O Tossinho* hat verloren. Das PCC ist zu stark. Sie haben zu viele Männer, zu viele Waffen. Noch vor Sonnenaufgang ist alles vorbei. Das PCC wird sie töten.«

»Aber ihn nicht?«

Sabrina übersetzte. Während sie sprach, starrte der Junge Boxer aus schwarzen Augen an, ohne zu blinzeln. Sie stellte ihm offensichtlich sehr viel mehr Fragen als die eine, die Boxer an ihn gerichtet hatte. Als er antwortete, riss Sabrina die Augen auf.

»Er sagt: Alle denken, er sei dumm, weich in der Birne. Doch er ist nur so, weil sein Vater ihn so heftig geschlagen hat, dass er verrückt geworden ist. Aber er ist nicht blöd. Er tut nur so. Er sagt, er hat dem PCC alles erzählt. Er hat ihnen gesagt, dass er weiß, wo sie mich festhalten, und dass er mich an sie übergeben wird. Sie werden ihn bezahlen und ihn zu einem großen Mann in der Favela machen, und er wird Leute umbringen lassen und reich werden, und dann können ihn alle mal, weil er ein Boss des *Primeiro Comando da Capital* sein wird.«

Bauchnabel-Boy nickte, während sie sprach, als verstünde er, was sie auf Englisch sagte, und wollte es bekräftigen.

»Wie willst du sie ausliefern?«, fragte Boxer. »Es herrscht blankes Chaos. Und woher willst du wissen, dass sie dich nach der Übergabe nicht einfach erschießen und das Mädchen für sich behalten?«

»*Confiança*«, sagte Bauchnabel-Boy, als er die Übersetzung gehört hatte. »Sie vertrauen mir. Ich vertraue ihnen. *O Tossinho* hat mich gedemütigt. Er hat *O Queimado* alles gegeben und mir nichts.«

»Wenn du spürst, dass er die Waffe von deinem Kopf sinken lässt, wirf dich zur Seite und bring ihn aus dem Gleichgewicht«, sagte Boxer. »Und nun übersetz Folgendes: ›Sie ist eine sehr wertvolle Ware. Man kann jetzt keinem mehr trauen. Viele Leute des PCC sind tot. Es wird einen Kampf um die Macht über die Favelas geben. Du bist nicht stark genug, um eine Position der Kontrolle einzunehmen. Dafür muss man hier oben fit sein.‹«

Boxer tippte sich provozierend an die Stirn. Nachdem die Übersetzung angekommen war, fletschte Bauchnabel-Boy wütend die Zähne. Er löste die Pistole von Sabrinas Kopf und ließ sie langsam sinken, als hätte er alle Zeit der Welt. Als er auf Boxer anlegte, warf dieser die Stablampe nach rechts und hechtete nach vorn. Das Licht ging aus. Bauchnabel-Boy schoss. Boxer tauchte unter dem Pistolenfeuer weg, rammte dem Jungen seine Schulter in den Magen, trennte ihn von Sabrina und warf ihn hart auf den Boden. Ächzend schlug Bauchnabel-Boy mit dem Knauf der Waffe zu und traf Boxer zwischen den Schulterblättern, wobei sich ein weiterer Schuss löste, der von dem Betonboden abprallte. Boxer packte den rechten Arm des Jungen, grub seine Finger in das Fleisch um den Ellbogen und knallte ihn auf den Boden. Wieder fiel ein Schuss. Die Kugel schlug in einer Palette mit Kartons ein. Durch den Rückstoß konnte der Junge seinen Arm aus Boxers Griff befreien. Er zielte mit der Waffe auf Boxers Hals und drückte ab. Man hörte ein Klicken, als der Bolzen die leere Kammer traf. Boxer riss dem Jungen die Pistole aus der Hand, schlug ihm mit dem Knauf zweimal ins Gesicht und dann noch einmal und noch einmal, bis er nur noch das Klatschen von Metall auf eine breiige Masse hörte und die Waffe schließlich aus seiner glitschigen Hand glitt.

Boxer sank nach vorn und drehte sich zur Seite. Sabrina tastete auf allen vieren nach der Kerze und Streichhölzern. Als das Licht brannte, sah man, dass das Gesicht des Jungen halb eingeschlagen und Boxers Hemd mit Blut bespritzt war. Sie übergab sich und würgte, als ihr Magen entleert war, trocken weiter. Boxer tätschelte ihren Rücken und versuchte, sie aus dem Schock dieses jüngsten Grauens zu reißen.

»Wir müssen los«, sagte er erschöpft. »Dein Vater hat gesagt, die Armee würde auf ihren Einsatzbefehl warten. Es wird ein Blutbad geben.«

Sabrina ließ die Arme schlaff hängen und atmete gegen ihren Würgereflex an. Nach ihrer endgültigen Befreiung brachen gewaltige Gefühle hervor, und sie fing hemmungslos an zu weinen.

Boxer half ihr auf die Füße. Sie legte die Arme um seinen Hals, klammerte sich, das Gesicht an seiner Schulter vergraben, an ihn und dankte ihm wieder und wieder. Er hielt sie eine Armlänge von sich weg und betrachtete das Chaos von Emotionen, das sich in ihrem verschmierten Gesicht widerspiegelte.

»Alles okay?«

Sie nickte. Offensichtlich nicht, doch sie musste die Kraft in sich finden.

»Halt dich einfach immer dicht hinter mir. Du darfst mich nie aus den Augen verlieren. Wir werden hier rauskommen.«

Er rief Jorge an.

»Ich habe Sabrina hier bei mir, es geht ihr gut. Wir versuchen, zu Fuß zu entkommen. Was ist da draußen los?«

»Es sind massenweise Leute unterwegs, Anhänger beider Seiten. Es ist ein einziges Chaos. Es hat Kämpfe und vereinzelt Schießereien gegeben. Auf den Straßen liegen Leichen.«

»Irgendein Anzeichen von der Armee?«

»Noch nicht. Nur die *Polícia Militar* des Bundesstaates, aber die haben nicht genug Leute«, antwortete Jorge. »Die Barrikaden stehen noch, doch in dem Gedränge komme ich nicht mal in ihre Nähe. Irgendwann muss der Damm brechen.«

Boxer hörte ein lautes Getrampel und Jorges Stimme, die etwas von der Armee sagte, bevor die Verbindung unterbrochen wurde. Boxer fasste Sabrinas Hand, und sie rannten zu dem großen Zimmer oberhalb der Straße. Er hörte das Geräusch als Erster: ein Tosen der Menge, das Fußballstadiongebrüll, und dann wimmelte es auf den Straßen plötzlich von Menschen. Das Feuergefecht um die Apartmenttürme nahm an Heftigkeit zu und schien überall in der Favela kleinere Schusswechsel nach sich zu ziehen. Es gab eine gewaltige Explosion, Flammen und Rauch schlugen hoch, ein dumpfer Knall hing in der Luft, dann bebte der mittlere der Apartmenttürme und neigte sich zur Seite. Einen Moment lang war es still, bevor die Stockwerke, eins nach dem anderen, in einer Wolke von orangefarbenem Staub, die in den dunklen Nachthimmel aufstieg, in sich zusammenfielen.

»Das ist es«, sagte Boxer. »Die maximale Konfusion. Wir brechen auf, aber nicht in die Richtung.«

Boxer warf das Sturmgewehr und seine eigene Pistole hinter ein paar Paletten in dem Lagerraum. Er wollte nicht mit einer AK-47 über der Schulter gesehen werden, und in seiner Waffe war nur noch eine Patrone. Er nahm Bauchnabel-Boys Waffe und fand zwei Ersatzmagazine, die er ebenfalls einsteckte. Auf dem Handy versuchte er, die nächste Außengrenze der Favela zu lokalisieren, während er Sabrina auftrug, etwas zu trinken zu finden. Sie waren in der Nähe der Rua Rodolf Lutze, der Straße, auf der er in die Favela gekommen war. Er vermutete, dass die Massen im Herzen der Schlacht um die Apartmenttürme zusammenströmten. Wenn sie auf den Hauptstraßen blieben, würden sie gegen den Strom einer nervösen Menge bewaffneter Menschen laufen. Sabrina kam mit einer Flasche warmer Cola zurück. Sie tranken gierig, sodass die Kohlensäure in ihrer Nase prickelte. Er warf die Flasche weg, schob sich die Pistole im Kreuz in den Hosenbund und führte Sabrina zum Hinterausgang.

Boxer wollte wie bei der Exkursion mit dem Kurier einen Weg durch Häuser und Gassen nehmen. Als sie aus der Tür traten, hörten sie das entfernte Knallen von Kleinfeuerwaffen. Sie überquerten eine Gasse, betraten ein anderes Haus und gingen durch die Räume bis in einen Hof, der als Müllkippe diente, eine Treppe hinauf und an einer Mauer entlang, die auf ein Wellblechdach führte. Sie krochen bis zu seiner Kante und daran entlang bis zu einem weiteren Dach, von dem sie sich in einen Hof hinabließen. Boxer griff hinter sich und fasste Sabrinas Hand, als sie durch das nächste Gebäude und in eine Gasse liefen, die sich zwischen den nackten Backsteinhäusern wand und in eine größere Straße mündete, auf der zahlreiche Männer rannten. Einer von ihnen prallte gegen eine Mauer und fiel in die Gasse, direkt vor ihre Füße. Sabrina fragte ihn, was los war. Sein Gesicht war schweißüberströmt, und er wirkte irre oder bekifft, als er sie mit wildem Blick ansah.

»Ich … weiß nicht«, stammelte er, rappelte sich auf und schloss sich wieder der rennenden Menge an.

Boxer fasste Sabrinas Hand. Gemeinsam rannten sie gegen den Strom panischer Menschen an, die gegen sie prallten und sich taumelnd an ihnen vorbeidrückten. Im Laufen hörten sie ein anderes Geräusch: gewaltige Motoren in der Ferne, die ein Gefühl machtvoller Mobilisierung vermittelten. Dann ein weiteres, äußerst furchterregendes Geräusch: das satte Knattern von schweren Maschinengewehren. Der Strom der Menge wurde drängender, panischer. Boxer musste Sabrina festhalten, als er von Fremden angerempelt wurde, von denen einige mit den Fäusten gegen seine Brust trommelten, während andere auf den ausgetretenen Boden sanken und bewusstlos getrampelt wurden. Boxer und Sabrina erreichten die gegenüberliegende Straßenseite, warfen sich gegen eine Tür und sanken dahinter zu Boden. Boxer blickte auf sein Handy, weil er glaubte, dass es an der Zeit war, Melos Hilfe anzufordern, doch er hatte keinen Empfang.

»Was ist los?«, fragte Sabrina. »Was ist passiert?«

»Die Armee ist eingeschritten. Jeder weiß, dass sie gnadenlos vorgehen wird.«

»Und was machen wir?«

»Wir laufen weiter. Nutzen die allgemeine Verwirrung.«

Der Terror auf der Straße hatte einen neuen Höhepunkt erreicht. Leute brüllten vor Angst. Schwere Geschosse zerrissen die Luft, schlugen in Mauerwerk und zerfetzten Wellbleche. Menschen fielen von hinten getroffen blutend auf die Straße. Die Tür des Hauses, in dem sie sich befanden, wurde aufgestoßen, ein Mann brach auf der Schwelle zusammen und sank, einen Arm abgerissen, mit dem Gesicht voran zu Boden.

Boxer zögerte nicht. Er packte Sabrina und rannte weiter ins Innere des Hauses, durch Flure und Zimmer in kleine Höfe, durch Werkstätten und Lagerräume. Bis ihn ein Schuss in unmittelbarer Nähe erstarren ließ. Er drückte Sabrina an sich und legte einen Finger an die Lippen. Er begriff, was er gehört hatte: Das mussten die Fußtruppen der gepanzerten Offensive sein. Möglicherweise durchkämmten Kommandos der von Jorge erwähnten *Polícia Militar* jedes Haus von Zimmer zu Zimmer. Es fielen weitere vereinzelte Schüsse, bevor nach einer Pause eine dumpfe Explosion ertönte, eine Blendgranate, die in das Zimmer eines Verdächtigen geworfen wurde, gefolgt von weiteren Schüssen. Sie gingen zurück zu dem kleinen Hof, durch den sie gekommen waren. Boxer hob Sabrina auf das Dach und kletterte nach ihr nach oben. Sie krochen bis zu dem Vorsprung und legten sich flach auf den Bauch. Sabrina keuchte vor Angst, Boxer hielt ihre Hand.

Die Soldaten kamen in den Raum unter ihrem Dach und durchsuchten ihn, ohne etwas zu finden. Einer der Männer begann, mit dem Knauf seiner Waffe gegen das Wellblech zu schlagen, und arbeitete sich langsam bis zu dem Vorsprung vor. Aus dem Hof rief jemand etwas. Der Soldat feuerte wahllos zwei Schüsse durch die Decke und ging weiter. Sabrina schreckte hoch. Boxer drückte ihre Hand und schüttelte den Kopf. Sie warteten. Die Minuten verstrichen. Dann hörte man das Klicken eines Feuerzeugs, aus dem Hof wehte Zigarettenqualm nach oben, während zwei Männer sich so leise unterhielten, dass sie nicht zu verstehen waren.

Bis sie zu Ende geraucht hatten und weitergegangen waren, vergingen weitere Minuten. Wieder wollte Sabrina aufstehen, doch Boxer packte ihre Hand fester. Sie warteten. Boxer lag auf dem Rücken und starrte in den Nachthimmel. Er dachte an den Kurier. An diesen kleinen Kerl mit all seiner Aufrichtigkeit und

Entschlossenheit, seinem Glauben an ihn. Und daran, wie er gestorben war, weil er es ihm nachgetan hatte. Nach vollen zehn Minuten ließ er sich von dem Dach in den Hof gleiten, blickte sich um und gab Sabrina ein Klopfzeichen, das Gleiche zu tun.

Sie gingen durch das Haus, überquerten eine Gasse und betraten ein anderes Haus. Als sie in den kleinen Garten kamen, blieben sie wie angewurzelt stehen.

KAPITEL FÜNFUNDZWANZIG

28. April 2014, 2.00 Uhr
Favela de Paraisópolis, São Paulo, Brasilien

Eine Handfeuerwaffe wurde klickend entsichert. Boxer spürte den metallischen Druck des Laufes über seinem rechten Ohr. Jemand hatte Sabrina bei den Haaren gepackt und zu Boden gerissen. In dem abgeschiedenen Garten vor ihnen lagen zwölf Leichen übereinandergestapelt, ein furchtbarer Anblick inmitten des Grüns, das bis zur Straße reichte, die die Grenze der Favela bildete. Hinter dem Zaun jenseits der Büsche standen mehrere städtische Mülltonnen auf dem Asphalt. An diesem Zeichen von Zivilisation erkannte Boxer, dass sie kaum fünfzehn Meter von der Freiheit entfernt waren.

Die Männer, die sie aufgehalten hatten, waren nicht in Uniform. Sie hatten die kräftige Statur und Fitness von Militärs und trugen schwarze Kleidung und Armeestiefel. Ihre Gesichter waren von Sturmhauben bedeckt, sodass man nur ihre Augen und den Schlitz ihres Mundes sehen konnte. Der Mann mit der Pistole zwang Boxer auf die Knie und hielt ihm den Lauf an die Stirn. Er wurde von Sabrina abgelenkt, die auf Portugiesisch schrie, dass sie Sabrina Melo sei und Boxer sie vor ihren Entführern gerettet habe. Der Mann, der sie festhielt, zerrte ihren Kopf nach hinten, drehte sie um und verpasste ihr mit der Rückhand einen Schlag auf den Mund, der sie zum Schweigen brachte.

Zwei weitere Männer in der gleichen Kluft kamen mit einer Trage, auf der ein Toter lag. Sie kippten ihn auf den Stapel, sahen Sabrina und Boxer an und lauschten der Erklärung ihrer Kameraden. Einer von ihnen schüttelte den Kopf und winkte den Mann, der über Sabrina stand, zu sich heran. Neben dem Leichenstapel sprachen sie leise miteinander. Der Mann, der seine Pistole auf Boxer gerichtet hatte, sah in ihre Richtung. Boxer blickte zu Sabrina und erkannte an dem schieren Entsetzen in ihrem Gesicht, was zu tun war. Mit einer Hand wischte er die Pistole seines Bewachers zur Seite, bevor er seine Faust zwischen dessen Beine rammte. Dann stand er auf, drückte den zusammensackenden Mann an seine Brust, riss die Pistole heraus, die hinten in seinem Hosenbund steckte, und schoss drei Mal auf die anderen Männer, die noch versuchten, ihre Waffen zu ziehen. Zwei von ihnen gingen tot zu Boden. Der Dritte rollte sich hinter den Leichenhaufen. Boxer schoss dem Mann, den er hielt, in die Seite, ließ ihn zu Boden sinken und verpasste ihm noch einen Kopfschuss.

Dann packte er Sabrinas Arm und stieß sie vor sich her durch das Gebüsch. Der angeschossene Mann hinter dem Leichenstapel versuchte, seine Waffe zu heben. Boxer schoss ihm zwei Mal in die Brust, kletterte über den Zaun und lief hinter Sabrina die asphaltierte Straße hinunter. Sie bogen in eine schmale, von Bäumen gesäumte Nebenstraße und rannten von der Favela weg den Hügel hinauf. Sie sahen sich nicht um, sondern liefen weiter, bis Sabrinas Beine den Dienst versagten. Boxer zog sie an die Straßenseite und gönnte ihr eine Erholungspause, während er zu der Favela zurückblickte, wo nur noch einer der Apartmenttürme halbwegs unversehrt war; die anderen standen in Flammen. Gewehrfeuer, Leuchtraketen und Explosionen erhellten das tiefschwarze Dunkel.

Schwitzend und außer Atem erklommen sie die Kuppe des Hügels. Die Straßen waren menschenleer, und erst als sie die größere Avenida Morumbi erreichten, sahen sie vereinzelt Fahrzeuge. Aber auch hier herrschte kaum Verkehr, und es waren keine Taxis und nur sehr wenige Menschen unterwegs.

Boxers Handy hatte nach wie vor keinen Empfang.

Sie liefen weiter, auf das Grand Hyatt São Paulo zu, das offenbar von Generatoren mit Strom versorgt wurde, da das Logo des Hotels das Einzige war, was in der verdunkelten Stadt zu sehen war. Boxer hatte den Arm um Sabrinas Schulter gelegt. Sie klammerte sich an ihn, den Kopf an seine Brust gelegt, und starrte schluchzend auf den Bürgersteig. Der Adrenalinstoß war abgeklungen, die Erleichterung über ihr Überleben sackte langsam, und sie kämpfte mit ihren Gefühlen über das Erlebte. Auf der Brücke über den Rio Pinheiros warf Boxer Bauchnabel-Boys Pistole ins Wasser. Sabrina klammerte sich an ihn und vergrub ihr Gesicht.

»Ich kann nicht zu meinem Vater zurückkehren«, sagte sie. »Ich kann nicht mehr mit ihm leben.«

»Wohin willst du denn gehen?«

»Irgendwohin, nur weg von hier.«

»Weg aus São Paulo?«

»Weg aus Brasilien«, sagte sie. »Wenn ich hierbleibe, wird er mich finden.«

»Wie meinst du das?«

»Ich werde sein ... Tier im Käfig sein. Er wird mich nirgendwohin gehen lassen. Ich werde das Haus nicht verlassen dürfen. Ich werde wie eine Gefangene leben.«

»Und was dachtest du, wohin du gehen willst?«

»Mit Ihnen ... nach London. Irgendwohin weit weg von ihm – er ist ein Monster. Ich hasse ihn. Ich hasse alles, wofür er steht.«

»Das wird schwierig werden, ohne ihn vorher zu sehen«, sagte Boxer. »Vor allem nach dem, was du durchgemacht hast.«

»Sie verstehen nicht. Ich kann nicht. Wenn ich ihn treffe, bin ich wieder im Käfig. Das war's. Ich werde nie mehr rauskommen. Sie wissen ja nicht, was es mich gekostet hat, die Wohnung in Jardim Rizzo zu bekommen. Der Kampf hat ein Jahr gedauert. Und schauen Sie, was passiert ist. Nach sechs Wochen dort bin ich entführt worden. Er wird mich nie wieder aus den Augen lassen. Ich werde für den Rest meines Lebens unter bewaffnetem Schutz stehen. Dies ist meine letzte Chance rauszukommen.«

Boxer hatte Melos Skrupellosigkeit gesehen, doch aus Erfahrung kannte er auch die Qual eines Vaters, dessen Tochter entführt worden war. Melo würde sich vergewissern wollen, dass sie in Sicherheit war, und nach der brutalen Tortur und dem gewalttätigen Ende ging das nur von Angesicht zu Angesicht. Er überprüfte sein Handy. Kein Signal.

»Ich spreche mit meinem Einsatzleiter, wenn wir im Hotel sind.«

Zwanzig Meter vor dem Eingang des Grand Hyatt wurden sie von bewaffneten Sicherheitsleuten aufgehalten. Sabrina sprach mit ihnen. Sie murmelten etwas in ihre Funkgeräte, warteten auf eine Antwort und brachten sie dann bis an die Rezeption. Dort erlaubte man Boxer, nach Großbritannien zu telefonieren.

Roger Fallon war erleichtert. »Nach dem, was ich in den Nachrichten gehört hatte, habe ich nicht mit diesem Anruf gerechnet«, sagte er.

»Dieser Anruf sollte auch nicht als meine erste Meldung nach der Befreiung im Protokoll auftauchen«, sagte Boxer.

»Was ist los?«, fragte Fallon.

Boxer erklärte ihm, dass Sabrina unter Vermeidung jedweder Begegnung mit ihrem Vater direkt nach London fliegen wollte. Das verschlug Fallon die Sprache, und er verlangte, Sabrina persönlich zu sprechen, die wiederholte und weiter ausführte, was Boxer gesagt hatte. Sie gab ihm das Telefon zurück.

»Du lieber Himmel«, sagte Fallon. »So was ist mir noch nie passiert. Du musst Sie überreden, sich wenigstens mit ihm zu treffen. Zunächst einmal haben wir eine vertragliche Verpflichtung. Und kannst du dir vorstellen, deine Tochter nach alldem nicht einmal zu sehen? Es ist unmöglich.«

»Der Privatjet, den du organisiert hast, steht am Flughafen Congonhas?«

»Startbereit.«

»Das sollte auch so bleiben. Hier ist der Deal: Ich überrede sie, nach Hause zu gehen und ihren Vater zu treffen, und wenn es das geringste Problem gibt, bringe ich sie raus.«

»Wie?«

»Ich denke ...«

»Es ist besser, wenn ich das nicht weiß?«

»Wichtig ist, dass niemand von dem Flugzeug erfährt.«

»Was ist mit Dokumenten? Pass? Ausweis?«, fragte Fallon.

»Falls das ein Problem werden sollte, schick mir ein Foto.«

»Sobald ich wieder Empfang habe.«

»Ich dachte, die Geschichte wäre ausgestanden«, sagte Fallon und gab Boxer die Details zu dem Flugzeug sowie sämtliche Kontaktnummern und legte auf.

Boxer machte ein Foto von Sabrina, die ihn bat, ihr sein Handy zu leihen, um eine Videobotschaft für ihren Vater aufzunehmen. Boxer kaufte ihr an der Rezeption ein Prepaidhandy, setzte sich mit ihr in die leere Hotelhalle und fasste ihre Hände.

»Hör zu, ich weiß, dass du in der Gewalt der Entführer ein paar irritierende Wahrheiten über deinen Vater erfahren hast. Ich weiß, dass du eine Geschichte mit ihm hast, und ich habe mit eigenen Augen gesehen, wie skrupellos er sein kann. Aber ich denke, dass du ihn zumindest treffen musst. Dein Vater hat sich übergeben, als man ihm dein Ohr geschickt hat. Er hat während der gesamten Verhandlungen, die er persönlich und unerbittlich geführt hat, panische Angst durchlitten. Er hat sich verzweifelt um dein Wohlbefinden gesorgt. Ich bitte dich bloß, ihn zu treffen, zu sagen, was du zu sagen hast, und dann fliegen wir. Wenn es irgendwelche Probleme gibt, bringe ich dich da raus, das verspreche ich.«

Sie starrte kopfschüttelnd zu Boden. »Was ist los mit euch Männern? Haltet ihr alle zusammen, oder was? Glauben Sie, er hätte nach allem, was er getan hat, eine Belohnung verdient? Sie verstehen es einfach nicht. Sie glauben, es gäbe da eine normale Vater-Tochter-Beziehung. Sie glauben, er würde sich um mich sorgen und mich lieben. Ich bin für ihn wie ein Schmuckstück. Ich bin seine ... seine Rolex, und niemand sonst soll sie haben.«

»Am Flughafen Congonhas wartet ein Privatjet auf uns. Wenn irgendwas schiefläuft, bringe ich dich zu diesem Flugzeug, versprochen.«

»Sie werden es bereuen, denn wenn wir jetzt zum Flughafen fahren würden, wäre alles so leicht. Wir fahren dorthin. Wir steigen in das Flugzeug. Wir sind weg. Wenn wir erst mal auf seinem Grundstück sind, werden Sie es schwieriger finden, wieder rauszukommen, als aus der Favela, in der wir gerade waren.«

Boxer ging zurück zur Rezeption und rief Melo an. Das erste Problem war, dass niemand antwortete. Irgendwann nahm der Sicherheitschef der Nachtschicht ab und sagte, dass er einen Wagen zu dem Hotel schicken würde.

Zwanzig Minuten später traf ein gepanzerter Mercedes ein, an Bord ein Fahrer, Flaschen mit kaltem Wasser und Sandwiches, aber kein Melo. Sabrina und Boxer sanken in der klimatisierten Kühle in die Polster. Der Fahrer machte einen Anruf, während sie begierig tranken. Eine Viertelstunde später bogen sie in die Straße des Hauses in Jardim Europa, vor dem man das Summen eines Generators vernahm.

»Sehen Sie«, sagte Sabrina, »er ist nicht mal zu Hause.«

»Woran erkennst du das?«

»An dem Level der Security«, antwortete Sabrina. »Wenn er hier wäre, wären zwanzig weitere Sicherheitsleute im Dienst.«

Nur zwei Wachmänner kamen auf die Straße, während sich das Tor ohne vorheriges Pfeifensignal öffnete. Der Wagen fuhr auf das Grundstück, und die Wachmänner folgten zu Fuß, bevor sich das Tor wieder schloss. Entlang der Mauern patrouillierten lediglich zwei weitere Wachleute, ein dritter besetzte den Kommandoposten.

Und keine Spur von Henrique. Als sie das Haus betraten, fragte Sabrina den Sicherheitschef der Nachtschicht, wohin ihr Vater gefahren war, und erhielt nur ein Schulterzucken zur Antwort. Sie fragte nach ihrem Arzt. Er erwiderte, dass ein Arzt benachrichtigt worden und auf dem Weg sei, doch in der Stadt gab es nach wie vor Probleme: In manchen Vierteln hatte die Polizei Kontrollpunkte eingerichtet, über die Ereignisse in den Favelas war eine Nachrichtensperre verhängt worden, und es gab keine Internetverbindung. Sabrina bat den Koch, etwas zu essen vorzubereiten, und ging duschen.

In seinem Zimmer zog Boxer sich aus, hockte sich erschöpft auf den Boden der Duschkabine, ließ das warme Wasser über seine ramponierten Schultern strömen und sah es in dem schwarzen Loch des Abflusses verschwinden. Irgendwann stieg er wieder aus der Dusche und zog einen Bademantel über. Es gab nach wie vor keinen Handyempfang, also machte er sich auf die Suche nach einem Festnetztelefon, von dem er Fallon anrufen konnte. Der einzige verfügbare Apparat stand im Büro der Sicherheitsleute, die ihm den Zugang verweigerten. Er ging ins Esszimmer, wo der Koch ein Steak mit Sauce béarnaise servierte und dazu ein Glas Montrachet einschenkte, bevor er den Raum verließ. Boxer sah sich Sabrinas Videobotschaft an ihren Vater an:

»Ich komme nicht nach Hause. Fürs Erste wohne ich bei einer Freundin, die du nicht kennst. Ich möchte, dass du dir keine Sorgen um mich machst. Ich werde mich vernünftig medizinisch versorgen lassen. Alles wird gut. Mittlerweile weißt du bestimmt, dass es einige Enthüllungen gegeben hat. Ich habe herausgefunden, dass du mich über alles belogen hast. Ihr habt mich alle belogen, meine Onkel und Tanten auch. Ich habe ein falsches Leben gelebt. Es hat eine Weile gedauert, doch jetzt begreife ich, dass *dieses* Leben, *mein* Leben in Reichtum und Luxus, *komplett* falsch ist. Dein Geld hat mich von der Wirklichkeit isoliert. Aber nun kenne ich die Wahrheit. Es hat mich ein Ohr und ein lädiertes Gesicht gekostet, aber jetzt weiß ich es wenigstens. Ich hoffe, dass du meinen Wunsch respektieren und mich in Ruhe lassen wirst. Ich will das alles nicht mehr. Dies sind nicht meine letzten Worte an dich. Du wirst wieder von mir hören. Aber es wird zu meinen Bedingungen und nach meinem Zeitplan geschehen. Mr Boxer hat mit alldem nichts zu tun und keine Ahnung, wo ich bin.«

Die Tür ging auf, und Sabrina kam barfuß in einem kobaltblauen Kleid herein. Der Koch brachte auch ihr ein Steak und bot ihr etwas zu trinken an. Sabrina bat um eine Cola. Er goss ihr ein Glas ein und verließ das Zimmer.

»Ich bin überrascht, dass dein Vater nicht hier ist«, sagte Boxer.

»Ich hab es Ihnen ja gesagt«, erwiderte Sabrina. »Es gibt Dinge, die wichtiger sind als das Überleben seiner entführten Tochter. Es wird der Verteidigungsminister sein oder der Präsident ... jemand wirklich Wichtiges, den er treffen *muss*. Und dann ist da noch der andere Grund: Er will die Situation und Umgebung kontrollieren, in der wir uns wiedersehen. Er weiß, dass es ein paar hässliche Enthüllungen gegeben hat, also bereitet er den Boden und macht als Erstes, was man am wenigsten erwartet: Er ist nicht hier.«

Damit schien der Rest ihrer Kraft erschöpft. Sie erhob sich vom Tisch. Als sie und Boxer sich gerade auf ihre Zimmer zurückziehen wollten, traf der Arzt ein.

»Aber Sie sind nicht *mein* Arzt«, sagte sie verwirrt.

»Ich bin der Arzt, der gerufen wurde. Vielleicht war Ihr Arzt telefonisch nicht erreichbar. Es gibt immer noch größere Störungen. Nicht jeder hat einen Festnetzanschluss, und die Mobilfunknetze funktionieren nicht.«

»Ich möchte *meinen* Arzt sehen.«

»Vielleicht hat sich die Lage bis morgen normalisiert. Ich möchte bloß einen Blick auf Ihr Ohr werfen und mich vergewissern, dass Ihr Blutdruck okay ist.«

»Wenn du in der Nacht Angst bekommst, klopf einfach an meine Tür«, sagte Boxer. »Das ist nach einem tagelangen Trauma normal.«

»Keine Sorge«, sagte der Arzt. »Ich werde dafür sorgen, dass sie ruhig ist. Ich habe Anweisungen von Senhor Melo.«

»Sie haben mit ihm *gesprochen?*«, fragte Sabrina.

»Wir haben kurz miteinander telefoniert, bevor ich hergekommen bin.«

»Wissen Sie, wo er ist?«

»Das hat er nicht gesagt. Er wollte bloß, dass ich mir Sie kurz ansehe und wenn nötig in ein Krankenhaus einweise.«

»Ich muss nicht ins Krankenhaus«, erwiderte Sabrina, ging zu Boxer, schlang ihre Arme um seine Hüfte und legte den Kopf an seine Brust, während der Arzt sie genau beobachtete, als würde er jedes Detail weitermelden.

Als der Arzt die Tür schloss, hatte Boxer seinen Entschluss bereits gefasst. Er ging in sein eigenes Zimmer und legte sich überwältigt von dem seltsamen Gefühl enttäuschter Erwartung aufs Bett. Das war nach Tagen äußerster Anspannung nicht ungewöhnlich, doch normalerweise wurde es von der Freude und Erleichterung überdeckt, eine Geisel zu ihrer Familie zurückzubringen. Er war fassungslos über Melos Abwesenheit.

Im selben Moment spürte er, wie sich eine Decke über sein Bewusstsein legte. Blinzelnd fragte er sich, ob man ihm ein Betäubungsmittel verabreicht hatte, bevor er auf der Schwelle von Wachheit zum Schlaf schwebend von einem Besuch Isabels überrascht würde. Sie setzte sich auf die Bettkante und ergriff seine Hand, und eine große Woge der Traurigkeit spülte über ihn hinweg und zog ihn hinaus wie Wellen aufs offene Meer, bis er verloren und ohne Land in Sicht auf dem Ozean trieb.

Jemand stieß ihn an, rief ihn, doch er wollte es nicht wissen. Aber der Störer war beharrlich, absolut beharrlich, bis Boxer es nicht mehr aushielt. Er tauchte an die Oberfläche, jedoch nicht ins Licht, sondern in ein Halbdunkel mit einer offenen Tür im Hintergrund. Über ihm stand ein Mann.

»Was?«

»Senhor Melo möchte Sie sehen.«

Es war Henrique in einem rosafarbenen Poloshirt von Ralph Lauren.

»Wie geht es Sabrina?«

»Gut.«

»Hat sie Ihren Vater schon gesehen?«

»Noch nicht. Sie schläft immer noch.«

»Wie spät ist es? Welcher Tag?«

»Nach wie vor der 28. April, aber wir haben Abend. Sie haben den ganzen Tag geschlafen.«

»Was geht in der Stadt vor sich?«

»Die Armee hat die Kontrolle über Paraisópolis übernommen. Bis zum Mittag herrschte eine Ausgangssperre. Nun werden die Toten aus der Favela abtransportiert. Bis jetzt durfte niemand rein, keine Journalisten, keine Bewohner, nur die Armee. Im Rest der Stadt läuft das Leben wieder normal.«

Boxer stand auf, duschte noch einmal und rasierte sich. Er war immer noch groggy und benommen, nach wie vor nicht sicher, ob man ihn betäubt hatte. Die Konfusion über die nächtlichen Erlebnisse bei ihrer Flucht aus der Favela und die seltsame Heimsuchung durch Isabel, die ihn, da war er sich sicher, hatte warnen wollen, hingen ihm immer noch nach, als er sich ankleidete.

Henrique stand vor seiner Tür und führte ihn ins Esszimmer, wo er ihm eine Tasse Kaffee hinstellte und etwas zu essen anbot. Draußen war es bereits dunkel.

»Warten Sie einen Moment hier. Haben Sie Hunger?«

Boxer nickte, und ein paar Minuten später servierte der Koch ihm ein Omelett. Er blickte auf sein Handy, sah, dass er wieder Empfang hatte, und rief Fallon an.

»Was ist los?«, fragte Fallon. »Ich bin hier fast durchgedreht, kein Wort von dir, Nachrichtensperre, kein Internet, bloß der irre Twitter-Feed der Uninformierten. Nicht mal Melo kann ich erreichen.«

»Nicht so laut«, sagte Boxer. »Hier sieht es nicht gut aus. Ich glaube, ich werde dieses Flugzeug brauchen. Melo ist noch nicht wieder aufgetaucht.«

»Was?«

»Ein Arzt ist gekommen, aber nicht Melo. Ich glaube, dass man mich gestern Abend betäubt hat. Ich habe den ganzen Tag geschlafen.«

»Und Sabrina?«

»Ich weiß es nicht. Man hat mir erklärt, es ginge ihr gut, doch ich habe sie nicht mehr gesehen. Ich bin sicher, dass man sie ebenfalls ruhiggestellt hat.«

»Scheiße«, sagte Fallon. »Ich habe das Foto bekommen. Ich werde alles arrangieren. Ihr müsst es nur bis zum Flughafen schaffen.«

»Hoffen wir, dass sie nicht an einen anderen Ort gebracht wurde.«

»Ich muss der Versicherungsgesellschaft irgendeinen Bericht erstatten«, sagte Fallon. »Kannst du mir erzählen, was passiert ist, dann entscheide ich, was sie wissen müssen.«

Boxer gab ihm eine komprimierte Schilderung der Ereignisse der vergangenen vierundzwanzig Stunden. Fallon lauschte perplex.

»Bist du noch da?«, fragte Boxer.

»Ich habe nur versucht zu zählen, wie oft du gegen Gesetze und unsere Einsatzvorschriften verstoßen hast, doch mir sind die Finger ausgegangen.«

»Ich habe getan, was ich tun musste, um das Mädchen sicher zurückzubringen. Dass sich das Ganze zur Kriegszone entwickelt hat, in der eine aggressivere Vorgehensweise erforderlich war, ist nicht meine Schuld.«

»Aber du warst das *auslösende Moment* des Konflikts«, sagte Fallon.

»Nein, das war Melo. Ich war sein *Diener*.«

»Glaubst du, dass Melo ganz genau wusste, was er tat?«

»Daran habe ich keinen Zweifel. Er wollte die Vormacht des PCC brechen und hat eine Gelegenheit gesehen, das zu erreichen. Dafür hat er eine Einheit innerhalb des brasilianischen

Geheimdienstes aufgebaut; außerdem hat er den Verteidigungsminister auf seiner Seite.«

»Und seine Tochter mittendrin? War er wirklich bereit, sie für seine eigenen politischen Ziele einer derartigen Gefahr auszusetzen? Der Mann muss aus Eis sein.«

»Er hat eine Situation geschaffen, in der er sicher sein konnte, dass ich das Menschenmögliche tun würde, um sie sicher zurückzubringen.«

»Aber in einem Krieg kann *alles* passieren.«

»Das habe ich ihm auch erklärt.«

»Ich will dich so schnell wie möglich da rausholen.«

»Gibt es übrigens irgendwelche Neuigkeiten von Roberto Gonçalves?«

»Er hält sich nach wie vor nicht im Lande auf.«

»Ich muss Schluss machen«, sagte Boxer und steckte sein Handy ein.

Henrique kam herein und bedeutete Boxer, ihm zu folgen.

Sie gingen ins Büro. Melo stand vor seinem Schreibtisch. Er ging direkt auf Boxer zu, umarmte ihn und erklärte, er könne ihm gar nicht genug danken und werde dafür sorgen, dass es der LOST Foundation an nichts fehlen würde. Er hatte Tränen in den Augen. Sie setzten sich, und Melo bat um einen vollständigen Bericht. Er wollte jede Einzelheit hören, an die Boxer sich erinnern konnte. Sie sprachen länger als eine Stunde miteinander.

»Die letzte Nacht in dieser Favela muss furchtbar gewesen sein«, sagte Melo.

»Hat man schon bekannt gegeben, wie viele Opfer es gegeben hat?«

»Weniger als tausend«, antwortete Melo. »Das ist etwa ein Viertel der Morde, von denen man pro Jahr in São Paulo ausgehen kann.«

»Ich habe es mit eigenen Augen gesehen.«

»Was haben Sie gesehen?«, fragte Melo leise und neigte fasziniert den Kopf zur Seite.

»An den Grenzen von Paraisópolis hatte sich eine Menge versammelt ...«

»Bewaffnete Leute«, unterbrach ihn Melo, »die hineinwollten, um sich den Kämpfen anzuschließen.«

»Die Armee hat sie mit Gewalt in die Favela getrieben und dann auf den Straßen niedergemäht«, sagte Boxer. »Hinterher ist die *Polícia Militar* von Haus zu Haus gegangen und hat jeden getötet, der sich versteckt hat.«

»Es könnte unklug sein, Ihre Version der Ereignisse zu verbreiten«, sagte Melo ruhig, als würde er auf einer Vorstandssitzung einen Zwischenbericht erstatten.

Danach war es still, während die Atmosphäre der Bedrohung im Raum deutlich zunahm. Boxer musste zweimal hinsehen, um sich zu vergewissern, dass es sich noch um denselben Mann handelte, der ihn gerade mit Tränen in den Augen umarmt und ihm für die Rettung seiner Tochter gedankt hatte.

Er war genau derselbe Mann.

»Erzählen Sie mir von Ihrem ehemaligen Angestellten Julião Gonçalves«, sagte Boxer.

»Was ist mit ihm?«

»Seine Entführung scheint der Auslöser für dieses Gemetzel gewesen zu sein.«

»Ich weiß nicht, was Sie meinen«, sagte Melo perplex. »Er wurde schon vor Monaten entführt.«

»Ist Ihnen jemals der Gedanke gekommen, dass die Entführung Sabrinas eine Vergeltung gewesen sein könnte?«

»Wofür?«, spielte Melo das Spiel beinahe fröhlich mit.

»Für das Verschwinden von Julião Gonçalves.«

»Wer könnte gedacht haben, dass ich irgendetwas mit diesem Verbrechen zu tun habe?«

»Sein Bruder Roberto, der, wie Sie bestimmt wissen, einer der Anführer von *Poder ao Povo* ist.«

»*Das* ist wirklich interessant«, sagte Melo. »Roberto hat irrtümlich angenommen, dass ich für Juliãos Verschwinden verantwortlich war, und sich gerächt, indem er meine Tochter entführt hat. Das wollen Rechercheure der *National Review* bestimmt weiterverfolgen.«

»Es war ein bemerkenswerter Zufall, dass Julião entdeckt wurde, während ...«

»Ich denke, es wäre das Beste für Sie, wenn Sie Brasilien mit dem nächsten Flugzeug verlassen würden«, ließ Melo alle falsche Freundlichkeit fahren. »Für Sie ist bei der TAM ein Platz in der ersten Klasse gebucht. Die Maschine startet kurz vor Mitternacht von São Paulo nach London. Ein Hubschrauber wird Sie von dem Heliport auf dem Gebäude der Bank zum Flughafen bringen. Mit der Einwanderungsbehörde ist alles geklärt.«

»Kann ich mich vor meinem Aufbruch noch von Sabrina verabschieden?«

»Sie schläft noch. Ich möchte sie nicht stören. Der Arzt überwacht sie rund um die Uhr. Ich habe für morgen einen Termin bei einem plastischen Chirurgen für sie vereinbart.«

Boxer spürte, wie die Rollläden vor Sabrinas Leben heruntergingen, und wusste, dass sie nie wieder echte Freiheit genießen würde.

»Bevor Sie abreisen, möchte Sie noch jemand sprechen. Ich werde ihn hereinführen«, sagte Melo und schüttelte Boxer die Hand.

Dann war er verschwunden.

KAPITEL SECHSUNDZWANZIG

28. April 2014, 20.15 Uhr
Melos Haus, Jardim Europa, São Paulo, Brasilien

Boxer spürte noch Melos Händedruck, als er aufstand und sich neugierig zur Tür wandte, um zu sehen, wer hereinkommen würde. Er fragte sich, ob es sein alter Auftraggeber und Freund Bruno Dias war, weil ihm sonst niemand einfiel, den er in São Paulo kannte. Die Tür ging auf. Ein großer Mann in einem verknitterten Leinenanzug kam herein. Unverkennbar Walden Garfinkle.

Garfinkle war bei der CIA für besondere Problemfälle innerhalb des eigenen Personals zuständig, alles von Verrat über Burnout bis zum Wahnsinn. Simon Deacon, Boxers Freund beim MI6, hatte sie im Januar bekannt gemacht. Garfinkle war ein großer Bär von einem Mann mit fast ebenso viel Fell, einem permanenten Bartschatten, den gewölbten Augenbrauen eines Uhus und Haaren auf Handrücken, Fingern und sogar Ohren; ein Typ, den man nicht vergaß, mit riesigen Zähnen wie Grabsteine und einem gepolsterten Händedruck, bei dem man den Eindruck hatte, dass die Krallen nur vorübergehend eingezogen waren.

»Setzen Sie sich«, sagte der CIA-Mann und wies auf den Sessel neben dem unechten Kamin, als ob er hier zu Hause wäre.

»Ich bin überrascht«, sagte Boxer, »obwohl ich vielleicht hätte erwarten sollen, dass die CIA die Finger im Spiel hat, wenn die Region destabilisiert werden könnte.«

»Wir sind in keiner Weise beteiligt«, erwiderte Garfinkle. »Ich war nur zufällig in São Paulo, habe von Iagos Problem gehört und bin meinen Freunden gern behilflich. Ich habe ihm erzählt, dass Sie einer der besten Kidnapping-Consultants der Welt sind, und Iago hat eine Entführungsversicherung bei Lloyd's abgeschlossen, die ausdrücklich festlegt, dass im Fall einer Entführung GRM einzuschalten ist. Er hat mit Ihrem ehemaligen Einsatzleiter gesprochen, deswegen sind Sie hier.«

»Sehr nett, dass Sie an mich gedacht haben«, erwiderte Boxer, der wusste, dass Dankbarkeit angezeigt war, jedoch argwöhnisch gegenüber dem CIA-Mann blieb, der nebenbei nonchalant seinen weitreichenden Einfluss demonstriert hatte.

»Ich würde gern kurz mit Ihnen sprechen, bevor Sie nach London zurückfliegen«, sagte er. »Ich habe gehört, dass Sie einen brillanten Job gemacht haben ... wenn auch ein wenig unkonventionell in der ... wie soll ich sagen, *Exekution*. Aber das scheint ja Ihre Spezialität zu sein, nicht wahr?«

»Unkonventionell zu sein, meinen Sie?«

»Ich habe gehört, was in Marokko passiert ist«, sagte Garfinkle. »Ich habe lange mit Youness Benjelloun gesprochen. Erinnern Sie sich an ihn? Vom marokkanischen Geheimdienst?«

»Wie könnte ich ihn vergessen?«, sagte Boxer. »Er hat mich einer ausführlichen, engagierten und äußerst unbequemen Befragung unterzogen.«

»Genau der, obwohl wir ihm gesagt haben, dass er sich ein wenig ... Zurückhaltung auferlegen sollte, wenn das das richtige Wort ist, weshalb es eine Weile gedauert hat, bis er Ihnen eine äußerst interessante Information entlockt hat«, sagte Garfinkle. »Er hat berichtet, dass unser gemeinsamer Freund Conrad Jensen Ihnen erzählt hat, er wäre auf einer Mission, die CIA von einer rechtsextremen Gruppierung zu befreien, die versucht, operative Einsätze im Sinne ihrer politischen Ziele und Ansichten zu beeinflussen.«

»Das hat Jensen mir erzählt, ja.«

»Glauben Sie das?«

»Ich kann Ihnen nur berichten, was ich beobachtet habe. Wie

ich schon Youness Benjelloun erzählt habe, hat ein führender Vertreter der CIA Jensen bei dem Showdown im Atlasgebirge Geld angeboten, wenn er verschwindet. Als Jensen dieses Angebot ablehnte, eröffneten versteckte CIA-Agenten, die verdeckt an den Ort des Geschehens gekommen waren, das Feuer. Bei dem Schusswechsel wurden sämtliche CIA-Leute getötet. Ich habe mit einem ihrer Satellitentelefone die Kavallerie alarmiert, während Conrad Jensen in der Dunkelheit verschwunden ist.«

»Und welche Schlüsse haben Sie aus der Szene gezogen?«

»Dass diese CIA-Männer beschlossen hatten, ihn zu töten. Als Jensen mir das Wesen seiner Mission erklärte, konnte ich begreifen, warum«, sagte Boxer. »Aber als ich dann vom MI6 befragt wurde, hat man mir erklärt, dass die CIA jedwede Verschwörung leugnet. Also weiß ich nicht mehr, was ich glauben soll. Ich bin kein Spion. Es geht mich nichts an.«

»Hat Conrad Jensen versucht, Kontakt mit Ihnen aufzunehmen?«

»Die Frage stellen mir alle, und ich weiß nicht, warum. Ich habe allen die gleiche Antwort gegeben, und die lautet: Nein.«

»Wer hat Sie das gefragt?«

»Leute vom MI5 und MI6.«

»War einer von ihnen Ihr Freund Deacon?«

»Er war der Beharrlichste«, antwortete Boxer. »Interessant, wenn man bedenkt, dass er uns erst zusammengebracht hat.«

»Ich bin schon sehr lange im Geschäft«, sagte Garfinkle. »Ich weiß, wann ein Mensch etwas auslässt, sparsam mit der Wahrheit umgeht oder einfach unverhohlen lügt.«

»Und was glauben Sie, was ich mache?«

»Sie lassen etwas aus.«

»Willkommen im Club. Es gibt einen ganzen Haufen Leute, die glauben, es müsse einen *Grund* für mein Engagement geben.«

»Mit Ihnen hat von Anfang an irgendwas nicht gestimmt«, sagte Garfinkle, kniff ein Auge zusammen und erlaubte sich einen Ausdruck offener Abneigung. »Warum wollte Conrad Jensen trotz seiner Beteiligung an der mehrfachen Entführung in London, dass Sie ihn finden, wenn er die Absicht hatte unterzutauchen? Wieso ist er auf die Idee gekommen, sich von Ihnen suchen zu lassen, obwohl die Ermittlung in aktuellen Vermisstenfällen eigentlich gar nicht Aufgabe und Ziel der LOST Foundation ist?«

»Ich habe ihm die gleiche Frage gestellt und nie eine Antwort bekommen.«

»*Jetzt* lügen Sie.«

Boxer war verunsichert. Er war stolz auf seine Pokerskills als einer der größten Bluffer in der Szene. Wie konnte Garfinkle ihn so leicht durchschauen?

»Ich sag Ihnen, wie …«, fuhr Garfinkle fort, als wäre Boxer ein offenes Buch. »Ich bin Spezialist. Es ist mein Job zu erkennen, wie außergewöhnliche Menschen ticken, und ihre Gedanken von ihrem Gesicht und an ihrer Körpersprache abzulesen. Sie halten sich für clever. Und für die meisten Menschen sind Sie das auch. Aber für mich, Charles Boxer, sind Sie absolut durchschaubar. Und jetzt werde ich Ihnen etwas sagen.«

Der Raum war von Aggression förmlich aufgeladen, als wäre ein Blitz durch die Telefonbuchse eingeschlagen und würde unberechenbar über den Boden zucken.

»Sie haben ein Problem.«

»Mit wem?«

»Mit den brasilianischen Behörden, wenn Sie hierbleiben, und international, wenn Sie nicht meinem alten Freund Edward Snowden in Russland Gesellschaft leisten wollen.«

»Ich bin nicht ganz sicher, ob ich Ihnen folgen kann«, sagte Boxer. »Ich habe gerade die Tochter eines der reichsten Senatoren Brasiliens vor dem sicheren Tod gerettet. Dafür hat er mir seine lebenslange Dankbarkeit versichert.«

»Das Verteidigungsministerium führt eine Untersuchung bezüglich der Waffen durch, die bei den gewaltsamen Auseinandersetzungen, die wir gerade in Paraisópolis erlebt haben, zwischen den Banden zum Einsatz gekommen sind«, sagte Garfinkle. »Es ist bekannt, dass es diverse Waffenlager gibt, die der Kontrolle des PCC unterstehen ...«

»Inklusive Mörser?«

»Was man nicht versteht«, fuhr Garfinkle fort, ohne auf die Frage einzugehen, »ist, wie die Gegner des PCC in den Besitz von so effektiven Waffen wie M16-Sturmgewehren und M60-Maschinengewehren gekommen sind. Man vermutet, dass internationale Waffenhändler mit geheimen Beweggründen dahinterstecken.«

»Während es in Wahrheit einer ihrer eigenen Senatoren war, der seine politischen Ziele verfolgt.«

»Nein«, sagte Garfinkle, faltete die Hände auf seinem Schwabbelbauch und sah Boxer unter buschigen Augenbrauen mit bohrendem Blick an. »*Sie* waren es.«

Boxer runzelte die Stirn.

»Schauen Sie sich das mal an«, sagte Garfinkle und wies mit dem Kopf auf ein Gemälde an der Wand, das sich auf Knopfdruck einer Fernbedienung in einen Bildschirm verwandelte.

Die Aufnahmen waren dunkel, aber deutlich genug. Sie waren an dem Abend gemacht worden, als Boxer mit den von Melo gekauften Waffen zu der Favela do Sapo gefahren war. Man konnte ihn mühelos bei der Übergabe der Waffen erkennen, und das Material war so geschnitten worden, dass er unmittelbar danach auch bei der Anleitung zu deren Benutzung zu sehen war.

»Sämtliche dieser gepanzerten Fahrzeuge sind rundum mit Kameras ausgestattet. Im Fall eines Angriffs wird alles aufgezeichnet und an den Computer des Sicherheitsdienstes übertragen, damit er reagieren kann und die Täter identifiziert werden können«, sagte Garfinkle. »Wenn diese Aufnahme in die Hände des Verteidigungsministeriums fallen sollte ... könnte das sehr peinlich für Sie werden.«

»Und für Iago Melo.«

»Da wäre ich mir nicht so sicher«, sagte Garfinkle. »Jeder sucht nach einer stimmigen Erzählung, und die wird in der Regel von den Gewinnern geschrieben.«

Sie schwiegen, während Boxer über Melos unkontrollierbare Wut, seine kurze tränenreiche Rührung und schließlich seinen eisigen Rückzug nachdachte.

»Ich bin im Auftrag von GRM tätig, einem Unternehmen mit internationalem Ruf, eine der ersten Adressen für Kidnapping-Consulting weltweit ...«

»Sicher, aber Sie arbeiten auf eigene Rechnung und waren ein paar Jahre raus«, erwiderte Garfinkle. »Und wir wollen lieber gar nicht erst näher auf einige Ihrer außerplanmäßigen Aktivitäten als Freelancer eingehen. Ich sage bloß: Bruno Dias, Lissabon, März 2012. Diogo Chaves. Das ist nur ein Beispiel. Es gibt weitere.«

Boxer war perplex.

»Ja, jetzt begreifen Sie langsam. Diese Leute reden miteinander. Also glauben Sie keinen Moment, dass man Ihnen nicht etwas so Simples wie einen Waffendeal anhängen könnte. Wir sind hier nicht in Norwegen, sondern in Brasilien, Herrgott. Und Sie haben es nicht mit irgendeiner Klitsche zu tun, sondern mit der CIA. Wir können alles. Wir haben schon in Süd- und Mittelamerika operiert, bevor Sie geboren wurden.«

Boxer glaubte ihm und konnte sich gut vorstellen, wie sich Melos Kontaktleute bei der ABIN mit der CIA verbünden würden, um ihm die Sache in die Schuhe zu schieben.

»Und was ist der Deal?«, fragte er nach langem Nachdenken.

»Sie müssen mir nur erzählen, in welcher Verbindung Sie zu Conrad Jensen stehen. Warum waren Sie ein so entscheidender Faktor bei der mehrfachen Entführung in London, und was haben Sie in der Wüste des Atlasgebirges gemacht?«

Erneutes Schweigen. Garfinkle beobachtete, wie Boxer mit sich kämpfte. In seiner langen Laufbahn hatte er schon oft genug Agenten gesehen, die mit ihrer Überzeugung rangen.

»Waren Sie schon mal in einem brasilianischen Gefängnis?«,

fragte er. »Ich habe einmal einen meiner alten Agenten in einem Hochsicherheitsgefängnis am Stadtrand von São Paulo befragt. Ich hatte erwartet, meinen alten Freund und Princeton-Absolventen zu treffen, doch stattdessen saß mir ein verrückter, zitternder Psychotiker gegenüber, der nicht wusste, welchen Wochentag wir hatten, von einer früheren Tätigkeit für die CIA ganz zu schweigen.«

»Ich bin überzeugt, es sind keine besonders behaglichen oder sicheren Lokalitäten«, sagte Boxer.

»Und dann ist da noch Ihr Sohn«, sagte Garfinkle. »Sie möchten bestimmt zurück zu ihm nach London. Ich habe davon gehört … mein Mitgefühl zu Ihrem Verlust.«

Es war das erste Mal, dass Boxer eine Drohung hörte, die als Beileidsbekundung daherkam.

»Schon gut, ich sag Ihnen, was passiert ist«, erwiderte Boxer, »aber ich bin mir nicht sicher, ob Sie hinterher erleuchteter sein werden als ich.«

»Probieren wir es einfach«, sagte Garfinkle. »Im Umgang mit der Wahrheit bin ich gut.«

Boxer erzählte ihm von dem Heizungsingenieur, der die Kassette mit dem Brief seines Vaters gefunden hatte. Garfinkle hörte zu und unterbrach ihn nur hin und wieder, um zu demonstrieren, wie gut informiert er war. Er wusste, dass Boxers Vater Tate hieß und von der Polizei zur Befragung in der Mordsache John Devereux gesucht worden war.

»Was war auf der Kassette?«

»Das habe ich erst vor kurzem herausgefunden. Ich brauchte einen Betamax-Player, um sie anzuschauen, und die sind nicht so leicht aufzutreiben. Dann wurde ich in die mehrfache Entführung verwickelt und bin letztendlich erst vor ein paar Tagen dazu gekommen, sie mir anzusehen.«

»Und?«

»Das ist unwichtig. Entscheidend ist, dass sie existiert.«

»Okay. Kommen wir später darauf zurück.«

»Sie kennen Siobhan, die Person, die Jensen geschickt hatte, um mich mit der Suche nach ihm zu beauftragen. Sie hat früher für Sie gearbeitet … als Liebesfalle. Sie hat mich fasziniert. Irgendetwas an ihr schien mir unbegreiflich, und ich wollte es verstehen.«

»So kann man es auch ausdrücken.«

»Dann habe ich von den Entführungen erfahren und entdeckt, dass Conrad Jensen irgendetwas damit zu tun hatte.«

Garfinkle bohrte nach und wollte genau wissen, wie es gelaufen war. Boxer schilderte die Ereignisse in gehorsamer Ausführlichkeit. Es war die einzige Möglichkeit, Garfinkle zufriedenzustellen. Boxer erzählte ihm, wie er in die Entführungsfälle verwickelt worden war und wie Jensen ihn zu dem Showdown im Atlasgebirge eingeholt hatte.

»Aber Sie wussten nicht, warum?«

»Als ich im Atlas ankam, hatte ich immer noch keine Ahnung, warum man mich mit dem Auftrag, Conrad Jensen zu suchen, angelockt hatte. Ich habe jeden gefragt, der mir auf dem Weg dorthin begegnet ist, aber keiner konnte es mir sagen. Ich habe es erst im letzten Moment erfahren.«

»Von Conrad Jensen selbst?«

»Nach dem Kampf waren alle bis auf Jensen und mich tot. Er hat mir gesagt, ich sollte über das Satellitentelefon der CIA-Leute Deacon anrufen. Dann ist er auf eine Motocross-Maschine gestiegen und hat mich, bevor er in der Wüste verschwunden ist, gebeten, noch etwas zu tun.«

»Was?«

»Wenn ich daran zurückdenke, und das habe ich seither oft getan, hätte es ein dramatischer Augenblick sein sollen. Aber das war es nicht. Nur ein dahingeworfener Satz zum Abschied. Er sagte ihn über die Schulter, gab Gas und verschwand in der Dunkelheit.«

»Okay, Sie haben genug Spannung aufgebaut. Was hat er gesagt?«

»Er hat mir gesagt, ich sollte unter den Bodendielen meines Hauses in London nachsehen, weil ich dort eine Videokassette mit allen Antworten finden würde.«

»Heilige Scheiße«, sagte Garfinkle, sprang auf und beugte sich vor, sodass sein Gesicht Boxers gesamtes Blickfeld einnahm. »Sie meinen, Conrad Jensen ist David Tate, Ihr verschwundener Vater?«

»Er *könnte* es sein.«

»Wieso? Wer hätte sonst von dem Paket unter den Dielen wissen können?«

»Mein Vater könnte es jemandem erzählt haben, der sich diese Information aus welchem Grund auch immer zunutze gemacht hat.«

»Sie haben Conrad Jensen doch gesehen«, sagte Garfinkle und setzte sich wieder. »Sie müssen doch *irgendwas* wiedererkannt haben!«

»Ich war sieben, als mein Vater verschwunden ist. Das war vor fünfunddreißig Jahren. David Tate war ein grundsolider Typ. Kurzes Haar, sauber rasiert, Anzug und Krawatte, schwarze Schnürschuhe. Ein Buchhalter«, sagte Boxer. »Als ich Conrad Jensen zum ersten Mal gesehen habe, saß er im Schneidersitz da und meditierte. Im Laufe meiner Suche war er mir als erfolgreicher Geschäftsmann, Sprachgenie, Spezialist für militärische Sicherheit, Verhörspezialist in Geheimgefängnissen der CIA und schließlich als CIA-Agent mit der Mission beschrieben worden, die Firma von Rechtsextremisten zu säubern ... all das ist weit entfernt von dem Bild, das ich von meinem Vater hatte.«

»Aber körperlich ... emotional? Gab es *kein* Wiedererkennen?«

»Ich habe Jensen in der Zeit, die wir gemeinsam verbracht haben, sehr genau beobachtet. Er war sehr charismatisch, was das Erste ist, was einem den klaren Blick auf einen Menschen verstellt. Er hatte strahlend blaue Augen, die zu meiner Erinnerung an meinen Vater passten, und lange, feingliedrige Hände, die ihr widersprachen. Als ich ihn gekannt habe, war er Judomeister und kräftig gebaut.«

»Er war jünger«, sagte Garfinkle.

»Und er war auch nicht der Typ, der meditierte. Das war Hippiekram.«

»Asiatische Kampfsportarten und Meditation gehören oft zusammen.«

»Was ich sagen kann, ist, dass er aufrichtiges … Mitgefühl zeigte, als er mir zu Isabels Tod kondoliert hat«, erklärte Boxer. »Das hat mich berührt. Aber das ist das Problem mit Charisma. Es neigt dazu, die Wahrheit zu verschleiern.«

»Sagen Sie mir, was auf der Kassette war.«

»Eine Aufnahme meiner Mutter beim Sex mit John Devereux.«

»Wer hat sie gemacht?«

»Meine Mutter hat heimlich eine Kamera installiert.«

»Zu welchem Zweck?«

»Ich hatte noch keine Gelegenheit, mit ihr zu sprechen. Ich wollte es tun, als mich der Anruf wegen dieses Jobs für GRM erreicht hat, den ich nicht ablehnen wollte, weil es mein altes Unternehmen war.«

Garfinkle riss die Augen weiter auf und fixierte ihn. Er wusste immer, wenn er etwas hörte, was nicht ganz stimmig war, und Boxers Erklärung klang völlig verkehrt.

»Das glaube ich nicht«, sagte er.

»Ich bin hier, oder nicht?«, erwiderte Boxer und hörte sogar selbst, wie defensiv er klang.

»Sie sind hier, das stimmt, aber nicht, weil Sie Ihren alten Arbeitgeber nicht enttäuschen wollten. Nein. Das ist nicht der Grund. Versuchen Sie es noch einmal. Warum haben Sie diesen Job angenommen?«

Boxer spürte heiße Wut in sich auflodern und musste die Faust ballen, um die Fassung zu wahren.

»Setze ich Ihnen zu, Mr Boxer?«, fragte Garfinkle. »Ich habe noch nicht mal angefangen.«

»GRM beauftragt normalerweise keine freien Mitarbeiter. Sie haben fest angestellte Kidnapping-Consultants. Als einzige private Sicherheitsfirma in London. Es war eine Chance ...«

»Schwachsinn. Sie verheimlichen etwas. Ich habe ständig damit zu tun. Ich weiß, wann jemand etwas zurückhält, noch bevor er es selber weiß.«

»Dann ist das bei mir vielleicht auch so, denn ich habe nicht die leiseste Ahnung, warum ich ... *etwas zurückhalte*, wie Sie sich ausdrücken.«

»Wann haben Sie den Film gesehen?«, fragte Garfinkle. »Es war nicht zufällig am selben Tag, an dem GRM angerufen und gefragt hat, ob Sie diesen Job übernehmen wollen ... oder?«

Boxer wurde von einer so gewaltigen und unkontrollierbaren Wut gepackt, dass es ihn all seine Beherrschung kostete, Garfinkle nicht gegen den Hals zu schlagen.

»Ich kann sehen, dass ich Ihnen zusetze. Erschießen Sie nicht den Überbringer der Nachricht«, sagte Garfinkle.

»Ich habe den Film am selben Tag gesehen, an dem ich den GRM-Job angenommen habe, ja«, sagte Boxer mit betont ruhiger Stimme. »Ich hatte meine Mutter angerufen und schon ein Treffen vereinbart. Ich wollte mit ihr darüber sprechen, was ich auf dem Video gesehen hatte. Dann rief GRM an, und ich musste es verschieben. Ich sollte noch am selben Abend aufbrechen.«

Garfinkle spürte, dass da noch etwas war, was die Entscheidung beeinflusst hatte. Es lag nicht nur an dem Video. Aber Boxers sichtbare Wutaufwallung hatte ihn beunruhigt, und er beschloss, dieses Mal nachzugeben.

»Ihr Vater hat gesagt, die Antworten wären auf dem Film«, sagte Garfinkle. »Ich nehme an, wenn Sie mit Ihrer Mutter gesprochen haben, werden Sie ein wenig mehr verstehen, aber haben Sie nicht schon irgendeine Ahnung?«

»Nur, dass man so etwas normalerweise tun würde, um seinen Mann eifersüchtig zu machen.«

»Um ihn zum Mord an ihrem Liebhaber anzustacheln? Das

ergibt keinen rechten Sinn. Warum sollte sie den Tod ihres Liebhabers wünschen?«, fragte Garfinkle. »Wann wurde der Film aufgenommen?«

»Auf dem Paket stand ›*Gefunden im Mai 1979*‹.«

»Drei Monate vor der Ermordung von Devereux«, stellte Garfinkle fest. »Gab es auf dem Band einen Timecode?«

»Die Aufnahme startet am 12. Mai um 15.34 Uhr.«

»Ich erinnere mich, den Fall durchgesehen zu haben«, sagte Garfinkle und lehnte sich zurück, um das Material von der riesigen Festplatte seines Gehirns aufzurufen. »Gegenüber der Polizei hat Ihre Mutter ausgesagt, dass sie die Affäre mit John Devereux 1970 beendet und seither keinen körperlichen Kontakt mit ihm gehabt hätte.«

Boxer staunte, wie gründlich Garfinkle seine Biografie durchgearbeitet hatte. Der Gedanke, dass die CIA ihn so ernst nahm, ließ ihn schaudern, andererseits war Garfinkle einer von den Leuten, die Jensen aus der Deckung hatte locken wollen. Irgendwann musste er dem CIA-Mann gegenüber darauf zurückkommen.

»Darüber wollte ich mit ihr sprechen.«

»Sie hat die Affäre fortgesetzt … so viel ist klar. Aber welches Motiv hatte sie, den Film aufzunehmen? Offenbar sollte er gefunden werden, denn Ihr Vater hat ihn entdeckt. Aber warum wollte sie das?«

»Deswegen muss ich mit meiner Mutter sprechen«, sagte Boxer. »Sie haben viel Arbeit in meine Person investiert, was bedeutet, dass sie Conrad Jensen garantiert noch eingehender durchleuchtet haben. Haben Sie das fehlende Verbindungsglied zwischen ihm und David Tate gefunden?«

»Es hat uns eine Menge Mühe gekostet, aber wir haben das Leben von Conrad Jensen bis zurück zum Tag seiner Geburt untersucht. Und der wiederum ist interessant: der 8. September 1940.«

»Ich dachte, er wäre zweiundsiebzig …«

»Plus minus ein paar Jahre«, sagte Garfinkle. »An diesem Tag wurde das St. Thomas' Hospital gegenüber dem Parlamentsgebäude zum ersten Mal von einem deutschen Luftangriff getroffen. Viele Unterlagen wurden vernichtet, darunter auch die zu Conrad Jensens Geburt. Nachdem wir das erfahren hatten, haben wir alles andere mit einer Prise Skepsis betrachtet.«

»Bis wann? Es muss doch einen Zeitpunkt geben, an dem der Conrad Jensen, der der CIA bekannt ist, in Erscheinung tritt.«

»Das ist eine interessante Frage, und die Antwort lautet: 1980. Etwa ein Jahr, nachdem Ihr Vater ›verschwunden‹ ist.«

»Die CIA hält es also nicht für ausgeschlossen, dass er David Tate ist.«

»Wenn Conrad Jensen Ihr Vater ist, ist es plausibel, dass er Sie in sein Netzwerk holen wollte. Er sucht Leute mit ungewöhnlichen Talenten, auf die er sich verlassen kann. Ich an seiner Stelle würde Sie auch rekrutieren wollen«, sagte Garfinkle. »Und der von Ihnen aufgebrachte Aspekt, dass er die entscheidende Information über die Kassette unter den Bodendielen benutzt haben könnte, um Sie *glauben* zu machen, er wäre Ihr Vater, fügt der Geschichte eine weitere faszinierende Ebene hinzu. Wer ist dieser Typ? Ich dachte, Sie hätten die Antwort, aber sie ist *unvollständig*.«

Das letzte Wort klang wie ein Fluch, und Garfinkle verzog das Gesicht, als ob das Adjektiv »unvollständig« einem Mann wie ihm innere Schmerzen bereiten würde. Dann glätteten sich seine Gesichtszüge abrupt wieder, als hätte er sich daran erinnert, dass die Situation eine kultiviertere Reaktion erforderte.

»Die gute Nachricht ist, dass ich Ihnen glaube, Mr Boxer. Wenigstens diese Hürde haben wir genommen und können nun anfangen, uns gegenseitig zu vertrauen.«

Boxer war sich nicht sicher, ob »vertrauen« das Wort war, das ihm spontan in den Sinn gekommen wäre; wahrscheinlich würde er sich eher am falschen Ende einer einseitigen Zwangsmaßnahme wiederfinden. Aufgefallen war ihm allerdings, dass er sich seine Wut von der Seele geredet hatte.

»Ich habe sehr lange nach meinem Vater gesucht. Ich habe zwei größere Anläufe genommen, bevor ich zwanzig war. Ich bin zur Mordkommission gegangen, nur um herauszufinden, ob er Devereux ermordet hat oder nicht. Ihn aufzuspüren war eine lebenslange Besessenheit von mir«, sagte Boxer und fixierte Garfinkle mit seinen hellgrünen Augen. »Als mir dann dieser Typ, Conrad Jensen, erklärte, ich solle unter den Dielen nach diesem Paket suchen, war es, als wäre ich von einem Blitzschlag getroffen worden. Und es war etwas, worüber ich mit niemandem reden konnte, bis ich …«

»Bis Sie was?«

»Vielleicht kennen Sie das Gefühl, ein Leben lang von einer unlösbaren Frage besessen zu sein, und plötzlich tut sich die Möglichkeit einer Antwort auf.«

»Damit habe ich ständig zu tun«, sagte Garfinkle. »Es sind nicht meine eigenen Fragen, sondern die Zweifel im Bewusstsein meiner Agenten.«

»Diese Frage war für mich immer gegenwärtig. Sie hat meinem Leben Struktur gegeben. Sie war die Mitte, die mich zusammengehalten hat. Nun stehe ich kurz davor, die Wahrheit zu erfahren, und ich bin mir nicht sicher, ob ich sie hören will. Ich weiß nicht, was sie mit mir machen wird.«

»Also laufen Sie weg, das ist ganz natürlich.«

»Ich bin nicht weggelaufen.«

»Aber Sie haben sich bestimmt auch nicht auf das Treffen mit Ihrer Mom gefreut.«

»Sie ist kein einfacher Mensch. Ich weiß nicht, ob ich in der Lage bin, ihr die Wahrheit aus der Nase zu ziehen.«

»Vielleicht sollten Sie sie ihr nicht aus der Nase ziehen. Versuchen Sie, ihr die Wahrheit zu ›entlocken‹«, sagte Garfinkle, der es gewohnt war, von der Rolle des Verhörenden zu der des Psychiaters zu wechseln. »Was haben Sie gedacht, als Sie von London nach São Paulo geflogen sind?«

»Ich war erleichtert, mir selbst mehr Zeit gegeben zu haben.

Ich hatte sie aus einem Impuls heraus angerufen. Ich hoffe, ich bin jetzt besser vorbereitet auf das Gespräch, das wir führen müssen.«

»Möchten Sie einen kostenlosen Ratschlag?«, wollte Garfinkle wissen. »Ich frage immer vorher, weil ich weiß, wie schwer es intelligenten Menschen wie Ihnen fällt, auch nur in Erwägung zu ziehen, einen Rat anzunehmen. Aber ich sage es trotzdem: Besorgen Sie sich Hilfe.«

»Sie meinen von einem Psychologen?«

»Ja, reden Sie es sich von der Seele. Vor zehn Minuten wollten Sie mich noch umbringen, und schauen Sie sich jetzt an, nach unserem ... Meinungsaustausch.«

Boxer lehnte sich zurück. Garfinkle stand auf und drehte eine Runde durchs Zimmer, bevor er wieder vor Boxer landete.

»Wissen Sie, warum ich hierhergekommen bin?«, fragte er.

»Sie meinen, außer um mit mir zu sprechen?«

»Ich bin schon lange in diesem Geschäft. Ich habe ein Näschen für bestimmte Sachen. Ich dachte, Conrad Jensen könnte irgendwie darin verwickelt sein.«

»In die Entführung von Sabrina?«

»Der Gedanke ist mir gekommen.«

»Haben Sie Melo deshalb geraten, mich zu engagieren?«

»Es sah aus wie eine konfrontative Aktion von der Art, wie Jensen sie geplant haben könnte.«

»Er hätte Sabrina nicht ein Ohr abgeschnitten«, sagte Boxer. »Denken Sie daran, wie er die Eltern bei den Londoner Entführungen durch vorgetäuschte Foltermethoden überzeugt hat.«

»Vielleicht hat sich seine Haltung verhärtet, und wenn Sie beteiligt sind, ist alles erlaubt.«

»Fragen Sie mich, ob er mit mir Kontakt aufgenommen hat, als ich in der Favela war?«, fragte Boxer. »Nein, hat er nicht. Es war nicht in seinem Interesse. Sein einziges Interesse ist es, Rechtsextremisten innerhalb der CIA auszuräuchern.«

»Was mich zum nächsten Grund für meine Anwesenheit bringt.«

»Der Falle nach zu urteilen, in die ich gelockt wurde, denke ich, Sie wollen mich erpressen.«

»So funktioniert das in meiner Welt«, sagte Garfinkle beinahe traurig. »Niemand liefert ohne Druck.«

»Und was muss ich machen, um hier rauszukommen?«

»Wenn Conrad Jensen oder jemand, der in Verbindung mit ihm steht, Kontakt zu Ihnen aufnimmt, will ich es von Ihnen erfahren, bevor ich es selbst herausfinde.«

KAPITEL SIEBENUNDZWANZIG

28. April 2014, 21.15 Uhr
Melos Haus, Jardim Europa, São Paulo, Brasilien

Boxer beobachtete aus seinem Schlafzimmerfenster, wie die komplette Securitybelegschaft an der Mauer patrouillierte. Er zählte zehn Mann und wusste von weiteren sechs allein im Garten. Im Haus und auf dem Grundstück hielten sich vermutlich noch mehr auf. Gegen diese Überzahl hatte er ohne Hilfe keine Chance.

Am Ende des Flurs fiel ein Lichtstreifen durch eine offene Tür. Er hörte murmelnde Stimmen. Der Arzt kam heraus und ging nach unten. Boxer schlich den Flur hinunter, spähte durch den Spalt und sah Melo an Sabrinas Bett stehen und sanft an ihrer Schulter rütteln. Ihre Lider flatterten. Ihre Lippen sahen rau und rissig aus, als hätte das Medikament ihren Mund ausgetrocknet. Sie schlug mit schweren Lidern die Augen auf.

»Oh ...«, stöhnte sie und streckte die Zunge heraus, um ihre Lippen zu befeuchten.

»Alles okay. Dir geht es gut. Der Arzt hat dir etwas zur Beruhigung gegeben«, sagte Melo langsam.

Sabrina konnte die Augen nur mit Mühe offen halten.

»Ich denke, es ist das Beste, wenn du jetzt hierbleibst«, sagte Melo. »Ich habe der Universität mitgeteilt, dass du durch die Entführung traumatisiert bist und nicht mehr an deinen Seminaren teilnehmen wirst.«

»Ich will ... ich will ...«, stammelte sie, doch die Worte waren wie Sirup in ihrem Mund.

»Der Arzt sagt, körperlich geht es dir gut, dein Blutdruck ist normal, du hast bloß ein wenig Untergewicht. Aber er meinte, dass du dich in einem psychisch weniger guten Zustand befindest, was nicht überraschend ist. Er hat gesagt, du brauchst eine Pause. Du hast zu lange auf reinem Adrenalin gelebt, dein Gehirn braucht Erholung. Er wird dich für einige Wochen ruhigstellen.«

»Ich will nicht … ich will nicht …«

»Hör zu, mein Schatz, wir haben es auf deine Weise versucht. Ich habe dir gesagt, dass du in dieser Stadt vorsichtig sein musst. Ich habe dir erklärt, wie die Welt wirklich ist, nämlich ein sehr viel härterer Ort, als du dir das innerhalb dieser Mauern vorstellen konntest. Du hast mir nicht geglaubt. Du wolltest dein Leben auf deine Art leben. Und sieh, was passiert ist. Du bist entführt worden. Und wer hat dich entführt? Ja, irgendeine linksextremistische Gruppe, so extremistisch, dass sie aus dem Ausland agieren muss. Ich liebe dich, Sabrina. Ich liebe dich wirklich. Du bist mein einziges Kind. Ich möchte nicht, dass dir irgendetwas zustößt. Deshalb wirst du von nun an nach meinen Bedingungen leben. Du wirst alles haben, was du brauchst, es wird dir an nichts fehlen. Du kannst zu Hause studieren. Ich werde Tutoren finden, die herkommen und dich hier unterrichten. Du wirst brillant sein. Und ich verspreche dir, du wirst glücklich sein, und darüber hinaus wirst du auch mich sehr glücklich machen.«

Melo beugte sich über sie, küsste sie auf die Stirn und strich mit dem Daumen über ihre Wange.

»Bi… bitte …«, sagte sie und versuchte, den Arm zu heben.

»Alles in Ordnung, mein Schatz. Von jetzt an wird alles gut.«

»Ich will … mit Charlie sprechen … mich … mich bedanken.«

»Charlie ist schon weg. Er sitzt in einem Flugzeug nach London. Schlaf einfach ein wenig.«

Er strich mit einem Finger und dem Daumen über ihre Augenlider. Sie wehrte sich nicht.

Boxer zog sich in sein Zimmer zurück und wartete, bis er hörte, wie die Tür am Ende des Flurs geschlossen wurde. Dann wartete er weitere zehn Minuten und blickte in seinem Zimmer aus dem Fenster. Direkt hinter dem Haupttor parkte ein Mercedes. Der Sicherheitsmann in dem Kontrollposten öffnete die Tür und sah auf die Uhr. Er sprach mit den Wachleuten, die an der Mauer patrouillierten, und zündete sich eine Zigarette an. Während er rauchte, blickte er sich immer wieder zu den Monitoren um. Schließlich schnippte er die Kippe über das Tor, kehrte auf seinen Platz zurück und stieß die Tür zu.

Boxer ging nach unten in die Küche, ohne einer Menschenseele zu begegnen. Die Arbeitsplatten waren sauber, der Koch war nirgends zu sehen. Boxer ging weiter in die Waschküche, wo er den leeren Hocker des Wachmanns, einen Haufen Plastikhandschellen und darunter eine Dose Cola fand. Er schloss die Garagentür auf und machte das Licht an. Auf einer Seite der Garage stand jetzt ein Mercedes. Auf der leeren Seite saß Leonardo, immer noch nackt und mit Plastikhandschellen an einen Stuhl gefesselt, den Mund mit Klebeband zugeklebt. Sein Blick war leicht wirr, sein Atem panisch. Er hatte Blutergüsse und Striemen an Beinen und Schultern, und die Handschellen hatten seine Hand- und Fußgelenke wund gescheuert.

»Wie würde es Ihnen gefallen, hier rauszukommen?«, fragte Boxer.

Leonardo nickte heftig. Boxer riss das Klebeband ab.

»Worum ich Sie bitten werde, ist allerdings nicht ungefährlich«, sagte Boxer.

»Was auch immer«, erwiderte Leonardo. »Hierzubleiben ist auch nicht ungefährlich.«

»Haben Sie gesehen, wie das Garagentor geöffnet wurde?«

»Der Typ in dem Kommandoposten hat eine Fernbedienung.«

Boxer sah nach, ob der Schlüssel des Mercedes steckte. Leider nicht.

»Haben Sie mitgekriegt, wie der Wagen geparkt wurde?«, fragte er. »Wo werden die Schlüssel aufbewahrt?«

»Ebenfalls bei dem Typen in dem Kommandoposten. Er hat den Wagen in die Garage gefahren, aber Schlüssel habe ich nicht gesehen. Wahrscheinlich ein Smart-Key-System mit Sensor oder so.«

Boxer erklärte Leonardo, was er von ihm wollte, versprach ihm, dass er zurückkommen würde, und klebte ihm den Mund wieder zu. Auf dem Weg aus der Küche traf er Henrique.

»Sie werden in einer Stunde abgeholt und zum Bankgebäude gebracht. Von dort wird man Sie zum Flughafen fliegen.«

»Sehen wir uns noch?«

»Wir brechen in der nächsten halben Stunde auf.«

Boxer schüttelte Henrique die Hand und bedankte sich für seine Arbeit. Henrique wirkte überrascht; offenbar war er es nicht gewohnt, dass sich irgendjemand für irgendwas bedankte.

Auf dem Weg zu seinem Zimmer bemerkte Boxer, dass vor Sabrinas Zimmer ein bewaffneter Wachmann postiert worden war. Er packte, brachte sein Gepäck zur Haustür und nahm die andere Treppe nach oben, sodass er an dem Wachmann vorbeikam. Boxer sagte Hallo und versuchte zu erkennen, wie der Mann bewaffnet war. Offenbar nur mit der Pistole in dem Holster an seiner Hüfte.

In seinem Zimmer trat Boxer ans Fenster und beobachtete den Kommandoposten am Haupttor. Nach zehn Minuten trafen ein schwarzer Kia mit Allradantrieb und ein kleiner schwarzer Bus ein und parkten vor dem Tor. Die Sicherheitsleute begannen sich auf dem Hof zu versammeln. Fünf Minuten später stiegen zehn von ihnen in den Bus. Die Fahrer des Pkws und des Busses ließen den Motor an und schalteten die Scheinwerfer ein.

Unter seinem Fenster kamen Henrique und ein Mann in einem Anzug aus dem Haus die hintere Tür des Mercedes öffnete. Flankiert von zwei Wachmännern stieg Melo in den Fond des Wagens. Der Fahrer schloss die Tür, und Henrique stieg auf der

Beifahrerseite ein. Der Fahrer ließ den Motor an. Zehn Wachmänner marschierten aus dem Seitentor, vier stiegen in den Kia, sechs bezogen Position entlang der Straße. Das Haupttor öffnete sich, und der Mercedes setzte sich in Bewegung. Der Kia fuhr voraus. Zwei Wachmänner stiegen in den Bus, der dem Mercedes folgte. Vier Wachleute kehrten auf das Grundstück zurück, als das Tor sich wieder schloss.

Zwei von ihnen blieben beim Haupttor und sprachen mit dem Mann in dem Kommandoposten. Boxer blickte den Flur hinunter. Der Wachmann vor Sabrinas Tür war verschwunden. Nach ein paar Minuten hörte er ihn die Treppe heraufkommen. Boxer schlich die Paralleltreppe hinunter und ging ins Esszimmer, aus dem man in den Garten blicken konnte. Von links tauchte ein weiterer Securitymann auf und ging zu einem Stuhl unter einem Feigenbaum. Er legte sein Gewehr auf den Boden, zündete sich eine Zigarette an und setzte sich.

Boxer überprüfte die Waschküche. Kein Wachmann. Er öffnete die Garage, schnitt Leonardos Fesseln auf und nahm einen kleinen Gummihammer aus dem Werkzeugregal sowie die Plastikhandschellen, die unter dem Hocker auf dem Boden lagen. Er wies Leo zu der einen Treppe und rannte auf die andere Seite des Hauses, bevor er Leonardo zunickte, worauf der geräuschvoll die Stufen hinaufstapfte. Boxer schlich lautlos die Paralleltreppe hinauf und sah, dass der Wachmann ihm den Rücken zuwandte und die Pistole in den Flur richtete. Boxer verpasste ihm einen Schlag mit dem Gummihammer, und der Mann ging zu Boden. Boxer rief Leonardo, und gemeinsam entkleideten sie den Wachmann bis auf die Unterwäsche. Leonardo zog die Uniform an, Boxer nahm die Waffe.

Sabrinas Tür war abgeschlossen. Leonardo durchsuchte die Uniform nach einem Schlüssel, fand jedoch keinen. Also nahmen er und Boxer ein paar Schritte Anlauf und traten abwechselnd gegen die Tür, bis das Holz splitterte und Boxer eine Hand hindurchstrecken konnte, um aufzuschließen. Sabrina lag in einem

Seidenpyjama im Bett und schlief trotz des Lärms fest. Boxer wickelte sie in die Decke und legte sie über seine Schulter.

Sie liefen in die Garage, betteten sie auf die Rückbank des Mercedes und gingen zurück zur Haustür. Boxer öffnete den Schaltkasten und fragte Leonardo, welcher Schalter die Sicherung der Scheinwerfer entlang der Mauer kontrollierte. Leonardo studierte die Beschriftung und zeigte auf einen Schalter. Boxer erklärte ihm, was er sagen sollte, und legte den Schalter um. Die Lichter gingen aus. Boxer schloss den Schaltkasten und versteckte sich hinter der Tür, die Leonardo geöffnet hatte.

»*Onde é que está a caixa da luz?*«, rief er.

Einer der Wachmänner kam bereits die Stufen herauf und betrat das Haus. Boxer schloss die Tür, hielt ihm den Lauf seiner Waffe an den Kopf und nahm ihm Gewehr und Pistole ab. Leonardo befahl ihm, seinen Freund hereinzurufen. Der Wachmann gehorchte. Der zweite Wachmann kam und wurde ebenfalls entwaffnet. Boxer schaltete die Scheinwerfer wieder ein und fesselte die beiden bäuchlings auf dem Boden liegenden Wachmänner. Er gab Leonardo eins der Gewehre, nahm sein Gepäck und ging zu dem Kommandoposten, dessen Tür geschlossen war.

Er riss die Tür auf und hielt dem verblüfften Wachmann die Pistole ins Gesicht. Leonardo fragte ihn nach der Fernbedienung für die Garage und dem Schlüssel für den Wagen. Der Wachmann nahm einen Smart Key von einem Haken an der Wand und gab ihn Leonardo, der ihn auf das Garagentor richtete, das langsam aufging.

Boxer bedeutete dem Wachmann mit der Waffe, den Posten zu verlassen und in die Garage zu gehen, wo er ihn an den Stuhl fesselte, auf dem Leonardo gesessen hatte. Dann führten sie auch die beiden anderen Wachleute in die Garage und fesselten sie aneinander. Boxer lud sein Gepäck neben Sabrina auf die Rückbank, ließ den Motor an und den Wagen bis zu dem Kommandoposten rollen. Leonardo schloss das Garagentor und drückte auf den grünen Knopf. Das Haupttor glitt auf.

Als es sich gerade weit genug geöffnet hatte, kam der Wachmann aus dem Garten auf den Hof gelaufen. Sobald er Leonardo sah, der in dem Kommandoposten in Deckung ging, wusste er, dass irgendetwas nicht stimmte, und feuerte eine volle automatische Salve ab. Die Projektile prallten von der Panzerung des Mercedes ab. Boxer stieß die Beifahrertür auf, Leonardo hechtete in den Wagen, und Boxer raste durch das geöffnete Tor. Der Wagen holperte auf den Asphalt, und Boxer trat aufs Gas.

Der Wachmann kam auf die Straße gerannt, schoss jedoch nicht. Bevor Boxer am Ende der Straße links abbog, sah er, dass er mit einem Handy telefonierte.

Er fuhr ein paar Kilometer und hielt dann am Straßenrand, wo er den Flughafen Congonhas in das Navi eingab und Leonardo zum Aussteigen aufforderte. Von hier an sei er auf sich gestellt und außerhalb Brasiliens wahrscheinlich sicherer, erklärte er ihm. Anschließend rief er Fallon an, berichtete, dass ihm mit der betäubten Sabrina die Flucht gelungen sei, und gab Kennzeichen und Fabrikat des Wagens durch.

»Ich bin eine Viertelstunde vom Flughafen entfernt. Sieh zu, dass alles vorbereitet ist, damit wir sofort an Bord gehen und starten können«, sagte Boxer, während er beobachtete, wie Leonardo kurz winkte, bevor er aus dem Licht der Scheinwerfer trat und in der Dunkelheit verschwand.

»Das Flugzeug ist startbereit. Ein Typ namens Eduardo wird dich in Empfang nehmen. Ich sorge dafür, dass er weiß, wonach er Ausschau halten soll. Er wird auch einen Rollstuhl für Sabrina dabeihaben. Viel Glück.«

Boxer hatte entschieden, nicht die naheliegende Route über die Avenida Brasil zu nehmen, sondern den Fluss zu überqueren, am Westufer entlang und zurück über die Ari-Torres-Brücke auf die Avenida dos Bandeirantes zu fahren.

Alles lief glatt, bis er die Avenida Ibiripuera überquerte, wo unvermittelt der schwarze Kia aus Melos Sicherheitseskorte neben ihm auftauchte und ihn von der Seite rammte. Offenbar war er ähnlich gepanzert wie der Mercedes, denn er prallte von ihm ab und rollte auf zwei Rädern weiter, bevor er wieder in der Waagerechten landete. Boxer trat aufs Gaspedal.

Normalerweise war die sechsspurige Avenida dicht befahren, doch es herrschte nur leichter Verkehr, sodass er auf über 130 km/h beschleunigen konnte. Auf dem Mittelstreifen huschten Bäume vorbei, während auf der rechten Seite kleine Läden, Tankstellen und Ausstellungsräume die Straße säumten. Boxer wechselte von Spur zu Spur, überholte innen, um gleich wieder nach ganz links zu scheren. Andere Autofahrer stemmten sich auf die Hupe. Der Kia tauchte hinter ihm auf und rammte ihn, sodass er gegen die Ladefläche eines Pick-ups geschoben wurde. Boxer wechselte wieder auf die rechte Spur, beschleunigte auf 140 km/h und ließ den Kia neben sich aufschließen. Als dieser erneut versuchte, ihn seitlich zu rammen, trat Boxer auf die Bremse. Blauer Qualm stieg hinter dem Mercedes auf. Der Kia kreuzte die Spur, raste holpernd über den Bürgersteig eine Rampe hinauf, krachte durch das Spiegelglasfenster eines geschlossenen Ausstellungsraums in eine Präsentation von Speedbooten, rollte auf die Seite, rutschte über den Boden und zertrümmerte das Büro des Geschäftsführers.

An der Überführung der Avenida Washington bremste Boxer ab und nahm die Ausfahrt zum Flughafen. Nach ein paar Hundert Metern verließ er die Hauptstraße und hielt wenige Minuten später vor dem Terminal, wo er Ausschau nach Fallons Kontakt hielt. Ein Mann Mitte vierzig kam mit einem Rollstuhl auf ihn zugerannt und stellte sich als Eduardo vor. Boxer hob Sabrina in den Stuhl und nahm sein Gepäck. Im Terminal gingen sie an den regulären Check-in-Schaltern vorbei, und Eduardo öffnete mit einer Magnetstreifenkarte eine Seitentür bei der Sicherheitsschleuse, hinter der sich ein langer Flur erstreckte. Eduardo erklärte, dass sie jetzt durch die Sicherheitskontrolle müssten. Die Männer seien bezahlt worden, weshalb es keine Probleme geben sollte. Er fragte nach Boxers Pass, bevor sie ein Büro mit einer

Glaswand zu der Halle betraten, wo die Passkontrolle durchgeführt wurde. Ein Beamter stand mit den Händen hinter dem Rücken da und starrte durch die Scheibe. Ein weiterer Beamter saß an seinem Schreibtisch und telefonierte, die Hände auf einem Formular gespreizt, an das das Foto von Sabrina geheftet war, das Boxer gemacht hatte.

Der Beamte vor der Glaswand drehte sich um. Er hatte den Gesichtsausdruck eines Mannes, für den nichts mehr unkompliziert war. Er sprach hektisch auf Portugiesisch mit Eduardo, sodass Boxer nicht mitbekam, was gesagt wurde. Aber es war eine längere Unterhaltung, in deren Verlauf Eduardo immer nachdrücklicher wurde.

»Sieht so aus, als würde es nicht klappen«, sagte Boxer.

»Sie dürfen sie nicht durchlassen, weil sie nicht vernehmungsfähig ist. Sie müssen ihr Fragen stellen. Ihr Vater hat interveniert und behauptet, sie würde gegen ihren Willen weggebracht.«

Sie sahen Sabrina an, die zusammengesunken im Rollstuhl saß. Boxer legte ihren Kopf in den Nacken und öffnete ein Augenlid, keine Reaktion. Er zog sein Handy aus der Tasche und rief die Videobotschaft auf, die Sabrina in der Nacht nach ihrer Flucht aus der Favela im Grand Hyatt aufgenommen hatte, damit er sie ihrem Vater zeigen konnte. Er wies die Beamten auf Datum und Uhrzeit des Videos hin und spielte es für sie ab. Sie baten ihn, eine Kopie an eines ihrer Handys zu schicken. Während Boxer noch ausführlich erklärte, weshalb Sabrina die Botschaft aufgenommen hatte, bemerkte er gar nicht, dass Melo sich einen Weg durch die Passkontrollhalle bahnte und auf das Büro zukam.

Alle drehten sich um, als er versuchte, die abgeschlossene Tür zu öffnen. Er hämmerte gegen das Glas. Boxer schickte ihm die Videobotschaft, die er sich mehrmals ansah. Die Beamten der Einwanderungsbehörde, beide verheiratete Familienväter, beobachteten die eskalierende Wut jenseits der Glasmauer.

Der Ältere von ihnen nickte. Der andere ging zu seinem

Schreibtisch zurück, stempelte das Formular und Boxers Pass ab und gab sie Eduardo. Sie öffneten eine weitere Tür, die zur VIP-Lounge führte. Melo hämmerte brüllend gegen die Scheibe, doch hinter dem Panzerglas klang seine Stimme dünn. Als Boxer sich noch einmal umdrehte, löste Melo sich von der Scheibe und zeigte mit dem Finger auf ihn, und Boxer wusste ohne jeden Zweifel, dass dies nicht das letzte Mal gewesen war, dass er Melo zu Gesicht bekam.

Sie gingen direkt durch die VIP-Lounge. Eduardo und Boxer hoben Sabrina auf die Rückbank einer Flughafenlimousine und stiegen mit ihr ein. Als der Wagen anfuhr, drehte sich Boxer noch einmal um. Es hätte ihn nicht überrascht, einen wütenden Melo zu erblicken, der sie verfolgte, doch er sah nur zwei sehr schöne und bass erstaunte Kellnerinnen, die ihnen, Tabletts mit Champagner und Kanapees in der Hand, hinterherstarrten.

Die Limousine hielt neben einem Learjet 31, dessen Gangway bereits heruntergelassen war. Eduardo rannte zu dem Flugzeug und bat um Erlaubnis, die Passagiere an Bord zu bringen. Der Pilot gab sein Okay, und Boxer hob Sabrina aus dem Wagen und trug sie die Treppe hinauf. Sie betteten sie auf ihren Platz und schnallten sie an. Boxer holte sein Gepäck, schüttelte Eduardo die Hand und nahm seinen Platz in dem Flugzeug ein. Die Gangway wurde eingeklappt. Der Pilot kommunizierte mit dem Tower und rollte den Jet zur Startbahn. Boxer blickte auf die zum Terminal zurückkehrende Limousine, packte die Armlehnen seines Sitzes und fragte sich, ob Melos Macht bis zum Kontrollturm des Airport Congonhas reichte. Der Jet reihte sich in die Warteschlange vor der Startbahn ein. Die Minuten tickten herunter, während ein Flugzeug nach dem anderen abhob und der Learjet langsam in der Reihe vorrückte. Der Pilot rollte die Maschine vorwärts und drehte die Nase in Richtung Startbahn. Boxer blickte über seine Schulter und sah die fetten Markierungsstreifen unter den Rädern schneller werden, dann hob die Maschine ab und stieg in die Nacht empor.

Boxer blickte zurück auf São Paulo. Bis auf vereinzelte Lichtpunkte lagen weite Teile der Stadt noch immer im Dunkeln. Ganz rechts zuckte ein Blitz ins Herz einer Gewitterwolke über dem Südatlantik. Boxer dachte, dass es noch nicht vorbei war, noch lange nicht. So wie Melo ihn durch die Scheibe fixiert hatte, würde der Brasilianer ihn garantiert jagen.

Der Kopilot bot ihm ein Glas Champagner an. Boxer trank drei rasch hintereinander. Der Kopilot kehrte mit Kanapees und dem Ratschlag zurück, etwas zu essen.

»Der Flugplan hat sich geändert. Wir fliegen nicht nach Asunción, sondern wurden stattdessen nach Buenos Aires umgeleitet, wo wir jedoch so zeitig eintreffen werden, dass Sie mühelos einen Anschlussflug nach London erreichen.«

»Wird am Flughafen ein Arzt anwesend sein, der das Mädchen vor dem Transatlantikflug untersuchen kann?«

Der Kopilot nickte und ging zurück ins Cockpit, um alles zu veranlassen. Boxer trank noch zwei Gläser und aß ein Dutzend Kanapees, bevor er einschlief.

Als er wieder zu sich kam, waren sie bereits gelandet, und ein Beamter der Einwanderungsbehörde rüttelte ihn wach. Boxer gab ihm seinen Pass und das Dokument für Sabrina, das die Brasilianer ausgestellt hatten. Während der Beamte die Dokumente prüfte, kam ein Arzt an Bord, um Sabrina zu untersuchen. Er fragte, wie lange sie schon in diesem Zustand sei und welche Beruhigungsmittel sie genommen habe. Boxer erklärte ihm, dass er mitbekommen hatte, wie ihr Vater am Abend zuvor gegen 21.15 Uhr bei ihr gewesen und sie kaum ansprechbar gewesen war. Er schätzte, dass sie seit mindestens vierundzwanzig Stunden sediert war, wusste jedoch nicht, welche Medikamente benutzt, nur dass sie von einem Arzt verabreicht worden waren. Der argentinische Arzt sagte, Blutdruck und Herzfrequenz seien niedrig, die Atmung aber normal, sodass keine Gefahr bestünde. Trotzdem würde er gern eine Reaktion von ihr sehen, bevor sie den dreizehnstündigen Flug nach London antrat. Sie verließen das Flugzeug und fuhren mit dem Beamten der Einwanderungsbehörde zur VIP-Lounge, wo ein weiterer von Fallons Kontaktleuten mit zwei Businessclass-Tickets für einen Flug nach London wartete, der in drei Stunden starten sollte.

Es dauerte zwei Stunden, bis Sabrina so weit zu sich kam, dass sie ein paar Worte zu dem Arzt sagen konnte, die ihn von ihrer Flugtauglichkeit überzeugten. Boxer begleitete sie, als sie mit ihrem Rollstuhl in den Fahrstuhl geschoben und in die Businessclass-Kabine gebracht wurde, wo ihr die Stewardess ein bequemes Lager bereitete. Boxer nahm gegenüber Platz und rief Fallon an, um ihm zu berichten, dass sie im Flugzeug saßen. Er schilderte die Szene mit Melo am Flughafen Congonhas.

»Dann sollte ich wohl besser eine sichere Unterkunft vorbereiten«, sagte Fallon. »Eine, die sich nicht zu dir zurückverfolgen lässt.«

Sie verabredeten, alles Weitere in Heathrow zu besprechen, und beendeten das Gespräch. Boxer trank ein Glas Champagner, aß zu Abend und schlief.

Als er aufwachte, waren sie in der Luft, und draußen war es hell. Er hatte zehn Stunden geschlafen, fühlte sich jedoch immer noch unendlich müde.

Das Flugzeug wurde von Turbulenzen durchgerüttelt, doch man hatte ihm den Sicherheitsgurt angelegt, ihn zugedeckt und ein Kissen unter seinen Kopf geschoben. Blinzelnd staunte er über diese kontrollierte Welt: die Eigentümlichkeit einer Flugreise, die durch den Luxus noch seltsamer wirkte. Eine dreizehnstündige Aufhebung der Realität. Die brutale Gewalt in der Favela erschien ihm fast wie ein schrecklicher Film, den er gesehen hatte: irritierend, aber irreal. Nicht wie etwas, das er tatsächlich erlebt hatte. Als er das blinkende Licht auf dem Bildschirm sah, das auf einer Landkarte die Route des Flugzeugs über den Atlantik bis zu seinem Ziel markierte, begriff er, dass er seine Kräfte noch einmal sammeln musste, um sich der nächsten Herausforderung zu stellen. Und welche würde das sein?

Bilder von Melo flimmerten vor seinem inneren Auge auf; die tränenreiche Dankbarkeit, gefolgt von dem kompletten emotionalen Rückzug und schließlich der Szene am Flughafen, wo er wie ein wütender Rüpel gegen die Scheibe gehämmert und ihn mit einem Blick fixiert hatte, der sagte: »Ich kriege dich.«

Dann die Psychoanalyse durch Garfinkle, kombiniert mit der Drohung, was geschehen würde, wenn er keine Informationen über Conrad Jensen lieferte. Der CIA-Mann musste die Aufnahmen, die Boxer bei der Übergabe der Waffen an *O Tossinhos* Gang zeigten, nur weitergeben, dann wäre das das Ende seiner Karriere und der Anfang eines Auslieferungsverfahrens.

Die Stewardess kam mit einem Frühstückstablett, goss ihm Kaffee ein und zog sich zurück. Boxer blickte auf den Bildschirm, Flugdauer bis zur Ankunft noch zwei Stunden und vierzig Minuten. Er brauchte mehr Zeit zum Nachdenken, mehr Zeit, sich auf den Abschlussbericht vorzubereiten und sich eine Verteidigungsstrategie gegen Melo und Garfinkle zurechtzulegen, mehr Zeit, eine todsichere Methode zu finden, um festzustellen, ob Conrad Jensen sein Vater war. Eine Methode, die sich nicht auf die Erinnerungen eines Siebenjährigen verließ.

Nach seiner Begegnung mit Jensen in Marokko hatte er etliche Stunden versucht, ein Bild von David Tate und seinen besonderen Kennzeichen wachzurufen, um es mit dem Mann zu vergleichen, den er im Atlasgebirge gesehen hatte. Er hatte über alten Fotos gebrütet und den einen Mann in der Erinnerung an den anderen gesucht. Angestrengt hatte er sich weitere Züge von Jensen außer dessen Augen und Künstlerhänden ins Gedächtnis zu rufen versucht. Wenn der Mann ihm den Hinweis auf das Versteck unter den Bodendielen seiner Küche bloß früher gegeben hätte, dann hätte er ihn genauer betrachtet. Aber so war es sein Abschiedssatz gewesen, und fünfunddreißig Jahre konnten einen Menschen verändern, ganz besonders einen Mann, der sich neu erfinden wollte.

Er konnte nur durch eine persönliche Begegnung feststellen, ob Conrad Jensen sein Vater war. Wenn Jensen ein Betrüger war, musste Boxer die Möglichkeit ausschließen, dass der Mann Informationen von der Originalquelle bezog. Trotzdem brauchte er eine Frage, die nur der echte David Tate beantworten konnte, was bedeutete, dass es eine Frage sein musste, deren Antwort er vor anderen verbergen wollte. Es musste etwas mit dem letzten Tag seines Vaters als David Tate zu tun haben.

Das Wühlen in der Erinnerung öffnete alte Kanäle, und er dachte unwillkürlich an seine Zeit als Detective bei der Mordkommission, als er die Akte seines Vaters bearbeitet hatte. So schockierend es war, dass er das Haar in dem Bett vergessen hatte, so wahrscheinlich war es, dass ihm auch andere Details des Falles entfallen waren. Obwohl er die Unterlagen damals nicht hätte fotokopieren dürfen, hatte er es trotzdem getan, und nun lagen sie in einem Lagerhaus in Islington. Er musste sie hervorkramen und noch einmal durchgehen.

Warum hatte er das Haar auf dem Bett vergessen? Warum war er so wütend auf Garfinkle geworden, als der ihn damit provoziert hatte, dass er »weggelaufen« war? Der CIA-Mann hatte gewusst, dass Boxer etwas zurückhielt. Boxer hielt immer etwas zurück. Es war einer der Gründe, warum er ein so guter Kidnapping-Consultant war: seine erstaunliche Fähigkeit, extreme Gefühle zu absorbieren.

Sabrina rührte sich, strampelte mit den Beinen, schreckte hoch und starrte um sich, als könne sie nicht begreifen, wie sie hierhergekommen war. Als sie Boxer bemerkte, krabbelte sie auf ihn zu und klammerte sich an ihn, als würde ihr Leben davon abhängen. Er berichtete ihr, was in den vergangenen vierundzwanzig Stunden und in den vierundzwanzig davor geschehen war, bis sie sich schließlich in den Lagerraum der Favela zurückversetzen und an Bauchnabel-Boy und die angsterfüllt über die Straße rennenden Menschen erinnern konnte. Sie wusste auch noch vage, wie sie zu dem Haus zurückkommen waren und an dem reduzierten Sicherheitspersonal erkannt hatten, dass ihr Vater nicht da war. Doch danach war alles ein dichter Nebel.

Zwei Stunden später begannen sie den Landeanflug auf Heathrow, wo sie am frühen Nachmittag eines bewölkten und windigen Tages aufsetzten. Boxer rief Fallon an, der ihm erklärte, dass er sie im Terminal erwartete und Sabrina zu ihrer sicheren Unterkunft bringen würde. Boxer sollte sich ausruhen, seine Kräfte und Gedanken sammeln und zum Abschlussbericht ins Büro kommen, wenn er so weit war.

Ein Beamter der Einwanderungsbehörde holte sie im Flugzeug ab, begleitete sie durch die Passkontrolle und besorgte einen vorübergehenden Ausweis für Sabrina. Fallon wartete Kaffee trinkend in der hektischen Ankunftshalle. Als sie auf ihn zugingen, versuchte Boxer, Sabrina schonend beizubringen, dass man sie in eine sichere Unterkunft bringen würde. Sie geriet in Panik, klammerte sich an ihn und wollte ihn nicht loslassen. Er flüsterte ihr ins Ohr, dass es zu ihrer eigenen Sicherheit notwendig sei. Er würde sie wiedersehen, doch fürs Erste würden sich ihre Wege trennen. Am Ende musste man sie regelrecht von ihm losreißen. Er war in den letzten achtundvierzig Stunden alles für sie geworden, der einzige Mensch, auf den sie sich absolut verlassen konnte. Er sah ihr nach, als Fallon sie wegführte, bis sie in der Menge aufgeregter und sich freuender Menschen verschwunden war.

Er nahm ein Taxi zu seiner Wohnung in Belsize Park. Wie oft war er dorthin heimgekehrt, und es hatte sich jedes Mal gleich angefühlt. Er war noch nie bei Sonnenschein in Heathrow gelandet oder konnte sich nicht daran erinnern. Immer regnete es, und London schaffte es jedes Mal, so schäbig auszusehen wie eine weggeworfene Hauptplatine.

Er stieg die vier Treppenabsätze bis zum obersten Stockwerk hoch und schloss seine Wohnung auf. Nichts hatte sich verändert. Sein ganzes Leben stürzte wieder auf ihn ein. Auf dem Tisch lagen noch die alte Betamax-Kassette und die DVD-Kopie, die er gemacht hatte. Die Aussicht auf das anstehende Gespräch mit seiner Mutter bereitete ihm Unbehagen.

Er machte sich einen Becher Tee und erinnerte sich an die

eingelagerte Akte zum Fall seines Vaters. Nachdem er den Tee ausgetrunken hatte, suchte er den Schlüssel zu dem Lager und fuhr quer durch die Stadt dorthin.

Eine Stunde später war er mit der Akte samt den Notizen zurück, die er sich gemacht hatte, als er sie als Detective bei der Mordkommission in seiner Freizeit noch einmal durchgearbeitet hatte. Er erinnerte sich noch an seine Empörung über die Ermittlungsergebnisse, konnte sich jedoch keine Details vergegenwärtigen. Noch etwas, das er verdrängt hatte. Und der vorgeschobene Quatsch, weshalb er sich angeblich entschieden hatte, bei der Polizei aufzuhören: »Die Arbeit eines Detective beschäftigt sich nur mit der Vergangenheit, und die Vergangenheit hat mir nie einen Gefallen getan.«

Hatte er sich den Spruch damals ausgedacht?

Vielleicht auch nicht.

Vielleicht war das erst gewesen, als er den Job als Kidnapping-Consultant gefunden hatte? Ja. In seinem Interview mit den Psychologen vom MI5, die auch ein Profil über alle von GRM eingesetzten Consultants erstellten, hatte er gesagt: »Ich habe bei der Mordkommission aufgehört, weil mir klar geworden ist, dass es dort nur um die Betrachtung der Vergangenheit geht, um das eine Detail zu finden, mit dem man den Mörder überführen kann. Ich möchte lieber dort sein, wo es wirklich drauf ankommt, in der Gegenwart, in der alles für eine Zukunft getan wird, in der die Geisel unversehrt zu ihrer Familie zurückkehrt.«

Er hatte sich Sorgen gemacht, dass die Psychologen es für Bullshit halten könnten, doch ihre Reaktion war ermutigend, obwohl er selbst gewusst hatte, dass es ein Nebelvorhang war. Er wollte nicht, dass sie zu lange in diesem Teil seiner Geschichte herumbohrten. Natürlich hatten sie ihn nach dem emotionalen Effekt gefragt, den es bei dem siebenjährigen Jungen hinterlassen hatte, dass sein Vater verschwunden war. Boxer hatte ihnen ehrlich geantwortet. Es war verheerend gewesen. Worüber er nicht gesprochen hatte, war das schwarze Loch der Obsession, das sich aufgetan hatte und früher oder später alles anzog, was in seinem Leben wichtig war. Das hatte er damals auch noch gar nicht gewusst. Erst als er die strukturierte Umgebung von GRM verlassen hatte, um selbstständig zu arbeiten, hatte seine Vergangenheit ihn schließlich eingeholt.

Er klappte die Akte auf, keine vollständige Kopie von allem, was mit dem Fall zu tun hatte, weil man dafür eine größere Kiste gebraucht hätte. Bloß die relevanten Teile, darunter eine Beschreibung des Tatorts, der Verletzung des nur mit einem Bademantel bekleideten Opfers – eine Stichwunde in die nackte Brust –, der Mordwaffe – ein aus einem Block in der Küche gezogenes Messer – sowie der Blutflecken und der Position der Leiche. Rechts oben auf der Seite befanden sich ein Sternchen und der Buchstabe A, der sich auf die Notizen bezog, die Boxer sich gemacht hatte. Er blätterte zum Ende der Akte und entdeckte seine eigenen handschriftlichen Fragen: »Wie ist der Täter zu dem Haus gekommen?« Andere Stichwörter lauteten: Keine Reifenspuren. Einsames Haus am Dorfrand. Keine Fußabdrücke. Er blätterte zurück zum Anfang. Es war klar, dass das Opfer im Bett gelegen hatte und von irgendetwas nach unten gelockt worden war, als sein Mörder am Tatort aufgetaucht war. Die Beschreibung des Schlafzimmers enthielt Details, an die Boxer sich erinnerte, wie das Glas mit dem Fingerabdruck auf dem Nachttisch, und das eine Detail, das er »vergessen« hatte: das blonde Haar im Bett des Opfers, von dem er inzwischen glaubte, dass es von Anwen Lewis stammte.

Seine Hände wurden feucht, und eine große Angst packte ihn.

Er blätterte die nächsten Seiten durch, die Lebensgeschichte des Opfers mit zahlreichen Details über seine Geschäfts- und Privatbeziehungen. Es folgten Abschriften der Befragung von Personen aus seinem engeren Umfeld, darunter auch seine Frau Candice Devereux, eine ehemalige Kostümbildnerin. Candice? Er hatte vergessen, dass sie so hieß. Sie war Amerikanerin. Er überflog ihre Vernehmung und erinnerte sich beim Lesen an ihre Stimme, eine traurige Stimme, nicht nur weil sie ihren Mann verloren hatte, sondern auch zermürbt von dessen unverbesserlicher Untreue. Nachdem er den Film von seiner Mutter mit John Devereux gesehen hatte, las Boxer ihre Aussage mit anderen Augen und suchte nach einem möglichen Bezug zu Esme.

Der Detective hatte Candice mehrmals auf deren frühere Affäre mit ihrem Mann angesprochen und sie mit der Frage bedrängt, ob die Beziehung möglicherweise wiederbelebt worden sei, doch Candice war sich sicher gewesen, dass die Geschichte vorbei war: »Er hat nach sehr viel frischerem Fleisch als Esme gesucht.« Das war interessant. Vielleicht konnte Candice ein neues Licht auf die Ereignisse werfen. Er fragte sich, ob sie noch lebte und nach wie vor an der alten Adresse wohnte. Er wusste, dass sie das Haus in Bibury ein paar Jahre nach dem Mord verkauft hatte, aber vielleicht um das Haus der Familie in Highgate zu halten. Er suchte ihre Telefonnummer, die noch eine der alten »01«-Nummern war. Er gab sie in der neuen Form ein, es klingelte, und eine Frau nahm ab, die jedoch keinen amerikanischen Akzent hatte. Sie erklärte ihm, dass Candice vor zehn Jahren umgezogen sei, und nannte ihm eine Nummer in Islington.

Er wählte sie, und diesmal meldete sich eine Frauenstimme mit amerikanischem Akzent, die Candice Devereux gehörte. Vor dem Anruf hatte Boxer überlegt, sich als Schriftsteller oder Journalist auszugeben, doch er erkannte, dass sie ihn leicht entlarven könnte, und entschied sich für die Wahrheit.

»Mein Name ist Charles Boxer. Mein Vater, David Tate, ist vor langer Zeit verschwunden, bevor man ihn zu dem Mord an Ihrem verstorbenen Mann befragen konnte. Mir ist klar, dass das bei Ihnen vielleicht unangenehme Erinnerungen aufwühlt, und ich hätte volles Verständnis dafür, wenn Sie nicht mit mir sprechen wollen, doch ich wäre Ihnen dankbar, wenn Sie es trotzdem täten. Ich hoffe, Sie können mir vielleicht helfen …«

»Wobei helfen?«

»Ich möchte die Wahrheit über meinen Vater herausfinden.«

Langes Schweigen.

»Und was, wenn die Wahrheit wäre, dass er meinen verstorbenen Mann ermordet hat?«, fragte sie. »Wie würden Sie das aufnehmen?«

»Glauben Sie, dass es so war?«

»Ohne jeden Zweifel.«

»Dann müsste ich das akzeptieren.«

»Lebt Esme noch?«, fragte sie.

»Ja.«

»Also gut, kommen Sie zu mir.«

»Wann?«

»Heute Nachmittag. Sofort?«

Er notierte ihre Adresse und legte auf.

KAPITEL ACHTUNDZWANZIG

29. April 2014, 16.15 Uhr
Candice Devereux' Haus, Ripplevale Grove, Islington, London

Candice Devereux wohnte in einem kleinen georgianischen Haus am Ripplevale Grove mit Bogenfenstern und einer Bogentür im Erdgeschoss und rechteckigen Fenstern im ersten Stock. Er ging durch ein Tor zwischen hohen Ligusterhecken und klingelte an der Haustür. Eine schlanke Frau mit seltsam mädchenhaftem blonden Haar und eisblauen Augen öffnete die Tür. Sie musste über sechzig sein, sah jedoch aus wie fünfzig. Er erkannte sie von den Fotos aus der Polizeiakte wieder und erinnerte sich vage, sie einmal zusammen mit seiner Mutter getroffen zu haben.

Sie trug schwarze Leggins, einen schwarzen Rollkragenpullover und schwarze knöchelhohe Stiefel. Sie führte ihn in ein Wohnzimmer mit gebleichten Bodendielen und einem schwarz-weißen, geometrisch gemusterten Teppich vor einem alten gusseisernen, viktorianischen Kamin. Die einzigen Farbtupfer im Raum waren schwarz gerahmte Zeichnungen und Gemälde von Kostümen an den Wänden, einige lebensgroß. In der Ecke stand eine weiße Modepuppe, die ein schwarz-weißes viktorianisches Kleid aus irgendeinem Film trug. Im Erkerfenster waren drei Theatersitze mit weißen Nummern auf der Unterseite aufgestellt. Sie bot ihm Kaffee an und ging hinaus, um ihn zu machen. Er setzte sich auf einen schwarzen Ledersessel. Als sie mit dem Kaffee zurückkam, nahm sie ihm gegenüber auf einem hellbraunen Ledersofa Platz.

»Sie haben Esmes Augen«, sagte sie mit einem Akzent, aus

dem fast jede Spur ihrer amerikanischen Herkunft verschwunden war. »Wahrscheinlich erinnern Sie sich nicht daran, aber wir haben uns schon einmal getroffen. Auf einem Cinzano-Set in einem Flugzeug mit Leonard Rossiter und Joan Collins.«

»Das war es. Jetzt fällt es mir wieder ein.«

»Das ist lange her. Solche Werbespots werden heutzutage nicht mehr produziert.«

»Ich hoffe, das alles weckt bei Ihnen keine unangenehmen Erinnerungen.«

»Keine Sorge. Ich bin lange über John hinweg«, sagte sie und sah ihn mit ihren kühlen blauen Augen an.

»Haben Sie noch einmal geheiratet?«, fragte er und dachte, dass sie bestimmt nicht unter einem Mangel an Verehrern litt.

»Nein«, antwortete sie. »Ich hatte Angebote, aber es war eine dieser seltsamen Situationen. Ich habe John geliebt. Er war brillant, charismatisch und schön. Jeder nach ihm wäre eine Enttäuschung gewesen. Andererseits war die Ehe mit ihm auch schmerzhaft und fast täglich voller großer Enttäuschungen. Er hat mich ebenso bewegt wie erschöpft.«

»Soweit ich weiß, war er nicht direkt treu.«

»Es war ein Symptom seines eigentlichen Problems: sein vergeudetes Talent. Er hätte ein großer Filmregisseur sein sollen und hat alles weggeworfen, um ein Vermögen in der Werbung zu machen.«

»Er hat doch versucht, im Filmgeschäft Fuß zu fassen, oder nicht? Was ist passiert?«

»Er hat das falsche Projekt ausgewählt. Der Film floppte, und er verlor das Interesse. Er zog den Ruhm als großer Werbefilmregisseur der harten Arbeit vor, die es ihn gekostet hätte, es auf einer größeren Bühne zu schaffen«, sagte Candice. »Aber erzählen Sie mir, warum Sie in der Vergangenheit herumwühlen?«

»Ich möchte einen anderen Blick, eine andere Perspektive auf meinen Vater bekommen. Um zu sehen, ob es ein neues Licht auf sein Verschwinden wirft.«

»Ich kannte David recht gut, müssen Sie wissen«, sagte Candice. »Er hat mir als einen Gefallen für John kostenlos die Steuer gemacht. Wir haben uns hin und wieder zum Mittagessen getroffen, angeblich um über meine Finanzen zu sprechen, doch das haben wir selten getan.«

»Wie haben Sie sich mit ihm verstanden?«

»Großartig. Er tickte völlig anders als die Kreativen, mit denen ich sonst zu tun hatte. Es war eine Erholung. Er war nicht schwierig. Man musste sein Ego nicht streicheln wie Johns. Aber er war auch nicht langweilig. Ich war überrascht, was er alles wusste. So hatte er zum Beispiel ein erstaunliches Talent für Sprachen. Und einen guten Blick für ... für Kunst, für Dinge, die Seele hatten. Er interessierte sich für Wirtschaft und deshalb auch für Politik und Krieg. Der Krieg hat ihn immer beschäftigt. Wir haben lange Gespräche über Vietnam geführt. Ich habe einen Bruder in Vietnam verloren. Sein absoluter Lieblingsfilm war *Schlacht um Algier*.«

»Daran kann ich mich gar nicht erinnern«, sagte Boxer.

»Ich dachte, deswegen wären Sie zur Armee gegangen«, erwiderte Candice. »Ich weiß noch, dass Esme echt sauer war.«

»Ihre Reaktion war eins meiner Motive«, sagte er. »Aber ich kann mich nicht erinnern, dass Dad über den Krieg gesprochen hat.«

»Es war einer der Gründe, warum er Judo so mochte«, erklärte Candice. »Vielleicht dachte er, dass Sie noch zu jung waren, um mit dem Konzept von Krieg vertraut gemacht zu werden.«

»Als Kind in der Schule habe ich Krieg gespielt. Wie wir alle. Aber zur Armee bin ich gegangen, weil ich auf der Suche nach Struktur war, nach einer Familie, die ich nicht mehr hatte«, sagte Boxer. »Aber hören Sie, das klingt, als hätten Sie ihn gemocht.«

»Das habe ich auch.«

»Trotzdem sind Sie überzeugt, dass er Ihren Mann ermordet hat, was heißt, dass Sie etwas wissen müssen, was die Polizei nicht wusste, zum Beispiel … sein Motiv«, sagte Boxer. »Deswegen bin ich nach der Armee zur Met gegangen. Ich wollte Zugang zur Akte meines Vaters bekommen, um zu beweisen, dass er unschuldig war.«

»Wie sind Sie damit vorangekommen?«

»Ich habe den Fall nicht gelöst, wenn Sie das meinen, und die Arbeit hat mir nicht gefallen. Irgendwann habe ich einfach wieder bei der Polizei aufgehört. Plötzlich wollte ich es nicht mehr wissen. Also sagen Sie mir: Was hat Sie so felsenfest von der Schuld meines Vaters überzeugt?«

»Ich habe keinen definitiven Beweis, doch ich weiß erstens, dass er in den Cotswolds war, als der Mord geschah. Er hat mich an dem Tag angerufen, um irgendwas wegen meiner Unterlagen zu besprechen, und mir erzählt, wo er war. Es stimmt, dass sein Wagen an dem Abend nicht bewegt wurde und am Morgen immer noch da war, aber David nicht. Das fand die Polizei merkwürdig. Die Nachbarn haben gesagt, sie hätten ihn an dem Abend im Garten gesehen, allerdings nicht mehr nach neun Uhr. Die Polizei hat mehrfach vergeblich versucht, ihn in dem Haus am Belsize Park zu erreichen, und als er schließlich abnahm, erklärte er, dass er jederzeit zu einem Gespräch bereit wäre. Sie vereinbarten einen Termin, doch er verschwand, bevor sie eintrafen«, sagte Candice. »Diese Informationen allein würden reichen, um jeden verdächtig erscheinen zu lassen.«

»Ein Motiv würde die Sache besiegeln«, sagte Boxer, »aber die Polizei konnte nie eins finden. Sie haben mit aller Macht versucht herauszufinden, ob meine Mutter ihre Affäre mit John nach ihrer Hochzeit mit meinem Vater fortgesetzt hat, fanden jedoch keinen Beweis dafür. Meine Mutter hat erklärt, es wäre vorbei gewesen. Und Sie haben das Gleiche gesagt.«

»John war hinter Mädchen Mitte zwanzig her, nicht hinter einer Frau, die fast so alt war wie er«, erwiderte Candice. »Wissen Sie, einige Jahre danach, lange nach der verspäteten Beerdigung, habe ich wieder angefangen zu arbeiten. Bei einem

Dreh habe ich die Kostüme einer bekannten Schauspielerin angepasst. Sie ist recht berühmt, deshalb werde ich keine Namen nennen.«

»Nichts verlässt diesen Raum.«

»Wirklich?«, fragte Candice und zog die Augenbrauen hoch.

»Vielleicht erzähle ich es Esme, doch sie wird mit sonst niemandem reden.«

»Es war Rachel Ryan.«

»Mein Gott«, sagte Boxer, »sie war damals ein noch größerer Star als Joan Collins.«

»Ich kannte sie schon, weil sie mit John in dem Jahr seiner Ermordung eine Reihe von Werbefilmen gedreht hatte«, sagte Candice. »Jedenfalls hat sie mich am letzten Drehtag, als ich ihr zum letzten Mal das Kleid angepasst habe, komplett umgehauen, indem sie mich um Verzeihung bat. Sie sagte, sie habe sich immer schuldig gefühlt, es bis dahin jedoch nicht über sich gebracht, mit mir zu reden. Sie hatte sich in John verliebt und wollte mit ihm zusammen durchbrennen. Sie hatten schon alles geplant, hat sie mir erzählt, ein Haus in L.A. gemietet, wo er Filme drehen wollte, bla, bla, bla.«

»Und Sie haben ihr geglaubt?«

»Ich wusste, dass damals irgendwas ›gelaufen‹ war, mehr als das Übliche. Er hatte schon immer Affären mit allem gehabt, was sich bewegte. Aber wenn wir zu zweit allein waren, hat er mir stets seine volle Aufmerksamkeit geschenkt. Und etwa sechs Monate vor seinem Tod ist diese Aufmerksamkeit erloschen. Ich hatte ihn verloren. Ich habe auf den Tag gewartet, an dem er mich um die Scheidung bitten würde.«

»Etwa sechs Monate? Können Sie das genauer eingrenzen?«

»Anfang 1979. Februar, März.«

»Haben Sie mit jemandem darüber gesprochen?«

»Klar. Ich wollte herausfinden, wer es war«, antwortete Candice. »Ich habe sogar Ihren Vater gefragt, ob er wüsste, was los sei, weil ich dachte, dass er durch Esme vielleicht Insiderinformationen hatte. Ich meine, wenn jemand weiß, was mit einem Regisseur los ist, dann doch wohl seine Produzentin.«

»Hat er irgendwas zurückgemeldet?«

»Er hat mir berichtet, dass er irgendwann im April mit Esme darüber gesprochen hatte, doch auf beruflicher Seite sei ihr nichts aufgefallen.«

»Hat Ihre Beziehung zu meinem Vater sich danach verändert?«

»Ich habe ihn seltener gesehen. Er wollte für eine Weile mit der Arbeit als Buchhalter aufhören. Die Steuerunterlagen, die er für mich an dem Tag fertig gemacht hat, als John getötet wurde, sollten die letzten sein. Er wollte ins Filmgeschäft einsteigen. Er hat Finanziers gesucht. Als Steuerberater hatte er einen guten Stamm von Kunden, die er als Investoren für Filme gewinnen wollte.«

»Wie hat er sich zu der Zeit mit John verstanden?«

»Schwer zu sagen. Die beiden haben immer über Geld gestritten. John wollte mehr aus der Firma herausziehen und es in Kunst anlegen, David wollte, dass er mehr in einen Londoner Immobilienfonds investierte, den er aufgelegt hatte«, sagte Candice, und dann fiel ihr etwas ein. »Nein, warten Sie, es stimmt, zwischen den beiden hatte sich auch etwas verändert. Ich muss der Polizei gegenüber etwas in der Richtung geäußert haben. John hat David um eine Schätzung der Firma gebeten. Er wollte wissen, wie viel die Hälfte wert ist.«

»Wie haben Sie davon erfahren?«

»Ich habe mitgehört, wie John mit ihm telefoniert hat. So eine Ehefrau war ich mittlerweile geworden. Ich habe alles belauscht, um herauszufinden, was wirklich los war. John hat ihn von dem Haus in Highgate und nicht aus dem Büro angerufen, wahrscheinlich wollte er nicht, dass Esme davon erfährt. Ich glaube, David hat ihn gefragt, wozu er diese Information brauchte, denn John sagte: ›Aus keinem bestimmten Grund. Ein Mann muss bloß hin und wieder wissen, wie viel sein Lebenswerk wert ist.‹ Glauben Sie, dass das als Motiv durchgeht?«

»Dass John die Firma verlassen und seinen Anteil herausziehen wollte?«, fragte Boxer. »Das wäre beunruhigender für Esme gewesen.«

»John hat Ihren Vater gebeten, es ihr nicht zu sagen. Es sei bloß eine müßige Nachfrage, damit er sich besser fühlte. Was stimmte, John brauchte viele Streicheleinheiten. Er hatte ein sehr fragiles Ego. Deswegen auch die ganze Rumvögelei, obwohl er, wie ich hinzufügen könnte, die neue Liebe seines Lebens gefunden hatte.«

»Hat John eine Antwort bekommen?«

»Da bin ich mir sicher, aber ich habe sie nicht gehört, und drei Monate später war er tot.«

»Nichts von alldem taucht in der Abschrift Ihrer Vernehmung durch die Polizei auf, die ich gerade gelesen habe.«

»Nach dem Mord war ich in einem furchtbaren Zustand. Es war schrecklich für die Kinder. John war nicht der beste Dad der Welt gewesen, doch wenn er ihnen Aufmerksamkeit gegeben hat, dann auch richtig, und sie haben ihn sehr vermisst. Die Älteste hat während ihres Studiums eine lange Drogenphase durchgemacht. Jeder, der mich in der Zeit befragt hat, hatte jedenfalls ein hartes Stück Arbeit vor sich. Eigentlich war ich komplett weggetreten. Besonders schmerzhaft und destabilisierend war es, dass John ermordet worden war, als ich ihn noch liebte, während er sich schon von mir entfernt hatte«, sagte sie, schlug sich mit einer Faust an die Brust und bewegte sie auf und ab, um die Verheerung anzudeuten. »Wenn man David gefunden und verhaftet hätte, wären sie vielleicht noch mal zurückgekommen und hätten mich detaillierter befragt. Aber so habe ich die Polizisten nach seinem Verschwinden nie wiedergesehen. Wenn er nicht ohnehin schon ihr Verdächtiger Nummer eins gewesen war, dann wurde er es bald danach.«

»Ich habe nie etwas über die finanziellen Folgen von Johns Tod gelesen. Gab es da irgendwelche Probleme?«

»Nein, das war alles geregelt. Ein paar unabhängige Buchhalter haben Davids Buchführung durchgesehen, die ohne Fehl und Tadel war. Ich wünschte bloß, ich hätte die Anteile an dem Immobilienfonds behalten. Esme hat mir geraten, es mir gut zu überlegen, bevor ich verkaufe, aber ich wollte das alles bloß loswerden, und sie hat mich zu einem sehr großzügigen Preis ausbezahlt. Ich habe das Haus in Bibury aus naheliegenden Gründen und wegen der hohen Hypothek verkauft und das Haus in Highgate gehalten, bis ich es mir nicht mehr leisten konnte. Ich kann nicht besonders gut mit Geld umgehen, und David war nicht mehr da, um mich zu beraten. Ich bin nicht arm, aber wenn David geblieben wäre, wäre ich bestimmt sehr viel reicher.«

»Es war eine extreme Tat«, sagte Boxer, stand auf und ging zum Fenster, wohl wissend, dass er sich langsam zu dem wirklich schwierigen Teil vorarbeitete. »Man tötet jemanden nicht, wenn man nicht an seine Grenzen getrieben wurde. Und in dem Bild, das Sie von meinem Vater gezeichnet haben, wirkt er nicht wie ein Mann, der zu Gefühlsextremen neigt.«

Er sah aus dem Fenster und war sich bewusst, dass er gerade eine perfekte Selbstbeschreibung gegeben hatte. Ein kontrollierter Mann, der nicht zu wilden Gefühlen neigte, jedoch losging und Menschen tötete. Aber war das auch sein Vater? Er wandte sich wieder ins Zimmer.

»Das stimmt«, sagte Candice. »Ich habe nie erlebt, dass er jemals die Beherrschung verloren hat. Wohingegen John. Wow. Er konnte echt ausflippen. Ihm war es scheißegal.«

»Ich habe heute die alte Polizeiakte aus dem Lager geholt«, sagte Boxer mit dem Licht des Fensters im Rücken. »Deshalb bin ich hergekommen.«

»Und was suchen Sie?«

»Eine andere Perspektive, ein zusätzliches Detail, das ein neues Licht auf die Ereignisse werfen könnte.«

»Haben Sie es gefunden?«

»Rachel Ryan ist interessant und die Schätzung des Firmenwerts.«

»Heißt das, Sie glauben nicht bloß, dass David es getan haben könnte, sondern Sie *wissen* es?«

»Nicht ganz. Ich muss meine Notizen noch einmal durchgehen, aber ich glaube, als Detective bei der Mordkommission bin ich dem Beweis, dass er es getan hat, sehr nahe gekommen«, sagte Boxer. »Alles, was fehlte, war ein Motiv. Solange es kein Motiv gab, konnte ich es weiter leugnen.«

»Aber ich habe Ihnen kein Motiv geliefert.«

»Sie müssen mir versprechen, mit niemandem darüber zu sprechen«, sagte Boxer.

»Warum?«

»Weil es Sie aufwühlen könnte.«

»Dann verspreche ich es, weil ich es wissen muss.«

Boxer erzählte ihr, was er auf der Betamax-Kassette gesehen hatte, die er unter den Dielen seiner Wohnung gefunden hatte.

Schweigen.

Candice schüttelte langsam den Kopf. »Ich habe Esme immer gemocht. Sie war immer so gut zu mir. Hat mir immer Arbeit gegeben. Und nach Johns Tod war sie eine große Hilfe für mich. Haben Sie mit ihr darüber gesprochen?«

»Noch nicht, und deswegen dürfen Sie es auch nicht tun.«

»Keine Sorge, das ist lange her«, erklärte sie, doch Boxer konnte sehen, dass die Enthüllung sie bis ins Mark erschüttert hatte. Candice blickte sich im Zimmer um, als ob ihr alle Objekte darin fremd geworden wären. »Ich weiß nicht, wie John ein derartiger Idiot sein konnte«, sagte sie, und Boxer verschwieg ihr, dass Devereux nichts von dem Film gewusst hatte. »Und für Sie tut es mir leid. Es sieht so aus, als würde eine weitere Person, die Ihnen nahesteht, eine Mitschuld an der Ermordung meines Mannes tragen.«

KAPITEL NEUNUNDZWANZIG

29. April 2014, 18.25 Uhr
Boxers Wohnung, Belsize Park, London NW3

Erschöpft von dem Treffen mit Candice Devereux und dem Flug kehrte Boxer in seine Wohnung zurück, legte sich ins Bett und schlief sofort ein.

Als er aufwachte, war es dunkel. Nachdem er zur falschen Zeit zu lange geschlafen hatte, war er desorientiert und benommen. In T-Shirt und Schlafanzughose ging er zum Bad. Bis auf das Licht, das von der Laterne vor dem Haus hereinfiel, war die Wohnung dunkel. Ein Alarmsignal leuchtete in seinem müden Hirn auf.

Er war nicht allein.

Ein Geruch. Kein Parfüm, aber weiblich.

Er schaltete das Licht an.

»Du schon wieder«, sagte er und ging ins Bad, um sich zu erleichtern.

Louise machte die Stehlampe an. Sie saß in einem Sessel, alle Jalousien in dem Zimmer waren heruntergelassen.

»Warum brichst du dauernd bei mir ein?«, fragte er. »Und warum machst du kein Licht an und eine Tasse Tee, statt dich hier im Dunkeln zu verstecken?«

»Du wirst wieder beobachtet«, sagte sie. »Und ich dachte, ich erwische dich vielleicht nackt. Das Leben von Laura King ist nämlich verdammt langweilig.«

»Wer beobachtet mich jetzt?«

»Andere Freunde als beim letzten Mal. Die CIA, was bedeutet, dass du in São Paulo in Kontakt mit dem Feind gekommen bist.«

Boxer sagte nichts. Er holte frische Sachen aus dem Schlafzimmer, duschte, rasierte sich und zog sich an.

»Was willst du?«, fragte er, als er zurückkam.

»Ich habe gehört, dass du zurück bist, und dachte, ich schau mal vorbei, um zu sehen, wie es gelaufen ist.«

»Danke für die Fürsorge«, erwiderte Boxer. »Du weißt, wie es gelaufen ist. Ich bin hier.«

»Allein? Ich habe gehört, mit dir ist noch eine Passagierin an Bord gegangen.«

»Sabrina ist in einem sicheren Haus untergebracht. Ich weiß nicht, wo.«

»Damit ist ein Besuch von Senhor Iago Melo wohl garantiert.«

»Möchtest du einen Drink?«, fragte Boxer.

»Hast du Wodka?«

»Grey Goose.«

»Mit Tonic«, sagte sie. »Keine Zitrone.«

Boxer machte ihr den Drink und goss sich einen Famous Grouse mit einem Spritzer Wasser ein.

»Und was für einen Eindruck hattest du von Melo?«

»Ich mochte ihn nicht«, antwortete Boxer. »Seine Tochter mag ihn auch nicht.«

»Ich bezweifle, dass es ihm gefallen hat, sich so machtlos zu fühlen.«

»Das hat man ihm nicht angemerkt. Er hat verhandelt, als ginge es um ein Auto und nicht um seine Tochter.«

»Ich habe gehört, dass er über exzellente Beziehungen verfügt.«

»Wir hatten Mitarbeiter der brasilianischen Geheimdienste, einen Hubschrauber mit bewaffneter Spezialeinheit, die Polizei, die Armee, das Entführungsdezernat von São Paulo, private Ermittler, sogar einen Waffenhändler … alles zu unserer Verfügung.«

»Bei seinen Talenten und all den Beziehungen fragt man

sich, warum er einen freiberuflichen Kidnapping-Consultant aus London hinzugezogen hat, der kein brasilianisches Portugiesisch spricht und dessen letzter Entführungsjob in São Paulo in einem Fiasko geendet hat.«

»Ich bin von Walden Garfinkle empfohlen worden.«

»Nun, das ist ein Name, der Wunder bewirkt«, sagte Louise.

»Wenn man schwarze Magie mag.«

»Woher weißt du, dass er dich empfohlen hat?«

»Er hat es mir erzählt.«

»Er war dort?«

»Am Ende, als alles vorbei war, ist er unvermittelt aufgetaucht und hat mir gedroht«, erklärte Boxer. »Er hat gesagt, wenn ich ihm Conrad Jensen nicht ans Messer liefere, würde ich den Rest meiner Tage wegen Waffenhandels in einem brasilianischen Gefängnis fristen.«

»In den Nachrichten gab es allerlei Spekulationen, wie die kriminellen Banden an derart hochwertige Waffen gekommen sind.«

»Da müssten sie nicht viel weiter schauen als bis zu ihrer eigenen Armee.«

»Nun, du bist hier, was bedeutet, dass du zugestimmt hast, ihm Con zu liefern.«

»Ich konnte keinen Sinn darin erkennen, den Rest meines Lebens in einem Gefängnis in São Paulo zu verbringen.«

»Und was hast du vorgeschlagen?«

»Dass ich es Garfinkle wissen lassen würde, wenn Conrad Jensen oder jemand, der ihm nahesteht, Kontakt mit mir aufnimmt«, sagte Boxer.

Louise lehnte sich auf ihrem Sessel zurück und nippte an ihrem Wodka-Tonic. »Hast du irgendwas zu essen im Haus?«, fragte sie und stand auf. »Es ist nicht gut, auf leeren Magen zu trinken.«

»Pasta und Pesto. Ich war noch nicht einkaufen.«

Sie ging in die Küche, um das Essen zuzubereiten. Boxer leerte seinen Whisky und machte eine Flasche Rioja auf. Sie nahmen am Tisch Platz und aßen, ohne zu reden, als würden sie sich schon lange kennen und sich in der Gegenwart des anderen wohlfühlen.

»Hast du dir das Video angesehen?«, fragte sie.

»Warum? Hat Jensen dir erzählt, was darauf ist?«

»Er hat gesagt, es wäre privat und hätte nichts mit der Arbeit zu tun. Er wollte bloß wissen, ob du es dir schon angesehen hast oder nicht.«

»Ich muss mit meiner Mutter darüber sprechen.«

»Er hat gesagt, sie hätte die Antworten, aber du müsstest einen Weg finden, sie ihr zu entlocken.«

»Was hat Jensen sonst noch gesagt?«

»Er wollte, dass ich ihm Bericht über deinen psychischen Zustand erstatte und herausfinde, was in São Paulo passiert ist.«

»Es war hart. Der Umgang mit Melo war unmöglich. Wenn ich mental stärker gewesen wäre, hätte ich es eher mit ihm aufnehmen können. So habe ich mich etwas hilflos gefühlt. Ich habe angenommen, seine größte Sorge gelte der sicheren Rückkehr seiner Tochter. Erst als ich Sabrina am Ende während des Bandenkrieges aus der Favela herausholen musste, war ich wieder der Alte«, sagte Boxer. »Beantwortet das diese beiden Fragen.«

»Mehr oder weniger.«

»Garfinkle dachte, dass Jensen etwas mit der Entführung in São Paulo oder den Kämpfen zu tun hatte. Er fand, dass das ganze Set-up seine Handschrift trug.«

»Das müsstest du Conrad selbst fragen. Ich weiß nur, dass er sich schon lange für Melo interessiert, deshalb hat es ihn besonders fasziniert, dass Garfinkle dich ›empfohlen‹ hat.«

»Das heißt, er ermittelt gegen Melo?«

»Nicht er persönlich, aber ein anderer brasilianischer Geschäftsmann und alter Freund namens Julião Gonçalves.«

»Und ihr wisst mittlerweile, dass Melos Einsatzkommando Julião Gonçalves tot im Kofferraum eines Wagens gefunden hat?«

»Melo hat seine Entführung arrangiert. Gonçalves hatte Beweise für Melos Verwicklung in eine Reihe von Korruptionsskandalen. Conrad glaubt, dass das Einsatzkommando in Wahrheit eine Todesschwadron war, die sowohl die Entführerbande als auch Gonçalves auf einen Schlag auslöschen sollte, damit keiner mehr übrig war, der reden konnte.«

»War Sabrinas Entführung eine Vergeltung für das Verschwinden von Gonçalves?«, fragte Boxer. »Wir haben herausgefunden, dass Sabrinas Freund für *Poder ao Povo* gearbeitet hat, die politische Partei, die von Juliãos Bruder Roberto geführt wird.«

»Das müsstest du Conrad fragen.«

»Gehören Melo und Garfinkle zu dieser Gruppe, von der Conrad mir erzählt hat: der American Republic of Christians?«, fragte Boxer.

»Wir glauben schon«, sagte Louise. »Gemeinsam versuchen sie, den Ausgang der brasilianischen Wahlen im Oktober dieses Jahres zu beeinflussen. Was denkst du darüber, dass Garfinkle und Melo dir einen Waffendeal anhängen wollen? Hat dich das davon überzeugt, dass Conrad vielleicht wirklich an etwas dran ist?«

»Ich bin mir nicht sicher, an wem oder was er dran ist. Ich weiß nichts über die ARC.«

»Nach dem 11. September sind sie zum ersten Mal aus den Löchern gekrochen, aber es gibt sie schon seit 1980.«

»Was war denn 1980 so besonders?«

»Es war der Beginn des Pendelrückschlags zugunsten der Elite«, antwortete Louise. »Es war auch das Jahr, in dem die vier rätselhaften Steintafeln in Elbert County, Georgia, aufgetaucht sind – die Georgia Guidestones. Das Einzige, was man über diese Steine weiß, ist, dass sie von einem gewissen R.C. Christian in Auftrag gegeben wurden. Eine direkte Verbindung wurde nie bestätigt, doch die Ähnlichkeiten mit der ARC sind erkennbar.«

»Und was steht auf diesen Steintafeln?«

»Es gibt zehn Hauptthesen, deren überraschendste lautet, dass man die Weltbevölkerung unter fünfhundert Millionen halten, die Fortpflanzung kontrollieren und es nur eine Sprache und eine Religion geben sollte.«

»Und bei dem Ursprung der Steine müssen wir davon ausgehen, dass diese Religion das Christentum und nicht … der Islam ist?«, fragte Boxer. »Aber wie du gesagt hast, es gibt keinen bewiesenen Zusammenhang zwischen der ARC und diesem Steinmonument.«

»Das ist das Wesen einer Verschwörung; sie arbeiten nicht offen.«

»Wie kann ich an eine Sache glauben, wenn ihr mir nicht beweisen könnt, für oder gegen wen ich kämpfen würde?«, fragte Boxer. »Warum halten wir uns nicht an Personen? Leute wie Melo und Garfinkle, die durch mich an Conrad herankommen wollen und bereit sind, mir dabei Schaden zuzufügen. Das ist etwas, was ich verstehen kann. Im Atlasgebirge in Marokko hat Conrad zu mir gesagt, er will, dass ich mich ›um Ryder kümmere‹, also Ryder Forsyth, der Typ, der für die Kinderman Corporation gearbeitet hat und den sie als Consultant bei der Entführung der Milliardärskinder eingesetzt haben. Was hatte das zu bedeuten? Hat er je für die CIA gearbeitet?«

»Ryder war in Afrika Auftragnehmer der CIA, deshalb wissen wir so wenig über diesen Abschnitt seines Lebens. Es wirft die Frage einer möglichen Söldnertätigkeit auf, aber Conrad glaubt, dass er hauptsächlich unter Aufsicht der CIA gearbeitet hat.«

»Dann ist er in Süd- und Mittelamerika wieder aufgetaucht, wo er als Kidnapping-Consultant gearbeitet hat«, sagte Boxer. »Das ist ein ziemlicher Sprung. Hat die CIA ihn aus irgendeinem Grund fallen lassen?«

»Wir wissen nicht, was passiert ist.«

»Wie ich Ryder kenne, hat er wahrscheinlich irgendwas angestellt, was nicht mal die CIA schlucken konnte.«

»Klingt, als würdest du aus Erfahrung sprechen«, sagte Louise. »Was ist zwischen dir und Ryder?«

»Da war eine Frau ...«

»Blödsinn«, sagte Louise und schüttelte den Kopf. »Im ersten Golfkrieg ist irgendwas passiert. In den Archiven gibt es keinen offiziellen Bericht. Also, was war es?«

»Du hast recht«, sagte Boxer, leerte den Wein und goss sich noch einen Whisky ein. »Kurz vor dem Golfkrieg hatte Ryder sich beim SAS beworben. Er war der perfekte Kandidat und ist mit Bravour durch sämtliche Auswahlphasen gesegelt ... bis auf eine. Er war kein Teamplayer. Er hat auf niemanden gehört. Entweder es ging nach seinem Willen oder gar nicht. Als er danach wieder zu den Staffords kam, war er entsprechend verbittert. Er hielt sich für den besten Soldaten, den die britische Armee je gesehen hatte, doch ihre Eliteeinheit hatte ihn abgewiesen. Als er während der Operation Wüstensturm der 1. Panzerdivision zugeteilt wurde, hatte er also etwas zu beweisen. Im Februar 1991 haben wir eines Nachts in der Wüste patrouilliert, als wir von einer Einheit der Republikanischen Garde überrascht wurden, die sich in einigen leer stehenden Gebäuden verschanzt hatte. Unser befehlshabender Major wurde getötet, Ryder übernahm als Unteroffizier das Kommando und machte seine Sache brillant. Wir haben die Iraker zurückgeschlagen und sie an den Rand der Kapitulation gebracht, bis eine weitere Einheit Iraker dazukam und wir uns von allen Seiten umzingelt sahen. Ryder bewahrte einen kühlen Kopf. Wir haben die neue Einheit bekämpft und die Republikanische Garde umzingelt. So weit, so gut. Wir hatten in dem Feuergefecht Dutzende von Irakern getötet und weitere verwundet. Die verbleibenden Mitglieder der Republikanischen Garde, die sich geschlagen in ein Lagerhaus zurückgezogen hatten, wollten aufgeben. Ryder hat sie mit Mörserfeuer zerrieben. Dreihundert Männer, die unsere Gefangenen hätten sein sollen, wurden getötet.«

»Warum gab es keine Untersuchung?«

»Alle haben den Mund gehalten. Ryder hatte ihnen das Leben gerettet«, sagte Boxer. »Es war sogar von einer Distinguished Conduct Medal die Rede. Ich habe meine Stimme erhoben. Es war nicht richtig. Ich hatte die weiße Flagge gesehen und seinen Befehl gehört, das Mörserfeuer zu eröffnen. Ich habe nicht viel Unterstützung von den anderen bekommen, es war dunkel, die Situation war konfus, doch mein Bericht säte genug Zweifel, um die Ordensverleihung an Ryder zu verhindern. Er fand heraus, dass ich es gewesen war, hielt es für kleinmütigen Neid meinerseits, und wir haben nie wieder miteinander gesprochen.«

»Warst du neidisch?«

»Er war ein besserer Soldat als ich«, sagte Boxer. »Aber er ging zu leichtfertig damit um, was er getan hatte. Er hat es einfach beiseitegewischt. Ich fand, dass er den Namen des Regiments entehrt hatte. Er wusste, dass er etwas Falsches getan hatte, doch die Beweise waren nicht schlüssig. Es gab keine Chance, dass der Fall je vor ein Kriegsgericht kommen würde. Aber er hatte diesen Orden nicht verdient.«

»Und dann war da noch die Frau.«

»Sie wusste, dass sie Ryder nie etwas bedeuten würde«, sagte Boxer. »Der wichtigste Mensch in Ryders Leben wird immer Ryder sein.«

»War sein Motiv Geld?«

»Er hatte eine teure Scheidung hinter sich. Dafür brauchte er Geld. Der Kinderman-Job kam genau zum richtigen Zeitpunkt«, sagte Boxer. »Was hat Jensen für ein Problem mit Ryder?«

»Conrad glaubt, dass Ryder von Garfinkle beauftragt wurde, ihn aufzuspüren und zu liquidieren.«

»Und Garfinkle glaubt, ich sei die Schlüsselfigur, um Conrad aus seinem Versteck zu locken?«

»Könnte sein.«

»Und wie soll das funktionieren?«, fragte Boxer. »Ich lebe unter der permanenten Drohung, als Waffenhändler enttarnt zu werden. Ich habe keinen Zweifel, dass Garfinkle für meine Auslieferung nach Brasilien sorgen wird, sollte ich unsere Abmachung brechen, wo ich dann den Rest meiner Tage verbringen würde.«

»Wenigstens erkennst du jetzt, wer deine Freunde sind.«

»Auf jeden Fall kenne ich meine Feinde. Was Freunde angeht ...«, sagte Boxer und zuckte die Achseln.

»Wir hatten keine Ahnung, dass sie die Nummer mit dem Waffendeal abziehen würden.«

»Hat Jensen einen Plan?«

»Ich denke, der erste Teil des Plans besteht darin, dich von der Macht zu befreien, die Garfinkle über dich hat, wodurch unweigerlich auch Melo in die Sache verwickelt wird.«

»Melo wird mich verfolgen, um Sabrina zurückzubekommen. Was Garfinkle betrifft ...«

»Ich habe dich gefragt, was du von Melo hältst. Was ich eigentlich meinte, war ...«

»Ob ich etwas dagegen hätte, ihn umzubringen?«, fragte Boxer.

»Und Garfinkle?«

»Ich vermute, Garfinkle wäre ein schwieriges Ziel.«

»Wieso? Er arbeitet als einsamer Wolf. Er reist ohne jeden Schutz.«

»Aber er hat Beziehungen. Es ist kein Zufall, dass die CIA vor meiner Haustür steht.«

»Das stimmt, aber wenn sich eine entsprechende Gelegenheit bieten würde, könntest du ihn erledigen?«

»Ihr seid euch doch im Klaren darüber, dass Melo und Garfinkle meinen Ruf kennen, oder?«, fragte Boxer. »Melo ist mit Bruno Dias befreundet, der ihm erzählt hat, dass ich mich um einen der Entführer seiner Tochter gekümmert habe.«

»Dann wissen sie auch, dass du ihnen ebenso effektiv Conrad Jensen ans Messer liefern kannst.«

»Klingt, als hätte Conrad schon einen Plan.«

»Nur damit du Bescheid weißt, Melo ist bereits eingetroffen. Er wohnt in einer Suite im Lanesborough Hotel. Und Garfinkle ist heute Nachmittag aus New York angekommen.«

KAPITEL DREISSIG

30. April 2014, 15.00 Uhr
Büro der LOST Foundation, Jacob's Well Mews, London W1

Hast du Eiriols Haarprobe zum Test bei dem Labor abgegeben?«
»Am Tag nach deiner Abreise. Der Labormitarbeiter wusste nicht, wie lange es dauern würde. Er sagte, es wäre eine ›nicht standardisierte DNA-Probe‹, und er würde mich zurückrufen. Darauf warte ich noch.«
»Hast du meinen Freund bei der Met angerufen?«
»Ja, und er hat sich am Tag darauf zurückgemeldet und erklärt, dass für die Ermittlungen im Mordfall John Devereux die Thames Valley Police zuständig war. Es könnte also eine Weile dauern, die Kiste aus dem Magazin zu holen. Ich kümmere mich darum.«
»Es ist ohnehin ziemlich weit hergeholt.«
»Aber die einzige Möglichkeit, eine Vergleichsprobe zu bekommen.«
»Lass mich darüber nachdenken.«
»Denk, so lange du willst. Es ist zurzeit die größte Zeitverschwendung in unseren Büchern«, sagte Amy und verließ sein Büro.
Boxer sah auf die Anrufliste seines Handys, weil er dringend auf den Rückruf von Dick Kushner wartete, mit dem er am Abend zuvor gesprochen hatte, nachdem Louise gegangen war. Kushner leitete ein Rehabilitationszentrum für Veteranen, das er durch die Vermittlung diensttauglicher Exmilitärs an private Si-

cherheitsfirmen finanzierte. Dadurch war er in dieser Welt bestens vernetzt und kannte eine Menge ehemaliger und aktueller CIA-Leute. Boxer hatte ihm eine simple Frage gestellt: Hatte irgendjemand schon mal etwas von der ARC gehört?

Boxer schlug die Kopie der Polizeiakten zum Fall Devereux auf. Er hatte eine seltsame Nacht mit beunruhigenden Träumen hinter sich, in denen auch eine leidenschaftliche sexuelle Begegnung mit Louise vorgekommen war, was ihn so überrascht hatte, dass er beim Aufwachen auf das Kopfkissen neben sich geblickt und halb erwartet hatte, sie dort liegen zu sehen. Er wusste, dass er nicht in der Verfassung war, eine Affäre mit irgendjemandem zu haben, doch er konnte nicht leugnen, dass zwischen ihnen etwas war – ein neckender Flirt, selbst wenn sie über Geschäftliches sprachen. Sogar über das Geschäft des Tötens. Er wusste, dass es hoffnungslos war. Wie konnte man etwas mit einer Frau beginnen, die nicht einmal sie selbst war?

Dann hatte er angefangen über die Polizeiakten nachzudenken, weil er wusste, dass sein Traum von Louise nur Ausdruck einer Angst darüber war, was ihn wirklich beunruhigte. Es war ihm unbegreiflich, wie er das Haar hatte vergessen können – das blonde, fast weiße, krause Haar –, denn er hatte am Ende seiner Ermittlung weitere Haare gefunden, an einem vollkommen anderen Ort.

Er blätterte zu der hinteren Innentasche des Einbands, in der drei Beweisbeutel aus Plastik steckten. Im ersten befand sich ein festes Knäuel aus weißen krausen Haaren, im zweiten ein billiger Silberring mit einem kleinen türkisfarbenen Stein und im dritten ein flacher schwarzer Schlüsselanhänger aus Emaille in Form eines Kampfstiers. Er nahm seine eigenen Schlüssel heraus und legte sie auf den Schreibtisch. An dem Ring hing ein identischer spanischer Kampfstier. Er schüttelte den Kopf. Sein Bewusstsein war bloßgelegt. Sein Vater hatte genau den gleichen Schlüsselanhänger gehabt.

Als man dessen Kleidung eine Woche nach seinem Verschwinden an einem Strand im Süden Kretas gefunden und schließlich einige Monate später nach Hause geschickt hatte, waren die Schlüssel in einem extra Beweisbeutel gekommen – ohne Anhänger. Es hatte seine rasenden Gedanken mit Hoffnung befeuert. Er war sich sicher, dass sein Vater aus seinem alten Leben ausgestiegen war und nichts behalten hatte bis auf einen Schlüsselanhänger in Form eines spanischen Kampfstiers.

Aber nein, ganz so war es nicht gewesen.

Und als er die Beweisbeutel berührte und ihren Inhalt betastete, trat ihm die Erinnerung an die Ermittlung, die er vor vierzehn Jahren begonnen hatte, vor Augen wie Dokumentarfilmaufnahmen aus einer anderen Ära.

Boxer saß, die Füße auf den Schreibtisch gelegt, in seinem Büro bei der Metropolitan Police und dachte, dass er seine Untersuchung am besten damit startete, dass er wie alle anderen annahm, sein Vater habe den Mord tatsächlich begangen. Deswegen grübelte er über Transportmittel. Der Akte hatte er entnommen, dass der Wagen seines Vaters am Samstag, den 11. August, den ganzen Abend vor dem Haus der Familie in Eastleach geparkt hatte. Außerdem waren in Devereux' Einfahrt keine fremden Reifenspuren gefunden worden. Am Tag darauf war sein Vater gesehen worden, als er zu Fuß zu dem Haus in Belsize Park zurückkehrte. Wie war er nach Bibury gelangt, um John Devereux zu töten, und wie war er dort weggekommen, um am nächsten Tag wieder in London aufzutauchen?

War er gelaufen? Laut Landkarte waren es von Eastleach nach Bibury zehn Kilometer querfeldein, und sein Vater konnte wegen der Knieverletzung, die ihn aus der olympischen Judomannschaft katapultiert hatte, nicht mehr als fünf Kilometer ohne Schmerzen laufen. Wahrscheinlicher war, dass er ein paar Tage zuvor einen Wagen gestohlen, ihn in der Nähe von Eastleach geparkt und dann an jenem Abend benutzt hatte.

Er studierte den Terminkalender seines Vaters, dem er entnahm, dass dieser 1979 an drei Freitagnachmittagen hintereinander einen Termin bei einer Firma in Oxford hatte, am 27. Juli sowie am 3. und am 10. August. Er rief bei der Firma an, wo man ihm erklärte, dass sein Vater die Firma an den fraglichen Tagen tatsächlich besucht hatte, weil man eine Neuinvestition geplant hatte, wegen der man seinen Rat und seine Prognose einholen wollte. Anschließend war er jeweils zu dem Haus in Eastleach gefahren, um das Wochenende dort zu verbringen. Bis auf den letzten Freitag, als er mit dem Zug nach Oxford gekommen war, weil sein Wagen angeblich liegen geblieben war und erst am späten Nachmittag aus der Werkstatt abgeholt werden konnte, weshalb er zurück nach London müsse.

Boxer rief die Steuerberater an, die die letzte Steuererklärung seines Vaters nach dessen Verschwinden gemacht hatten, und fragte, ob es eine Rechnung vom 10. August 1979 über eine Kfz-Reparatur gab. Sie sagten, es würde ein paar Tage dauern, bis sie sich zurückmeldeten, weil die Unterlagen eingelagert waren. In der Zwischenzeit rief Boxer den Kfz-Mechaniker an, der alle anfallenden Reparaturen am Wagen seines Vaters erledigt hatte. Der Mechaniker erinnerte sich an den Skandal um das Verschwinden seines Vaters und behauptete felsenfest, an dem Freitag vor dem Untertauchen von Boxers Vater nichts an dem Wagen gemacht zu haben. Später bestätigten auch die Steuerberater, dass es keine entsprechende Rechnung gab.

Als Nächstes rief Boxer den Nachbar an, der gegenüber der Polizei ausgesagt hatte, gesehen zu haben, wie David Tate am Sonntag, den 12. August, zu Fuß nach Hause gekommen war. Sein Wagen habe die ganze Woche auf demselben Parkplatz gestanden. Am Freitag, dem 10. August, hatte der Nachbar Boxers Vater abends nicht gesehen, erinnerte sich jedoch, dass jener am nächsten Morgen mit dem Wagen weggefahren war.

Das war die erste Anomalie. Warum sollte jemand samstagmorgens mit dem Wagen zu seinem Haus auf dem Land aufbrechen, am nächsten Tag zu Fuß nach London zurückkehren, den

Wagen auf dem Land stehen lassen und auch nicht dorthin zurückkehren, um ihn abzuholen?

Deshalb nahm sich Boxer alle am Freitag, dem 10. August, in Oxford gestohlenen Fahrzeuge vor. Er fand vier. Zwei waren für Spritztouren benutzt und am nächsten Tag auf dem Gelände der Wohnsiedlung Blackbird Leys entdeckt worden. Der Dritte war auf dem Parkplatz eines Pubs in Abingdon wieder aufgetaucht. Es war der vierte Wagen, der Boxer als aussichtsreichster Kandidat erschien, weil der gestohlene Ford Escort auf dem Parkplatz des Bahnhofs von Hereford abgestellt worden war.

Er spürte die Besitzerin des Wagens auf, eine Frau von mittlerweile Ende dreißig, die in Bristol wohnte, und fuhr zu ihr, um sie zu befragen. Sie hatte den Wagen sofort nach der Rückgabe verkauft, und er fragte sich, warum.

»Ich mochte ihn nicht mehr«, erklärte sie.

»Einfach so?«, fragte er. »Aus welchem Grund?«

»Ich weiß nicht. Ich hatte bloß ein schlechtes Gefühl, wenn ich darin gesessen habe.«

»Inwiefern?«

»Er war dreckig. Nein ... nicht dreckig. Er war absolut sauber bis auf ein paar blonde Haare auf dem Sitz. Und auf dem Boden habe ich einen Ring gefunden.«

»Einen Ring?«

Sie zog eine Schublade ihres Schreibtischs auf und kehrte mit einem billigen Ring mit türkisfarbenem Stein zurück. »Ich weiß nicht, warum ich ihn behalten habe«, sagte sie. »Nehmen Sie ihn, wenn Sie denken, dass er weiterhilft.«

Boxer steckte ihn in einen Beweisbeutel. »Sie sagen also, dass der Wagen nicht verschmutzt war.«

»Nein, aber ich wusste, dass darin irgendwas passiert war. Das Beifahrerfenster war verschmiert, als ob ein Vogel dagegengeflogen wäre, nur dass es von innen war. Ja, es war eklig, als ob jemand Sex in dem Wagen gehabt hätte oder als wäre darin, ich weiß nicht, etwas Schlimmes passiert ...«

»Was denn?«

»Eine Gewalttat vielleicht«, erwiderte sie schaudernd.

Boxer fuhr zurück nach London und verfolgte den Wagen von Besitzer zu Besitzer, sparte sich jedoch die Mühe, einen von ihnen aufzusuchen, weil er herausfand, dass der Ford 1989 in einen schweren Unfall verwickelt gewesen war, bei dem drei Menschen ums Leben gekommen waren. Der Wagen war abtransportiert und später auf einen Schrottplatz gebracht worden.

Der Schrottplatz erwies sich als das Feld eines chaotischen Sammlers. Der Besitzer lebte in einem Haus, das derart vollgestopft war mit Büchern, Zeitungen und Fotos, dass Boxer kaum durch den Flur bis ins Büro gelangte. Aber der Mann wusste genau, wo alles war, und als Boxer nach dem Ford Escort mit Totalschaden fragte, führte er ihn sofort zu dem Wagen. Er stand ohne Räder mit den Achsen im Schlamm. Beide Türen auf der Beifahrerseite waren eingedrückt, und auf dem eingebeulten Dach balancierte ein Vauxhall Viva.

»Ja«, sagte der Mann, »das war ein übler Unfall. Leute sind darin gestorben. Voll von der Seite gerammt, das ist immer am schlimmsten. Es macht irgendwas mit dem Gehirn, wenn man von der Seite gerammt wird. Es waren Kids, total bekifft, die haben es gar nicht kommen sehen.«

Die Frontpartie war mehr oder weniger unbeschädigt. Die Motorhaube war aufgeklappt, der Motor ausgebaut worden. Boxer bat darum, einen Blick in den Wagen zu werfen.

»So lange Sie wollen, mein Freund«, sagte der Mann und ließ ihn allein.

Boxer musste kräftig an der Fahrertür zerren, bis sie sich mit einem metallischen Ächzen der Angeln öffnete. Er wusste nicht, nach welchen Spuren der Ereignisse eines Augustabends vor vierzehn Jahren er suchen sollte, bis ihm klar wurde, dass er eigentlich hoffte, gar nichts zu finden. Dann könnte er weiter glauben, dass sein Vater John Devereux nicht getötet hatte.

Er ging gründlich vor, nicht bloß ein flüchtiger Blick, um zufrieden wieder auszusteigen. Er filzte den Wagen zentimeterweise. Unter dem Beifahrersitz fand er schließlich verhakt an einem Metallrahmen ein kleines Knäuel weißer krauser Haare. Er riss die Teppiche heraus, durchwühlte das Handschuhfach und nahm alles im Kofferraum auseinander. Nichts, keine Spur von seinem Vater. Was hatte er erwartet? Eine Visitenkarte? Mit diesem Gedanken schob er die Finger in die Spalte zwischen Sitz und Lehne auf der Fahrerseite, wo sie auf ein kühles Stück Metall stießen, das er packte und herauszog.

Seine Welt brach zusammen, als er den Schlüsselanhänger in Form eines spanischen Kampfstiers betrachtete, der am Schlüsselring seines Vaters hätte hängen sollen.

Er saß auf dem Fahrersitz und rekonstruierte den perfekten Plan seines Vaters: einen Wagen stehlen, in der Nähe des Hauses parken, das eigene Auto die ganze Nacht in der Auffahrt stehen lassen, mit dem gestohlenen Wagen zu einem Ort in der Nähe von Bibury fahren, zu Devereux' Haus laufen, ihn umbringen, zum Wagen zurückkehren, ihn irgendwo in der Nähe von Eastleach parken und sich wieder ins Bett legen, als wäre nichts passiert.

Aber es war etwas Furchtbares passiert.

Es war an jenem grauen Tag auf dem Schrottplatz, als der böige Wind die Krähen in den nackten, mit Mistelzweigen verzierten Ulmen zerzaust und der Schlüsselanhänger in Form eines spanischen Kampfstiers sich in die Haut seiner geballten Faust gegraben hatte, als Boxer beschloss, dass der Job als Detective bei der Mordkommission nichts für ihn war.

Er riss sich aus seiner Erinnerung, nahm den Beweisbeutel mit dem Knäuel blonden Haars und rief Amy.

»Bitte das Labor, diese Haare zu testen und mit der Probe zu vergleichen, die du letzte Woche vorbeigebracht hast«, sagte er.

Sie hielt den Beutel ins Licht. »Glaubst du, dass daran Follikel sind?«, fragte sie. »Das haben sie mir in dem Labor nämlich erklärt. Ein Haar muss eine Wurzel haben, damit es irgendwas nutzt. Das sieht alt aus.«

»Er wird uns sagen, ob sich daraus irgendwelche Erkenntnisse ziehen lassen.«

»Und wo kommt es her?«

»Lass uns erst die Ergebnisse abwarten.«

»Findest du es übrigens nicht einen sonderbaren Zufall, dass Eiriol Lewis dich hier in der LOST Foundation aufgesucht hat?«

»Nein, finde ich nicht«, sagte Boxer. »Ich glaube, sie wurde an uns verwiesen.«

KAPITEL EINUNDDREISSIG

30. April 2014, 16.30 Uhr
Büro der LOST Foundation, Jacob's Well Mews, London W1

Boxer rief seine Mutter an.
»Ich bin's«, sagte er.
»Du klingst nicht wie du.«
»Ich bin müde. Ich bin gerade erst aus São Paulo zurück.«
»Hattest du eine angenehme Reise?«
»Hast du die Nachrichten gesehen?«
»Kann ich nicht behaupten, zumindest keine Nachrichten über Brasilien.«
»Schau es im Internet nach«, sagte Boxer. »Wie wäre es mit Abendessen heute?«
»Willst du mich einladen, nachdem du mich beim letzten Mal versetzt hast?«
»Du sagst doch immer, dass man in Hampstead nirgendwo essen gehen kann.«
»Dein Angebot lautet also, dass ich dir Spaghetti alla carbonara mache?«
»Ich bringe eine gute Flasche Wein mit.«
»Versetz mich nicht wieder, sonst sind wir fertig miteinander«, sagte sie und legte auf.
Nicht jeder verstand den Humor seiner Mutter.
In der nächsten Stunde ordnete Boxer seine Gedanken, bis Amy hereinkam, um zu sagen, dass sie für heute Schluss machen und noch die Haarprobe in dem Labor vorbeibringen würde. Er holte die Betamax-Kassette aus der Schublade und verließ

mit Amy das Büro. Er nahm die U-Bahn nach Hampstead und kaufte bei Jereboams in der Heath Street eine Flasche weißen Chassagne-Montrachet für seine Mutter und eine Flasche roten Pesquera für sich. Er war früh dran, weshalb er im Flask ein Pint zur Stärkung nahm, das er auf einer Bank in der zugigen Passage vor dem Pub trank, während er die Menschen auf dem Heimweg beobachtete.

Um sieben ging er den Holly Hill zu Esmes Komplex von Luxusapartments hinauf, der früher, als die Luft in Hampstead noch sauber gewesen war, ein viktorianisches Tuberkulosespital beherbergt hatte. Auf dem Weg erhielt er den Anruf von Dick Kushner, auf den er gewartet hatte. Seine Antwort auf Boxers Frage nach der ARC war ein schlichtes Nein.

»Und das stammt aus Quellen innerhalb des Direktorats für Aufklärung und des Direktorats für operative Einsätze. Wenn die noch nie von der ARC gehört haben, kann man ziemlich sicher sein, dass es sie nicht gibt.«

Boxer beendete das Gespräch. Seine Mutter öffnete ihm die Tür. Zur Begrüßung legte sie eine Hand auf seine Schulter und drückte ihm einen Kuss auf beide Wangen, als wäre er ein Kunde und nicht ihr Sohn. Er war sich nicht sicher, ob sie ihn je umarmt hatte. Isabel hatte ihn umarmt, als wäre er der wichtigste Mensch der Welt. Es war eins der Dinge, die er am meisten vermisste. Esme umarmte Amy, als würde sie ihr die Welt bedeuten, deshalb wusste Boxer, dass sie dazu in der Lage war, nur nicht bei ihm. Esme bewunderte den Chassagne-Montrachet, stellte ihn in den Kühlschrank und kehrte zu ihrem Grey Goose und der Zigarette zurück, die in dem Aschenbecher auf dem Küchentisch vor sich hin qualmte.

»Was ist los?«, fragte sie und warf einen Blick auf die Tasche mit der Betamax-Kassette in seiner Hand.

»Was soll das heißen, was ist los?«, fragte Boxer verwirrt.

»Ich habe angenommen, irgendwas muss sein, dass du mich vor São Paulo und jetzt direkt danach treffen wolltest. Oder bin ich bloß in der Unterhaltung aufgetaucht ... mit Amy vielleicht, von der ich auch seit Wochen nichts mehr gesehen habe?«

Esme war nie einfach gewesen. Sie vermutete immer, dass es einen Anlass gab, weil nicht einmal ihr Sohn oder ihre Enkelin einfach nur aus Vergnügen kamen. Boxer nahm an, dass sie wusste, wie schwierig sie war, und warum sollte jemand Zeit mit einer so stacheligen Person wie Esme verbringen wollen?

»Amy ruft dich jede Woche an.«

»Das stimmt.«

»Obwohl sie ein Teenager mit einem eigenen Sozialleben ist.«

»Und du?«, fragte sie. »Was ist deine Entschuldigung?«

»Ich habe keine, aber ich habe an dich gedacht.«

»Wirklich?«, fragte sie.

»Deswegen habe ich dich vor meiner Reise angerufen«, sagte Boxer, ohne auf die kleine Provokation einzugehen, »und jetzt danach.«

Esme beschäftigte sich in der Küche mit der Zubereitung der Spaghetti alla carbonara, während Boxer Wodka trank und an ihrer Zigarette zog. Dann trank er ein Glas von dem Pesquera, den er für sich mitgebracht hatte. Esme war von ihrem Grey Goose auf Weißwein umgestiegen.

»Neulich ist etwas Außergewöhnliches passiert«, sagte Boxer und erzählte ihr, wie ihn Eiriol Lewis in seinem Büro aufgesucht hatte.

»Ich nehme keine *guanciale*«, sagte Esme, als hätte sie gar nicht richtig zugehört.

»Wenn ich wüsste, was das ist, wäre ich bestimmt enttäuscht«, erwiderte Boxer.

»Geräucherte Schweinebacke«, sagte sie. »Damit macht man echte Carbonara.«

Boxer fuhr fort. Esme rieb Käse, zerschlug Eier und rührte den Pancetta um. Sie konzentrierte sich angestrengt auf ihre Aufgaben, doch ihre Schultern wirkten angespannt, wie gefesselt von seiner Erzählung.

Boxer kam zum Ende seiner Geschichte über das Gespräch mit Eiriol, als Esme gerade die Spaghetti abgoss, die anderen zusammengerührten Zutaten hinzugab und an den Tisch brachte. Boxer hatte keinen Zweifel, dass sie das Datum in unmittelbarer Nähe zu dem Tag von John Devereux' Ermordung alarmiert hatte. Er hatte nicht vor, ihr gleich mit der Betamax-Kassette zu kommen, sondern wollte sich dem Thema anders nähern.

Er öffnete die Flasche Chassagne-Montrachet.

Sie aßen die Spaghetti.

»Warum erzählst du mir das?«, fragte Esme leichthin. »Ich meine, das Ganze ist fünfunddreißig Jahre her. Eine komplette Generation. Klingt, als hätte Amy die richtige Idee gehabt. Überlass es der Polizei, dem Dezernat für ungelöste Fälle. Für so etwas hast du LOST doch nicht gegründet, oder?«

»Nein, das stimmt, aber irgendwas an Eiriols Geschichte hat mich fasziniert, und ich dachte, was soll's, mal sehen, ob wir diesen Tom Dyer finden können. Wir wissen, dass er einen Abschluss in Oxford gemacht hat, das sollte also nicht allzu schwierig sein ...«

Boxer berichtete, was er von Tom Dyer erfahren hatte. Während er sprach, leerte seine Mutter die Flasche Weißwein und wandte sich wieder dem Grey Goose zu. Als er berichtete, dass Devereux die junge Tramperin aufgelesen und mit in sein Haus in Bibury genommen hatte, klapperte die Flasche am Rande des Glases.

»Der Name Tom Dyer kommt mir irgendwie bekannt vor«, sagte sie, um ihre Nervosität zu überspielen. »Hat er irgendwann mal für Moving Pictures gearbeitet?«

»Das weiß ich nicht.«

»Ich glaube schon. Ich bin sicher, dass ich ihn mal getroffen habe. Ich habe für einen meiner Drehs einen Regisseur von Moving Pics engagiert, er war damals Produktionsassistent.«

»Interessant fand ich nach all der Arbeit, die ich den Fall investiert habe ...«

»Du hast den Fall *bearbeitet?*«

»Inoffiziell. Als ich bei der Mordkommission war, habe ich die alte Akte hervorgekramt und sämtliche Beweise noch mal durchgesehen. Erinnerst du dich nicht daran?«

»Nein, aber ich erinnere mich daran, warum du bei der Mordkommission aufgehört hast. Du hast gesagt, es ginge nur um die Vergangenheit, und irgendwas von wegen, die Vergangenheit hätte dir nie einen Gefallen getan.«

»Als ich die Indizien vierzehn Jahre nach der Tat noch einmal durchgesehen habe, war eine der wenigen nie geklärten Fragen die Identität der anderen Person, die mit John Devereux zum Zeitpunkt seiner Ermordung zusammen war und …«

»Ich kann mich nicht erinnern, dass es eine weitere Person gab.«

»Man hat auf einem Sektglas Fingerabdrücke und auf den Laken und dem Kissen lange krause blonde Haare gefunden.«

»Hast du mir das erzählt?«

»Ich weiß nicht. Ich hätte gedacht, dass der ermittelnde Detective es erwähnt hat, um zu sehen, ob du bei der Identifizierung helfen kannst«, sagte Boxer. »Aber so ist die Sache rätselhaft geblieben.«

»Du glaubst also, dass es die Schwester dieses Mädchens war, Anwen.«

»Offenbar hat Tom Dyer das geglaubt, und nun können wir die DNA vergleichen und es bestätigen.«

»Und inwiefern ändert das irgendwas?«

»Es ändert nichts, doch es würde eine Frage klären«, sagte Boxer. »Das andere, was fehlte, war ein Motiv.«

»Ein Motiv wofür?«, fragte Esme verwirrt.

»Es gab kein Motiv für den Mord an John Devereux. Er hatte keine geschäftlichen Probleme, keine Schulden. Er war kein Spieler oder drogensüchtig. Er war glücklich verheiratet …«

»Ich weiß nicht, ob er *glücklich* verheiratet war, aber er war verheiratet, und sie war nicht der Typ, der Ärger macht.«

»Es gab keinen dringend Verdächtigen, niemanden, der Rache an ihm nehmen wollte«, sagte Boxer. »Der Detective, der die Ermittlungen geleitet hat, glaubte, es könnte ein Verbrechen aus Leidenschaft gewesen sein, weil John mit einem Stich ins Herz getötet wurde. Deswegen wurdest du so ausführlich vernommen.«

»*Ich?*«, fragte Esme. »Ich war nicht mal im Lande.«

»Als du zurückkamst, hatte Dad schon …«

»Dieser Detective hat mich vielleicht drei Mal befragt. Und ich glaube, keine Vernehmung hat länger als eine Stunde gedauert, obwohl wir viele Themen abzuarbeiten hatten. Bis auf seine ganz alten Freunde kannte ich John länger als irgendjemand sonst.«

»Der Punkt war, dass du eine Affäre mit ihm hattest.«

»Die war vorbei … schon lange bevor er ermordet wurde. Ich meine, ich habe deinen Vater 1970 geheiratet, und das alles ist neun Jahre später geschehen.«

»Aber du verstehst, warum der Detective nach der Flucht deines Mannes sichergehen wollte. Wenn er hätte belegen können, dass du immer noch eine Affäre mit Devereux hattest, wäre das ein klares Motiv für meinen Vater gewesen.«

»Warum tust du das, Charlie? Ich meine … wirklich.«

»Ich fand es eine bemerkenswerte Koinzidenz der Ereignisse, dass diese Eiriol Lewis ausgerechnet zu mir gekommen ist …«

»Eine Koinzidenz? Welcher Ereignisse?«

»Am 24. April 2014 beschließt Eiriol Lewis, dass sie den Fall ihrer lange vermissten Schwester wieder aufgreifen will, und von allen Agenturen, die nach Vermissten suchen, wählt sie meine. Wo ich die einzige Person bin, die denken würde: Nun, das ist ein seltsames Datum in meiner Familiengeschichte, der 12. August 1979. Das ist der Tag, bevor der Geschäftspartner meiner Mutter ermordet aufgefunden wurde, und zwei Tage, bevor mein Vater verschwunden ist.«

»Was willst du damit sagen? Ich verstehe nicht, worauf du hinauswillst.«

»Im Januar habe ich in der Wohnung ein paar Arbeiten erledigen lassen«, sagte Boxer. »Der Heizungsingenieur musste die Bodendielen in Dads ehemaligem Arbeitszimmer aufreißen.«

»Das ist absurd«, sagte Esme, ließ den Rest ihres Essens stehen und zündete sich eine Zigarette an.

»Das hat er gefunden«, sagte Boxer und gab ihr die Kassette aus seiner Tasche.

Stirnrunzelnd wendete sie sie in den Händen. »Das ist eine meiner alten Vorführkassetten.«

»Ja, aber in der Mitte …«

»Nein«, entfuhr es ihr, bevor sie sich bremsen konnte. »Nein.«

»Du weißt, was in der Mitte ist, oder?«

»Hast du es angesehen?«

»In dem Brief meines Vaters, der der Kassette beigelegt war, stand, dass ihr Inhalt mir Antworten auf all meine Fragen liefern würde. Er hat mich allerdings auch gewarnt, sie nicht anzusehen, wenn ich ein glücklicher Mann bin, weil nichts davon hübsch oder nett sei.«

»Nun, so glücklich bist du nicht, oder? Nicht nach dem, was mit Isabel geschehen ist«, sagte Esme. »Aber du hast einen Sohn. Es gibt Hoffnung. Warum also hast du beschlossen, dich noch unglücklicher zu machen?«

»Weil ich so zumindest die Antworten bekommen würde, nach denen ich mein Leben lang gesucht habe«, sagte Boxer. »Ich müsste nicht mehr in einem Zustand der Ungewissheit leben. Vielleicht wäre ich sogar in der Lage …«

»Was?«, fragte Esme ernsthaft besorgt.

»Einige meiner … psychischen Probleme zu lösen.«

»*Psychische* Probleme? Seit wann?«

»Seit ich sieben Jahre alt war.«

»Ich bin mir nicht sicher, ob ich dir da zustimmen kann. Du bist solide wie ein Fels in der Brandung. Du hast mir selbst erzählt, dass du nach deiner Anstellung bei GRM von Psychologen befragt worden bist, die auch für die Begutachtung von

MI5-Kandidaten eingesetzt werden. Die hätten dich damals durchschaut, wenn du verrückt wärst«, sagte Esme. »Manifestieren sich diese psychischen Probleme in irgendeiner Form?«

»Das kann man wohl sagen.«

»Dann such dir Hilfe. Wühl nicht in der Vergangenheit herum. Wie dein Vater gesagt hat, du wirst dich bloß unglücklich machen ... und wozu? Das Leben ist weiß Gott hart genug, ohne dass man noch mehr Schmerzen sucht.«

»Ist es das, was du hast? Schmerzen?«

»Ich lebe seit fünfunddreißig Jahren mit den Konsequenzen der Tat deines Vaters.«

»Warum hast du die Affäre mit John Devereux geleugnet, wenn aus der Kassette ersichtlich ist, dass sie nicht beendet wurde?«

Esme nippte erneut an ihrem Wodka. »Dann *hast* du sie dir also angesehen«, sagte sie.

»Bevor ich nach São Paulo geflogen bin«, erwiderte Boxer.

»Ah«, sagte sie, »der Grund für die Verabredung zum Abendessen.«

»Warum hast du die Aufnahme gemacht? Es ist offensichtlich mit Vorsatz geschehen. Du hast die Kamera ohne Devereux' Wissen aufgestellt und eingeschaltet. Was hatte das zu bedeuten?«

»Du bist kein *Polizist*. Ich muss keine deiner Fragen beantworten.«

»Findest du nicht, dass ich nach all den Jahren ein paar Antworten verdient habe? Du sagst, dass du mit den Konsequenzen leben musstest. *Ich* habe auch damit gelebt. Erinnerst du dich, als ich zum ersten Mal von der Schule abgehauen und mit dem Fahrrad nach Spanien gefahren bin? Und dann das zweite Mal, als ich nach Westafrika getrampt bin? Hast du nicht gedacht, hier ist ein Junge, der ein paar Antworten braucht?«

»Ich dachte, du hättest alle Antworten gefunden, die du wolltest, als du deine sogenannte Revision der Beweise durchgeführt hast«, sagte Esme in aggressivem Ton. »Ich dachte, der Grund dafür, dass du die Vergangenheit nicht mochtest, wäre das Ergebnis deiner Nachforschungen gewesen, nämlich dass dein Vater John wahrscheinlich getötet *hat* und deshalb verschwunden ist.«

»Aber solange es kein Motiv gab, konnte ich mir immer noch einreden, dass er es nicht war. Die Kassette ist das Motiv. Deine Beziehung zu John Devereux hat nie geendet«, sagte Boxer. »Ich musste mir die Kassette komplett ansehen, weil in dem Brief stand, sie würde alle Antworten enthalten. Es hat lange gedauert. Ihr ›kanntet‹ euch offensichtlich sehr gut. Die Kassette datiert von Mai 1979. Die Affäre mit John ging während deiner gesamten Ehe weiter. Ich habe bloß nicht verstanden, warum du den Film gemacht hast und warum heimlich. Und ich glaube, die Antwort darauf habe ich vielleicht auch herausgefunden.«

»Sag es mir nicht. Ich muss es nicht wissen.«

»Als ich dir erzählt habe, dass John eine Tramperin mitgenommen hat, hat dich das kurz erschüttert, oder?«, fragte Boxer.

»Ich hatte eine Affäre mit einem verheirateten Mann. Verheiratete Männer, die Affären haben, haben häufig auch noch andere Affären. Die Frauen haben sich John förmlich an den Hals geworfen. Schauspielerinnen, Mädchen aus der Agentur und vielleicht auch Tramperinnen. Ich war kurz erschüttert, weil es Erinnerungen an die Zeit wachgerufen hat. Ich hatte keine Rechte an ihm. Er war schon verheiratet, als wir uns kennengelernt haben. Ich war immer die andere Frau oder wenigstens eine von ihnen.«

»Und warum hast du dann den Film gemacht?«

»Als Erinnerung.«

»Du lügst.«

»Wenn du meinst.«

Sie sahen sich über den Tisch hinweg an. Der tote Punkt, den Boxer erwartet hatte. So war es immer. Um es mit Esme aufzunehmen, brauchte man Munition.

»Ich habe gestern Nachmittag in Islington Candice Devereux getroffen.«

»Warum um alles in der Welt hast du sie besucht?«, fragte Esme und richtete sich kerzengerade auf. »Was sollte sie zu deiner ... Ermittlung beitragen können?«

»Sie hat deine Geschichte bestätigt, dass deine Affäre mit John Devereux lange beendet gewesen sei. Sie hat gesagt, John hätte ›nach sehr viel frischerem Fleisch als Esme gesucht‹.«

»Ich habe Candice immer gemocht«, erklärte Esme, doch es klang unaufrichtig. »Sie hat eine Menge ertragen, ohne ihm das Leben schwer zu machen.«

»Sie hat mir erzählt«, sagte Boxer, »dass sie einige Jahre danach wieder angefangen hat zu arbeiten. Bei einem Dreh mit einer bekannten Schauspielerin wurde sie total überrascht, als jene aus heiterem Himmel ...«

»Halt den Mund!«

»Ihr Name war ...«

»HALT DEN MUND!«, brüllte Esme. »Bist du taub oder was?«

»Ich habe dich angehört, jetzt musst du auch mich anhören.«

»Muss ich das? Warum muss ich dich anhören?«

»Ich bin dein Sohn, und du bist es mir schuldig«, sagte Boxer und stieß mit dem Finger in die Luft. »Rachel Ryan. Siehst du, das war doch gar nicht so schlimm, oder?«

Esme kippte den Rest ihres Wodkas herunter und machte einen langen, knisternden Zug an ihrer Zigarette. Boxer beugte sich vor und goss ihr noch einen Schluck Grey Goose ein.

»Wann hast du das mit Rachel Ryan herausgefunden?«

»Du meinst, wann habe ich herausgefunden, dass es ernst war?«

»Candice hat gesagt, sie hätte zum ersten Mal im Februar oder März 1979 gemerkt, dass mit ihrer Ehe etwas nicht stimmte«, sagte Boxer. »Die Beziehung sei in der Zeit merklich abgekühlt.«

»Dann muss es ja sehr kalt gewesen sein. John hat immer gesagt, sie wäre eine frigide alte Kuh.«

»Wann hast du davon erfahren?«

»Zum ersten Mal davon gehört habe ich, als dein Vater mich Ende April danach gefragt hat«, antwortete Esme. »Er sagte, Candice sei beunruhigt. Sie glaubte, dass John eine Affäre hatte, die ernster sei, und wollte wissen, ob da irgendwas dran sei. Ich wusste sofort, dass es etwas Ernstes sein musste, denn wenn irgendjemand über alles im Bilde war, was in Johns Leben passierte, dann ich, und sogar ich tappte im Dunkeln.« Sie drückte ihre Zigarette aus, zündete sich sofort eine neue an und nippte an ihrem Wodka.

»Haben du und John eure Affäre Anfang 1979 wie gewohnt fortgesetzt?«

»Wenn du meinst, ob wir miteinander geschlafen haben, wenn sich die Gelegenheit ergab? Dann, ja.«

»Wie ihr es getan habt, seit ihr euch kennengelernt habt.«

Esme nickte.

»Hast du John mit der Neuigkeit über Rachel Ryan konfrontiert, oder hat er es dir erzählt?«

»Zunächst musste ich herausfinden, ob an dem Gerücht etwas dran war. Johns Terminplan kannte ich ja, ihren habe ich mir von Castingdirektoren besorgt, die ich kannte. So konnte ich feststellen, wann sie und John sich gleichzeitig in London aufhalten würden. Aus alten Drehplänen kannte ich auch ihre Adresse. Eines Abends habe ich vor dem Haus auf der Straße gewartet. John kam, und die Art, wie er empfangen wurde, beseitigte jeden Zweifel. Also wusste ich es seit Anfang Mai. Im selben Monat sind John und ich nach Südafrika gereist, wo ich den Film gemacht habe, den du gesehen hast. Am Ende der Reise hat er mir erklärt, dass wir so was in Zukunft nicht mehr machen würden.«

»Wie hast du das aufgenommen?«

»Ich war aufgewühlt«, sagte sie mit zitternden Fingern. »Ich konnte es nicht verbergen.«

»Weshalb hast du diesen Film gemacht?«

»Er sollte Rachel Ryan in die Hände fallen, damit sie wusste, worauf sie sich einließ.«

Überrascht lehnte Boxer sich auf seinem Stuhl zurück. »Und

dann? Das würde das Ende ihrer Beziehung mit John Devereux bedeuten?«

»Nicht besonders nett, oder?«, fragte Esme. »Was dachtest du denn, warum ich den Film gemacht habe?«

»Ich dachte, du hättest *Dad* ein Motiv geliefert, damit er in rasender Eifersucht losgeht und John Devereux tötet.«

Ein paar lange Minuten verstrichen, während Esme rauchend auf den Tisch starrte und mit einer Hand über die Platte strich, als wollte sie sie sauber wischen. Schließlich blickte sie auf und kippte den letzten Schluck Wodka in ihrem Glas herunter. Ein Drittel der Flasche Grey Goose und den ganzen Weißwein hatte sie sich inzwischen einverleibt.

»Du willst Antworten, doch du hast keine Ahnung, worauf du dich einlässt.«

Das hatte er mit einem Mal wirklich nicht mehr, und der intensive Blick, mit dem Esme ihn aus ihren aquamarinblauen Augen ansah, ließ ihn innerlich frösteln.

»Er hat gesagt, du hättest die Antworten«, platzte Boxer heraus, ohne zu überlegen.

»Wer hat das gesagt?«

»Ich meine, in dem Brief stand … dass du es wüsstest.«

»Jetzt lügst *du*.«

Das Gleichgewicht der Unterhaltung war zu Esmes Gunsten gekippt, obwohl sie kein bisschen triumphierend wirkte. Plötzlich traf ihn die tiefe Gewissheit, dass sie noch ein paar vernichtende Karten in der Hand hielt, ohne dass er sich vorstellen konnte, welche es waren.

»Ich weiß, dass es schwer für dich war«, sagte sie sanft, nachdem sie nun die Oberhand hatte. »Niemand möchte sich vorstellen, dass der eigene Vater zu so einer drastischen Tat fähig ist. David war getrieben und ehrgeizig, aber ich habe ihn trotz des Judos nie für gewalttätig gehalten. Ich habe keine Ahnung, wie er die Kassette gefunden hat. Wie du weißt, war sie zwischen ein paar Promo-Aufnahmen versteckt. Sie hat nur ein Wochenende in dem Haus in Belsize Park gelegen, bevor ich sie mit ins Büro genommen habe. Und du kannst dir ja vorstellen, wie viele Betamax-Kassetten dort herumlagen.«

Boxer nahm die Kassette und betrachtete sie von allen Seiten. Dann hielt er seiner Mutter den Rücken hin, der mit einem kleinen Kratzer markiert war.

»Er muss beobachtet haben, wie ich sie ausgepackt habe, hat sie markiert, bevor ich sie mitgenommen habe, und dann im Büro gesucht.«

»Was hast du gemacht, als du gemerkt hast, dass sie verschwunden war?«

»Ich war in Panik, doch was konnte ich tun oder sagen?«

»Irgendwas muss doch gesagt worden sein.«

»Er hatte den Beweis …«

»Aber du hast eben selbst gesagt, dass er nicht instabil war. Und man müsste schon instabil sein …«

»Um deswegen einen Mann zu töten?«, fragte sie. »Du kannst das nicht wissen, aber dein Vater war sexuell besessen von mir. Ich meine … vollkommen.«

»Aber du nicht von ihm«, erwiderte Boxer. »Warum hast du Dad geheiratet?«

»Er war ein guter Mensch, und ich habe ihn bewundert. Er war mir in jeder Hinsicht ebenbürtig außer im Bett. Dafür hatte ich John.«

»Hat sich Dads Verhalten dir gegenüber verändert, nachdem er das Video angeschaut hatte.«

»In der Zeit haben wir uns nicht oft gesehen«, sagte Esme. »Er war dabei, sich im Bereich Filmfinanzierung zu etablieren, und ich habe an einer Reihe von Werbespots in Schottland gearbeitet und gleichzeitig den Job in Südafrika angeleiert.«

»Es muss doch eine Konfrontation gegeben haben. Kein Mann könnte so etwas unkommentiert lassen.«

»Dein Vater war ein außergewöhnlicher Mann, es war nicht so, als hätte er keine Gefühle gehabt …«

»Das weiß ich«, sagte Boxer. »Er hat mich geliebt.«
»Ja, das hat er. Vergiss das nie.«
»Aber nicht so sehr, dass er mich nicht ohne ein Wort verlassen konnte.«
»So etwas wie emotionale Intelligenz gab es damals noch nicht. Und selbst wenn, hätte er nicht gewusst, dass er keine hatte. Vielleicht lag es daran, dass er mit sieben aufs Internat geschickt wurde.«
»Wie noch jemand, den ich kenne.«
Sie sah ihn an, als hätte sie ihm etwas Unmögliches mitzuteilen, so groß, dass es ungekannte Disziplin, eine Art psychologische Hydraulik erforderte, um es aus ihr herauszustemmen.
»Ich habe dich weggeschickt, weil ich mich nicht gleichzeitig um dich kümmern und die Folgen der Ereignisse bewältigen konnte«, sagte Esme. »Ich hatte meinen Ehemann verloren und dazu meinen Liebhaber und das kreative Genie, das meine Firma am Laufen gehalten hatte. Es war eine schlimme Zeit, und ich gebe freimütig zu, dass ich der Aufgabe nicht gewachsen war.«
»Das hast du mir noch nie so erklärt«, sagte Boxer. »Es klingt logisch.«
»Es ist nicht leicht, seinen Kindern gegenüber Schwäche einzugestehen.«
»Also gut, Dad und seine schwierigen Gefühle«, sagte Boxer. »Du meinst Eifersucht.«
»Hast du es je gespürt«, fragte Esme, »das grünäugige Monster?«
»Du warst eifersüchtig auf Rachel Ryan?«
»Und David war eifersüchtig auf John«, sagte Esme und blickte in die Ecke des Raumes, als könnte das Monster noch dort lauern.
»Wie weit ging deine Eifersucht auf Rachel Ryan?«
»Sie hat nie wieder für mich gearbeitet. Ich habe nie wieder mit ihr gesprochen.«
»Und was hast du für John Devereux empfunden?«

Schweigen.

»Was empfindest du für John Devereux?«, fragte Boxer.

Esmes Blick huschte in die Dunkelheit jenseits des Fensters. »Wut«, sagte sie. »Weiß glühende, rasende Wut.«

Mit zitternder Hand griff sie nach einer Zigarette, während sie mit der anderen ihr Wodkaglas packte und leerte. Boxer hielt ihr das Feuerzeug hin und füllte ihr Glas nach.

»Er hat Rachel Ryan nicht *geliebt*«, erklärte Esme tief aus dem Bauch heraus. »Es war bloß eine weitere seiner vorübergehenden Fantasien, nur dass sie diesmal kein Nobody war. In Großbritannien war sie ein großer Star und auf dem Sprung nach L.A., um auch ein großer Hollywoodstar zu werden. Und plötzlich sah John die Chance, dass all seine Ambitionen durch die *verdammte* Rachel Ryan erfüllt werden würden.«

»Das war also nicht nur das Ende der Produktionsfirma, die ihr jahrelang gemeinsam aufgebaut hattet, es war das Ende … deines Liebeslebens?«, fragte Boxer. »*Darüber* musst du doch mit Dad gesprochen haben, selbst wenn du es nicht gewagt hast, die Affäre direkt anzusprechen.«

»An einem Abend in dem Haus in Eastleach … auf neutralem Boden … haben wir die ganze Sache ausgetragen«, sagte Esme. »Es war der erste Samstag im August. Ich sollte am nächsten Tag für zwei Wochen nach Südafrika fliegen, um den Dreh im September vorzubereiten. Wir hatten mit den Nachbarn zu Mittag gegessen und den ganzen Nachmittag gebechert. Als wir uns zum Abendessen hingesetzt haben, waren wir schon betrunken. Wir saßen in dem alten Kuhstall am Ende des Gartens, haben gegrilltes Steak und Salat gegessen und jede Menge Rotwein getrunken. Dort unten war es still, niemand sonst war in der Nähe, und es war so dunkel, dass wir einander kaum sehen konnten. Und aus heiterem Himmel sagte David:

›Ich hab das Video von dir und John gesehen.‹

Ich sagte nichts.

›Wie lange geht das schon so?‹, fragte er.

›Seit wir uns kennengelernt haben, als ich noch Stewardess war‹, antwortete ich.

›Du hast mir erzählt, es wäre vorbei gewesen, nachdem wir geheiratet haben‹, sagte er.

›Ich habe gelogen.‹

Damit ging es los. Wir haben beide ausgeteilt, nur dass meine Schläge viel schmerzhafter waren als seine. Ich war in Rage. Ich konnte nicht anders.

›Warum hast du das Video gemacht?‹, fragte er.

›Du weißt, warum‹, erwiderte ich.

›Rachel Ryan?‹, fragte er.

›Ich dachte, sie sollte mal sehen, wie echte Menschen es machen‹, sagte ich.

›Echte Menschen?‹, fragte er.

›Rachel Ryan reißt sich ständig die Klamotten vom Leib … selbst wenn es das Drehbuch gar nicht verlangt‹, sagte ich.

›Verstehe. Wie Nichtschauspieler, meinst du. Obwohl du es gefilmt hast, nehme ich an, dass einer von euch beiden nichts davon wusste‹, sagte er.

Dabei haben wir die ganze Zeit weitergetrunken, Rotwein aus einer Bag-in-Box, die auf dem Tisch stand. Wir waren bereits total besoffen, als er mich fragte:

›Worüber hast du mich noch belogen?‹

›Wie meinst du das … worüber noch?‹, fragte ich.

›Wenn du in deiner Ehe eine Lüge gelebt hast, gibt es bestimmt noch einen Haufen anderer Dinge, über die du mich belogen hast‹, sagte er.

›Zum Beispiel?‹

Er konnte die Frage, die er eigentlich stellen wollte, nicht direkt aussprechen, und ich war grausam und habe es ihm nicht leichter gemacht, habe eisern geschwiegen, und dann sagte er schließlich:

›Zum Beispiel unser Sohn.‹

Und ich habe es ihm offen ins Gesicht gesagt:

›Er ist nicht von dir.‹

Ich kann mich so gut daran erinnern, weil es dunkel war. Das Geräusch, das er gemacht hat ... als hätte ich ihn mit einem Schwert durchbohrt. Er ist rückwärts von der Bank gefallen, hat sich auf alle viere hochgerappelt und ist dann sturzbetrunken durch den Garten gestolpert, gegen Bäume geprallt, durch Büsche getaumelt und quer durch den Teich ins Haus gewankt.«

Das einzige Geräusch, das in die Küche drang, waren die Sirenen der Krankenwagen, die über die Hampstead High Street zum Royal Free Hospital rasten.

Boxer war sich nicht sicher, ob er richtig gehört hatte, ob er noch atmete, ob er in dieser Welt überhaupt existierte.

Esmes Gesicht sah mit einem Mal alt aus. »Deswegen war der Mann, den du immer für deinen Vater gehalten hast, in der Lage, dich zu verlassen«, sagte sie. »Er hatte dich mehr geliebt als irgendjemanden sonst in seinem Leben, doch dann erfuhr er, dass du nicht sein Sohn bist. Es hat ihn verändert. Wir haben nie wieder miteinander gesprochen. Als ich am nächsten Morgen aufstand, hatte er das Haus schon verlassen. Er kam auch nicht nach Hause, bevor ich nach Heathrow gefahren bin. Er hat meine Anrufe nicht erwidert. Als ich aus Südafrika zurückkehrte, war er für immer verschwunden.« Esme stand auf, holte ein zweites Glas aus dem Schrank, füllte es mit Wodka und schob es ihrem Sohn hin.

»Wo war ich zu der Zeit?«, fragte Boxer.

»Zelten in Wales mit Granny und Grandpa Tate.«

»Stimmt«, sagte er und griff begierig nach jedem Rest Normalität in der Welt. »Granny und Grandpa Tate. Woher weißt du mit Sicherheit, dass ... dass ...?«

»Ich wusste, wann ich dich empfangen habe, und das war nicht mit David«, sagte Esme. »Aber er hat es überprüft, weißt du. Erinnerst du dich, dass er dich in der darauffolgenden Woche zu einem Bluttest nach Cardiff gebracht hat?«

»Ja«, sagte Boxer, dem plötzlich wieder einfiel, wie sein Dad ihm aufgetragen hatte, seinen Großeltern nichts davon zu erzählen, als er ihn zurück zu dem Campingplatz brachte.

»Ich habe das Ergebnis eines HLA-Tests gefunden. So hat man vor DNA Vaterschaftstests durchgeführt, humane Leukozyten-Antigene. Es lag in seinem Schreibtisch, als ich zurückkam. Es beweist, dass es keine Übereinstimmung zwischen deiner und seiner Probe gibt«, sagte Esme. »Ich habe es aufbewahrt, wenn du es sehen willst.«

Er nickte, und sie ging hinaus. Er trank Wodka und sah sich in der Küche um, als wäre sie ihm unvermittelt fremd geworden, als wäre er nie zuvor in diesem Raum gewesen.

Esme kam mit der Karte zurück. Da stand es schwarz auf weiß.

»Warum hast du es mir nicht erzählt?«

»Es war zu viel, um ein Kind damit zu belasten. Ich habe darüber nachgedacht, es dir zu sagen, als ich deinen Nachnamen zu meinem geändert habe, aber ich war zu feige. Dann wurdest du größer, das Ganze rückte in immer weitere Ferne, und ich dachte, warum soll ich dein Leben damit belasten«, sagte Esme. »Und ich kann nicht behaupten, dass ich stolz auf meine Rolle in der Geschichte bin. Ich hatte nicht erwartet, dass er John umbringen würde. Wenn überhaupt, hätte er mich umbringen sollen. Andererseits glaube ich, er hat versucht, mir den größtmöglichen Schaden zuzufügen. Und das hat er auf jeden Fall geschafft.«

»Ja«, sagte Boxer. »Das hat er.«

KAPITEL ZWEIUNDDREISSIG

30. April 2014, 22.45 Uhr
Hampstead Heath, London NW3

Boxer nahm einen Umweg nach Hause. Beim Abschied hatte seine Mutter versucht, ihn zu küssen, doch er wollte nichts davon wissen. Er stürmte aus ihrer Wohnung, prallte beim Weg hinaus gegen Mauern und taumelte betrunken von dem Wodka, dessen Wirkung sich durch die frische Luft verdoppelte, den Holly Hill hinunter. Er bog von der Hampstead High Street in den Flask Walk und widerstand der Versuchung, auf dem Weg einen betäubenden Whisky zu nehmen.

Als er in den Hampstead Heath Park kam, wehte ein böiger Wind, und er vergrub die Hände in den Taschen. Er stapfte zu einer Bank auf dem Parliament Hill und starrte von dort mit offenem Mund auf die in rauschender Dunkelheit leuchtende City hinab. Als eine tief hängende Wolke von Westen nach Osten vorbeizog und die glitzernden Türme der City einhüllte, spürte er einen kalten dunklen Punkt in seiner Mitte, der sich ausdehnte und ihn mit einem widerlichen dunklen Gefühl erfüllte.

Als er den Blick auf die schwarze Erde um sich herum senkte, glaubte er sich mit einem Mal losgelöst, als könnte er von einer Windböe gepackt und davongeweht werden, ohne dass es eine Rolle spielen würde. Bloß eine verlorene Seele mehr in einer Stadt, in der die verlorenen Seelen in Tausenden gezählt wurden.

Er packte den Sitz der Bank fester und dachte an John Devereux, den Mann, der sein Vater gewesen war. Er konnte sich an nichts von ihm erinnern bis auf das, was er auf Fotos und dem vernichtenden Video gesehen hatte, nichts Reales, nichts, was von einer persönlichen Beziehung zeugen würde, die es vielleicht einmal gegeben hatte. Devereux war sein Patenonkel gewesen, das wusste er. Es gab ein Foto von seiner Taufe, bei der er ihn im Arm hielt und zwischen Esme und ... seinem Dad stand. Aber John hatte nie mit ihm gespielt, nicht mal Subbuteo.

Die tief hängende Wolke über der Stadt zog weiter in Richtung Docklands, und ein weiteres seismisches Beben erfasste Boxer. Er war sich nicht sicher, wie er mit dieser neuen Sicht auf sich selbst klarkommen sollte. Sie stellte seine gesamte Identität in Frage. Seine Idee von sich selbst hatte so fest auf dem Vater gegründet, den er gekannt hatte, dass es Boxer in seinen Grundfesten erschütterte, sich auf die neue Realität einzustellen, dass seine genetische Disposition eine vollkommen andere war.

Die Erkenntnis, dass David Tate gemordet hatte, weil er als Ehemann gehörnt worden war und Boxers Mutter auf die denkbar grausamste Art für ihren Betrug bestrafen wollte, und dass John Devereux, der Mann, den er getötet hatte, in Wahrheit sein Vater war ... war bestürzend. Denn ihm wurde auch klar, dass sein Glauben an Gerechtigkeit und seine Neigung, dafür zu töten, nicht, wie er immer geglaubt hatte, fest in seiner DNA angelegt, sondern anerzogen worden war. An wen sollte er sich wenden, nachdem er im Alter von zweiundvierzig Jahren erfahren hatte, dass er nicht der Sohn eines zum Killer umgeschulten, talentierten Judoka und brillanten Buchhalters war, sondern der Sprössling eines kreativen »Genies«, eines Filmemachers, Phantasten und Filous?

Und da kam ihm zum ersten Mal der Gedanke, dass er in der Tat der Sohn seiner Mutter sein könnte.

Die Ereignisse dieses Jahres waren zu viel für ihn gewesen. Sein neues und hoffnungsvolles Leben war ihm entrissen worden, und nun war mit dem Fundament die gesamte Struktur seiner Existenz zusammengebrochen. Es war wie das Ende einer Religion, deren Offenbarung als Schwindel entlarvt worden war, sodass ihm, dem einsamen Pilger, nichts blieb als ein in falschem Glauben gelebtes Leben. Er konnte nur in den Himmel starren, die Wolken vor einem unbegreiflichen Universum vorbeiziehen sehen und sich fragen, ob er sich jemals von diesem Aderlass erholen würde, erst Isabel verloren zu haben, dann den Mann, den er immer für seinen Vater gehalten hatte, schließlich seinen tatsächlichen Vater und mit alldem auch sein unwissendes Ich.

Es war zu groß, um einen Ausdruck dafür zu finden. Er stand auf, torkelte betrunken zur Seite, verlor den Halt, stürzte und schlug mit dem Kopf gegen einen Papierkorb. Er rollte über den feuchten Boden, verlor für einen Moment das Bewusstsein und lag, als er wieder zu sich kam, keuchend auf dem Rücken, über sich ein Firmament voller Sterne und das blinkende Licht eines über ihm fliegenden Flugzeugs.

Er stand auf, schüttelte sich und sah sich um, als ob Gras kein Gras mehr wäre. Erfüllt von einer furchtbaren dunklen Energie verließ er den Park und machte sich auf den Weg zu seiner Wohnung in Belsize Park. Als er die Treppe hochtrottete, spürte er zum ersten Mal das ungeheure Ausmaß seiner Einsamkeit, und dann sah er Louise, die auf dem obersten Absatz saß und, den Rücken an seine Wohnungstür gelehnt, auf ihn wartete.

»Bist du in die Mangel geraten?«, fragte sie. »Oder hast du dich auf einem schlammigen Acker geprügelt?«

Er antwortete nicht, öffnete die Tür und gab den Code für die Alarmanlage ein. Selbst dabei zögerte er, weil es der Geburtstag seines Vaters war. Er ging in die Küche, machte zwei doppelte Espresso, gab Louise einen und trank einen Liter Wasser.

»Du blutest«, sagte sie und lehnte sich an den Tresen.

»Ich muss mit Conrad sprechen«, sagte Boxer, berührte seinen Kopf und betrachtete seine roten Finger.

»Was ist los?«

»Los ist, dass ich mit meiner Mutter gesprochen habe.«

Louise schrieb eine SMS. Dann säuberte sie seine Wunde mit Küchentuch und Wasser und klebte ein Pflaster darauf. Sie nippten an dem Kaffee und warteten schweigend, bis die Antwort eintraf.

»Zieh dir was Schwarzes an«, sagte sie. »Kein Handy, keine Waffe.«

Boxer ging ins Schlafzimmer, streifte seine Kleidung ab und zog eine schwarze Jogginghose, ein schwarzes T-Shirt, Pullover, Fleeceweste, schwarze Socken und Turnschuhe an. Zuletzt setzte er sich eine schwarze Mütze auf. Louise filzte ihn und machte das Licht in der Wohnung aus.

Sie gingen nach unten und verließen das Haus durch den Garten auf der Rückseite. Dort kletterten sie auf die Mauer, schlichen an der Rückseite von vier Häusern vorbei, sprangen in den Garten eines Hauses in der Parallelstraße, drückten sich an einer Doppelhaushälfte vorbei und gelangten über ein Holztor auf die Lambolle Road. Louise blickte nach links und rechts und erklärte ihm, dass er ihr nicht folgen, sondern erst überprüfen sollte, ob er beschattet wurde, bevor er vor dem Best Western Hotel in Swiss Cottage auf sie warten sollte.

Boxer vergewisserte sich, dass niemand an seinen Fersen klebte, bevor er nach Swiss Cottage lief. Als er vor dem Hotel wartete, fing es an zu regnen, und er suchte Schutz unter der Markise, bis Louise in einem Honda Jazz vorfuhr. Sie nahmen die Finchley Road und fuhren bis zur North Circular, vorbei an Brent Cross weiter über die A40 bis nach Greenford, einem Vorort, in dem Boxer noch nie gewesen war. Dort hielt Louise in einer Straße namens Ferrymead Gardens vor einem halb mit Holz vertäfelten Haus, schickte eine SMS und wartete.

Sie erhielt eine Antwort, und sie gingen durch ein Holztor und an der Seite des Hauses entlang zu einem schicken Gartenhäuschen. Louise hatte einen Schlüssel und ließ ihn herein. Drinnen schloss sie alle Jalousien inklusive die vor dem Velux-Dachfenster und machte eine Lampe an.

Sie tranken noch mehr Kaffee, und Boxer nippte an einer Wasserflasche. Eine SMS ging ein, und Louise erhob sich.

»Er wird in ein paar Minuten hier sein«, sagte sie und ging.

Boxer setzte sich auf einen Bürostuhl vor einem Schreibtisch, wippte sanft vor und zurück und starrte auf die Tür.

Er hörte nichts, sah jedoch, wie die Klinke lautlos heruntergedrückt wurde, bevor die Tür aufging.

Conrad Jensen kam herein. Er sah verändert aus. Er hatte seinen Bart abrasiert und die Haare kurz geschnitten. Außerdem wirkte er kräftiger, als hätte er trainiert. Aber seine Augen waren noch immer von derselben blauen Intensität.

Er schloss die Tür hinter sich und musterte Boxer, als wollte er dessen emotionalen Zustand abschätzen. Alles, was er an der vor und zurück wippenden Gestalt wahrnehmen konnte, war Wut.

»Du wolltest mich sehen«, sagte er und blieb mit dem Rücken zur Tür stehen.

»Ich habe mit Mum gesprochen«, erklärte Boxer. »Sie hat mir alles erzählt.«

»Was hat sie gesagt?«, fragte Jensen. »Wort für Wort.«

Boxer schilderte ihm Esmes Version der Geschichte so originalgetreu, wie er sie in Erinnerung hatte. Jensen nickte. Er stand immer noch bei der Tür.

»Das ist so nahe an der Wahrheit, wie ich gehofft hatte«, sagte Jensen. »Das muss ich ihr lassen. Sie hat nur einen vernichtenden Satz ausgelassen.«

»Und der wäre?«

»Als ich gesagt habe, wenn sie in unserer Ehe eine Lüge gelebt hatte, dann hätte sie mich bestimmt auch in anderen Punkten belogen wie zum Beispiel, was ›unseren Sohn‹ angeht, hat sie nicht geantwortet: ›Er ist nicht von dir.‹ Sie hat gesagt: ›Nicht *unser* Sohn.‹ Es war ihre Art zu betonen, dass zwischen uns nichts war. Es hatte nie ein ›Wir‹ oder ›Unser‹ gegeben, und so würde es auch bleiben.«

»Sie hat gesagt, du hättest nie wieder mit ihr gesprochen.«

»Es gab nichts mehr zu sagen.«

»Du musst ... sehr wütend gewesen sein«, sagte Boxer, packte die Lehnen des Stuhls und starrte Jensen mit zusammengebissenen Zähnen unbarmherzig an.

»Ich war vollkommen außer mir. Ich hätte sie in dieser Nacht vielleicht umgebracht, wenn sie sich nicht in ihrem Schlafzimmer eingeschlossen und die Tür verbarrikadiert hätte.«

»Das kann ich mir vorstellen«, sagte Boxer. »Also hast du dir etwas überlegt, was noch vernichtender für sie sein würde.«

»Sie denkt, ich hätte John Devereux getötet, um sie zu bestrafen?«, fragte Jensen nickend und konnte seinen Spott nur mühsam unterdrücken. »Hat sie das gesagt?«

»Um ihr den größtmöglichen Schaden zuzufügen.«

»Ich kann ihr nicht verdenken, dass sie das glaubt«, sagte Jensen.

»Und warum *hast* du John Devereux getötet?«

»Weil es einen Menschen gab, der mir mehr bedeutete als jeder andere, der einzige Mensch, von dem ich ehrlich sagen kann, dass ich ihn wirklich geliebt habe, und John Devereux hat mir diesen Menschen genommen.«

»Mum hat gesagt, du wärst besessen von ihr gewesen.«

»Nicht sie«, erwiderte Jensen. »*Du*. Mein einziger Sohn.«

»Aber ich war noch *da*«, sagte Boxer und schlug zitternd auf die Armlehne.

»Das weiß ich, aber du warst, wie deine Mutter es ausgedrückt hat, ›nicht *unser* Sohn‹. Es hat etwas in mir getötet. Du warst nicht mehr meiner. Du warst von *ihnen*. Es hat mich rasend gemacht. Heute weiß ich, dass es falsch war und …«

»*Wusste* John Devereux, dass ich sein Sohn war?«

»Sogar noch vor mir. Ich habe ihn an dem Abend gefragt, an dem ich ihn umgebracht habe. Deine Mutter hatte es ihm vor mir erzählt, was es noch schlimmer gemacht hat, weil du dadurch noch mehr ihrer warst.«

»Aber ich war nicht *ihrer*. Ich war nicht mal Mums. Ich war *dein* Sohn. Du warst *mein* Dad. Du warst mein Dad bis zu dem Tag, als du entschieden hast, dass du es nicht mehr warst, mich verlassen hast, nie zurückgekommen bist, nie *irgendwas* zu mir gesagt und kein einziges *beschissenes* Wort hinterlassen hast.«

»Es tut mir leid«, sagte Jensen. »Ich weiß, dass das nicht reicht. Ich kann ein Leben von Vernachlässigung nicht wiedergutmachen, aber ich habe nie aufgehört, an dich zu denken. Ich habe nie aufgehört, meine Tat zu bereuen. Ich habe mich hart angetrieben und versucht, es zu sühnen, und dabei ein paar schreckliche Entscheidungen getroffen. Aber glaub mir, du warst immer hier.« Er schlug sich mit der Faust an die Brust.

Schweigen.

Boxer trank von seinem Wasser, ohne den Blick von Jensen abzuwenden.

»Es sollte nicht so laufen, wie es gelaufen ist.«

»Was *sollte* denn passieren?«, fragte Boxer.

»Ich wollte Devereux töten und dann in mein Leben zurückkehren. Irgendwann wollte ich mich von Esme scheiden lassen. Wegen der Anforderungen ihres Jobs habe ich mir gute Chancen ausgerechnet, das Sorgerecht zu bekommen. Ich hatte alles sorgfältig geplant ...«

»Der gestohlene Wagen«, sagte Boxer und sah, wie Jensens Kopf überrascht hochschnellte.

»Der Ford Escort.«

»Wo hast du ihn abgestellt, bevor du nach Bibury gelaufen bist, um Devereux zu töten?«

»Erinnerst du dich an den Spaziergang, den wir gern gemacht haben, von Coln St. Aldwyns am Fluss entlang? Ich habe bei der Brücke geparkt und bin von dort zu Fuß weiter. Bis zu seinem Haus waren es nur gut eineinhalb Kilometer.«

»Wie bist du ins Haus gekommen?«

»Ich wusste, wo ein Schlüssel für die Küchentür auf der Rückseite des Hauses für die Putzfrau deponiert war. Ich habe aufgeschlossen, ein Messer aus dem Block auf dem Tresen gezogen und den Fernseher im Wohnzimmer eingeschaltet. Dann habe ich im Dunkeln gewartet. Ich wusste, dass er runterkommen würde. Ich habe hinter einem Vorhang auf einer Fensterbank gesessen. Er hat den Fernseher ausgeschaltet, und ich bin von hinten auf ihn zugetreten. Seine Angst zu sehen war wundervoll.«

»Und dann hattet ihr eure Unterhaltung über mich«, sagte Boxer. »Hat die irgendwas Überraschendes ergeben?«

»Er hat gesagt, er hätte Esme nie geliebt. Das wüsste er jetzt, nachdem er sich in Rachel Ryan verliebt habe. Ich weiß nicht, ob er gehofft hat, dass ich ihn deshalb verschone, oder ob es die Wahrheit war«, erklärte Jensen.

»Hat er irgendwas über mich gesagt?«

»Er kannte dich kaum. Er hat praktisch nie Zeit mit dir verbracht. Er hat dir zum Geburtstag und zu Weihnachten einen Zehner geschickt. Der klassische Patenonkel.«

»Aber hat er an dem Abend, als du ihn getötet hast, etwas über mich gesagt?«

»Nein, hat er nicht.«

»Wie war es … ihn zu töten?«

Jensen blickte auf, sah Boxer an und runzelte die Stirn. »Ich dachte, es würde leicht sein, weil meine Wut mich bei der Tat beflügeln würde. Ich dachte, das Messer in ihn zu stoßen müsste beinahe … ekstatisch sein. Aber es war das Härteste, was ich je getan habe. Obwohl ich ihn damals so sehr gehasst habe, hat es all meine Kraft erfordert, ein Messer zwischen die Rippen des Mannes zu rammen. Ich hätte mich beinahe übergeben.«

»Ist er schnell gestorben?«

»Er konnte nicht glauben, dass ich es getan hatte. Ich habe ihn nicht gewarnt, ich habe ihm das Messer, das ich aus der Küche mitgenommen hatte, nicht vorher gezeigt. Ich habe zugestoßen und die Klinge nach oben getrieben. Sie muss mit dem ersten Stoß sein Herz durchbohrt haben. Unsere Gesichter waren ganz dicht beieinander, als das Leben aus seinem Körper wich. Er packte meine Schultern, als wollte er mich umarmen. Dann stieß ich noch einmal zu, und jeder Rest Leben verpuffte. Er fiel nach hinten, und ich ließ das Messer los.«

»Wo lag er?«

»Zwischen dem Fernseher und dem Sessel, in dem er sich seine Filme angesehen hat.«

»Und was ist dann passiert?«

Jensen zögerte, blickte auf und wieder zu Boden. »Ich habe ein Geräusch auf der Treppe gehört.«

»War dir nie der Gedanke gekommen, dass er nicht allein sein könnte?«

»Deine Mutter war in Südafrika. Ich hatte überprüft, dass Rachel Ryan für Filmaufnahmen in Italien war. Der Mann war angeblich verliebt, Herrgott noch mal. Er hatte mir gerade erklärt, dass er verrückt nach Rachel war. Was machte er mit einer anderen Frau? Ich konnte es nicht glauben. Die Bodendielen ächzten, als sie durch den Flur kam und fragte: ›John? Alles in Ordnung? John?‹ Die Tür ging auf, und da stand sie in ein weißes Handtuch gewickelt. Mein Gott, sie war noch ein halbes Kind. Sie sah mich und Devereux zu meinen Füßen auf dem Boden. Sie drehte sich um und rannte los. Aber sie wusste nicht, dass er die Haustür immer abschloss. Sie zerrte daran, drehte an dem Messingknauf, versuchte die Verriegelung zu lösen, wimmerte und weinte, als sie mich durch den Flur kommen sah.«

»Und was hast du gedacht, als du auf sie zugegangen bist?«

»Ich habe gedacht, das ist das Ende meines Lebens. Sie hat alles gesehen.«

»Es war also nicht dein erster Gedanke, dass du sie umbringen musstest?«

»Mein erster Gedanke war, dass es eine Zeugin gab. Dass ich ertappt worden war. Dass ich gefasst, wegen Mordes verurteilt und ins Gefängnis gesteckt werden würde.«

»Und wann kam dir der andere Gedanke?«

»Ich habe sie nach ihrem Namen gefragt. Sie musste ihn mir zwei Mal sagen, weil er so seltsam war. Anwen. Ich habe sie nach oben gebracht, ihr gesagt, dass sie sich anziehen soll, und darauf geachtet, dass sie alles in ihren Rucksack packte, den sie schultern musste, bevor wir das Haus verlassen haben. Ich habe die Tür abgeschlossen, den Schlüssel wieder an seinen Platz gelegt, und wir sind querfeldein zurück zum Wagen gelaufen.«

»Hat sie nicht versucht zu fliehen?«

»Ich habe sie festgehalten, als ob mein Leben davon abhing. Sie hatte keine Chance zu entkommen. Und sie war winzig. Dünne Handgelenke. Ein schmächtiges kleines Ding. Ich konnte nicht begreifen, was John mit einem so jungen Mädchen gemacht hatte.«

»Du hast sie zu dem Wagen gebracht ...«

»Ich habe sie gefragt, wo sie wohnt und wohin sie wollte. Sie sagte, sie sei auf dem Weg zu ihren Eltern in Wales. Ich habe gesagt, ich würde sie dorthin mitnehmen. Sie hat mir nicht geglaubt. Sie war halb verrückt vor Angst.«

»Was dachtest du zu dem Zeitpunkt, was du mit ihr machen würdest?«

»Ich hatte mich noch nicht entschieden.«

»War dir der Gedanke, sie zu töten, schon gekommen?«

»Nicht konkret. Nicht im Sinne von ... es wirklich zu tun.«

»Aber theoretisch.«

»Ich muss es als eine mögliche Lösung in Betracht gezogen haben, ja.«

»Wohin bist du gefahren?«

»Ich bin mit ihr auf die A40 gefahren. Ich wollte, dass sie sich beruhigte, ihr das Gefühl geben, dass sie ihrem Ziel näher kam. Es hat funktioniert. Sie beruhigte sich tatsächlich und entwickelte eine Strategie, nämlich sich für mich möglichst menschlich darzustellen, damit es mir unmöglich sein würde, sie zu töten.«

»Wie hat sie das gemacht?«

»Sie hat mir von ihrer Familie erzählt. Dass ihr Vater Physiklehrer war und wie sehr sie ihn liebte, wie verschieden sie seien, sich aber trotzdem gut verstehen würden. Sie hat mir von ihrer

Mum erzählt, der es nicht gut gehe, sie hätte psychische Probleme, Relikte einer postnatalen Depression. Sie sprach von ihrer kleinen Schwester, die auch einen seltsamen Namen hatte, Eiriol. Wie sie ihr die Mutter ersetzen musste, weil ihre eigene Mum meistens außer Gefecht war. Sie freute sich so darauf, sie zu sehen, mit ihr an den Strand zu gehen und nichts anderes zu tun, als zu zeichnen. Sie erzählte mir von ihrem Kurs am Slade College, den Künstlern, die sie mochte, den Bildern, an denen sie arbeitete, den Skizzen, die sie für ihren Vater machte, und wie sie ihr Geld damit verdiente, dass sie Speisekarten für Restaurants gestaltete. Sie hörte überhaupt nicht mehr auf. Sie konnte nicht aufhören. Sie wusste, dass sie um ihr Leben redete.«

»Und was ist schiefgelaufen?«

»Wir waren auf dem Weg nach Ross-on-Wye und weiter Richtung Abergavenny. Ihre Eltern wohnten in einem kleinen Dorf direkt außerhalb. Plötzlich brach sie ihren Monolog ab, fasste meinen Arm und erklärte: ›Sie wissen doch, dass ich nichts sagen werde, oder? Ich werde es niemandem sagen. Kein Sterbenswörtchen. Das verspreche ich.‹ Und da dämmerte es mir. Ich hatte keine Wahl. Wenn ich frei sein wollte, musste ich sie töten.«

»Und wie hast du das gemacht?«

»Wir waren auf der A40 durch Ross-on-Wye gekommen und sind dann in Pencraig abgefahren und weiter Richtung Goodrich, als sie in Panik geriet. Ich musste den Wagen anhalten. Wir hatten eine Auseinandersetzung, und ich habe sie geschlagen. Ihr Kopf prallte gegen das Fenster, und sie wurde ohnmächtig. Ich fuhr vorbei an Goodrich weiter Richtung Symonds Yat, als sie sich wieder rührte. Also hielt ich erneut, und diesmal habe ich … ich habe sie erwürgt. Es war schrecklich. Sie hat sich mit aller Kraft gewehrt und mir zuckend und zitternd in die Augen geblickt. Ich habe geweint. Ihr Gesicht tritt mir bis heute manchmal vor Augen. Das Gesicht einer Unschuldigen.« Jensen lehnte sich an die Tür, als müsste er sich wegen seines furchtbaren Berichts abstützen. »Mittlerweile dämmerte es. Ich bin weitergefahren, habe an einer Baustelle ein paar Steine und herausgebrochene Asphaltbrocken gefunden, mit denen ich ihren Rucksack beschwerte, bevor ich ihn ihr über die Schultern gezogen und festgebunden habe. Ich habe sie zu der einspurigen Stahlbrücke über den River Wye gebracht. Wir beide waren oft zusammen dort. Ich habe sie in den Fluss geworfen, und sie ist ohne eine Spur gesunken. Als sie verschwunden war, wurde mir klar, dass ich trotzdem nicht frei sein würde, weil ihr Tod für den Rest meines Lebens auf meinem Gewissen lasten würde. Dass ich *dir* nie wieder in die Augen blicken konnte. Dass ich mich selbst zerstört hatte.«

Bis auf die Windböen, die das Gartenhaus durchrüttelten, war es still.

»Und dann bist du zum Bahnhof Hereford gefahren, hast das Auto auf dem Parkplatz abgestellt und einen Zug nach London genommen«, sagte Boxer.

»Du hast den Wagen aufgespürt?«

»Die Besitzerin hat ihn verkauft, sobald sie ihn zurückbekommen hatte. Sie hat es darin nicht mehr ausgehalten, weil sie dachte, etwas Schreckliches sei darin passiert«, sagte Boxer. »Ich habe ihn mit viel Arbeit auf einem Schrottplatz gefunden und ihn gründlich durchsucht. Ich habe ein paar Haare von Anwen und noch etwas gefunden. Weißt du, was es war?« Boxer zog etwas aus der Tasche, beugte sich vor und streckte seine geballte Faust aus.

»Der Schlüsselanhänger«, sagte Jensen. »Der Schlüsselanhänger in Form eines spanischen Kampfstiers.«

Boxer ließ ihn in Jensens Hand fallen.

»Also wusstest du, wer es getan hatte«, sagte er und betastete den Anhänger.

»Ich hatte alles bis auf ein Motiv«, erwiderte Boxer. »Das hattest du unter meinen Dielen hinterlassen. Dann hast du mir Eiriol geschickt, um das Bild komplett zu machen.«

»Wie meinst du das, ich habe ›dir Eiriol geschickt‹?«

»Eiriol ist vor gut einer Woche im Büro der LOST Foundation aufgetaucht. Sie wollte, dass ich ihre vermisste Schwester finde. Ich hielt es für einen Riesenzufall, dass sie ausgerechnet bei mir aufgetaucht ist, dem einzigen Typen in London, dem das Datum von Anwens Verschwinden etwas sagt.«

»*Ich* habe sie nicht geschickt.«

KAPITEL DREIUNDDREISSIG

30. April 2014, 23.30 Uhr
Ferrymead Gardens, Greenford, London

Beide schweigen verblüfft über die Synchronizität der Ereignisse, die Eiriol in das Büro von LOST geführt hatten.

»Wenn das Schicksal Fahrt aufnimmt, kann niemand es aufhalten«, sagte Jensen. »Weißt du, womit alles begonnen hat? Damit, dass Candice mich gebeten hat, von Esme in Erfahrung zu bringen, ob John Devereux eine ernste Affäre hatte. Sie dachte, ich hätte eine bessere Chance, die Wahrheit herauszufinden, denn wenn Esme irgendwas gehört hatte, würde sie es eher mir als Candice erzählen. Ich war der Gehörnte, der die Frage der Gehörnten stellte.«

»Wie hat Esme reagiert?«

»Erst gar nicht. Sie hat bloß zugehört und gesagt, sie würde sich erkundigen. Ich konnte sehen, dass bei ihr die Alarmglocken läuteten, doch ich habe angenommen, dass es um Finanzielles ging«, sagte Jensen. »Aber mit der Zeit wurde ich argwöhnischer. Selbst nachdem sie bestätigt hatte, dass sie ziemlich sicher war, er habe keine Affäre, ist sie bei der kleinsten Kleinigkeit ausgeflippt, vor allem wenn es irgendwie um John ging.«

»Hast du deswegen das Video kontrolliert, als sie aus Südafrika zurückkam?«

»Genau. Eins führte zum anderen. Wenn Candice Esme direkt gefragt hätte, wäre ich gar nicht in die Sache verwickelt worden. Ich hätte keinen Verdacht geschöpft. Ich war schon ein eifersüchtiger Typ. Deine Mutter hatte recht: Ich war besessen von ihr. Selbst die Möglichkeit, sie könnte eine Affäre haben, machte mich paranoid. Ich war zu Hause, als sie aus Südafrika zurückkam und ihre Sachen auspackte. Sie hat dieses Video nicht bloß beiseitegelegt. Sie war besonders vorsichtig. Es landete nicht auf dem Stapel mit den anderen Videos, die sie mit ins Büro nehmen wollte, sondern wurde in ihrem Schreibtisch verstaut. Als ich das bemerkte, musste ich wissen, was darauf war. Nachdem ich es gesehen hatte, habe ich es markiert. Und weil ich mich damals gerade im Bereich Filmfinanzierung etablieren wollte, hatte deine Mutter mir Räumlichkeiten in den Dex-Box-Büros zur Verfügung gestellt, sodass ich reichlich Zeit hatte, die markierte Kassette zu suchen.«

»Warum hast du sie gestohlen?«

»Damit sie sie nicht benutzen konnte. Rachel Ryan würde sie nie zu sehen bekommen, John würde mit ihr durchbrennen, und damit wäre die Sache beendet.«

»Und warum hast du an dem Abend in Eastleach beschlossen, ihr zu erzählen, dass du das Video gesehen hattest?«

»Sie wollte keinen Sex mehr mit mir haben«, sagte Jensen. »Vieles brodelte unter der Oberfläche. Als wir die Auseinandersetzung in dem Garten hatten, waren wir kurz davor, uns gegenseitig zu hassen.«

Boxer trank einen Schluck Wasser. Er wusste nicht mehr, was er denken sollte. Der Moment, auf den er gewartet hatte, das Wiedersehen mit seinem Vater nach all den Jahren, seine Obsession, das Ziel seiner großen Suche, und am Ende erwies sich das Ganze als ein ordinärer hässlicher Ehestreit, der zum Mord an einem unschuldigen Mädchen geführt hatte.

»Glaub bloß nicht, dass ich nicht vollkommen entsetzt über mich selbst bin«, sagte Jensen, der Boxers Gedanken zu ahnen schien. »Es ist erstaunlich, wie fest das Leben einen im Griff hat. Die Vorstellung, es aufzugeben, ist unmöglich. Die Vorstellung, *dich* zu verlassen, war unmöglich. Ich habe dir erzählt, was ich geplant hatte: John töten und in mein eigenes Leben zurückkehren, als wäre nichts passiert. Das war meine erste große Lektion in … Konsequenzen. Ich hatte meinen perfekten Plan ins Rollen gebracht, ohne zu bedenken, dass John nach wie vor ein unverbesserlicher Frauenheld war. Und nachdem ich zum Mörder geworden war, sah ich mich der Gefahr gegenüber, alles zu verlieren. Die Intensität des Moments, in dem ich Anwen in ihrem weißen Handtuch in der Tür stehen sah, und was die Panik mit meinem Verstand gemacht hat, ist unbeschreiblich. Ich hätte alles dafür getan, dass sie nicht da gewesen wäre, aber … sie war da. Nachdem ich mich dieser Realität gestellt hatte, musste ich überlegen, was ich tun konnte, um mein Leben zu retten, damit ich nicht den einen Menschen verlieren würde, der mir mehr bedeutete als alle anderen.«

»Warum bist du nicht geblieben und hast deine Strafe angenommen?«

»Weil ich dich dann verloren hätte.«

»Das hättest du nicht«, sagte Boxer. »*Damals* nicht.«

»Aber mein Verstand hat mir etwas anderes gesagt«, erwiderte Jensen. »Du weißt doch, wie das ist. Sobald man jemanden getötet hat, selbst wenn man es für gerechtfertigt hält wie ich, als ich John Devereux erstochen habe, hat man mehrere Dinge getan. Man hat jemandem den größten Schaden zugefügt, den ein Mensch einem anderen antun kann, man hat sich selbst die absolute Macht über einen anderen angemaßt, und man hat sich außerhalb der Gesellschaft gestellt. Man ist kein normaler Mensch mehr. Falls man zufällig Psychopath ist, empfindet man gar nichts, aber wenn man so ist wie ich … ich habe gewaltige Reue empfunden. Ich dachte, nichts könnte mir helfen.«

»Hast du an Selbstmord gedacht?«

»Auf Kreta jeden Tag. Es war nicht das erste Mal, dass ich meine Kleidung am Strand hatte liegen lassen. Ich bin täglich hinausgeschwommen, um zu sehen, ob ich einfach loslassen könnte … ob das mein Schicksal sein sollte. Und ich habe nur deswegen nicht aufgegeben, weil ich mir eine Existenz ohne dich nicht vorstellen konnte. Wenn ich überlebte, würden wir zumindest in derselben Dimension leben. Das hat mich auf die Idee gebracht, in eine andere Existenz zu flüchten. Wenn ich mich nicht umbringen konnte, musste ich aufhören, ich selbst zu sein. Ich musste David Tate neu erfinden.«

»Warum hast du bis jetzt gewartet, bis du es mir erzählt hast?«

»Meine Überlebenschancen sind gelinde gesagt gering«, sagte Jensen. »Diese speziellen Typen reagieren nicht besonders nachsichtig auf Renegaten.«

»Ich dachte, du gehst mit Unterstützung deiner Vorgesetzten gegen eine rechtsextremistische religiöse Bewegung innerhalb der CIA vor«, sagte Boxer. »Obwohl die CIA die Existenz der ARC offenbar bestreitet.«

»Sie würden es nie offen zugeben«, erklärte Jensen. »Aber dafür habe ich mich freiwillig angeboten, und der Deal ist, dass die CIA nichts mit mir zu tun hat.«

»Warum hast du mich in die Sache hineingezogen? Es ist weder mein Land noch mein Kampf, und trotzdem habe ich Walden Garfinkle im Nacken.«

»Das war eine unglückliche und unbeabsichtigte Folge meines Wunsches, dich wiederzusehen. In Garfinkles Radar bist du durch deinen Freund Simon Deacon geraten, das hatte nichts mit mir zu tun«, sagte Jensen. »Jetzt hat er deinen Wert erkannt. Du bist ein Mittel, um an mich heranzukommen.«

»Nenn mir einen guten Grund, warum ich irgendwas für dich tun sollte. Vor fünfunddreißig Jahren hast du einen Ehebrecher und ein unschuldiges Mädchen ermordet und mir den Rücken gekehrt. Jetzt bist du zurückgekommen, um mir die Wahrheit zu sagen, mich zu deinem Beichtvater zu machen und mich, wenn ich dich in der Wüste richtig verstanden habe, für deine Sache zu rekrutieren.«

»Ich kann nichts zu meiner Verteidigung vorbringen. Ich habe eine schlechte Entscheidung getroffen, gefolgt von etwas wirklich Bösem, und versuche nun, fünfunddreißig Jahre später, Erlösung zu finden. Wenn du willst, kannst du ein Teil davon sein, aber du musst nicht. Ich kann einen Weg finden, dich aus Walden Garfinkles Klauen zu befreien.«

»Was ist mit Ryder Forsyth?«, fragte Boxer. »Louise hat ihn neulich wieder erwähnt.«

»Er arbeitet für sie. Man wird nicht ohne Grund von der Kinderman Corporation ausgewählt. Von ihm werden wir in Zukunft noch mehr sehen«, sagte Jensen. »Wusstest du, dass er seine Freundschaft mit Mercy über ihre professionelle Beziehung hinaus intensiviert hat, die sie seit der Serie von Entführungen im Januar pflegen?«

»Louise hat mir erzählt, dass Melo und Garfinkle schon in London sind«, sagte Boxer. »Garfinkle denkt, du hättest etwas mit der Bande zu tun gehabt, die Melos Tochter ursprünglich entführt hat. Es war einer der Gründe, warum er meine Dienste empfohlen hat und anschließend persönlich nach São Paulo gekommen ist.«

»Über Senhor Iago Melo bin ich schon länger im Bilde«, sagte Jensen. »Ich habe vor Jahren ein paar IT-Arbeiten für die ABIN gemacht, und ihr Chef hat mich Melo vorgestellt. Ich mochte ihn nicht. Er war durch und durch korrupt. Aber nach dem Job für die ABIN wurde ich gebeten, Software für Melos Baufirmen zu schreiben. Dort habe ich auch Julião Gonçalves kennengelernt. Nach seiner Kündigung bei IM Construcções hat er nach Möglichkeiten gesucht, Melos Korruption öffentlich zu machen, und ist mit seinem Bruder, der die Exilabteilung von *Poder ao Povo* leitet, nach London gekommen. Als Julião verschwunden ist, kam sein Bruder mit der Idee, Melos Tochter zu entführen, was ich finanziert habe, nachdem man mir versichert hatte, dass es gewaltlos ablaufen und nur dem Zweck dienen würde herauszufinden, ob Melo etwas mit der Entführung von Gonçalves zu tun hatte, und weitere Mittel für ihren politischen Kampf aufzubringen.«

»Wusstest du, dass sie deinen Namen genannt haben, als sie mir in Soho aufgelauert haben? Sie haben mich in einen Wagen gezerrt, mir eine Kapuze aufgesetzt und mich zu einem Treffen mit Roberto gebracht, der mich gebeten hat, Melo für ihn auszuspionieren«, sagte Boxer.

»Das hätten sie nicht machen sollen«, erwiderte Jensen verärgert.

»Ich beschloss, sie zu ignorieren, doch mir kam der Gedanke, dass sie etwas mit Sabrinas Entführung zu tun hatten, was durch Sabrinas Freund bestätigt wurde«, sagte Boxer. »Warum haben sie Sabrinas Ohr abgeschnitten, bevor die Verhandlungen überhaupt begonnen hatten?«

»Darüber war ich sehr wütend, als ich es erfahren habe. Sie haben mir erklärt, das läge nicht in ihrer Hand. Der Anführer der Kidnapper-Bande, ein PCC-Mann, war vertraut mit Melos Methoden und meinte, man müsse von Anfang an völlig skrupellos sein.«

»Haben sie damit gerechnet, dass Melo die Situation dermaßen eskalieren lässt?«

»Sie haben nicht geglaubt, dass er die Nerven dazu hätte, doch nach allem, was wir von Gonçalves wussten, hatte Melo seine eigenen Motive, ein Chaos zu schaffen. Zwei Baufirmen, deren Besitzer er war und die er im vergangenen Jahr verkauft hat, waren beide tief in den Petrobras-Skandal verstrickt. Ihm drohte die Verhaftung, weil er Millionen Dollar Schmiergelder an Petrobras-Manager gezahlt hat, um sich große Bauaufträge zu sichern. Er will, dass die Opposition die Wahlen in diesem Jahr gewinnt, weil er hofft, dass sie den Skandal unter den Teppich kehrt.«

»Ich mag ihn nicht«, sagte Boxer.

»Das heißt?«

»Ich habe unter beträchtlichem persönlichen Risiko seine Tochter gerettet, und er hat getan, was Garfinkle wollte, und mir einen Waffendeal in die Schuhe geschoben«, erklärte Boxer. »Seine Ideen für die Regelung des Lebens seiner Tochter haben mir auch nicht gefallen.«

»Heißt das, du bist bereit, ihn zu töten?«

»Er hat es verdient«, sagte Boxer.

»Wir können helfen, das zu bewerkstelligen.«

»Das heißt nicht, dass du mich für deine Sache rekrutierst ... was immer das sein mag«, sagte Boxer. »Ich will bloß ein Leben, in dem ich nicht ständig beobachtet werde, und das hatte ich seit Marokko nicht mehr. *Alle* haben mich auf dem Radar, und da möchte ich nicht sein.«

»Heißt das, du willst verschwinden?«

»Wenn, mache ich es nicht über dich«, sagte Boxer.

»Du hast immer noch deine Tochter und deinen Sohn. Du kannst sie nicht im Stich lassen.«

»Du hast recht«, erwiderte Boxer. »Sieht so aus, als müsste ich mich auch um Garfinkle kümmern. Du kriegst also am Ende doch, was du wolltest.«

»Garfinkle hat etwas in Bewegung gesetzt, und gerade er sollte wissen, dass das immer Konsequenzen hat.«

»Denk mal darüber nach: Du hast in deinem Herzen eine Kerze für mich am Brennen gehalten. Aber was ist mit mir? Was hatte ich? Zurückweisung, Bedürftigkeit und ein langsames Vergessen.«

»Du bist wütend.«

»Ja, das bin ich. Ich habe mich nie für wütend gehalten. Andere Menschen denken, ich wäre ruhig. Aber das bin ich nicht. Ich versuche, meine Wut zu kontrollieren«, sagte Boxer. »Vor ein paar Jahren habe ich in Madrid einen Drogenhändler getroffen. Er hatte ein Mädchen getötet und in Stücke geschnitten, die er überall in den Vorstädten verteilt hatte. Ich wollte ihn umbringen, seinen Schädel mit einem Baseballschläger zertrümmern. Irgendwann hat er mir in die Augen gesehen und gesagt: ›Erkennst du dich jetzt?‹ Und ich wusste nicht ... oder genauer, ich *wollte* nicht wissen, was er meinte. Aber mittlerweile verstehe ich es. Er hat mich seinen *compañero* genannt, und das hat mich abgestoßen. Aber ... hier bin ich.«

»Du bist nicht abstoßend, Charlie. Du bist ein guter Mensch.

Ein wirklich guter Mensch. Und nun kannst du mit der Wahrheit weiterleben. Ich weiß, welche Vorzüge das hat.«

»Das klingt, als käme es … von Herzen?«

»Glaubst du, ich habe kein Gewissen? Ich habe ein unschuldiges Mädchen ermordet. Es ist, als würde man mit einer unsichtbaren Kopfwunde leben«, sagte Jensen. »Ich habe nach Erlösung gesucht, jedoch an den falschen Orten. Ich wurde in das Programm der außerordentlichen Auslieferungen hineingezogen und zu dem Glauben verführt, ich würde in einem gerechten Krieg gegen den Terror mitkämpfen. Ich dachte, ich würde Gutes tun. Erst später begriff ich, wie grausam es in Wahrheit war: Unschuldige wurden von der Straße in Geheimgefängnisse verschleppt. Nach endlosen Stunden, in denen ich in all den Erfindungen, die sie ausgespuckt haben, damit die Folter aufhörte, nach den Fetzen von Wahrheit gesucht habe, habe ich beschlossen, dass es an der Zeit war, etwas wiedergutzumachen.«

»Und was ist mit deinen linken politischen Ansichten? Ist das nur eine Methode, die Rechten aus ihren Löchern zu locken?«

»Sicher. Ich liebe es zu provozieren«, sagte Jensen. »Ich habe an genug Tischen mit ihnen gesessen und einen Haufen Geld verdient. Ich weiß, was ihr Blut in Wallung bringt. Aber es ist nicht nur das. Wir leben in einer Ära von nie da gewesener Konzernmacht in Amerika. Nicht einmal der Präsident kann sich ihnen entgegenstellen. Wenn es eine Chance für wirkliche Veränderung geben soll, muss ihre Macht gebrochen werden.«

»Und mit Melo und Garfinkle fängst du an. Wie willst du sie aus der Deckung locken?«

»Sie haben sich und ihre Verwundbarkeit bereits offenbart. Wir wissen, dass Garfinkle an mich herankommen und Melo seine Tochter zurückhaben will.«

KAPITEL VIERUNDDREISSIG

1. Mai 2014, 15.30 Uhr
Büro von LOST, Jacob's Well Mews, London W1

»Grandma hat gesagt, ich sollte dich heute Morgen besuchen«, erklärte Amy. »Sie hat gesagt, sie würde sich Sorgen um dich machen, und wollte, dass ich nach dir sehe.«

»Hat sie gesagt, warum sie sich Sorgen macht?«

»Nein. Sie hat nur gesagt, ich soll zu dir gehen, weil du ihre Anrufe nicht beantworten würdest.«

»Und du bist nicht gekommen.«

»Ich war auf dem Weg nach East Ham, als sie angerufen hat. Ich hatte ein Treffen mit einer Ausreißerin«, sagte Amy. »Ist alles in Ordnung?«

»Ich bin bloß müde.«

»Sie hat gemeint, es wäre mehr als das.«

»Komm her«, sagte er.

Er umarmte sie, küsste sie auf den Kopf, atmete ihren Duft ein und lächelte in sich hinein, weil er nicht mit absoluter Gewissheit wusste, ob Amy von ihm war. Mercy hatte zugegeben, zur selben Zeit mit einem irischen Polizisten geschlafen zu haben, sodass sie nicht sicher war, wessen Kind Amy war. Es hatte keinen Unterschied gemacht, und es machte nach wie vor keinen.

»Was hat das zu bedeuten?«

»Ich wollte nur mal meine Tochter in den Arm nehmen«, sagte Boxer.

»Klar, wie du es dauernd machst.«

»Hast du Eiriol angerufen?«

»Wir haben die Ergebnisse des DNA-Tests noch nicht. Das Labor sagt, frühestens nächste Woche.«

»Ruf Eiriol an und bitte sie herzukommen«, sagte Boxer. »Ich weiß, wer ihre Schwester getötet hat.«

Er ging in sein Büro und legte die Füße auf den Tisch. An Schlaf war in der vergangenen Nacht nicht zu denken gewesen. Nachdem er von dem Treffen mit Jensen nach Hause gekommen war, hatte er gesehen, dass seine Mutter angerufen hatte. Ohne das Licht anzumachen, hatte er sich ins Bett gelegt und an die Decke gestarrt. In seinem Kopf herrschte ein einziges Chaos. Erst als das graue Londoner Morgenlicht ins Zimmer fiel, war er eingedöst, weil sein Gehirn eine Pause brauchte von dem ständigen Drehen und Wenden der immer selben Frage.

»Du hast Besuch«, verkündete Amy, als sie den Kopf zur Tür hereinstreckte. »Er sagt, sein Name ist Iago Melo und du würdest ihn kennen ... aus São Paulo.«

Boxer riss sich aus seinem Dämmerzustand, nahm die Füße vom Tisch und bat sie, Kaffee für zwei Personen zu bringen.

Melo sah vollkommen anders aus als bei ihrer letzten Begegnung in São Paulo. Er hatte sich das Haar schneiden lassen, sein Kinnbärtchen war gestutzt, und er trug einen teuren zweireihigen Anzug und eine rote Krawatte. Seine Schuhe sahen handgemacht aus, genau wie sein schwarzer lederner Aktenkoffer. Boxer trat hinter dem Schreibtisch hervor, gespannt auf Melos Begrüßung. Der erwischte ihn auf dem falschen Fuß, indem er sich überraschend freundlich gab. Er umarmte Boxer sogar, klopfte ihm auf die Schulter und überreichte ihm ein Paket seines Privatkaffees.

»Ich mag Ihre Tochter«, sagte er, und Boxers Magen zog sich zusammen. »Komplett furchtlos. Ich kann mir vorstellen, dass sie Ihnen eine Menge Ärger gemacht hat.«

»Das kann man wohl sagen«, erwiderte Boxer.

Sie nahmen an einem kleinen Besprechungstisch am Fenster Platz. Amy brachte den Kaffee. Melo bat sie, noch einen aufzusetzen und seinen Kaffee zu benutzen. Sie erstarrte kurz und wollte protestieren, bis Boxer eine Braue hochzog und sie sich mit dem Tablett zurückzog.

»Ich weiß nicht, wo Sabrina ist«, sagte Boxer. »Da müssen Sie mit Roger Fallon bei GRM reden. Die haben ihr eine sichere Unterkunft besorgt.«

»Ich wollte mit *Ihnen* sprechen«, sagte Melo und sah sich in dem Raum um. »Teure Büros für eine wohltätige Organisation.«

»Sie gehören Bruno Dias. Er stellt sie mir als Zeichen seiner Wertschätzung kostenlos zur Verfügung«, sagte Boxer. »Worüber wollten Sie denn mit mir sprechen, Senhor Melo?«

»Iago. Sie müssen mich Iago nennen«, sagte er. »Meine Freunde bei der ABIN haben sich diese politische Partei *Poder ao Povo* noch mal vorgenommen, die Leonardo Rulfo erwähnt hat. Was ist übrigens mit ihm geschehen?«

»Er muss in dem allgemeinen Durcheinander entkommen sein.«

»Die ABIN hat den Namen in ihr Inlandnetzwerk eingespeist und ist auf ein Treffen in einem Haus in São Roque gestoßen, einer kleinen Stadt im Westen von São Paulo. Dort hat man auch Rulfos Kontaktmann in der Partei entdeckt, Rui da Silva Rodrigues. Im Verhör hat er enthüllt, dass die Exilabteilung von *Poder ao Povo* von Roberto Gonçalves geführt wird, der nicht nur Juliãos Bruder ist, sondern auch die Entführung von Sabrina angestiftet und finanziert hat. Weitere Verhöre haben ergeben, dass es eine Exildependance von *Poder ao Povo* hier in London gibt, doch er wusste keine Adresse. Die ABIN hat Roberto Gonçalves' Bewegungen rekonstruiert. Am 22. April, vor dem Beginn allen Ärgers, ist er von São Paulo nach Lissabon geflogen und am 29. April in London eingetroffen, wo er als Adresse ein Hotel in Victoria angegeben hat, in dem er nie abgestiegen ist.«

»Haben Sie mit der Polizei gesprochen?«

Melo lächelte, als es klopfte, und Amy mit dem angeblich besseren Kaffee wieder hereinkam. Sie stellte das Tablett auf dem

Tisch ab, verbeugte sich knapp und ein wenig spöttisch vor Melo und ging wieder hinaus.

»Sie ist sehr amüsant, Ihre Tochter«, sagte Melo und schaffte es, das Kompliment bedrohlich klingen zu lassen. »Ich denke, Ihnen muss klar sein, dass wir den Zeitpunkt einer Beteiligung der Polizei längst hinter uns gelassen haben.«

»Ich dachte, ich hätte einen Deal mit Walden Garfinkle. Er hat mir gesagt, ich müsse ihm jemanden liefern. Davon, dass ich für Sie arbeite, war nicht die Rede.«

»Ich erwarte nicht, dass Sie es umsonst machen. Ich bin hierhergekommen, weil ich davon ausgegangen bin, dass Sie an Vergeltung glauben. Ich habe herausgefunden, dass Roberto Gonçalves letztlich für die Entführung von Sabrina verantwortlich ist«, sagte Melo. »Ich möchte lediglich, dass Sie dafür sorgen, dass wir unter sicheren Umständen im selben Raum sind.«

»Um was zu tun?«

»Damit ich mit ihm reden und Sie ihn töten können«, erwiderte Melo glatt.

Boxer beobachtete ihn aufmerksam. »Sie wissen, dass Walden mich beschatten lässt?«, fragte er.

»Darüber habe ich mit ihm gesprochen. Er ist bereit, die Überwachung für achtundvierzig Stunden aufzuheben.«

»Wissen Sie, wie es sich anfühlt?«

»Wie?«

»Als ob ich in eine weitere Falle tappen würde – so wie die mit dem Waffendeal.«

»Es tut mir leid. An der Situation in São Paulo konnte ich nichts ändern. Ich habe Befehle befolgt«, sagte Melo. »Walden ist der Grund dafür, dass ich so viel Hilfe von der ABIN bekomme. Die CIA unterhält eine enge Zusammenarbeit mit ihren Kollegen in Brasilien. Ihre Informationen helfen mir politisch und geschäftlich. Ich kann ihn nicht abweisen. Ich möchte mich auch für mein Verhalten danach entschuldigen. Es war beschämend nach allem, was Sie für Sabrina getan haben.«

»Sie verstehen meine Besorgnis«, erwiderte Boxer. »Als ich Sie auf dem Flughafen Congonhas zum letzten Mal gesehen habe, waren Sie sehr wütend. Auf mich.«

»Ich hatte Zeit, über die Ereignisse und den Inhalt von Sabrinas Videonachricht nachzudenken. Ich mache Ihnen keine Vorwürfe. Sie haben offensichtlich nur die Wünsche meiner Tochter ausgeführt. Ich würde mir allerdings wünschen, selbst wenn das für geraume Zeit vielleicht nicht möglich sein sollte, Sabrina irgendwann wiederzusehen, um zu versuchen … mich mit ihr zu versöhnen.«

»Das liegt nicht in meiner Hand.«

»Selbstverständlich, aber vielleicht könnten Sie ein gutes Wort für mich einlegen«, sagte Melo. »Ich spreche gar nicht davon, dass Sie sie überreden sollen, nach Brasilien zurückzukehren … Ich möchte sie bloß hier in London treffen.«

Boxer blickte aus dem Fenster. Draußen versuchte die Sonne durch die Wolken zu dringen. Er dachte lange nach, ohne dass Melo ihn störte. In seinem Kopf nahm ein Plan Gestalt an.

»Ich müsste auch mit Walden sprechen«, sagte Boxer. »Vielleicht können wir zwei Fliegen mit einer Klappe schlagen, falls Sie die Redensart kennen.«

»Er ist bereits in der Stadt«, sagte Melo. »Aber wie wollen Sie Kontakt zu Roberto Gonçalves aufnehmen? Ich habe gehört, er sei untergetaucht.«

»Ich bin seit meiner Rückkehr aus São Paulo an dem Fall dran. Dies ist meine Heimatstadt. Ich werde ihn finden. Sie haben Waldens und meine Kontaktdaten. Arrangieren Sie einfach ein Treffen zwischen uns, und dann sehen wir weiter. Er muss meine Überwachung allerdings so schnell wie möglich abblasen. Solange ich die CIA im Nacken habe, mache ich gar nichts.«

Boxer war auf dem Weg vom Büro zur U-Bahn-Station Bond Street, als Esme anrief. Er war zwiegespalten, ob er das Gespräch annehmen sollte, und entschied sich dafür.

»Kommst du vorbei?«, fragte Esme.

»Wenn du meinst, es hilft.«

»Ich dachte schon, du redest nicht mehr mit mir.«

»Ich hatte mein Handy zu Hause liegen lassen.«

»Ohne dein Telefon gehst du nie irgendwohin.«

»Ich durfte es nicht mitnehmen.«

»Das klingt ziemlich ... finster.«

»Selbst auf die Gefahr hin, paranoid zu klingen, aber ich glaube, ich werde verfolgt«, sagte Boxer. »Seit dieser Geiselgeschichte in Marokko.«

»Ich dachte, du wärst Kidnapping-Consultant und kein Spion.«

»Manche Leute glauben offensichtlich etwas anderes, und ich kann nicht viel machen, um sie davon abzubringen.«

Zwanzig Minuten später lief er erneut den Holly Hill zum Mount Vernon hinauf, um seine Mutter zu sehen. Er war sich nicht sicher, was sie oder er damit bezweckte, doch er hatte beschlossen, ihr noch eine Chance zu geben.

Sie ließ ihn herein und bot ihm um halb sechs am Nachmittag einen Drink an, was nach der vergangenen Nacht nicht das war, was er wollte, jedoch angesichts ihrer spürbaren Nervosität offensichtlich unumgänglich war. Sie einigten sich auf Weißwein und nahmen in der weniger konfrontativen Atmosphäre des Wohnzimmers Platz. Er erkannte, dass sie bereits etwas getrunken hatte.

»Nachdem du gegangen warst, habe ich mir Sorgen um dich gemacht«, sagte sie und zündete sich mit leicht zitternden Händen eine Zigarette an. »Ich dachte, ich wäre zu ... brutal gewesen.«

»Deinem Exmann gegenüber?«

»Dir gegenüber«, erwiderte sie, »aber das ist interessant. Darüber wollte ich mit dir reden. Du hast nicht gesagt, dein *verstorbener* Mann.«

»Wir wissen nicht, ob er ›verstorben‹ ist. Wir wissen nur, dass er ›Ex‹ ist.«

»Man hat an einem Strand im Süden von Kreta, wo er Tag für Tag weiter aufs offene Meer hinausgeschwommen war, seine Kleidung, seine Brieftasche und ein Ticket gefunden. Der Besitzer des Hauses, in dem er gewohnt hat, hat gesagt, irgendwas habe ihn offensichtlich bedrückt und er sei unkommunikativ und gedankenverloren gewesen.«

»Aber es wurde nie eine Leiche gefunden, und bis dahin kann er meiner Ansicht nicht offiziell für tot erklärt werden.«

»Das war, bevor Griechenland Mitglied der EU wurde«, sagte Esme. »Ohne Pass hätte er nirgendwohin gekonnt.«

»Komm schon, Mum, damals konnte man in Athen für ein paar Hundert Pfund einen Pass kaufen.«

»Das meine ich ja. Als ich gestern Abend gesagt habe: ›Du willst Antworten, doch du hast keine Ahnung, worauf du dich einlässt‹, hast du erwidert: ›Er hat gesagt, du hättest die Antworten.‹ Das klingt, als hättest du mit ihm gesprochen. Ihr steht in Kontakt.«

»Es stand in dem Brief, der der Betamax-Kassette unter den Bodendielen in meiner Wohnung beigelegt war. Dort hat er sie versteckt, weil er dachte, ich würde sie nur finden, wenn ich verzweifelt nach Antworten suche. In dem Brief steht bloß: ›Ich werde nur sagen, du wirst deine Antwort bekommen, so wie ich meine bekommen habe.‹ Und das stimmt. Er hat herausgefunden, dass er nicht mein Vater war, und ich habe herausgefunden, dass ich nicht sein Sohn war. Das ist alles. Keine weiteren Asse im Ärmel.«

»Eins musst du mittlerweile über mich wissen«, sagte Esme. »Ich bin vielleicht ungebildet, aber ich bin schlau. Ich weiß, wann du lügst. Du hast ihn gesehen, oder nicht?«

Er starrte ins Gesicht seiner Mutter und bemerkte, wie zermürbt es seit der vergangenen Nacht wirkte. Sie trug mehr Make-up als gewöhnlich, um es zu kaschieren, doch er sah, wie wenig sie geschlafen hatte. Ihm kam der Gedanke, dass er vielleicht nicht das ganze Bild bekommen hatte. Dass sie noch etwas verbarg, von dem sie fürchtete, er könnte es herausfinden, wenn er Zugang zu der Quelle hatte, von der sie geglaubt hatte, dass sie für immer verstummt war.

»Dein Schweigen ist beredter als viele Worte«, sagte sie.

Wovor hatte sie Angst? Sie hatte ihm alles erzählt, und Jensen hatte es nur mit anderen Worten bestätigt. Nicht: »Er ist nicht von dir«, sondern: »nicht *unser* Sohn«. Diese Worte hatten ihn aus dem Bild herausgeschnitten und Esme und John zu einem Paar gemacht, das etwas Gemeinsames geschaffen hatte, während er zum Außenseiter geworden war. Es musste eine weitere Perspektive geben.

Und als er darüber nachdachte, erkannte er es.

»Der Grund, warum diverse Geheimdienste sich für mich interessieren, ist, dass sie nicht verstehen, was ich im Januar im Atlasgebirge gemacht habe.«

»Ich dachte, du hättest diese Geiseln gerettet.«

»Dorthin gelockt worden war ich von einem Mann, der sich Conrad Jensen nennt. Er wollte, dass ich Zeuge von etwas wurde, und nachdem das geschehen war, musste er eilig aufbrechen. Bevor er wegfuhr, erklärte er mir, ich solle unter den Bodendielen in meiner Wohnung nachsehen, die, als das Haus noch unserer Familie gehörte, das Arbeitszimmer meines Vaters gewesen war«, sagte Boxer. »Während er auf seinem Motorrad in der Nacht verschwand, blieb ich mit dem Gedanken zurück, dass die einzige Person, die wissen konnte, was ich dort gefunden hatte, mein Vater war.«

Um ihre Verblüffung zu überspielen, zündete sich Esme eine weitere Zigarette an, obwohl im Aschenbecher schon eine vor sich hin qualmte. Sie trank ein halbes Glas Wein in einem Schluck.

»Bist du sicher, dass er es ist?«, fragte sie mit gepresster Stimme.

»Kein Zweifel. Und ich habe mir auch noch einmal die Nacht vorgenommen, in der John Devereux getötet wurde. Wie ich dir erzählt habe, war noch jemand im Haus. Eine zwanzigjährige Kunststudentin namens Anwen, die zu der Zeit mit Devereux im Bett war. Jensen hat alle Einzelheiten bestätigt, die ich über diesen zweiten Mord in Erfahrung gebracht habe.«

»Er hat sie getötet ...?«

»Sie hatte ihn über Devereux' Leiche stehen sehen.«

»Er hat ein *unschuldiges* Mädchen ermordet?«

»Lass es«, sagte Boxer und zeigte mit dem Finger auf sie.

»Was soll ich lassen?«, fragte sie und verzog die Miene zu einem Ausdruck routinierten Opfertums.

»Du weißt, was du getan hast«, sagte Boxer.

»Ich habe dir die Wahrheit erzählt.«

»Du hast mir eine plausible Version der Wahrheit erzählt«, sagte Boxer. »Und du hast sie mir nur erzählt, weil ich dich in eine Situation gebracht habe, in der ein Teil der Wahrheit enthüllt werden musste. Du hattest fünfunddreißig Jahre Zeit, mir die Wahrheit zu erzählen, aber du hast es nie versucht. Warum nicht?«

Esme sah sich um wie eine Schauspielerin, die eine Stütze braucht.

»Ich habe dir nicht richtig zugehört. Ich habe die entscheidenden Details nicht registriert, weil ich das Ganze aus einer falschen Perspektive betrachtet habe«, sagte Boxer. »Du warst wütend über John Devereux' jüngsten Flirt mit der jungen und schönen Rachel Ryan. So wie Dad von dir sexuell besessen war, warst du besessen von John Devereux. Du hast es nicht ertragen, dass er eine Beziehung mit Rachel Ryan hatte, die dich ausschloss. ›Er hat Rachel Ryan nicht *geliebt*‹, das waren deine Worte. Aber vielleicht hat er das doch, und du konntest es nicht ertragen.«

»Er hat sie so sehr geliebt, dass er in seiner letzten Nacht auf Erden eine Kunststudentin gevögelt hat.«

»Ein Mann wie er hört nicht einfach auf, ein zwanghafter Frauenheld zu sein«, sagte Boxer. »Aber was er konnte, war, seine langjährigen Beziehungen mit Frauen wie dir und Candice abzubrechen. Ja. Ich hatte beim ersten Mal recht. Du hast dafür gesorgt, dass Dad mitbekommt, wie du das Video auspackst, du hast es im Haus herumliegen lassen. Du wusstest, dass er es sich ansehen musste. Und dann hast du an eurem letzten gemeinsamen Abend in dem Garten des Hauses in Eastleach noch mal Salz in die Wunde gestreut, indem du ihm erzählt hast, dass ich nicht sein Sohn war. Du hast nicht gesagt: ›Er ist nicht von dir‹, du hast gesagt: ›nicht *unser* Sohn‹. Das hat ihn über die Klippe gestoßen, und du wusstest, dass es so kommen würde. Du wolltest, dass er John Devereux tötet, weil du es nicht ertragen konntest, dass er in dieser Welt nicht nur nicht mit dir, sondern mit Rachel Ryan zusammen war.«

»Du bist verrückt«, sagte sie, und ihre Blicke zuckten durch den Raum, weil sie ihm nicht mehr in die Augen sehen konnte. »Dieser ganze Verfolgungswahn hat *dich* über die Klippe gestoßen.«

»Ich habe all die Jahre damit gelebt, dass die Wahrheit im Raum stand, aber für mich unerreichbar war. Es gibt nichts Schlimmeres. Es bedeutet, dass ich nie ganz verstanden habe, was los war. Warum hatte mein Vater mich im Stich gelassen? Warum liebte meine Mutter mich nicht? Ich habe es erst neulich gesagt: Ich bin zur Armee gegangen, weil ich ein Gefühl von Familie gesucht habe. Nicht hinzugefügt habe ich: weil meine eigene Familie hinter einem durchsichtigen Schirm agierte, sie war da, sichtbar, aber nicht real.«

In diesem entscheidenden Moment klingelte sein Handy. Melo.

»Wir treffen uns um sieben Uhr in der Bar des Savile Club in der Brook Street. Walden ist Mitglied. Wir können einen Privatraum für unsere Unterhaltung bekommen.«

»Ich werde da sein.«

»Sie müssen eine Krawatte tragen«, sagte Melo. »Und ein Jackett.«

Er beendete das Gespräch und erwiderte den lodernden Blick seiner Mutter. »Du warst immer noch eine attraktive junge Frau, als du deinen Mann und deinen Liebhaber verloren hast, doch du hast nie wieder einen anderen angesehen«, sagte er. »Ich verstehe jetzt, warum: weil niemand in dich hineinblicken durfte. Mich eingeschlossen. Warum? Weil das Wissen darüber, wer mein leiblicher Vater war, ein schreckliches Geständnis erfordert hätte.«

Schweigen. Seine Mutter atmete schwer und blinzelte gegen alle möglichen Erwiderungen an.

»Er hat gestern Abend von Konsequenzen gesprochen. Wenn er dich nicht für Candice gefragt hätte, ob Devereux eine Affäre hatte, wäre all das nicht passiert«, sagte Boxer. »Weil er für einen anderen Menschen diese Abzweigung genommen hat, fand er am Ende heraus, dass der Sohn, den er liebte, nicht seiner war, ermordete einen Schürzenjäger und ein unschuldiges Mädchen und musste in eine andere Existenz flüchten, um zu überleben.«

»Er *musste* niemanden umbringen«, sagte Esme.

»Aber der Film zusammen mit deiner Enthüllung, dass ich nicht sein Sohn war, hätte jeden über den Rand getrieben.«

»Ich glaube, es wäre eine gute Idee, wenn du jetzt gehst.«

»Ich muss sowieso los«, sagte Boxer, stand auf und sah auf die Uhr. Er ging zur Tür. »Du konntest mir nicht mal zeigen, wie sehr du Amy liebst«, sagte er. »Selbst das hast du verborgen.«

»Nein«, erwiderte sie. »Das würdest du mir nicht antun, oder?«

»Was?«

»Es Amy zu erzählen.«

»Du hast mir die Wahrheit verheimlicht, und du siehst, was es angerichtet hat.«

»Was hat es denn angerichtet?«, fragte Esme verärgert. »Du redest von deinen psychischen Problemen, aber ich habe noch keinen Beweis gesehen.«

»Du kannst dich glücklich schätzen«, sagte Boxer. »Ich werde es Amy nicht erzählen. Ich überlasse die Entscheidung, ob sie die Wahrheit wissen soll, dir. Sie hat vor ein paar Jahren ihre eigene Lektion in Sachen Konsequenzen gelernt. Muss in der Familie liegen.«

KAPITEL FÜNFUNDDREISSIG

1. Mai 2014, 18.55 Uhr
Savile Club, Brook Street, London W1

Ich konnte nicht umhin zu bemerken«, sagte der Mann, der neben ihm saß, »dass Sie eine Krawatte der Staffords tragen.«
»Es war mein Regiment«, erwiderte Boxer. »Ich habe es nach dem Golfkrieg 1991 verlassen.«
»Guter Mann«, sagte er und streckte die Hand aus. »Walter Heathcote-Drummond.«
Boxer saß auf einem Holzstuhl mit halbrunder Rückenlehne an einem Erkerfenster in der großen, mit dunklem Holz getäfelten Bar des Savile Club. Golden gerahmte Porträts blickten auf Personal und Gäste herab.
»Sie haben nichts zu trinken.«
»Ich bin kein Mitglied«, erwiderte Boxer. »Ich warte auf jemanden.«
»Würden Sie mir erlauben, einem Mitglied unserer bewaffneten Streitkräfte einen Drink auszugeben?«, fragte er. »Sie sehen aus wie ein Whisky-Mann.«
»Whisky und Wasser. Das ist sehr freundlich von Ihnen.«
Heathcote-Drummond ging an die Bar. Er war Mitte siebzig, stand leicht gebeugt da, mit grauer Hose, einem Blazer und einer Krawatte des Marylebone Cricket Club und sah aus, als stammte er aus einer anderen Ära. Er kehrte mit zwei Whiskys zurück, nahm Platz und beugte sich vor.
»Ich war eine Weile bei der Royal Air Force«, sagte er. »Ich habe in den 1960ern V-Bomber von Honington geflogen, bis ich

den Dienst quittieren musste. Mein Vater ist plötzlich verstorben, und ich musste das Familienunternehmen übernehmen. Wir haben damals in Indien in Farben gemacht. Zehn Jahre später habe ich die Firma verkauft und bin zurückgekommen. Da war das Empire längst untergegangen. Wir lebten in einer anderen Welt.«

Wie aufs Stichwort brachten Melo und Garfinkle ihre andere Welt in die Bar. Garfinkle bestellte Drinks und reichte Melo einen. Er entdeckte Boxer. Sie kamen zu ihm, als müssten sie ihn retten, und führten ihn in einen Besprechungsraum im Keller mit drei Stühlen um einen kleinen Tisch.

»Was gibt's Neues?«, fragte Garfinkle.

»Ich habe Kontakt zu Jensen hergestellt«, sagte Boxer.

Garfinkle schwieg einen Moment und erklärte dann: »Der Deal war, dass Sie uns Bescheid geben.«

»Ich wurde überwacht. Ich dachte, ich würde Ihre Leute zur Wasserstelle führen, aber sie sind mir nicht gefolgt.«

Melo lächelte.

»Versuchen Sie nicht, mir clever zu kommen«, knurrte Garfinkle und zeigte mit einem dicken, pelzigen Finger auf Boxer, sodass dieser fürchtete, er könnte ihn in seine Brust bohren. »Wenn Sie Spielchen mit mir spielen wollen, können Sie das in Einzelhaft auf Rikers Island machen ... gleich morgen.«

»Das Programm der außerordentlichen Auslieferungen ist also noch in Kraft.«

»Da können Sie Ihren Arsch drauf verwetten«, blaffte Garfinkle mit kaum verschleierter Wut.

»Hören Sie«, sagte Boxer. »Ich habe eine eigene Ermittlung durchgeführt ...«

»Es ist mir scheißegal, was Sie gemacht haben. Ich habe Ihnen in São Paulo gesagt, wie es läuft.«

»Glauben Sie wirklich, ich kann jemanden wie Conrad Jensen nach fünfunddreißig Jahren aus seinem Versteck locken, nur weil *ich* es bin?«, sagte Boxer. »Ich habe ihn die Bedingungen für das erste Treffen diktieren lassen. Ich habe Vertrauen aufgebaut.«

»Und was für eine eigene Ermittlung war das?«

»Ich musste beweisen, dass Conrad Jensen und David Tate ein und dieselbe Person sind.«

»Und konnte er Sie zufriedenstellen?«

»Mehr als genug.«

»Sie wissen, dass diese Typen sehr gerissen sind, wenn es um Details geht.«

Boxer erzählte ihm von dem Schlüsselanhänger.

»Und hat Ihre Unterhaltung mit Ihrer Mutter irgendwas ergeben?«, fragte Garfinkle. »Sie waren zwei Mal bei ihr. Sie müssen direkt von dem zweiten Treffen hierhergekommen sein.«

»Sie hat ein paar sehr irritierende Enthüllungen gemacht«, sagte Boxer, »nämlich erstens, dass David Tate *nicht* mein Vater war, was sein Motiv dafür war, John Devereux zu töten.«

»Äußerst aufwühlend für Sie«, sagte Garfinkle ohne besonderes Mitgefühl. »Das heißt, John Devereux war Ihr Vater, und Conrad Jensen hat ihn getötet.«

»Außerdem hat er noch ein junges Mädchen getötet, eine Kunststudentin, die Devereux als Tramperin mitgenommen und mit der er in jener Nacht geschlafen hat«, erklärte Boxer.

»Netter Kerl«, sagte Garfinkle.

»Das habe *ich* auch gedacht«, erwiderte Boxer. »Ich hatte mir immer eingeredet, dass er aus moralischen Gründen getötet hat. So habe ich es gerechtfertigt, wenn ich Menschen getötet habe, die ihre Entführungsopfer brutal misshandelt hatten. Es war ein steiler Lernprozess zu erfahren, dass sein Motiv sexuelle Eifersucht war und er ein unschuldiges Mädchen erwürgt hat, das ihn bei der Tat ertappt hat.«

»Was halten Sie von seiner wundersamen Bekehrung?«, fragte Garfinkle. »Plötzlich will er den Armen helfen und irgendeine rechte religiöse Sekte zerschlagen.«

»Ich weiß es nicht. Vielleicht ist er sehr isoliert in seinem geheimen Leben innerhalb eines geheimen Lebens. Das muss einen paranoid und wahnhaft machen, obwohl er nicht so rüberkommt. Er drückt sich sehr gewählt aus, wirkt charismatisch und glaubwürdig. Es ist verwirrend.«

»Als wir über *Poder ao Povo* gesprochen haben«, schaltete Melo sich ein, »sagten Sie etwas davon, zwei Fliegen mit einer Klappe zu schlagen.«

»Heißt das, dass Jensen etwas mit den Ereignissen in São Paulo zu tun hatte?«, fragte Garfinkle.

»Er hat gesagt, er hätte Melo im Rahmen von IT-Arbeiten für die ABIN getroffen, der ihn gebeten hätte, Software für eine seiner Baufirmen zu schreiben. So hat er Julião Gonçalves kennengelernt, und daher kennt er auch Roberto und war bereit, die Durchführung von Sabrinas Entführung zu finanzieren.«

»Ich wusste, dass der Mistkerl beteiligt war«, sagte Garfinkle.

Melo versuchte stirnrunzelnd, sich an den Mann zu erinnern.

»Ich war überrascht. Mit den Geiseln bei der Entführung in London ist er sehr behutsam umgegangen«, sagte Boxer. »Er hat ihre Folterungen inszeniert und vorgetäuscht. Dagegen hat die Bande in der Favela Sabrina äußerst brutal behandelt.«

»Was hat er dazu gesagt?«, fragte Melo.

»Er hat behauptet, die PCC-Bande würde Ihren Ruf kennen und wüsste, dass sie absolut skrupellos sein musste, um Ihre Aufmerksamkeit zu bekommen«, antwortete Boxer.

»Haben Sie ein Bild von dem Kerl?«

Boxer schüttelte den Kopf. Garfinkle rief auf seinem iPhone ein Foto von Jensen auf, das vor einer Weile gemacht worden war. Melo betrachtete es, doch das Gesicht sagte ihm nichts.

»Er erinnert sich aber an Sie«, erklärte Boxer.

»Das tun die Menschen«, sagte Melo. »Der Typ mit dem Geld bleibt immer im Gedächtnis.«

»Ich habe Roberto Gonçalves getroffen«, erklärte Boxer.

»Wann?«

»Vor meiner Ankunft in São Paulo.«

»Heißt das, Sie wissen, wo er ist?«, fragte Garfinkle.

»Man hat mich mit einer Kapuze über dem Kopf zu ihm gebracht.«

»Was wollten die von Ihnen?«, fragte Melo.

»Sie wollten, dass ich Sie ausspioniere, um herauszubekommen, ob Sie irgendetwas mit der Entführung von Julião Gonçalves zu tun hatten.«

»Woher wussten sie, dass Sie den Job bekommen hatten?«, fragte Garfinkle.

»Von Conrad Jensen.«

»Und haben Sie eingewilligt, mich auszuspionieren?«

»Nein. Ich habe zugehört und bin wieder gegangen. Als Rulfo mir von *Poder ao Povo* erzählt hat, habe ich die Verbindung zu Roberto Gonçalves hergestellt und entschieden, dass ich nichts mit jemandem zu tun haben wollte, der einem unschuldigen Mädchen ein Ohr hatte abschneiden lassen.«

»Aber wegen Ihrer Beziehung zu Conrad Jensen vertraut er Ihnen immer noch«, stellte Garfinkle fest.

»Deshalb denke ich auch, dass wir zwei Fliegen mit einer Klappe schlagen können, indem wir beide aus dem Bau locken.«

»Wie soll das gehen?«

»Indem wir ihnen erzählen, dass sie Gelegenheit bekommen, mit Ihnen ›zu verhandeln‹.«

»Woher wissen wir, dass es keine Falle ist?«

»Ich gehe davon aus, dass ich mit der Auslieferung der beiden von meiner Verpflichtung Ihnen gegenüber befreit bin«, sagte Boxer. »Ich weiß jetzt, dass Conrad Jensen nicht mein Vater ist, dass er den Menschen, der es war, getötet und dabei noch ein unschuldiges Mädchen ermordet hat. Er hat mich vor fünfunddreißig Jahren verlassen und taucht nun plötzlich als manipulierende und destruktive Kraft in meinem Leben wieder auf. Roberto Gonçalves hat die Entführung Ihrer Tochter organisiert und sie für Geld und seine politischen Ziele verstümmeln lassen. Es gibt nichts, was für einen der beiden Männer spricht. Sie haben es nicht verdient zu leben.«

Um 21.00 Uhr war Boxer auf dem Rückweg zu seiner Wohnung. Ihm fiel auf, dass er nicht mehr beschattet wurde. Boxer schickte über eine Website, die Louise ihm bei ihrer letzten Begegnung genannt hatte, eine Nachricht, in der er sie aufforderte, sich zu vergewissern, dass seine Beschattung tatsächlich beendet worden war, und dann zu seiner Wohnung zu kommen. Zehn Minuten später war sie da.

»Ich habe mit Melo und Garfinkle gesprochen. Sie sind bereit, sich von Angesicht zu Angesicht mit Con und Roberto Gonçalves zu treffen.«

»Zu welchem Zweck?«, fragte Louise, die einen Bericht tippte, den sie Jensen schicken sollte.

»Was glaubst du denn?«, fragte Boxer. »Sie wollen sie liquidieren. Das habe ich gestern Abend mit Con besprochen. Um sie aus der Deckung zu locken, müssen wir ihre Feinde als Köder benutzen.«

»Wo und wann soll das passieren?«

»Darüber will ich mit Con sprechen. Wie wir es bewerkstelligen wollen.«

»Was sollte Garfinkle daran hindern, in Begleitung von Agenten zu kommen wie beim letzten Mal im Atlasgebirge?«

»Meine Überwachung ist von der CIA und vom MI6 genehmigt. Beide wollen wissen, was los ist. Garfinkle hat jetzt eingewilligt, diese Beschattung aufzuheben.«

»Das kann ich bestätigen, aber das bedeutet nicht ...«

»Er hat kein Interesse daran, CIA-Leute an der Beseitigung von Conrad Jensen zu beteiligen. Das ist etwas, was er unter der Decke halten möchte. Er geht nicht so weit zuzugeben, dass die CIA gegen Rechtsradikale in den eigenen Reihen vorgeht, doch er hat bestätigt, dass Con ein Mann mit einer Mission ist, und wenn er ihn eliminieren könnte, würde ihn das als Personaldirektor für Agenten im Einsatz sehr erleichtern.«

»Das heißt, er hat sich noch nicht ganz als Rechtsradikaler geoutet?«

»Er ist so nah dran, wie man nur sein kann.«

»Warum sollte Con an seinen Tisch kommen? Was hat er davon?«

»Garfinkle ist bereit zu verhandeln. Er ist nicht so vulgär wie die anderen Typen, er wird ihm kein Geld anbieten. Er wird ihm materielle Werte anbieten ... Leute. Er wird bestimmte Agenten von Operationen im Feld abziehen, wenn Con aufhört, sie als Zielpersonen für Liquidierungen zu verfolgen.«

»Das klingt, als könnte es akzeptabel sein«, sagte Louise. »Was ist mit Melo?«

»Gonçalves ist der Stachel in seinem Fleisch. Gonçalves hat Informationen über seine korrupten Aktivitäten im Zusammenhang mit Petrobras gesammelt. Außerdem hat er in den Akten der Nationalen Wahrheitskommission Beweise dafür gefunden, dass Melo in Wahrheit ein Armeeoffizier namens Hauptmann João Figueiro ist. Er hat in den späten Sechzigern für eine Regierungsbehörde namens *Delegacia de Ordem Social* gearbeitet, die Angehörige linker Gruppen gejagt und zu Folterungen ausgeliefert hat, nach denen sie in der Regel verschwunden sind. Melo will nicht, dass diese negative PR in die Medien kommt, während der Petrobras-Skandal noch gärt. Kurz gesagt, Melo will ihn tot sehen.«

»Und was hat Gonçalves davon?«

»Melo sagt, dass er anbieten wird, als Senator zurückzutreten, wenn Gonçalves seine wahre Identität nicht publik macht.«

»Okay, das klingt überzeugend genug«, sagte Louise. »Wann soll es passieren?«

»Heute Abend?«, fragte Boxer. »Je schneller, desto besser. Desto weniger Gelegenheit für eine der beiden Seiten, etwas zu arrangieren.«

»Was ist mit den Bedingungen des Treffens?«

»Es ist unglaubwürdig, dass Con zu einem Treffpunkt ihrer Wahl kommen würde, also habe ich sie davon überzeugt, dass sie ihn die Örtlichkeit festlegen lassen und ich mich bei unserer Ankunft vergewissere, dass alles sauber ist«, sagte Boxer. »Es muss in London sein. Ich würde ein verfallenes, aber nicht zu großes Gebäude vorschlagen.«

»Woher wissen wir, dass sie keine Agenten auf dem Gelände verstecken und uns alle abknallen lassen?«

»Du sagst uns erst, wohin es geht, wenn wir schon unterwegs sind. Ich werde bei ihnen sein und bestätigen, dass uns niemand folgt.«

»Was ist mit Waffen?«

»Niemand darf bewaffnet sein.«

»Interessant. Und wer wird dafür verantwortlich sein, das zu kontrollieren?«

»Du wirst Melo und Garfinkle durchsuchen. Ich filze Con und Roberto.«

»Und wer tötet wen?«

»Ich bin die einzige Person, der beide Seiten trauen. Ich werde bewaffnet sein, also muss ich auch das Töten übernehmen.«

Louise beendete ihren Bericht, verschlüsselte den Text und schickte ihn Jensen. Sie setzten sich nicht, sondern liefen in der Wohnung auf und ab, während sie auf eine Antwort warteten.

»Nervös?«, fragte Boxer und nahm schließlich doch in einem Sessel Platz.

»Ich hatte nicht erwartet, dass es so schnell passiert.«

»So ist das Leben: lange Phasen, in denen nichts passiert, bevor die Scheiße dann von allen Seiten auf einen einprasselt«, sagte Boxer. »Schau dir an, was ich in der letzten Woche durchgemacht habe. Aber manchmal ist es besser, nicht zu viel über die Dinge nachzudenken – oder nur, wenn ihre schiere Häufung dazu führt, dass man die Nerven verliert.«

Auf ihrem Handy ging eine Nachricht ein. »Auf geht's«, sagte sie. »Er ist bereit, dich zu treffen.«

Sie liefen zu dem Honda Jazz, den sie ein Stück die Straße hinunter geparkt hatte. Sie setzte ihn am Parliament Hill ab und erklärte ihm, dass Jensen ihn auf der Bank auf der Kuppe des Hügels erwartete.

Boxer trat aus dem orangefarbenen Licht der Laternen in die Dunkelheit. Als er über den asphaltierten Weg den Hügel hinauflief, konnte er die dunkleren Umrisse einer Gestalt ausmachen, die auf der Bank saß. Er nahm neben ihr Platz.

»Das wollte ich schon immer mal machen«, sagte Jensen. »Das Klischee leben: Spione, die sich im Hampstead Heath treffen. Ist das je wirklich passiert? Vielleicht habe ich es mir bloß vorgestellt: ganz London zu deinen Füßen, und nur die Meisterspione wissen, wie alles zusammenhängt.«

»Ich war gestern Nacht hier«, sagte Boxer.

»Du hast es durchmachen müssen. Das tut mir leid«, sagte Jensen. »Aber ich bewundere dich dafür.«

»Wofür?«

»Für deinen Mut, dich der Wahrheit zu stellen.«

»Vor ein paar Jahren hat Mercy mir erzählt, dass Amy vielleicht nicht meine Tochter ist. Sie wurde in einer chaotischen Zeit unserer Beziehung empfangen, in der Mercy auch mit einem anderen Typen geschlafen hat.«

»Das muss ein Schock gewesen sein.«

»Amy fühlte sich nach wie vor an wie meine Tochter. Daran würde sich nie etwas ändern. Wir hatten eine Verbindung … eine unzerstörbare Verbindung.«

»Was das angeht, habe ich dich enttäuscht. Ich hätte glücklich mit dir sein und mich nicht um die Gene kümmern sollen. Ich stamme aus einer anderen Generation. Du solltest mein Sohn und Erbe sein.«

»Esme hat dich provoziert, das hat sie mir gegenüber zugegeben. Sie hatte John verloren und konnte die Vorstellung nicht ertragen, dass er mit Rachel Ryan zusammen war. Sie hat dich angestachelt, ihn zu töten. Das war ihr Ziel.«

»Ein paar Jahre nach deiner Geburt hatte ein Freund von uns erfahren, dass sein Erstgeborener nicht sein Sohn war, und ich habe Esme erklärt, wenn mir das je geschehen würde, würde ich den Typ finden und umbringen.«

»Warum bloß den Typen?«, fragte Boxer. »Es gehören immer zwei dazu.«

»Ich schätze, es hat etwas damit zu tun, dass ein anderer Mann in die Familie eingedrungen ist. Das ist ein aggressiver Akt. Heute erscheint es mir verrückt, andererseits war ich Privatschulzögling. Ich bin seitdem reifer geworden.«

»Wie soll es heute Nacht mit Garfinkle und Melo ablaufen?«

»Ich kenne einen Ort, den ich schon öfter für Transaktionen benutzt habe. Eine stillgelegte Fabrik in der Cinnamon Street in Wapping. Das Gebäude ist zweistöckig und hat einen Keller mit einem Tunnel, der zum Fluss führt – nützlich, wenn etwas schiefläuft.«

»Gehst du davon aus?«

»Ich finde es schwer zu glauben, dass Garfinkle sich dermaßen entblößt.«

»Als ich im Januar mit ihm gesprochen habe, erwähnte er, dass er dich Neujahr in einem gemieteten Haus in den Cotswolds besucht hat.«

»Wie könnte ich das vergessen?«

»Er war deinetwegen beunruhigt. Dein Führungsoffizier habe gesagt, irgendetwas würde dir ›Sorgen bereiten‹.«

»Ich hatte immer eine problemlose Beziehung zu Walden. Er hat einen schwierigen Job und erledigt ihn sehr gut, aber weil er verantwortlich für sämtliche Personalprobleme innerhalb der CIA ist, ist er zu einer Schlüsselfigur in den Plänen der ARC geworden. Wenn sie ihn auf ihre Seite zögen, könnten sie ihre Topleute in einflussreiche Positionen bringen. Was mir ›Sorgen bereitet‹ hat, war die Tatsache, dass ich geglaubt habe, Garfinkle würde nie versucht sein, mit der ARC zusammenzuarbeiten. Ich meine, er ist ein Konservativer, ein Republikaner, aber aus der politischen Mitte. Er neigt nicht zu Extremen. Er mochte nicht mal die Tea Party, außerdem ist er Jude und kein Christ. Dann habe ich kurz vor Weihnachten erfahren, dass sie ihn irgendwie rumgekriegt hatten, und das hat meinen Job zehnmal schwieriger gemacht.«

»Wie haben sie ihn rumgekriegt?«

»Ich weiß es immer noch nicht, aber so sind sie. Wenn sie einen erst mal im Visier haben, lassen sie nicht wieder los. Sie finden deine Schwäche und beuten sie aus«, sagte Jensen. »Dich haben sie mit dem Waffendeal in der Hand. Was bieten sie dafür an, dass du mich einfängst?«

»Melo wird eine Spende für die LOST Foundation machen, aber die ist für meine Arbeit in São Paulo. Garfinkle hat noch gar nichts angeboten, außer dafür zu sorgen, dass die Videoaufnahme, wie ich in São Paulo die Waffen übergebe, zerstört wird. Aber ich bin mir nicht sicher, ob ich dafür je einen Beweis zu sehen bekomme.«

»Wenn sie einen erst mal am Haken haben, lassen sie einen nicht wieder los.«

»Einer der Gründe, warum er nicht will, dass du da draußen als Feind der CIA herumläufst ...«

»Ich bin kein Feind der CIA«, widersprach Jensen. »Lass mich das klarstellen. Ich bin ein Feind der ARC. Nachdem ich Kreta verlassen hatte und untergetaucht war, bin ich in Syrien gelandet, einem der Länder mit der größten Vielfalt von Religionen weltweit, und alle koexistierten friedlich miteinander. Sieh dir an, was jetzt ist. Eine Tragödie, in der jede religiöse Minderheit um ihr Leben fürchtet. Wenn es der ARC gelingen würde, die CIA zu übernehmen, kann ich dir eins garantieren: Trotz der behutsamen Nuklearverhandlungen, die zurzeit laufen, würden wir binnen Wochen einen Krieg mit dem Iran beginnen, und der Flächenbrand im Mittleren Osten würde bis zum Ende dieses Jahrtausends andauern.«

»Vielleicht haben sie Garfinkle so rumgekriegt«, sagte Boxer. »Er ist Jude, wahrscheinlich hat er Verwandte in Israel. Er sieht, dass ein Iran mit Nuklearanlagen ein Iran sein wird, der zum Atomschlag fähig ist, und das ist schlecht für Israel.«

»Sie sind immer noch weit von einer Einigung entfernt. Doch wenn sie Glück haben, bringen sie ein Abkommen noch während dieser Präsidentschaft zur Abstimmung.«

»Im Januar hat Garfinkle über dich gesagt, du wüsstest Dinge, schlimme Dinge, schlimmer als die außerordentlichen Auslieferungen und die Geheimgefängnisse, die die CIA ungern in den Medien veröffentlicht sehen würde.«

»Was glaubst du, warum uns die Taliban so lieben? Was glaubst, wie diese neue Bewegung, der Islamische Staat im Irak und der Levante, angefangen hat?«, fragte Jensen. »Sie wurden provoziert. Wir haben sie provoziert.«

»Der Fluchtroute nach zu urteilen, die du geplant hast«, sagte Boxer, »klingt es, als würdest du davon ausgehen, dass sie nicht allein kommen.«

»Sie werden dich verfolgen. Nicht auffällig, aber das müssen sie auch gar nicht. Garfinkle trägt wahrscheinlich einen unter die Haut implantierten Chip. Sie wollen zu jeder Zeit wissen, wo er sich aufhält. Er hat zu viele Informationen über zu viele Agenten.«

»Heißt das, du hast Leute in Bereitschaft?«

»Es ist unvermeidlich.«

KAPITEL SECHSUNDDREISSIG

2. Mai 2014, 0.05 Uhr
Lanesborough Hotel, London SW1

Du weißt, dass die CIA über Minisender verfügt, die unter der Haut eingesetzt oder geschluckt werden können«, sagte Louise angespannt und hielt nervös die Straße im Blick. »Diese Nanosender können auch Daten über den körperlichen Zustand einer Person übermitteln. Herzfrequenz und dergleichen. Damit man sehen kann, ob jemand Stress hat oder alarmiert ist.«

»Das würde mich nicht überraschen«, sagte Boxer. »Conrad muss sich dessen auch bewusst sein.«

»Er geht davon aus, dass Garfinkle keine Aufmerksamkeit auf sich lenken will, indem er eine größere Aktion in London startet.«

»Und du denkst, diese Vermutung ist falsch?«

»Nein, aber Melos Sicherheitsapparat und seine Beziehungen zur ABIN gefallen mir nicht«, antwortete Louise.

»Du meinst, die Brasilianer hätten die Technologie, um Garfinkles Sender zu überwachen, zu entscheiden, ob er von der Entwicklung der Ereignisse gestresst oder alarmiert ist, und Melo wäre in der Lage, die Manpower zu stellen, um die Situation zu retten.«

»So oder so ähnlich.«

»Was hatte Conrad zu diesem hypothetischen Szenario zu sagen?«

»Er glaubt, der Zeitrahmen ist zu eng, als dass sie etwas so Kompliziertes hätten organisieren können.«

»Und du bist nicht überzeugt«, sagte Boxer.

»Ich bin nicht vollständig glücklich.«

»Wir haben immer noch die Fluchtroute.«

»Ja«, sagte Louise, »*ihr* habt immer noch die Fluchtroute.«

»Und du nicht?«

»Ich werde draußen stehen und nach Ärger Ausschau halten.«

»Und du fürchtest, der Ärger könnte dich finden, bevor du ihn kommen siehst?«

»Mit einem Wort, ja. Ich werde die einzige Person außerhalb des Gebäudes sein.«

»Conrad hat gesagt, rund um das Gebäude seien Kameras installiert.«

»Und ich habe ein iPad«, sagte sie und klopfte auf die Laptoptasche zwischen ihren Füßen. »Ich habe die Verbindung kontrolliert, und alles funktioniert, aber das heißt nicht, dass nicht irgendein Mist passiert.«

»Conrad hat großes Vertrauen in deine Fähigkeiten.«

»Und du?«

»Du bist immer noch hier, also musst du irgendwas richtig machen«, sagte Boxer. »Da sind sie.«

Melo und Garfinkle kamen die Stufen vor dem Lanesborough Hotel herunter. Boxer blendete kurz auf. Sie gingen zu dem Wagen. Boxer stellte Louise vor und erklärte ihnen, dass sie sie auf Waffen und elektronische Geräte durchsuchen würde.

Boxer fuhr um die Hyde Park Corner Richtung Süden, durch Victoria und über die Chelsea Bridge.

»Wohin fahren wir?«, fragte Garfinkle.

»Nach Osten«, antwortete Boxer.

»Wir überqueren den Fluss«, sagte Garfinkle, als sie an der Battersea Power Station vorbeifuhren. »Warum tun wir das, wenn wir nach Osten wollen?«

»Wir werden in einen anderen Wagen umsteigen. Louise wird Sie gründlich durchsuchen, und danach fahren wir nach Osten, aber auf der Südseite des Flusses.«

»Haben Sie Jensen nach unserem Treffen noch einmal gesehen?«

»Ich mag es nicht, eine Aktion wie diese vorzubereiten, ohne sich persönlich zu treffen«, sagte Boxer und sah Louise an, die stur geradeaus starrte. »Er konnte nicht verstehen, warum Sie zur ARC übergelaufen sind, Walden. Er dachte, Sie wären ein guter, solider Konservativer, ein Republikaner, der schon mit der Tea Party nichts anfangen konnte, geschweige denn mit den Extremisten von der ARC.«

»Ich weiß nicht, wovon Sie reden«, sagte Garfinkle. »Wer ist die ARC?«

»Die American Republic of Christians. Die Fraktion innerhalb der CIA und anderer Regierungsorganisationen, die die Macht von innen bekämpft.«

»Blödsinn. So eine Gruppierung existiert nicht. Der Typ ist psychotisch. Es ist ausgeschlossen, dass eine Sekte innerhalb der CIA aktiv werden könnte. Das würde die Struktur gar nicht zulassen«, sagte Garfinkle, und Louise wandte sich um, überrascht von seiner Vehemenz. »Glauben Sie an die ARC?«

»Ich habe keine Ahnung, was in Ihrer Welt ›wahr‹ ist«, erwiderte Boxer.

Sie kamen zu einer Reihe von Garagen hinter einem Wohnblock in einer Nebenstraße der Queenstown Road. Louise stieg aus und zog einen Schlüssel aus ihrer Jackentasche. Die Männer blieben im Wagen.

»Ich hoffe, Jensen hat Sie mit diesem ganzen Mist über die ARC nicht überzeugt«, sagte Garfinkle.

»Ich bin von den beiden Menschen, die mir verlässlich die Wahrheit hätten sagen müssen, ein Leben lang belogen worden«, erwiderte Boxer. »Mein Vater hat mich enttäuscht und im Stich gelassen, wie er selbst zugegeben hat. Dann stellte sich heraus, dass er gar nicht mein Vater war. Bloß ein Mörder. Ich habe keine Geduld mit Lügnern, noch weniger mit Entführern und gar keine mit Menschen, die unschuldige Mädchen töten. Es könnte also sein, dass er mich davon überzeugt hat, dass er ehrenhafte Arbeit leistet, indem er Extremisten innerhalb der CIA ausschaltet, ob sie sich nun ARC nennen oder nicht, aber das ist nicht mein Problem. Ich bin nur daran interessiert, was er mir angetan und wie er *mich* durchweg enttäuscht hat.«

Und als er es sagte, wusste er, dass es die Wahrheit war.

»Was ist mit Senhor Gonçalves?«, fragte Melo.

»Ich habe vor ein paar Jahren beschlossen, mit Entführern, vor allem solchen, die ihre Opfer brutal misshandeln, sehr hart umzugehen. Ich denke, das wissen Sie von Bruno Dias – nach dem, was mit seiner Tochter Bianca geschehen ist.«

Er blickte in den Rückspiegel. Melo nickte, während er beobachtete, wie Louise den Wagen aus der Garage fuhr.

Boxer verachtete Melo, einen Mann, der in einem Leben Unschuldige der Folter und dem Tod überantwortet hatte, um dann in einem anderen Leben ein korrupter Geschäftsmann und Politiker zu werden. Nicht zu vergessen die Entführung und Folterung von Julião Gonçalves.

Der Beste von allen war Garfinkle. Immerhin war er nur dafür verantwortlich, ihm einen Waffendeal anzuhängen.

Louise stieg aus einem alten VW-Passat, der schon bessere Tage gesehen hatte. Die Männer blieben im Freien stehen, während sie den anderen Wagen in die Garage fuhr. Bevor Garfinkle und Melo in den Passat stiegen, filzte Louise sie gründlich und erklärte sie für sauber.

Boxer folgte dem Fluss bis nach Vauxhall, von wo er quer durch Kennington nach Elephant and Castle bis zur New Kent Road und über die in blaues Licht getauchte Tower Bridge fuhr. Vom Südufer blickte er zu The Shard und seiner glänzenden Spitze auf und hatte das Gefühl, dass diese Fahrt, deren Ziel er noch nicht kannte, etwas Schicksalhaftes hatte. Er trug eine locker sitzende, wasserdicht gewachste schwarze Jacke. Er hatte seine FN 57 aus ihrem Versteck unter den Bodendielen in der Küche geholt. Sie war zum größten Teil aus Polymeren gebaut und deshalb extrem leicht, ihre Projektile konnten jedoch aus fünfzig Meter Entfernung zwei kugelsichere Westen durchschlagen. Er trug die Pistole in einem Schulterholster unter dem linken Arm. Unbequem war nur der zwar ebenfalls leichte, aber fast fünfzehn Zentimeter lange Gemtech-Schalldämpfer. Trotz Louises Besorgnis war er ruhig. Er wusste, dass er heute Abend töten würde. Die Frage war bloß ... wen?

Er fuhr auf dem Highway nach Osten, hielt sich dann wieder Richtung Themse und kam auf die Wapping High Street, wo er links in die Clave Street bog und vor einem der wenigen noch nicht umgebauten Lagerhäusern in der Clegg Street parkte. Die Zufahrt zu dem bis in zweieinhalb Meter Höhe mit Sperrholz verkleideten Rolltor aus Metall war kopfsteingepflastert. Die Fenster direkt unter dem Dachvorsprung waren eingeschlagen und von innen mit Brettern zugenagelt worden. Louise erklärte den Männern, sie sollten im Wagen sitzen bleiben, während sie die Umgebung checkte. Als sie weg war, beugte Garfinkle sich vor und packte Boxers Arm.

»Wir vertrauen uns in dieser Sache, oder?«, sagte er und drückte Boxers Bizeps mit erstaunlich kraftvollem Griff.

»Das habe ich Ihnen doch gerade gesagt«, erwiderte Boxer.

»Ich mache nie etwas ohne einen Plan B. Ich bin sehr gründlich, wie Ihnen Ihr Freund Simon Deacon bestimmt erzählt hat.«

»Jensen auch.«

»Sie wissen doch, wenn hier irgendwas schiefgeht, werden Leute nach Ihnen suchen«, sagte Garfinkle.

»Was für Leute?«, fragte Boxer.

»Das werden Sie herausfinden, wenn Sie die falsche Entscheidung treffen«, sagte Garfinkle. »Sie wären nicht der Erste. Der letzte Typ, der diesen Fehler gemacht hat, hat unversehens seine Gehirnmasse auf der Innenseite einer Windschutzscheibe betrachtet.«

Garfinkle lockerte seinen Griff. Louise öffnete die Tür und befahl allen auszusteigen. Sie hängte sich die Laptoptasche über die Schulter. Die Männer stiegen aus dem Wagen. Boxer sah auf die Uhr. Sie waren pünktlich. Kurz vor ein Uhr nachts. Die Straße war still, die Luft kühl und trocken.

Louise schloss ein Vorhängeschloss vor den Sperrholzplatten auf und öffnete eine provisorische Tür. Mit einem weiteren Schlüssel schloss sie das Rolltor dahinter auf, zog es hoch, betrat das Gebäude und machte die Lampen an, die flackerten, bis sie einen offenen Raum mit acht Säulen beleuchteten, die stählerne Dachträger stützten. Der Boden war mit Schutt bedeckt – Reste von Backsteinen, Scherben, Kabel und Betonbrocken –, und aus Rissen im Estrich sprossen Sträucher. Die Männer duckten sich und betraten die Halle. Louise schloss die Sperrholztür, versandte eine SMS, packte ihren Laptop aus, fuhr ihn hoch und wartete.

Minuten verstrichen, fünf, zehn, eine Viertelstunde.

»Was ist los?«, fragte Garfinkle.

Es klopfte an der Holztür, und Louise öffnete. Jensen und Gonçalves duckten sich unter dem niedrigen Rahmen und betraten den Raum. Beide Männer hatten Aktenmappen dabei. Louise ging hinaus und schloss das Rolltor hinter sich. Boxer durchsuchte Jensen und Gonçalves, überprüfte die Aktenmappen und führte die beiden in den offenen Raum zwischen den Säulen. Jensen trug einen schwarzen Regenmantel, Gonçalves einen Wollmantel, darunter Jackett und Krawatte. Die vier Männer standen in einem Abstand von etwa fünf Metern zueinander, während Boxer neben einer Säule zwischen Gonçalves und Melo Position bezog.

»Wir sind heute Nacht hierhergekommen, um eine Vereinbarung zwischen Ihren jeweiligen Gruppen auszuhandeln«, sagte Boxer. »Ich schlage vor, wir beginnen mit Senhor Gonçalves und Senhor Melo. Haben Sie einen Vorschlag, Roberto?«

»Wir sind im Besitz von Fotos und Unterlagen«, sagte Gonçalves und hielt seine Aktenmappe hoch, »die zeigen, dass Sie, Senhor Melo, dieselbe Person sind wie Hauptmann João Figueiro von der *Delegacia de Ordem Social*, die in den 1960ern für die Überstellung von bis zu zweitausend Menschen verantwortlich war, was für die Opfer in Internierung, Folter und Tod endete. Durch Konsultation mit dem inzwischen verstorbenen Julião Gonçalves können wir außerdem beweisen, dass Ihre beiden Immobilienfirmen Schmiergelder in Höhe von vierzehn Millionen Dollar an Politiker gezahlt haben, um sieben Aufträge mit einem Gesamtvolumen von 825 Millionen Dollar zu erhalten. Als mein Bruder seine Anstellung bei einer Ihrer Baufirmen gekündigt und *Poder ao Povo* Informationen angeboten hat, haben Sie gegen Mitglieder unserer Gruppe Anschuldigungen erfunden, darunter Kindesmissbrauch, uns aus unseren Büros in São Paulo vertrieben, unsere Konten eingefroren und mich gezwungen, in London unterzutauchen. Dann haben Sie Juliãos Entführung arrangiert und ihn foltern und töten lassen.«

»Was wir uns von dieser Unterredung erhoffen, Roberto, sind Vorschläge, die Ihnen und Senhor Melo helfen, in Ihr normales Leben zurückzukehren«, sagte Boxer. »Ich denke, gegenseitige Anschuldigungen werden diesen Prozess nicht voranbringen, und Sie können noch bis zum Morgengrauen diskutieren. Wir wissen, dass Sie Vergeltung geübt haben, indem Sie Senhor Melos Tochter entführt, ihr ein Ohr abgeschnitten und Geld gefordert haben. Was wir gern wissen würden, ist, was Senhor Melo Ihnen anbieten kann, um Sie zufriedenzustellen und davon abzuhalten, Ihre Drohung wahrzumachen, seine Identität und seine Korruption öffentlich zu enthüllen.«

»Wenn er als Senator zurücktreten, die Existenz von *Poder ao Povo* erlauben, uns eine Entschädigung von fünf Millionen Dollar und den gleichen Betrag noch einmal an Juliãos Familie zahlen würde, wären wir bereit, auf die Enthüllung sowohl seiner Identität als auch seiner Korruption zu verzichten.«

»Nein«, erwiderte Melo ausdruckslos und ohne die Andeutung eines Verhandlungsangebots über Bedingungen, mit denen er einverstanden sein könnte.

»Wozu sind Sie bereit?«, fragte Boxer. »Als Senator zurückzutreten?«

»Ich werde mich nicht um eine Wiederwahl bewerben.«

»Sie haben noch drei Jahre Amtszeit vor sich«, sagte Gonçalves. »Und selbst das könnte sich noch ändern, wenn es einen neuen Präsidenten gibt. Sie müssen einem sofortigen Rücktritt zustimmen.«

Die Verhandlungen dauerten eine Stunde. Melo spielte seine Rolle, indem er keinen Zentimeter nachgab. Letztendlich willigte er doch ein, sofort zurückzutreten und dafür zu sorgen, dass *Poder ao Povo* als politische Partei existieren durfte. Er stimmte der Zahlung einer Lebensversicherung für Gonçalves' Familie zu und zwang Gonçalves im Gegenzug, das zu akzeptieren, was er genommen hätte, wenn Sabrinas Entführung erfolgreich verlaufen wäre – 350 000 Dollar. Sie gaben sich die Hand.

Boxer ging zwischen den beiden hindurch, lehnte sich an die gegenüberliegende Säule und wandte sich an Jensen und Garfinkle. »Ich denke, diese Verhandlung könnte ein wenig komplizierter werden«, sagte er.

»Zunächst ist es erforderlich, dass Walden zugibt, dass es eine rechtsgerichtete Bewegung innerhalb der CIA gibt, die versucht, strategische Positionen zu übernehmen, um die Ergebnisse geheimdienstlicher Aufklärung zu beeinflussen«, sagte Jensen. »Solange das nicht auf dem Tisch liegt, haben wir keine Basis.«

»Ich bin hergekommen, um über Personen zu reden«, erwiderte Garfinkle. »Wenn du dich besser fühlst, kann ich zu diesem ARC-Quatsch sagen, was du willst, aber eigentlich interessiert es dich vor allem sicherzustellen, dass bestimmte Personen keine Position von strategischer Bedeutung innerhalb der Firma einnehmen. Wir können über all diese Leute reden, ohne das heikle Thema einer versuchten ›politischen‹ Übernahme der Firma zu berühren, die keiner von uns beiden beweisen oder widerlegen kann.«

»Ich möchte, dass er es von dir hört«, sagte Jensen und bewegte den Finger zwischen Boxer und Garfinkle hin und her. »Er musste in Marokko ein hässliches Verhör über sich ergehen lassen und steht unter permanenter Überwachung sowohl durch den MI5 als auch durch die CIA. Ich denke, er hat es verdient zu erfahren, worin er verwickelt ist.«

»Worin er von *dir* verwickelt wurde«, entgegnete Garfinkle. »Wie gesagt, ich kann ihm erzählen, was du willst, aber das beweist rein gar nichts ...«

»Was machst du hier, Walden?«

»Ich versuche, einen Weg zu finden, dich zufriedenzustellen, damit du aufhörst, meine aktiven Agenten zu töten.«

»Ich habe ihm erzählt, dass dein Besuch an Neujahr bei mir eine tiefe Wirkung hinterlassen hat«, sagte Jensen. »Ich hatte gerade bestätigt bekommen, dass du dich schließlich doch auf ihre Seite geschlagen hast und wie schwierig das meinen Job machen würde. Was haben sie gegen dich in der Hand, Walden? Wie haben sie dich überredet?«

Schweigen.

»War es der Iran?«, fragte Jensen. »Ich weiß, dass du Verwandte in Israel hast.«

Noch mehr Schweigen.

»Wir sind von dieser neuen Bewegung des Islamischen Staates im Irak und der Levante und ihrem schnellen Vorrücken überrascht worden. Wir haben gehört, dass sie den Nordirak im Visier haben, wo die irakischen Streitkräfte jede Menge amerikanisches Gerät haben. Die Geheimdienst-Community ist erstaunt, wie gut informiert sie über die Schwachpunkte der irakischen Positionen sind und wie wenig getan wird, die Situation zu verbessern. Die CIA scheint sie gewähren zu lassen oder sogar zu ermutigen, die Region zu destabilisieren.«

»Das reicht, Con«, sagte Garfinkle leise. »Lass uns einfach über die Leute reden, die du haben willst. Gib mir deine Liste.«

Jensen zog ein Blatt Papier aus der Tasche und gab es Boxer, der es an Garfinkle weiterreichte. Der Amerikaner zückte einen Stift und studierte die Liste mit Namen. Einige hakte er auf dem Weg nach unten und wieder zurück nach oben ab. Insgesamt vierzehn. Dann ging er die Liste noch einmal durch und umkringelte andere Namen, bevor er Boxer den Zettel zurückgab.

»Ich bin bereit, die abgehakten Personen abzuziehen«, sagte Garfinkle. »Die Umkringelten erstaunen mich, weil sie nicht als politisch motiviert bekannt sind. Und die ohne Markierung sind Leute, für deren Abberufung man eine Genehmigung des Direktors bräuchte.«

Die Liste ging hin und her, bis Garfinkle genug hatte.

»Okay, das war's«, sagte er. »Wir sind hier fertig.«

Boxer sah die vier Männer an. Alle blickten erwartungsvoll zu ihm, damit er in ihrem Sinne aktiv wurde. Er hatte große Lust, sie alle zu töten. Das hatte er erwartet, war sogar darauf vorbereitet, doch diesmal war etwas anders – eine emotionale Ebene, die es bei seinen früheren Tötungen nicht gegeben hatte. Diesmal empfand er Hass. Langsam zog er die Pistole aus seiner Jacke und richtete sie auf Roberto Gonçalves.

»Man schneidet einem unschuldigen Mädchen kein Ohr ab, um Geld zu erpressen«, sagte er und schoss ihm in die Brust. Die Pistole machte kaum ein Geräusch. Ein leises Spucken, mehr nicht.

»Charlie«, sagte Jensen schockiert. »Was machst du?«

»Du hältst die Klappe und kniest dich hin, die Hände an den Kopf«, befahl Boxer. »SOFORT.«

Jensen sank auf die Knie und legte die Hände an den Hinterkopf.

Gonçalves lag auf dem Rücken und hustete Blut.

Melo ging zu ihm und trat ihm in die Seite. »*Filho da puta*«, sagte er.

»Und Sie haben kein Recht, irgendjemanden so zu nennen. Wenn unter diesem Dach jemand ein *filho da puta* ist, dann Sie, Iago Melo«, sagte Boxer. »Sie haben die Entführung von Julião Gonçalves veranlasst, befohlen, ihm die Finger abzuschneiden, und eine Infektion der Wunde provoziert. Die Qualen, die der Mann durchgemacht hat, müssen furchtbar gewesen sein.«

»Das war nicht der Plan.«

»Was war denn der Plan ... ihn töten zu lassen?«

Boxer richtete die Pistole auf ihn. Melo hob die Hände und verzog das Gesicht, als ein Projektil seinen Kopf durchschlug. Wie ein gefällter Baum sank er zu Boden, seine Schultern prallten dumpf auf den rissigen Betonboden.

»Charlie?«, fragte Garfinkle.

Boxer drehte sich zu ihm um. »Ja, Walden.«

»Vergessen Sie nicht, was ich im Wagen gesagt habe.«

»Ich erinnere mich sehr gut«, sagte Boxer. »Das ist einer der Gründe, warum Sie die Nacht nicht überleben werden. Der andere Grund ist, dass ich es nicht mag, erpresst zu werden.«

Er schoss Garfinkle in die Brust. Der große Mann fiel nach hinten und landete schwer in einer sitzenden Position. Er trug eine verstärkte schusssichere Weste, welche das Projektil durchschlagen hatte, ohne ihn zu töten. Boxer machte drei Schritte in seine Richtung und gab einen weiteren Schuss auf seinen Kopf ab. Dann drehte sich rasch wieder um und richtete die FN 57 auf Jensen. Er ging langsam auf ihn zu und setzte den Schalldämpfer auf. Jensen hob den Kopf, sodass der Schalldämpfer über seine Stirn rutschte und zwischen seinen Augen stehen blieb. Er blickte durch das Visier.

»Es tut mir leid«, sagte er.

»Was?«

»Dass ich dich zu einem solchen Menschen gemacht habe.«

»Ich habe mich selbst dazu gemacht«, sagte Boxer.

Ein Geräusch von der Straße.

»Beantworte mir eine Frage, wenn du überleben willst«, sagte Boxer.

»Was?«

»Existiert die ARC, oder ist es eine Fiktion?«

Das Metalltor wurde klappernd hochgeschoben, und Louise trat ein.

»Sie kommen«, sagte sie. »Wir müssen hier weg.«

Sie sah die beiden Männer in dem grellen grünstichigen Neonlicht des Lagerhauses, eine Waffe auf Jensens Kopf gerichtet.

Schritte trampelten draußen über das Kopfsteinpflaster. Louise schloss das Rolltor.

»Nein«, sagte Jensen. »Die ARC existiert nicht.«

»Mach das Licht aus«, sagte Boxer.

Das Licht implodierte und hinterließ grelle Umrisse, die sich rasch auflösten.

Boxer zerrte Jensen am Kragen auf die Füße, und sie rannten über den mit Schutt übersäten Boden zur Rückseite des Lagerhauses. In ihrem Rücken wurde das Metalltor klappernd wieder hochgerollt, und Männer polterten durch den Eingang. Lichtstreifen von Taschenlampen wanderten einander kreuzend durch den riesigen Raum, bis sie eine Schulter, einen Kopf, einen Fuß erfassten.

Boxer, Louise und Jensen rannten geduckt im Zickzack zwischen den Säulen.

»*Acenda as luzes*«, rief jemand.

Zwei schallgedämpfte Schüsse hallten in dem Raum wider. Ein Projektil prallte von einem Stahlträger ab, das andere blieb in einer weichen Backsteinmauer stecken.

Die Deckenleuchten flackerten stroboskopartig, als wollten sie das Lagerhaus abwechselnd mit Licht und Dunkelheit peitschen.

Sie rannten weiter, tappten von Finsternis in intensive Farbe und zurück ins Schwarz.

Weitere Schüsse fielen in die flackernde Leere.

Bis die Lampen den Raum zitternd und summend, aber stetig erhellten.

Boxer, Louise und Jensen erreichten die Rückseite des Warenhauses, duckten sich hinter eine Mauer und liefen eine Treppe hinunter. Louise war die Letzte. Sie stolperte und fiel gegen Boxers Schultern. Er hielt sie fest, bis sie sich wieder gefangen hatte, und sie liefen weiter in die modrige Finsternis. Man hörte ihre Verfolger durch das Warenhaus rennen.

Jensen ging mit einer Stablampe zwischen den Zähnen voran. Sie befanden sich in einem engen gewölbten Gang mit Rohren und Kabeln an der Decke. An einer Backsteinmauer bogen sie links ab und trieben einander mit zitternden Händen an.

Sie erreichten eine weitere Backsteinmauer, die den Endpunkt des Weges markierte, kein Abzweig nach rechts oder links. Jensen blickte nach oben, zerrte zwei dicke Kabel zur Seite und legte ein Loch frei. Er griff in den dunklen Schlund, und Boxer stützte Jensen, als der sich an von unten unsichtbaren Sprossen nach oben hangelte, bevor er für Louise eine Räuberleiter machte und sie in das Loch schob. Zuletzt griff er selbst hinein, bekam die erste Sprosse zu fassen und zog sich aus dem Gang in den dunklen Schacht.

Sie kletterten weiter, bis sie einen Schachtdeckel erreichten, den Jensen jedoch ignorierte und stattdessen durch einen Tunnel in Richtung eines strengen Geruchs kroch, nicht von Abwässern, sondern von einem Fluss. Der kleine enge Schacht fiel zu einem größeren Tunnel hin ab, an dessen Wand sie herunterrutschten. In einem kleinen Strom gingen sie aufrecht auf die kühle Luft zu, die ihnen entgegenwehte.

Der Tunnel mündete auf einen Strand mit großen Kieseln und Blick auf die Themse und den das südliche Ufer beherrschenden Glasturm von The Shard. Sie gingen auf ein altes Lagerhaus zu, auf dem der Name Oliver's Wharf prangte. An der Mauer klebten bis zu der Höhe, bis zu der der Fluss bei Flut anstieg, Algen.

Sie kamen zu einer mit grünem Schleim bedeckten Treppe mit einem weißen Geländer, die sie auf die Ebene der Straße führte. Sie folgten der Wapping High Street bis zu der Stelle, wo Louise den Wagen geparkt hatte. Sie setzte sich ans Steuer, und die beiden Männer stiegen hinten ein. Als sie die Tower Bridge überquerten, war im Osten das erste Licht am Himmel zu sehen.

»Wolltest du mich wirklich erschießen?«, fragte Jensen.

»Nur wenn du mich belogen hättest.«

KAPITEL SIEBENUNDDREISSIG

2. Mai 2014, 4.10 Uhr
South East London

»Warum hast du die ARC erfunden?«, fragte Boxer.
»Es war Louises Idee«, antwortete Jensen. »Sie dachte, für die Serie von Entführungen bräuchte das Team ein klares Ziel, eine organisierte Gruppe, die wir ausradieren wollten, nicht einen amorphen Haufen lose miteinander verbundener Agenten. Sie hatte von den Georgia Guidestones gelesen und ist auf die Idee mit der ARC gekommen.«

»Und wer sind diese ... abtrünnigen Agenten? Für wen arbeiten sie?«

»Es sind keine abtrünnigen Agenten. Es sind normale aktive Agenten, die für die CIA arbeiten, ihre Erkenntnisse jedoch unter bestimmten Umständen so verfälschen, dass Entwicklungen den von ihren Gönnern verlangten Ausgang nehmen.«

»Und wer sind die?«

»Das ist eine weitere Schwierigkeit. Wenn ich sage, die großen amerikanischen Konzerne, ist das ebenso wenig präzise wie die Sammelbezeichnung Wall Street. Aber sie handeln zum Nutzen von beiden. Genauso wie beide Gruppen versuchen, die Regierung durch Lobbyarbeit und die Platzierung ihnen gewogener Personen in entscheidenden Funktionen zu beeinflussen, tun sie das auch in der Welt der Geheimdienste. Aber wenn es um die nationale Sicherheit geht und Menschenleben auf dem Spiel stehen, müssen Konzerne wie Kinderman kontrolliert oder gestoppt werden.«

»Und das machst du mit dem Segen des CIA-Direktors?«

»Nein. Vor zwei Jahren hat mich der Human-Resources-Direktor gebeten, eine Liste mit Agenten zu erstellen, die in Verdacht standen, Erkenntnisse zu verfälschen.«

»Warum dich?«

»Ich hatte seit vielen Jahren als Auftragnehmer für die CIA gearbeitet, speziell im Rahmen des Programms der außerordentlichen Auslieferungen, und hatte dadurch in einer Phase Kontakt mit vielen Agenten, in der die Manipulationen von Informationen passiert sind.«

»Und was ist mit deiner Liste geschehen?«

»Human Resources hat sich mit dem Büro für fortgeschrittene Analyse innerhalb des Direktorats für Auswertung beraten. Man hat sich die Ergebnisse angesehen, die diese Agenten geliefert haben. Auf der Grundlage dieser Analyse wurde eine weitere Liste von Agenten und Offizieren erstellt, die nach Ansicht des Direktorats Informationen im Sinne gewisser Konzerne manipuliert hatten. Das war dann die Liste, die dem CIA-Direktor vorgelegt wurde.«

»Wenn man die Ergebnisse geheimdienstlicher Erkenntnisse manipulieren wollte, würde man seine Leute doch als Erstes im Direktorat für Analyse platzieren?«

»Das war der erste Hof, den sie ausgekehrt hatten. Bis ich meine Liste erstellt hatte, waren alle verdächtigen Beamten innerhalb des Direktorats für Analyse gefeuert oder versetzt worden. Dann verschob sich ihr Fokus auf die Personalentwicklung, auf die Suche nach aktiven Agenten und Offizieren, die taten, was sie wollten. Deshalb war Walden Garfinkle auch von so großem Wert für sie.«

»Aber wer sind ›sie‹?«

»Jetzt fängst du an, unser Problem zu verstehen«, sagte Jensen. »Wir konnten weder alle Konzerne benennen, die in die Sache verwickelt sind, noch sind wir uns sicher, dass es eine konzertierte Aktion ist. Wir konnten keinen Geldfluss verfolgen. Wir hatten gehofft, wenn wir uns auf die Kinderman Corporation konzentrieren, ziehen wir auch andere in die Schlacht hinein. Und die Garfinkle-Melo-Connection bringt eine völlig neue Ebene ins Spiel, bei der es um internationale Beteiligung nicht nur auf Konzernebene geht. Melos Verbindung zur ABIN zeigt, dass ›sie‹ auch auf dem Level ausländischer nationaler Geheimdienste agieren.«

»Ich verstehe dein Problem«, sagte Boxer, überwältigt von der neuen Komplexität. »Aber es ist nicht meins. Ich habe meinen Teil für dich geleistet und mich aus meinen Verpflichtungen gelöst. Ich bin fertig.«

»Wirklich?«, fragte Jensen. »Das war's?«

»Soweit es mich betrifft«, erwiderte Boxer. »Du hast heute Abend Glück gehabt. Ich hätte dich auch töten sollen. Du bist der Schlimmste von allen. Du hast kaltblütig ein unschuldiges Mädchen ermordet, um deine Haut zu retten.«

»Und warum hast du mich dann nicht getötet?«, fragte Jensen. »Du hättest abdrücken können. Ich habe gesehen, wie du darüber nachgedacht hast.«

»Das reicht«, sagte Louise.

»Ich will wissen, warum er mich nicht umgebracht hat«, sagte Jensen.

Keine Antwort von Boxer.

»Ich bin immer noch dein Vater«, erklärte Jensen. »Das ist der einzige Grund. Wir haben diese Verbindung.«

»Lass ihn in Ruhe«, sagte Louise.

»Das hat nichts mit dir zu tun«, sagte Jensen.

»Er braucht Zeit zum Nachdenken«, erwiderte Louise. »Und die heutige Nacht wird nicht folgenlos bleiben.«

»Das hat Garfinkle mir versprochen«, sagte Boxer.

»Sie werden nicht gleich kommen«, sagte Jensen und schüttelte den Kopf. »Das wird seine Zeit brauchen. Der Tod von Garfinkle wird beträchtliche Auswirkungen haben ... sowohl auf die Firma als auch auf die Konzerne. Niemand wird etwas unternehmen, bis die politische Lage sich stabilisiert hat.«

»Garfinkle ist nicht der Typ, der leere Versprechungen macht«, sagte Boxer. »Und er würde auch niemanden innerhalb der Firma benutzen. Es wird ein Freelancer sein. Das ist sicherer, unkomplizierter.«

»Willst du ein Halbleben führen wie ich?«, fragte Jensen.

»Nein, diese Entscheidung habe ich schon getroffen«, sagte Boxer. »In der ersten Hälfte meines Lebens war die Wahrheit immer knapp außerhalb meiner Reichweite. Deshalb werde ich die zweite Hälfte bestimmt nicht so leben, dass ich vorgebe, ein anderer zu sein. Schon allein, um meine Kinder aufwachsen zu sehen.«

Sie fuhren schweigend weiter. Kein Verkehr um das Elephant and Castle, von wo Louise Richtung Vauxhall fuhr. Die beiden Männer sahen sich in der Dunkelheit an, als sie an dem von Scheinwerfern erleuchteten und mit Antennen bestückten MI6-Gebäude am Fluss vorbeikamen. Auf der Vauxhall Bridge befahl Jensen Louise anzuhalten. Er stieg auf einer Seite aus, Boxer auf der anderen. Sie trafen sich auf dem Bürgersteig. Unter ihnen schipperte mit dem rhythmischen Stampfen eines Dieselmotors und rauschendem Kielwasser ein Lastkahn vorbei.

»Die letzte Chance, mich zu töten«, sagte Jensen und breitete die Arme aus.

»Die letzte Chance?«, fragte Boxer.

Jensen machte einen Schritt nach vorn, fasste das Revers von Boxers Jacke und zog ihn an sich, bis ihre Gesichter sich fast berührten.

»Alles, was ich getan habe, so falsch es auch gewesen sein mag, habe ich aus Liebe zu *dir* getan«, sagte er.

Boxer legte die Hände auf Jensens Brust und stieß ihn weg. Jensen taumelte rückwärts, stürzte beinahe, hielt sich jedoch aufrecht. Er warf dem Mann, der sein Sohn gewesen war, einen letzten harten Blick zu, bevor er sich abwandte und Richtung Vauxhall ging, ohne sich noch einmal umzusehen.

Boxer stieg auf dem Beifahrersitz ein, und Louise fuhr Richtung Norden los.

»Das sah nicht gut aus«, sagte sie.

»Er war wütend«, erwiderte Boxer. »Wütend, weil ich ihn nicht liebe.«

»Er hat lange gewartet«, sagte Louise. »Er hatte Erwartungen.«

»Haben wir die nicht alle?«

Sie fuhren schweigend durch Victoria, vorbei an der Rückseite des Buckingham Palace und um den Hyde Park.

»Was ist mit dir?«, fragte sie. »Was geht in dir vor?«

»Ich hatte erwartet, dass die Wahrheit Ordnung bringen würde, doch stattdessen bin ich in einem noch größeren Chaos und Durcheinander gelandet«, sagte er. »Ich hatte erwartet, ihn so zu lieben wie früher, stattdessen hasse ich ihn für das, was er getan hat. Dieses Mädchen zu töten. Warum musste er das tun …«

»Und du hast nie etwas getan, was du bedauert hast?«

Schweigen.

»Und ich meine nicht die lange Reihe bereuter Kleinigkeiten. Ich meine die wirklich großen Sachen, die dich mitten in der Nacht heimsuchen. Deckenstrampler, wie mein verstorbener Mann sie immer genannt hat.«

Weiteres Schweigen.

»Ich erzähl dir meins«, sagte sie.

»Tu's nicht.«

Sie fuhren schweigend durch die Londoner Nacht. Boxer starrte aus dem Fenster; Schatten fielen in endloser Folge auf sein Gesicht. Schließlich hielten sie vor Boxers Haus. Louise nahm seine Hand.

»Stell dir vor, was Con jede Nacht sieht«, sagte sie, beugte sich zu ihm und küsste ihn auf die Wange. »Ich melde mich.«

Er drückte ihre Hand und stieg aus.

Er ging nach oben, schraubte den Schalldämpfer von seiner FN57 und verstaute die Waffe in ihrem üblichen Versteck. Das Dröhnen der Stadt wurde lauter, die Leute starteten in einen neuen Tag. Das gelbe Licht der Laternen hing wie ein Dunst über den Dächern und verschmutzte das reine Schwarz des Himmels. Unten flammte das Licht eines Bewegungsmelders auf, als ein Fuchs in den Gärten seine Runde machte. Boxer zog sich nackt aus, erblickte seinen Körper im Spiegel und betrachtete sich. Die Wut war weg.

Im Bett starrte er an die Decke und versuchte, Isabel heraufzubeschwören. Er hatte es schon oft getan, und sie war immer gekommen, einmal, in São Paulo, sogar unaufgefordert.

»Komm«, sagte er laut. »Ich bin hier.«

Er dachte, wenn es so etwas wie eine spirituelle Verbindung gab, müsste sie ihn erhören, doch diesmal nicht.

Er döste ein und wachte ruckartig auf, als der helle Tag gegen seine Jalousien drängte. Ihm fiel auf, wie einsam er sich fühlte. Nein nicht einsam, nur allein. Er zog sich an, frühstückte, trank zwei doppelte Espresso und ließ nicht zu, dass seine Gedanken sich zu lange an irgendetwas festbissen.

Es war ein strahlender Maimorgen, als er zur U-Bahn ging, geblendet vom grellen Sonnenlicht, das von den weißen Stuckfassaden abprallte und im Schatten der großen Lindenbäume die Bürgersteige sprenkelte. Als ob er die frische Sommerluft mit Händen greifen wollte, drehte er sich in alle Richtungen, um sich zu vergewissern, dass ihm niemand folgte, bevor er weiterging. Garfinkles Worte hatten sich in seinem Kopf eingenistet. Er wusste, dass er das nun für den Rest seines Lebens jeden Tag machen würde.

Er wunderte sich, wie leer die U-Bahn war, bis ihm einfiel, dass heute das lange Bank-Holiday-Wochenende begonnen hatte. Er hatte den alltäglichen Lauf der Welt aus den Augen verloren. Er war überrascht, Amy im Büro anzutreffen.

»Was ist mit *deinem* Leben passiert?«, fragte er und umarmte sie inniger als üblich.

»Grandma hat mich zum Mittagessen eingeladen und gesagt, sie müsse mir etwas Wichtiges erzählen. Ich dachte, ich schau auf dem Weg mal hier vorbei. Vermisste nehmen keine freien Wochenenden.«

Er fragte sie nach Eiriols Nummer, die sie aus einer Datei aufrief. Boxer gab sie in sein Handy ein, rief Eiriol an und verabredete, bei ihr vorbeizukommen.

»Wir haben die Ergebnisse aus dem Labor immer noch nicht«, sagte Amy, »aber der Mitarbeiter hat gemeint, die Probe, die du mir gegeben hast, würde ausreichend DNA enthalten. Das ist also schon mal gut.«

»Ich weiß, was mit Anwen passiert ist«, sagte Boxer.

»Und?«

»Sprich erst mit deiner Grandma und komm hinterher bei mir vorbei.«

»Ich mag es nicht, wenn du das so sagst.«

»Wie sage ich es denn?«

»Voller überlegenen Wissens.«

»Ich bin dein Vater«, erwiderte er, »das ist ganz normal.«

»Haha«, sagte sie freudlos. »Ich bin hier weg.«

Eiriols Wohnung lag in einem modernen Viertel an der Holloway Road in einer Neubau-Anlage, deren Häuser aussahen wie an einem Pier anlegende Schiffe. Er saß in ihrer hellen offenen Küche, wo sie am Morgen frisch zubereitetes Tabulé, Falafel, Baba Ghanoush und Hummus servierte.

»Im Moment habe ich eine nordafrikanisch-arabische Phase«, sagte Eiriol, an deren Küchenwand sich mindestens ein Meter an Kochbüchern reihte.

»Sie nehmen das Kochen ernst.«

»Es hilft mir, klar im Kopf zu bleiben und die Finger vom Heroin zu lassen«, erwiderte sie lachend, während sie das Essen auftrug. »Sie haben gesagt, Sie hätten mir etwas über Anwen zu berichten.«

»Lassen Sie uns erst essen«, erwiderte er mit einem Blick auf ihren besorgniserregend dürren Körper. »Sie haben es nötig.«

»Ich haue immer rein wie ein Pferd«, sagte sie. »Ich nehm einfach nicht zu.«

Sie aßen und tranken Weißwein, und er fragte sie noch einmal, wie sie ihn gefunden hatte.

»Das habe ich Ihnen doch gesagt. Ich habe Sie nach der Entführung dieser Milliardärskinder in den Nachrichten gesehen. Ich wusste, dass Sie nicht die Verhandlungen geführt hatten, doch Sie haben Sie am Ende aufgespürt ...«

»Das haben Sie mir beim letzten Mal schon erzählt, ja«, sagte Boxer und hob die Hand. »Ich möchte den wahren Grund wissen. Warum sind sie nach fünfunddreißig Jahren Warten zu *mir* gekommen?«

»Ich kann es auch noch mal auf Walisisch sagen, wenn das hilft.«

»Niemand hat meine Dienste empfohlen? Keine anonymen Anrufe?«

»Von wem?«

»Einem Typen namens Conrad Jensen.«

»Nie gehört.«

»Oder war es eine Frau?«

Sie schüttelte den Kopf, doch an ihren Handbewegungen erkannte Boxer, dass er recht hatte.

»Dann müssen wir wohl an Schicksal glauben«, ließ er es gut sein.

Er erzählte ihr die Geschichte von Anfang bis zum Ende, ohne etwas auszulassen, mit Ausnahme der finalen Szene in dem Lagerhaus in Wapping. Nach ein paar Minuten wandte sich Eiriol zu dem halb geöffneten Fenster und rauchte, während Tränen über ihre ausgezehrten Wangen liefen und kurz an der strengen Linie ihres Kinns hängen blieben, bevor sie auf ihre Jeans fielen.

Nachdem Boxer fertig war, schwiegen sie lange. Er lehnte sich zurück und stellte sich die Brücke über den River Wye vor, die er von den Ausflügen mit seinem Vater gut kannte, und Anwens Leiche, die mittlerweile bestimmt spurlos verschwunden war.

»Und dieser Conrad Jensen lebt noch«, sagte sie.

»Gewissermaßen«, erwiderte Boxer. »Aber bei der Anzahl der Menschen, die hinter ihm her sind, kann er kein normales Leben führen.«

»Was empfinden Sie heute für ihn?«, fragte sie, ihre blauen Augen zu Eis erstarrt.

»Ich habe noch keinen Ausdruck dafür gefunden«, sagte Boxer. »Ich bin angewidert von dem Mann, den ich ein halbes Leben gesucht habe. Ich hasse ihn. Er ist nicht einmal mein Vater. Aber ich konnte ... ich kann ihm nicht vollends den Rücken kehren, und ich habe keine Ahnung, warum das so ist.«

»Ich an Ihrer Stelle«, sagte sie, »würde ihn umbringen.«

»Das kann ich verstehen.«

»Würden Sie etwas für mich tun?«, fragte sie.

»Alles«, sagte er und dachte: *Nur das nicht.*

»Würden Sie mit mir zu dieser Brücke über den River Wye fahren?«, fragte sie. »Morgen?«

Sie verabredeten eine Zeit. Boxer verabschiedete sich und lief zu Fuß zum Bahnhof Highbury & Islington. Unterwegs erhielt er einen Anruf von Roger Fallon.

»Ich kann es nicht glauben«, sagte er. »Gestern Nachmittag hat mich Melo angerufen. Er ist in London und möchte Sabrinas Adresse und Telefonnummer haben. Ich habe mit ihr gesprochen, und sie hat erklärt, dass das nicht in Frage komme. Heute Morgen hat mich dann ein Freund beim MI5 angerufen. Melo ist tot. Mit einem Kopfschuss erledigt. Er, ein CIA-Mann namens Walden Garfinkle und, das glaubst du nicht, Roberto Gonçalves. Ich meine, was zum Teufel war da los?«

»Wer hat die Leichen gefunden?«

»Melos Sicherheitstruppe. Offenbar haben sie ihn zu einem geheimen Treffen verfolgt.«

»Haben sie irgendwas gesehen?«

»Angeblich nicht.«

»Hast du mit Sabrina gesprochen?«

»Deswegen rufe ich an«, sagte Fallon. »Sie möchte dich sehen.«

Nach der Nachricht vom Tod ihres Vaters war Sabrina aus dem sicheren Haus zu einer Freundin in der Nähe von Marble Arch gezogen. Boxer nahm die U-Bahn und ging zu einem riesigen georgianischen Reihenhaus am Bryanston Square. Die Tür wurde von einem Butler geöffnet, der ihn nach oben in ein Wohnzimmer mit Blick auf den Platz führte. Die Wände waren mit Fresken bemalt, der Kronleuchter stellte eine Kaskade von Eichenblättern dar. Sabrina saß auf einer Chaiselongue am Fenster und war allein im Zimmer. Sie hatte ihr schwarzes Haar so frisieren lassen, dass das verstümmelte Ohr verdeckt war. Sie trug das Kleid einer älteren Frau. Der Butler zog sich zurück, und Sabrina rannte auf ihn zu wie ein Kind. Sie umarmte ihn so lange, dass er nicht sicher war, ob sie ihn je wieder loslassen würde. Er streichelte ihren Rücken, bis sie schließlich mit tränenüberströmtem Gesicht aufblickte.

»Ich habe das von deinem Vater gehört«, sagte er. »Es tut mir leid ...«

»Roger hat mich heute Morgen angerufen«, sprudelte Sabrina los. »Ich konnte es nicht glauben. Eigentlich kann ich es immer noch nicht glauben. Ich habe hier gesessen, aus dem Fenster gestarrt und mir immer wieder gesagt, was passiert ist, doch es will nicht sacken. Ich habe darum gebeten, seinen Leichnam sehen zu dürfen, doch man hat mir erklärt, er sei nicht präsentabel. Er wurde erschossen. In den Kopf, hat Roger gesagt. Und wissen Sie was, ich habe immer gedacht, dass es für ihn einmal so zu Ende gehen würde. Er hat sich mit zu vielen zwielichtigen Typen abgegeben. Er mochte diese Welt. Und jetzt hat sie ihn eingeholt ...« Sie brach ab und krümmte sich wie von einer Welle der Trauer getroffen.

Boxer führte sie zurück zu der Chaiselongue, wo sie sich setzten.

»Es tut mir leid«, sagte sie. »Es war einfach zu viel. Sie wissen nicht, wie groß er in meinem Leben gewesen ist, und jetzt ist er nicht mehr da. Ich kann mir eine Welt ohne ihn gar nicht vorstellen.«

»Ich hatte das gleiche Problem«, sagte Boxer leise.

Sie fand keine Worte, die groß genug waren, also lehnte sie sich an ihn, umarmte ihn wieder und küsste ihn, bis er verlegen wurde, sich behutsam löste und sich mit einem aufmunternden Lächeln zurücklehnte.

»Ich weiß nicht, wie ich Ihnen danken soll«, sagte sie. »Ich schulde Ihnen alles.«

»Du schuldest mir gar nichts«, erwiderte Boxer. »Ich habe nur das getan, wofür ich ausgebildet wurde.«

»Nein, Sie haben sehr viel mehr getan«, sagte sie. »Hören Sie, ich wollte Sie fragen, ob Sie es in Erwägung ziehen würden, für mich zu arbeiten. Der Anwalt meines Vaters hat mich heute Morgen angerufen, um mit mir über das Erbe zu sprechen. Ich kann das nicht allein bewältigen, ich brauche Schutz, und Sie haben ja keine Ahnung, wie schwer es ist, Menschen zu finden, denen man vertrauen kann.«

»Das ist nichts für mich«, sagte Boxer. »Ich freue mich, dass du deine Freiheit gewonnen hast, Sabrina, aber mein Leben ist hier. Du wirst die richtigen Menschen finden. Man macht so etwas wie du nicht durch, ohne ein paar der wichtigsten Lektionen des Lebens zu lernen. Du bist intelligent, du hast großen Mut, enorme Mittel zu deiner Verfügung, und vor allem hast du jetzt die Wahrheit. Damit steht dir alles offen.«

Als Boxer in Belsize Park aus der U-Bahn kam, rief Amy ihn an und fragte, ob sie reden könnten. Er erklärte, dass er um fünf zu Hause sein würde.

Sie wartete schon auf der Treppe vor der Haustür auf ihn. Er umarmte und küsste sie, und sie gingen hoch in die Wohnung, wo er einen Tee machte. Sie setzten sich ins Wohnzimmer und öffneten die Fenster.

»Grandma hat mir alles erzählt.«

»Alles?«

»Sie hat versprochen, dass es alles war«, erwiderte Amy. »Sie hat mir erzählt, wie sie ihren Mann dazu angestachelt hat, ihren Liebhaber zu ermorden. Gibt's noch irgendwas Schlimmeres?«

»Nein, das war's«, sagte Boxer. »Und was empfindest du jetzt für deine Grandma?«

»Also, ich liebe sie. Daran kann ich nichts ändern. Ich fühle mich irgendwie tief und eng mit ihr verbunden. Seit ich ein Baby war. Was sie mir erzählt hat, war schrecklich, und es hat sie viel gekostet. Es gab Tränen und Furcht. Sie hatte Angst, dass ich ihr nicht verzeihen würde.«

»Was?«

»Was sie dir angetan hat«, sagte Amy. »Neben Anwen und Eiriol bist du derjenige, der am schlimmsten aus der Sache rausgekommen ist.«

»Du hast ihr also verziehen?«

»Ich konnte ihr unmöglich *nicht* verzeihen.«

»Das ist gut«, sagte Boxer. »Wichtig ist, dass sie mutig genug war, es dir zu erzählen. Das hat ihr viel abverlangt. Sie hat riskiert, für den Rest ihres Lebens einsam zu sein.«

»Warum?«, fragte Amy. »Heißt das, du hättest ihr nicht verziehen?«

»Wenn sie es dir nicht erzählt hätte, nein ...«, antwortete Boxer. »Ich habe zu lange in Räumen gelebt, in denen die Wahrheit bekannt war, ohne dass jemand sie ausgesprochen hat, und das hat eine Menge Schaden angerichtet.«

»Du siehst aber gar nicht beschädigt aus«, sagte Amy.

»Ich bin gut darin, Dinge zu verbergen«, erwiderte Boxer. »Was hatte Grandma über Conrad Jensen zu sagen?«

»Nicht viel, aber ich glaube, sie ist irgendwie fasziniert von ihm. Sie kann den alten David Tate nicht mit diesem neuen, geheimnisvollen Typen zusammenbringen. Ich hatte das Gefühl, dass sie ihn vielleicht gern treffen würde.«

»*Das* wird nicht passieren.«

»Du klingst sehr sicher.«

»Sie war für die Zerstörung seines Lebens verantwortlich.«

»Wirst du ihn wiedersehen?«

»Nicht, wenn ich es vermeiden kann.«

»Und was empfindest du für Grandma?«

Schweigen.

»Das klingt nicht gut«, sagte Amy.

»Wir hatten nie eine leichte Beziehung.«

»Hat sie dich mehr geliebt, bevor John Devereux ermordet wurde?«

»Ich kann mich nur an die innige Beziehung zu meinem Vater erinnern. Er war mein ganzes Leben. Meine Mutter kam kaum vor. Sie war von der Arbeit in Beschlag genommen … und, wie sich herausgestellt hat, von ihrer andauernden Affäre mit Devereux.«

Amy setzte sich neben ihn aufs Sofa, lehnte sich an ihn, legte ihren Kopf an seine Brust und schlang die Arme um ihn. Er küsste sie auf den Kopf, atmete ihren Duft ein und fragte sich, ob dies der richtige Moment war.

»Wo wir gerade bei der Wahrheit sind«, sagte er. »Hat Mercy je mit dir gesprochen?«

»Du meinst über den Typen, mit dem sie geschlafen hat, als ich empfangen wurde?«

»Warum erzählt mir nie jemand etwas?«, erwiderte Boxer lächelnd.

»Das war nicht nötig«, sagte Amy und vergrub ihr Gesicht an seiner Brust. »Du bist mein Dad.«

Er drückte ihre Schulter.

»Eins musst du für mich tun«, sagte sie. »Geh mit mir und Grandma essen … heute Abend.«

»In Hampstead kann man nirgendwo essen gehen. Ihre Worte, nicht meine.«

»Wir gehen ins Carluccio's. Ich habe einen Tisch reserviert.«

Sie wechselten von Tee zu Bier und machten einen Spaziergang im Hampstead Heath Park, bevor sie auf einen Aperitif im Flask einkehrten. Um kurz vor acht kamen sie im Carluccio's an. Esme erwartete sie schon bei einem Glas Wasser. Sie umarmte und küsste Amy und zögerte kurz, bevor sie Boxer an sich zog und ihm dankte. Sie nahmen Platz, Esme und Amy auf der Bank an der verspiegelten Wand, Boxer auf einem Stuhl mit dem Rücken zum Raum.

Sie teilten sich Calamari, Bruschette und Prosciutto. Esme plapperte, als wäre sie aus einer Anstalt entlassen worden. Boxer hatte seine Mühe damit, blieb jedoch nachsichtig, als Amy ihn flehend ansah. Weitere Gäste trafen ein, ganze Familien. Besonders ein Mann fiel Amy ins Auge, der ihren Blickkontakt gesucht hatte, bevor er an einem Tisch in der Nähe der Küche Platz nahm. Als Boxer sich umdrehte, sah er nur noch seinen breiten Rücken.

Als Hauptgang aß Amy Seebarsch, Esme nahm die Kalbsleber und Boxer Saltimbocca. Sie tranken Pinot Grigio und Nero d'Avola. Boxer konnte sich nicht erinnern, seine Mutter je so entspannt gesehen zu haben. Sie verlangte keinen Wodka und auch nicht mehr Wein. Sie bezahlte die Rechnung.

Als sie aufstanden, um zu gehen, saß der einsame Mann immer noch an dem Tisch bei der Küche. Boxer konnte den Blick nicht von ihm abwenden. Er war nicht nur riesig, sondern strahlte auch eine Art wildes Charisma aus. Als sie die Treppe erreichten, die zum Ausgang hinabführte, sah sich Boxer ein letztes Mal um. Das Weinglas in der Hand drehte der Mann sich um, nickte kurz, hob das Glas und trank einen Schluck.

Boxer stutzte, bevor er die Treppe hinunterging.

Ryder Forsyth wandte sich wieder seinem Essen zu.

Robert Wilson im Goldmann Verlag:

Die Reihe um Charles Boxer:
Stirb für mich. Thriller
Ihr findet mich nie. Thriller
Die Stunde der Entführer. Thriller
Wer Lügen sät. Thriller

Die Reihe um Kommissar Javier Falcón:
Der Blinde von Sevilla. Roman
Die Toten von Santa Clara. Roman
Die Maske des Bösen. Roman
Andalusisches Requiem. Roman

Außerdem lieferbar:
Tod in Lissabon. Roman

(alle auch als E-Book erhältlich)

GOLDMANN
Lesen erleben